中国作家协会网络文学理论评论支持计划资助项目

中国网络文学二十年

欧阳友权 主编

1998—2018

江苏凤凰文艺出版社
JIANGSU PHOENIX LITERATURE AND ART PUBLISHING, LTD

图书在版编目（CIP）数据

中国网络文学二十年 / 欧阳友权主编. — 南京：江苏凤凰文艺出版社，2019. 1

ISBN 978 - 7 - 5594 - 3244 - 5

Ⅰ. ①中…　Ⅱ. ①欧…　Ⅲ. ①网络文学—文学研究—中国　Ⅳ. ①I207. 999

中国版本图书馆 CIP 数据核字（2019）第 016016 号

书　　名	中国网络文学二十年
主　　编	欧阳友权
责任编辑	赵　阳　傅一岑
出版发行	江苏凤凰文艺出版社
出版社地址	南京市中央路 165 号，邮编：210009
出版社网址	http：//www. jswenyi. com
印　　刷	南京百花彩色印刷广告制作有限责任公司
开　　本	718×1000 毫米　1/16
印　　张	26. 75
字　　数	380 千字
版　　次	2019 年 1 月第 1 版　2019 年 1 月第 1 次印刷
标准书号	ISBN 978 - 7 - 5594 - 3244 - 5
定　　价	88. 00 元

序

何　弘

1998 年 3 月 22 日，台湾理工男蔡智恒开始在台湾成功大学电子布告栏（BBS）连载小说，到 5 月 29 日，他花了两个月零八天时间在网络上完成了《第一次的亲密接触》34 集连载。这篇小说迅速在网络走红，“痞子蔡”成为中国网络文学开山宗师级的人物。后来，中国网络文学界通常把该事件作为中国网络文学开端的标志。这样，到 2018 年，中国网络文学正好走过了二十年的发展历程。

虽然《第一次的亲密接触》《悟空传》等受到了狂热追捧，但中国网络文学的爆发却是在资本的推动下完成的。由于付费阅读商业模式的建立，中国网络文学找到了自己的发展模式，类型小说创作空前繁荣，并在世界范围内一枝独秀。

因此，中国网络文学今天的繁荣，主要是由类型小说支撑的。而类型小说，特别是玄幻类小说，却并非直接继承自《第一次的亲密接触》这样更具传统文学品质的精短作品，而与更早的《风姿物语》有着直接的继承关系。1997 年，台湾的罗森开始创作玄幻小说《风姿物语》，到 2006 年初完结，总共有 77 册之多。当然向更远处追溯，有专家认为华文网络文学的写作应该始自 1991 年创刊于美国的电子期刊《华夏文摘》发表的《不愿做儿皇帝》，或者是《奋斗与平等》，又或者是《鼠类文明》等。不过这些作品和现在的网络类型小说在风格特点上显然有着很大的差异，而金庸、梁羽生、古龙，特别是黄易，对今天的类型小说创作则有着巨大的影响。

回顾这段历史，是想说明，中国网络文学的发端，可能和中国新文学的发端一样，从不同的角度理解会有不同的说法，但还是有一个“最大公约数”。今天说“中国网络文学二十年”就是这么一个“最大公约数”，让我们可以在某一个时间节点，一起探讨相关问题。

2018年又恰值中国改革开放四十周年。应该说，中国网络文学二十年的繁荣发展，是改革开放的结果。四十年前的改革开放，打开了封闭的国门，新技术被引进，互联网进入中国；同时，改革开放带来的思想解放，使过去僵化的文学观念被打破，文学从形式到内容都不断创新发展；改革开放带来的经济发展，使中国人民基本解决了温饱问题，开始有了更大的文化需求，为网络文学的发育培养了庞大的读者群；改革开放使中国市场经济充分发育，类型小说因此在中国发展并繁荣起来。可以说，没有改革开放就没有中国网络文学的发展繁荣。

党的十八大以来，以习近平同志为核心的党中央高度重视网络文艺。近年来，网络文学从幻想类、历史类向现实题材创作拓展，并取得了令人瞩目的成就，并且为电影、电视剧、动漫、游戏制作提供了新的文学资源。同时，网络文学也成为中国文学走出去的重要力量，发挥了排头兵的作用。目前网络文学已成为中国社会主义文学的重要组成部分，在文学版图中所占比例越来越大。

党的十九大以来，网络文学进入了繁荣发展的新时代。以习近平同志为核心的党中央高度重视包括网络作家在内的新文艺群体，对做好相关工作多次做出重要指示。相信网络文学界一定会以习近平新时代中国特色社会主义思想和党的十九大精神为指导，肩负新时代的新使命，不断开创网络文学繁荣兴盛、健康发展的新局面。

中国作协对网络文学一直高度关注，为进一步延伸工作手臂，扩大覆盖范围，专门成立了网络文学中心，作为对网络作家和网络文学统一进行联络协调、管理引导、评论研究的职能部门。我因长期从事文学研究、创作和组织工作，并较早开始关注网络文学，被中国作协选调挂职担任网络文学中心主任。在此之前，我的文学评论研究工作涉及文学的各种文体、各个方面，网络文学是其中的一部分。以后，网络文学将成为我关注的重点、工作的中心。

欧阳友权是中国网络文学研究重要的奠基者、开拓者和实践者，一直处身行业前沿，是当之无愧的“大牛”。我此前曾读过欧阳教授的一些著作，也在一些会议、活动中有过不少接触，一起参加过茅盾文学奖的评奖工作，应该算是比较熟悉了。现在因为工作原因，我和欧阳教授建立了更密切的关系，相互之间在网络文学研究的项目开展等方面有了更多的交流与合作。

在中国网络文学走过二十年发展历程的时候，欧阳教授把握这个重要的时间节点，完成了这部具有网络文学史意义的专著《中国网络文学二十年》，全面梳理了二十年来中国网络文学发展的缘起和历程，对作家作品进行了全面的概述与分析，对网站运营和产业发展状况进行了全面的总结，同时从读者阅读的角度、理论批评的角度对网络文学亚群体的基本情况进行了系统的归纳与清理，对正确认识与估价网络文学发展二十年来的得与失，全面把握网络作家队伍的整体状况，准确研判网络文学未来发展的趋势，都有着重要的意义和价值。

总体来说，《中国网络文学二十年》在以下方面有着重要价值：

在文学创作的意义上，该著对中国网络文学创作的总体状况进行了系统的研究梳理，对类型小说兴盛的成因及发展轨迹进行了详细分析，对存在的问题进行了深入探讨，对网络文学如何向现实题材拓展、如何向精品化方向发展提出了极有针对性的意见，对网络文学的未来趋势做了判断和预测，这无疑对促进中国网络文学的健康发展、繁荣兴盛具有重要的指导意义。

在队伍建设的意义上，该著对从底层写手到“白金大神”的整个网络作家队伍的基本状况进行了全面介绍，对其成长历程进行了系统描述，不仅有助于全社会了解作为新文学群体重要组成部分的网络作家，更有助于相关管理部门更好地联络服务、团结引领网络作家队伍。

在产业发展的意义上，该著对文学网站的发展历程、在推动网络文学创作过程中所起的作用等，进行了总体概括，对网络文学产业的经营状况、IP开发情况等都进行了全面研究，并从读者、粉丝的角度对网络文学、“粉丝经济”的发展模式进行了深入细致的探究，对促进网络文学产业的健康发展大有助益。

在文学史的意义上，该著是对中国网络文学二十年发展的系统总结，对网络文学的历史地位、贡献及其问题、局限做了概括与研判，初步形成了中国网络文学史的概貌，而且该著还对中国网络文学的理论评论进行了专门的概述，形成了中国网络文学批评史的雏形，这显然有着重要的历史意义。

显然，《中国网络文学二十年》是一部具有重要学术价值和现实意义的优秀著作，可以使读者全面了解中国网络文学二十年来发展的基本状况，了解网络作家和网络文学究竟是一些什么样的人、写的是什么样的作品；也可以使研究人员对中国网络文学二十年发展所取得的成绩、存在的问题及其历史地位有正确的认识和估价，并成为今后研究的重要基础；还可以为网络文学管理部门的决策提供基本的参考和依据，为把握网络文学未来的发展走向提供基本的判断。

如此重要的一部著作，欧阳教授不以我浅陋而见弃，嘱我为之作序。却之不恭，只好抖擞精神，勉力写下自己阅读后的一点感受，以表达对欧阳教授长期坚持网络文学研究的敬意和对中国网络文学健康发展的祝福，并权以为序。

2018年6月14日

目　录

第一章
中国网络文学的时代隆起

1994 年 4 月 20 日，中国国际互联网 TCP/IP 协议的签署宣告了互联网时代的到来。自此，中国得到国际认证，成为拥有全功能 Internet 的国家。互联网在改变我们生活方方面面的同时，也为中国文学的发展提供了一个前所未有的自由开放平台。正因如此，中国网络文学在短时间内便形成一支文学新军，为沉寂多年的文坛源源不断注入新的活力。1998 年，痞子蔡《第一次的亲密接触》开始连载，开启了本土汉语网络文学类型化、言情化、青春化、娱乐化的先河，成就了中国文学史上一次前所未有的奇观，吹响了汉语网络文学勃兴的第一声号角。从此，网络文学正式进入中国公众视野，并在二十年的发展中不断创造着新的辉煌。

一、源于海外，起于本土

1. 汉语网络文学的海外诞生

网络文学，顾名思义，由“网络”与“文学”组成。早期网络写手李寻欢曾言：“网络文学的父亲是网络，母亲是文学。”[1] 因此，要讨论汉语网

[1] 李寻欢：《让文学回归民间》，《文学报》2000 年 2 月 17 日。

络文学的诞生，就离不开对“网络”发源地的追问。

世界上第一台通用电子计算机“埃尼阿克”（ENIAC）诞生于1946年的美国。二十余年后，互联网问世，与电子计算机一起为海外网络文学的发生提供技术支持。海外网络文学最早萌芽于20世纪70年代欧美国家的网上写作，到了80年代，网络文学创作开始走向自觉阶段。早在20世纪60年代，美国学者特德·尼尔逊提出的“超文本”的概念就被广泛运用于电子计算机技术，这是后来互联网超文本链接协议的雏形。超文本小说开创性运用了这一技术，成为萌芽阶段网络文学的主要形式，并且也为超文本小说与网络的对接奠定了基础。

计算机网络诞生于西方国家的这一事实，决定了汉语网络文学在欧美发达国家的发端。互联网诞生于20世纪60年代的美国，80年代被广泛运用于政府、商业和大学等机构。此时，恰逢中国开始实行对外开放的基本国策，大批青年学子为留学深造远赴重洋。在此机缘下，一批留学北美的华人学子最早开始接触网络，他们通过网络进行文学创作以抒发自己客居他乡的羁旅之情。由此，原创汉语网络文学的雏形开始出现，并且在小范围内迅速风靡。伴随着计算机网络的普及，越来越多的留学生加入了原创汉语网络文学的创作队伍之中。

北美汉语网络文学的出现标志着网络文学进入萌芽阶段。这一时期汉语网络文学的主要创作阵地是海外留学生创办的电子刊物与网络新闻组。1991年，中国留学生王笑飞创办海外中文诗歌通讯社。同年4月5日，梁路平、朱若鹏创办了互联网上第一份中文杂志《华夏文摘》，自此，海外留学生的作品开始以整体形象出现在读者面前。同月，该网络杂志上发表了网络作家少君的《留学生文学专辑》，在海外华人留学生中引起了热烈反响，鼓励大批留学生写手进行网络原创写作，有效促进了汉语网络文学的勃兴。1992年，海外华人在USENET上开设了域名为alt. chinese. text的互联网新闻组（ACT），为中文国际网络的产生奠定基础。1993年，中国学生学者联谊会主办的各类综合性中文电子杂志相继涌现，如丹麦的《美人鱼》、美国的《威斯康星大学通讯》《布法罗夫人》《未名》、加拿大的《联谊通讯》《红河谷》，等等。1994 年后，完全发表原创作品的《新语丝》、诗刊《橄榄树》、第一份女性文学期刊《花招》等相继出现，成为当时留美学生们的精神家园。

2. 本土网络文学的早期回眸

自 1994 年 4 月中国加入互联网公约而成为世界上第 77 个国际互联网公约国后，漂泊海外的汉语网络文学萌芽得以借此时机回归祖国并于本土扎根，经过二十年的发展，如今已成长为参天大树。中国本土网络文学创作自此开始走向自觉，迎来了迅速发展的生长期。

1995 年 8 月 8 日，中国内地第一个 BBS“水木清华”在教育网上开通，成为当时内地最具人气的 BBS 之一。旗下开设有文学、读书、武侠版块，专门用于发表网络原创文学作品，成为网络文学爱好者创作、阅读和交流的园地。

1996 年，网易开通了个人网页，以互联网作为媒介传播的文学作品第一次通过门户网站登上舞台。

1997 年 12 月 25 日，美籍华人朱威廉在上海创立“榕树下”个人主页，1998 年春以网络文学公司的身份正式上线，这是当时中国最大的中文原创文学网站。“榕树下”聚集了宁财神、李寻欢、邢育森、安妮宝贝、黑可可等大批最早的网络作家，形成了中国网络文学创作的第一个高峰期。此后，包括“清韵书院”“书路”“诗星座”“黄金书屋”“碧海银沙”“西祠胡同”“中网”“博库”“文学城”“莽昆仑”“文侠楼”“原创广场”“麦田守望者”“左边卫”等在内的一大批文学网站次第诞生，网络文学开始大范围涌现在文学爱好者面前。1998 年也因此被称作中国“网络文学元年”。当然这个“网络文学元年”的命名，除“榕树下”上线外还有两个可以持论的根据：一是中国第一部“网人写网恋供网友阅读”的网络长篇小说《第一次的亲密接触》诞生于 1998 年春，二是 2008 年举办的颇具影响力的“网络文学十年盘点”活动，无形中也让 1998 年作为“网络文学元年”成为约定俗成的事实。我们今天描述和讨论“中国网络文学二十年”正是基于这样的历史背景和基本事实，但这并不意味着中国的网络文学只有在1998年才开始出现。

3. 中国网络文学产生的时代动因

中国网络文学诞生时间不长便形成兴盛之势，除了上文提到的电子信息发展等技术层面原因之外，还受到来自社会文化生态等各种因素的影响。

首先是传统文学出现式微之势。20世纪90年代，文学生态背景发生的巨变给传统文学带来了异变。改革开放进入建立市场经济体制的阶段后，中国社会进入解体与建构的转折期，社会主义市场经济体制替代计划经济登上历史舞台。这一时期的文化政策和文学面貌也发生变化，文化体制改革被提上日程。作家、刊物、出版社直接与市场对接，不再由国家资助。于是，文学被迫纳入市场经济轨道，在“一切以经济建设为中心”浪潮的冲击下，传统文学受限于日渐显现的表征危机，关注度出现下降，“中国文学开始从社会文化的中心走向边缘，精英文学也从文学舞台的中心退居文学边缘”。[1]

其次，“亚文学”“快餐文学”挤占大众文化阅读市场。文学作为一种精神产品，“精英性”“文学性”一直是其主要特征。然而，伴随改革开放及市场经济的到来，文学的商品化、产业化运营已是大势所趋。尤其是在严肃文学作家的市场意识确立之后，文学创作的商业性日趋明显。有些纯文学作家为了迎合市场而开始走通俗文学创作的路子，作品的文学性逐渐被消解。一时间，为了休闲娱乐而非追求思想深度的“亚文学”“快餐文学”涌入大众阅读视野，武侠、言情、传奇、纪实类文学作品雨后春笋般大量出现。诸如林白的《一个人的战争》这类私人化写作的女性文学出现在文化市场中，凭借记录碎片化的女性都市日常生活而受到广泛关注，此前纯文学独领风骚的文学格局发生改变。“亚文学”以其强悍的市值创造能力一方面吸引了一批作家“下海”经商，另一方面更多的作家为获取更多经济报酬开始转向“亚文学”的创作。于是，传统文学、精英文学因无法突破自身拘囿难免走向式微。长期以来，传统文学主导文坛的局面被撼动，这为海外网络文学的本土

[1] 欧阳友权：《网络文学概论》，北京大学出版社2008年版，第22—23页。

回流并迅速扎根、成长提供了充足的空间与发展可能。

再者，网络媒介的兴起对文字媒介造成多方位挤压。麦克卢汉曾言："媒介即是讯息。"[1] 媒体会改变一切，不管你是否愿意，它会消灭一种文化，引进另一种文化。的确，信息技术的发展大大加快了大众传媒形式的多元化进程。新兴媒介技术的出现对传统媒介造成了强烈的冲击，广播、电视、移动网络等大众传媒以其直观快捷的技术特性牢牢占据着大众的视野。此外，在这一时期，新兴媒介的衍生品也占据了大众的视听世界。诸如智能手机、Kindle 等电子数码产品以及伴随智能手机出现的移动阅读、听书等应用软件相继出现，其技术更新的速度与规模都令人瞠目。新兴媒介及其衍生产品的兴起无疑成为传统文字媒介存在的巨大威胁，正如希利斯·米勒断言，"电信时代文学无存"，"文学在这个时代里可谓生不逢时"[2]。从这个角度而言，新兴媒介在中国的风靡一方面压制了传统文字媒介，为网络文学的诞生提供了可乘之机；另一方面，网络作为新兴媒介的迅速普及，又为网络文学的创作和传播提供了强劲的技术支持。

基于以上因素的影响，"世纪之交的中国文学宿命般的走进了一个特殊的生态背景，从而迫使文学在新的选择面前寻找新的活法"[3]。"一代有一代之文学"，文学环境的变化必然带来文学自身的演变。20 世纪 80—90 年代中国改革开放的历史时期到来，伴随互联网的接入与快速普及，一方面，内容上偏重心灵和情感倾诉的汉语原创网络文学因其新鲜、淳朴、灵动的高雅文化气息迅速被国人接纳和追捧；另一方面，依托网络媒体这种强大的信息媒介的宣传能力，网络文学呈现出高度繁荣的盛况，中国网络文学得以在较短时间内形成十分强劲的发展势头，成为一种新兴文学的"巨存在"。

---

[1] [加] 马歇尔·麦克卢汉：《理解媒介——论人的延伸》，周宪、许钧译，商务印书馆 2000 年版，第 33 页。

[2] [美] 希利斯·米勒：《全球化时代文学研究还会继续存在吗?》，《文学评论》2001 年第 1 期。

[3] 欧阳友权：《网络文学论纲》，人民文学出版社 2003 年版，第 28 页。

二、“全民写作”机制下的网络文学热

1. 文学圆梦的“全民写作”机制

网络技术的“平权式”规制，颠覆了“金字塔”式结构模式，消除了传统体制下文学作品的“出场”焦虑，拆卸了文学创作、发表资质认证的门槛，谁都有权力上网写作并发布自己的作品，谁也无权阻止他人创作和发表，这就给了每一个文学钟情族以网上圆梦的机会，使来自民间的文学弱势人群有了“人人都可当作家”的平等权力，形成了“全民写作”的新机制。“网络文学解放了以往的艺术自由中的某些不自由，为文学更充分地享受自由，更自由地酿造自由精神的家园，装备自由的引擎，插上了自由的翅膀。在互联网上，文学打破了创作者身份确认的藩篱，任何人只要你愿意，都可以上网写作和让写作上网，因为‘在网上没有人知道你是一条狗’，大狗小狗都可以在这里‘汪汪’叫上一通。”[1] 1994 年中国加入国际互联网时，网友们呼吁：“全世界网友联合起来，网络的自由就一定要实现!”文学圆梦的“全民写作”机制就是这一愿望的现实体现。手机文学、博客和微博创作出现后，“自媒体”文学创作大行其道，让“全民写作”更加普及。2011 年以后，随着智能手机的普及，移动终端以及移动互联网的发展让文学写作更趋全民化、年轻化。微信出现后，微信公众号的新平台，为公众的自由言说与表达提供了更为方便的场所，“全民化”写作已成为当下网络文学作品的主要来源。总体看来，“全民写作”机制的产生一方面来源于文学自身的需求，另一方面则受到网络信息技术特点的影响。

从文学自身发展需求的角度而言，网络文学通俗化写作的兴起，还源于市场经济对传统文学市场的冲击。进入改革开放新时期以来，中国文坛首次直面市场经济浪潮。“千禧年”代际之交社会和文化的“转型”，商业社会中

[1] 欧阳友权：《网络文学自由本性的学理表征》，《理论与创作》2003 年第 5 期。

消费趋向的明显化，激化了传统文学的表征危机，使其不可避免地走向文学舞台的边缘，让位于通俗文学、亚文学等。之所以在这一时期通俗文学、亚文学全面异军突起，离不开喜爱、拥护它的市民阶层读者群。受“一切以经济建设为中心”的政策主导，一向以精英性著称的传统文学日渐曲高和寡，难觅知音。而通俗文学的叙述内容更贴近大众，满足了普通市民阶层闲暇娱乐的精神消费需求，从而受到公众和市场的推崇。有中国当代文学史记载，中国文学发展到了 20 世纪 90 年代，受消费主义影响，“对现代都市生活物化现实的表现，在文学创作中得到前所未有的展开”[1]。这个“展开”一方面表现在彰显个人体验的“新写实”“新体验”“新形态”小说的兴起；另一方面还表现在文学的主要表现对象的转变，即由 20 世纪 80 年代主要体现“体制内”的人和事转向了展现都市白领、个体户以及普通市民日常生活中的都市趣味。如朱文的《我爱美元》、邱华栋的《都市新人类》、何顿的《生活无罪》等，成为这一类型文学的主要代表。由此可见，反映个体经验、体现都市居民日常生活的作品成为 20 世纪 90 年代文学的重要内容。

二十年后的今天，受互联网以及消费社会共同影响的文学写作出现了文学与市场“联姻”的现象，大众化、祛魅化趋势明显。较具代表性的是“80后”文学创作广受追捧。诸如韩寒、春树、郭敬明等作家快速走红，甚至春树和韩寒还登上 2004 年亚洲版《时代》杂志封面，产生了国际影响。他们成功的原因虽然大部分来自大众传播媒介的强大推力，但其作品本身的大众色彩和文学祛魅不可忽视。例如，韩寒的作品始终没有离开都市日常生活描写。开创了三年销售 100 万册奇迹的《三重门》，主要刻画的是一个中学生叛逆、反抗最终辍学的故事。虽然作品本身稍显稚嫩，称不上完美，但仍受到广大青少年读者群体的热捧。从其作品内容的角度看，离不开对于中学生成长过程中可能遇见的师生关系、同学关系、亲子关系的全景呈现，准确反映了青少年在青春期的微妙情绪波动和情感困惑，以及为广大已经历或正在

[1] 洪子诚：《中国当代文学史》，北京大学出版社 1999 年版，第 391 页。

经历应试教育的人发声的情感共鸣。再如郭敬明，2003 年以一部《幻城》登上文艺社科类图书销售排行榜前三名；2007 年，青春校园题材的《悲伤逆流成河》出版一周销量破百万，成为当月中国图书销售量排行榜前三；着重介绍繁华都市中富二代、女白领、大学生们的恩怨纠葛的《小时代》系列出版后，也陆续创造各项销量神话，而后郭敬明推出了《小时代》的系列电影，虽口碑不佳，但也取得了不错的票房成绩。关于这些小说有多少美学价值和思想意义等文学性问题的讨论暂且搁置一旁，但就其娱乐性而言，其作品的确反映了广大青少年群体以及都市白领等阶层读者的生存现状，并且将社会现实中一系列剑拔弩张的矛盾置于明面上讨论。这一情况本身满足了各类读者群体对于消闲娱乐的诉求，读者在阅读这类作品的同时也获得了一种情感上的宣泄，从而达到自我心理的平复。由此可见，随着历史进程的推进以及社会经济的繁荣发展，在当下消费导向的社会文化环境中，文学若想克服自身的拘囿，重新占据公众视野，提升自身影响力，势必要满足大众对于文学消费的各项需求。文学回归民间已成大势所趋，这是网络文学回归大众的重要背景。

另一方面，网络文学“全民写作”的创作热潮也与网络时代的精神指引密切相关。网络文学在中国成长的二十年历史，也是互联网在中国更新换代的历史。互联网是自由精神的产物，也是无数网民自由创造与平等参与的媒介。这个自由平等的环境，孕育出了开放、平等、协作、分享的互联网精神。互联网自 1994 年进入中国以来，将众多独立计算机终端紧密地连为一体，互联网精神也顺着这“不可见的网”，潜移默化中改变着人们的写作方式，越来越多的人通过移动终端，在网络空间中进行文学表达。

网络媒体的平等开放精神给写作主体带来了多样的可能性。在互联网环境下，只要拥有一台支持 TCP/IP 协议的计算机终端，无论是谁，身处何方，都能轻松实现信息资源的快速共享。在互联网中，任何人都有着平等的创作机会，只要有写作的想法和表达的欲望，就能进行网上写作。网络时代的许诺就是：人人都可以成为艺术家。[1] 此外，网络空间以其空间虚拟、身份匿名的特点，给网络写作蒙上了一层狂欢的色彩。随着现代化程度的不断提高，现代都市生活的节奏日益加快，这种快节奏生活带来的巨大压力导致了当下都市人面临诸多难以回避的现实问题。网络空间中身份的匿名化为网民提供了巨大的言说自由。真实身份的隐藏，使得写手可以在道德法律允许的范围内以“无我”表现“真我”，可以轻松快捷地借由网络及时抒发现实生活的感受，尽情表达自己的喜怒哀乐，卸下现实生活中的“盔甲”与“伪装”，做“真实”的自我，满足大众现实生活中基于各种因素不可达成的宣泄欲望。通过满足大众宣泄欲的方式，网络吸引着越来越多的人以敲击键盘的方式进行自我表达，一时间，网络写作蔚然成风。

网络时代的到来已是不可逆转的时代潮流，移动网络和信息技术以超乎寻常的速度改变着我们的生活方式。在网络技术日新月异和消费社会市场导向的大背景下，传统文学自身的局限日益明显，文学创作面临新一轮的转型。恰逢此时，立足于移动互联网技术的发展以及互联网精神的关照，“全民写作”使得写作本身再也不是一种被束之高阁的少数人行为，更不是被精英垄断的某种崇高技艺，文学写作体制自此出现了前所未有的转变，写作成为一种日常化、全民化的文化权力。正是出于公众对于文学创作本身的需求以及互联网开放、平等、协作、分享精神的引导，网络文学创作迎来了“全民写作”大潮，文学重返民间成为不可逆转的大趋势。

2. 二十年网络文学的创作热潮

1998 年 3 月 22 日，台湾理工男蔡智恒开始在台湾成功大学电子布告栏（BBS）连载小说，到 5 月 29 日，他花了两个月零八天时间在网络上完成了《第一次的亲密接触》34 集连载，成为中国互联网上第一部“网人写网络化生活”的畅销小说，开启了中国网络言情类长篇小说的先河。从此，“全民写作”掀起创作热潮，网络文学进入了一个新的高峰期。伴随着移动终端技

[1] 黄鸣奋：《网络时代的许诺：人人都可以成为艺术家!》，《文艺评论》2000 年第 4 期。

术的革新，微博、知乎、简书、微信公众号、微信朋友圈等各类移动终端平台百花齐放，作为承载大众创作和阅读的新兴媒体平台已经成为当代网民的网络生活中不可或缺的重要组成部分。此外，互联网自由平等的精神关怀使得任何人只要拥有可以入网的移动信息设备，就可以进行意见发表、事件记录或虚拟创作。可以说，“全民写作”就是文学网民的“狂欢节”。

据中文互联网数据资讯中心 2017 年 2 月发布的《艾瑞咨询：2016 年中国网络文学作者洞察报告》显示，通过对 16 家文学平台的监测，仅 2016 年 1 月至 10 月，短短 10 个月内，网上累计新增的网络文学作者数量达 142.4 万[1]。二十年的积累下，网络原创作品数量庞大，增速惊人。例如，作为网络文学阵营霸主的阅文集团，作品总储量已超过 1000 万部，原创小说覆盖的行业达 90%以上。据中南大学网络文学研究团队统计，“阅文旗下起点中文网的作品储量累计达 300 万部，红袖添香作品 192 万部，榕树下作品 236 万部。此外，晋江文学城作品超 100 万部，17K 小说网作品 97 万余部，纵横中文网有作品 49.5 万部。其中，字数达 200 万以上的小说，起点中文网有 2891 部，纵横中文网有 2178 部，17K 小说网有 653 部，红袖添香有 86 部，晋江文学城有 55 部。篇幅上 1000 万字的小说，起点中文网有 19 部，纵横中文网有 12 部，17K 小说网有 3 部。文学网站日更新量突破 1.5 亿字，这意味着现在一年发表的原创网络文学作品数量，将远远超过传统文学过去六十年纸介印刷作品的总和。”[2]

网络文学作品大量涌现，离不开网络写手高扬的写作热情。从早期的网络写手，到后来的“大神”作家，网络写作者前赴后继，名家辈出。最早一批网络写手早在 20 世纪 90 年代就开始了网上文学创作，主要代表人物有痞子蔡、安妮宝贝、李寻欢、宁财神、邢育森等。他们不是职业写手，而是文学青年，其创作并无功利目的，多出于对文学的热爱，以及对自我表达与自

[1] 艾瑞咨询：《2016 年网文江湖群英谱——中国网络文学作者洞察报告》，2016 年 12 月 27 日，http://report.iresearch.cn/report/201612/2696.shtml，2018 年 4 月 20 日查询。

[2] 欧阳友权：《中国网络文学二十年》，《创作与评论》2018 年第 1 期。

我言说的渴望。因此，他们的作品极具个性化特征，语言幽默，思想前卫，拥趸很多，这也为后来网络文学创作热潮的出现奠定了作品和读者基础。这批写手最早可以追溯到罗森《风姿物语》开创的玄幻小说先河和痞子蔡《第一次的亲密接触》。到了 2003 年，VIP 付费阅读模式兴起，网络文学网站寻找到了新的商业发展模式，职业化网络作家群体规模更加庞大。与早期网络文学写手因爱好而进行业余创作不同，这一时期的网络写手选择与文学网站签约，进行专门的网络文学创作。网络写手高额的收益和较低的入职门槛使得越来越多普通的文学爱好者加入职业写作的行列，网络文学“全民写作”势头更加高昂，加剧了网络文学的创作热潮。阅文集团招股书显示，截至 2016 年 12 月 31 日，阅文集团共有作家 530 万人，文学作品 840 万部[1]。可见在文学市场步入商品化、产业化轨道的当下，网络文学创作已经由“圈子写作”变成大众行为。正因这些或出于热爱而写作、或为了生活而写作的网络写手的不断涌现，“全民写作”得以保持鲜活的生命力，中国网络文学才能在这二十年内取得长足的发展，并不断创造着令人振奋的市场价值。在网络文学二十年这个时间节点上，究竟有多少文学网民上网写作，在变动不居的网络空间要统计出精确数据几乎是不可能的，但有调查统计结果显示：“19 家文学网站当前的写手总量高达 916.13 万人，2015 年新增写手数量为 124.53 万人，顶尖写手数量为 1642 人，其中写手数量达百万以上的网站如小说阅读网、晋江文学城、起点中文网、创世中文网、起点女生网、云起书院、晋江文学城、中文在线、17K 等，2015 年新增写手数量都在 10 万以上，顶尖写手达百名以上的网站有起点中文网、创世中文网、晋江文学城、小说阅读网、榕树下、红薯中文网、看书网、红袖添香、潇湘书院等。”[2] 另有统计表明：“截至 2017 年 12 月，我国网络文学用户已达 3.78 亿人，其中手机网络文学用户 3.44 亿人。45 家重点文学网站的原创作品总量达 1646.7 万

---

[1] 张少华：《月活用户超 1.7 亿！网络文学“霸主”阅文集团递交招股书》，https://wallstreetcn.com/articles/3018254，2018 年 4 月 20 日查询。

[2] 欧阳友权、吴钊：《我国文学网站社会效益评价研究》，《人文杂志》2017 年第 2 期。

种，年新增原创作品233.6万部，网络文学创作队伍非签约作者超过1300万人，签约作者约68万人，总计约1400万人。”[1]

三、二十年网络文学发展大格局

1. 纵向：“马鞍形”上扬态势

《第41次中国互联网络发展状况统计报告》显示，截至2017年12月，我国网民规模达7.72亿，普及率达到55.8%，超过全球平均水平（51.7%）4.1个百分点，超过亚洲平均水平（46.7%）9.1个百分点。我国手机网民规模达7.53亿，网民中使用手机上网人群的占比由2016年的95.1%提升至97.5%。上网进行网络文学阅读的用户规模达到3.78亿，较2016年底增加4455万，占总体网民的48.9%。[2] 据1997年的中国互联网络发展状况第一次统计报告，我国上网计算机数仅有29万台，25万台拨号上网，只有4.9万台直接上网，上网用户数仅29万人。[3]

为更清晰地展示中国网络文学发展的二十年的格局，我们每隔五年选取了五个时间节点，根据CNNIC（中国互联网络信息中心）第2、11、21、31、41次的统计报告可知：

网络文学发展情况变化表

名称	1998年	2003年	2008年	2013年	2017年12月
上网计算机台数	54.2万	2083万	7800万	—	—
网民数量	117.5万	5910万	2.1亿	5.64亿	7.72亿

[1] 张斌、李俪：《中国网络文学用户达3.78亿人　创作队伍总计约1400万人》，http://mil.chinanews.com/cul/2018/05-17/8516356.shtml，2018年6月16日查询。

[2] 中国互联网络信息中心：《第41次中国互联网络发展状况统计报告》，2018年1月31日，http://www.cnnic.net.cn/hlwfzyj/hlwxzbg/hlwtjbg/201803/P020180305409870339136.pdf，2018年4月10日查询。

[3] 中国互联网络信息中心：《中国互联网络发展状况统计报告（1997/10）》，http://www.cnnic.net.cn/hlwfzyj/hlwxzbg/200905/P020120709345374625930.pdf，2018年4月10日查询。

续　表

名称	1998 年	2003 年	2008 年	2013 年	2017 年 12 月
手机网民数量	—	—	5040 万	4.2 亿	7.53 亿
网络文学用户数量	—	—	—	2.33 亿	3.78 亿

从这五次的统计数据看来，我国网民规模呈现出随着互联网和移动终端技术发展而直线飙升的态势。但从网络文学发展历程看来，网络文学并不是随着网络普及的速率而直线增长，而是以“马鞍形”曲线发展之后呈现出上扬态势。

网络文学从异军突起至今日的二十年中，经历了一个两头高中间低的类似“马鞍形”的上升趋势。由前文表格中的数据可以看出，1998 年至 2002 年仅仅四年之间，上网计算机台数由 54.2 万激增到 2083 万台，网民数也由 117.5 万人上升至近 6000 万人。这五年时间是中国网络文学发展的草创时期，虽然起步晚，但得益于互联网的快速发展，以及上网计算机数量的激增，发展势头十分强劲。1997 年底，我国最大的中文原创文学网站“榕树下”在上海成立，中国网络文学进入第一个高峰期。早期的网络写手开始崭露头角，如痞子蔡、安妮宝贝、李寻欢、邢育森、宁财神、黑可可、王猫猫等，都是在中国网络文学初期的著名写手。这一阶段备受欢迎的网络文学作品包括《迷失在网络中的爱情》《告别薇安》《八月未央》《我的爱慢慢飘过你的网》《性感时代的小饭馆》《蚊子的遗书》《悟空传》《成都，今夜请将我遗忘》《大连金州不相信眼泪》等。通过自由开放的网络这一平台，写手们得以展现高昂的创作激情和多样的文学才华，创造了一批经典网文作品，成就了网络文学的第一个高峰期。

但好景不长，纳斯达克的互联网股在 2000 年 3 月崩盘，全球互联网行业迎来了它的第一个严冬。2001 年底，“博库”以渠道方式创建电子阅读收费模式的尝试宣告失败。自此，网络文学开始进入前所未有的低谷时期。2002 年的《信息产业报道》上曾发表一篇文章《网络写手去哪儿了》，直面网络文学的颓势，并探析其原因：“仅仅数百天，网络文学的地位就大起大落。从恶意炒作，红红火火，大有想在数年之内取代纸质文学的地位，作为这个时代的流行的霸主；到大网站惨淡经营，小网站纷纷倒闭，除了几名网络文学的年轻写手外，其他无名小辈只能发出呻吟之声。那么问题出在什么地方呢?”[1]

自由开放的网络文学虽然很大程度上取代了传统文学在消费主义环境中的地位，满足了文学消费者们或娱乐或文学性的需求，成为备受欢迎的新兴文学形式；但从另一方面来说，网络文学毕竟刚刚起步，各大文学网站也都处于摸爬滚打的草创时期，因而就其发展所需的外界条件而言，难免出现来自硬件、软件两个方面的断层。硬件条件的断层是指互联网、电脑设备的普及度到达了上一个阶段的顶峰和瓶颈阶段，这一特定层次的网络用户群体中的电脑普及度已经趋于饱和，网络文学若想更进一步发展，很大程度上需要吸引更多的受众群体，而受众则需要更容易接触到的电脑设备来进行网络文学阅读。也就是说，网络文学的发展离不开其受众群体的不断扩张，而网民数量的提升很大程度上依靠更为便捷的电子计算机技术的普及。有作家分析：“阅读网络文学作品需要电脑等设备，使读者不能通过简单的方法随时阅读作品等原因，导致了网络文学处于现在的低潮。”[2] 第 9 次《中国互联网络发展状况统计报告》显示，截至 2001 年 12 月 31 日，我国上网计算机数约 1254 万台，我国上网用户人数约 3370 万人。[3]而第 12 次《中国互联网络发展状况统计报告》显示，截至 2003 年 6 月 30 日，我国上网计算机总数为 2572 万，我国上网用户人数约 6800 万人。[4] 通过两次计算机数量和上网总人数的对比发现，从 2002 年伊始到 2003 年 6 月，仅仅半年的时间上网计算机数量已经翻了一番，网民数量也由 3000 万发展至 6800 万。可以看出，电脑和网

[1] 原文出自子锋：《曾经辉煌的“痞子蔡们”结束短暂生命》，《劳动报》2001 年 11 月 29 日。

[2] 子锋：《曾经辉煌的“痞子蔡们”结束短暂生命》，《劳动报》2001 年 11 月 29 日。

[3] 中国互联网络信息中心：《中国互联网络发展状况统计报告（2002/1）》，2002 年 1 月 15 日，http://www.cnnic.net.cn/hlwfzyj/hlwxzbg/200906/P020120709345368128648.pdf，2018 年 4 月 11 日查询。

[4] 中国互联网络信息中心：《中国互联网络发展状况统计报告（2003/7）》，2003 年 7 月 21 日，http://www.cnnic.net.cn/hlwfzyj/hlwxzbg/200906/P020120709345365230387.pdf，2018 年 4 月 11 日查询。

络的普及程度与网民数量呈一定正相关关系，而网民数量则是决定网络文学兴衰的关键因素。这也说明，网络与电脑的普及程度，在这一时期是制约网络文学发展的一个硬性指标。

另外，文学网站缺少运营管理经验也是制约网络文学发展的另一大阻力。文学网站作为网络文学的载体和摇篮，是专门传播和发布文学信息的网络节点，通常由一定的文学机构、社团、文化公司或者文学网民个人成立。发展初期的文学网站由于缺少经验，找不到合适的盈利方式，导致各方面运营难以为继。最具代表性的事件是2002年的互联网寒冬期，“榕树下”创始人朱威廉不得不把当时最具影响力的这一大型文学网站以1000万美元卖给全球传媒巨头贝塔斯曼，此后经营不善的“榕树下”再次被贝塔斯曼折价以500万美元卖给欢乐传媒。当时的网络写手也面临转行危机，名噪一时的网络写手如安妮宝贝、李寻欢、云中君等，纷纷改行或投身传统文学创作。一时间，“我手写我心”的网络文学陷入了无大牌写手、无标志性网站、无网红作品的尴尬境地。

网络文学走出平台期，开始触底反弹是在2003年。由CNNIC第9次《中国互联网络发展状况统计报告》可以看出，这一时期网络文学发展所需的“硬件条件”已经达到，软件的“更新”则是以起点中文网的付费阅读模式出现为标志。2003年10月10日，起点中文网正式推出第一批VIP电子出版作品，VIP付费阅读模式计划正式启动，并且取得初步规模效益。2005年出现了当月签约作品稿酬发放突破100万的作者（血红），使电子出版迈入高速发展的黄金期，“VIP制度”也由此在业界推广。对于网络文学而言，这一制度为其他网络文学网站的持续发展提供了切实可行的商业盈利模式。

自此，中国网络文学网站寻找到一条全新的商业化模式，网络文学发展进入了“井喷式”的繁荣盛状，开启了互联网阅读时代的全新篇章。2008年7月，盛大文学成立之后，大手笔整合了起点中文网、红袖添香、小说阅读网、榕树下、言情小说吧、潇湘书院六大原创文学网站，以及天方听书网、悦读网、晋江文学城（50%股权），同时还拥有华文天下、中智博文和聚石文华三家图书策划出版公司，占据了当时整个原创文学市场72%的份额；签约的有韩寒、于丹、安意如、蔡康永等多位一线作家，一时间将网络文学推向大众关注的风口浪尖。2015 年 1 月，原陈天桥治下的盛大文学与腾讯文学合并组建为“阅文集团”，由原盛大文学的核心人物吴文辉牵头统一管理和运营原有文学网站子品牌，网络文学再一次大旗高扬，一路上行，直奔“高原”，呈现前所未有的繁荣盛况。据国家广电总局公布的数据，截至 2016 年 12 月底，国内 40 家主要网络文学网站提供的作品数量已高达 1400 余万种，并有日均超过 1.5 亿文字量的更新。支撑上述天文数字的各层次写作者超过 1400 万，其中相对稳定的签约作者已接近 60 万人[1]。

2. 横向：“三阶段”基本走向

如果说网络文学发展的二十年在纵向上呈现出两端高中间低的“马鞍形”上扬趋势，那么横向看来，二十年间网络文学的内容发展则经历了三个阶段的自我革新。按照业内专家的分析，所谓网络文学“三阶段”，包括“网络文学发展从草根生长，到商业模式的形成，再到数据为王”的第一阶段，“网络文学逐渐成长为主流文化形态，网络文学也开始被传统的文学、影视、媒体所接受并热捧，慢慢形成所谓 IP 热潮”的第二阶段，网络文学未来“行业生态必然会向规范与高效的方向进化，向更垂直、更精细、更专业的方向发展”的第三阶段。[2]

网络文学第一阶段的三个关键词是：草根生长、商业模式成型、数据为王。网络文学在诞生之初之所以被广大网民所接受，凭借的正是自由平等的草根特质。网络的自由准入原则使得任何热爱文学的人都能进网创作，这些来自民间的网络写手以“我手写我心”的方式尽情书写自我。从内容上来说，仅以“平民姿态和平常心态写平庸事态，以撒播感觉来表征平庸”[3]，没有阳春白雪，不强调崇高，诙谐与严肃、粗俗与优雅在这里和谐共存。痞

[1] 新浪读书：《张毅君：在首届中国“网络文学十”大会上的发言》，http://book.sina.com.cn/news/whxw/2017-08-11/doc-ifyixtym0732414.shtml，2018 年 4 月 12 日查询。

[2] 橙瓜网：《萧何——网络文学不死，IP 就一定会持续火热下去》，http://m.chenggua.com/articleCen/8347，2018 年 4 月 12 日查询。

[3] 欧阳友权：《网络文学概论》，北京大学出版社 2008 年版，第 107 页。

子蔡、李寻欢、宁财神、安妮宝贝、黑可可等是这一时期草根写作的杰出代表。网络文学商业模式成型于 2003 年起点中文网的 VIP 收费阅读模式，这一成功所获得的收入使得文学网站能够维持其自身的日常运营和发展。此后的各大文学网站基本都沿用这样一种商业模式，并随着网站自身的发展而日臻成熟。在此模式的驱动下，出现了越来越多的职业写手，网络文学商业化进程大大加快。紧随着商业模式的成型，网络文学迎来了这一阶段的最后一个关键词——数据为王。网络数据是“用技术手段记录网民访问网站的每一个点击行为”[1]，在网站经营过程中被全方位运用。在文学商品化的时期，一部网络文学作品的成功与否不在于是否拥有深厚的思想性和文学性，而在于其点击率、收藏量的高低。点击率越高，月票越多，收藏量越多，说明这部作品越受读者欢迎，也意味着其可被挖掘的潜力越大，市场价值越高。例如唐家三少的《斗罗大陆》，仅连载半年点击率就破 2000 万，一年内达 5000 万。这让各个投资者看到了背后的商机，纷纷注资开发下游产业。不出所料，其超高的人气使得 2018 年《斗罗大陆》的动画版一经上线，三集点击率即破 4.5 亿。可以说，粉丝数据能反映一部网络文学作品的成败，也宣告着网络文学大数据时代的到来。

网络文学的第二阶段是其逐渐向主流文化形态转型的“IP 热”阶段。经过第一阶段的发展，网络文学已经形成了切实可行的商业运营模式，且拥有一批稳定的消费群体，这为网络文学向第二阶段转型奠定了坚实的基础。这一阶段的特征首先表现为主流文学开始关注并接受出身草根的网络文学。2008 年，由中国作家协会指导、中国作家出版集团和中文在线共同主办的“网络文学十年盘点”活动启动，这是网络文学发展十年来第一次与主流文学进行的最为直接、深入的对话，也是中国主流文坛对网络文学的第一次正视。文学评论家白烨曾这样评价这次盘点活动：虽然从初审到复审均采用了传统文学视角和尺度，但活动的“意义不在于评了谁，把谁漏了，而在于主

[1] 穆宏志：《内容为王？平台为王？数据为王？》，《中国出版传媒商报》2011 年 11 月 29 日。

流文学和网络文学的相互接近和了解”。[1] 主流文学对网络文学的接受，还表现在作家协会开始吸纳网络文学作家。早在2005年，既是网络写手又是传统作家的安妮宝贝、张悦然等人加入中国作协。2011年，唐家三少、当年明月当选中国作协全委，成为中国作协最高权力机构的两位网络作家，说明了中国文坛主流话语对非正统作家和草根文化的正式认可。另外，主流声音对网络文学作品的正面积极评价也是主流文学接受网络文学的又一力证。2007年10月，欧阳友权的网络文学理论专著《数字化语境中的文艺学》获鲁迅文学奖，被认为是主流意识和传统文学对网络文学理论研究的首次高调褒奖。此后，众多文艺界高层领导和知名作家、理论评论家开始关注网络文学，对网络文学予以正视并加以肯定与支持。例如中国作协主席铁凝，副主席张抗抗、陈建功、高洪波，中国作协党组书记、副主席李冰，知名评论家白烨等人都曾口径一致地表示过对网络文学未来发展的支持与期待。

第二阶段的特征还表现为：网络文学全版权运营，与影视、媒体联袂打造文化产品，网络文学“IP热”的盛况全面开启。“IP”即“Intellectual Property”的英文首字母缩写，译为“知识产权”。从狭义角度而言，在网络文学领域，IP指的是为大众读者所熟知并具有巨大改编、开发价值的原创网络文学作品；而在网络文学业内，IP则用于指代网络小说的改编、运营版权。网络文学作为IP源头，具有内容资源最丰富、可供改编的方式最多样、内容延展性最高等优势。自2015年起，IP堪称网络文学业内最为火爆的关键词，这一年也被称作“IP元年”。就在这一年，网络小说《盗墓笔记》《花千骨》《琅琊榜》《小时代》被影视化，并在投放市场后获得了空前成功，震惊业内。一时间，看到了利润空间的文化投资者紧随其后，业内涌入大量资本，电视剧、电影、动漫、音乐、游戏、演艺、纸质出版等各个产业多面开花，IP热度再三升级，形成网络文学“IP热”现象，这对网络文学的市场走向和未来发展影响很大。

[1] 北京青年报记者：《“网络文学十年盘点”结果引争议》，《中国青年报》2009年6月27日。

网络文学发展的第三阶段：跨界合作，定制化创作。网络文学的行业生态向规范与高效的方向进化成了必然趋势，“定制化写作”已经出现，并将可能是未来网络文学的发展方向。也就是说，一方面，网络文学需要向更垂直、更精细、更专业的方向发展，突破“数据为王”的限制，进入“内容为王”的时代，更加注重作品的内容与质量，越优秀的作品商业价值就越高，也越容易获得丰厚的回报，以此建立起“以质量论英雄”的网络文学市场规律；另一方面，还要更加关注读者和受众的阅读体验，以“工匠精神”完善跨界合作，实现定制化创作。随着网络文学全版权运营时代的全面推进，网络作家需要改变以前完全依靠激情、灵感来创作的模式，而为网络文学产业链中各个环节包括观众、听众、漫画游戏爱好者在内的受众来写作，“以前是作者为读者写书，以后则还需要为观众、听众、漫画爱好者、游戏迷来写作”。[1] 业内人士称其为“策划人制度”：“策划人将是一部作品 IP 化的整体操盘手。说简单点，一本书从创意发起，到大纲确认、内容创作、IP 孵化、商务合作立项、剧本大纲创作、剧本创作、后期制作等，整个过程策划人将全程协助作者并参与。而公司所有的业务，都是围绕着策划人制度来布局展开的。”[2] 由产业链上的各方联手创作（开发）一个作品，让产业链各环节从作品创作的源头介入，以“定制化创作”实现“跨行业拓展”，这可能是未来网络文学创作的重要发展方向。高人气网络小说《择天记》影视化后惨淡的收视率便是一个教训，业内人士意识到，如何制作出内容精良的高质量下游产品，应该被纳入宏观的统筹范围之中，这离不开网络文学行业生态规范化与高效化的协调推进，也离不开对网络文学受众喜好的分析与关注。如何在商业化时代中坚守文学的人文情怀，坚持社会效益和经济效益的双效统一，创作出既有深厚思想价值，给人以精神愉悦、情操陶冶，又为大

[1] 橙瓜网：《萧何——网络文学不死，IP 就一定会持续火热下去》，http://m.chenggua.com/articleCen/8347，2018 年 4 月 12 日查询。

[2] 橙瓜网：《萧何——网络文学不死，IP 就一定会持续火热下去》，http://m.chenggua.com/articleCen/8347，2018 年 4 月 12 日查询。

众喜闻乐见的网络文学作品以及下游产品，是业界亟待解决的问题，也是未来网络文学发展的总体方向。这需要业内人士坚持“工匠精神”，杜绝恶意炒作和唯利是图、追求短期变现的推手，致力于开发内容精良且满含诚意的网络文学产品，从而提高网络文学整个产业的行业水平，为中国当代网络文化市场的健康繁荣贡献一份文学的力量。

四、从顶层设计到管理平台

1. 从“野蛮生长”到主流引导

我国网络文学二十年的发展虽命途多舛，但总体仍保持着快速增长的上扬势头，日渐成为社会主义文艺的重要组成部分。基于网络文学日趋上升的市场价值优势及社会影响力，传统文学逐渐改变对于网络文学的原有成见，政府也开始关注和重视网络文学。这意味着网络文学已逐步被主流文学和主流机构所接纳。2015 年 10 月，中共中央出台了《关于繁荣发展社会主义文艺的意见》，明确提出“大力发展网络文艺”，认为“网络文艺充满活力，发展潜力巨大”，应该坚持“重在建设和发展、管理、引导并重”的方针，实施网络文艺精品创作和传播计划，鼓励推出优秀网络原创作品，推动网络文学、网络音乐、网络剧、微电影、网络演出、网络动漫等新兴文艺类型繁荣有序发展，促进传统文艺与网络文艺创新性融合，鼓励作家、艺术家积极运用网络创作传播优秀作品。文件要求：“充分发挥新媒体的独特优势，把握传播规律，加强重点文艺网站建设，运用微博、微信、移动客户端等载体，促进优秀作品多渠道传输、多平台展示、多终端推送。加强内容管理，创新管理方式，规范传播秩序，让正能量引领网络文艺发展。”2016 年 11 月 30 日，习近平总书记在中国文联第十次全国代表大会、中国作协第九次全国代表大会开幕式上的讲话指出，实现中华民族伟大复兴，需要物质文明极大发展，也需要精神文明极大发展，强调了优秀文艺作品和文艺创新对于时代和民族的重要性。2017 年，习近平总书记在十九大报告中再次强调繁荣社会主义文艺必须坚持“以人民为中心”的创作导向，加强现实题材创作，明确提出，推动文化事业和文化产业发展，要完善文化管理体制，加快构建把社会效益放在首位、社会效益和经济效益相统一的体制机制。国家广电总局、中国作协也积极倡导“以人民为中心”的创作导向。政府相关监管部门对于网络文学的积极引导与管理，体现了政府对于网络文学行业的关注与扶持，对网络文学创作的内容与导向在宏观上发挥着重要的规范作用，鼓舞了网络作家的创作活力，营造了良好的网络文学发展环境。

网络文学作为精神产品，具有精神价值与经济价值的二重性，这决定了网络文学创作和经营不能单纯追求利润最大化，而应该把社会效益放在首位，达成精神与经济的双赢。但有的作者和网站、企业存在唯利是图、片面追求经济效益、以赚钱为导向的现象，引起了政府的高度重视并受到遏制。2015 年 9 月 15 日，两办印发了《关于推动国有文化企业把社会效益放在首位、实现社会效益和经济效益相统一的指导意见》，明确提出：“文化企业提供精神产品，传播思想信息，担负文化传承使命，必须始终坚持把社会效益放在首位，实现社会效益和经济效益相统一”，“坚决反对唯票房、唯收视率、唯发行量、唯点击率”现象。近年来，政府采取强有力措施，整顿网络文化市场，纠正和扭转“重市场、轻导向”的市场乱象。2018 年 4 月，国家广播电视总局官方发布消息，因导向不正、格调低俗等问题，“今日头条”“凤凰新闻”“网易新闻”“天天快报”等 4 款 APP（Application，应用程序）被下架。紧接着“内涵段子”和“奇葩大会”同时被下架。清查对象包括：色情低俗、侮辱谩骂、造谣传言、垃圾广告、侵犯版权、内容引人不适、涉嫌违反法律法规等违规的客户端账号和内容；涉黄的、宣扬血腥暴力、同性恋题材的漫画及图文短视频内容，如表现“腐、基、耽美、本子”等，以及含有暴力的违法游戏（如：“侠盗飞车”“黑手党”“雇佣兵”）及相关的动图短视频内容。人民网发表文章指出，任何一家互联网企业追逐利益都必须以不损害社会核心价值观为前提，不得以任何理由为不良信息的传播开脱，并且应当以引导社会向善向上风气为己任。

主流引导还包括对网络创作者的引导和培养。这些年来，就网络作家素质提升与思想培养问题，相关部门开展了一系列的活动。2008 年 9 月 10 日，“全国 30 省作协主席小说联展”正式启动。来自全国 30 个省、市、自治区作协的主席（副主席）自 9 月起开始在起点中文网上以付费阅读的模式连载自己的中长篇小说，并根据点击率和网络评审的意见进行评奖。此次活动一方面推动了网络文学走上良性、合作、循环、健康的发展之路，另一方面也是对传统文学是否“以人民为中心”、是否接地气、能否为广大人民群众所接受的一次检阅。在提升网络文学从业者自身思想素质和服务大局能力方面，政府牵头开展了一系列作家培训活动。2009 年 7 月 15 日，经中国作协党组审批，鲁迅文学院首开网络文学作家培训班。由时任中央党校文史部副主任周熙明、中国作协副主席陈建功以及蒋子龙、胡平多等知名作家、评论家向唐家三少、张小花等 29 名知名网络作家讲授文学创作潮流和文学创作基本理论知识。此后，此类网络作家研习班的举办进入常态化。2011 年，中国作协举办了网络作家与传统作家“结对交友”活动，18 位著名作家、评论家与 18 名知名网络作家见面并结成对子，这项活动已举办两届。这种结对交友活动的举办，是中国作协为促进网络作家与传统作家相互学习、互相帮助做出的努力，并期望以中国文坛“帮、扶、带”的优良传统来促进当代文坛健康、有序、繁荣发展。2016 年 4 月，广东网络作家协会和阅文集团联合举办了“2016 广东网络作家高级研习班”，帮助网络作家更好提升写作水平，并在网络文学创作中大力宣传社会主义核心价值观。2017 年 2 月 10 日，第 77 次全国网络文学重点园地工作联合会议在北京举行，会议主要就网络作家申报中国作协会员事宜进行说明。网络作家的入会申报是中国作协扶持与推动网络文学创作的重要工作，体现了中国作协长久以来对网络文学工作的高度重视，以及致力于引导、团结、协调、服务广大网络作家和网络文学从业者，更力图引领网络作家坚持以人民为中心的创作导向，弘扬社会主义核心价值观，让作品充满正能量，以求在中国特色社会主义文化建设中发挥作用。

打击盗版侵权是网络文学主流引导、整治乱象的重点。“版权问题是悬在文学网站头顶的‘达摩克利斯之剑’”[1]，数字化时代的版权保护难度更大，也更加棘手。据2016年初艾瑞咨询发布的《2015年中国网络文学版权保护白皮书》显示，网络文学盗版现象由来已久。有预测，仅2014年盗版的网络文学作品，如果全部按照正版计价，PC端付费阅读收入损失达43.2亿元，移动端付费阅读收入损失达34.5亿元，衍生产品产值损失21.8亿元，行业损失近100亿元。[2] 2015年盗版给网络文学带来的损失达79.7亿元，其中移动端付费阅读收入损失达43.6亿元。2016年损失为79.8亿元，其中移动端付费阅读收入损失达50.2亿元。用户在论坛、贴吧等看盗版小说的比例均超过50%。[3] 为有力规范网络出版服务秩序，促进网络出版服务业健康发展，政府部门作为打击网络文学侵权盗版行动的重要主体，通过制定部门规章和严格执法来加强对网络文学侵权盗版行为的处罚，以规范行业环境和秩序。首要措施是颁布和实施相关规定和管理办法，以加强引导，敦促网络出版规范化。如2010年2月对《著作权法》实施了修订，但随着移动互联网的普及以及移动终端技术的进步，数字内容产业的侵权盗版行为正朝着高隐蔽性、多元化的方向发展，2010年版《著作权法》的滞后性开始浮现，版权纠纷接连不断。为满足快速变化的社会发展需要，国家版权局在此前《著作权法》的基础上，相继出台了系列政策性文件，针对新形势下的互联网版权保护和交易进行了细致的规范和说明。2016年11月，国家版权局发布了《关于加强网络文学作品版权管理的通知》，进一步明确了通过信息网络提供文学作品以及提供相关网络服务的网络服务商在版权管理方面的责任与义务。这是国家版权局加强网络文学版权保护的一项重要举措，对规范网络文学版权秩序具有重要意义，标志着中国网络文学版权保护和正版化进程

[1] 欧阳友权、吴钊：《我国文学网站社会效益评价研究》，《人文杂志》2017年第2期。

[2] 艾瑞咨询：《2015年中国网络文学版权保护白皮书》（简版），2016年1月7日，http://report.iresearch.cn/report_pdf.aspx?id=2515，2018年4月15日查询。

[3] 艾瑞咨询：《2016年中国网络文学版权保护白皮书》（简版），2017年4月7日，http://report.iresearch.cn/report_pdf.aspx?id=2971，2018年4月15日查询。

进入新的发展阶段。另外，还颁布了《关于推动网络文学健康发展的指导意见》《网络出版服务管理规定》等，在打击盗版侵权方面起到了规制和指导作用，为网络文学健康发展创造了良好的环境。另一方面则集中强化了行政监管对侵权盗版行为的打击力度。自2005年起，国家版权局联合国家网信办、工信部、公安部连续开展打击盗版的“剑网”行动，进一步规范了网络文学出版秩序，对净化网络空间、遏制盗版侵权成果显著。《2016年中国网络文学版权保护白皮书》认为，对这些专业网络文学盗版站点进行全力集中打击，能有效地遏制盗版网络文学的传播，在尽可能挽回企业损失的同时，还有效震慑和警示了盗版文学网站运营者，对于我国版权环境的持续改善大有益处。[1]“剑网2016”专项行动的开展对企业乃至整个行业而言意义重大，维护了网络文学出版的合法权益，有效清除了侵权盗版的灰色地带。

2. 网站管理平台的积极探索

网站是网络文学的集散地和枢纽，在收揽、存储和传播文学作品和文学信息上发挥着载体平台作用。二十年来，作为载体平台的文学网站为网络文学的繁荣发展做出了不可替代的贡献，在如何管理、经营网络文学方面探索了一系列行之有效的办法。

（1）文学网站的商业化运作

文学网站在网络文学发展初期一直是文学爱好者自由抒写性灵的世外桃源。如起步期的“榕树下”就是这样一个大型文学网站，其中部分作品率先受到读者的喜爱，而后这些读者累积成为固定读者群。当时的市场化路径主要是原创作品的商业出版，不过仅靠出版图书难以获得理想的商业回报。2003年起点中文网尝试“VIP付费阅读”模式取得成功，为此后文学网站的商业运作奠定了基础，形成了由图书出版到付费阅读再到网文IP版权转让

[1] 艾瑞咨询：《2016年中国网络文学版权保护白皮书》（简版），2017年4月7日，http://report.iresearch.cn/report_pdf.aspx?id=2971，2018年4月15日查询。

的网络文学商业运营的三个基本阶段，进而形成一条完整的网络文学产业链。自 2003 年以后，各类大小原创文学网站纷纷走向产业化转型之路，陆续形成了盛大文学、阅文集团这样的大型网络文学集团，成立了中文在线、掌阅文学、阅文集团三家文学上市公司。截至 2018 年，经过产业资本的加速整合，我国网络文学领域逐渐形成了“一超多强”的格局——阅文集团依托腾讯门户的影响力，成为网络文学市场当之无愧的王者；其他如中文在线、17K 小说网、掌阅文学、百度文学、阿里文学、豆瓣阅读、网易云阅读、纵横中文网、晋江文学城、幻剑书盟、龙的天空、天涯读书、凤凰读书、腾讯读书、搜狐读书、豆瓣读书等几十家网站也不甘示弱，它们组成的“集团军”成为网络文学市场极具竞争力的创新性力量。“一超多强”的局势直接影响网络文学市场资源配置，构成了中国网络文学的总动势与大格局。

纵观原创文学网站的商业模式，主要有付费阅读业务、版权业务和广告业务等方面。

一是付费阅读。这一制度自 2003 年起点中文网开始运用并获得成功之后，一直被各个文学网站沿用，在保护作者合法权益的同时也为作者和网站带来了一定的经济效益。据计算，2011 年起点最火爆的小说《斗破苍穹》，要在起点阅读完整版需花费 300 元，而该书纸质版整套在亚马逊标价 380 元，但仍然有大批粉丝愿意进行网上付费阅读。对于这类已有大批忠实粉丝的榜单作品，粉丝阅读的意愿高涨，他们愿意实时追读更新，即便追到作品完结要花费上百元甚至几百元，他们也甘于为喜欢的作品付费，一部热门的作品可能有千百万乃至上亿的粉丝，累计起来收益就十分可观。值得关注的是，文学网站中其实更多的是小众作品，但是已有学者指出：“原创文学网站作品数量庞大，这处于尾部的小众作品每部就算仅有 100 人付费阅读，最后产生的收益也是极其庞大的。”[1] 由此可见，各大热门榜单作品的高额粉丝效应收益再加上数量庞大的小众作品收益，就构成原创文学网站基本的盈利

[1] 李梦琴：《原创文学网站盈利模式分析》，《传播与版权》2016 年第 1 期。

方式。

二是全版权运营。这已成为当下文学网站最具拓展性的“商业蓝海”，即文学网站通过向作者收购作品版权，再将其包装成一系列的线下产品向市场出售，主要包装方向有周边产品、传统纸质出版、版权输出以及影视、游戏、动漫、演艺等多平台合作。近年来，文学网站以网络小说IP版权为运营核心的商业模式风头正盛。“IP”一词自2015年起与网络文学联系密切，各家大型网络文学网站开始构建泛文娱IP生态。如阅文集团的“内容连接2.0”、阿里巴巴的“大文娱板块”，根本而言都是对IP进行全版权跨界运营。这意味着，文学网站改变了以往的一次性网络文学开发模式，转而将同一IP进行各个领域的多向开发，从而实现一部作品的商业价值最大化。以阅文集团的“内容连接2.0”模式为例，他们以明星精品IP为核点，将网络文学作品线下出版为各种译本的实体书，线上则售卖给各大通信运营商进行分销，再从各终端设备提供商手中定制到读者手中，另外还将作品改编为漫画、动漫、影视、游戏，甚至演出。漫画以外的其他四种模式还可以进一步衍生出相关的音乐以及周边产品的版权。[1] 在这一模式的影响下，猫腻的作品《择天记》实现了影视、游戏、动漫三面开花，动画版《择天记》第一季以破亿的点击率收官，第二季开播首日付费点击超过200万，开创了全网VIP观看的历史记录。泛文娱的IP生态将一部优秀作品的市场价值最大化，实现了产业生态的各方共赢。

三是广告业务。这主要包括了依靠作者植入的文内高显广告和根据网站页面收费的网站页广告。文学网站越知名，所拥有的作品越火爆，广告收益就越高。以起点中文网为例，据艾瑞咨询2016年3月发布的垂直文学网站行业数据显示，起点中文网日均覆盖人数达146万人，日均网民到达率达

[1] 刘锦宏、赵雨婷：《泛娱乐生态中网络文学全产业链生产和运营模式解析——以阅文集团旗下猫腻作品〈择天记〉为例》，《出版科学》2017年第1期。

0.6%[1]，数据远超同类网站。根据起点中文网官网显示，83.2%的用户每天访问网站一次以上，62%的用户每次在起点中文网上停留60分钟以上，用户平均页面停留时长60秒，单用户单次访问平均页面数27.5页。作为文学网站里的龙头企业，起点中文网的浏览量和点击率远超同类型网站，众多广告商和投资者的目光便投向了起点中文网，合作投放广告的企业接踵而来，这为起点中文网带来大量的广告收入。

（2）管理平台的写手培育

文学网站通过自身构建的商业化运作模式，最终是为了获取高额利润，以寻求稳定长久发展。这需要文学网站不断吸引大量的写手，获得足够多优秀的创作人才，创作出更多的热门网络文学作品，从而获取第一手优质内容，以实现经济收益最大化。由此看来，文学写手的发掘与培养很大程度上成为决定文学网站健康持续发展的重要环节。

深知只有好作者才能创造好作品，有了好作品才能有网站长远发展的道理，文学网站为了更好地培育与激励写手创作出更多优秀的作品，开创了一套方法来维护自己盈利模式的良性运转。首先，建立写手“零门槛”准入机制，吸引大批文学爱好者圆梦网络，拿起“笔”投身网络写作。这一制度使得发表文学作品变得十分简单，任何人都能通过网络发表作品，并通过写作赚取相应稿酬。起点中文网2003年开始实行原创文学作品网络版权签约制度，并设置作品VIP章节订阅和“打赏”“更新票”“月票”制度来直接给予作者额外的收入奖励，已经签约的作家通过这种模式能获得一个基本的稿酬收入。对于还未够资格签约成“大神”的新手作家设有一定的全勤奖、“低保”工资等福利。起点中文网2013年对上架作者提供每月1300元的“低保”补贴，未上架作者则需根据日更字数来领每月300元、500元、1000元不等的“低保”补贴。2007年，起点还提出了“万元保障”和“亿元基金”计

[1] 艾瑞咨询：《2016年1月垂直文学网站行业数据》，2016年3月10日，http://report.iresearch.cn/content/2016/03/259110.shtml，2018年4月16日查询。

划。前者是针对所有签约作者，网站为他们提供最低一万元的年薪保障，以鼓励其写作；后者则是起点为写手团队设置各种奖项、基金、年终奖等。这些计划都是为了保障作家的收入以维持基本生活。在这一准入原则下，截至2016年，阅文集团共有作家530万人。其旗下起点中文网2018年原创文学“白金作家”有36名，原创文学“大神作家”120名。其次，通过“网络文学作家培训班”提升网络写手的文学素养。受“零门槛”准入机制的影响，许多网络写手可能受制于自身的文学素养，难以创作出优秀作品，导致文学网站作品良莠不齐。盛大文学与鲁迅文学院曾联合举办“网络文学作家培训班”，意在帮助网络写手了解文学创作包括网络文学创作的发展潮流和基本态势，帮助写手掌握文学创作理论及相关知识，把握文学创作的规律，提升关注社会现实的能力和深入社会实践的意识，促进他们写出更加贴近时代的优秀网络文学作品。[1] 文学网站这一系列的措施行动，有效稳定了网站的写手团队，加大了对于优秀写手的吸引力和凝聚力，对于网络作家个人写作能力提升有着长效的影响。

(3) 倡导文学创作的品质规范

针对网络文学作品良莠不齐或“量大质不优”，以及幻想类作品一枝独秀、现实题材作品匮乏的现状，一些文学网站积极倡导精品力作，采取措施加大现实题材创作的引导。例如，2015年9月，在上海市新闻出版局的指导下，阅文集团旗下多家知名原创文学网站主办了跨年度“网络原创文学现实主义题材征文大赛”；到2016年12月收官时，阅文旗下各网站现实主义题材作品增幅超过了100%，一年之内收到现实主义题材参赛作品6000余部，主题涵盖改革历程、社会热点、生活变迁等社会生活各个领域，诞生了一系列优秀的现实主题作品，如《复兴之路》《二胎囧爸》等。这样的活动一方面冲击了网络文学读者群低龄化的现状，拓宽了网络文学的受众群体，进一步扩大了电子阅读的影响力；另一方面，也帮助网络文学打破套路化、模式化

[1] 张健：《在鲁院网络文学作家培训班（第二届）开学典礼上的讲话》，http://www.chinawriter.com.cn/2010/2010-01-26/81857.html，2018年4月17日查询。

的症结，提升了网络创作的文学品质。其实，早在1999年，网易就发起过这类网络文学大赛，为业界选拔了许多优秀的作品与作者。这种文学赛事由传统作家把关，形成品质创作的舆论导向，最后将作品结集出版。这样的运行机制，起到了对作品品质的提升作用。此外，针对网络文学中不同程度存在的色情、暴力等不良内容，2005年由腾讯网读书频道发起的“网络文学精英会”之“掌门论剑”在北京召开，起点中文网、幻剑书盟、红袖添香等诸多著名原创网站的知名作家、学者参与，是当时业内规模较大的会议之一。这次活动签署发表了《中国网络文学阳光宣言》，倡导各网站联起手来共同抵制不良内容的文学写作，倡导原创网络文学的自我净化和规范，对原创网络文学从业者的自身素质和修养提出了更高要求。

(4) 着力解决屡禁不止的盗版侵权问题

随着互联网以及移动通信技术的发展，各类网络文学作品在面向更为宽阔多元的网络平台的同时，也面临着知识产权保护和打击盗版的问题。二十年来，中国网络文学版权意识在逐步觉醒，各大文学网站针对网络文学屡禁不止的盗版问题做出了不懈努力。2016年1月阅文集团发起成立“正版联盟”，举起反盗版的第一面大旗。3月，原“小说下载阅读器”中的盗版内容全面下架；4月，UC浏览器、书旗小说停止书架盗版；7月，中国作协网络文学委员会、中国音像与数字出版协会数字阅读工作委员会联合发布、50余家重点网络文学网站签署《网络文学行业自律倡议书》，为打击盗版、保护原创、全面构建数字化创意产业版权保护机制助力；9月，“网络文学版权保护研讨会”在北京举行。研讨会上，由阅文集团、红袖添香、起点中文网等33家单位共同发起成立了“中国网络文学版权联盟”，并发布网络文学行业《自律公约》，为反网络文学盗版侵权行为壮大了声势和力量。

中国网络文学蓬勃发展的二十年，离不开政策法规的积极引导和扶持，也离不开作为载体平台的文学网站的管理与行业自律。尤其是拥有庞大受众群、作品量和写手队伍的大型文学网站，对网络文学的发展具有枢纽的作用，对维护网络文学市场秩序和推进网络文学的繁荣发展做出了历史性贡献。

五、从注意力到影响力

1. 不断壮大的读者群体

网络文学与商业联姻已成为二十年中国网络文学发展的重要驱动力。在市场力量的博弈中，读者成了决定网络文学作品价值构成的关键力量，读者订阅数、点击量、打赏数、月票以及榜单排序往往能决定一部作品的“生死”。网络时代赋予了读者群体更多选择的权利，他们不再只是被动的接受者，而是掌握着越来越大的话语权，甚至产生了“目前的网络文学主要就是‘读者文学’‘读者小说’，是以读者的意见和消费选项为旨归”[1] 的局面。这一现象的产生，很大程度上源自市场的力量，因为读者决定着作品的市场反应。有数据表明，2017 年底，我国的网络文学用户规模为 3.78 亿人，占网民比例 48.9%，用户数量及占比相较于 2016 年都有较大增长。其中，手机移动端用户数量为 3.44 亿人次，占手机网民的 45.6%，较上年增加了 3975 万。[2] 可见我国网民数量规模之大、增速之快。

二十年间的网络文学何以拥有如此庞大的读者群体？这需要从网络文学不同发展阶段的特点说起。在发展初期，网络文学以其自由、平等、开放和娱乐性吸引了一批爱好文学的读者。这一时期的网络文学写作多是出于自由、休闲、非功利的写作，读者也纯粹因为对文学的热爱而阅读。《第一次的亲密接触》《蒙面之城》《智圣东方朔》《告别薇安》《性感时代的小饭馆》《蚊子的遗书》《我的爱慢慢飘过你的网》《悟空传》《成都，今夜请将我遗忘》等作品在当时拥有极高的点击率，引发了一次又一次的网络文学阅读热潮，这也为后来网络文学商业化转向积攒了人气，打下深厚的受众基础。到

---

[1] 夏烈：《人民日报：影响网络文学的力量》，2014 年 6 月 24 日，http://opinion.people.com.cn/n/2014/0624/c1003-25192311.html，2018 年 4 月 17 日查询。

[2] 中国互联网络信息中心：《第 41 次中国互联网络发展状况统计报告》，2018 年 1 月 31 日，http://www.cnnic.net.cn/hlwfzyj/hlwxzbg/hlwtjbg/201803/P020180305409870339136.pdf，2018 年 4 月 17 日查询。

了 2003 年，各大文学网站寻找到付费阅读这种有效的商业化模式之后，伴随着移动互联网技术的普及，越来越多的人投身网络文学创作行列，一时间优秀作品层出不穷。在商业化的深度介入下，为了占据更多的市场份额和吸引更多的受众群体，网络文学类型化写作诞生。类型小说是网络文学作品中数量最多、发展最快，也最受读者关注、粉丝数量最多的作品。天蚕土豆的《斗破苍穹》是一部古装玄幻的类型小说，2009 年开始连载，拥有一大批读者，体现出优秀类型小说的超高人气。最新的数据统计，《斗破苍穹》的总点击量高达 15132.34 万，全网总阅读量近 100 亿。凭借它超高的人气与众多忠实的粉丝，其 IP 版权还向影视业进军，由万达影业、腾讯影业和阅文集团联合打造的《斗破苍穹》系列电影正在拍摄中，即将上映。以类型化小说为主推作品的起点中文网，仅 2006 年到 2010 年的短短四年间，用户数量即由 600 余万暴增至 3100 余万人。

2006—2010 年起点中文网注册用户量

年份	2006 年	2007 年	2008 年	2010 年
注册用户	600 余万	1000 余万	1400 余万	3100 余万

尤其在 2015 年阅文集团成立之后，网络文学行业发展扩张的速度得到强力催化，推动网络文学热潮进入白热化阶段。越来越多的人加入网络阅读的行列，网络文学的读者群体呈几何倍数增长。2016 年阅文集团注册用户超过 1.75 亿人[1]，到了 2017 年，阅文产品及其在腾讯产品上的自营渠道平均月活跃用户为 1.918 亿人，平均月付费用户为 1150 万人。[2] 网络文学读者群体的不断扩张，表明网络文学已进入“全民阅读”时代。

2. 网络文学的影响

所谓网络文学，是指由网民在电脑上创作，通过互联网发表，供网络用

[1] 中文互联网数据资讯中心：《阅文集团财报：2016 年阅文集团共有作家 5300 万人　占中国全部网文作家的 88.3%》，http://www.199it.com/archives/608860.html，2018 年 4 月 17 日查询。

[2] 张少华：《融资规模调高！阅文集团 IPO 最高可筹 10 亿美元》，https://wallstreetcn.com/articles/3036484，2018 年 4 月 17 日查询。

户欣赏或参与的新型文学样式。它是伴随现代计算机特别是数字化网络技术发展而来的一种新的文学形态。[1] 数字化网络是网络文学的载体，文学则是互联网承载的内容。1998 年到 2018 年这短短二十年间，中国的移动数字网络技术飞速发展，尤其移动终端的革新，更进一步将网络文学推向了发展的高峰，任何人只要有能连接互联网络的终端设备，就能随时随地进行文学阅读。网络文学不仅吸引了越来越多的读者，同时也颠覆了他们的阅读习惯，丰富了公众娱乐休闲方式。具体来说，网络文学在中国文化领域的影响表现在以下三个方面：

首先，网络文学作为文学的生力军，为当代文坛注入了鲜活血液，成为中国当代文学最具活力的一翼。尽管网络文学的成长伴随着质疑和争议，但我们无法否认二十年来网络文学的热度和成就。网络文学发展势头的一路高涨，恰恰体现了市场和时代的需求。一直以来，传统文学以其高雅的文学性与深刻的思想性占据着文学史的主流地位，然而到了 20 世纪 90 年代，市场经济浪潮下消费主义思想大行其道，传统文学开始曲高和寡，渐渐开始由文坛中心向边缘游离。网络文学的出现打破了文坛的沉寂，为疲软的文学吹进了一股新鲜的空气，让文学重新进入大众视野，借助新的技术传媒，极大开拓了文学的参与面。同时，网络又强化了文学的传播力度，使得更多人能参与阅读甚至介入文学写作。多方面的共同作用，使得归于沉寂的文坛重新焕发了生命活力。一时间，大批优秀的写手和作品如雨后春笋般涌现。例如早期安妮宝贝的《告别薇安》、宁肯的《蒙面之城》、今何在的《悟空传》、天下霸唱的《鬼吹灯》、唐家三少的《斗罗大陆》以及近来大热的类型化小说等，其中并不乏娱乐性与思想性兼而有之的作品。如《悟空传》以其反叛精神与鲜活饱满的朝气，不仅为当代文学带来了一丝清新之气，还赋予了网络文学闪光的灵魂，取得了 2000 年“第二届网络原创小说奖”。宁肯的《蒙面之城》获得 2001 年“第二届老舍文学奖”，这也从一定程度上说明网络文学

[1] 欧阳友权：《网络文学概论》，北京大学出版社 2008 年版，第 4 页。

在其发展的初期就不缺少主流化的实力。2011年，唐家三少、当年明月当选中国作协全委，更是网络文学迈入文学主流视野，为当代文坛不断输送生命活力的有力证明。

其次，网络文学彰显了中华民族的文化自信，成为国家文化发展战略的一部分。网络文学的文化自信首先来自其自身的底气。文学史上还没有任何一种文学能有网络文学这样的增长速度，形成如此浩瀚的作品体量；也没有任何一种文学像网络文学这样拥有如此多的读者，并对大众娱乐消费产生如此广泛的渗透和影响。因此，网络文学有理由坚定自己的文化自信——比如，网络文学开启了“全民写作”的新时代，其文学话语权的技术化下移大大解放了文学生产力，让无数文学青年有机会实现文学梦想；网络文学以虚拟世界的存在方式全方位渗入现实世界的文化生活，“俘获”了数以亿计的消费族群，影响波及海外，拓展并培育了新的文化市场，为惠及民生的休闲文化提供了内容支撑；网络文学以丰富的作品形态和多样化的文学类型，释放出天马行空般的想象力，以无限可能的探索精神创造出文学的无限可能，书写了中国文学的新范式；还有，网络文学的底层意识、读者中心、人间烟火、民间立场，其所蕴含的人文气息和为民情怀，满足了广大群众“对美好生活的向往”，在一定程度上体现了“以人民为中心”的价值导向，传承了中华文化的“民本”思想和“亲民”情怀。[1] 我国正处在一个国家经济发展的战略驱动力量向文化经济转移的时期，文化与经济融合交互的广度与深度对整体经济产出的效率和竞争力有着直接影响。文化经济在当前市场中的迅速扩张发展，已成为经济发展中最为活跃的力量，甚至对经济发展全局产生一定的影响。党的十九大明确提出“完善文化经济政策，培育新型文化业态”的发展战略，这也正反映了网络文学作为市场经济中一支重要的产出力量在国家文化发展战略中的重要意义。

再者，网络文学已经成为中国“文化走出去”的一支新军。“文化走出

[1] 参见《网络文学界学习贯彻党的十九大精神座谈会发言摘登》中欧阳友权的发言，《文艺报》2017年11月20日第3版。

去”是我国在改革开放四十年之后，积极应对全球化这一历史进程的战略选择。国家倡导的“推动中华文化走出去”为中国网络文学进军全球市场打了一针强心剂，激励着中国网络文学积极扮演“文化走出去”的新军角色。为扶持推动中国“文化走出去”，国家出台了一系列的相关政策。国家广电总局印发的《关于推动网络文学健康发展的指导意见》，明确提出开展对外交流，要推动中国文化“走出去”。2016 年，习近平总书记在哲学社会科学工作座谈会上的讲话中强调树立文化自信的重要性，提出“要坚定中国特色社会主义道路自信、理论自信、制度自信，说到底是要坚定文化自信。文化自信是更基本、更深沉、更持久的力量”[1]。可见，文化在中国发展战略中的地位正日益凸显，“文化走出去”已经成为提升我国文化软实力的重要一环。有网友曾将中国的网络文学与日本的动漫、韩国的电视剧、美国的大片并称为“世界四大文化现象”。如此看来，中国的网络文学产生了世界性的影响力。近年来，中国网络文学加快了“走出去”的步伐，在国际上的影响力越来越大。事实上，早在 2000 年中国的网络文学就已经开始尝试在海外市场传播，其传播经历了由最初的向东南亚输出，再到向日韩等亚洲文化圈扩张，最后向欧美地区辐射，现在已遍布世界各大洲的国家和地区，被翻译为十多种语言文字。根据艾瑞咨询发布的《2017 年中国网络文学出海白皮书》数据显示，截至 2017 年，海外英文网文用户总数约超过 700 万人。预计在未来几年，中国网络文学在东南亚地区的用户数将超过 6500 万，欧洲地区将达到 2 亿用户。而随着中国网络小说海外翻译网站、起点国际在北美上线和不断向世界各国拓展，预计美洲地区的潜在用户欲破 3 亿。[2] 中国网络文学在海外的火爆程度可见一斑。仅就阅文集团而言，自 2005 年起就开始向日、韩、东南亚地区，以及美、英、法、俄等 20 多个国家和地区授权数字出版和实体图书出版，授权作品共计 200 余部，并于 2017 年推出了海外门户

[1] 习近平：《在哲学社会科学工作座谈会上的讲话》，人民出版社 2016 年版。

[2] 艾瑞咨询：《2017 年中国网络文学出海白皮书》，2017 年 9 月 14 日，http://report.iresearch.cn/report_pdf.aspx?id=3057，2018 年 4 月 20 日查询。

“起点国际”（Webnovel），目前已有出海语种 7 种，海外合作方 20 余家，累计授权作品 300 余部，上线 150 余部英文翻译作品，已注册海外作者超过 1000 万人，共审核上线原创英文作品 620 余部，累计访问用户数超 1000 万，成为阅文集团网文出海计划中的主要窗口[1]。此外，阅文集团还率中国网络文学在伦敦书展亮相，起点国际与知名中国网文英文翻译网站 Gravity Tales 达成合作，共同推进全球化布局。晋江文学城等多个中国文学网站“网文出海”的成绩都很亮眼。晋江文学城已有以《花千骨》为代表的 500 部作品版权海外输出，《甄嬛传》登录美国主流电视台，《琅琊榜》在韩国收视火爆。还有，掌阅科技推出的针对海外读者的阅读器 iReader，占领全球 60 多个国家阅读类 APP 销售榜首，中文在线去年专门在美国旧金山和欧洲设立了分公司，等等。凡此种种都证明了在 IP 版权运营以及海外市场拓展方面，中国网络文学的海外输出成绩斐然，且方兴未艾。

正如研究者所言：“在文化输出上其实有一种真刀真枪的博弈。说白了，哪个国家的艺术更让老百姓喜爱，更能稳定持续地满足其日益刁钻起来的胃口，才会更有影响力。刚需才是硬道理。”[2] 中国网络文学之所以能在国外产生这般影响力，正是源于其内容恰好迎合了海外读者的口味，新颖的题材满足了其阅读需求。在国家政策的扶持、文化差异造成的内容吸引、海外市场的需求与国内外网络文学企业的共同作用下，我们完全可以期待未来的网络文学市场必定更加广阔，将会有更多的 IP 版权运营下的衍生品进军海外，以更为强劲的发展势头助力中国“文化走出去”，通过中国文化养分激活全球文创能量。

---

[1] 河北日报：《起点国际上线一周年　阅文开启海外网文原创元年》，2018 年 5 月 15 日，http://finance.youth.cn/finance_cyxfgsxw/201805/t20180515_11620877.htm，2018 年 6 月 20 日查询。

[2] 乔燕冰：《中国网文“出海”：越是网络的，越是世界的》，http://www.chinawriter.com.cn/n1/2017/0411/c404023-29202860.html，2018 年 4 月 20 日查询。

六、网络文学改变了什么

1. 宏观上的文学转向

20世纪90年代，市场经济的浪潮在中国催生了消费主义，快餐文化、亚文化异军突起，传统纯文学的霸主地位开始受到挑战，满足大众娱乐休闲需求的通俗文学受到热捧。恰逢此时，网络文学紧随中国加入国际互联网的脚步“草根”崛起，为中国文学市场增添了一抹亮色。网络文学数以千万计的作品存量和数以亿级的消费人群，为文学市场带来了新的生机与活力。越来越多的人接受并喜爱网络文学，网络文学阅读成为大众生活不可或缺的娱乐休闲选择，并开始影响着中国文学的发展走向，文学出现全方位数字化转向。“时至今日，我们可以毫不夸张地说，正如古代的四大发明改变了人类的文明史一样，数字媒介的出现已经为文学艺术乃至整个社会文化带来了重大的历史性转型，这种转型正以不可抗拒的技术力量让我们的文学处在挑战与选择之中。今天我们谈文学，谈文化，不能不谈数字媒介；要了解当今文学的面貌与走势，不能回避数字技术力量施之于文学转型的巨大影响。”[1]

首先，网络文学改变了中国文学的发展格局。互联网开放的文学生产机制所形成的庞大的文学生产群体和作品数量，让网络文学足以确认自身的文学在场性和文化新锐性。网络文学的市场化崛起打破了传统文学的原有平衡，改变了整个当代汉语文学的总体格局。自打网络文学开始升温，原本属于传统文学独步天下的时代便开始了分化改组，经过二十年的文化市场调适，当今文学已经初步形成了“三分天下，一家独大”的新格局：以文学期刊为主阵地的传统文学出现萎缩，影响力日渐其弱；以出版营销为依托的图书市场文学需要从网络作品中遴选或者策划畅销书资源，以创造利润的最大化；而以互联网络为平台的网络文学以自由的生产流程、庞大的作品库容与

[1] 欧阳友权：《数字媒介与中国文学的转型》，《中国社会科学》2007年第1期。

不断增加的阅读受众，一面与传统的精英书写分庭抗礼，一面与出版商贾暗送秋波，其强劲的生产体制、传播机制和文化延伸力，使它在当今文学的整体格局中，获得“一家独大”地位，颠覆性地重构了当代文学版图。随着资本市场更深层次地介入网络文学领域，中国文学的发展格局必将继续朝网络文学转向，因为无论是创作、传播还是审美情趣，网络文学始终积极响应的都是大众需求与人民呼声，体现出了与人民大众的紧密联系。

其次，网络文学改变了文学存在方式。文学一直被视为“语言的艺术”，然而这个亘古定论的文学观念在网络写作中发生了改变。网络媒介改变了传统文学的存在方式，突破了“语言艺术”的阈限，减少了对语言单媒介的依赖，实现了符号载体的“脱胎换骨”。它把基于“文房四宝”的执笔书写和机械印刷变成键盘鼠标的“比特”叙事，把基于原子物理的二维存储挪移到了数字虚拟的“赛博空间”，在一个另类时空中打造数字化的文学乾坤。与之同时，数字文本用“信息”替代了“物质”，用“空中的文字”替代了“手中的书本”，实现了文本形态由硬载体向软载体的转变。[1] 不仅如此，网络文学还使得传统的文学文体类型划分悄然发生着变化，不仅纪实文学与虚构文学、文学创作与生活实录、文学与非文学的界限被逐步抹平，而且传统文学类型中的文体分类如诗歌、小说、散文、剧本等，都已变得模糊或被淡化，而超文本与多媒体技术在创作中的广泛运用，更是让原有的文本形态发生了“格式化”般的裂变。

最后，网络文学从不同侧面改写并调适了文学的逻辑原点。文学逻辑原点决定着文学之所以称其为文学的内在基质，是人类文明原点预设的文学逻各斯的依存形态，它包括了“文学是什么”“文学写什么”“文学怎么写”“文学干什么”这些文学元命题。伴随着数字媒介与商品经济进入文学领域，以及社会消费主义风潮的盛行，文学的逻辑原点发生了新的转向。(1)“文学是什么”的转变。在网络创作中，文学成为虚拟世界的自由表征。互联网具

[1] 参见欧阳友权主编：《网络·网络文学·公共空间》，中南大学出版社 2009 年版，第 11 页。

有自由、平等、兼容、共享的特性，首要的特质是自由，这与文学精神本质的自由诉求恰好契合。网络的自由特质为文学体制的重建提供了精神原点，将文学艺术从以往某些桎梏中解放出来，获得更充分的自由。不过网络所创造的艺术自由是基于虚拟世界的自由，是技术化赛博空间的自由表达，而不是要改变对必然性规律的意义体认。(2)“文学写什么”的转变。文学要写生活，写时代，写特定时代特定生活的人性与人生、感情和梦想，因为“文学是人学”，“文学是社会生活的反映”，这是传统文学的本体论支点。但网络文学创作的实际状况和多种可能，让这一逻辑原点不再是天经地义或无可置疑。网络作品“写什么”的特殊性有二：一是长于表现网络世界的虚拟化生存，网络流行的玄幻、魔幻、穿越、架空等幻想类型小说就属于此类；二是文学叙事的平民视角和“草根”心态。网络虚拟空间的兼容与共享性，使得艺术边缘族群的创作梦想和社会底层的表达欲望有了表达的机缘，民间话语能以“广场撒播”的方式共享自由平台。(3)“文学怎么写”的改变。从外在层面看，网络作品的承载方式由“硬载体”向“软载体”转变，用“比特”代替“原子”，用“符码”替代了“物质”，一些新的文体如“聊天体”“接龙体”“短信体”“链接体”“拼贴体”“分延体”“扮演体”以及“废话体”“火星文”等不断涌现，让“怎么写”成为话语技术的网络实验。内在层面上的“怎么写”涉及的是价值构成与意义模式问题。网络创作常常“让高雅相容于世俗，精英存形于普泛，神圣崇高降格为低微和平凡，一切形而上的东西都向下挪移，这样可以利用数字虚拟不具现实破坏性的特征，尽情释放自己的欲望和激情，传达真实的生活感受”[1]。(4)“文学干什么”即文学功能作用的转变。传统文学强调文学“经邦治国”“有补于世”的社会功能，作品既要展现文学的现实关怀，又要有一定的人文蕴含和精神向度，力求净化心灵、滋养人性，还要体现对人的终极关怀，借助艺术手段实现对生命存在有限的超越和对精神彼岸性的追寻。网络文学的出现强烈冲击了这些文学

[1] 欧阳友权：《文艺边界拓展与文论原点位移》，《廊坊师范学院学报》2007年第4期。

精神原点，一些网络创作把“文学干什么”的原点逻辑调适为“自娱以娱人的文化消费”。网络写作主要不是救世济民而是书写虚拟世界的自我想象，一般不追求宏大母题或终极关怀，而更注重兴之所至以抒发性情。如果说传统的艺术评判尺度更多地倾向于社会认同而淡化个人差异，网络文学的功能取向则更重视个体的自娱自足、畅神达意、开心解颐，同时也让网民读者产生“代入感”。对于阅读作品的网民受众而言，他们也多是跟着感觉寻找快乐，少有意义探究和意蕴品味的延宕，不像欣赏经典作品那样，讲究细嚼慢咽，探幽触微，发掘其微言大义。当然，在我们这个时代，无论是网络文学还是传统文学，都需要坚持社会主义核心价值观，坚持“以人民为中心”的创作导向，都需要讴歌真善美，鞭挞假恶丑，以正能量和感染力来温润心灵，启迪心智，给读者以积极的价值引导和精神引领。不过，由于媒体和市场等多重影响，网络文学在实现这些功能作用时，其路径、方式和侧重点与传统文学是有所区别的，这正是网络文学转向的一大表征。

2. 微观上的文学转型

数字化信息技术的革新催生了网络文学，而网络文学萌生的“IP热”重构了新时代的大众文娱生活。“网络媒体引发的文学各要素裂变，打破了原有文学场中恒定的‘关系平衡’，诸多新要素的出现导致文学要素关系的多极化”[1]，文学内部各要素发生了一系列转型。

一是文学创作方式转型。相对于传统文学而言，网络文学的创作手段、构思方式与叙事方式都发生了变化。就创作手段而言，网络文学写作一改传统的纸上书写，而通过键盘鼠标、无限压感笔或是把语音转换文字，将文学内容输入电脑之中，大大提高文学创作的写作速度。从构思方式看来，传统文学构思是基于生命体验和感悟的个人化的艺术思维，而网络文学的写作则更显自由随性，偏重有感而发，常常无须完整的构思过程，具有极大的随意性和随机性，体现出对于传统艺术构思的反叛。文学创作模式的异变还表现

[1] 欧阳友权：《新媒体与当代文学现场》，《文艺报》2009年10月15日。

在读者介入的互动式写作。网络作品特别是小说，主要是以连载的方式呈现在读者面前的，连载的过程既是作者的创作过程，也是读者不断介入的过程。传统文学作者的创作是独立完成的，在整部作品面世之前，读者无法接触到作品，更无法干预作者的创作想法和写作思路。这个意义上，文学的专有性、独尊性和不可重复性是其表征。[1] 但网络文学的出现颠覆了这一局面，读者在写手进行创作的过程中的“话语权”大大增强，借助网站平台，读者与作者能够及时地交流互动，读者甚至成为一部网络作品完成的重要参与者。网络作品的商品化特质决定了读者的重要性，一部网文如果没有读者的点击和阅读，那它就难逃被市场淘汰的命运。通过作者每次的“更文”，读者会根据自己的喜好对作品内容发展的趋势进行评论、吐槽，这些来自读者的评论都能被作者看到，并影响到他的行文。更有一些作家作品的“忠粉”会日常催更，甚或要求作家依据自己对作品的理解和好恶来设计情节发展，直接影响网络作家的创作。烟雨江南曾经被书迷在百度文学大楼下拉横幅催更：“烟雨江南，书迷喊你回家更书!”更有慕容雪村直接坦言：“我经常会把未写完的长篇发到论坛上，观看读者反应，根据他们的反应来修改小说。”[2] 从叙事方式的转变看来，网络文学创作可以将文、图、声三者完美融合，综合各种媒体以立体展示作品。这在很大程度突破了传统文学仅依靠语言作为表意工具的先天局限。网络文学从技术上拆解和颠覆了纸笔叙事的传统文学创作惯例。

二是文学传播的转型。现代信息传播得益于计算机技术的发展，互联网能以光速让文学作品瞬间传遍地球村。移动互联网和自媒体的普及，更是让文学创作、发表与传播获得更便捷的自主性。首先，传播方式的革命体现在网络文学接受的模式转变。传统文学以书面的纸质材料为载体，决定了其传播方式只能是以传播者为中心，通过纸质媒介传播传达给受众。而数字化技

[1] 张春梅：《冲突与反哺——网络文学与传统文学》，《中国文艺评论》2017 年 11 期。
[2] 广州日报：《慕容雪村：网络让我变成穷鬼 这个时代文学是死路》，2009 年 1 月 30 日，http://news.163.com/09/0130/11/50TEDQP1000120GU.html，2018 年 4 月 22 日查询。

术赋予读者的强大能动性，使得文学传播与读者接受之间产生了“能动性施动”关系，网络文学读者对于作品的选择有了前所未有的主动权，一定程度上撼动了传播者的核心地位，改变着文学传播的方式。其次，文学传播的模式由单向传播演变为双向交互。借助网络，文学传播突破传统文学纸质媒介传播的拘囿，同时还拥有了其他大众传媒所不具备的实时交互性。通过文学网站中的作品评论、网友留言等专门栏目，作者与读者之间可以进行即时甚至实时的交流互动。最后，文学传播的转型还表现在其传播速度方面，与传统的文学作品出版相比，电子传输的高效迅捷免去了长时间等待出版和印刷的时间，鼠标一点就能让自己的文字传输上网，并通过互联网这一平台进行传播，任何人都可以通过联网计算机进行阅读，迅捷高效成为数字信息时代文学传播的常态。

三是文学经营的转型。网络文学作为一种艺术文化产品，具有精神与经济的双重性，传统文学更注重精神性的人文审美价值，而网络文学不仅注重精神价值，更注重其商业价值、经济价值、市场价值，并且把文学的商业、经济、市场的价值最大化，做成了一大产业，即网络文学产业，这在过去是没有过的，是文学价值的一种拓展、一次转型。自从起点中文网在 2003 年成功实施“VIP 付费阅读”模式以后，文学网站即开始了大规模商业化探索，付费阅读与类型小说相互催生，成为网站商业经营的主要文学形式。此后，由线上经营延伸至线下经营，网络小说在出版畅销书领域占有很大份额。然后再由线下出版拓展到跨界经营，让网文 IP 迈向影视、游戏、动漫、演艺、有声、周边等广阔的大众泛娱乐领域，形成一条上下联动的产业链，把网络文学经营做成了一种新的文化产业形态，实现了文学经营的整体转型，这一点是传统文学没有做到也不可能做到的。网络文学在社会大环境与自身发展规律的影响下，经过“自由表达阶段”“付费阅读阶段”“线上线下经营阶段”“IP 跨界运营阶段”之后，在文学网站的经营管理下进入了商品化、产业化的新时期，文学经营的产业化格局已经基本形成。相比传统文学单一纸质出版的经营模式而言，作为文学经营主体的文学网站找到了相对多元化的经营模式。除了 VIP 付费阅读成为各大网站经营的主流方式，版权贸易体系也日趋完善，先后确立起写手培养制度、薪金奖金制度等，并通过网站内容特色定位吸引了大批忠实粉丝群体，形成了一条原创网络文学作品从生产到销售的完整产业链。经过多年的探索，文学网站已经形成了以付费阅读为基础，向全版权运营、跨界合作等方式进行多方版权运营的多元化商业模式，形成了一条紧密联系的网络文学 IP 产业链，各大网站的类型化原创小说成为该产业链的源头活水，为下游输送创意和改编蓝本。一部网络作品的线上版权经过多次转化后，创造出“长尾效应”，实现产业链中多方共赢。

四是文学消费的转型。“读屏时代”的到来促进了文学消费方式的变革。首先，文学消费由“推”消费——被动的“你让我读什么我就读什么”，转变为“拉”消费，或“推拉并举”消费——网络文学阅读时，读者有更大的主动选择权，想读什么可以从网海中“拉”出来，并且在“拉”的同时把自己想表达的东西“推”上去。其次，受众既直接消费作品本身，同时也间接消费文学的衍生品。相比传统文学消费而言，网络文学消费表现出了对即时性和娱乐性的倚重，因而对文学作品衍生品的消费需求有时会超过对文学作品本身的直接消费，许多人更愿意消费改编自网络小说的影视作品、网络游戏、动漫等。再者，在消费方式上，由对文学的文字消费向图像消费转变。随着互联网及移动终端的高速发展，社会进入了读图时代，在这一文化语境中，文学作品影视化改编的消费需求成为一种“刚需”。如《步步惊心》《甄嬛传》等作品，都是影视作品大热之后其原著网络小说才被消费者关注的。最后是由对具体文学作品的消费转向对与某一作家、作品相关的消费，这种新的消费产生于大众媒体的引导和催化，即利用宣传手段制造出与某一作品或作家相关的事件、话题，甚至塑造偶像，以此吸引读者眼球的消费行为，目的是达到商业利益最大化。例如“玄幻大神”“军文大神”“白金作家”“网文之王”“百强大神”“签约写手”等，都是大众媒体制造的标签，方便进行更多的话题制造，以引起轰动效益，最终吸引消费者的目光，引导消费。

五是文学批评的转型。这表现为：第一，批评主体发生了变化，文学批评由过去的专业批评家（学院派批评）、传媒批评，转变为专业批评、传媒批评与网友在线批评三种主体身份并存。这三类批评主体各有短长又彼此分野，形成网络批评的多维与互补。特别是在线批评最为活跃，其批评主体是关注并阅读网络文学作品的态度型网民、跟风追读型粉丝、论坛灌水型刷屏者、创作与评论的交互型聊友、匿名上网的评论型鉴赏者，甚至包括作为幕后推手的商业型“马甲”“水军”等，这是传统批评所没有的批评力量，对网络作家的创作能产生直接的影响。如网络上的“豆瓣评分”，就是尊重网络民意、体现在线批评的重要标志。

第二，文学批评标准出现变化。传统文学批评标准如“思想性与艺术性统一”“美学标准与历史标准相一致”“真善美的统一”“思想性、艺术性、可读性统一”“思想精深、艺术精湛、制作精良”等，它们对评价网络文学作品仍然有效，依然需要坚持。除此，还有两个评价的维度不可或缺，需要有相应的评价标准来衡量，这就是读者或市场评价和技术传播评价。前者用于衡量一个作品是否受到读者的喜爱和欢迎，它决定着文学的市场效果和社会评价；后者则用于衡量一个作品在网络上的互动交流情况，以及技术推送效果，包括网站对作品制作、传播的精准度和阅读舒适度等，它体现的是网络作品的“网络性”。

第三，批评文本的差异。网络文学批评成果的文本形态可以用“硬载体”（纸媒介）方式呈现和保存下来，但更多的是以在线式批评的网络文本数字化地呈现于虚拟空间。在线式批评文本有“长评”，但大多是“碎片化”的，即面对网络作品的即兴式“吐槽”。这类评说目标具体，对象单一，大多篇幅不长，却直言不讳，不拘形式。总体来说，网络在线批评有效改写了批评的机制与格局，例如，在言者立场上以真话对抗虚假，话语表达上用犀利替代陈腐，批评方式上在互动语境中实现间性对话。但网络在线批评也有其局限性，它可能用即兴式点评弱化思考的深邃性，用趣味式言说消解批评的学理性，还有恶搞式批评的“舆论暴力”和价值偏误等。[1]

---

[1] 参见欧阳友权、吴英文：《网络文学批评的价值和局限》，《探索与争鸣》2010 年第 11 期。

此外，网络文学批评的转型还表现为“批评共同体”的构建。已有专家提出：“网络文学批评不能靠‘单打独斗’，而要协同网络文学生产、管理、传播、经营、阅读、评价各方力量，打通写、读、管、经、评各环节，建立文学批评的共同体，让网络批评能以‘批评’活力，助推互联网上‘巨量’存在的文学现象或网络时代的社会文化现象，成为我们这个时代文学繁荣、文化兴盛的有生力量。”[1] 因为网络文学的存在方式本身就是一个生产链、产业链环环相扣、相互依存的“文学共同体”，由“写手创作—网站管理—网民阅读—学者评说—市场检验—政府监管”等诸要素组成的业态结构，构成了网络语境中的文学社会学和艺术生产美学。网络文学批评也应该这样，也需要建构一个由创作（作者维度）、管理（政府维度）、经营（网站维度）、阅读（读者维度）、评论（理论维度）五位一体的“批评共同体”，而不是网站、作家、网民的各说各话。这个共同体以理论评论学理逻辑为中心，创建批评的多维互动方式，以此形成网络文学批评的优化生态。应该说，随着近年来网络作家、理论批评家、文学网站经营者、文学职能部门、网文读者之间交流的增多，这种“批评共同体”的构建已初露端倪，或将成为未来优化网络文学批评生态的一种趋势。

七、改革开放与网络文学二十年

1. 改革开放的时代驱力

谈起二十年快速崛起的网络文学，许多人脑海中可能会有个疑问：互联网并不是诞生于中国，为什么环顾世界却只有中国创造了如此壮观又形制殊异的网络文学，并且正好出现在这样一个历史节点？回答这个问题可以从经济、传媒、文学等不同角度找到不同的答案，不过有一个原因是不能忽视的——中国四十年改革开放的社会历史语境才是网络文学发展最为重要、最

[1] 欧阳友权：《建立网络文学批评“共同体”》，《中国社会科学报》2017 年 4 月 1 日。

不可忽视的因素。网络文学是数字技术传媒开启的文学新锐，但它更是改革开放时代驱动下的文学放歌。

改革开放是改变当代中国命运的关键抉择，是发展中国特色社会主义和中华民族伟大复兴的必经之路。中国经济能保持四十年的高速增长，中国的社会面貌能产生今天这样翻天覆地的变化，中国的文学、文化面貌和人们的精神面貌能发生根本性改变，无不得益于改革开放政策的全面实施。风雨兼程四十年，峥嵘岁月二十载，没有改革开放的历史潮涌，就没有网络文学的浪花奔腾；如果不是改革开放的杲日朗照、潮动神州，哪里会有网络文学的“草根崛起”、花开满园！正如习近平总书记在2018年春节团拜会上的讲话所指出的：“改革开放四十年来，我们以敢闯敢干的勇气和自我革新的担当，闯出了一条新路、好路，实现了从‘赶上时代’到‘引领时代’的伟大跨越。”这个“伟大跨越”，就包含了网络文学对文学的“跨越”。二十年来，中国网络文学从无到有、从小到大，创造了堪称浩瀚的网络原创作品，培育了一大批文学写作人才，不断满足亿万受众“对美好生活的向往”，在广阔的泛娱乐市场延伸的产业链，打造出一个崭新的文化产业形态，并以故事化的文化魅力吸引世界目光，成为中国文化“走出去”的一个窗口，以至于有人把中国的网络文学与美国好莱坞电影、日本动漫、韩国电视剧并称为世界“四大文化现象”。中国的网络文学从体量、受众到影响力，可谓史无前例、世所仅有，这无不源于中国改革开放的时代传奇和沧桑巨变。可以说，二十年网络文学的跨越式发展，正是四十年改革开放带来的“文化增加值”。

2. 改革开放为网络文学带来了什么

第一，改革开放为网络文学营造了良好的社会环境。改革开放的精髓是“解放思想，实事求是”，其对于文学的意义，首先在于解除了人们的精神枷锁，营造了良好的社会环境，为网络文学提供了自由、兼容的精神生态和创作氛围。从此，文学摆脱了“阶级划线”“斗争哲学”等极左思潮，以及文学中的“三突出”“高大全”“脸谱化”“公式化”创作模式，营造了自由舒畅的人文环境，让作家可以在光朗风清的社会氛围中，以文化自信释放自己的艺术创造力。互联网出现后，技术传媒自由表达的功能特点与思想解放、精神自由的社会环境相互融合，为网络文学创作和传播提供了前所未有的媒介环境，给了人们以张扬个性和舒展自我的自由。可以说，是改革开放营造的自由宽松的社会环境，让众多网络写手借助网络技术平台，创作出了丰富多彩的网络文学作品。网络文学的风生水起，正是人们精神世界的自由表征。

第二，改革开放提振的文化自信，让网络作者释放出强大的文学原创力。改革开放把人们从计划经济体制中解放出来，人才可以自由流动，资源可由市场配置，每个人都能自主择业，使千百万怀揣文学梦想的年轻人得以走进网络空间挥洒才情，一圆自己的文学梦想。不管是打工仔、打工妹，还是公司白领、青年学生，不分职业、不分年龄，均可上网写作、自由发表，由文学权力的分享形成了文学创造力的大解放。今日网络文学的业态与活力，是与改革开放时代朝气蓬勃、气象万千的社会面貌相一致的，是改革开放提振了全民族的文化自信，造就了庞大的网络文学创作队伍，释放出如此强大的文学原创力。网络文学的超常发展是中国社会跨越式发展的一个缩影，是中华民族的文化自信在网络文学创作中的生动体现。

第三，改革开放创造的物质财富，激发文化消费热情，提升了网络文学消费力。改革开放极大地解放和发展了社会生产力，数以亿计的中国家庭过上小康生活乃至富裕生活。我国经济实力、科技实力、国防实力、综合国力进入世界前列。随着经济的快速发展和居民收入的增长，越来越多的人追求高尚的精神和文化娱乐生活。二十年来，我国上网人数的节节攀升，文学网民的不断增加，是大众文化消费在网络文学中的数字化呈现。网络时代的全民写作、全民阅读，形成了一种文化产品“需求—供给”的良性互动关系，这是网络文学乃至网络文化繁荣发展的坚实基础。这种增长迅速、消费强劲的供求关系，其所依托的就是改革开放创造的物质基础，是社会经济增长在文学消费领域的真实反映。

第四，改革开放形成的市场经济体制，为网络文学打造出新的文化产业。网络文学把文学的商业属性打造成一种文化产业，我国网络文学已经有了中文在线、掌阅科技和阅文集团三家上市公司。文学能够批量进入文化市场，文学性公司能够成功上市，这是中国网络文学的原创和首创，是网络文学对中国经济社会发展的贡献，也是改革开放形成的市场经济体制在网络文学领域结出的经济果实。网络文学从“产业”走向“产业链”，彰显出改革开放的创新活力之于新兴文化领域的磅礴力量。

第二章
文学网站平台

文学网站是专门收揽、贮藏、发布与传播文学信息的网络节点，由文学机构、文学社团、文化公司或文学网民个人建立，是文学在网络虚拟空间的集散地，也是网络文学作品的承载体。文学网站是集原创作品征集、文学市场经营管理、文学资讯和评论、图书编著出版、作品版权转让、新书发布及互动交流等诸多功能为一体的文学站点，是联结作者和读者、文学与市场的枢纽。

一、二十年文学网站发展的几个阶段

网络文学发展二十年来，中国文学网站的发展大致可划分为三个阶段。

1. 1998—2002 年：文学网站发展的艰苦探索期

1998 年以前，文学站点都是由对文学充满热情的文学爱好者个人或有着同样文学观点与信念的群体创建而成，目的是为文学爱好者提供一个阅读和交流的平台。在这个阶段，文学网站的主题是分享文学作品、追求文学梦想，文学网站多以站点或个人主页的形式呈现。1997 年 12 月 25 日，美籍华人朱威廉制作的个人文学主页“榕树下”开始上线，后注册为公司并迅速壮大，是最初的个人主页成为中国内地独立运营文学网站的标志，也成为中国网络文学二十年的重要起点。榕树下是当时最大的原创文学网站，凝聚了一批颇具影响力的网络写手，如韩寒、慕容雪村、宁财神、李寻欢、安妮宝贝、黑可可、李佳贤、邢育森、蔡骏、今何在、郭敬明、阿娜尔古丽、刘小备、三蛊、楚惜刀、画龙、韩殇、贾飞、滴呐、左边一度爱……虽然因经营不善（没有找到自己的商业模式）此后几度转手，但该网站对中国网络原创文学的发展却有着筚路蓝缕之功。在这个时期，较有影响力的网站还有成立于 1998 年 5 月的黄金书屋，它收集了涵盖武侠、惊悚、言情、经典名著等在内的文学作品。另外，天涯论坛、西陆 BBS、西祠胡同等论坛的文学版块也在这一时期进入大众视野。总体来看，这个阶段的文学网站除了榕树下专发原创作品，其他网站原创性略显不足，大多为转载或以扫描实体书籍为主，即使有原创作品，也与传统文学没有太大区别，作品的叙事节奏、风格、特色还没有充分体现网络化的特征。

此时的网络文学创作处于一个纯分享阶段，基本不含商业元素，网站和写手的版权意识薄弱，以“玩票”为主。这种单靠“烧钱”而没有盈利渠道的文学网站很快就入不敷出，出现财务困境，终而难以为继。2001 年底，博库以渠道方式创建电子阅读收费模式的尝试宣告失败。2002 年，榕树下创始人朱威廉不得不把网站低价卖给全球传媒巨头贝塔斯曼，此后又被折价卖给欢乐传媒，文学网站一时风头不再，跌入低谷期。

2. 2003—2008 年：文学网站的商业化转型期

大约在 2003 年，处于低谷的文学网站开始触底反弹，出现转型，其标志是 2003 年起点中文网“VIP 付费阅读制度”的建立，到 2008 年盛大文学的成立，这一转型过程便基本完成了。经过几年发展，一些网站运营者认识到，随着流量的剧增和运营维护成本的不断攀升，已经不能再让网站停留在免费分享阶段了，必须要摸索出有效的盈利模式来保障网站的生存与发展。其时，自娱自乐、一意孤行、红尘阁、五月天空论坛四个文学论坛宣布退出西陆，龙的天空原创联盟网站一度成为网络文学史上第一个“天下共主”，发展高度和垄断度似乎一派大好，但半年之后，面对疯长的流量，龙的天空决定走实体出版之路，霸主地位被幻剑书盟取而代之了。[1] 幻剑书盟有着丰富的资源和完善的平台，一开始吸引了大量用户，但后来也经营不善，于2003年底开始没落。在起点中文之前，最早进行付费阅读尝试的是读写网，该网站在创立之初就确定了以盈利为目的的运营方针，但最终其付费模式并没有被多数读者所接受，付费阅读取得成功的是起点中文网。

前身为西陆中国玄幻协会的起点中文网于2002年5月成立，2003年推出按字数收费的VIP付费阅读模式，该网站把阅读付费与游戏点卡结合起来，有效解决了付费方式的难题，从此开启了中国网络文学付费阅读的新阶段。随后，翠微居、幻剑书盟等文学网站纷纷效仿，一时间网络文学市场呈现了前所未有的新景观。2004年10月，盛大网络收购起点，2005年初，幻剑书盟、龙的天空、逐浪网、爬爬书库、天鹰文学网、翠微居六个网站联合组建“中国原创文学联盟”，文学网站开始步入商业化运营、市场化开拓的新阶段。

网络文学市场展现的巨大潜力吸引了源源不断的商业资本涌入，开始了一系列的收购、兼并、合作、资源整合等举措。包括小说阅读网、创世中文网、言情小说吧、起点女生网等在内的文学网站如雨后春笋般大量涌现。在兼并与合作方面，2006年，无线互联网门户TOM在线收购幻剑书盟80%的股权。2007年，中国移动梦网宣布与17K小说网、TOM、空中网、红袖添香、幻剑书盟、美通等服务提供商和文学网站共同打造“梦网书城”。2008年3月，盛大网络收购红袖添香；同年7月，盛大文学成立，大手笔整合了起点中文网、红袖添香、小说阅读网、榕树下、言情小说吧、潇湘书院六大原创文学网站以及天方听书网、悦读网、晋江文学城（50%股权），同时还拥有华文天下、中智博文、聚石文华三家图书策划出版公司，占据了当时整个网络原创文学70%以上的市场份额，把网络文学推向高位，出现前所未有的欣欣向荣的新局面。

---

[1] 田不然：《网络文学二十年：意气江湖载酒行》，http://www.sohu.com/a/228835009_115207，2018年4月25日查询。

3. 2009 年至今：文学网站市场化运营的高效发展期

2009 年后，付费阅读催生了网络类型小说的大幅度繁荣，由此带动了网络文学 IP 概念的出现，形成了以网络文学内容为源头的产业链。“网络文学＋”促使网络原创小说向影视、游戏、动漫、演艺、出版、周边等泛娱乐文化领域渗透与融合，“跨界”成为网站经营的利器。阿里、搜狐、腾讯、网易等大型门户网站开始涉足网络文学领域，纷纷开启了文学频道。2013 年 8 月，百度全资收购网龙控股子公司 91 无线，91 熊猫看书归入百度旗下；2013 年 10 月，创世中文网与网易云阅读达成战略合作；2015 年 3 月，腾讯文学与盛大文学完成整合，阅文集团正式成立，网站“龙头”易主而立。

经过一系列产业化重组，网络文学江湖确立了“一超多强”的发展格局。“一超”即阅文集团，它依托腾讯门户的影响力和雄厚实力，成为网络文学市场当之无愧的王者。阅文旗下掌控有起点中文网、创世中文网、小说阅读网、潇湘书院、红袖添香、云起书院、榕树下、QQ 阅读、中智博文、华文天下等文学网站，拥有网络文学内容、渠道和运营资源的优势，其覆盖人数、作品储备、原创作者数量均远远领先于其他网络文学运营商，占据当今网络文学 80％以上的市场份额。除了阅文，也有“多强”网站与之分割网络文学市场，如中文在线、17K 小说网、掌阅文学、百度文学、阿里文学、豆瓣阅读、网易云阅读、纵横中文网、晋江文学城、幻剑书盟、龙的天空、天涯读书、凤凰读书、腾讯读书、搜狐读书、豆瓣读书、云起书院、半壁江中文网、长江中文网、旗峰天下、塔读文学、3G 书城、看书网、蔷薇书院、磨铁中文、云阅文学等也不甘示弱，它们组成的“集团军”成为网络文学市场极具竞争力的创新性力量。[1]

在这个时期，网络文学领域出现了中文在线、掌阅科技和阅文集团三大上市公司，网络文学的市场运营逐渐走向规范和高效，网站管理的垂直细分化特色凸显，版权保护力度逐步加强。

---

［1］ 欧阳友权：《中国网络文学二十年》，《创作与评论》2018 年第 1 期。

二、大型网站的前世今生

1. 规模化的成长之路

(1) 网站数量规模化增长

据中国互联网络信息中心（CNNIC）发布的数据，二十年来中国网站数量的增长很快。1998 年 7 月的报告显示，我国网站数约 3700 个；1999 年 7 月的报告显示为 9906 个，且有 52%的用户选择了“获得电子书籍”为上网信息获取的主要方面；2000 年 7 月的网站数为 27289 个，选择“获得电子书籍”为上网主要信息获取方面的用户有 45.99%；2001 年约为 242739 个；2003 年为 473900 个；2004 年为 626600 个；2005 年为 677500 个；2006 年为 788400 个；2007 年达到 131 万个；2008 年为 191.9 万个；2009 年为 306.1 万个；2010 年网站数量下降到 279 万个；2011 年为 183 万个；2012 年为 250 万个；2013 年为 294 万个；2014 年为 273 万个；2015 年为 357 万个；2016 年为 454 万个；2017 年升至 482 万个。2018 年 3 月《第 41 次中国互联网络发展状况统计报告》显示，截止到 2017 年 12 月，我国网站数为 533 万个。[1] 可以看出，我国的网站数量在这二十年中的增长十分迅速。在众多网站中，有一部分是文学网站，通过百度搜索引擎以“文学网站”“原创文学网站”“小说网站”“文学机构网站”“诗歌网站”和“散文网站”为关键词进行查询，得出的与文学网站相关网页数分别为：1180 万条、500 万条、2230 万条、1420 万条、1430 万条和 1540 万条。[2] 从这些数据中，我们大抵可以看出网络文学网站在互联网中所占的地位，看到不同文学网站的影响力及其激活与链接状况。据估计，目前我国比较活跃的文学网站超过 300 家，其中，约有 150 余家网站能持续发布一定数量的原创作品并保持更新，而点

[1] 数据来源：根据 CNNIC 网站历年发布的《中国互联网络发展状况统计报告》整理而得。
[2] 数据来源：依据百度搜索引擎查询而得，https://www.baidu.com，2018 年 4 月 25 日查询。

击量较大且具有较大影响力和较强经营能力的规模化原创文学网站约有60余家。

（2）网站用户的规模化提升

从2010年起，中国互联网络信息中心（CNNIC）开始统计具体的网络文学用户数量，让我们对网络文学的用户规模发展状况有了更准确的了解，同时也反映出网络文学的影响力不断增大，网络文学发展已经成为反映我国互联网络发展状况的主要因素之一，其整体发展规模已不容忽视。我们对CNNIC发布的自2010年至今有关网络文学用户数量的统计整理如下：

从该图表可以看出2010年至今我国网络文学用户规模的变化：2010年网络文学用户数量为19481万人，年增长率是19.8%；2011年为20267万人，年增长率是4.0%；2012年为23344万人，年增长率是15.1%；2013年为27441万人，年增长率是17.5%；2014年为29385万人，年增长率是7%；2015年为29674万人，年增长率是1%；2016年为33319万人，年增长率是12.2%；2017年为37774万人，年增长率是13.4%。分析图表数据不难发现，自2010年以来，文学网站用户规模只增不减，它反映了网络文学业态的繁荣趋势，因为只有网络文学产业的繁盛才能带来网站用户的大规模增长，同时这些用户又反哺着网站发展及市场繁荣。

2015年以来，由网络文学改编的游戏、动漫，特别是影视剧的成功，使得优质的网络文学IP（Intellectual Property，知识产权）成为资本竞相追逐的对象，网络文学潜在的巨大商业价值又有了新的开发方式，这不仅带来了以网络文学为源头改编而成的文化产品的繁荣，也使得人们对网络文学本身有了更密切的关注。如《后宫·甄嬛传》《琅琊榜》《伪装者》《芈月传》《欢乐颂》等网络文学作品改编为电视剧并热播，这样的例子不胜枚举，而这些热播剧又吸引了大批人群成为文学网站的用户。

网站用户数是评价网站规模的重要指标，也是网站竞争力的组成部分。根据对当下网络文学行业处于领先地位的阅文集团、中文在线、掌阅科技三家上市公司的用户数量进行的统计，2018 年 3 月“网络文学第一股”阅文集团公布了其上市后的首份财报，报告显示该集团目前平均月活跃用户同比增长 12.7%，达 1.915 亿人，其中包括 1.794 亿移动用户及 1210 万电脑用户，平均月付费用户达 1110 万人，较 2016 年的 830 万人增长 33.7%[1]，而阅文集团的注册用户早已破 6 亿。中文在线官网显示其自有用户数超 7000 万，合作用户超 6 亿[2]。掌阅科技官网显示其目前累计注册用户超过 6 亿[3]，核心产品掌阅 iReader 月活跃用户达到 1 亿。可以看出，在文学网站用户规模中，三大上市公司用户规模所占比例巨大，阅文集团又处于霸主地位。同时，我们对 2017 年文学网站的月活跃 MAU（Monthly Active Users）覆盖人数前十位进行了统计排名：晋江文学城遥遥领先，月活达到 1911.2 万人；起点中文网位列第二，月活达 1473.9 万人；惊语中文网位列第三，月活达 959 万人；其后分别是 17K 小说网月活 905.5 万人、纵横中文网月活 885.3 万人、落秋中文网月活 752.6 万人、笔下文学月活 381.7 万人、顶点小说月活 347.1 万人、潇湘书院月活 303.7 万人。[4] 晋江文学城位列第一且其月活 MAU 覆盖数要大于后四位月活 MAU 覆盖人数的总和，起点中文网也以月活 MAU 覆盖数相差 878 万人的优势完全领先于位列第三的惊语中文网，展示出了大型网站在用户规模和用户吸引力上的绝对优势。

（3）网站作品规模化呈现

网络文学走过二十年，这二十年注定是不平凡的二十年，二十年来网络

[1] 数据来源：中商情报网（中商产业研究院整理），http://www.askci.com/news/chanye/20180322/103233120260.shtml，2018 年 4 月 26 日查询。

[2] 数据来源：中文在线官网，http://www.chineseall.com，2018 年 4 月 26 日查询。

[3] 数据来源：掌阅科技官网，http://www.zhangyue.com/about，2018 年 4 月 26 日查询。

[4] 数据来源：艾瑞 PC Web 指数，http://index.iresearch.com.cn/pc，2018 年 4 月 26 日查询。

文学深深根植于大众生活，牢牢把握普通群众的情感脉搏，立足于现实并赋予现实以无限丰富的想象，从而形成网络文学特有的情调与魅力。优秀的网络文学作品通过映照现实来影响自我、激发自省，给予生活新的价值和意义。这二十年来，文学网站上网络文学作品的数量规模直线飙升，根据2018年4月13日中国音像与数字出版协会在“2018中国数字阅读大会”上发布的《2017年度中国数字阅读白皮书》统计资料，2017年中国人均阅读图书数量大幅提升，其中阅读电子书数量达到10.1本。[1] 从痞子蔡的《第一次的亲密接触》、安妮宝贝的《告别薇安》到今何在的《悟空传》、慕容雪村的《成都，今夜请将我遗忘》再到唐家三少的《光之子》、南派三叔的《盗墓笔记》，随着网站数量、网络写手人数的增多以及网络文学产业的热度提升，各大网站涌现出的作品数量浩如烟海，作品类型也举不胜举。

根据国家新闻出版广电总局和中国作家协会的调研统计，截至2017年12月，网络作者数量接近1400万人。其中，驻站非签约作者约1300多万人，签约作者约68万人。根据当前市场规模较大、影响力较强的重点网站发展情况统计，截至2017年12月，各网站原创作品总量达1646万部，其中签约作品达132万部；2017年新增原创作品233万部，新增签约作品22万部。网络小说线下出版图书6942部，改编电影（含网大）1195部，改编电视剧（含网剧）1232部，改编游戏605部，改编动漫712部。如上的数字叠加，汇聚成网络文学光彩夺目的一片蓝海。[2]

在这片网络文学作品的海洋中，从各大型网站输出的作品占据了作品总量的绝大部分，可以说，是大型网站引领了作品数量的规模化呈现。数据显示，截至2017年12月31日，阅文集团的平台拥有690万位作家，2017年平台新增网络作品字数达到了430亿；内容库共有1010万部作品，包括自有

[1] 中国青年网：《〈2017年度中国数字阅读白皮书〉发布：2017年我国人均阅读电子书10.1本》，http://news.youth.cn/gn/201804/t20180415_11598764.htm，2018年4月27日查询。

[2] 肖惊鸿：《2017年网络文学：更富多样性 离梦想更近》，《文艺报》2018年2月12日。

平台上产生的970万部原创文学作品、来自第三方在线平台的28万部作品及14万部电子书。此外，网络文学海外输出方面，阅文集团向海外授权纸质出版及数字出版的作品共计200余部，针对国际读者的英文网站及移动平台“起点国际（Webnovel）”于2017年5月正式上线，截至2017年12月31日，已上线了124部作品，包括多部中英文版本同步首发的作品。[1]

经过多年积累的掌阅科技则与大量的文学网站、出版公司建立了良好的合作关系，拥有超过50万册的数字内容覆盖，包括图书、杂志、漫画、有声、自出版等多类书籍，能够满足用户不同的阅读需求。除此，中文在线、阿里文学、纵横文学的版权图书总量也非常可观。另外，在作品规模化发展方面还值得一提的是，网站作品的分类也由早期的言情、武侠、都市等几个少数类别逐渐规模化、多样化发展，形成了包括玄幻、都市、仙侠、奇幻、军事、游戏、历史、科幻、竞技、言情、穿越、武侠、推理、悬疑等在内的众多分类。

通过对网站数量规模、用户规模和作品规模三个方面的梳理与分析，可以十分明显地发现大型网站在网络文学行业中的引航作用。阅文集团有着丰富的渠道资源和充足的作品库；掌阅科技在数字内容方面独树一帜；中文在线作为中文数字出版的领导者，为推动数字出版产业发展、教育信息化变革、知识产权保护做出了重要贡献；阿里文学以IP为核心打造属于自己的商业模式，纵横文学则依靠平台领先的内容签约和筛选能力打造基于文学版权的泛娱乐生态圈。其中，特别是阅文集团在大型品牌网站占有量、作品占有量和用户占有量上都遥遥领先，稳坐龙头地位。按在线阅读的收入计算，阅文集团、掌阅科技、中文在线、百度文学及阿里文学的市场份额分别为43.2％、14.9％、6.6％、1.8％及1.4％。也就是说，仅阅文集团一家的市场份额就接近半数，和第二名掌阅之和高达58.1％。百度文学与阿里文学在

[1] 智通财经：《稳坐龙头之时，阅文集团（00772）的痛点在于减成本》，http://caifuhao.eastmoney.com/news/20180320102420242026500，2018年4月26日查询。

网络文学上的投入力度也很大，但被拉开的差距同样很大。[1] 目前，在网络文学市场规模巨大的背景下所呈现的局面是“一超多强”。

2. 大型文学网站举隅

大型文学网站是指在原创作品总数、签约写手数量、网站点击量、触达用户数量、资本运营数额等方面综合考量下占有巨大优势的文学网站。根据CNPP品牌数据研究院官方授权查询网站——十大品牌网发布的“2018年中国十大中文网络文学网站TOP10”排名，起点中文网、创世中文网、纵横中文网、晋江文学城、17K小说网、潇湘书院、小说阅读网、红袖添香、起点女生网、云起书院等十家大型网站在全国中文网络文学网站中排名前十。[2]

(1) 两大网络文学集团

盛大文学：于2008年7月成立，属盛大集团旗下板块，负责文学内容和业务的运营管理，是中国最大的社区驱动型网络文学平台。2015年以前，整个网络文学市场可以称得上是盛大文学一家独大，占了整个原创文学市场72%的份额。旗下运营的原创文学网站包括起点中文网、红袖添香网、小说阅读网、榕树下、言情小说吧、潇湘书院、天方听书网、悦读网、晋江文学城（50%股权），同时还拥有华文天下、中智博文、聚石文华三家图书策划出版公司，是国内最大的民营图书出版公司，签约韩寒、于丹、安意如、蔡康永等多位当代一线作家。2015年1月，盛大文学和腾讯文学进行整合，其旗下包括起点中文网在内的多个核心公司已归于腾讯。

阅文集团：2015年1月，盛大文学和腾讯文学开始合并；3月，阅文集团正式成立，从此改变了整个网络文学的市场格局，这种合并宣告了盛大文学主宰网络原创文学市场的历史结束。阅文集团将腾讯文学和盛大文学旗下包括起点中文网、创世中文网、云起书院、红袖添香、潇湘书院、小说阅读

---

[1] 郭静：《阅文年收入占网文市场“半壁江山”，行业第一地位牢不可破》，https://xueqiu.com/5342818484/88597094，2018年4月26日查询。

[2] 十大品牌网：《中国十大中文网络文学网站，小说网站TOP10，原创文学网站排名［2018］》，https://www.china-10.com/brand10/list_4748.html，2018年4月25日查询。

网、华文天下等在内的知名网站进行统一管理运营。随着移动阅读的兴起，阅文集团打造了QQ阅读、微信读书等优秀的移动阅读品牌产品。目前，阅文集团是当之无愧的网络文学行业领头羊。

(2) 三大网络文学上市公司

中文在线：中文在线集团于2000年成立于清华大学，是中文数字出版的领导者。中文在线是国内最大的正版数字内容提供商之一，拥有数字内容资源超过百万种，签约版权机构600余家，签约知名作家、畅销书作者2000余位，驻站网络作者超过200万名，自有用户数超7000万，合作用户数超6亿。2015年1月21日，中文在线在深交所创业板上市，成为中国"数字出版第一股"，旗下囊括17K小说网、四月天、汤圆创作、中文书城等多家文学网站。

掌阅科技：掌阅科技股份有限公司成立于2008年9月，是数字阅读行业的领头羊，是我国领先的移动阅读分发平台。旗下的掌阅iReader是掌阅科技的主打产品，是中国最大的移动互联网络书城，拥有海量的原创网络小说和出版图书。2015年起，掌阅科技开始进军海外，目前已有100多部原创作品授权到海外，被翻译成韩、日、泰、英多种文字，海外版APP累计用户超过1000万人。

阅文集团：如前所述，该集团成立于2015年3月，由腾讯文学和原盛大文学整合而成，是目前中国引领行业的正版数字阅读平台和文学IP培育平台。阅文集团拥有中文数字阅读强大的内容品牌矩阵，旗下囊括QQ阅读、起点中文网、云起书院、创世中文网、潇湘书院、红袖添香等众多一线阅读品牌，中智博文、华文天下、聚石文华、榕树下等图书出版及数字发行品牌，天方听书网、懒人听书等音频听书品牌，以及起点国际这样的对外译介品牌。2017年11月8日，阅文集团在港交所挂牌上市。

(3) 20家代表网站

起点中文网（www.qidian.com)：创立于2002年5月，是国内最大的原创文学网站，隶属于国内最大的数字内容综合平台——阅文集团。2003年

10 月，起点中文网成功探索出付费阅读模式，就此奠定了原创网络文学的行业基础。目前，原创网络文学行业从基本模式、行业标准到工作制度，以及许多互动功能均由起点中文网创立并主导。2017 年 5 月 15 日，起点国际正式上线，支持 PC 端、Android 和 iOS 三平台，以英文版为主打，将逐步覆盖泰语、韩语、日语、越南语等多语种阅读服务。

创世中文网（chuangshi. qq. com）：成立于 2013 年，是由阅文集团精心打造的，集阅读、创作、互动社区、版权运营于一体的全开放网络文学平台。创世中文网拥有业界最为资深的编辑和运营团队，团队成员最长从业时间超过十年，是目前中国网络文学从核心商业模式、行业标准到具体通用功能的主要创造者。

纵横中文网（www. zongheng. com）：成立于 2008 年 9 月，现为完美世界与百度联合打造的文学平台——纵横文学旗下产品，属大型中文原创阅读网站，建站理念是坚持做原创精品，致力于本土优秀文化的传承、革鼎、激扬与全球化扩展，力求打造最具主流影响力与商业价值的综合文化平台，扶助并引导大师级作者与史诗级作品的产生，推动中华文化软力量的崛兴。纵横中文网拥有“纵横中文”“纵横动漫”等诸多优秀品牌与资源，深入贯穿线上阅读、线下出版、动漫改编、游戏改编、影视改编等整条文化产业链。经过多年努力，纵横中文网取得了显著的成绩，作品库存量超过 16 万部，日独立 IP 超过 260 万，PV 超过 6000 万，成为国内一流的中文原创文学类专业网站。

阿里文学（www. aliwx. com. cn）：2015 年 4 月 23 日，阿里巴巴移动事业群宣布推出阿里巴巴文学（简称：阿里文学），是阿里巴巴旗下的互联网文化娱乐品牌。旗下拥有书旗小说、淘宝阅读、UC 小说、优酷书城、PP 书城等明星产品。

晋江文学城（www. jjwxc. net）：创立于 2003 年 8 月，原名晋江原创网，是福建省晋江市的一家文学网站，2010 年 2 月晋江原创网正式更名为晋江文学城。晋江文学城以建设全球最大女性文学基地为宗旨，经过多年发展，已经成功成为内地最大的女性文学基地之一，吸引了众多女性文学写手与读者，截止到2017年12月，晋江文学城日均登录用户220万，日均页面浏览量超过1亿。

17K小说网（www.17k.com）：创建于2006年，隶属于中文在线数字出版股份有限公司旗下，是集创作、阅读、服务于一体的知名文学网站。17K小说网以“让每个人都享受创作的乐趣”为使命，以“成就与共赢”为价值观，目前已拥有网络作者超过80万，知名作家2000余人，出版机构500余家，月度覆盖人数超800万。

潇湘书院（www.xxsy.net）：始建于2001年，是最早发展女生网络原创文学的网站之一，也是最早实行女生原创文学付费的网站之一，现隶属于阅文集团旗下。经过多年的辛勤耕耘，潇湘书院已发展成国内领先的女生原创文学网站，用户数量与日俱增，访问流量在国内文学类网站中名列前茅。潇湘书院一直以做中国最好的女生原创文学网站为目标，立志为广大的原创作者提供一个公平、公正、健康的文学发展平台。

小说阅读网（www.readnovel.com）：成立于2004年5月，现隶属于阅文集团。成立之初，就以其独特的风格和丰富的内容受到小说爱好者的推崇。小说阅读网是国内优质文学版权运营商，网站拥有海量原创作品、签约作家、签约编剧及用户群，开通VIP系统以来，打造出数部点击过亿的超人气签约作品，迅速创下单部作品点击逾2亿、单章订阅超3万、月稿酬收入过6万等各项辉煌纪录，缔造出白金高薪网络作家10多人，月薪过万作家150多人。网站按内容分为“女生版”“男生版”和“校园版”三个分站，主要提供海量言情类女性文学、青春校园及仙侠玄幻类男性文学作品。

红袖添香（www.hongxiu.com）：创办于1999年，是全球领先的女性文学数字版权运营商之一，现隶属于阅文集团。红袖添香为用户提供涵盖小说、散文、杂文、诗歌、歌词、剧本、日记等体裁的高品质创作和阅读服务，在言情、职场小说等女性文学写作及出版领域具有巨大影响力。红袖添香在数字内容版权运营及行业技术方面，一直保持业界领先地位，拥有技术领先的在线阅读、创作、投稿、签约、互动、稿酬结算系统，通过付费阅读、移动阅读、实体图书出版、影视版权输出等多形态文化产品打造立体化版权运营。

起点国际：于2017年5月15日正式上线，同时支持PC端、Android和iOS版本三种版本，支持Facebook、Twitter和Google账户的注册登录，为海外喜爱中国网络文学的读者搭建起了一个阅读、分享原创网络文学作品的平台，让许多优秀的网络文学作品也能“零时差”在海外更新。起点国际目前还是以英文版为主打，逐渐会涵盖泰语、日语、韩语、越南语等多语种阅读服务。

起点女生网（www.qdmm.com）：成立于2009年11月，其前身是“起点女生频道”，致力于对女性网络原创文学作品及作者的培养和挖掘。起点女生网依托起点中文网的成熟运作机制，成功实现了女性网络原创文学的商业化发展模式。起点女生网首创阶梯型写作全勤制度，在针对知名作者进行全方位宣传和包装的同时，兼顾对新进作者的培养。无论是知名作者还是新人写手，均享有签约作者的专属人身保险计划、VIP作品基本福利计划、分类优秀作品奖励计划、小众类型作品的扶持计划等。在起点女生网丰富多样的福利设置吸引下，培养激励了众多优秀作者，使得网站内容呈现出个性鲜明、百花齐放的良好发展趋势。版权运作方面，起点女生网的海量女性题材小说成为影视改编剧的剧本摇篮。现如今，起点女生网囊括了《步步惊心》《搜索》《毒胭脂》等多部热门影视剧的原著小说版权。起点女生网依托领先的电子原创阅读平台，在未来将继续引入移动阅读、实体出版、影视改编等多元拓展渠道，建立海量版权交易库，形成一个集版权运作、原创阅读为一体的综合性女性原创文化品牌。

云起书院（yunqi.qq.com）：成立于2013年9月，是阅文集团旗下专注于女性精品原创的全新女性原创文学网站。致力于打造女性原创精品的云起书院，将与旗下男性原创文学网站创世中文网、数字出版平台“畅销图书”一起作为内容输出平台，共同为腾讯文学输出网络文学和出版图书内容。基于腾讯在女性原创领域的积累，云起书院一经推出就处于业内领先地位，并培养了一批优秀“大神”级网络作家，如月斜影清、叶非夜等。

言情小说吧（www. xs8. cn）：成立于 2005 年，属于阅文集团旗下品牌。从建立之初至今，一直秉承着为用户提供优质的言情小说阅读体验平台，打造全球华语言情小说阅读基地的理念，在网络文学界走出了一条专业化的独特发展道路。言情小说吧拥有人气超高的论坛、方便快捷的网游以及站内家园等，能给用户提供读书、休闲、娱乐的多方位体验。

榕树下（www. rongshuxia. com）：是国内历史最悠久、最具品牌影响力的文学类网站，创办于 1997 年底，现为阅文集团旗下品牌。榕树下曾使无数文学爱好者好梦成真，并凝聚了一批在华语文学界极具影响力的作家，如韩寒、慕容雪村、宁财神、李寻欢、安妮宝贝、邢育森、蔡骏、今何在、郭敬明……2009 年底，榕树下宣布改版上线之后，在原来的原创文学网站基础上，转型为一个传播文学、文化评论及原创写作的权威综合人文媒体，并定位于华语文学领域的垂直门户。榕树下着眼于整个文化市场，立足于各领域优秀文化产品，致力于化解各种文化产品间的障碍，为用户和版权方提供文化服务，全力搭建一个高密度文化平台。

塔读文学（www. tadu. com）：正式上线于 2010 年 7 月 12 日，是北京易天新动网络科技有限公司在无线阅读领域发力的基础平台，是手机无线互联网原创文学先锋。塔读文学精选海量精品小说，汇集各种经典读物，其中都市、穿越、玄幻、历史、武侠、灵异、军事等题材小说深受读者喜爱。塔读文学现已展开全平台运营包括电脑读书、手机读书、客户端应用等，服务已覆盖 7000 多款终端，是国内最受手机阅读用户喜爱的无线阅读服务商之一。塔读文学隶属于天音通信集团，亦是在新华社管理和指导下健康成长的无线阅读平台，为读者、作者、内容合作商创造了一个共赢共荣的阅读乐园。

爱读文学网（www. aiduwenxue. com）：爱读文学网下设首页、书库、排行、全本、论坛、充值、作者专区、里下河文学流派、芳草地校园文学原创等子栏目，囊括了社会人生、青春校园、都市言情、历史传奇、玄幻魔法、武侠修真、军事科技、穿越架空、科幻灵异、同人动漫、诗歌散文等类型的文学作品。爱读文学网作为中国作家协会“全国网络文学重点园地工作联席会议”列席单位之一，成功策划创办过全国首家少年文学院——昆山少年文学院（昆山市人民政府2009年批准实施的政府文化工程项目），2015年5月又与三江学院联合创设了全国首家“网络文学编辑与写作”本科专业。

幻剑书盟（hjsm. tom. com）：于2001年5月成立，其前身是由书情小筑、石头书城、小书亭、凝风天下四个文学书站组成的网站联盟。2001年，幻剑书盟正式成为一个启用国际域名的站点，开启了规范化发展的道路，成为国内知名的原创网络文学网站。但是自2013年以来，由于网络文学市场竞争越来越激烈，商业巨头纷纷布局，幻剑书盟的发展压力也越来越大。

天下书盟（www. fbook. net）：天下书盟文化发展有限公司创始人为蔡雷平，筹备于2002年，正式成立于2003年3月。2003年1月网站筹备组邀1365名网络作家组成“中华写手同盟”，开启社区网站（www. smen. net）进行试运营。2003年3月“中华写手同盟网”更名为“天下书盟网”，正式开通原创文学主站“天下书盟（www. smen. net）”。天下书盟文化发展有限公司专注于运营文学版权，为电子付费阅读、线下出版、电影、游戏、动画等提供有版权的内容。

逐浪网（www. zhulang. com）：成立于2003年10月，前身为蒋刚、李雪明二人于1999年创办的知名文学站点——文学殿堂。2009年11月，空中网全资收购逐浪网，并将逐浪网积累多年的丰富小说资源提供给日益壮大的手机阅读群体。逐浪网是空中网旗下集阅读、创作于一体的原创文学平台，以丰富的优质内容，充分结合移动终端的阅读特性，为广大用户提供精彩的数字阅读服务。逐浪网拥有业界资深的编辑和运营团队，内容主要包括玄幻小说、都市情感、修真武侠、军事历史等类小说，签约有数万部小说的版权、数十万部授权小说库及大批作者。逐浪网拥有1500多万注册会员，并仍在高速增长中。

红薯网（www. hongshu. com）：于2009年12月创立，是一家集创作、付费阅读、作品加工、版权贸易于一身的中文小说阅读网站。红薯网一直以营造良好阅读环境、建立完善创作平台、提供舒适交流空间为目标，以“看书、交友、轻松生活”为口号，试图将自己打造成一个高质量、有特色的文学网站。红薯网在成立之后，较短时间内也聚集了不少人气，吸引了许多网络文学创作者和爱好者，文学内容比较丰富。

三、中小型文学网站的发展处境

中小型文学网站是指那些在网络文学市场上所占份额较小，且具有独立性（独立经营、自负盈亏），未被大型网站、公司、集团收购或控股的文学网站。如惊语中文网、落秋中文网、飞卢小说网、黑岩网、磨铁中文网等就属于此类。在激烈的市场竞争中，中小网站往往处于劣势，面临较大的生存与发展压力。

1. 激烈的竞争环境

（1）外部竞争不具优势

天风证券发布的《移动阅读享受流量红利，知识付费打开阅读变现新蓝海》一文指出，伴随着互联网巨头的资本注入，网络文学自诞生至今，共经历了盛大文学一家独大，腾讯文学异军突起，腾讯系、阿里系、百度系、掌阅文学和中文在线群雄割据三次行业大洗牌。[1] 面对网络文学行业庞大的市场蛋糕，“五大系”无一例外都想分一杯羹。按在线阅读收入计，目前阅文集团市场份额为43.2%，掌阅为14.9%，中文在线为6.6%，百度文学为1.8%，阿里文学为1.4%。也就是说，仅阅文集团一家的市场份额就接近半数，和第二名掌阅之和高达58.1%。百度文学与阿里文学在网络文学上的投

[1] 天风证券：《移动阅读享受流量红利，知识付费打开阅读变现新蓝海》，2017年5月4日，http://www.199it.com/archives/628408.html，2018年5月10日查询。

入力度也很大，但被拉开的差距同样很大。[1] 根据艾瑞数据文学小说网站的月度覆盖人数数据统计，笔趣阁和惊语中文网在中小型文学网站中处于领先地位，但是就最近一年的数据来看，笔趣阁和惊语中文网的月度覆盖人数相加总和也不及月度覆盖人数排名处于首位的大型文学网站晋江文学城。根据华西都市报发布的“第11届网络作家富豪榜”，上榜的20位作家全部来自“五大系”，中小型文学网站作家无一入围。速途研究院发布的《2017年中国网络文学作家影响力榜》则指出，在作家平台分布方面，阅文集团不仅包揽了男女作家TOP5榜单，TOP100榜单也占据90%的席位。中小型文学网站市场争夺艰难的状况，是互联网巨头进场后资本博弈下的必然结果，被誉为“网文双雄”的阅文集团和掌阅科技2017年先后登陆资本市场，阅文集团在港股上市当天就突破了900亿市值，成为最近十年港股最赚钱的新股；而掌阅在登录国内创业板后连续24个交易日涨停，市值接近翻倍。无论是阅文的“IP合作人制”，或是掌阅的“原创联盟”，还是阿里的“HAO计划”，都昭示着网络文学市场竞争愈趋白热化的气息。

(2) 内部资源相对匮乏

中小型文学网站在外部市场竞争的压力下，夹缝中求生存，内部资金的缺乏直接导致了人才吸引难、“大神”培养难、网站宣传难等难题。没有雄厚的资金实力，很难留住那些“大神级”的超人气网络小说作家，比如知名网络作家唐家三少就是于2004年2月在读写网首发其处女作《光之子》，8月转战幻剑书盟创作《狂神》，后于2015年5月加入网文网站巨头之一的起点中文网，成为其签约作家。即使中小型网站千辛万苦请动了版权商们，后期对于作品的策划推广若跟不上，也很难与其他大型文学网站相匹敌。所以，很多中小型网络文学网站拥有的优秀作家少、精品作品少，知名度的不足更是让原本就为数不多的好作家、好作品渐渐在日新月异的网文世界中石

[1] 中原网：《阅文集团上市后，BAT网文市场格局已定》，http://news.zynews.cn/zz/2017-11/30/content_11227502.htm，2018年4月28日查询。

沉大海，难以吸引到粉丝，流量和点击量低迷。

很多中小型文学网站由于经营管理经验不足，缺乏完整成熟的产业链模式，没有跟上 IP 大潮，在实体出版、版权开发等方面发力不足，在这个全版权运营当道的时代远远落后于那些具有前瞻性眼光的大型文学网站，如易观（Analysys）发布的《中国 IP 市场专题分析 2017》中提到的包括《全职法师》《巫蛊笔记》《蓝桥几顾》等在内的几个优秀 IP 运营案例，皆出自大型文学网站。而且，很多中小型文学网站从创始之初就唯利是图，成了盗版侵权、淫秽低俗小说的聚集地，严重影响了行业风气，也折损了中小型文学网站在读者心目中的形象，使读者失去了信任。

2. 中小型文学网站的求生之道

(1) 定位细分市场，搭建自有平台

中小型文学网站在综合实力上无疑与大型网站有着很大的差距，如果不扬长避短找到自身的特色肯定会吃亏，所以中小型文学网站要想突出重围，就势必要专注于某一细分市场，以此作为自己的突破点，搭建自有平台，形成自己的品牌特色。目前领跑细分领域的新型阅读平台“平治信息”，以及在站长之家（China Webmaster）网站排行榜中小说网站类综合排名靠前的中小网站如“一本读”“简书”等，都是抓住了特定读者群，选好了某一侧重点来发展网站的。

平治信息自 2015 年下半年开始打造自有阅读平台业务，2016 年公司阅读业务就实现收入 2.21 亿元，实现了跨越式发展。公司采用多团队并行的“百足模式”，先后组建了超阅小说、盒子小说、知阅小说等 40 多个原创阅读站，共计拥有注册用户 2000 万。[1]平治信息的文学内容虽然丰富多元，但是灵异悬疑内容是它的特色，比如作品《阎王妻》点击量就突破 3 亿，百

[1] 中信证券传媒：《平治信息（300571）深度报告——移动阅读新贵，未来 IP 综合运营可期》，2017 年 6 月 2 日，http://www.sohu.com/a/145455537_522828，2018 年 5 月 27 日查询。

度指数最高达 66631，成为全网最火热的灵异小说之一。[1] 而平治阅读最重要的还是瞄准了近几年愈显繁盛的“听书”市场，经过多年的摸索和运作，成功打造了一个以提供有声阅读为主，以文字阅读、动漫画、游戏、音乐、教育等其他服务为辅的国内领先移动阅读平台——话匣子听书，吸引了众多听书爱好者。

上海佰集信息科技有限公司于 2013 年打造了“简书”品牌，现已发展成为了集简书创作阅读平台和简书移动阅读 APP 为一体的阅读平台。“创作你的创作”是简书的标语，它为广大文学创作爱好者提供了一个有富文本编辑和 Markdown 两种编辑器供用户使用的精品写作创作平台，同时还是一个包含小说阅读、专题阅读、话题分享、优质课程等在内的阅读社区。简书的优质创作功能、社区感营造和精品路线是使其能脱颖而出的特色。而其他个人建立的文学站点如“一本读”则致力于搜集全网的精品完本小说，强调完整流畅的阅读体验。

（2）寻求合作，精耕 IP 开发

黑岩网是目前国内规模最大、收入最高的单一悬疑类网络文学平台，黑岩网孕育出的《阴阳代理人》系列、《苗疆道事》系列、《麻衣神算子》系列和《劫天运》等都是曾进入百度风云榜前五十的高人气 IP 作品，过十亿点击量的作品超过 20 部。2017 年，黑岩网发力网文 IP 孵化。在原创内容提供方面，黑岩网将文学创作人聚合，并透过 A8 新媒体集团有限公司进行原创音乐发行、演出产品开发等业务；在 IP 孵化及影响力放大方面，黑岩网文学 IP 的发行配合 A8 新媒体旗下的播出渠道，如多米音乐、映客视频、偶扑等音频与视频流媒体粉丝小区，对文学 IP 进行多渠道宣传推广。黑岩网还与爱奇艺、华夏视听等公司合作，目前已有超过 40 部作品进入改编制作成台、网合作联动的电视剧及院线电影流程。

[1] 中信证券传媒：《平治信息（300571）深度报告——移动阅读新贵，未来 IP 综合运营可期》，2017 年 6 月 2 日，http://www.sohu.com/a/145455537_522828，2018 年 5 月 27 日查询。

2017年，“磨铁文学”全力投入IP生态发展，与“磨铁图书”“磨铁娱乐”联合开启IP孵化进程，欲建立“实体出版+网络文学+影视制作”的全内容生态。磨铁图书曾经一手打造了《盗墓笔记》《明朝那些事儿》《诛仙》《后宫·甄嬛传》等多部畅销小说。磨铁文学作为IP产出的源头，是磨铁集团旗下网络文学业务板块的运营和管理实体，拥有磨铁中文网、墨墨言情网、逸云书院、锦文小说网等原创文学网站以及磨铁阅读APP。磨铁娱乐于2017年推出今何在同名小说改编电影《悟空传》，袭用“超级IP+大Cast”的制作模式，票房突破6.8亿。目前，磨铁娱乐手头握有众多影视改编项目：电视剧方面，科幻剧《天意》已开拍，《一手遮天》《蜀山的少年》《抗命》等8个项目都在筹备；电影方面，《悟空传2》《天意》《苗疆蛊事》等8个项目也已经进入开发阶段。此外，磨铁文学积极寻求外部合作，共同开发IP。2017年8月18日，“开放：磨铁IP大会”在京召开，邀请了数百家影视公司代表、导演、作家等嘉宾，发布了“十大主旋律正能量IP”“十大电影IP”“十大电视剧（网剧）IP”等“10×10”IP矩阵和“100大影视改编IP”。磨铁集团CEO沈浩波表示，磨铁本质上是一家围绕IP进行运营的综合性文化娱乐集团，磨铁IP的特点是来源多、类型多、头部项目多，但磨铁自己的开发制作能力再强，也不可能实现这种超大规模的产能。同时，磨铁也不愿意单纯地、不负责任地仅仅通过卖IP挣钱，而是希望对更多的IP负责，将IP运营起来，实现IP的最大产业价值，所以磨铁愿意与全行业“开放、分享、合作、共赢”IP，“开放IP大池，大家一起来游泳”。

四、门户网站唱响文学频道

门户网站的文学频道是指拥有丰富互联网资源、提供综合信息服务的门户网站为更好地给大众提供文学服务而专门开设的网络文学服务频道。目前中国最具代表性的门户网站有新浪、网易、搜狐和百度（被称为“中国四大门户”），同时腾讯、新华网、人民网、凤凰网等也属于国内比较知名的门户网站。在网络文学二十年蓬勃发展的态势下，这些门户网站都拥有自己的文学频道。

1. 门户网站的文学平台

网络文学一路强势发展，轻松赚足了各类网站运营者的眼球，网络文学和文化产业的力量碰撞激发了网络文学价值井喷式的增长，显示出了网络文学行业所蕴含的巨大商业价值与社会价值。在这样的背景下，各大门户网站也开始全方位布局内容产业，陆续开通了自己的文学频道，为网络文学的创作和发展提供了更为丰富多样的平台，且有部分门户网站的文学频道依托于门户流量做大做强而走向了单独分离经营的道路。下面将列举这二十年来成立的比较具有代表性的门户网站读书频道。

新浪读书（book. sina. com. cn）：创立于 2002 年，是中国最早的门户网站的文学频道，隶属于新浪网。新浪读书下设原创、书评、书摘、资讯、好书榜、专题、动漫、今日热点等频道，而其中原创频道中包含男生分类、女生分类、出版分类三个版块，涵盖了都市校园、奇幻玄幻、科幻末世、穿越重生、浪漫青春、流行小说、时尚生活等数个网络文学创作门类，是多元化与多样化的门户网站文学平台。

搜狐读书（book. sohu. com）：搜狐网的子频道，旨在服务读者阅读，丰富网友文化生活，立足于“更好的阅读”。搜狐读书频道于 2004 年 8 月上线，是门户网站中较早开设的读书频道。搜狐读书下设连载、资讯、书评、书见风云、访谈、读书会、图集、好书榜、原创、专题汇总等子栏目，为网民提供优质深度的阅读平台。

腾讯读书（book. qq. com）：腾讯网的子频道，于 2004 年 9 月上线，是腾讯公司 2012 年实施“泛娱乐”战略中十分重要的一环。腾讯读书内容广泛丰富，不仅包括原创网络文学，还包括很多传统作家的作品，以及一些已出版的网络文学书籍，为读者提供这些作品的电子版阅读服务。

网易读书（book. 163. com）：于 2009 年 9 月正式成立，是国内领先的门户网站品牌——网易下设的一个频道，在互联网应用、服务以及相关技术方面有很大优势。网易读书频道中不仅包含了一个综合性的电子书库，而且还设有博客、书讯、书评、书摘、访谈以及频道论坛等内容版块，进而构成了一个综合性的阅读社区。

凤凰读书（book. ifeng. com）：2008 年正式上线，是凤凰新媒体公司下三大主要平台之一、综合门户凤凰网的子频道。凤凰读书定位于“以高尚的人文阅读品位，引领全球精品阅读”，下设图书库、书讯、书评、凤凰副刊、专题、行业新闻、译栈、作文、影视文学、剧本库、开卷八分钟等子栏目，另有畅销书单、热门文章、凤凰好书榜等榜单。凤凰读书不仅积极向广大用户提供海量读书内容以及个性化书评文摘，同时还坚持深入探讨和研究文史、政治等学科领域的相关精深话题。

新华悦读（www. xinhuanet. com/book）：2013 年 1 月 11 日正式上线，新华悦读是新华网联合中文在线共同开发的数字阅读平台，也是新华网首次推出的面向数字阅读和移动阅读市场的专业平台，是新华网旗下的子频道。新华悦读以“思想点亮中国，阅读温暖人生”为理念，定位于严肃阅读、品质阅读与经典阅读，下设新书首发式、读家对话、悦读汇、书影、号外、影响力书榜等子栏目，期冀为读者展示更多的网络阅读资源。

人民网读书频道（book. people. com. cn）：2006 年 9 月正式开通，读书频道在原有文化频道图书栏目的基础上进一步完善，加强了与业界的合作。人民网读书频道致力于高品质阅读，特色是红色阅读。

铁血读书（book. tiexue. net）：创建于 2001 年，是铁血网下辖的读书频道，是国内最大的军事小说互动平台。铁血读书频道建站之初即以军事类原创网络小说轰动互联网，产生过《夜色》《兵王》等一大批脍炙人口的作品，在军事类网络小说的发展过程中具有里程碑式的意义，是中国原创军文的摇篮。铁血读书现有原创、图书、书库、排行榜、VIP 专区、作者专区等子栏目，其中原创栏目下有军事小说、历史小说、玄幻、仙侠、都市、情感、推理、悬疑、中短篇小说、新书、完本等子栏目，另有编辑推荐排行榜和名家访谈等子频道。

360小说网（xiaoshuo.360.cn）：360导航旗下的文学网站，集合多家小说网站作品，下设热门小说、有声小说、原创小说、我要写书等数个子频道，并分别有男频女频的推荐榜单，为读者提供便利的阅读体验。

2. 门户网站如何经营文学

（1）依托门户网站特性，建立综合性阅读社区

门户网站和专业性的文学网站之间存在一些区别：首先，相较于专业性文学网站，门户网站拥有更加多样化的信息、多元化的内容和更为纷繁复杂的栏目设置，综合性特征明显；其次，门户网站的用户构成和专业性文学网站的用户构成具有很大的差异性，门户网站的用户覆盖范围更广、数量更庞大、成分更复杂；最后，门户网站不同于专业性文学网站，它的信息具有更明显的即时性，且书籍阅读和新闻链接之间的信息沟通更为方便快捷。基于门户网站的这些特点，很多门户网站读书频道的经营理念都以“综合性”“多元化”为关键词，以此更好地发挥门户网站平台特性的作用，吸引更加广泛的用户群体，发展数字阅读。

例如，腾讯读书在内容建设上就与专业的网络文学网站大有不同，较之一般文学网站，腾讯读书的内容涵盖更为全面，类型更加广泛。除了众多网络原创作品，腾讯读书还拥有许多经典文学作品，以及一些已经出版的优秀网络文学作品。在腾讯读书的页面，可以看到非常丰富的阅读栏目设置和分类，网站将作品分为连载书库、图书排行、原创男频、原创女频、原创小说、原创排行、网络杂志、文化博客、文化图库、精彩书摘、畅销图书等类别，各栏目下又再有细分，包含了文学内容的方方面面。2004年上线的腾讯读书为腾讯在网络文学的布局打下了基础，探索出了许多宝贵经验，是腾讯“泛娱乐”战略中的重要一环。2013年，腾讯公司在网络文学领域内发力，与原起点中文网创业团队合作，引起了业内震惊。腾讯文学横空出世，并于2014年4月16日宣布以子公司形式独立运行，将创世中文网、腾讯文学网、腾讯读书频道以及QQ阅读等所有资源整合到了一起，腾讯读书至此完美融

合于腾讯文学，开启了全新的发展道路。到 2015 年，腾讯文学整合原盛大文学，成立阅文集团，终于奠定了网络文学界的霸主地位。再如，网易读书是知名门户网站网易下设的一个内容频道，依托于网易在互联网应用、服务以及相关技术方面的优势，在发展初期就迅速壮大。网易读书在创始期就力图打造一个综合性的阅读社区，网易读书的版块设置中不仅包含了内容丰富的综合性电子书库，而且还设有博客、书讯、书评、书摘、访谈、论坛及历史频道等版块，书库作品分为小说、社科、经管、生活、文艺五大类，下设 40 多个细分类型。值得一提的是，网易读书还创立了“分类书馆”，将图书分为品质阅读、实用阅读和流行阅读三类。在这个时期读者就可以感受到网易读书追求图书大量覆盖和精品化的风格。在此基础上，网易后来又发力于移动数字阅读方向，打造了网易云阅读、网易蜗牛读书等品质阅读产品。

(2) 结合门户网站风格，打造风格化读书平台

门户网站虽然都是将网上庞杂的信息进行收集、整理并提供相关链接给使用者搜索查询的综合型网站，但根据其创办主体和传播定位的不同，门户网站的风格也有所侧重。比如我国的四大门户网站——新浪、搜狐、网易和百度的创办主体都是公司，前三者属于综合性门户网站，百度属于搜索引擎式门户网站，它们的风格和定位也有少许区别：新浪和搜狐主打新闻资讯，网易则更多面向年轻白领阶层，主打商业报道，而与它们有更大风格差异的则是像新华网、人民网、凤凰网这类专业指向性十分明显的门户网站。门户网站的读书频道根据网站特色、定位的差异，可以充分利用平台资源进行专业的风格打造和细分，以便维持网站的整体协调，更好地为目标用户提供精准、深度的服务。

新浪、搜狐、腾讯和网易综合性特征都十分明显，在读书频道的建设上整体风格有差异：新浪读书主打高端内容，也更偏向于传统；搜狐读书的内容相对而言也较为高端，包括不少深度阅读和名家专访的内容；腾讯读书则一直定位在大众化阅读。另外，像凤凰读书、新华悦读、人民网读书频道这类门户网站的读书频道的风格化就相当明显了。比如，凤凰读书是综合门户

凤凰网的子频道，艾瑞咨询统计数据显示，凤凰网所面向的用户较之其他同类网站，更多的来自高收入、经济状况良好、受教育程度高的相关群体。[1]而用户的特点也决定了凤凰网的内容提供主要涉及新闻资讯、深度报道、观点评论、财经产品等方面，其读书频道也是期望达成“以高尚的人文阅读品味，引领全球精品阅读”的目标，在这样的整体基调下，凤凰读书频道在为广大用户提供精良的阅读内容以及个性化书摘和评价的基础上，还对文学、历史、政治等学科领域的话题坚持深入研究和探讨，由此凤凰读书在业界也就树立了“长于文史，注重品质”的良好形象，获得了追求深度和阅读品质的用户的追逐。新华悦读是新华网联合中文在线共同开发的数字阅读平台，属于新华网的子频道。新华网的特征是十分明显的，它的主办单位是国家通讯社新华社，属于中央重点新闻网站，因此也就更加具有“党和政府喉舌”的特点。在这样的责任使命下，新华悦读虽然包含了部分网络文学的原创内容，但更重于严肃性和文学性，秉持着“思想点亮中国，阅读温暖人生”的传播理念，主要分享品质阅读和经典阅读，和以追逐商业利益为主的文学网站、文学频道有着本质上的区别。人民网读书频道是人民网的一个子频道，发源于《人民日报》。人民网是以新闻为主的综合型网络媒体，是“国家重点新闻网站的排头兵”，创始之初就奉行着“权威性、大众化、公信力”的宗旨。人民网读书频道和新华悦读相类似，专注文学经典和高品质内容，且人民网读书频道和时政联系相当紧密，读书播报栏目中的推荐书目多与国家发展、红色历史、时事政治和党员思想建设相关，风格特点鲜明。

(3) 举办有影响力的文学活动，塑造强势品牌形象

门户网站各类资源十分丰富，且相对于专门的网络文学网站而言，其多方综合协调能力更强，宣传辐射范围更广，在活动的策划、宣传和执行过程中有多方充足的资源可以进行调动和整合，一些门户网站的文学频道依托于门户网站的各类优势资源，举办一些有影响力的文学活动，从而助力网络文

---

[1] 纪海龙：《网络文学网站100》，中央编译出版社2014年版，第219页。

学的创作，激发网民的阅读热情，并拓宽该文学频道以及门户网站的社会影响力，显示出频道的专业性，塑造强势的品牌形象。

门户网站的文学平台在举办文学活动方面开风气之先的实属新浪，新浪引领了门户网站举办文学活动的潮流，并成功打造了两个有影响力的文学活动品牌，为促进网络文学的繁荣和发展做出了不小贡献。自2004年起，新浪网和国内知名出版社、传媒集团联合举办了第一届“新浪原创文学大赛”（原“新浪华语原创文学大奖赛”），该活动一直延续到2011年，目前共举办了七届，邀请过包括莫言、余华、苏童、张炜、刘震云、张抗抗、张悦然等在内的知名作家担任评委。七年来，新浪原创文学大赛的参赛作品数以万计，在挖掘潜力作家、发现优秀原创作品方面取得了不少成果，从赛事中走出来的优秀创作者有：《驻京办主任》作者王晓方、《天眼》（电视剧《国家宝藏之觐天宝匣》原著）作者景旭枫、《雪亮军刀》作者张磊、《青盲之越狱》作者张海帆等。而《引魂之庄》《纪委书记》《一个人的战斗》《秘藏1937》等优秀网络文学作品也皆出于此。同时，自2009年起，新浪读书频道就开始联合各大书城、网上书店，结合开卷销售数据、专家意见和新浪编辑部意见综合制定了“新浪好书榜”文学作品评优活动方案，每个月生成一次月榜，再结合数据每年生成一次好书半年榜单及年度榜单，为读者提供了一份读书清单，将更多高品质内容推荐给用户。该榜单一直延续至今，并在文学作品榜单排行中保持着权威地位。

自2015年来，新华网承办了由国家新闻出版广电总局和中国作家协会联合主办的“优秀网络文学原创作品推介”，与新浪好书榜不同的是，新华网的这个推介专注于网络文学领域，旨在“发现中国网络文学原动力”，向社会推介了一批追求真善美、传播正能量的原创作品，得到社会广泛关注和读者认可。

除了新浪网和新华网，比较具有代表性的还有凤凰网的凤凰读书也打造了一个极具特点的文学沙龙活动——“读书会”（原“凤凰读书会”），该活动采取线下面对面举行与线上全方位展示相结合的方式，每期确定一个主题，或邀请三两名人，就一个文学人物、历史话题、文学作品等进行深度的探讨交流，活动自2010年一直持续到2014年，共举办了164期。读书会活动为凤凰读书增加了更多的关注度，也再度提升了凤凰读书的品质品格，有益于凤凰读书频道高端文化形象的塑造。

总而言之，网络文学诞生二十年来，越来越多的门户网站开始涉足网络文学领域，也有不少门户网站的文学频道利用门户网站的诸多优势和特点，进行全方位、专业化的打造，赢得了大众的喜爱。特别是像腾讯读书和网易读书等，更是在网络文学产业上开拓出属于自己的道路，但是目前市面上很多门户网站的文学频道也存在着形式雷同、专业性缺乏、特色不足、唯利是图等亟待解决的问题。比如，原本发展势头强劲的新浪读书由于涉黄、违规，于2014年被查处整改，给整个网络文学行业敲响了警钟。

五、文学机构网站的主流发声

文学机构网站是指那些主办方为官方机构、专业性人民团体的文学网站，如由中国作家协会主办的中国作家网、中国社科院文学研究所主办的中国文学网、中国纪实文学学会和北京纸磨坊科技文化有限公司共同创办的中国报告文学网以及各地作协主办的文学网站都属于此类。

1. 文学机构网站知多少

网络文学从诞生至今走过了二十个年头，从非主流逐渐登上主流舞台，从鲜有人关注的边缘文化，逐渐成长为文化产业中一股十分重要的力量。伴随着网络文学的发展壮大，其对社会、文学的影响早已不容小觑，传统的文学机构也逐步向网络发起全面进军，以期用更积极的姿态参与到网络文学的发展历史之中。下面就列举部分有代表性的文学机构网站：

中国文艺网（www.cflac.org.cn)：中国文学艺术界联合会官方网站，其开设的文学版块涵盖资讯、文学话题、文学评论、文学人物、文学家艺术图书馆、网络文艺等频道，网络文艺频道则囊括网络文艺创作、网络文学、网络文艺资讯、网络文艺评论等栏目。通过构建资讯报道、理论批评、创作引导的三位一体矩阵，中国文艺网矢志攻坚网络文学发展的顶层设计。

中国作家网（www.chinawriter.com.cn）：创办于2002年，是由中国作家协会主办的官方网站。作为作协的官方网站，中国作家网秉承作协宗旨，主要承担向外介绍、宣传作协，发布作协近期重要活动、文坛重要讯息，向读者推荐优秀作品等任务，以推动中国文学健康发展。中国作家网除了设置一些机构网站基本栏目以外，还专门为网络文学开设专栏，引领时代文学前进。

青年文学网（sw.5xwx.com）：创办于2001年，由中国青年作家协会主办主管，下设青春那事、人在他乡、爱情故事、成长记忆、职场故事、都市情怀、军旅生涯、官场笔记、文学之路、岁月断想、生活感悟、思想笔记、纪实文学、名家访谈、美文赏析、写作探讨、文坛新闻等子频道，致力于打造记录青年、再现青年、服务青年的综合型文学平台。

作家在线（www.haozuojia.com）：成立于2011年，是由中国作家出版集团主办、作家出版社承办运营的文学门户网站，是以作家为核心服务对象的专业文学网站，旨在为所有写作者提供数字化出版平台。下设文坛资讯、在线阅读、连线作家、创作投稿等子频道，网站将充分发挥利用中国作家出版集团各单位的人才优势和内容资源，全力打造网络文学的精品门户，打造网络时代的文学旗舰。

盛京文学网（www.sywriter.com）：2013年11月1日开通，由沈阳市作家协会主办，下设散文、文学评论、儿童文学、中短篇小说、诗歌、影视文学、长篇小说、个人文集、作品研讨、文学讲堂、名家鉴赏、网络文学等子频道。网络文学频道主要发布国内网络文学重要新闻和重磅评论。

北京作家网（www.bjwl.org.cn）：创办于2008年，由北京市作家协会主办，是北京市作家协会的官方网站，下设通知公告、新闻、协会工作、理论评论、作家辞库、新书推荐、北京作家、小作家分会、征文等子频道。北京作家网秉承"文学理想，激情创造"的口号，是展示北京作协工作动态、代表作家、优秀作品的重要窗口。

河北作家网（www. hbzuojia. com）：创办于 2008 年，由河北省作家协会主办，网站下设要闻、作家作品、专题创作、文学讲堂、文坛佳话等子频道。2014 年 7 月，河北作家网改由河北省作家协会网络文学中心管理。2016 年 11 月 3 日，河北省网络作家协会正式宣布成立。

黑龙江作家网（www. hljszjxhw. com）：2013 年 11 月 6 日成立，是由中共黑龙江党委宣传部、黑龙江省作家协会主办的黑龙江省作协官方网站，下设作协概况、新闻动态、作家书情、作家动态、评论争鸣、文学评奖、签约作家、北方文学、作家博客、作家辞典等子频道。

浙江作家网（www. zjzj. org）：成立于 2003 年，为浙江省作家协会的官方网站，下设作协信息、文学动态、文学批评、文学奖项、地市动态、少年作协、内刊联盟、期刊前沿、作家访谈、作家瞭望、作家博客等子频道，累计访问量超过 3000 万人次。

湖北作家网（www. hbzjw. org. cn）：创办于 2009 年，是湖北省作家协会官方网站，目前开设有湖北作协、文坛进行时、文学鄂军、文学批评、作家茶馆、在线期刊、文学奖项、作家零距离、网络文学、新书看台等子频道，涵盖小说、诗歌、散文等类别。其中网络文学频道为湖北省网络文学信息聚合地，是展示湖北省网络文学风采、网络作家形象，促进网络文学交流的聚合平台。

江苏作家网（www. jszjw. com）：为江苏省作家协会官方网站，下设作协动态、作家沙龙、新书速递、文学期刊、文学奖项、文坛资讯、理论批评、网络作协等子频道。网络作协频道对应成立于 2016 年 6 月 26 日的江苏省网络作家协会，首批入会会员 131 人，跳舞当选为主席，我吃西红柿、骁骑校、忘语等人当选为副主席。

海南作家网（www. hainanzuojia. com）：由海南省作家协会主办，2015 年启用改版后的新海南作家网。下设文坛焦点、近期关注、人文快讯、公告、原创作品、批评对话、访谈、新书推荐、作家博客等子频道，是海南省文学作品、文艺理论、新闻时讯等信息的发布与交流平台。

辽宁作家网（www.liaoningwriter.cn）：2008年1月1日成立，为辽宁省作家协会主办的大型综合性业务网站，设有新闻、文学奖项、文学前沿、作家动态、作家博客、网络文学、书屋等频道，其中网络文学频道为辽宁省网络文学作品、网络文学评论和全国网络文学动态的信息集散地。

青海作家网（www.qhwriter.com）：成立于2011年，为青海省作家协会官方网站，下设作协新闻、作家动态、文坛快讯、文学专题、少数民族文学、作家风采、文学评论、新书快递、文学活动、作家博客、市州县文学、文学奖项等子频道，是青海省作家协会的信息发布平台，以及青海省文艺事业的信息交流平台和青海省少数民族文学的扶持展示平台。

陕西作家网（www.sxzjw.org）：创办于2009年6月，系陕西省作家协会的官方网站，设置文学栏目15个，包括文学新闻、作协动态、文学专题、文学大家、文学研究、文学杂志、作家书屋、作家书画等。其宗旨是传导陕西作协和陕西文学界各种声音，架起作协与会员、与全国乃至世界文学沟通的快捷通道，为陕西文学走向世界创建信息交流平台。

浙江省网络作家网（www.zjwlzx.org）：是浙江省网络作家协会的官方网站，浙江省网络作协是全国第一家由网络文学创作、评论、编辑和组织工作者自愿结合的省级协会组织，2014年1月7日正式宣告成立。浙江省网络作家网以图文滚动形式全面报道网络文学信息，以浙江文坛、浙江网络作家为要，下设协会信息、书库、精品推荐、名家访谈等频道，为以浙江省网络文学为原点的全国网络文学创作与阅读服务。

上海作家网（www.shzuojia.cn）：是上海市作协的官方网站，其下设上海市网络作协子频道，包含组织机构、会员辞典、作协动态、文学信息、会员服务、文学期刊、权益保障等子频道。

广东作家网（www.gdzuoxie.com）：创办于2003年，是广东省作家协会的官方网站。网站主要负责发布广东省作协动态公告，刊登国内外文学新闻以及评论家文章，发布广东省作家的文学作品等。下设新闻、机构、专题、视频、公告等频道，其中专题一栏特设网络文学频道，展现广东省网络文学乃至全国网络文学的最新发展动态。

四川作家网（www. sczjw. gov. cn）：四川省作家协会的官方网站，下设文学天地、作家访谈、作家书画、文学评奖、创作研究、巴金文学院、四川文学、星星诗刊、当代文坛、网络文学子频道。其中网络文学频道为四川省网络作协信息聚合地。

湖南作家网（www. frguo. com）：为 2005 年创办的湖南省作家协会的官方网站，下设文学资讯、湖南作协、网络文学、文学学会、名家讲堂、潇湘诗词、作家动态、精品力作、文学馆藏、研讨会、文学课等子频道。网站以“展示名家力作、扶持新人新作”为己任，持续为网络文学发展不断贡献自己的力量。

新疆生产建设兵团文学艺术界联合会网（btwl. xjbt. gov. cn）：成立于 2009 年，为新疆生产建设兵团文学艺术界联合会官方网站，下设文艺动态、文艺评论、文艺评奖、作品展示、通知公告、领导讲话等子频道，是展示新疆生产建设兵团文艺风貌，鼓励引导文艺创作的重要窗口和平台。

2. 文学机构网站的特色和功能

(1) 以品质追求呈现机构网站特色

文学机构网站主办方的特点决定了一个文学机构网站的格调和特色，相比起点中文网、潇湘书院、纵横中文网、晋江文学城等大型的专业网络文学网站，文学机构网站有着更为重要的社会责任和文学担当，它们更多地肩负着中国文学健康发展的历史使命和中国文艺繁荣昌盛的时代任务，这就决定了文学机构网站的文学内容呈现有自己的特色，这类文学网站大都传播能体现时代精神、包含民族特色、给人以更多思想力量和精神提升的文学作品。

首先，部分文学机构网站虽下设网络文学子栏目，但更多的关注点集中于各传统文学类型的发展，对文学作品的品质要求十分严格。这一点可以通过不同文学网站的栏目分类和作品展示方面明显反映出来。

部分文学机构网站栏目设置 （只列举与文学内容相关的栏目）
中国文艺网栏目设置： ·文学（包括资讯、文学话题、文学评论、文学奖项、文学人、文学家数字艺术馆、剧照） ·文艺评论（包括锐评、传媒聚焦、名家、理论学术、艺术大讲堂） ·网络文艺（网络文艺创作〈网络文学、微电影、数字音乐、动漫游戏〉、网络文艺资讯、网络文艺评论、文联小艺）
中国作家网栏目设置： ·阅读（名家荐书、在线阅读、图书排行） ·新作品（小说、散文、纪实、诗歌、作家博客） ·原创（小说、诗歌、散文/随笔、评论、其他） ·文史（作代会、文代会、文史钩沉、经典作家、大事记） ·评论（作品评论、作家论、创作谈、争鸣、综述、文化时评） ·理论（热点、重要理论文章、学术动态、文学理论） ·少儿（新闻、作家印象、文学评论、作品、域外传真、动漫、新书） ·科幻（资讯、评论、作家印象、域外传真、科声幻影、新书） ·世界文坛（视点、作家印象、文学评论、新书、翻译、艺术漫笔） ·民族文艺（新闻、作家印象、文学评论、作品、艺谭、声音、新书） ·网络文学（新闻、作家、评论、作品） ·文学院（新闻、重点推荐、学员作品、评论、出版信息、文学大课堂、鲁迅文学院） ·今日批评家（活动资讯、批评视界、客座研究员、今日批评家）
作家在线网站栏目设置： ·文坛资讯（专题、作家动态、视频、文学动态、特约评论、综合资讯、图片） ·在线阅读（小说、散文诗歌、亲子教育、纪实传记、其他、排行榜、专题） ·连线作家（特别推荐、封面作家、精彩对话、人气作家、阅读札记、最新入驻、作家言论、特约评论家、封面作家评选、作家辞典） ·创作投稿（创作投稿、申请作者、写文章、投稿流程说明）
部分专业性网络文学网站栏目设置
综合起点中文网、创世中文网、纵横中文网、晋江文学城的栏目设置，专业性网络文学网站栏目设置大致如下： 网站栏目涵盖作品分类、排行榜、最近更新、完本等部分，网站小说类型涵盖玄幻、武侠、奇幻、仙侠、都市、现实、军事、历史、游戏、体育、科幻、灵异、言情、二次元等题材

上表对文学机构网站和专业性网络文学网站的栏目设置进行了对比，可以看出文学机构网站拥有充盈的文学内容，包含大量有深度的内容，对于不同类型文学的方方面面也都有关注，从文学作品拓展到文学创作者、文学评

论、文学理论、文学研究等细分领域。不仅如此，文学机构网站对于网络文学版块的内容挑选和把关都十分严格，有着较为科学全面的选择评价标准，不同于一般的网络文学网站作品水平参差不齐，光以点击率来进行作品推荐。比如，中国文艺网的网络文学版块推荐的作品有一部分是来自中国作家网的网络原创短篇小说作品，还有一部分则是从各大网络文学网站挑选出来的优秀作品，而中国作家网的网络文学频道中包含着大量已出版的优质网络文学作品推荐，如南派三叔的《盗墓笔记》、烽火戏诸侯的《雪中悍刀行》、缪娟的《翻译官》等。

(2) 以专业力量引导网络文学发展

隶属于专业文学机构或团体的文学机构网站有着大量的文学作品资源、作家资源和极其丰富的管理、发展经验，随着这二十年来网络文学发展的不断壮大，其传播对社会文化生活的影响愈加深刻，各官方文学机构加大了对网络文学的关注度，以专业的力量引导网络文学不断朝积极健康的方向蓬勃发展，承担着引导、扶植网络文学成长的责任。

以中国文学界最权威、专业的作家机构——中国作协为例，其对于网络文学的关注就十分密切，作协的领导均在不同的场合表示，网络文学的兴起、发展是中国文学界的重要事件，不能忽视网络文学的发展和影响。这些年来作协意识到网络文学势不可当的发展态势，通过不同的途径致力于网络文学的发展。一方面，中国作协积极举办网络文学会议来为网络文学的发展献言献策，总结经验。比如，中国作协联合中国国际经济科技法律人才学会、中国版权协会、中国音像协会等于 2007 年 12 月举办了首届“中国网络文学发展研讨峰会”，在网络文学诞生的第十年即 2008 年，联合 17K 小说网举办了“网络文学十年盘点”活动，2012 年 6 月首次举办了“网络文学作品研讨会”，2014 年 7 月联合全国网络文学重点园地工作联席会议、人民日报社文艺部、光明日报社文艺部共同举办“全国网络文学理论研讨会”等一系列会议。另一方面，中国作协在重点作品扶持工程、举行重要文学评奖活动时也向网络作家敞开大门。作协重点作品扶持工程始于 2004 年，通过向作家提供资金补贴等方式鼓励其创作出优秀作品，2010年起作协正式将网络文学纳入该项目；同时，继2010年第五届鲁迅文学奖评奖向网络文学作品敞开大门后，2011年，长篇小说最高荣誉的茅盾文学奖也首次加入了网络文学参评；作协还于2015年底成立了网络文学委员会，反映出了作协对网络文学的不断开放与包容态度。[1] 此外，中国作协的官方网站中国作家网也设立了网络文学专栏，对网络文学行业的新闻、动态进行实时追踪和报道，对包括唐家三少、月关、齐橙、天蚕土豆等众多知名的网络文学创作者进行采访介绍，对知名网络文学研究者的最新评论及时发布，对优秀的网络文学作品进行展示推荐，还特设原创频道接受网友的在线投稿，种种用心至诚的举措都表明中国作家网在中国网络文学发展的道路上必将发挥愈加重要的作用。

纵观各文学机构网站的发展，都渐渐与网络文学越来越密切地联系起来，未来的网络文学依旧离不开国家官方文学机构和各地作协的扶持与引导，各地的文学机构包括其官方网站依旧需要就如何平衡网络文学的“高原”与“高峰”、“技术”与“艺术”，如何建立和完善网络文学的评价体系，如何切实提升网络文学网站的创作环境等问题做出思考和行动。

六、移动阅读APP的异军突起

APP是应用程序“Application Program”的缩写，简而言之，移动阅读APP就是指支持“在线/离线”阅读文学作品的移动应用程序。自2008年iOS平台首次推出App Store至今，各类APP高速发展，已然形成了现在数量庞大、类型多样、质量精美、创意频出的局面。移动阅读类APP作为其中的一个重要类型，发展势头强劲，广受用户喜爱，中国网络文学的发展早已进入了移动阅读的新时代。

[1] 纪海龙：《网络文学网站100》，中央编译出版社2014年版，第279页。

1. 移动阅读及其 APP 的兴起

(1) 网络文学步入移动阅读新时代

伴随着互联网技术和移动通信技术的发展以及移动智能终端的出现，人们的阅读习惯悄然之间发生了变化，原本的传统纸质阅读方式与人们越来越快的生活节奏难以契合，人们在移动空间的闲暇时光中越来越追求一种碎片化、即时性的阅读方式，来解决自己实时性的信息阅读和娱乐休闲的需要。2009 年移动智能手机在中国开始推广，随后智能手机迅速普及。通过手机人们可以随时随地阅读信息、浏览新闻资讯、读小说、看视频，使用手机报、手机小说等业务的人群越来越多，网络文学的发展随着智能手机的出现，呈现出一种日新月异的状态。

我们查阅了中国出版科学研究所历年发布的《全国国民阅读调查数据》，将 2009—2017 年全国国民（以下所指“国民”年龄区间为 18 至 70 周岁）的数字化阅读（网络在线阅读、手机阅读、电子阅读器阅读、Pad 阅读等），特别是移动数字阅读（手机阅读、电子阅读器阅读、Pad 阅读等）的接触率进行了整理，统计如下[1]：

年份	数字化阅读接触率情况
2009	国民数字化阅读方式接触率为 24.6%（其中手机阅读接触率为 14.9%，PDA/MP4/MP5 等阅读接触率为 4.2%，电子阅读器阅读接触率为 1.3%）
2010	国民数字化阅读方式接触率为 32.8%（其中手机阅读接触率为 23.0%，PDA/MP4/MP5 等阅读接触率为 2.6%，电子阅读器阅读接触率为 3.9%）
2011	国民数字化阅读方式接触率为 38.6%（其中手机阅读接触率为 27.6%，PDA/MP4/MP5 等阅读接触率为 3.9%，电子阅读器阅读接触率为 5.4%）

[1] 数据来源：根据 2009—2017 年中国出版科学研究所发布的《全国国民阅读调查数据》统计整理得出。

续 表

年份	数字化阅读接触率情况
2012	国民数字化阅读方式接触率为 40.3%（其中手机阅读接触率为 31.2%，PDA/MP4/MP5 等阅读接触率为 2.6%，电子阅读器阅读接触率为 4.6%）
2013	国民数字化阅读方式接触率为 50.1%（其中手机阅读接触率为 41.9%，PDA/MP4/MP5 等阅读接触率为 2.2%，电子阅读器阅读接触率为 5.8%）
2014	国民数字化阅读方式接触率为 58.1%（其中手机阅读接触率为 51.8%，Pad 平板电脑阅读接触率为 9.9%，电子阅读器阅读接触率为 5.3%）
2015	国民数字化阅读方式接触率为 64.0%（其中手机阅读接触率为 60.0%，Pad 平板电脑阅读接触率为 11.3%，电子阅读器阅读接触率为 8.8%）
2016	国民数字化阅读方式接触率为 68.2%（其中手机阅读接触率为 66.1%，Pad 平板电脑阅读接触率为 10.6%，电子阅读器阅读接触率为 7.8%）
2017	国民数字化阅读方式接触率为 73.0%（其中手机阅读接触率为 71.0%，Pad 平板电脑阅读接触率为 12.8%，电子阅读器阅读接触率为 14.3%）

图表信息显示了 2009—2017 年的国民数字化阅读趋势变化，可以看出我国国民的数字阅读接触率在这九年来一直保持着持续上涨的势头，数字阅读的发展很大程度上促进着国民综合阅读率的攀升。纵观这九年来的数据，手机阅读一直保持着强势的增长劲头，其他移动阅读方式虽然每年的接触率变化有增有减，但是整体趋势是在逐渐上涨的。移动阅读行为悄然发生然后迅速蔚然成风，网络文学的用户从 PC 端向移动端不断拓展、转移的发展趋势不可逆转。

（2）移动阅读 APP 快速发展

当网络文学迈入移动阅读的新时代，网络文学网站、运营商阅读基地、网络文学企业等商家纷纷展开了移动互联网布局，频频向移动阅读市场发力，移动阅读 APP 快速发展，大量的阅读类 APP 还在持续涌现。移动阅读在这九年的成长期中整体发展状况良好，不仅仅在数量上给读者提供了海量选择，不少移动阅读 APP 在质量上也没有让读者失望。商家对于创造阅读的极致享受，追求体验的方便智能的思考从未停止。目前，市面上涌现了不少优秀的移动阅读APP，根据易观发布的《2017中国移动阅读市场年度综合分析2017》中对2016—2017年中国主流移动阅读应用移动搜索指数分布所做的统计，2016—2017年移动搜索指数排名前八的移动阅读应用分别是：书旗小说、QQ阅读、掌阅iReader、咪咕阅读、熊猫看书、网易云阅读、塔读文学和天翼阅读。

纵观这些年来市面上移动阅读APP的整体发展状况，各大移动阅读APP的最核心要素——文学内容的数量、类别、质量不断提升，这主要依靠APP背后文学网站的内容生产能力。对于移动阅读APP本身来说，重点在于为这些内容提供一个良好的展示平台，所以这些年来移动阅读APP的基础功能不断完善，特色功能更是层出不穷。移动阅读的基础功能包括导入图书、全格式支持、无线传书等，以帮助读者实现轻松阅读；移动阅读的特色功能多种多样，包括智能推荐、个性换肤、互动分享、自动翻页、听书、云端同步等，这些特色功能致力于给读者打造个性的阅读环境，带来贴心的阅读体验。优秀的移动阅读APP懂得怎样通过多样化功能的开发，营造舒适的阅读环境。

比如，书旗小说为用户提供在线阅读，通过智能搜索、自动书签、个性推荐等人性化功能提高了用户的满意度；掌阅iReader的功能十分丰富，精排版风格让读者爱不释手，图文混版、音乐伴读、视频解读的模式为单调的纯文字阅读增添了色彩，大咖说书、大咖荐读等功能不仅聚集了人气，也给予了读者更明确的阅读方向和选择；QQ阅读的基本功能十分完备，书籍私密阅读等特色功能又非常注重阅读的私密性，还曾与微信公众平台“新世相”合作，推出了新的荐书功能“名人阅读记忆系列”，邀请了马伊琍、马思纯、毕飞宇等来分享他们最爱的书单，再次吸粉无数；微信读书最大的特点就在于其基于微信好友关系而展开互动，一书共读功能促进了图书的分享和阅读互动，好友在读功能可以使用户了解好友阅读的书籍，给自己提供选择和参考，好友读书排行功能在一定程度上也激励了用户更多的阅读行为；网易蜗牛阅读作为一个新兴的移动阅读APP，提出了“按时间维度付费”模式，推出每天免费读书一小时的功能获得用户青睐，其特色的领读人功能，邀请各领域的读书达人分享他们的书籍评论和阅读观点，从互联网、科技、历史、心理等方面带领读者探索新知。[1]

2. 移动阅读的市场活力与前景

(1) 市场规模持续增长，移动阅读竞争激烈

移动阅读从2009年逐步风靡，现仍旧处于高速发展期，呈现出资本市场看好、厂商动作不断的特征，随着掌阅科技和阅文集团的上市，移动阅读市场已然是一片红海。目前市场上移动阅读产品诸多，早期的掌阅、QQ阅读、书旗小说、网易云阅读、咪咕阅读等APP发展势头依旧强劲，而市场上新涌现出来的微信阅读、网易蜗牛阅读、追书神器、多看阅读等移动阅读APP也不甘示弱争夺移动阅读市场。

根据公开资料整理显示，中国的移动阅读市场规模2013年为62.5亿元；2014年达到88.4亿元，增长率为41.4%；2015年达到101亿元，增长率为14.3%；2016年达到118.6亿元，增长率为17.4%；而截至2017年，中国移动阅读市场规模已达到153.2亿元，增速达到29.2%。预测到2020年，移动阅读市场交易规模将达到335亿元，预计未来三年年均增速将达到29.8%。同时，网络文学移动阅读市场的用户规模也呈不断上升态势，2013年12月我国移动端网络文学用户规模为2.02亿人，到2014年12月达到2.26亿人，2015年12月达到2.59亿人，2016年12月达到3.04亿人，而截至2017年12月，我国移动端网络文学用户规模达到了3.44亿人。庞大的市场规模下是各移动阅读厂商群雄逐鹿般的激烈竞争现象，根据对目前市面上主流移动阅读APP的2017年年度月均独立设备数和月均总有效时长的统计，可以从不同切入点了解到目前中国移动阅读市场的竞争状况：

---

[1] 庭秋：《集网易匠心大成，网易蜗牛读书横扫各大应用市场奖项》，https://www.csdn.net/article/a/2017-05-31/15928359，2018年4月28日查询。

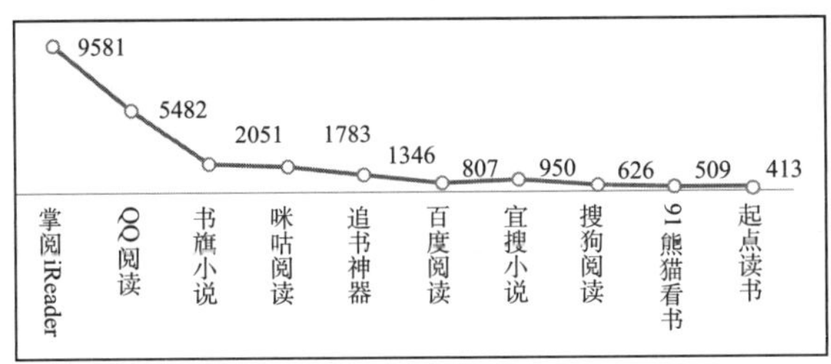

2017 年主流移动阅读 APP 月均独立设备（万台）[1]

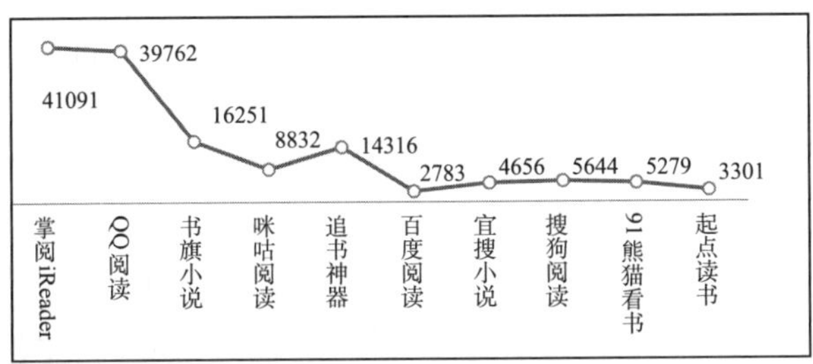

2017 年主流移动阅读 APP 月均总有效时长（万小时）[2]

移动阅读发展到现在，既仍处于高速发展期，又是移动阅读商业模式逐渐迈向成熟的变革期，阅文集团、百度文学、掌阅、阿里文学、运营商阅读基地持续发力，多方争霸、群雄割据，市场格局已经较为稳定。掌阅 iReader、QQ 阅读、书旗小说是移动阅读 APP 行业的“三巨头”：掌阅 iReader 通过打造业内最高水平、规模最大的多媒体、精排版电子书获得用户青睐；书旗小说通过产品创新功能、付费内容折扣以及 IP 作品的联动运用吸睛无数；QQ 阅读以增强用户黏性、使用生态为切入口，利用庞大的内容资源，依托强大的品牌营销能力深度“撩粉”。

（2）人口红利消失，深耕存量市场是关键

随着这些年来移动阅读市场用户规模的规模化增长，未来移动互联网新用户增长速度会有所放缓，市场规模的大幅度提升现象将不再出现，市场上

［1］根据艾瑞 iResearch 提供的数字在线阅读移动 APP 指数公开资料整理而成。
［2］根据艾瑞 iResearch 提供的数字在线阅读移动 APP 指数公开资料整理而成。

可供消费的移动阅读APP已经被大量开发。在这种人口红利消失，新用户增长乏力的情况下，未来的移动阅读行业将进入纵深领域，需要深耕存量市场，多维度拓展客户。

移动阅读行业向纵深、垂直化发展，越来越多的移动阅读类APP通过内容差异化定位，在细分市场中抢占属于自己的用户群。比如，根据性别偏好而创立的女性阅读APP——潇湘书院，是最早发展女生网络原创文学的网站之一，现已拥有庞大的女性用户群；网易云阅读和咪咕阅读则通过推出一系列针对不同读者、不同类型的移动阅读APP来满足不同人群的需要；QQ阅读深度洞察用户的需求，覆盖泛娱乐用户的多种场景，并以此为核心，抓住年轻用户群体；掌阅秉持着“引领品质阅读”的信念，引进了很多出版图书，将其进行精排版展示，精致又有深度的内容吸引了很多注重品质注重阅读质量的读者。还有大量的移动阅读APP分类工作越来越完善，除了玄幻、言情、校园、穿越、出版等常见的题材分类之外，还细分出了美食、二次元轻小说、同人、耽美等比较小众的题材分类，对用户需求进行深度挖掘。特别值得关注的是，以喜马拉雅、懒人听书为代表的有声阅读APP的兴起，又激发了新的市场活力。2018年4月中国新闻出版研究院发布了《第十五次全国国民阅读调查》，调查数据显示，2017年，我国有两成以上的国民有听书习惯，成年国民的听书形式较上年有着明显变化——选择移动有声APP平台听书的国民比例（10.4%）比2016年的6.5%增长了3.9个百分点，选择通过广播听书的比例（7.4%）比2016年的8.4%下降1.0个百分点，选择通过微信语音推送听书的比例（5.3%）比2016年的3.6%增长了1.7个百分点。可以这样说，有声阅读成为国民阅读新的增长点，移动有声APP平台已经成为听书的主流选择。[1]

---

[1] 书香中国：《第十五次全国国民阅读调查成果发布》，2018年4月18日，http://www.chinawriter.com.cn/n1/2018/0418/c403992-29934401.html，2018年4月28日查询。

第三章
网络作家阵容

中国网络文学二十年是网络作家迅速成长、队伍不断壮大的二十年。在这快速发展的二十年中，一共走出了四代网络作家。今天，这个群体的总数已经远远超过传统作家数量，成为文学界一支不可忽视的重要力量。二十年来，网络作家开创了多样化的文学类型，打下了一片前景无限的网文江山，开创出阅读和写作的新局面。网络文学的健康生长，需要网络作家不忘初心，从文学传统中汲取营养，以“工匠精神”打造出更多经得起读者和历史检验的精品力作。

一、从“写手”到“作家”

1. 从业余写作到职业创作

如果从1998年台湾蔡智恒（痞子蔡）在台湾成功大学BBS上连载的《第一次的亲密接触》在大陆的迅速传播算起，至2018年，中国网络作家已有二十年的成长史。二十年来，网络文学从萌芽到蓬勃生长，其间遭受了许多质疑和批评，但最终还是开创了一个庞大的“网文世界”，成为网络文化界一颗耀眼的新星，其“野蛮生长”的速度令人惊诧，其繁荣发展及产业链的铺开为中国文化的海外输出打开了一条全新的道路，取得如此大的成绩，网络作家当居首功。二十年来，这支文学新军由初始的“三无”状态——无身份、无性别、无年龄，逐渐演变成网络文学创作者的专业化、职业化。从业余写作发展为职业创作，其过程值得历史铭写。

20 世纪 90 年代中后期，互联网刚刚进入中国，此时能够接触到网络的人多是一些对网络技术比较了解的理工科人员，他们大都是“无心插柳”地开始在网上进行文学创作，没有限制的发表体制和便捷的传播途径让他们可以随时随地在网络上发表自己的文字，宣泄自己的感情，早期的网络写手就是这样逐渐诞生的。这个时期的网络写手多半是兼职或者业余的写作者，他们中的许多人没有专业的文学背景，不是文科出身，而是理工科背景，比如开华文网络文学创作先河的少君是物理专业毕业，蔡智恒是水利工程研究所的博士，等等。他们进行网络文学创作的目的比较单纯，主要是为了表达自己，展现自己的才华，不需要考虑写文章来赚钱养活自己。在这样的前提下，他们创作时既不用考虑在文坛的名声，也不用考虑个人在文学方面的发展前途，主要以非功利的心灵化书写为特色，写作带来的往往是人气而非金钱。只有作品被出版商发现并出版发行纸质版，他们才有可能获得收入，进而逐渐变成专业或者半专业的作家。那时人们一般把在网络上进行文学创作的人称为“写手”，按照传统的叫法，从事写作的人一般会被称为“作家”或者“作者”，但由于网络文学诞生之初不被主流文坛所认可，所以产生了“网络写手”这样的叫法。

今天，网络文学已经由网络写手自由自发的模式，成长为拥有庞大的读者群体、完整商业运营手段的模式，网络写作的生态环境也发生了巨大的变化。文学网站推出 VIP 收费制度后，一则面向读者进行阅读收费，另外也开始为作家发放“工资”——收入分成。文学网站为作家发放稿酬或者买断签约作者的作品版权，使网络写手们能够以创作来谋取经济利益，如果作品走红网络，还能够获得更多的报酬。近些年来的 IP 热潮更是将网络文学的商业价值推向一个新的高峰，越来越多的写手开始全身心投入到网络文学创作的事业中，把它当成养家糊口甚至发财致富的一条道路，一些大学生也会考虑将其作为自己的职业选择，由此，网络写手由早期的自由、业余写作逐步转变为职业性、专业性写作。和早期单纯的创作目的不一样，高度产业化运行下的网络写作的目的性增强了，作者必须关注点击率、订阅量、排行榜这些影响收入的重要因素，写作慢慢变得功利化、世俗化，一切都朝着“钱”的方向看齐。[1]

网络写手职业化、专业化发展的另一个重要表征是，这个群体得到了主流社会的持续关注与认可。近年来，作为自由职业者的网络作家逐渐被纳入“新社会阶层人士”，受到前所未有的关注和重视，文学地位也有了明显提升。网络作家纷纷加入作协组织，在近五年中国作协发展的2553名会员中，网络作家和自由撰稿人等新兴文学群体占到了13%。此外，截至2017年底，已有165名网络作家成为中国作家协会会员，表明网络作家的地位得到主流文学的进一步认可。各种各样的网络作家榜单如“年度网文之王”“五大至尊”“十二主神”“百强大神”等，也让人真切地感受到网络作家正从最初的“三无”时期，步入时下的“加冕”时代。从过去的“网络写手”，到现在的“网络作家”，不仅仅是称谓的变化，也蕴含了这一群体身份的变化和地位的提升。

2. 市场驱动身份蜕变

初期的网络文学写手一般是业余的，他们的创作是非功利的，不能为他们带来直接的经济收入。1997年底榕树下建立之后，红袖添香、晋江文学城、天下书盟、起点中文网等文学网站也纷纷建立，随着网络读写群体数量的快速增长，网站开始探寻商业运营模式。2003年10月，起点中文网首创“VIP付费阅读制度”，开启了真正意义上的网络文学赢利模式，就此奠定了网络原创文学商业化发展的行业基础。网站付费阅读模式开启之后，网络文学的发展环境发生较大改变，网络文学由开始的“自发生长”阶段步入“自觉发展”阶段，逐渐步入商业化发展之路。网络文学产业成为一个新型的产

[1] 徐星星：《网络文学创作主体研究》，苏州大学硕士学位论文，2015年。

业，从事网络文学创作也逐渐成为一份可以养家糊口的工作。网络文学网站作为一家企业，与写手进行签约，签约的作品上架后所得的订阅费、打赏由网站和写手按比例分成。2004年12月18日，起点中文网推出买断制度，与签约写手约定：根据作者以前的表现和起点未来发展的综合考评，以年薪的方式买断作者一年所写的作品版权。[1] 分成和买断两种形式目前依旧是网站和作家收入分配的主要方式，这些方式使得写手能够通过网络创作获取生活的来源，也让写手们的全职写作成为一种可能，他们在经济利益的刺激下，已然由最初的自由写作转变成为了点击量、订阅量，或者说为了生存而写作。

庞大的网文阅读市场刺激着网络VIP小说创作队伍不断扩大，也导致越来越多的资本涌入网文产业，2014年整整一年，网文界的主题就是“收购”，不仅百度文学收购了纵横中文网，其他资本也开始发力大举进入网文界。这次的“资本行动”有两个显著的特点：第一，都是大资本，真正的互联网巨头如阿里、百度等盯准并且进入这个庞大的市场；第二，他们所看重的不是网文和文学网站，而是网文的IP运营和网站的“泛娱乐化”经营战略。2015年，盛大文学与腾讯合并，成立阅文集团并收购众多文学网站，为网络文学发展注入新的力量。同年，IP开发迎来爆发期，“IP”开始成为人们所熟知的一个词语，这一年因而被称为“IP元年”。此后，网络VIP小说进入IP全运营模式，发展势头很猛，由网络VIP小说改编的游戏、电影、电视剧、网络剧等每天都活跃在大众的视线当中。据统计，截止到2018年1月，由网络小说改编的电影就有1195部，改编电视剧1232部，改编游戏605部，改编动漫712部[2]，可以说网络VIP小说成了网络时代的“兵家必争之地”。网络文学产业化发展及IP式运营吸引越来越多的人涌入这个蓬勃发展的行业，导致网络文学网站数量爆发式增长，远超二十年前的规模。站长之家

[1] 吴婷：《网络写手也能成为百万富翁》，《中国图书商报》2015年12月7日。

[2] 新华网：《24部优秀网络文学作品获新闻出版广电总局和中国作协推介》，http://www.xinhuanet.com/book/2018-01/23/c_129797300.htm，2018年6月20日查询。

(Chinaz.com) 2018年1月2日统计，中国境内PC端中文文学网站共1138家，移动端中文文学网站共311家。[1] 作为网络文学具体载体的网络文学网站，聚集了大量的网络文学作家进行创作。数据显示，截至2017年6月，在各大网站注册的网络文学作者数量达到1300万，作品总量高达1400余万种，日更新字数超过1.5亿字；而网络文学读者数量更是高达3.53亿，占网民总体的46.9%，其中手机网络文学用户规模已达到3.27亿。[2] 庞大的产业规模彰显着这个行业的前景，在市场这个“无形的手”的引导下，越来越多的人开始全职创作网络文学，我们所熟知的唐家三少、猫腻、辰东、我吃西红柿等网络“大神”都是职业的网络文学作家。业余写手的专业化，是网络写手的分化，也是网络文学发展的必然。[3]

资本的进入为网络文学产业的发展注入了第一道活力，促进了网络文学产业的繁荣发展，网络文学作为内容源头，已然成为文娱产业的风向标和炼金石，是市场持续高速增长的推进器，一个由精品网络文学内容驱动的产业共赢体系已经出现。这个共赢体系的建立依靠的是众多原创作家的作品，离开了他们的创作，网络文学产业难以发展到今天的规模，可以说网络平台和网络作家是互利共生的关系。文学网站为了自身的发展，需要吸引作家入驻，吸引作家入驻依靠的不仅仅是网文“大神”成功后的高薪报酬，更需要给他们提供一份其他行业能够提供的基础保障，因此网站在自身建设中不断完善规章制度，建立最低工资标准，如红袖添香网站设立最低工资标准为1600元，起点中文网最低工资为1500元，这些标准的设立为签约作家提供了一份保障，对网络创作者的职业化创作产生了有利的影响。

3. 政府助力“职业化”进程

网络文学诞生之初，是被人们所轻视的，一些传统作家认为网络文学没

[1] 站长之家：“小说网站排行榜”，http://top.chinaz.com/hangyetop/index_yule_xiaoshuo.html，2018年1月2日查询。

[2] 中国互联网络信息中心：《第41次中国互联网络发展状况统计报告》，2018年1月31日，http://www.cnnic.net.cn/hlwfzyj/hlwxzbg/hlwtjbg/201803/P020180305409870339136.pdf，2018年6月20日查询。

[3] 欧阳友权：《网络文学概论》，北京大学出版社2008年版，第137页。

有营养，没有价值，难登大雅之堂，使得网络文学长期处于传统文学的阴影之下，网络作家的社会地位整体不高。随着行业不断发展，作者收益不断增加，一些顶级作者年收入甚至已经过亿，网络作者的地位开始悄然发生变化，他们不再被简单地认为没身份没地位，一些优秀的作者甚至被称为“大神”。此外，由于网络文学作品在商业上的成功能够推动当地经济发展，“网文出海”能够向海外输出中国的优秀文化，政府、媒体等机构和一些传统学者对网络作家的认识也慢慢发生了转变。大力发展文化产业被写入党的十九大报告之中，包括网络文学在内的文化产业，得到了顶层设计者们的高度重视。

浙江、上海、湖南、北京、广东、四川等许多省市相继成立网络作家协会，网络文学委员会等相关组织机构也在不断加强对网络文学的服务、引导和扶持力度，从思想上、业务上、生活上关心网络作家。此外，国家新闻出版广电总局、中国作协及各地作协不断加大对网络文学的扶持力度：吸收网络作家加入作协，开展网络作家培训，召开网络文学研讨会，开展网络文学评奖，实施网络小说排行榜推优活动，组织各种网络文学交流活动，为网络作家提供交流学习的平台等。这些举措无疑能够提升网络作家群体的社会地位，激发他们的创作激情，也是提升网络文学创作专业性的重要一环。2013年10月，由中国作家协会指导、中文在线发起成立的国内首家网络文学大学举办开学典礼，作家莫言任名誉校长。据了解，网络文学大学以网上授课为主，分为青训学院、精英学院、创作研究院三个层级，分别针对爱好网络文学、初涉写作的新人作者，发表过完本作品、有一定写作经验的资深作者和发表过多部作品并获得读者认可的知名作者进行培训，计划每年培训网络文学作者10万人次。这所大学的开办，也意味着网络文学创作得以由纯粹“自发式”的创作阶段步入“职业化”进程。[1] 2017年4月14日，“中国作

[1] 任晓宁：《网络作家步入“职业化”》，《中国新闻出版报》2013年11月7日。

协网络文学研究院”在杭州挂牌成立，它将以举办“网络文学周”为平台，重点组织开展“网络文学国际论坛”“网络文学年度奖”和“网络文学传播集会”等不同板块的活动，并且集聚中国网络文学界一批权威专家，重点对中国网络文学最前沿的发展态势和创作现象展开研究，探讨并总结网络文学创作、产业、传播一体化的理论成果，使之成为中国网络文学业态的产业智库。2017 年 9 月，上海作家协会率先推出网络作家签约制度，开创了网络文学创作者享受“传统作家专有福利”的先河，各地地方政府也采取措施建设网络创作队伍。2017 年 12 月 9 日，首个“中国网络作家村”落户杭州，中国作协网络文学委员会主任、中国作协网络文学研究院院务委员会主任陈崎嵘受聘为名誉村长，知名网络作家唐家三少为首任村长。作家村作为载体，承担着打造一个集网络文学作品创作、项目孵化、版权交易、作品改编、互动交流、影视动漫游戏衍生开发等完整的产业生态链，以及建设中国网络文学事业和网络文学产业发展核心区和示范区的重要使命。2017 年中国作协公布的 507 名年度新会员中，有网络作家 51 名，创历史新高。大量的举措表明了政府对网络文学作家的认可和关怀，2017 年末中国作协网络文学中心的成立被认为是网络文学“主流化”的标志性举措，和其他行业都有自己的协会组织一样，建立网络作家组织，首先是对网络作家身份的一种认可和接纳，是一种“正名”，可以提升网络作家、网络文学的社会知名度和美誉度。

如今，网络文学不再“野蛮生长”，无论是中国作协还是网络文学网站自身，都开始将越来越多的资源投注到网络作家的培养中。网络文学大学、鲁院网络文学作家研修班、盛大文学和上海视觉艺术学院联合创办的国内首个网络文学本科专业被称为网络作家培训的“三驾马车”；一些文学网站也开设作家培训班，如 17K 小说网就开设“青训营”，致力于培养优秀的网络文学作家。这些措施一定程度上为网络作家的职业化写作创造了有利条件。

二、网络作家的代际衔接与生存状态

1. 二十年走出四代网络作家

20世纪90年代，互联网由海外传向国内，此时只有少数人有条件使用网络。1991年，一位署名少君的人在华文电子周刊《华夏文摘》发表了小说《奋斗与平等》，揭开了华文网络小说的序幕，此后十年，他陆续在各种华文电子周刊以及BBS上发表作品，被称为华文网络文学的鼻祖。1995年，《橄榄树》《花招》等网络文学刊物出现，清华大学的“水木清华”论坛也于同年开设，至此，原创网络文学正式萌芽。1997年，“榕树下”正式注册，之后，安妮宝贝、黑可可、邢育森、李寻欢、俞白眉、韩寒、宁财神、蔡骏、郭敬明……聚集在榕树下，掀起了大陆网络文学的第一次高潮。在榕树下成立之前，有一位名为图雅的写手已经在全球中文网络如日中天，但1996年他离开网络，从此再不复归。第一代写手中还有一个不得不提的作家就是台湾的痞子蔡（蔡智恒），1998年3月22日他在网络上开始连载《第一次的亲密接触》，作品一出现就获得了广大网民的追捧，这部作品也被很多人认为是汉语网络文学的起点，蔡智恒也因此被称为“汉语网络文学写手第一人”；另一个著名的台湾地区网络作家罗森是中国玄幻武侠启蒙运动的发起者之一，与图雅、江南、蔡智恒等都属于网络元老级写手。这批写手主要活动在2000年以前，在当时活跃度很高，这一时期是网络文学的自由写作期，这一批早期网络写作者，被视为网络文学的第一代写手。

2000—2003年出现且比较活跃的写手被称为第二代网络写手。2000年，今何在的《悟空传》在新浪发表，一面世便红遍了网文界，引起了阅读和创作的高潮。2002年，慕容雪村发表的《成都，今夜请将我遗忘》将网文之火烧得更旺，同年他被评为“2002年度网络风云人物”，《成都，今夜请将我遗忘》也被评为“2002年度最佳网络小说”。这一时期，何员外、蓝晶、可蕊、尚爱兰、江南、老猪、陆幼青、李臻、云中君、王小山、西门大官人、十年砍柴、木子美、中华杨、竹影青瞳等一批写手在网上十分活跃，这个时期的写手已经初步开创了历史、玄幻、言情、都市等题材类型，一些网络写手还尝试着将文字、视频、FLASH 动画、图片等多媒体形式组合起来创作多媒体小说。

在一、二代网络写手那里，尽管创作的水平参差不齐，但他们都属于“文学青年”，写作的目的较为一致，多是为了表达内心的情感，而不是为了养家糊口或者谋取商业利益。因为注重自我的表达，所以他们往往不会模仿别人。他们的文字都是自己的真情流露，例如江南《此间的少年》创作的最初目的是“怀念一个不知名的朋友”，十年砍柴用自己的文字针砭社会、分辨是非，将文学当作批判的利器。总体来说，这一时期的网络文学作品与传统文学的联系比较密切，部分作品如《悟空传》等在语言及内容上都保留了传统文学的特征，散发着传统文学的魅力。此外，一、二代写手中，有些作家已经封笔退出网文界，如图雅、中华杨等，而有些作家至今仍在网文世界勤恳地耕种，活跃在大众的视线当中。

2004—2008 年间出现并且比较活跃的网络作家被称为第三代网络作家。2003 年文学网站开启了 VIP 制度之后，写手们可以通过在网络文学网站“码字”（网络流行语，指网络写手创作的过程）赚钱，网络写作逐渐成为可以获得报酬养家糊口的行业。创作者们为了打开阅读市场，积极抓住历史时机，开创类型化作品，吸引了越来越多的人重新回到文学的阅读场，文学市场因而逐渐扩大，这一代网络作家因而被称为网络文学市场化的开拓者。这些作家凭借天马行空的想象和卓绝的才华在网文世界脱颖而出。萧鼎、天下霸唱、唐家三少、南派三叔、玄雨、辰东、梦入神机、格子里的夜晚、猫腻、树下野狐、跳舞、无罪、血红、烟雨江南、燕垒生、云天空、青斗等打开了一个玄幻世界；当年明月、灰熊猫、雪夜冰河、阿越、曹三公子、月关、酒徒、天使奥斯卡、雪夜冰河等将历史讲得别开生面，引人入胜；言情网络作家们也都“身怀绝技”，赵赶驴、三十等人文笔轻松幽默，桐华、金子、天下归元、辛夷坞、流潋紫、崔曼莉、禹岩等人将爱情故事演绎得异彩纷呈；战斗类小说领域也涌现了许多才华横溢的作家，如刺血、纷舞妖姬、金寻者、卷土、骷髅精灵、晴川、玄雨等。这一时期产生了许多的网文“大神”，至今仍有许多活跃在网络文学的舞台上，为网络文学发展做出了巨大的贡献。

第四代网络作家是指2008年以后比较活跃的网络作家群体，他们在第三代网络作家开创的类型化道路上继续前行。2008年盛大文学成立后，网络文学逐渐发展成为一个体系庞大的产业。此时，一大批年轻的创作者涌入网络文学市场。类型化的写作不仅需要质量，还需要庞大的数量，年轻就是他们的本钱，他们凭借着年轻的优势，勤快地更新，创作出大量的文学作品以谋求经济利益。这一时期的作家相较以往来说数量最多，形成了更加完善的网络作家体系。玄幻灵异类除了第三代网络作家外，还涌现了诸多的新生代作家，包括苍天白鹤、我吃西红柿、骁骑校、打眼、方想、高楼大厦、柳下挥、七十二编、胜记、天蚕土豆、天籁纸鸢、忘语、火星引力、善良的蜜蜂、妖夜、骠骑、傲天无痕、奥尔良烤鲟鱼堡、爱潜水的乌贼等；情感类作家则出现了天下归元、涅槃灰、纯银耳坠、宁睿、烽火戏诸侯、黛咪咪、浅绿、黄晓阳、12乖乖、蘑菇、鱼人二代、小鬼儿儿儿、紫月君、阿彩等新面孔。这个时期的作家多沿袭第三代作家的创作类型，有部分作家开创出新的类型，只是数量上比较少，也有些作家将已有的类型进行深化和创新。通过第三、四代作家的努力，类型化网络小说成为我国网络文学的主流。

2. 网络作家的生存现状

网络文学是文学的一次重要变革，从纸质文学到网络文学，媒介的变化带来的不仅是文学形态、文学生产机制的变化，还促成了文学的高度商业化、市场化运作以及文学产业的繁荣。伴随着2003年VIP付费阅读制度的成功建立，2015年以来的IP运营模式，网络文学的产业化经营逐渐走向成熟，网络作家的数量也已经远远超过传统作家，成为中国当代文学的生力军。网络作家群体正逐渐步入主流视野，也得到网民读者的热情追捧和包括政府部门在内的社会各界的重视。那么，目前中国网络作家的生存状况究竟如何呢?

(1) 收入的两极分化

网络文学产业的繁荣发展给一些“大神”级网络作家带来了巨大的财富，最新出炉的“2018 网络作家福布斯排行榜”中，唐家三少以 1.3 亿的收入仍旧排在第一位，天蚕土豆和无罪分别以 1.05 亿、0.6 亿紧随其后，其他上榜的前十八位作家还有月关、天使奥斯卡、骷髅精灵、跳舞、柳下挥、藤萍、何常在、水千丞、高楼大厦、鱼人二代、白姬绾、妖夜、小刀锋利、雨魔、犁天，他们的收入在 660 万至 5000 万之间。从每年出炉的网络作家排行榜可以看出，前十名甚至前二十名的变动很小，几乎一直都是那些熟悉的“大神”级作家。唐家三少是其中的佼佼者，2012 年至 2016 年，他曾五度蝉联“中国网络作家富豪榜”榜首，这些网络“大神”之所以能够一直站在金字塔的塔尖，除了自身实力过硬，专业化的运营也功不可没。

可以说，网络文学背后潜藏的大量财富和荣誉是诱人的，但写作的人多，能够挤进福布斯排行榜却并不是一件简单的事情，大部分的作家都不能获得如此之高的收入，一些底层的写手甚至难以通过写作养活自己。中国作家网副主编马季 2015 年的一份调查显示，通过网络写作的在线收费、线下出版和影视、游戏改编等途径，获得经济收入的人数约有 10 万人，其中能够职业或半职业写作的人数在 3 万到 4 万人左右。[1] 相对于签约写手百万级别的数据来说，这个比例是很小的，可以看出，能够全职写作的网络作家所占的比例非常低，更多的是业余作者。出现这种情况，是因为网络文学写作能够带来的收入不稳定。据调查，有少量作者可以通过写作获得平均上万元的月收入，另有极少数作者可以收获 2 万至 3 万以上的月收益，大多普通作者的月收入在 2000 元左右，甚至更少。在今天的中国，2000 元的月收入很难养活自己，更不要提为自己带来优质的生活，这些低收入的作者生活压力很大，有时甚至需要向签约网站申请“低保”才能勉强维持生活。2016 年，

---

[1] 肖映萱、叶栩乔、朱航、李天豪：《中国网络作家生存状态报告》，《名作欣赏》2015 年第 31 期。

重庆市网络作家协会在微信公众号上发帖，为本土网络作家王勇募款。25岁的王勇是一家中文网站签约作家，当时从事了五年创作的他却无法承担治疗母亲的8万余元手术费。入行五年的他前后写了1000多万字，更新速度和更新频率也还保持着中等以上的水平，但是收入和付出并不平等，据他自己描述："刚入行前三个月1分钱都没拿到，和网站签约后，尽管保持日更6000字的频率，一个月到手也才四五千元，有时候写得少，只有两三千元。每月收入只够维持生活，买房买车更是奢求。"此外，因为收入不稳定，和他同时入行的许多人早已经选择转行。

王勇的案例在网络作家群体中绝非个案，只是大多数人选择性看见那些成功作家的风光，忽视了这个行业中千千万万的普通写手。事实上，网络创作是一个高收入和高风险并存的工作，从事这份工作的人要么风光无限，要么穷困潦倒，收入差距巨大，这个现象的产生有其内在的深刻逻辑。从现实情况来看，网络文学作家收入主要来自平台福利、粉丝收入和改编收入三个方面。平台福利方面，少数的"精英"作家获得多数的基金支持。一个好的网络文学原创作者的号召力近乎当红明星，因此很多网络文学平台都颁布了一些针对明星作家的特殊奖励，以留住明星作者。对于普通的作家，网站也会推出一些保障机制，如设立最低工资标准、新人培育基金以及发放全勤奖等，不过这部分的投资所占比重不大。至于粉丝收入，大部分也是流向明星作家，"大神"作家粉丝数量多，订阅量就大，收入也就更高，而普通作家的订购收入由于粉丝基础的短板往往十分有限。除了购买VIP章节外，网络作家还有"读者打赏"这项收入来源，不过这种打赏并非常态，因而具有不稳定性。另外，打赏的收入在不同作家之间也存在着差异，"大神"级作家有更多得到高打赏的机会。改编收入也存在着巨大的差距，"大神"级的作家有能力将自己的作品打造成强IP，给自己带来几百万甚至上千万的经济效益：2017年网络作家排行榜上以2700万元的收入位列第七的梦入神机表示，他第一次上榜是2012年，五年的收入共1000多万元，后来一年涨到3000万元左右是得益于IP的整体爆发，尤其是影视剧和游戏的版权收入；另一个典型则是唐家三少，他手握17部大IP，《斗罗大陆》早在2014年就宣告将拍成系列电影，还有一大波同名小说端游（客户端游戏）和手游（手机游戏）已上线或即将上线，仅以网络游戏《唐门世界》为例，月流水就过千万。在IP改编热潮中，强IP固然能够带来丰厚的报酬，然而普通的作家往往很难把自己的作品转化为强IP。据统计，真正享受到IP改编福利的网络写手不到万分之一，而余下99.99%的写手中，大约会有1%的作者在粉丝数量达到一定程度后成为签约作家。IP开发能力的差异将写手的收入差距进一步拉大，一些网络作家的收入大幅增长，其中一些作家的年收入早已过亿。但高收入的网络作家毕竟是少数，大多数处于中下层的写手的收入状况并没有那么乐观，他们收入的主要来源仍然是文学网站的VIP订阅分成，多则月入万元，少则只有两三千元。网络作家IP收入两极分化的现状，呈现出了鲜明的“马太效应”——强者越强，弱者越弱。[1]

(2) 商业机制下网络作家的健康隐患

尽管网络文学背后潜藏着无限的可能，但现实是十分残酷的。对于绝大多数网络作家而言，将作品发表在签约网站并以此获得稿酬仍是他们收入的主要来源。从作家的稿酬收入状况来看，作家的收益一般取决于VIP章节的更新字数、更新频率，决定排行榜和曝光度的数据如作品点击率、收藏数、“月票”等也是建立在按时按量更新的基础之上。为了获取收入，他们需要辛苦地“码字”，保持固定的更新频率和更新字数，几乎很少有假期，因为一旦“断更”（中断更新），收藏量就很容易减少，如此一来便很难进入月榜、季榜、年榜。新人写手或者是处于中下层的写手，日更一定的量则是常态，他们不能随意断更，一旦断更，被网络编辑催稿、失去拿全勤奖的资格事小，广大读者“催更”（催促更新）的事大，因为断更或者“太监”（不再更新）会失去读者的信赖，导致曝光度、订阅量的减少，最终影响自

[1] 肖映萱、叶栩乔、朱航、李天豪：《中国网络作家生存状态报告》，《名作欣赏》2015年第31期。

己的收入。[1] 即使已经是“站在网络小说塔尖”并被称为“码神”的唐家三少，也仍然保持每日更新的习惯，“大神”级别的作家尚且不能随意断更，普通的创作者面临的压力可想而知，他们的文字往往没有“大神”作家那么值钱，将写作作为生存之道甚至是发家之道并不是一条容易走的路，尽管诸多写手怀揣美好的梦想，但现实却是“骨感”的，没有成名之前的他们往往只能靠写作获得少量的经济利益且很不稳定，这又会带来思想上的负担，为了获取更多的收入，他们必须舍弃休息和放假的时间，从早写到晚以保证更新频率和更新速度，有些写手为了完成任务还会通宵熬夜写稿。

这个群体的大部分人可以说是为了生存每天“卖字赚钱”，生活缺乏规律，经济压力和精神压力都很大，这些都严重损害着他们的身心健康。很多网络写手处于亚健康的状态，不少写手还身患脊椎病等职业病，一些写手甚至因为过度劳累将身体弄垮，有些则失去宝贵的生命。近年来，网络作家罹患身心疾病甚至猝死的消息频繁传出，引起了社会各界对网络作家健康的关注。如2012年红袖添香的签约作家“青鋆”年仅25岁就因癌症去世，据她的朋友说，她去世的前几天仍在整夜更文，几乎没有晒过太阳；2013年起点中文网的签约作者“十年落雪”因过劳而猝死，在死后两天才被发现。除此，一些年轻独居的网络作家为了完成写作量，放弃休息睡眠时间拼命写作，与外界缺少沟通，极其容易患上心理疾病。大众所熟知的《盗墓笔记》系列的作者南派三叔在2013年就因罹患精神疾病而宣布封笔。长期的网络写作，让他百病缠身，患上了脊椎弯曲、高血压、失眠乃至抑郁症，他感觉“被榨干了”，“没有幸福可言”。[2] 由此可见，不论是“大神”还是普通网络作家，他们的身心或多或少都受到了高压写作的影响。

(3) 待完善的福利保障体系

网络作家与文学网站之间虽然签订了合同，但正如上海网络作协副秘书

---

[1] 曹小芹：《网络作家猝死凸显网络作者生存压力现状》，《中华读书报》2013年7月10日第8版。

[2] 贾梦雨：《评论：南派三叔封笔凸显网络写作之困》，《新华日报》2013年3月27日。

长王若虚所说：“网络作家和文学网站签订的一般是版权合同，而不是劳务合同，他们的收入来源于版权合同，但缺乏医疗保险、养老保险等保障。”[1] 他们无法享受传统行业中的劳工关系所带来的“五险一金”待遇，对于网站来说，它们最为关心的是签约作家能够为它们带来多大的经济利益，作家们的健康和生存状态则不是它们重点关注的。在这样的情况下，职业网络作家安全感较低，无法获得其他保障的他们只能通过赚更多的钱来保障自己的生活，经济压力无形之中加大了，迫使他们高强度地码字以换取更多的经济支撑，夜以继日的码字又继续形成健康隐患，如此反复，最终形成了一个恶性循环。对于缺乏基本保障这一现状给网络作家造成的困境，文学网站并没有袖手旁观。2013 年，起点中文网尝试给部分签约作家缴纳社保，但由于“作者分散在全国，各地标准不一，网站缴纳也相对烦琐”，最终没有成功实施。[2] 如何更好地保障网络作家的权益，需要诸方力量共同努力，目前已有一些文学网站和政府机关出台相关措施，努力改进网络作家的权益保障体系。

2013 年下半年，起点中文网实行了起点作者“关爱保障计划”等一系列福利保障计划，或多或少对提高网络作家的收入水平起到了作用。一些文学网站如红袖添香为作家设立了最低工资 1600 元，阅文集团为签约作者每月发放至少 1500 元的工资，等等，一定程度上可以缓解作家的经济压力。另外，浙江、四川、广东、重庆、上海、福建、湖南等地相继建立的网络作家协会吸纳了一批网络作家入会，不仅能够提升网络作家的归属感和社会地位，也为他们保障自己的权益提供了新的可能。上海作协在 2017 年 9 月率先推出了网络作家签约制度，让他们能够在稳定的生活基础上更加安心地写作。稳定的体制，可能会为这些网络作家提供一定的保障，减轻他们的创作压力，对他们的创作很有帮助。

---

[1]《各地网络作家协会纷纷崛起，中国作协负责人明确表态——中国网络作协准备浮出水面》，《北京日报》2014 年 7 月 22 日。

[2] 王家书：《成天码字无娱乐，网络作家叹保障难》，《IT 时报》2012 年 4 月 13 日。

（4）文学网站的“强势”管理

网络文学产业的繁荣使网络作家这一职业呈现高度商业化的态势，网络作家一般会和网站签订商业合同，根据合同保障自己的权益。但网络作家与网站的签约关系中，网络作家往往处于弱势地位，他们的收入、作品的版权甚至笔名都会受到网站的制约。网络作家作品的版权不仅遭受着盗文和抄袭的影响，也面临网站强势管理的影响，文学网站凭借自己资本的优势占据了更强的话语权，强势的“买断合同”就是这一现象的具体体现。“买断合同”往往出现“签约作品完成指签约作品全部写完，包括作品的正传、前传、后传及所有任务的后续发展的一切作品”或者“签约作者不能够用自己的名义再去创作和已发表作品题材类似的作品”等违反《著作权法》和《合同法》的“强势”规定[1]，前者限制了作者对未发表作品的权利，侵犯了作者的发表权，后者侵犯了作者的法定权利——修改权，根据法律规定，作者可以对已经转让的作品进行修改并且重新发表，也可以创作类似题材的作品，而文学网站的这项规定无视法律的规范，将作者视为“文学包身工”。[2] 此外，对笔名或 IP 的管理，网站往往在合约中规定作者不得以与本协议中笔名相同或类似的各种笔名、作者本名，将在签约期间内创作的新作品交于或许可第三方发表、使用或开发。这一点其实很不合理，传统文学界有不少作家都会使用不同的笔名在不同的专栏发表文章以便获得更多的报酬，而网文界这样的规定无疑是想垄断作家的作品以便为网站赚取更多的利益，侵犯了作家的署名权。文学网站签订的是作家的某部具体作品，不应该将权利扩大到作家所有作品的署名权利上。2012 年起点中文网的签约作者梦入神机私下与一家网站签约发表连载作品，被起点中文网的运营商告上法庭，索赔 100 余万之事，就是这一现象的典型案例。[3] 诸如此类的“合同陷阱”也提醒

[1] 王志刚：《网络文学作家版权生态探究》，《出版科学》2017 年第 2 期。
[2] 王志刚：《网络文学作家版权生态探究》，《出版科学》2017 年第 2 期。
[3] 肖映萱、叶栩乔、朱航、李天豪：《中国网络作家生存状态报告》，《名作欣赏》2015 年第 31 期。

作者在与网站签约时要保持警惕，以免发生版权纠纷时处于不利地位。另一个案件发生在《鬼吹灯》系列作者天下霸唱身上，据他本人描述，他从2005年开始在起点中文网连载《鬼吹灯》小说，在市场上有不俗的表现，起点看见了背后的利益，用10万元买断了第一部的财产权，接着又买了第二部的财产权，这两张合约不仅让他失去了两部《鬼吹灯》的影视改编权利，并且他还被要求不能再以“鬼吹灯”名义创作。这些霸王条约引起了诸多《鬼吹灯》系列作品版权的纠纷和官司，也限制了他对作品的权利，最终他和起点闹翻，对簿公堂。文学网站作为网络文学的重要发布平台，一方面为网络作家提供了重要的成长渠道，另一方面它的趋利性让它做出一些损害网络作家权益的行为，再加上法律、管理在这些方面的不成熟，作者的权利更容易被平台剥夺，已经成名的作家尚且没有强大的话语权，那些未出名的普通作家则更无法为不公平发声。对于尚未成名的写手来说，他们往往只能听命于网站的管理，难以争取自己的权利。

（5）侵权之痛：盗文和抄袭

2017年4月7日，《2016年中国网络文学版权保护白皮书》发布，该白皮书针对中国网络文学行业版权保护这一热点话题进行了分析。白皮书指出，在移动互联网时代，打击侵权盗版是网络文学行业发展的重点工作，2015年盗版给网络文学带来的损失达79.7亿元，尽管2016年这一数值有所上升，达到79.8亿元，但增速明显放缓。《白皮书》还指出，尽管2016年国内网络文学用户的版权意识显著提升，但如何引导用户只看正版仍然是中国网络文学版权保护的重要工作。此外，PC端盗版网站、贴吧、论坛、网盘、微博、博客等渠道是用户获取盗版网络文学的重灾区，移动端侵权盗版手段则日益隐蔽化、地下化，搜索引擎“移动转码”、聚合器阅读APP和伪装成正版付费的APP给网络文学正版维权带来了新的挑战。这些数据说明，以版权运营为核心竞争力的网络文学产业版权状况不容乐观。在这种版权保护相对混乱的环境下，受到伤害的不仅是网络文学平台，还有大量的网络文学作家。一个残酷的事实是，网络文学作家的作品在网站上架之后，短短几个小时的时间，这些作品就在其他的盗版网站上线。这些盗文分流了一部分本来会付费阅读VIP章节的读者，对网络作家的切身利益造成了损害。在国家对盗版行业进行整治后，这些网站又以更加隐秘的方式出现。数不胜数的盗文网站和不断更新的盗版手段，是损害整个网文行业发展的一颗大毒瘤，正规文学网站虽然能够起诉这些盗文网站，但是从实际来看，收效并不佳。为了遏制此类现象的蔓延，政府多次出台政策打击盗版产业。2017年7月25日，国家版权局、国家互联网信息办公室、工业和信息化部、公安部在京联合召开通气会，宣布正式启动“剑网2017”专项行动，继续开展网络文学版权专项整治。经过近半年的行动，各级版权执法监管部门巡查网站6.3万家（次），关闭侵权盗版网站2554个，删除侵权盗版链接71万条，收缴侵权盗版制品276万件，立案调查网络侵权案件543件，会同公安部门查办刑事案件57件、涉案金额1.07亿元。总体看来，盗文现象将在未来的一段时间之内继续存在，对网络文学的伤害也将随着网络文学产业的发展而逐步扩大，但政府对这一现象的关注和管理也会与之俱进。

另一个与网络作品版权相关的现象，就是抄袭。网络时代的抄袭与传统文学时代的抄袭有所不同，由于网络作家的作品很容易在网络上被检索到，网络文学的抄袭也就变成了“复制——粘贴——简单修改后上传”的过程，操作便捷简单，相比传统文学来说更容易完成。2014年，红袖添香签约作者三月暮雪因涉嫌抄袭被作家李眉诉讼，最终李眉获胜，这个案件标志着网络文学界整体上版权和反抄袭意识的加强，开创了通过法律手段追究网络文学作者抄袭责任的先例。近几年，一些热门IP也频频被传有抄袭嫌疑：2017年火热播出的电视剧《三生三世十里桃花》原小说涉嫌抄袭作品《桃花债》；电视剧《楚乔传》在播出的时候被曝出原小说《11处特工皇妃》抄袭《九州缥缈录》《九州·斛珠夫人》等多部作品；另外一部电视剧《锦绣未央》改编自《庶女有毒》，这部作品的作者因为涉嫌抄袭被告上法庭；《花千骨》的作者也因为被网友质疑抄袭而道歉。诸如此类的情况难以全部列举，抄袭问题也在一定程度上影响了电影和电视的口碑。但抄袭者在被曝光之后，被抄袭者很少能够通过法律手段来维护自身的权益，抄袭者的作品甚至还能够通过 IP 改编而获得巨额的收入。比如，尽管原著因涉嫌抄袭被起诉，但影视剧《锦绣未央》不仅毫发无伤地在视频网站热播，而且还成功登陆到越南市场。而涉嫌抄袭《桃花债》的《三生三世十里桃花》，因题材主线、作品构思、神仙体系结构、语言风格等抽象元素难以进行“抄袭”鉴定，仍在大卖。即便一些网络作者和平台经过千辛万苦赢得了官司，但由于侵权赔偿的计算仍然依照传统方式，所得的赔偿很难弥补作品持久传播和衍生开发所造成的损失。这无疑给作家的创作积极性带来了巨大的伤害，给网络文学的行业形象造成了严重的负面影响。

网络文学的抄袭现象频频爆出，抄袭形式也不断升级，一些写手采用抄袭文风的方式，一种典型现象就是，某些写手看见什么火就写什么，或某类型的作品很受欢迎同时期就会出现很多类似的作品，比如丁墨的悬疑类言情火了之后，晋江网上也有作者模仿这种风格写出了作品并且已经出版。此外，伴随着人工智能的发展，写作软件的运用，网络文学的版权保护也变得更有挑战性，相较于传统的“摘抄好词好句”“洗稿”“融梗”等可以鉴别的抄袭方式，这种新型的写作方式的抄袭鉴定更具有争议性，比如写作软件写出来的作品是否具有著作权？以及如何定义此种抄袭？人工智能的创作将会加剧网络文学作品版权问题，那时的文学创作比的就不是人的创作能力，而是软件的智能程度。

在网络文学逐步进入红利期的背景之下，提高侵权成本、探索惩罚性的赔偿制度、创新举证制度等措施对网络文学市场的良性发展异常重要。为了治理这一现象，国家不断出台相关法律法规体系，2016 年 11 月 4 日，国家版权局发布了《关于加强网络文学作品版权管理的通知》，《通知》进一步明确了通过信息网络提供文学作品以及提供相关网络服务的网络服务商在版权管理方面的责任义务，细化了法律法规的相关规定。这是国家版权局加强网络文学版权保护的一项重要举措，对规范网络文学版权秩序具有重要的意义，标志着中国网络文学版权保护和正版化进程进入新的发展阶段。[1] 对于网络文学原创者来说，维权之路将会越走越宽阔。

三、“大神”的天空

1.“大神”是如何炼成的

纵观如今网络文学创作队伍构成，总体上呈现出“网络大神风头正劲，新生代力量快速成长”的特点。“大神”级作家仍然是网络文学创作的中流砥柱，如辰东、唐家三少、我吃西红柿、耳根、天蚕土豆、猫腻、天使奥斯卡、忘语、血红、蝴蝶蓝、鹅是老五、乱、萧鼎、梦入神机、骷髅精灵、丛林狼、多一半、苏小暖、跳舞、月关、叶非夜、高楼大厦、烟雨江南、妖夜、徐公子胜治、鱼人二代、烽火戏诸侯、流浪的蛤蟆、酒徒、孑与2等仍然是网络文学创作最活跃的力量，他们尽管成名已久，却依然笔耕不辍，风头正劲，所获得的大众关注度、媒体曝光量、百度搜索指数、贴吧人气等在网络创作队伍中遥遥领先，他们作品的点击量、收藏量、知名度、曝光度在各大网站的榜单中都占据重要位置。“大神”看起来风光无限，但“大神”的成功路上洒满了努力的汗水——要成为“大神”，必须严格按照写书、签约、上各种推荐等程序进行；一本书成功之后还要继续努力更新，不能懈怠。对他们来说，只有保持自己的作品产量，才不会被读者遗忘，才能够拥有长久的生命力。一般来说，很少有作家能够一本就成功，想要成功必须经历各种困境甚至煎熬，天蚕土豆凭借一本《斗破苍穹》成名的人生道路难以复制，很多读者所熟悉的“大神”如辰东、烟雨江南、愤怒的香蕉、猫腻等都是从“扑街写手”开始，一步一个脚印地打下了自己的网文江山。辰东在2006年写《不死不灭》时，得到了一个强推的机会，为了抓住这个难得的机

[1] 赖名芳：《加强网络文学版权管理 明确主体责任强化监管职责——就〈关于加强网络文学作品版权管理的通知〉专访国家版权局版权管理司负责人》，《中国出版》2016年第23期。

会，他在自己十分忙碌的时候还想方设法确保不断更，哪知付出没有换来预料中的回报，这本书最终被腰斩，对于当时没有任何收入的他来说，这是一件很沉重的事情，但他并没有放弃，咬咬牙又写出了《神墓》。可以说，没有这份坚持，他很难有今天的成就。另一位网络作家唐家三少，他的优势很明显——时机好，定位也很准确，主要目标人群是青少年，可以说占据了不少有利条件，然而他的成功也付出了常人难以想象的努力。据他自己叙述，他对自己的管理十分严苛，规定几点起床，几点喝水，几点健身，几点码字，几点睡觉，且十分严格地执行。他对写作有明确的规划，对于自己适合写什么书，应该什么时候写，自己该如何使用 IP，到底先出动画还是电影等问题也都提前做了翔实的规划。还有一位为读者所熟知的“大神”血红，现在是阅文集团白金作家、上海网络作家协会副会长，也是富豪榜的上榜作家，本科毕业于武汉大学计算机专业，后在上海读研深造获得哲学硕士学位，自 2003 年创作网络小说至今，长达十五年时间累计写作超 4700 万字，长期的积累铸就了他的成功，没有坚持，很难有今天的成就。

作家个人的努力是其成为“大神”的主观因素，此外，客观因素也会对作家的发展产生重要影响，网络文学的影视改编有时候能够让作家一举成名，极大地提高作者的知名度。一部作品如果被其他行业的网络星探看中，很可能获得实体书、影视、动漫、游戏等形式的改编机会，作品的知名度因此大为提升，作家不仅可以获得不错的收入，知名度也会获得质的提升。桐华的《步步惊心》在尚未实行 VIP 付费制度的年代，并没有给桐华带来任何 VIP 订阅收入，2011 年改编成同名电视剧之后，《步步惊心》的实体书迎来了热卖和数次再版，最终使桐华得到了 290 万的版税收入，位列 2011 年作家富豪榜第 14 位。[1] 一部作品能够通过改编获得全新的生机，固然离不开市场的需求，但这种成功并非偶然，只有作品足够优秀，才能够在竞争的市场当中脱颖而出，最终成就作者。

---

［1］ 肖映萱、叶栩乔、朱航、李天豪：《中国网络作家生存状态报告》，《名作欣赏》2015 年第 31 期。

“大神”的诞生也离不开市场这只“无形的手”。在网文市场中，粉丝是又一个重要的推动力，娱乐产业的“粉丝经济”也适用于网络文学界。近些年中国网络文学事业发展速度极快，不再是初期的无序、野蛮状态，而逐渐步入主流化、经典化，不仅网络文学作品是 IP 运营，作家明星制也应运而生。网络作家写出了一部精彩的作品，能够吸引大量的粉丝，这些粉丝是他们事业的重要助力。粉丝们的订阅、打赏不仅能够为他们带来直接的收入，庞大的粉丝基础还有利于他们作品的产业链开发，一部作品的粉丝基数大，成功改编成其他形式的作品并且获得可观收益的可能性就大为提升。譬如我们所熟知的《盗墓笔记》系列，前后创作时间长达五年，总字数约 144 万，因题材的新颖性和描写人性的深刻性受到大量读者的喜爱，一批自称“稻米”（盗迷）的粉丝群体随之而生。坚实的粉丝基础让《盗墓笔记》打通了跨界开发的道路，目前，《盗墓笔记》的跨界开发已经涉及电影、网络剧、游戏、动漫等多个行业，成绩也都不俗。由作者南派三叔亲自担任编剧的电影版《盗墓笔记》2016 年 8 月 4 日上映，在四个小时内票房便超过了 3000 万。2016 年底，《盗墓笔记》电影版以 10.04 亿元的票房位居 2016 年中国内地上映电影票房排行榜第八名。可以说，“稻米”对《盗墓笔记》系列的持续支持，为南派三叔继续创作和开发《盗墓笔记》提供了可能。[1] 粉丝助力也是南派三叔成为“大神”的一个不可忽略的因素。

2. 网络“大神”的文学贡献

网络创作的出现打破了传统的文学书写方式，给文学领域带来了强大的冲击，伴随着网络文学的萌芽与发展，对网络文学的质疑声也从未断绝。“网文无佳作”这样的言论不绝于耳，但网络文学却用自己的不断发展证明了自己强大的生命力。网络文学二十年的飞速成长，不仅带来了大众性文学、通俗性文学在中国的繁荣，还带动了中国文化走向世界。网络文学之所以能够以这样的速度从萌芽成长到一棵大树，除了顺应了时代和市场的需

[1] 任琳贤：《IP 驱动下的网络文学跨界开发研究》，2017 年兰州大学硕士学位论文。

要，也离不开网络“大神”的付出与耕耘。二十年来，他们借助新型的媒介，驰骋自己的才思，发挥自己的想象力，为读者呈现出异彩缤纷的文学世界。他们的作品因为通俗性、创新性而受到读者的关注，打破了长期以来的文学惯性，为文学注入了新的活力，触发了中国文学史上前所未有的大规模阅读。当代文学的最近三十年当中，文学的大众性始终是个问题，读者的小众化，文学期刊的萎缩，似乎都在印证文学的衰退。但是，网络文学的出现扭转了这一现状，传统文学没敢想象的事情，在网络上得到了实现。[1] 今天的舞台上，网络文学“大神”依旧在尝试向读者交出满意的作品，形形色色的网络文学作品排行榜中，我们可以看到不少精彩佳作。2018 年 1 月 23 日，国家新闻出版广电总局和中国作家协会举行的第三届优秀网络文学原创作品推介活动就将《复兴之路》《岐黄》《择天记》《草根石布衣》《华簪录》等 24 部作品纳入“2017 优秀网络文学原创作品推介名单”，而这些优秀作品的作者大多都是大众所熟知的网络文学“大神”。

网络文学诞生之初，并不是以“大众化”为特色的，相反它只是小众群体表情达意的一种新选择，这样的情况显然无法触发大众化的阅读，无法挽救文学阅读的颓势。类型化创作的出现逐渐改变了这种状况，第三代网文“大神”为了满足不同读者的不同阅读需求，打开了一条类型化的道路，他们用类型化小说细化了文学阅读市场，为网文的商业化发展提供了一种可能的选择，成为“第一批吃螃蟹的人”。他们开创出众多新的题材类型：玄幻、奇幻、仙侠、灵异、盗墓、悬疑、权谋、宫斗、同人、耽美，等等。这些题材既有超越现实的想象，也有基于现实的讲述，还有再现历史的回望。为了抓住读者的眼睛，写出创新性的故事，网文“大神”们倾尽心血，在玄幻、历史、现实等题材上充分发挥想象力，写出一个接一个的精彩故事，为读者打开一个又一个别开生面的虚构世界。纵观近些年的网络文学市场，不同创作领域的网文“大神”依旧起着主导地位：辰东的《圣墟》在“2017 中国原创

[1] 马季：《网络文学：直逼文学价值认同断裂的现实》，《南方文坛》2010 年第 4 期。

文学风云榜”男频原创作品热度榜中连续两季度占领首位；耳根的《一念永恒》、萧鼎的《天影》点击量破千万；我吃西红柿、天蚕土豆、天使奥斯卡、蝴蝶蓝等成名多年的写手纷纷上架了《飞溅问道》《元尊》《盛唐风华》《天醒之路》等新作，并取得不错的读者反馈；以唐家三少、血红为代表的“元老级”写手依然活跃在创作一线，唐家三少借《斗罗大陆Ⅲ龙王传说》续写着“斗罗大陆”系列的玄幻传奇，而以“高产”闻名的血红在《巫神纪》完结之后，又在年内推出新作《万界天尊》。一线资深网络作家的持续创作，带动了一批新生代写手迅速浮出网海，网络文学写作新手在大神所开创的类型化道路进行创作，通过对生活的深入挖掘和丰富想象力，将文学题材延伸到每一个角落，使当代文学的内容得到了极大丰富，满足特定小说读者群的趣味喜好和个性之需，喜好武侠的可以选择《少林八绝》，喜好穿越的可以选择《回到明朝当王爷》，这种“分众”和“小众”的聚集，适应了读者选已所爱的需要，也使网络作家充分发挥个性特长。

3. 文学“大神”与文学网站

前文依据网络文学作家活跃的主要时段将网络文学作家分为四代，就具体的作家而言，他们通常分属于不同的文学网站，也正是一批优秀“大神”作者撑起了网络文学网站的天空。下面以 2018 年 6 月为限，对重要文学网站及其“大神”作者做简单介绍。

17K 小说网：创建于 2006 年，是中国数字出版领跑者中文在线旗下的集创作、阅读于一体的国内领先在线阅读网站，下辖 17K 女生网、17K 校园网、17K 图书网、17K 手机图书网等多个大型文学网站。17K 建立了一整套“书站＋青训营＋网文大学＋作协”的完善的人才培养计划，目前已经见到成效，各个创作类型都出现了本土的“大神”，而且利用这套培养计划稳住了一大批“小神”。目前，17K 已拥有网络作者超过 80 万，知名作家 2000 余人，出版机构 500 余家，月度覆盖人数超 800 万。旗下“大神”有：酒徒、骁骑校、失落叶、匪我思存、流潋紫、小农民、风青阳、纯银耳坠、笑笑星儿、梦入洪荒、傲天无痕、过路人与稻草人、小丑鱼、老施、青狐妖、观棋、善良的蜜蜂、风御九秋、伪戒、八面妖狐、越人歌、鱼歌，等等。

掌阅文化：2015 年成立的掌阅文化，旗下有多家原创平台和合作机构，包括红薯网、掌阅小说网、趣阅网等 8 家原创网站。至今，掌阅文学已签约优质作家万名以上，优质版权数万本。红薯网：六道、百世经纶、拈花惹笑、杜灿、黑夜不寂寞、闷骚的蝎子、一念、八异、美越、淡看浮华三千、叶微舒、第一神、公子桓、语成、锦沐、油条、东陵不笑、千年老龟等；掌阅小说网：月关、天使奥斯卡、解语、极品妖孽、唐欣恬、果味喵、纯情犀利哥、独悠、陨落星辰、柳江南、军用刺刀、心在流浪等；趣阅网：姜小牙、月下魂销、谁家 mm、大周周、豆娘、萧长情、苏柳儿、歌月、明药等。

阅文集团：成立于 2015 年 3 月的阅文集团，由腾讯文学与原盛大文学整合而成，是引领行业的正版数字阅读平台和文学 IP 培育平台，旗下有创世中文网、起点中文网、起点国际、云起书院、起点女生网、红袖添香、潇湘书院、小说阅读网、言情小说吧等网络原创与阅读品牌。阅文集团为“白金大神”打造专属俱乐部——“大神俱乐部”，整合业内最丰富的平台资源，致力于打造网络文化产业中最全面的知名作家展示平台，提供最多样的“白金大神”沟通交流平台，开展业内最权威的“白金大神”个人及作品推广活动，并积极拓展“白金大神”作家的其他外延，致力于打造作家明星化、IP 品牌化的运营模式，现已成为阅文集团打造作家的一个王牌窗口。其中的起点中文网是国内最大的文学阅读与写作平台之一，也是国内领先的原创文学门户网站，“大神”级作家数量多。起点中文网：叶之凡、飞天鱼、乱、白饭如霜、玄雨、风轻扬、红尘醉醉天、浩瀚唐风、子非情、妖夜、天蚕土豆、我吃西红柿、苍天白鹤、鱼人二代、发飙的蜗牛、蝴蝶蓝、骷髅精灵、耳根、血红、zhttty、爱潜水的乌贼、辰东、傲无常、蚕茧里的牛、尝谕、丛林狼、打眼、EK 巧克力、北冥老鱼、别人家的小猫咪、残剑、打死都要钱、沉默的糕点、陈词懒调、宝石猫、蔡晋、陈风笑、晨光路西法、愤怒的香蕉、傅啸尘、浮沉、封兄、二目、断桥残雪、炖肉大锅菜、豆子惹的祸、独孤逝水、大司空、大烟缸、点精灵、黑暗荔枝、会说话的肘子、幻雨、华表、鸿蒙树、横扫天涯、河帅、河边草、国王陛下、滚开、格子里的夜晚、庚新、狗狍子、古剑锋、会做菜的猫、寂寞读南华、寂无、蓝领笑笑生、零下九十度、洛水、秒速九光年、明日复明日、莫默、沐轶、南朝陈、南希北庆、牛笔、跑盘、齐橙、晴了、七品、上山打老虎、圣骑士的传说、十里剑神、十喜临门、踏雪真人、太上布衣、特别白、天堂羽、韦小宝、乌山云雨、五志、霞飞双颊、夏言冰、相思洗红豆、想见江南、萧舒、潇疯、雁九、要离刺荆轲、衣山尽、隐为者、永恒之火、曾经拥有的方向感、贼眉鼠眼、张小花、猪三不、醉卧笑伊人、烛、志鸟村等；创世中文网：妖月夜、猫腻、净无痕、奥尔良烤鲟鱼堡、百里玺、乘风御剑、赤虎、8 难、半步沧桑、府天、寂寞剑客、荆柯守、蛇吞鲸、太一生水、巫九、夜独醉、胜己、快餐店、踏雪真人、撞破南墙、围、三戒大师、土土的包子、黑天魔神、不乐无语、张小花、姑射山人、格鱼、高楼大厦、高月、陈爱庭、九月阳光等；红袖添香：墨舞碧歌、寂月皎皎、纳兰静语、小猫妖娆、暗香、恍若晨曦、莉莉薇、苏眉心、腊笔小酱、绿依、纳兰雪央、素时了了、长石等；潇湘书院：北藤、西子情、古默、若雪三千、凤轻、天下归元、姒锦、程小一、舒歌、绝世启航、青春土豆、潇湘冬儿、莫言殇、失落的喧嚣、花间妖、柒月甜、连玦、惑乱江山、肥妈向善、蓝牛、盛夏采薇、圣妖、水果店里的瓶子、天冷等；小说阅读网：果淼淼、默雅、芊霓裳、燕小陌、夏染雪、巫山浮云、懒玫瑰、百里夜星、楚玥等；言情小说吧：恍若晨曦、暗香、绿依、莉莉薇、墨初舞、梓同、苏子、殷寻等；榕树下：黄霁、冷小张、彭青、黄裳瑾瑜、林特特、三盅、林桑榆、蔡骏等。

百度文学：百度文学旗下有原创阅读网站纵横中文网、神起中文网等，旗下拥有萧鼎、烟雨江南、萧潜、梦入神机、无罪、柳下挥、烽火戏诸侯、方想、更俗（原为起点中文网白金作家，2010 年转投纵横中文网成为其签约作家）、流浪的蛤蟆、郭怒、静官、乱世狂刀等众多网文“大神”。

阿里文学：阿里文学的前身书旗小说，先被 UC 收购，再搭了 UC 的车一起被阿里收购，阿里收购它以后才有了自己的签约作者，但是自有版权依旧比较少，为了推进文学集团的发展，阿里签下了何常在、墨熊、风行烈、安思源、冬雪晚晴、孤钵、浪漫烟灰、七根胡、了了一生等知名作家坐镇。

晋江文学城：网站有蜀客、桐华、东奔西顾、顾漫、丁墨、盛世爱、公子倾城、维和粽子、红九、酒小七、九鹭非香、墨宝非宝、蓝白色、辛夷坞等较为著名的作家。

作为网文圈最重要的战略资源，“大神”级作者一直是各大文学网站争抢的对象，网文“大神”对网站的发展能够产生十分重要的影响。通过优质网络写手的“补给”，文学网站的竞争力能够得到显著提升，反之，竞争力则会削弱。

2002年，宝剑锋和吴文辉宣布起点中文网正式成立，晋江文学城、潇湘书院也在同年建立。而此时的幻剑书盟已经签了唐家三少、血红等一大批吸金作家，网文名著《诛仙》也在幻剑书盟首发，幻剑书盟理所当然地成为了当时的网文领袖，只是在后来没有起点那样锐利的目光，再加上拖欠作者稿费，造成大量作者出走，失去了霸主地位。2003年，起点中文网推出“VIP付费阅读”，读者剧减，网站岌岌可危。这时，网络作家流浪的蛤蟆到了起点，凭借一部《天鹏纵横》撑起了起点，更准确地说是撑起了当时起点的付费制度。之后，起点大发神威，从幻剑书盟那里挖来唐家三少、血红等许多“大神”作家，成为网文界新的巨头，强势发展。2007年，17K小说网测试版推出（原名为一起看小说网），在当时网文界这摊死水中激起了一片海啸，原起点中文网总编携领大批作者、编辑出走，包括“人形码字机”血红、网文作家中最有才华的烟雨江南（后来去纵横中文网发展，现已回归起点中文网）、网络历史小说“大神”酒徒等，这一次的危机让起点彻底陷入深渊困境，起点的付费制度在当时差点崩溃。不过，战争最终因为17K小说网没有提前为开战做好准备导致网站服务器崩溃而告终，这个疏忽让17K失去了挑战起点霸主地位的机会，因为起点趁此签下了天下霸唱、南派三叔等“大神”作家，迎来了发展的新机遇，等17K网站恢复正常以后，起点已经巩固了它的霸主地位。2010 年，成立不久的纵横中文网，从当时几乎是一家独大的起点中文网挖走梦入神机，在网文圈掀起轩然大波，并引发了一股“跳槽热”，迅速建立起与起点分庭抗礼的姿态。2013 年，吴文辉出走起点创办创世中文网，头等大事就是三顾茅庐从起点挖走猫腻，其与时任盛大文学 CEO 的侯小强对“大神”作者的争夺战一度成为网文界的头条新闻。2017 年，试图从渠道向原创领域发力的掌阅，打响的第一枪，仍然是从起点挖走月关和天使奥斯卡，此后，掌阅积极收罗人才，最终在 2017 年 9 月成功登陆 A 股市场，与阅文集团、阿里文学形成网络文学“新三家”。纵观网络文学网站的发展史，“大神”的作用不可谓不大，两者相辅相成，互相成就。

除了对“大神”资源的争夺，一些网站也在尝试培育“大神”作家，早在 2015 年，阅文集团就积极开启作家明星制的运营模式，通过推出作家品牌来提高自己在市场中的竞争力。平台对于有潜力的作者加以包装，进行“造神”，比如当前炙手可热的天蚕土豆，从第二部作品《斗破苍穹》就开始大红大紫，除了作品本身迎合了市场的需求外，阅文集团的大力推广也起到了很大的作用。平台对网络文学作家的推广当然花费不菲，但当他们培育出一个“大神”后，回报则是成倍的。网络文学界的造星、打榜，有点像流行音乐界的造星、打榜，已经成为文化工业的一个重要环节。

四、“扑街写手”的“塔基”之功

1. 前“扑”后“继”的写手族群

有一种值得心疼的群体，叫“扑街”的网络写手，俗称“扑街写手”。所谓“扑街写手”，就是已经和网站签约并且有作品上架，但是作品的订阅量很少、订阅稿费少、收入很低的写手。“大神”级网络作家得到的回报之丰厚，导致很多人用片面的眼光看待这个行业，认为这是一个高回报的不错选择。事实上，网文读者因为有“大神”们的珠玉在前，很少会将目光转向新人以及普通写手的作品，这也导致一般写手的文章点击率低，推荐票少，既不受读者的喜爱，也不受编辑的欢迎。这样的环境下，普通的签约作者想要寻找一个出头的机会，收获高人气从而摆脱“扑街写手”的命运，不是一件简单的事情，他们可能顾不上写作背后的健康隐患，长时间闭门“码字”，付出大量的心血，甚至牺牲睡眠和休息的时间，辛辛苦苦“码”了几十万字乃至上百万字，最后赚的钱却连自己都很难养活。

“扑街写手”大量产生的现象与网络文学近年来的高度产业化以及网络文学的产生机制有密切的关联。网络小说界有一个典型现象：成功之后的“大神”风光无限，赚得锅满瓢满，看起来轻轻松松就站在了财富巅峰；另一方面，网络文学进入门槛低，有台电脑，能连通网络，会上网会打字就可以进入这个领域。两个特点结合起来，就造成数不胜数的人涌进这个行业，这些人不分学历，不分工作经验，也不分年龄大小。进入的人多，质量难免参差不齐，有些人是真的热爱文学，想要书写自己的文字，也有些人只是想要追求丰厚的报酬，根本没有做好写作的准备。不论是哪种情况，大量涌进来的人都不可能一步成为“大神”，进入原创网络文学领域是一件低门槛的事情，但是想要在其中生存下去，他们必须经过一段艰苦磨炼的历程，要风雨无阻地坚持更新，要付出大量的努力。在这个积累阶段中，写手们很容易“扑街”。

另一方面，各行各业的不同写作水平的人都涌进这个行业，写出来的作品质量不免参差不齐，一些写手进入行业之前缺少必要的文学素养，他们带着“成功”的理想进入这个行业，追求作品的商业成功，而忘记了文学的初衷，一些写手甚至去抄袭当红的作品，这些都是不可取的行为。从文化市场的角度看，涌入行业的人多，能够促进行业的发展，又免不了带来竞争的压力，想要从海量的作品中脱颖而出，成为市场的“宠儿”，终归得靠作品质量说话。职业签约写手的创作之路是艰辛的，想要成为网文“大神”更是需要长期的积累，能够坚持下来，是主体因素和客观机遇共同作用的结果，依靠投机取巧走捷径是没有前途的。

2.“扑街写手”铸就文学“基底”

网文圈就是一个金字塔，从底层到高层依次是“小粉红”“小透明”“小神”“中神”“大神”“大神中的大神”。最顶端的一群能够获得令人艳羡的收入；底层的写手中有部分人连约都签不了，很难通过写文获得收入；大多数虽成功签约了，可每个月也就拿着几百块的全勤奖加上数量较少的订阅分成，总共也就两三千元，很难养活自己，远没有外人想象的那么光鲜。

大部分投入到网络文学创作事业当中的人，尽管目的各不相同，但总结起来，无外乎是为了名利或者文学梦想。既然网络文学已经高度产业化，那么追求经济效益无可厚非，和其他行业能够赚钱养家一样，写网文也是一种职业。对于很多写手来说，这是一份能够将名利和梦想结合起来的事业。当然也不乏写手怀揣着对写作的热爱，倾尽自己的才思，想要写出一部精彩的作品，完成自己心中的梦想。不论带着什么目的，对于很多新人来说，成功都不是一蹴而就的事情，这个过程中他们可能一直处于“扑街”的状态，但经历了挫折的他们依旧选择坚持下去，开创新的题材，塑造新的人物形象，写出新的小说，这些源源不断的“文学输出”对网文繁荣局面的影响不可谓不大。具有不同职业和生活经历的各行从业者、文学爱好者为创作输送了大量知识经验与鲜活素材，这也是网络文学题材繁荣与类型发展的因素之一。对于写手个人来说，他们尚未取得成功，但大量的个体涌入这个行业为这个行业带来了无限的发展可能，是千千万万个他们促进了这个行业的发展。创作群体的日益庞大带来网络文学作品的海量生产，可以满足不同群体的文学需求，培养更大的读者市场，刺激网文产业的发展。无数的“扑街写手”推动了网络文学的产生和发展，没有他们，就没有网络文学；没有他们的参与、创作，也就没有今天网络文学的规模和局面[1]；没有这些源源不断的有生力量，网络文学不可能有今天这么繁荣的局面；没有这些力量组成的“塔基”，也就无所谓“塔尖”的“大神”们。

---

[1] 徐星星：《网络文学创作主体研究》，苏州大学硕士学位论文，2015年。

五、继承文学传统，呼唤“工匠精神”

1. 从文学传统中汲取营养

文学是变化的，一代有一代之文学，不同的社会环境孕育出不同的文学形式。网络文学是新技术下文学的一种革新，是技术和文学艺术结合的产物，是当代文学大家庭里的重要一员，是通俗文学，也被看作大众文学。它拥有许多传统文学不具有的新特点，但本质上仍与传统媒介的文学相同，因为文学的本质性规定就是以文学符号作为媒介的语言艺术，在写读过程中，语言符号通过视觉、知觉、感觉进入艺术想象空间。既然是文学艺术，那么它的发展也就不是没有根基可寻，人类社会在漫长的历史进程中所精心创造的艺术成果都是网络文学的营养来源，传统文学所有的艺术经验都可以为网络文学所继承。网络文学作为互联网时代文学发展的新形式，和唐传奇、宋话本、元戏剧里的才子佳人，明清章回小说的世情世貌，白话文时代新鸳鸯蝴蝶派的缠缠绵绵，金庸古龙武侠小说的侠骨柔情等传统通俗文学形式在本质上是一脉相承的，不仅网络文学的创作方法与写作策略继承了传统通俗文学的娱乐性、奇异性、通俗性；许多网络作品的情节设置、故事桥段等各种文学要素也都能找到传统文学的影子；思想伦理的表达、审美层面的经验也能够从传统文化中找到它的基因。[1] 近年来，越来越多蕴含中国传统文化的网络文学作品走红网络，网络玄幻小说展现出具有中国特色的玄幻世界，已逐步建构出浩大磅礴的神魔谱系，而追根溯源几乎是传统神话在网络文学中的重生。[2] 由此可见，网络文学虽然有些“另类”，但网络文学毕竟还是“文学”，它仍然需要延续文学传统，学习前人经验，汲取人类文明精华，在继承中创造，始于“返本”而得以“开新”。[3]

---

[1] 李滇敏：《探营网文赣军》，《江西日报》2015 年 1 月 9 日。

[2] 胡笛：《中国传统神话在网络文学中的重生》，《安徽文学》（下半月）2017 年第 9 期。

[3] 欧阳友权：《网络文学创作并非“从零开始”》，《光明日报》2017 年 12 月 11 日。

中华民族在历史长河中创造了璀璨的民族文化，创作出《诗经》、唐诗、宋词、元曲、以“四大名著”为代表的明清小说等闻名海内外的优秀文学作品，一代代传承下来，不仅影响了中华子民的审美体验，也形成了民族所特有的文化传统和文化心理，诸如兴观群怨、言志缘情、畅神比德、知人论世、文以载道、气韵生动、迁想妙得、余味曲包、目击道存、意境神韵等[1]，这些走过历史风霜的文学传统对今天的网络文学创作来说是“创作的精神和经验来源”，网络文学从传统文学中吸取养分，促成自身的健康成长。目前，国家的宏观政策也意在引导网络作家回归传统文学精神，不忘文学初心，“以人民为中心”进行创作，反映时代要求和人民的心声。在这样的政策影响下，现实题材的作品逐渐占据了网络文学领域的核心地位，相当数量的网络现实题材作品表现出了对传统文学的经验、趣味、精神、文学价值的吸收，以及对传统文学的部分标准的自觉趋同。以《复兴之路》《大国重工》《二胎囧爸》《大地产商》《第十二秒》《余罪》等为代表的优秀现实题材网络小说不断转化为纸质形式出版，不断获得传统文学场域内学者、读者的认可，网络文学现实题材不入流的偏见正在消失。为了网络文学更好进入质量取胜时代，网络文学作家要重拾文学理念，弘扬文学精神，吸收传统文学厚重、严谨、精致的养分，实现创作品质的跨越式提升。

就目前网络文学的现状来看，不足之处尚有许多，但主流化、经典化是其不可阻挡的发展趋势。3.78亿网文读者，600余万网文作者，每天新诞生1.5亿字的数量级，以及它在新文艺发展方向、文化产业支柱等方面所体现的重要分量，使它在党和政府关心治理下，最终在二十年中铸就了从边缘草根到主流中心的时代角色位移。也因此，今天网络文学的精品化诉求，现实题材增量，作家主体塑造和责任感、使命感，变得前所未有地重要起来，已经并将进一步影响到网络作家创作和未来发展趋势。经典化、主流化是一个历史的过程，需经过读者的检验和历史的甄淘。要实现网络文学的经典化，

[1] 欧阳友权：《网络文学创作并非“从零开始”》，《光明日报》2017年12月11日。

网络作家在站位上须有对文学的敬畏感，不能在创作中只见“技术”，不见“艺术”，要注意从传统文学创作经验中汲取营养，追求思想性、艺术性与可读性的统一，而不是一味追求产量和点击率；在创作时，作家应该学习传统优秀通俗文学的优良精神，发挥网络文学天然亲民性的优势，创作出通俗但不低俗的作品，通过通俗的故事来表现社会主流的思维方式和观念，反映社会大众阶层的想象和期待，努力做到在满足读者娱乐需求的同时，提供具有现实主义人文关怀的正能量佳作。继承文学传统，以正向叙事传递饱满的时代信息，使网络文学成为新时代中国文艺建设的重要力量，是网络文学作家应有的觉悟。

2. 以“工匠精神”打造精品力作

当下，网络文学被一些人诟病，这当然与一些人的偏见有关，但不能否认，网络文学本身的确存在一些问题。第一，低门槛带来“量大而质不优”，超长篇小说背后“注水”情况严重，同质化、类型化作品很多，现象级、风格化的作品凤毛麟角；第二，“急功近利”，唯点击率、唯发行量是瞻，一些网络作品创作者和经营者甘愿“当市场的奴隶”，“被市场牵着鼻子走”。诸如此类的现象影响了网络文学的长远健康发展，这些缺点也常常为文学评论家的诟病。

网络作家从为了兴趣、生命表达而写作，到为了读者的评论、点击率而写作，再到为了完成规定字数而写作，固然是一种选择，但他们更应该看到，为了追求效益而进行大体量的创作，在创作中大量“注水”的行为是没有长远生命力的。纵观近来发布的网文作品排行榜，会发现现实题材作品在逐步增多，新人佳作也不断涌现，获奖作品多在题材、类型、情怀上尝试融合开拓，创造出了新的亮点，因而广受读者的喜爱。这些现象显示出网络文学已经走过了数量膨胀的“拓荒期”，开始迈入“品质至上、内容为王”的时代，精品化创作将是未来发展的趋势，也已成为业界共识。对此，中国作协网络文学委员会主任陈崎嵘说，人类的精神追求和文学探索不会因媒介的变革而中断，虽因商业化主导，网络文学囿于类型小说的大众性，但总有一些有追求的网文作家“敢于任性”，在一片“催促更新”里耐心打磨作品。[1] 另一方面，从经济效益看，网络文学改编的作品会有市场保障，但在经历了一轮网络文学版权购买、改编的热潮及一批低质量改编产品的失败后，相关企业对网络文学的改编愈发冷静和具有针对性，精品网络文学内容的价值进一步凸显，成为吸引更多的企业、作者、改编者和用户，驱动产业共赢、带动新一轮衍生开发高速增长的重要因素。从“产品为王”“渠道为王”进阶到“内容为王”，是市场规律优胜劣汰使然，也是网络文学发展的历史必然，而“内容为王”的更高境界便是“精品为王”。

可以看出，网络文学发展到今天，已经产生了不少的精品，读者对作品的要求也越来越高，想从海量的作品当中脱颖而出，作者必须用心创作，创作出富含人文审美价值的文学精品，而不能追求更新速度枉顾作品价值，因为只有富于“文学性”的网络作品才能在文学史上占有一席之地。年轻的网络作家，在站位上须有对文学的敬畏感，树立精品意识，以“工匠精神”创作精品力作，助推网络文学走向精品化。第一，网络文学创作者亟须树立精品意识和担当精神，努力提高人文素养和文学基本功，以“工匠精神”打造慢工细活，变“速度写作”为“品质写作”和“精品创作”，放弃“为了更新而更新”等损害创作生命力的做法，克服浮躁，正确看待市场的诱惑，静下心想一想什么样的作品才是真正有价值的，在创作时坚持自己的风格、定位，解决好创作过程中思想简单、艺术局限的问题，更好地适应当前的“IP热潮”，因为小说要改编成影视作品，需要考虑其艺术性和价值观。随着市场的要求越来越高，保持自身文学特质、“去泡沫化”必将成为网络创作未来的走向。因此，网络作家需要树立高远的艺术追求，坚持对文学的敬畏与尊重，坚持文学标准与正确的文化立场。第二，网络文学作家应该树立文化自信，关注中国文化和中国现实，始终牢记文学创作应该植根于时代生活，努力提高自己对生活的体认度和干预力，坚持“以人民为中心”的创作导

---

[1] 许旸：《有担当的网络文学才能走得更远》，《文汇报》2017年2月14日。

向，对历史与现实、社会与人生有真善美与假恶丑的分野，对人民群众为之奋斗的伟大历史实践有正确的判断和理解；同时，善于用人民群众喜闻乐见的文学表达来实现思想性、艺术性与可读性的统一。

第四章

网络文学作品

网络作品是网络文学发展的焦点和重心，浩瀚的网络作品的出现是网络文学繁荣的标志。从作品多样到类型小说独霸天下，网络文学作品经历了一个发展过程。市场化的创作让幻想类作品成为网络文学的主打，但近年来对现实题材作品的倡导，各种类型的作品排行榜对网络文学精品化、主流化的引导，让网络文学创作得到一定程度的规制。在网络原创作品中，网络诗歌、网络散文绽放出生机，网络纪实文学正在用真实的记录留下时代的印记，而电脑程序写作更是带着智能化的优势崭露头角。

一、网络类型小说一统江湖

早期的网络小说如《第一次的亲密接触》《北京故事》《晃动的生活》《夜玫瑰》《数字化精灵》等，有着十分明显的自由性、平等性、互动性等特征，使文学话语权从精英回到民间。此时的网络小说一方面充盈着通俗化、娱乐化、时尚化的时代趣味，另一方面也体现着民本的、人文的情怀，网络小说尽情地表现了都市压力的虚拟性释放、经典式爱情的虚拟性复活。《第一次的亲密接触》描写了宅男们爱情的“轻舞飞扬”，《悟空传》一句“我要这天再遮不住我眼”表达了浮躁年代对爱情的坚守。

初创期的网络小说有着广博杂糅的文化背景、强烈的平民立场和自由书写的狂欢快感，为读者带来了另类的阅读体验。随着起点中文网付费阅读模式的兴起，网络小说写作生态发生了根本性的变化，从自发性向自觉性改变，从自我表达向版权生产转向，网络小说由此既扩大题材，使创作多样化，又在丰富题材的基础上，找到了规律性的共性，形成了类型化的写作，从而使得网络类型小说一统江湖。

类型小说是指那些在题材选择、结构方式、人物造型、审美风格等方面有着比较定型的模式，读者对其有着固定的阅读期待的小说样式。类型小说是大众文学商业化的最终结果，每一种类型小说的市场只针对本类型所特有的具有消费能力的读者群或者潜在读者，而非整个大众群体。根据故事题材和情节模式对小说进行分类，出现了诸如武侠、玄幻、历史、穿越等几十种小说类型。网络小说在二十年的进程中，最为显著的格局便是类型小说占据最大市场。类型小说的主体地位与时代、读者、市场等方面有着千丝万缕的联系。它有着自身独特的魅力，在这种骄人的成绩背后，也蕴藏着一些亟待正视的问题。

1. 类型小说成二十年网络文学主打

网络文学从自发写作到类型写作的演化是新世纪网络文学发展的客观事实。[1]网络文学萌生之初，其类型化写作的意识并不明显。在1998年前后，痞子蔡《第一次的亲密接触》以及黄易的《大唐双龙传》等作品打开了网络小说类型化发展的大门。但是在当时，网络小说的创作更多的是一种自发的流行写作模式。名起一时的痞子蔡、王文华、慕容雪村、宁财神、安妮宝贝、李寻欢、邢育森等，作者多为20世纪70年代生人，创作方向集中在现实都市感情和搞笑场景小说方面。可以说，这些作家的出现是网络类型化小说兴起的第一波浪花，也带动国内网络小说的出版热潮。但是网络文学的类型化写作呈现出规模效应、日趋自觉却是2003年以后的事情。

[1] 何志钧：《网络文学类型化写作管窥》，《学习与探索》2010年第3期。

类型化写作的兴起是网络阅读分众化、小众化付费阅读的必然产物。2003年以后，特别是2008年盛大文学成立后，网络文学的类型化写作成为新风尚，并且从原本的基础题材中不断翻新演化出多种类型。全国排名靠前的100家文学网站统计表明，目前的网络小说类型多达60多类。其中，玄幻、奇幻、仙侠、武侠、游戏、竞技、都市、言情、军事、历史、科幻、惊悚等12种类型是网络文学网站上普遍存在的基础类型，此外还有魔幻、修真、黑道、耽美、同人、太空、灵异、推理、悬疑、侦探、探险、盗墓、末世、丧尸、异形、机甲、校园、青春、商场、官场、职场、豪门、乡土、纪实、知青、海外、同人、图文、女尊、百合、美男、宫斗、宅斗、权谋、传奇、动漫、影视、真人、重生、异能、穿越、架空、女生、童话、轻小说等众多类型[1]，并且还分出诸多子类。

从大类划分，网络类型小说基本在幻想类、现实类以及综合类三者之中。占比重最大的是幻想类小说，奇幻、玄幻、仙侠、武侠小说数量仅起点中文网就超过106万部。[2] 玄幻、仙侠神作层出不穷，以“逆袭、升级”为根基的古典仙侠文、创世争霸文、惊世奇幻文等成为各网络文学网站的“爆款”。风靡一时的玄幻武侠小说《诛仙》，被誉为女性武侠掌门人沧月的《雪薇》《七夜雪》，历史玄幻的当家作《新宋》，异军突起的盗墓类长篇小说《鬼吹灯》《盗墓笔记》等老牌作品，掀起了网络排行及现实出版的推崇热潮。现实类作品在近三年因为其题材的重大意义以及作品质量备受重视，在各大奖项评比中拔得头筹。《欢乐颂》《翻译官》等作品拥有一大批忠实粉丝；架空历史小说《回到明朝当王爷》《官居一品》《极品家丁》《琅琊榜》《明朝那些事儿》等家喻户晓，这些作品文笔优美，将历史与人性完美融合因而读者甚众；古代背景言情小说《三生三世菩提树下》《九州·神女赋》《三生三世十里桃花》《华胥引》《后宫·甄嬛传》《步步惊心》等，因古代背景的设定而有莫名的吸引力，大都被改编成了热门的影视剧。截至2018年6

[1] 贺予飞，欧阳友权：《网络类型小说热的思考》，《时代文学》2015年3月上半月刊。
[2] 来源：起点中文网，https://www.qidian.com/，2018年5月14日查询。

月底，在起点中文网，现实题材的作品有 14494 部，加上军事以及历史领域的作品内容与现实重合，现实题材作品占据的比例远比数字展现的份额要多。综合类的小说，在宫斗、穿越等大热主题上慢慢繁衍出二次元、轻小说等新的作品类型。

从 2016 年底的统计数据看，玄幻、仙侠类的作品依然是增长最快的小说门类，约占原创网络类型小说的 60%。[1] 同时，截止到 2018 年 6 月，阅文集团旗下的起点中文网上架小说共计 2589171 部，其中玄幻类 656821 部，仙侠类 225134 部，奇幻类 145673 部，科幻类 144889 部，武侠类 40724 部，都市类 354089 部，现实类 14494 部，军事类 19888 部，历史类 76956 部，游戏类 103092 部，体育 9677 部，二次元 104220 部，女生网 688939 部。[2] 网络类型化小说几乎占据了网络文学的全部江山。

这种发展势头在网络文学崛起的今日越发引人注目，所有的踪迹都指向类型化小说独领风骚的现状。如起点中文网在 2018 年 3 月底为止的新上架作品皆为类型小说，其中幻想类作品独占鳌头，占新书比重约 46%，都市以及历史关涉现实题材的作品占 31%，二次元以及言情系列紧跟其后。从小说订阅量观察，幻想类以及都市作品已经将订阅量的 64%瓜分，其中仍旧是玄幻类作品战绩最引人注目。从原本瞩目的作品数量基数到现在仍然不断增加的类型小说，网络文学二十年中最为耀眼的组成部分便是类型小说，打开流行的文学网站，关注度最高的仍旧是牢占各色榜单的类型小说。起点中文网、创世中文网、纵横中文网、17K 小说网、潇湘书院、小说阅读网、红袖添香、起点女生网、云起书院、晋江文学城等知名网站上，网络类型小说都被放置在最为显眼的首页，而读者也清一色是为阅读网络类型化小说而来。特别是连载长篇小说，一直是网络阅读风潮中的佼佼者。长篇类型小说因其连续性以及故事吸引力、经济效益等因素结合，已经成为网络文学的重要根基。

---

[1] 欧阳友权主编：《中国网络文学年鉴（2016）》，中国文联出版社 2017 年版，第 110 页。

[2] 数据来源：起点中文网，https://www.qidian.com，2018 年 6 月 14 日查询。

纵观网络文学二十年，作家的创作姿态从自由兴趣创作到有规模有经济意识的驱动写作，背后都是类型化小说占据网络江湖的主导。相较于网络文学的其他文体，类型小说的地位与光芒无可阻挡。也正是类型小说独具的魅力，使得它呈现井喷式增长，并且在庞大的创作数量中不断巩固自己的发展势头。

2. 类型小说兴起的原因

从传统文学的低落中开拓出生气勃勃的网络文学生存空间，不得不说，类型小说是其中巨大的推进力。网络类型小说兴起背后的原因复杂多样，既是时代前进的成果，也是文化交融心态下铸造的新表达形式。网络文学具有异于传统文学的鲜明特征：以高速发展的互联网尤其是移动互联网为承载平台，决定了其传播的速度与广度；以受众尤其是青年受众为主导的互动娱乐消费观，促使文学由精英化转向通俗化；全民性的写作模式，影响了新兴话语体系与理论批评体系的重构；审美趣味与价值观念的转型冲击，形成一条“文学—影视剧—漫画—游戏—周边产品”的常态化产业链，从而昭示了文学产业化时代的到来，并逐渐走向繁荣。这些特征印证了类型小说兴起的几个重要因素：

(1) 新媒体时代的“适者生存”

网络文学二十年的发展轨迹与互联网使用人群基数以及技术的革新紧密联系在一起。可以说，网络文学的兴起是市场经济在新传播科技之下对文学进行商业经营的模式。在新媒体时代，文学已然成为一种文化产品，正如阅文集团副总裁罗立所说，文学是“所有文化产品中想象力最丰富、保真度最高、延展空间最大的一个形态。文学产业在整个文化产业链中居于上游”。[1] 网络文学相较于传统文学更加活跃于文化产品诞生、消费环节，拥有更为完备的互联网特质。

---

[1] 漫域：《阅文全方位运作文学 IP，打造未来精品》，http://dm.ifeng.com/a/20150715/41280116_0.shtml，2018 年 6 月 15 日查询。

在网络类型小说称霸的当下，通过简单的规则设计可以将类型小说在文学网站有序地呈现给读者选择。随着网络文学发展的不断成熟，网站栏目的策划也不断精细。“类型”只是某部分作品的标签，它最早出现在起点中文网、晋江文学城、潇湘书院等大型网站。类型化的网络小说的设定让读者群体划分清晰，也形成了稳定的阅读群。在短暂的时间挑选出需要的作品正是快节奏全网络时代的鲜明特征。网络类型小说迎合的不止这一点。互联网自诞生之初便带有虚拟的气质，上网人群感受到的更多是数字化的虚构世界。网络类型小说是写手们个性与自由的创作，无论是作者还是读者都能够在其中得到全新的自拟空间。在现实生活之外，网络开拓出一个全新的世界，而网络类型小说又在其中圈出另一种能够由通俗的文学享受建立起来的稳固社群。它完整打通了作者、读者以及想象世界的沟通渠道，在新媒体时代之下制定出新形式文学的发展规则。依附科技所带来的便利传递，网络类型小说到达的地方得以无限扩张，与之而来的便是时代赋予的全新魅力。

(2)“以读者为中心”的创作观念使然

互联网在改变人类生活习惯的同时，也在悄然变更认知方式、审美方式以及对于艺术的思考模式。依托网络技术和被网络技术改造的文学，文学的审美更加趣味化、知识化、游戏化、平民化、通俗化，换言之，文学更加“泛文学化”。[1] 传统文学的审美主要停留在作者所设计的艺术特质，再通过读者结合自身经验进行多样融合得出审美体验，但其范围和设定仍旧具有大环境之下的主流文学特征。在这一审美过程中，读者可以看作是被接受的对象。“网络化的艺术审美是机械复制的‘类像’符号审美，它运用数字技术‘虚拟现实’以拼合，形成可复制的无穷摹本，使艺术和自然的原初关系被数字化技术制作所取代，从而导致艺术创作从个性风格的表达向‘类像’的机械复制转变。”[2] 网络文学二十年的发展历程除去最开始阶段的自发兴趣创作，一直都是围绕读者进行审美扩展。鉴于网络小说的商业特性，写手

[1] 刘琳琪：《新媒体时代网络文学的模因传播》，《文艺争鸣》2017 年 10 期。

[2] 欧阳友权：《网络文学本体论纲》，《文学评论》2004 年第 6 期。

在很大程度上需要考量市场需要以及读者想要的文学世界。这一改之前作家统领文学导向的传统，将读者放在了核心地位。

网络类型小说的生命力何在？可以说，网络文学恰恰是顺应时代变迁，根据大众审美经验变更而诞生的精神物质。在市场经济下，读者的审美方向即为市场需求，也明确引导着网络类型小说的风向。以读者为中心的创作机制很大程度上也是网络文学抢占市场份额的表现，稳定的消费群体保证了网络文学世界的顺利扩张。“快感”“爽点”一直是类型小说的吸引力，网络俗称的“金手指”“逆袭”“玛丽苏”等写作元素在这里得到无限放大，调动读者持续订阅。网络类型小说几乎涵盖了所有题材，生活中的爱情、友情、事业等元素以更亲近的姿态进入视野。从另一角度而言，网络类型小说是为了契合消费群体的心理而打造的完美精神产品，似依葫芦画瓢般勾勒读者内心需求。新媒体时代下，新型审美意识在作者和读者的交互沟通和模仿复制中，逐渐形成一种新的审美趋势。与此同时，受数字技术和新一轮审美要素的影响，审美模因也在动态变化。全民阅读的文学审美主流固定在娱乐性与消遣性，网文恰恰迎合于此，打造出精神上能够引导读者获得愉悦性感知的网络领地。

（3）对传统类型小说的继承与发展

作为诞生于民间的带有草根性质的文学作品，网络类型小说不再带有纯文学精英样范。它与我们所熟知的传统“三言两拍”、章回小说等有着相似的“为更多人写作”的意念。文言小说是在朝代更替下符合市民的精神需求诞生的，类型小说在一定程度上是切换年代的“市民书写”，传达普遍的精神需求，是对于传统小说平民化的继承。

曾经引领文学风潮的金庸、梁羽生的著名武侠作品，拥有大批女性读者的琼瑶言情小说、亦舒女性情感故事等均是类型化印记明显的文体。与鲁迅、沈从文等文人的作品相比较，这些通俗作品更多的是用故事情节吸引，以平实手法延续，将组合出来的句子染上率真、速食的气味。网络文学的最真实的根基也就在于此，它带着互联网新科技的烙印，不可能再像传统文学那般由理念孕育，而更为直截了当地传承了武侠、言情等小说的功力，融合现代人的所思所想，化身成为崭新的文学现象。

网络是开放的、宽容的，每一个人都可以在这里自由地表达自己的思想。这一高度自由的电子虚拟空间也给了写作者及读者一个表现自我、发现自我、发泄自我的最好空间。网络类型小说是将传统类型小说在印刷技术的传播体系中慢慢转移到新媒体领域中。借助全新的互联网科技，类型小说穿上全新的羽衣，但是平民化写作的特征却无法掩盖。如今网文世界的创作“大神”，有极大一部分在年轻之时受到武侠小说的强烈影响，而琼瑶言情小说也因为电视剧的出现红遍大江南北，成为几代人的印记。写手们的成长环境注定他们在创作中通过有意识的致敬或无意识的添加，将平民化的走向袭承下来，并且带有前人的风格特征。他们在网络文学中尽情拾起或重塑被日常生活、社会角色所压抑、限制了的一部分自我，张扬其个性。完全自由地受着本真的“我”的驱使，大概就是网络类型小说带来的全新体验。

网络文学二十年的清晰脉络如同野草一般迅速蔓延——作者群体的泛化、读者容纳范围的无限扩充以及题材内容的新鲜萃取。类型小说对于传统类型小说平民化、亲切性的内核的继承是毋庸置疑的，它越接近读者，就越有生命力。

3. 类型小说的局限

如今网络类型小说市场迅速成长，以商业利益为根本出发点的竞争模式势必会带来作品良莠不齐以及状况频出的问题。网站的更新速度要求大量作品迅速输出和更新，网络内部审核的粗略所引起的文字浅白、意义稀释等状况，都是隐性问题慢慢暴露的苗头。

(1) 娱乐性大于艺术性

速食化是网络文学语言的突出特点，这是与快节奏的时代、快节奏的思维和快节奏的传播方式相适应的一种看似平淡却存在过多娱乐性，通过机械化复制大量生产的文字泡沫。整体而言，速食化语言缺乏艺术指导，遮蔽了文学的特质，阻碍网络文学长远发展。同时，市场推动的反作用力明显。很多网络小说宏篇巨制，动辄篇幅百万，为了追求点击率，也为了网络读者对快速更新的要求，有的作者甚至一天写出几万字。除了极少数真正的“天才”，一般人能以这样的速度创作出优质作品的可能性极低。这种写作方式带来的严重后果是原本不成熟的创作进一步流于轻率。这就是网络类型小说面临的过度娱乐化的尴尬境地，在市场面前丢失的文学原创美感是其发展有所偏离的内在原因之一。

庞大的拥趸群和多元化、产业化的传播方式，使网络文学渐渐拥有了自己的声音，但是这样的快速驱动无法保证网络小说出场之后的艺术审美性——为愉悦身心而生，因娱乐特性扩张，却又因为无节制的“轻浮”让作品的可读性大打折扣。“过犹不及”在网络类型小说的发展历程中造成了巨大伤害。文学离不开艺术，并且以艺术自傲。流水线加上套路化的创作模式，让网络类型小说丢失了根本。网络文学最先由于其亲切的泛娱乐特性征服了一大批读者，但其创作不能仅仅局限于娱乐心理。作为文学在新时代的一种重要表现，网络文学艺术性的文学尊严是不能丢弃的，网络作家要发掘新的兴趣点和思路，寻找艺术路径，创作满足文化市场推陈出新需要的作品。

(2) 低端迎合多于审美引领

平静安逸的社会环境、日益淡化的政治色彩以及消费文化的盛行，使得在相对富裕的物质条件下成长起来的网络作者们不再具有父辈那样与生俱来的抗争意识和政治使命感。他们所面临的困顿多半是物质过度丰足后无所事事的精神空虚与麻木。而他们所做的突破则是要在无奇不有的网络上，以被禁止的话题冲击网民们见怪不怪的目光。比如，虽然有网络作者试图走出题材禁忌，但对社会现实的关注和思想深度的缺乏却使这类小说除篇幅增长外，仍然停留在视觉和感官刺激层面。如《爸爸，我怀了你的孩子》，因题目的争议性获得大量点击，出名后还由上海译文出版社出版，但实际上是讲述带有“媚幼”倾向的当代都市青年的爱情纠葛。除此之外，更多性向或情色小说简单地编造艳遇、吹嘘性能力，缺乏人性的关怀和思索的深度，无力对生活进行深入的思考，更无真正触及思想前沿或社会问题的内容。突破的欲望和思维深度的限制使这类小说所要表现的不羁陷入尴尬境地。

缺乏内涵深度的三流作品占据市场，这是属于网络文学的身份危机。传统的文学审美引领在此刻被搁置，读者盲目的狂欢又将一些网络类型小说推至更为卑微的地位。网络世界需要更多的精品，来提亮网文在部分主流文学眼中略显暗沉的轮廓。网络作家更应该以弘扬网络文化、传递文学精神为己任，借助庞大、便利、快捷的网络媒介，将网文新鲜、灵活、平实、丰富的特质发挥得淋漓尽致，将正能量的审美放置在第一，不被迎合的姿态打败。

（3）功利追求多于意义建构

有较大的读者群体的网络写手，每次推出新作品，网络上就会出现各种“蹭热度”和“打擦边球”的现象。如写手“横扫天涯”介绍，他创作的《天道图书馆》大火后，市场上就出现了《都市之天道图书馆》《火影之天道图书馆》等多部作品。这些小说不仅作品名称、故事情节与其原著相似，连主人公姓名都是原作品主人公姓名的谐音。还有的作品为了获得流量和用户，通过非常隐蔽的创作手法，将低俗和涉黄内容加入小说当中。这类“蹭热度”和“打擦边球”的现象不仅涉嫌侵犯著作权，分流了原创作者的用户和流量，还可能给原创作者的声誉造成伤害。由于网络文学作品数量众多，管理不畅通，许多投机取巧的写手便利用市场管理的不完善盗取利益。

类型小说在网络市场的运营之下，因为自身的特性，极容易迷失在商业乱流之中。网络类型小说的兴盛很大程度上与市场消费紧密挂钩，源源不断流入的资金以“乱花渐欲迷人眼”的势态把控着网文世界的生产。为追求高效率高利率的回报，难免也就出现投机取巧之作。网络写手分为专职和兼职两类，而成功“大神”的高收入示例是吸引更多人投身网络写作的第一要素——利益完全战胜创作。以金钱名利开启的道路，必然伴随着为谋求更多好处而处处受限的局面。网络文学也因其较低的准入门槛而出现许多文学垃圾。文学所反映的生活态度及人生意义在一些作品中消失殆尽，以文以载道的文学传统难以展现。在这样复杂的环境之下，要求作者有充分的能力，对于作品有责任意识，摆脱利益的左右，才能够尽快改善在网络文学的欣欣向荣背后存在的类型小说暗流。网络文学创作带来了源源不断的利益，但这种利益绝不能以牺牲文学精神为代价，文学的意义不应被抛弃。

二、海量生产中的“现实”导向

在网络类型小说大放光彩的整体发展状况之下，不同小说类型之间的市场竞争以及发展路线也此消彼长，其中最明显也最关键的一点是，现实题材网文创作的迅速崛起。网络文学中现实主义成分的增加，不仅仅是因政策支持或主流视野的关照，它的发展恰恰迎合了时代的需求、市场的突破以及读者的审美需要，是网络文学发展至今自身对于社会责任的主动承担和进化。在数以万计的网络作品中脱颖而出，并占有一席显眼位置的现实题材小说，是网络文学新魅力的绽放。

1. 倡导现实题材创作

现实题材的网络文学创作在近三年以来呈现爆发式增长，所占的比重也开始慢慢向幻想类题材看齐。现实题材创作群体的不断扩大，不仅由于消费群体意识的变化，也离不开各个领域对于这一类型网络文学的倡导与鼓励。

(1) 政府的引导和支持

2015 年，习近平总书记《在文艺工作座谈会上的讲话》全文正式发表，要求文艺工作者们坚持以人民为中心的创作导向，创作更多阐发中国精神、展现中国风貌的优秀作品。中共中央通过了《关于繁荣发展社会主义文艺的意见》，其中第 16 条提出“大力发展网络文艺”，充分利用网络文艺的生命力，推动网络文学有序发展。

2016 年 11 月，习近平总书记《在中国文联十大、中国作协九大开幕式上的讲话》中提出，任何一个时代的经典文艺作品，都是那个时代社会生活与精神的写照，都具有那个时代的烙印和特征。文艺工作者要承担时代使命，赋予作品思想与价值，以反映现实、反映时代精神为己任。

2015年国家新闻出版广电总局下达关于印发《关于推动网络文学健康发展的指导意见》的通知，将引导网络文学创作植根现实生活，为人民抒写、为人民抒情、为人民抒怀作为重要任务，倡导网络文学创作塑造美好心灵，引领社会风尚，使网络文学价值引导、精神引领、审美启迪等作用得到充分发挥。

2015年，国家新闻出版广电总局对26家重点网络文学网站及其客户端的作品进行了跟踪阅评，共收到阅评意见46份，涉及重点网络文学作品520部。阅评主要选择市场占有率高、规模大、影响力强的文学网站，除随机抽取作品外，还根据社会热点开展了“抗战胜利七十周年”“科幻题材小说”“校园青春小说”三次主题阅评。依据阅评报告，总局还召开了重点网络文学网站阅评工作通气会，批评导向偏差、低级趣味、是非不分、善恶不辨、以丑为美的问题和现象，鼓励弘扬社会主义核心价值观等优秀原创作品的出版传播。[1]

2016年，国家新闻出版广电总局数字出版司就网络文学现实主义题材作品开展了专题阅评。总局提出长远的重点网络文学网站阅评计划，推介原创优秀网络文学作品，引导网络文学坚持为人民写作的创作导向，要求网站准确把握社会主义核心价值观，不断推出思想性、艺术性和可读性有机统一的精品佳作。

2017年，国家新闻出版广电总局颁布的《网络文学出版服务单位社会效益评估试行办法》以弘扬社会主义核心价值观等为标准，对网络文学出版单位进行社会效益评估。其中“娱乐至上”“作品题材单一”等都在减分之列；而改编为影视剧并产生积极社会影响，则在加分之列。

2017年11月11日，由国家新闻出版广电总局数字出版司、中国作家协会创作研究部（中国作协网络文学委员会）联合主办的网络文学界学习贯彻党的十九大精神座谈会在京召开。中国作协党组成员、副主席、书记处书记

[1] 尹琨：《总局将持续开展网络文学阅评——2015年抽查阅评26家重点网站520部作品》，《中国新闻出版广电报》2016年1月14日。

李敬泽，国家新闻出版广电总局数字出版司司长张毅君，以及60多位网络文学网站负责人、网络作家代表，围绕学习贯彻党的十九大精神先后发言，大家表示，在新时代，要坚定文化自信，努力创作更多弘扬社会主义核心价值观的精品力作。[1]

政府部门对于现实主义题材网络小说的支持力度主要集中在出台政策、加强监管以及推介宣传三个层面。时代的精神需要优秀的文艺作品来传达，网络文学中占据绝对位置的类型小说作为其中重要的一分子，提倡现实题材创作是时代所需，也是责任所在。

(2) 主流文学的“现实”导向

除了政府监管层面的压力，主流文学也给予了现实题材更多的发展空间，对其重视程度及肯定程度也在不断加深。始发于2016年的网络原创文学现实主义题材征文大赛专为挑选优秀现实作品量身打造。各色重要榜单上现实题材小说的身影总不会缺席，并且越发密集。

由中国作协网络文学委员会、上海市新闻出版局、上海市作协和阅文集团在上海联合主办的“中国网络文学20年发展专题研讨会”，其中一项重要内容就是评选“中国网络文学20年20部优秀作品”。经过专家投票和网络评选之后得出的这份名单，充分地显示了当前国家对网络文学的导向性。20部作品都是耳熟能详之作，最早的是1998年痞子蔡创作的《第一次的亲密接触》，最晚的是2015年wanglong的《复兴之路》。显而易见，现实主义题材作品占了很大一部分，共有痞子蔡的《第一次的亲密接触》、阿耐的《大江东去》、辛夷坞的《致我们终将逝去的青春》、金宇澄的《繁花》、wanglong的《复兴之路》、蝴蝶蓝的《全职高手》等6部。正如中国作协网络文学委员会主任陈崎嵘所言，这份名单确实表明了中国作协等主流文学团体对于网络文学的态度，就是要倡导网络作家们感知新时代、把握新时代和反映新时代，倡导他们创作现实题材作品，致力于现实生活的网络表达。

---

[1] 尹琨：《书写新时代网络文学“锦绣华章”》，《中国新闻出版广电报》2017年11月15日。

（3）文学网站的“现实”自觉

政府的大力扶持、主流视野的肯定以及读者群体的氛围变更，让影视公司和文学网站都把目光越来越多地放到现实题材上。2017年举行的首届中国“网络文学+”大会上，网易文学、掌阅、磨铁等在线阅读和出版机构，都在强调时代背景下现实题材网文的价值。于社会责任意识而言，网络文学网站作为作品发布平台，在社会主义核心价值观关照之下，不断推出具有正能量的现实作品是时代精神不可逆的潮流。于网站发展持久性而言，现实题材作品质量出众，创作群体及创作数量不断扩大，成为类型网文的中流砥柱，对网站的可持续发展有着现实意义。于经济效益而言，现实题材作品的市场关注度极为强大。例如，磨铁图书应该是最早吃到现实题材“甜头”的：凭借《从你的全世界路过》的8亿高票房，打造了跻身出版跨界影视的成功案例；还有《悟空传》这样的大IP电影上映，让公司身价倍增。现实题材作品的经济效益拥有极大的潜能，使网站在利益与名气上都能走向双赢局面。

从阅文集团到网易文学，各大文学网站针对现实题材作品的扶持措施越来越多。网站版面对现实题材作品的宣传力度及其上榜的支持力度不断加大，不仅将现实题材作品作为重要门类进行放置统计，方便读者查阅作品，同时平衡现实小说上榜的数量。中国作协网络文学委员会主任陈崎嵘表示，网络文学已进入“升级换代”关键期，打造网络文学精品，重在引导网络作家树立文学理想、提升思想境界、关注现实题材，并增强精品意识和创新能力。[1]

2.“现实”导向下的文学新变

（1）现实题材作品回归网络

2010年，红袖添香网站曾举办年度网络最佳原创作者、年度最佳作品评选，获奖的50部作品绝大多数都是网络流行的类型小说，如《宫心计：冷宫皇后》《宫杀：凤帷春醉》等宫斗小说，《再生缘：我的温柔暴君》《替身哑

[1] 重庆商报：《3.33亿用户90亿元市场年均增长20%》，2017年8月15日，http://media.people.com.cn/n1/2017/0815/c40606-29471191.html，2018年5月2日查询。

妻》等穿越小说，《裸婚》《蜗婚》《逃婚俏伴娘》等婚恋小说，以及《一起写我们的结局》等青春小说。2012年，17K小说网评选出的年度“十大热门小说”《哥几个，走着》《罪恶之城》《杀手房东俏房客》《特种教师》《网游之天下无双》《我的美女老师》《国士无双》等幻想类架空小说，都是以独特的想象力和极强的娱乐性吸引读者，没有一部是现实题材的作品。在2011—2014年，牢牢占据网络文学市场的是人气“大神”天蚕土豆的《大主宰》、我吃西红柿的《莽荒记》、辰东的《完美世界》、唐家三少的《绝世唐门》等作品，玄幻武侠、灵异修真、架空穿越等类型化写作霸占着网络文学市场。

自2014年以来，现实题材网络小说出现了明显的回归迹象，幻想类作品不再一家独大，具体表现在网络小说的创作主题开始涵盖改革历程、社会热点、生活变迁、文化传承、职业生涯、个人奋斗等多个方面，洋溢着生活和时代气息的优秀作品不断涌现。受宏观政策及市场需求影响，都市情感、职场官场、悬疑推理、军事谍战等现实题材的网络文学创作数量明显增加，且质量有所提高。阅文集团新增的原创小说中，现实题材作品的增幅达100%；网易云阅读等平台上，现实题材网文数量甚至超过幻想类题材，占比超过60%。[1] 网络文学反映人民群众生活状态和当下人们精神气质的作品量多质升，正如中国作协网络文学委员会主任陈崎嵘所言：“原先那种网络文学不食人间烟火和幻想类作品一家独大的现象有所改变，题材、内容及风格开始出现多元化格局。”[2] 不少接地气、有担当的作家跳出了千人一面、千篇一律的“打怪、升级”小天地，而抓住企业改革、大众创业、青年成长、社会创新、生活变迁、文化传承等一系列现实热点问题，让作品展现出了多元化且充满正能量的生活内容。比如，刘波与郭羽创作了以互联网创业为主题的长篇小说《网络英雄传》，故事发生在被称为“中国互联网创业

---

[1] 艾瑞咨询：《2017年中国现实类题材网络文学IP价值研究报告》，2017年12月，http://www.iresearch.com.cn/Detail/report?id=3108&isfree=0，2017年12月26日查询。

[2] 新华网：《24部优秀网络文学作品获新闻出版广电总局和中国作协推介》，http://www.xinhuanet.com/book/2018-01/23/c_129797300.htm，2018年1月26日查询。

第一城”的杭州，以郭天宇、孙秋飞、刘帅等为代表的一批大学生创业者，初创企业，克服融资碰壁、黑客攻击、商标官司、夜场公关、新闻讹诈等重重艰难，抓住移动互联网时代的机遇，最终登上了国际财经领域的巅峰。小说借助虚构的人物故事，加之作者真实的创业经验，清晰地投射出大学生创业的不易。这是在国家创新创业号召之下的一种时代展示，也是鼓励当代青年勇敢追梦的风向标。

2018 年 1 月，国家新闻出版广电总局公布“2017 年优秀网络文学原创作品推介名单”，共有 24 部原创佳作脱颖而出。申报作品几乎涉及网络文学的所有类型，最终获得推介的优秀作品题材丰富、风格多样、涵盖面较广，在艺术上具有较强的创新性。值得关注的是现实题材作品占据的席位越来越多。2016 年有《大荒洼》《锋刺》《材料帝国》《非常暖婚，我的超级英雄》4 部作品，到 2017 年则有《复兴之路》《岐黄》《草根石布衣》《诡局》《全职妈妈向前冲》《诡局》《糖婚》《心照日月》8 部在历史与都市的不同题材间展现现实生存精神的作品。参与申报的网站逐年增多，推荐的作品主题更侧重现实类题材。可以说，不仅在数量上，现实题材作品在质量上也处于蒸蒸日上的进程之中。《复兴之路》以改革开放为背景，以国企改革为主线，将大型国企在衰落中重获新生的发展大路完整展现，让大众能够走进中国企业的艰难改革与复兴之路。《大荒洼》是一部个人、英雄、民族的精神史诗，描绘抗日战争的艰难局势下，猎人之子英冬雨勇敢打击入侵黄河口日军的壮烈传奇。此外，还有细腻的都市故事，如直面“80 后”情感价值观的《糖婚》、展现当下都市女性生活的《全职妈妈向前冲》等，皆运用艺术性的表现方式诠释当代都市人生活中的困苦与期待，书写平凡人生的不平凡，用小说折射时代境遇下小人物的跌宕起伏。

现实题材小说在网络文学二十年的尾段从名不见经传摇身一变成为网络舞台上耀眼的新星，从边缘走向主流视线。时代使命以及时代感情的宣泄口借助网络文学得到扩张，现实题材类型小说也因为其特殊的文学呈现效果，无论是历史的艺术记载或是都市故事的细致表达，都是时代需求下现实小说回归的职责所在。

（2）现实题材创作的创新性追求

《人民的名义》中的反腐问题、官场“潜规则”，《欢乐颂》所暴露的社会阶层问题和复杂多样的恋爱观，《我的前半生》中“夫妻”“小三”的中年危机，都是国产文艺常见的母题。在写作领域开发、商业效益以及网络新媒体技术的三重作用下，一些网络作者突破原有的现实书写模式，大胆将幻想元素加大比重加入到现实题材中，让魔幻的想象力为作品带来全新生命力，形成了类似于都市穿越文的“网络现实题材”。如《奶爸的文艺人生》《重生完美时代》《重生潜入梦》《重生之平行线》《陈二狗的妖孽人生》等作品均属此类架构。这类小说相较于传统现实题材作品而言，语言设置轻松，没有大背景作为渗透，皆是构建小人物的生存状态，代入感极强。但同时因为刻意追求轻盈感，故事内蕴不够深刻，叙事框架也时常走入套路化、平泛化的死胡同。有的小说设计出小人物穿越、重生、逆袭并一步一步攀登人生高峰的故事主线，读起来轻松而励志，但同类故事创作群体的拥挤现状难免造成似曾相识的套路嫌疑。尽管如此，仍有许多质量上乘的作品不断涌现，其中不乏有将现实、历史与幻想三者深度结合的。如疯丢子的《百年家书》区别于娱乐化的穿越故事，女主人公意外来到抗战初期的东北成为记者，以其亲身经历为主线，细腻描绘卢沟桥事变、平型关大捷、台儿庄战役、重庆大轰炸等重大事件，用温情与热血刻画国家危亡之期中华民族的强大生命力与抗争精神。作品历史意味极强，虽以虚构为主，但在清晰的笔调之下，文笔寓庄于谐，凸显了优秀现实主义作品在阅读享受及精神洗礼上的穿梭自如。同样是以时空转换为基调的赵熙之的《夜旅人》，描写现代女法医和民国名律师穿越在白天与黑夜、历史与现实的时间与空间交叉之中的爱恋故事，以男主人公为民族工业之生存浴血奋战窥见抗战全貌，以女主人公家族纠葛和商业斗争投射经济时代之风。全书如同一面伪装的棱镜，折射各色光辉，却展现时代画像，反射出特定时代的国民心态和集体意识。这些作品不论在叙事风格还是素材汲取方面都打破了传统现实小说的刻板印象，将叙事伦理与现实生活“镜面反射”，用多样的艺术形式加以装饰，打破现实维度，创新了传统现实题材小说的作用力。

传统纸媒现实小说做派多为对时代、人物的关注，笔法深沉。网络现实题材小说在此基础上衍生出新模式。一种是在市场利益驱动之下具有固定写作技术的文本，如《催眠师手记》《相声大师》《投行男女》等；一种则是赋予虚实穿插之中的人生情怀，如《回到过去变成猫》《匹夫的逆袭》《重生之大涅槃》《大宝鉴》《隐杀》；还有一种是在另类的幻想意外之中通过主人公的遭遇重现历史时刻，如《夜天子》《男儿行》。现实题材在网络时代散发出不一样的光辉，不得不说是网络文学二十年一直秉持的创新理念发挥了重要作用，同时也是网络文学在新媒体时代这一鲜明的背景之下做出的积极转变，用幻想增彩，寻求新方式让读者更容易接受现实，传达时代文艺精神。

(3) 网络文学环境的“现实”吁求

网络文学市场在2015年之后处于亟待突破的状态，具体反映在《幻城》《诛仙青云志》等玄幻大制作的折戟，网文质量一边倒的消极口碑令人焦虑而不知所措；到了2017年，网络文学慢慢找回状态，全面进入“立”的阶段。这期间，现实题材充分显示出强大的生命力，吸引了更多人转向现实题材创作。相较于古装玄幻作品，现实题材作品所反映的都市生活的困惑、不同观念的碰撞，更容易引发观众的共鸣和讨论。进入21世纪，现实题材网文的影响逐渐发酵，在优秀作品的渲染之下，网络文学创作环境对于“现实”的呼声也逐渐高涨。

21世纪以来，《蜗居》《杜拉拉升职记》《失恋33天》《搜索》等一批现实题材的网络小说及其改编的影视剧很受欢迎，对读者产生了广泛影响。作品中暗含的新的文化意味和现实情怀是这些作品产生巨大反响的原因。例如，2007年李可的《杜拉拉升职记》走红网络及图书市场，影视话剧改编、同名文化产品相继推出。就一部女性职场励志小说而言，这一系列的连锁反应都指向新中间阶层群体崛起的现实。现实题材的网络小说具有新的时代背景，而这个背景决定了这一时期现实题材网络文学的基调是高昂的。身处市场经济下的网络文学，之所以倾向表现日常生活趣味，首先无疑来自生活现实，因为网络文学的最大客户群——新中产阶层除了拥有光鲜亮丽的一面，还有着极为悖逆的另一面。他们是《蜗居》中的买不起房的海萍、海藻，是《小人儿难养》辛酸养儿的简宁、江心。2012 年由文雨的网络小说《请你原谅我》（又名《网逝》）改编的电影《搜索》引发了全民关于“人肉搜索”的大讨论。这些直达人们内心的现实题材作品慢慢将这种带有“问题式”的文学在新生代宣传力的作用下得到完全的展现。越来越多的人加入阵地，也有越来越多的目光聚焦在此。

第二届网络原创文学现实主义题材征文大赛颁奖典礼上，《大国重工》《明月度关山》《朝阳警事》《宝妈万岁》等一批优秀作品获奖。网络作家覆盖全国绝大部分地市，涉及各行业各领域，包括教授、技工、律师、医生等。而更广泛的创作者背景，则使作品的关注视角、题材涵盖更显宽阔，既关注个人成长，又有家国情怀，既有日常英雄，也有国之脊梁，既有儿女情长，也有建功立业，均成为创作者的灵感来源，通过艺术化的反映和呈现，勾勒社会变迁的沧海桑田。

其他关注现实的作品如《欢乐颂》《翻译官》等也受到读者热捧。现实题材虽然起步晚，但是网络文学现实题材与发展较早的其他网络小说相比，积极的思想趋向是最大的亮点。现实题材小说大部分的创作主题会涵盖社会热点、时代变迁、文化足印、职场生活和最贴近生活的个人奋斗等多个方面。能够大热的网络小说改编成影视剧更是洋溢着时代和生活的气息，甚至作者能够以剧中角色的视角，纵观整个时代的风貌和生活情怀。这样的小说切入角度反映出越来越多的网络文学作者注重社会现实，在深入生活的挖掘中，探索出最贴近群众生活的内容和表达方向。也正是在现实题材中不断翻滚而来的文艺自信心态，使得更多作家抛开市场的禁锢，以自由地创造出贴近人民生活的作品为目标。读者和观众也不再沉迷于单纯的娱乐，而对现实有了一定分析选择意识。可以说，现实题材力挽网文市场一蹶不振的口碑，让大众重拾对于网络文学的兴趣，由“破”到“立”，为网络文学今后的发展开辟出一条新的生存之道。

3. 网络作品中的“现实”元素

玄幻、仙侠题材一直是网络文学世界炙手可热的对象，拥有无数忠实粉丝。各大网络文学网站中，幻想类作品不论从数量上还是人气上至少占据网文市场的半壁江山。猫腻的《择天记》、血红的《巫神纪》、辰东的《圣墟》、月关的《逍遥游》等这些牢占人气榜首的作品，以人物、情节、环境的合理设定以及内容与形式较为完美的结合占有极大市场规模。玄幻、仙侠作品注重市场性、娱乐性、创意性，以吸引读者付费阅读，但如何融合艺术性与思想性，体现正确的“三观”导向，一直是此类小说创作的难题。

有不少作者在寻求思想深度和艺术品质的结合上，进行了有益的尝试。辰东的《完美世界》继承华夏古典神话的遗产，试图进行独创性神话再造。在宏大的全新世界架构下，主角以充满正能量的态度过关斩将成长为真正的英雄。作品巧妙寻找到奇幻的世界架构与现实人类必需的情感品质的平衡点，带出一个有个性并且具有强烈艺术感染力的世界。《雪鹰领主》有东方玄幻小说的实力等级制特点，融合了西方玄幻的元素，却浓墨重彩于家庭、爱情、友谊。我吃西红柿作为玄幻练级文“大神”，对玄幻文套路的把握和理解往往高人一筹，作品一贯坚守主流价值观，以现实中不可缺少的向上气息作为作品根基，在玄幻中打造真情，树立正确意识。虽然玄幻、修仙题材小说还存在诸多的问题和不足，如怪力乱神、升级打怪、异想天开、缺乏人文关怀的故事桥段依然比比皆是，一些作者囿于有限的生活积累和知识阅历，试图虚构重大史实和历史人物，导致作品的内容理念、人物形象、情节场景严重脱离现实，结果以荒诞感代替了艺术美感；但是越来越多的作家、作品开始在现实题材中慢慢攫取到能够为己所用的价值意识，担负起一个网络文化传播者的责任。幻想类小说开始接地气了，不再一味靠“打怪升级”吸引眼球，如《奥术神座》《山海经·瀛图纪》《生物骇客》《RED战神进化论》等作品，将现代科技和传统文化结合起来，为幻想找到了“思想”的底座。[1]

---

[1] 马季：《从排行榜看网络文学流变》，《人民日报》（海外版）2017年3月22日。

除了仙侠、玄幻类型小说，一直处于流行中心的都市言情、穿越故事等题材也开始尝试跳出原本以吸引眼球为目标的写作理念，将挖掘事实、尊重历史以及凸显人文精神摆在重要地位。希行的古代重生言情文《君九龄》以缜密的构思，辅以生动繁复的情节、细腻恰切的对话，糅合了宫廷权谋和家族文化，将女主人公的前生今世与拯救苍生的家国大义融为一体，在其间吟咏巾帼情怀。悠南桑《华簪录》用丝丝入扣的故事，展现民间手工艺与皇家首饰制作技艺的精巧，挖掘并弘扬了中华优秀传统文化，在网络文学中独树一帜。

都市、仙侠、玄幻等类别的头部作品普遍有了现实元素，说明了现实主义写作方法在网络文学作品中的影响，不仅限于现实题材本身，而且影响力正在向幻想、半幻想题材扩散。可以说，“现实”元素的介入已经初步有效地帮助网络文学打破了套路化、模式化的症结，为其注入更新鲜、生动的能量；在描绘现实生活或虚幻世界形象时，突破了网络文学原先的创作模式，在人物典型化、形象真实感、情节独创性、语言精准度方面，达到了新的高度。在网络文学类型细分走到极致的状态下，我们看到一部分作品已经出现类型合流的变向，呈现出多重元素、多种类型交融下的新面貌，为网络作家提出了一条可行的主流化路径。无论是玄幻武侠、都市职场、穿越言情，还是历史军事等类型的网络小说中，我们可以看到坚强的生存意志、对于爱和理想的美好向往越来越成为网络小说普遍蕴含的母题，如果说这种在虚构世界中体现的价值观念是网络作家现实主义精品化创作的自觉，那么这种自觉可以看作当下网络小说创作对现实社会主流价值观的复调共鸣。

三、榜单标杆：主流化与精品化

网络文学榜单的出现主要源于网站对于作品的市场评估以及营销手段。而这种由市场占据主导地位的榜单是基础化并且流于表面的。伴随着读者对于优质网文的追求，也由于二十年来网文不断提高的自我要求，由权威组织进行的全面知识性的评定便成为重要的风向标。各界专家精心挑选的作品组合成的榜单内容，为网络文学铺就精品化的未来发展之路。无论是市场资本还是读者都对主流榜单寄予厚望并且给予充分信任。在专业评选的影响下，网文市场的“人工清洁”以及“自我净化”能力逐渐加强。

1. 网络文学榜单知多少

网络文学榜单类型众多，从网络文学网站的内部榜单到外界的权威评选，数量极多，特别是近年来，榜单公布数量快速增长。

(1) 网络文学榜单清理

文学网站内部对作品设置的榜单是基于市场人气的评价体系。各大文学网站根据作品的点击量、收藏量及订阅量综合数据进行排行。以起点中文网为例，网站内部榜单以类型小说为主，涵盖原创新书风云榜、24 小时热销榜、新锐会员周点击榜、周推荐票榜、签约作家新书榜等以不同要素为主的分区。各榜单在免费及 VIP 的不同区域设置人气排序、更新时间、总收藏、总字数、会员点击、推荐票的搜索系统，方便读者按照喜好选择。读者在阅读中获得的快感便有可能转化为作品的收藏量、投票数和打赏。

网站内部榜单是网络文学市场化导向的迎风口。与此相对应的是相关政府部门、文学机构、文学网站等重要力量的介入，造就了更为系统、准确的排行榜。这些榜单的数量也随着网络文学的发展要求和评选要求逐年增加，并且有着细化的趋向。

网络文学排行榜清单

榜单名称	发布单位	起始时间
优秀网络文学原创作品推介[1]	国家新闻出版广电总局	2015
中国网络小说排行榜（半年榜）	中国作协网络文学委员会	2015
中国网络文学 20 年 20 部优秀作品	中国作协网络文学委员会 上海市新闻出版局 上海市作家协会 阅文集团	2018

[1] 从 2017 年开始，优秀网络文学原创作品推介由国家新闻出版广电总局与中国作协联合发布。

续　表

榜单名称	发布单位	起始时间
茅盾文学新人奖·网络文学新人奖	中华文学基金会 桐乡市人民政府	2017
网络文学双年奖	浙江省网络作家协会	2015
网络文学大奖赛	大众网、《山东文学》《齐鲁晚报》等	2014
网络原创文学现实主义题材征文大赛	上海市新闻出版局指导 阅文集团旗下多家知名原创文学网站	2016
中国网络文学作家影响力榜	速途研究院	2017
中国年度网络文学作品榜	北京大学网络文学研究团队	2018
网络文学“好看榜”	中国青年出版社和光明网联合主办，中国网络文学网生评论家委员会（筹）	2016
年度网络文学新神榜“十二天王”	阅文集团	2017
“网文之王”“百强大神”榜	橙瓜网	2015
IP风云盛典暨第三届中国原创文学风云榜盛典	阅文集团	2018
艾瑞网络小说榜	艾瑞咨询	2017
百度年度十大热搜小说榜	百度	2014

（2）代表性网络文学榜单介绍

①优秀网络文学原创作品推介

国家新闻出版广电总局和中国作家协会每年定期举行优秀网络文学原创作品推介活动，评选出了《烽烟尽处》《芈月传》《南方有乔木》《大荒洼》《复兴之路》《岐黄》等将文学的艺术性与网络小说的特性结合甚佳的一系列作品。纵观三年来的申报作品，现实类题材明显增多，“三观”不正、“三俗”泛滥的作品大为减少。网络文学原创作品推介活动日益成为网络文学创作的标杆，对网络文学创作有一定的示范性。

② 中国网络小说排行榜

由中国作协网络文学委员会主办、中国作家网承办的中国作协网络小说排行榜每半年发布一次，采用网站和专家共同推荐的方式。自 2015 年启动以来，中国网络小说排行榜先后遴选推荐了 200 多部作品。中国作协网络文学委员会主任陈崎嵘表示，中国网络小说排行榜以引导创作、引导作家、引导读者为初心，秉持“作协定位、全局视野、大众审美、网络特质”的原则，注重网络作品的正能量，力图反映网络文学发展的全貌，建立具有网络文学特质的评价体系。大多数上榜作品表现出过硬的文质和较高的品位，有的甚至表现出经典作品的潜质。[1]

③ 中国网络文学 20 年 20 部优秀作品

2018 年 3 月 29 日，由中国作协网络文学委员会、上海市新闻出版局、上海市作家协会和阅文集团联合主办的“中国网络文学 20 年发展研讨会”在上海市作家协会举行。在会上，“中国网络文学 20 年 20 部优秀作品”的推选结果得以公布。从二十年来优秀的原创网络作品中，经过专家的层层审阅，综合市场、影响力、艺术、思想等各个层面得出的名单中，猫腻的《间客》、痞子蔡的《第一次的亲密接触》、今何在的《悟空传》等作品榜上有名。

④ 茅盾文学新人奖·网络文学新人奖

“茅盾文学新人奖”暨首届“茅盾文学新人奖·网络文学新人奖”颁奖典礼 2017 年在桐乡举行，骠骑（董俊杰）、唐家三少（张威）、酒徒（蒙虎）、孑与 2（云宏）、天下归元（卢菁）、天使奥斯卡（徐震）、我吃西红柿（朱洪志）、愤怒的香蕉（曾登科）、爱潜水的乌贼（袁野）、希行（裴云）获奖。

以上为官方以及权威媒介推选出的含金量极高以及可信度极高的榜单。除此，连续两届网络原创文学现实主义题材征文大赛面向关注现实精神面貌

[1] 新华网：《2016 年中国网络小说排行榜揭晓 20 部上榜作品》，http://www.xinhuanet.com/book/2017-03/16/c_129511123.htm，2018 年 4 月 20 日查询。

的作品，评选出具有强烈现实意识的作品；速途研究院基于作家作品影响，综合作家的新媒体影响力、粉丝影响力、社会影响力等因素，发布“2017年中国网络文学作家影响力榜”；由中国青年出版社和光明网联合主办，中国网络文学网生评论家委员会（筹）推出的2017年中国网络小说“好看榜”在北京发布，榜单分年度作品、年度作家、年度新物种等栏目；橙瓜网连续三年发布“网文之王”“十二主神”“百强大神”“年度最受欢迎的作家”“年度十大作品”“年度百强作品”等评选榜单。榜单的种类因为评选标准的不同而越来越多，但是归根结底都是从汪洋如海的网文中挑选精品，引导读者品读精品网文，促进网文世界向更高层次发展。

2. 文学榜单的评价标准

（1）规避市场主导，坚持艺术品质至上

网站内部对于一部网络文学作品的质量评价很大程度上依赖于一套复杂却可量化操作的“榜单”。[1] 多数网站内部的榜单依赖人气推荐、投票等排序机制，将作者的写作信心、稿酬、收益与读者评价挂钩，建构了以付费读者为评价中心的作品评价体系。这种付费的评价模式颠覆了网络文学的自由写作意向，使得网络文学写作进一步与商业获利捆绑：“商业网站通过一系列貌似客观但实质是基于商业逻辑法则的文学评价体系，将文学作品变成了纯粹的商业消费品，还敦促文学读者默认自己成为单纯的商品消费者。”[2] 通过对起点中文网、小说阅读网、17K小说网等知名网络文学网站的调查与分析可以发现，对网络文学的评价大体以读者尤其是付费读者为中心形成了层层深入的三个阶段：一是经由读者点击、推荐和评论所形成的书友推荐榜、签约作者新书榜；二是由付费读者、会员等投票形成的月票PK榜、会员点击榜、VIP小说订阅榜；三是由网站策划的推介与竞赛栏目如编辑强推、PK榜、销售榜、入库新书推荐、最受欢迎小说专栏等。这一

[1] 周冰：《网络文学写作：商业化诉求中的财富梦想与现实》，《当代文坛》2013年第5期。
[2] 陈奇佳：《网络时代的文学生产》，《江苏社会科学》2009年第4期。

评价体制的核心是读者的点击率，“点击率背后有一个强大的磁场，磁场中各种关系形成一个有序的磁群落”[1]。这一磁群落最终控制了对于网络文学的评价。

而具有社会影响力的网站外部榜单中，纵观上榜作品，网络文学作品的质量水准、作者的文学素养和创作理念成为首要考虑因素，那些寄希望于靠“蹭热度”“打擦边球”等博取眼球的作品被边缘化。网络文学具有区别于纯文学的特殊的评价机制。如果说纯文学的评价是一种代表了精英主义的专家行为，那么对网络文学的评价在极大程度上代表的是大众的集体意志。而正是这些权威榜单的作用力，很大程度上弥补了网站推荐存留的漏洞，有意识弱化了大众集体意志，将高质量的作品挖掘出来，这不但是对网文消费者的负责，更是对于网络文学发展过程的必要补充。网络文学已经进入质量取胜的时代，上榜作品均是追求真善美、传播正能量的高水平原创作品，这意味着在网络文学的评价体系中，作品的点击率和粉丝数量不再占主导地位，而作品的质量水准、作者的文学素养和创作理念成为首要考虑因素。在网络文学二十年来逐渐摆脱质疑走向主流视野的今天，其打造的巨大类型小说世界，不单单需要庞大的作品基数、粉丝数量，更需要强大的质量凝聚力，保证不断累积的成果有着坚实的底蕴，网文世界的堡垒才能逐渐加固。

（2）注重思想价值取向

网络文学同样要树立以人民为中心的价值导向，不是以人民币为中心，也不是以市场为中心。网络文学应当有自己的境界追求，这种追求就是对国家、民族时代使命的担当，对真善美的吟唱，对假恶丑的鞭挞，对暴力的抵抗，对欺骗的揭露，对欲望的拒绝，对人民精神世界的永恒探寻。[2]网络文学在大众化、市场化的二十年进程中，个性化以及强烈的个人意识、超越合理范围的自由以及以商业利益为中心的运作方式，必然影响网络作品的思

[1] 刘克敌主编：《网络文学新论》，凤凰出版社2011年版，第185页。

[2] 陈崎嵘：《网络文学不能以人民币为中心　要奇异不要怪异》，http://culture.people.com.cn/n/2013/0520/c87423-21546395.html，2018年5月20日查询。

想取向。网络文学作品也必须具备关注社会生活、关注人类命运的现实主义精神，在创作中歌颂真善美，批判假丑恶，既具有社会批判的强度，又能显示文化批判的深度和广度，对受众群体起到积极的思想引导作用。权威榜单的选拔制度对作品的思想倾向进行了严格把控，即作品应当体现 24 个字的社会主义核心价值观——在国家层面提倡富强、民主、文明、和谐，在社会层面提倡自由、平等、公正、法制，在个人层面提倡爱国、敬业、诚信、友善。

“中国网络文学 20 年 20 部作品”展露出“俯瞰大地”的时代情愫：《大江东去》精心绘制改革开放四十年的脉络地图；《家园》投射大国情怀下的坚持与选择；《复兴之路》勾勒国企改革的艰辛期许……这些脱颖而出的作品间接担负起被时代淡化的文学“载道”“教化”功用。榜单所挑选出的作品，时刻透露着对历史的尊重，绝对不歪曲；描绘现代人爱情时保持在基本伦理道德范围内，准确把握感情真谛；对于时代精神现状有着独特的体验，启发大众。各个影响力榜单的建立是网络文学自身境界追求的必经之路，在思想取向上把关，保持足够的对国家和民族的担当与理性，引导网络文学承担社会人文价值，只有这样，才能正确把握网络文学的思想导向，使网络文学沿着正确的方向发展。

（3）倡导健康的审美趣味

网络文学自诞生之初便带有草根自娱自乐的文化旨归，倾向于将作品处理为文化消费品。以娱乐消费最大化为特性的市场氛围下，许多网络作品常常为追求猎奇刺激、感官玄妙，而将文学创作当作审美消遣。网络文学对网络与技术的依赖也被拿来投机取巧，导致网络文学作品脱离现实，脱离文学传统和艺术规律，迎合了低级趣味。优秀的网络文学应当凭借高雅的审美趣味引导大众，而不仅仅是迎合。权威榜单正是基于健康、乐观、清新、壮美的审美趣味，拒绝颓废、低俗、消极、肤浅的内容，准确评价网络文学在题材选择、情节设置、人物塑造、语言使用、文本气质等方面的艺术造诣，将积极的审美取向传达给大众。

梳理榜单上频频出镜的作品，不乏既有巨大流量支持同时也拥有极佳审美品位之作。因改编为影视剧备受关注的《步步惊心》《诛仙》《致我们终将逝去的青春》等，在娱乐读者观众的同时也抱有一定的小说情怀，凭借不同题材铸就感动。在传统文学领域一举拿下茅盾文学奖的《繁花》也被改编成话剧，反响热烈。网络文学的现代性、丰富性、大众性、泛娱乐性，凸显出其巨大的潜在价值和转化力。有质量的榜单不仅仅是挖掘好的作品，更是矫正网络文学在发展过程中出现的审美偏颇问题。评选者们关注的是小说题材展现的视野与情怀，呼吁网文能够真正贴近生活，做合格的时代记录者，抒发带有责任感的正能量。同时，鼓励具有艺术个性的作品，在原创的前提下，拒绝套路，反对同质，创新网文的艺术形式，如猫腻《择天记》、潇湘冬儿《楚乔传》等作品都在主人公的成长经历中加入了家国壮志、把握命运、实现人生价值的内容。在此过程中，作品仍旧保留着极高的识别度，没有走向千篇一律的僵局。权威榜单力排网络文学超现实想象力的冲击，剥离阅读快感，以一种积极、清新的价值取向为标准——在情节和结构上独具匠心，能够兼具草根的特质和艺术的品位，在通俗与优雅中自由穿梭的作品，才是最终要大力宣扬的。

网络文学与传统纸介质文学并没有本质上的差别，它们都应具有文学的审美特征与审美意蕴，网络文学既然冠以“文学”之名，就不能例外。在网络媒介时代，文学审美一方面延伸了文学发展的空间，拓展了人类的审美视野；另一方面，文学审美也营造了平民氛围，形成了民间立场，使得文学审美进入大众“狂欢”的舞台。从审美意义上讲，网络文学发自内心的直接、率直、毫无矫情做作之态的表达，体现出一种自由蓬勃的朝气与生命力，能令读者把文学真正当成一种愉快而自由的美的欣赏与生命体验，从而能在赛博空间（Cyberspace，虚拟现实）里“诗意地栖居”，这是网络文学榜单的用心里需要珍惜和坚守的。

3. 文学榜单的主流化导向

到目前为止，中国网络小说排行榜已经公布 6 次共 12 个榜单，这类由专业机构发布的榜单上，每部作品都经过了严格的遴选。既不同于网络文学企业按照商业标准建立的排行榜，也不同于学术机构侧重文本研究性质的排行榜，具有影响力的主流权威榜单基本秉持“国家规格、政府标尺、网络特质、大众审美”的原则，对网络文学进行综合的价值判断，在充分考虑市场反应的前提下，更重视作品的艺术价值和思想水平。换句话说，设立各类权威榜单的一个重要目的是推进网络文学的主流化，通过严格遴选为读者提供优秀的网络读物。

从发展的角度看，网络文学的主流化不仅是网络文学自身的需求，也是时代的需求和历史的必然，是当代文学发展的大势所趋。提倡网络文学主流化并不是要求网络文学完全按照传统文学的路子走，而是说既保有网文特色又面向“现实”的创作精神，才是网络文学长远发展的正道。当然也必须看到，网络文学的传播方式和存续形式仍然在不断变换和升级，从在线写作到新媒体传播，从数字出版到 IP 运营，从作品内容到表现形式再到审美标准，都处在变化之中。在这种变化中，权威榜单的关键作用在于及时引导网文世界的艺术风向，在层出不同的作品中寻找到能够在时代中站立的小说。可以说，榜单引导了网文世界的主流，从侧面而言，也是网文走进主流世界的必经之路。

各类榜单既有象征意义，也有实际作用，可谓任重道远、不可或缺。鲁迅文学院研究员王祥长期关注网络文学行业发展，在将上述榜单中的网络文学作品进行比较研究后发现，上榜作品呈现诸多相似之处：其一，题材和内容呈现更加多元化的特点；其二，作品均强调传递正能量，在思想、艺术和制作方面都有较高的水准。以中国原创文学风云榜为例，上榜作品囊括了都市、玄幻、仙侠、言情等多个类型，申报作品中现实题材作品明显增多，反映人民群众当下生活和心理的作品呈现量多质升的趋势，如《美食供应商》《宠物天王》《我的 1979》等都获得了很多读者的好评。“当前网络文学的题材、内容及风格都开始出现多元化，这改变了早前网络文学不食人间烟火，玄幻类作品一家独大的局面。”中国作家协会网络文学委员会主任陈崎嵘对此表示认可。[1]

榜单主流化导向很大程度上封锁了“蹭热度”“打擦边球”等投机方式，这类曾在网络文学世界盛行一时的投机取巧将很难再有出路。在这样一个靠质量取胜的时代，网络文学行业需要主流的牵引线，在主流视野的关注下慢慢走进主流话题。这是网络文学二十年的重大成就之一，榜单的作用力不仅穿插在网络世界，更令人惊奇的是，也在外部包括传统文学的审美价值中得到重视。

4. 文学榜单的精品化引领

邵燕君称这些作品榜为“学院榜”，注重专业性、秉持文学的判断标准。[2] 优秀的网络文学在学习传统文学的过程也具备了广阔的历史视野，激发了传统文学的潜在资源，有些作品便勾连着先锋、实验、返归的文学传统。这种价值需要通过细致的榜单来一一实现，虽然无法做到完全展示，但是“学院榜”至少提供了一条可操作道路。榜单中的作品也必须是获得了大众认可的。出现在2017年优秀网络文学原创作品推介名单中的《糖婚》以方致远、周宁静这对小夫妻的婚恋生活为导线，深刻描绘了“80后”在飞速旋转的时代下的情感旋涡。作品力图以小见大，展现同代人不同的价值观、婚恋观以及人生抉择；同时也将老生常谈的子女教育、婆媳相处等问题以新锐的视角赋予其全新定义，扩展了婚恋小说的题材界限。另一部优秀作品《心照日月》在朴素的言语基调上，塑造了敬业为民、公正无私的基层法官群像——不是刻意说教，而是运用鲜活的故事准确直击法官阶层维护法律尊严、保护人民合法利益的一腔热血，同时也侧面描绘出这一工作岗位的困境与艰难，对于人们了解法官生活和建设法治社会均有积极意义。

网络文学的发展趋势也有迹可循。有关部门的“净网行动”和网络文学自身长足的发展，在2015年促成了精品化势头的增长，比如：穿越文有了

[1] 姜旭：《网络文学进入质量取胜的时代》，《中国知识产权报》2018年2月5日。
[2] 怡梦：《网络世界，文学批评如何“有效入场”?》，《中国艺术报》2018年1月31日。

历史深度、知识含量；玄幻文从单一的游戏、动漫升级模式，走向与中国传统文化的结合；重生文将当代史纳入创作视野；“女性向”作品在女性主义层面进行大胆尝试等。“净网行动”标志着网络文学不再是化外之地，而正式纳入国家文艺生产范畴，网络文学面临主流化、与资本博弈等压力，网络文学榜单正是在这样的压力作用下做出的公平抉择。可以说，这是网络文学精品化的重要跃进，目的是借助专业的文学评论知识，让一批真正理解网络文学，说话能让作者、读者听懂，又能在网络文学和学术界、主流意识形态、主管部门之间架起桥梁的“学者粉丝”走进来，从而打通粉丝与精品作品间的关联，实现文学精品的“有效入场”。

我们可以清晰地看到，在权威榜单以及各方影响下，一批具有娱乐性质的网络文学开始向充满人文情怀的纯文学殿堂出发。爱潜水的乌贼的《一世之尊》、耳根的《我欲封天》都是玄幻界精品力作；从历史底蕴与书写技艺方面考量，愤怒的香蕉的《赘婿》、烽火戏诸侯的《雪中悍刀行》、知秋的《十州风云志》等一批深耕之作可问鼎年度网络小说巅峰。精品化的书写是网文入驻主流视野的必备素质，同时也是实现其自身长远发展的唯一选择。从一开始的自由写作，到网文浩浩汤汤的草根式崛起，二十年的发展轨迹清晰可见。权威榜单的精品化引导可以说是网文进入全新阶段的风向标，代表着网络小说从数量、市场的优势中清醒，开始向质量层面进发。榜单的权威性在于精细的评选机制，也在于传统文学评价体系的介入，这对于网络文学而言是在保证其自身优势特色的前提下向纯文学看齐的高效率处理。而推选出来的精品也终将带领网文风潮，未来的网络文学会是“精耕细作”的世界。

四、网络诗歌与网络散文

网络诗歌与网络散文是网络文学世界两处安静的世外桃源，它们远离主流视线，却在独居一隅的状态下生发着生机勃勃的脉络。可以说，网络诗歌与网络散文是在互联网时代将传统诗歌、散文赋予技术的力量，让其得以重生，并且保持持续的审美魅力。两者因为网络更为自由的创作环境，以及平民化的传播平台，让时代中人能够有机会展现才华与热情。而网络纪实文学因其所反映的市民阶层的真情实感而有着动人的气息。网络纪实文学传递的不仅仅是个人生活，更是时代烙印的投射。我们的时代正从互联网时代慢慢走向人工智能时代，电脑程序书写的文字也开始得到人们的关注。不论是写诗软件还是智能机器人的创作，都是科技整合写作资源的途径，而这种方式又天生带有文学血肉的争议。

1. 二十年的网络诗歌

(1) 网络诗歌及其类型

在中国，“网络诗歌”这一概念的出现落后于网络诗歌创作的实践，且由于网络本身的复杂性与丰富性导致人们对“网络诗歌”产生不同的理解与阐释。当下我们所讨论的网络诗歌是从纸质媒介向网络媒介转化过程中的产物，因此它必然地带有传统纸质媒体和现代网络媒体的双重特征，这也正是网络诗歌具有广义和狭义之分的内在原因。所谓广义的网络诗歌，是指在网络媒体上创作或进行传播的诗歌。换言之，只要在网络上存在的诗歌都属于网络诗歌。所谓狭义的网络诗歌，是指运用网络语言技术创作并通过网络传播阅读的诗歌，此类诗歌无法转换成纸质媒介，脱离了电脑网络就无法存在。“网络”是网络诗歌得以存在的基本前提。[1] 随着互联网的快速发展，电脑网络渐渐得到普及。与此同时，基于 HTTP 协议发展而来的多媒体网页开始盛行，纯文字式的拨号 BBS 和 BBS 网络已经逐渐被 Web 网页所取代。相对于 BBS 而言，Web 网页具有更加强大的功能，这就为网络诗歌的进一步发展提供了良机，为狭义的网络诗歌的产生提供了必需的条件。

目前所谓的网络诗歌，包含三种类型。第一类是传统诗歌文本的网络化，也就是将传统纸质刊物已经发表的诗歌传输到网络上，这类诗歌虽然在

---

[1] 吕周聚：《论网络诗歌的观念变革》，《山东社会科学》2016 年第 3 期。

纸质文本中已被承载和阅读，但一旦进入网络空间，也被当作供网民浏览和消费的网络诗歌。第二类是在网上书写与发表的诗歌，这类诗歌有效利用了互联网的技术优势，以比特这种特定的电子语符将诗意数字化，在短时间内达成诗歌创作、发表、传播、反馈的一体化，形成“网络情景中的诗歌”（陈仲义）或者说“网络体诗歌”（桑克）。第三类就是超文本诗歌，类似迷宫的诗歌样态，可以称得上是网络诗歌的极端形式。[1] 三种类型的关键区别在于依存于“超文本”链接而产生的超文本诗歌已经完全跳脱出传统纸质文本的拘囿，自身的特性也自动区别于BBS上创作发表的诗歌。网络诗人采用全新的概念赋予诗歌网络符号特征，电脑技术赋予诗歌动态化生命，产生了一批新奇并且具有代表性的“超文本诗歌”。代橘的《危险》是回环式超文本链接，用动画安排文字表现意识流动的过程；须文蔚的《凌迟——退还的情书》中的文字是动态排列，在动画中加上 AVA 程式强化动画的效果；苏绍连的《风雨夜行》运用 FLASH 技术来表现已故外公出现的梦境，将文字与图案融为一体，读者可通过移动鼠标来产生狂风暴雨的效果，成为一种诗歌 TV；毛翰的《天籁如斯》运用多媒体技术将文字、音乐、图片整合为一体，将神秘的通感（如音色交感）转化为可视可感的艺术现实，成为一种典型的多媒体诗歌。[2] 此外，还曾流行过视觉诗、摄影诗、超链接、多向诗等时尚的网络诗歌形式，依靠声音、图像、动画创造意蕴的交互，形成诗歌世界的新兴存在。网络诗歌的三种分类恰恰记录着时代的重要特征——在固有领域运用新元素探寻新方向。

（2）诗歌创作的网络复苏

20世纪末，有关“诗歌危机”“诗歌消亡”的挽歌不绝于耳，诗歌在怨声载道中苦苦挣扎。除了“宿敌”们一如既往的抨击，来自主流文化、影视文化的挤兑，也是个中的重要原因。大概是上帝不忍心这个曾经让人心仪的“缪斯”过早凋谢，终于普降了一场“及时雨”。世纪之交，互联网普及急剧

[1] 张德明：《论网络诗歌生产与消费的快餐化》，《文艺争鸣》2008年第6期。

[2] 吕周聚：《论网络诗歌的观念变革》，《山东社会科学》2016年第3期。

升温，叫几乎陷于"绝境"的诗歌，有幸插上翅膀，突出重围，神奇般缓过气来，开始出现"回生"乃至亢奋的迹象。截至2006年9月，"汉诗网站众生榜"收集到的汉语诗歌论坛和网站共801个。不过，它们不时地有"生"有"死"，难以准确统计。如果模糊估算，先后产生的诗歌网站约有1000多个。[1] 截止到2008年1月底，中国诗歌网的注册数是16365人，《诗歌报》论坛是86940人，《绿风》诗刊论坛甚至达到了207527人。[2] 客观地说，1999年之前，网络诗歌属于"小荷才露尖尖角"，但自身潜藏着极大的能量和无限可能性，通过不断的自我建构，二十年后的今天，网络诗歌已经发展成为中国诗歌的重要一翼，并且是整个诗坛最具活力的部分。

互联网已成为诗歌创作的第一现场。2006年，诗评家陈仲义在评论文章中说，"估测全国诗歌站点超过300个"，"每个站点（排除重复的）平均每天发诗量20首左右，以此推算，全国年产量不低于200万首。这个数字是《全唐诗》的40倍，也是纸介诗歌年产量的40倍。"[3] 2004年《星星》诗刊、《南方都市报》、新浪网联合推出"甲申风暴·21世纪中国诗歌大展"，有100多个网站参与，近万人次投稿，各种读诗会、研讨会、俱乐部、沙龙也相伴举行，例如，在重庆举办了诗歌沙龙活动，《诗歌报》连续四届举办金秋诗会以及野草南昌"80后"诗歌聚会、扬子鳄桂林诗会、野外论坛杭州聚会、四季诗歌诗会、诗家园无锡笔会……举不胜举。尤其是以网站为发起人的诗歌朗诵会更是多如牛毛。从诗歌奖项看，有"界限"网站首创的网上诗歌评选"界限诗歌奖"，以及"汇银奖""柔刚诗歌奖"等。另外，各地举办的诗歌网事活动也大大推动了网络诗歌创作，许多网刊纷纷开展与网络诗人的互动活动，形成了诗歌"选拔赛"乃至诗歌"全运会"。世中人的汉语诗歌资料馆自2002年开始制作网络诗歌刊物纸质版，已完成40期共计48卷（每卷

[1] 参见李霞：《诗在手机阅读时代》，2015年6月8日，https://www.poemlife.com/index.php?mod=revshow&id=73584&str=1235，2018年5月2日查询。

[2] 张德明：《论网络诗歌生产与消费的快餐化》，《文艺争鸣》2008年第6期。

[3] 陈仲义：《新世纪五年来网络诗歌述评》，《文艺争鸣》2006年第7期。

大32开、200页左右），至2005年底，已收集网刊100多种合1000多期，并逐步将它们制成纸版保存。同时，计划出版2000册诗人作品集（2005年已完成100册）。这种自觉的民间资料保存，从另一个侧面反映出网络诗歌业已被提前纳入“建设”轨道。[1]

自从1999年关于“知识分子写作”和“民间创作”的争论以来，一些缺少话语权的非主流化诗歌“流民”开始寻找自我表达的渠道，互联网的出现成为诗歌“流民”创作和发表的最佳渠道。与此同时，诗歌界掀起了一场以“低贱化”写作为表征的诗歌话语革命。如所谓下半身写作（沈浩波）、垃圾写作（老头子）、低诗歌（龙峻、花枪）、后政治诗写作（杨春光）、荒诞写作（祁国）、民生写作（蒋品超）、废话写作（杨黎）、灌水写作（蓝蝴蝶紫丁香）、反蚀主义（丁友星）、俗世此在写作（小王子）、类型写作（张小云）、物写作（舒非苏）、智性写作（鲁西狂徒）、地缘写作（梦亦非）、回归写作（野航）、存在写作（陶春）、非诗主义（白马黑马）、感动写作（海啸、马知遥）、草根写作（李少君）、完整性写作（世宾）等，各种写作倡导与理念，大相径庭，互不谦让。[2] 开放和包容给诗歌创作提供了广泛的自由，也带来网络诗歌作品整体质量下降的隐忧。

值得注意的是，早期网络诗歌泥沙俱下的情况如今已得到较大改善，以中国诗歌网、九派诗歌网、雅歌诗歌网、中国网络诗歌网和华夏微型诗论坛为代表的一批网络诗歌网站，逐步共同建立起了中国网络诗歌的新秩序。各大诗歌发布平台逐步走向全媒体发布，纷纷利用微信、微博等方式宣传和推广网络诗歌。此外，中国网络诗歌学会利用其主办的中国网络诗歌网向网络诗人广泛征稿，有偿刊登，并将优秀作品刊登在自办诗歌双月刊《中国诗》中。该网站的诗歌类型多样，如现代诗、旧体诗、散文诗和外文诗译文等，作品数量和质量皆可圈可点。截止到2017年1月15日，中国网络诗歌网共

[1] 陈仲义：《新世纪五年来网络诗歌述评》，《文艺争鸣》2006年第7期。

[2] 寒山石：《关于网络诗歌的几个问题》，2010年7月20日，http://blog.sina.com.cn/s/blog_4b8dfb7a0100k1ay.html，2018年5月2日查询。

发布现代诗 125951 首，旧体诗 55880 首，散文诗 4111 篇，通过主题诗歌比赛选拔作品 27196 篇，外文诗译文 206 篇，每周新诗更新量稳定，活跃作者百余人次。另外，每一年各地会举办多种网络诗文大赛，让网络诗歌创作呈现出蒸蒸日上的势头。例如，第五届“潇湘杯”网络微文学大赛于 2016 年 6 月 28 日启动，到 2017 年 2 月 3 日揭晓，参赛作品体裁为微小说、微散文、微诗歌、微剧本四种，大赛共收到 4135 篇参赛稿件，微小说 1065 篇，微散文 1216 篇，微诗歌 1456 首，微剧本 368 部，其中罗诗斌的《老屋》等 6 篇微诗歌获奖。由《散文诗》杂志社和中国诗歌流派网共同主办的第 17 期中国网络散文诗赛中，风雨断肠人的《南方以南，我的故乡正嗷嗷待哺》获得冠军，奎奎的《落叶的温度》、浮山雨的《浮桥弄》获得亚军，王全安的《留守》（三章）、谢新政的《外省》、小月兰心的《秋思》和星空下的蟾的《古寺，借你的名字写一场雪》获季军。[1] 此外，还有由人人论坛、人人文学网、中国网络作家协会和中国诗歌春晚组委会主办的首届中国网络爱情诗文大赛；由中国诗歌流派网、《诗潮》杂志社、国际汉语诗歌协会联合举办的首届华语网络诗歌大赛；由河北省委宣传部、河北省互联网信息办公室主办的中国诗歌网杯“美丽河北，名村古镇”网络诗歌大奖赛。与此同时，不少诗歌荣誉颁奖典礼也此起彼伏。自 2012 年开始，每年定期举行中国网络诗歌颁奖大会，其中设置了“中国网络诗歌年度最佳诗歌奖”“中国网络诗歌年度优秀诗人奖”等重要奖项。

（3）主要诗歌网站

二十年来影响力较大的诗歌网站且见下表：

代表性诗歌网站

网站名称	网址
中国诗歌网	www.zgshige.com
中华诗词网	www.zhsc.net

[1] 欧阳友权主编：《网络文学年鉴（2017）》，中国文联出版社 2017 年版，第 114 页。

续 表

网站名称	网址
中国诗歌学会网	www. zgsgxh. com
中华诗词网校	www. zhscwx. com
中国网络诗歌网	www. zgwlsg. com
中国诗人网	www. chinapoet. net
诗歌报	www. shigebao. com
中国微型诗	www. zgwxsg. com
中国格律体新诗网	www. gltxs. com
天下诗歌论坛	www. tianxiasg. com
东方诗风论坛	df. xlwx. cn
大别山诗刊	dbssk. xlwx. cn
诗生活	www. poemlife. com
诗词在线	www. chinapoesy. com 或 www. 52shici. cn

从整体上看，网络诗歌场域主要体现为由趣味性搭建起来的各种网站、论坛及其人气效果。一般认为，网站最主要的部位是论坛，论坛是压缩或省简的网站，而固定的网刊则是论坛的核心精华，它必须通过定期“筛选”，来避免大量泥沙。人们乐意把网刊比作有身份的诗歌俱乐部，它需要程序，注册准入证，而版主有权回绝不合格闯入者；根据兴办主旨方针，有序安排各种出场（比如有组织的选题、推荐）。论坛则多被视为更为自由进出的“聊天室”：自由摆摊、免收征管，甚至包括不删除某些非理性的类似酗酒、斗嘴、围观式帖子，热腾腾闹哄哄，很有在场感，借此也更容易积聚人气。

主要网络诗歌网站简介[1]：

① 中国诗歌网（www. zgshige. com）：由中国作家协会、中国作家出版集团主办的中国诗歌网在 2015 年 6 月正式上线。这是目前中国第一款整合写

[1] 参见欧阳友权主编：《网络文学年鉴（2017）》，新华出版社 2018 年版，第 66—68 页。

诗、读诗、听诗等多项功能于一体的诗歌类客户端，设有每日好诗、读典、听诗、诗影中国等多个频道，推送文字、音频、视频、摄影、绘画等多种类型产品。

② 中华诗词网（www.zhsc.net）：创立于 2003 年。2015 年，中华诗词网及其所属的中华诗词论坛收并至中国出版集团中版文化传播有限公司的“诗词中国”品牌旗下，联手打造中国最全的古诗词资讯社交平台。该网站注册诗友超过 19 万人，论坛主要栏目 90 个，义务管理人员超过 900 人。日发帖 2 万篇以上，一般同时在线 3000 人左右，日点击量平均 35 万次。

③ 中国诗歌学会网（www.zgsgxh.com）：中国诗歌学会的官方网站。中国诗歌学会是 1994 年由中国作家协会申报，经中共中央宣传部批准成立，在中华人民共和国民政部登记注册的全国性国家一级社团，是全国性的学术团体，是诗人、诗歌理论家、诗歌编辑、诗歌翻译家和诗学教育工作者自愿结合的非营利性社会组织。

④ 中华诗词网校（www.zhscwx.com）：创办于 2011 年 3 月，国内首家旧体诗词研习主题网站。中华诗词网校致力于中国古典诗词的传承与普及推广工作，现开设了诗词、散曲、楹联三大类的辅导课程，长期坚持为广大诗词爱好者免费提供公益教学服务。

⑤ 中国网络诗歌网（www.zgwlsg.com）：是由中国网络诗歌学会主办的大型文学网站，内容主要以网络诗歌为主，包括现代诗、旧体诗、新歌词、散文诗、诗赛等，同时设有小说、故事、杂文、散文等多种文学体裁，另还设有《中国诗》《中国网络文学精品年选》、名家诗谈、文坛动态、文集出版等综合讯息栏目。

⑥ 中国诗人网（www.chinapoet.net）：始创于 1999 年，是中国现存历史最悠久的诗歌网站，截止到 2018 年 1 月 4 日，会员人数达到 49663 人，网站发帖数目达到 512740 个。网站包含诗歌交流区、诗人活动区、中诗管理区、选稿特行区四大分区。

⑦ 诗歌报（www.shigebao.com）：是一家专注于诗歌交流、评论的网

站，并办有面向网站会员的内部刊物——《诗歌报月刊》，网站版主、编辑会从网站上发表的网络诗歌中精选、推荐部分优秀内容刊登到《诗歌报月刊》进行印刷出版，主要为诗歌报论坛会员服务。

⑧ 中国微型诗（www.zgwxsg.com）：是一家专注于中国微型诗发展的网站，分为微型诗天地、投稿区、中微活动区、中国微型诗社管理区四个分区，分类鲜明，内容丰富。

⑨ 中国格律体新诗网（www.gltxs.com）：网站主要致力于格律体新诗的创作、交流、发展，也是刊物《格律体新诗》的稿件收集平台。网站设有格律体新诗专区、韵式新诗专区、传统诗词专区、自由新诗专区四个诗歌发表、交流专区，还设有综艺大观版块，呈现非诗文体如音影书画、文论等内容。

⑩ 天下诗歌论坛（www.tianxiasg.com）：嘉陵江新诗研究协会网上交流阵地，主要从事新诗的研究、创作、交流、培训、宣传等活动，吸纳南充市、四川省乃至全国的诗歌爱好者或诗歌名家为协会会员及骨干，并办有协会交流刊物《天下诗歌》，不定期开展诗歌研讨活动。

⑪ 东方诗风论坛（df.xlwx.cn）：网站分为诗歌创作、诗歌理论、诗友沙龙和论坛事务几个主要版块。诗歌创作版块集合了格律体新诗、自由体新诗、国诗、诗歌翻译等主要的诗歌分区，同时也有东方文苑版块来供网友进行其他文学形式的交流。

⑫ 大别山诗刊（dbssk.xlwx.cn）：2006 年 10 月安徽六安诗人碧宇在“乐趣园”网站建立了中国首家以主张绿色写作为依托的关注时代、自然、人性、民生和草根的绿色诗歌主题论坛——大别山诗刊论坛。2010 年乐趣园网站关闭，由广州心情文学网免费提供服务器再次开通《大别山诗刊》论坛。

⑬ 诗生活（www.poemlife.com）：由莱耳、小西、白玉苦瓜、桑克于 2000 年 2 月 28 日创建。诗生活是中国互联网诗歌网站的先行者，第一个拥有自己独立的域名和空间以及专业的服务器，设计了第一个基于 Web 页面的专业新诗论坛、翻译论坛和儿童诗论坛以及第一家向诗人开放的专业的自助

式专栏，建立了第一家网络诗歌通讯社、第一家网络诗歌书店等。目前诗生活网站设有诗通社、专栏、诗观点文库、诗歌专题、社区等版块，有 20 多位来自世界各地的汉语诗人及诗歌爱好者在为网站志愿服务。

⑭ 诗词在线（www. chinapoesy. com 或 www. 52shici. cn）：创建于 2007 年 8 月 16 日，创始目的是方便查找诗词，2008 年 9 月 5 日，分享诗集上线，成为原创诗歌中心。诗词在线提供免费的个性化二级域名，还提供古今中外诗词文本。

2. 网络散文的发展状貌

(1) 散文创作的网络站位

所谓“网络散文”，通常有三种解释：一是指以网络为媒介的散文，二是指发表在网络上具有原创性的散文，三是指那些发表在网络上且运用了现代多媒体技术的散文。[1] 网络散文的发展始于 20 世纪 90 年代中期。随着“新语丝”“橄榄树”“花招”“文学城”等一批文学网站的创立，网络文学迅速兴盛起来。作为主要文学样式之一的散文，同样得到了众多网络写手的钟爱，一时间也蔚为壮观。一是众多的文学网站设立了散文栏目，如榕树下、天涯社区、红袖添香、白鹿书院、清韵书院等，甚至有的网站一天有数百篇新散文发表。二是许多“网虫”（网迷）所撰写的博客，其中不乏文学色彩，这也大大扩充了网络散文的数量。三是新散文网站和中国散文网的建立，更加有力地促进了网络散文作者的相互交流，推动了网络散文的进一步发展。正如中国散文网论坛栏目版主史飞翔所言：“如果说昔日的网络散文还是一棵风雨飘摇的小草的话，如今的网络散文则是雨后春笋，遍网皆是。随着网络的快速发展，网络散文在整个散文创作中的地位越来越不容低估。”[2] 网络散文在新时代的科技作用下，能够存有自己的领域，仍旧坚持发光发热，不得不说是其文学魅力存有巨大的生命力。

---

[1] 王濯巾：《当前网络散文的美学特征及成因探析》，《中山大学学报论丛》2007 年第 6 期。

[2] 《网络散文研讨会纪要》，2008 年 5 月 9 日，http://www. sanw. net/swzt/2012 - 05 - 16/10. html，2018 年 5 月 2 日查询。

（2）代表性散文网站介绍

代表性散文网站[1]

散文网站名称	英文网址
中国散文网	www. sanwen. net
中国西部散文网	www. cnxbsww. com
散文吧	www. sanwen8. cn
散文在线	sanwenzx. com
九九文章网	www. jj59. com
写散文	www. xiesanwen. com
百姓散文网	www. newsus. com. cn
当代散文网	www. sdswxh. com
读者网	www. duzhe. com
6633 散文网	www. 663395. net
99 原创散文网	www. mengyu365. cn

① 中国散文网（www. sanwen. net）：始建于 2006 年，是北方联合传媒有限公司推出的公益性散文文学交流平台，是一个以散文为主题的短文学文章阅读网站，内含各种经典文章、爱情散文、诗歌散文、优美哲理抒情散文、经典短文学等。

② 中国西部散文网（www. cnxbsww. com）：由中国西部散文学会主办，中国西部散文学会 2007 年在内蒙古鄂尔多斯正式成立，会员现已超过 500 人，其中有中国作协会员 28 名，各省作协会员 400 余名，中国散文学会会员 145 名。网站提供《西部散文选刊》的在线阅读，还有美文欣赏、学会主编书籍、散文排行榜等文学欣赏版块。

③ 散文吧（www. sanwen8. cn）：隶属青岛广易通网络科技有限公司，2009 年上线，是一个以原创散文为特色的在线诗歌散文网站，包括各种经典散文、诗歌文章、爱情散文、哲理散文、伤感散文等，下设散文、诗歌、杂

[1] 参见欧阳友权主编：《网络文学年鉴（2017）》，新华出版社 2018 年版，第 69—70 页。

文、随笔、小小说等子频道。

④ 散文在线（sanwenzx. com）：成立于 2008 年 9 月，是杭州众书文化创意有限公司下属的文学网站，是以原创散文为主的散文精选阅读平台，内容包括抒情散文、爱情散文、伤感散文、经典散文、哲理散文、散文诗等，还有诗歌、论文、短篇小说等其他文体。目前网站注册会员有 4 万多人，每天的登录人数有 2 万多人，每天的阅读访问量达 16 万多人次。

⑤ 九九文章网（www. jj59. com）：提供各类美文、爱情小说、散文、诗歌等在线免费欣赏阅读的网站，网站成立于 2008 年 3 月 22 日。九九文章网下设文章、故事、散文、诗歌、日记、小说等子频道，是一个专业的绿色文学在线阅读网站，致力于打造网络绿色健康文学阅读环境。

⑥ 写散文（www. xiesanwen. com）：网站的口号是“从阅读中获得乐趣，在写作中享受生活”，致力于为广大读者提供一个绿色、健康的散文阅读平台，为广大散文爱好者打造一个写作交流的园地。

⑦ 百姓散文网（www. newsus. com. cn）：百姓散文网秉承“打造精品原创、绿色的散文文学平台”的宗旨建设和运营，网站为原创平台，投稿无任何稿费，注重作者交流，散文免费分享。网站中除了写景散文、抒情散文、节日散文、哲理散文等常见类型的散文阅读版块，还设有散文网友推荐榜、散文点击榜、长篇文章点击榜等榜单，为读者提供选择参考的同时也激励作家创作。

⑧ 当代散文网（www. sdswxh. com）：由山东省散文学会主办，在学会带领下一直高扬发展山东散文事业的旗帜，推动散文创作，以培养人才、推出作品为己任。当代散文网综合了学会动态信息发布、《当代散文》杂志在线阅读、佳作欣赏和散文评论等板块的内容。

⑨ 读者网（www. duzhe. com）：为广大散文爱好者提供经典散文、散文随笔、抒情散文、爱情散文、散文诗等各种散文精选的在线阅读平台，同时还兼具现代诗歌、杂文精选、心情随笔、日记、短篇故事等非散文体裁的文学作品。

⑩ 6633 散文网（www.663395.net）：6633 散文网致力于打造品类最全的散文网站，目前网站设有爱情散文、抒情散文、散文诗集、精美散文、优美散文、伤感散文、情感散文、哲理散文、写景散文、英语散文、古代散文等 19 个分类模块，对散文类型做出了精细划分。

⑪ 99 原创散文网（www.mengyu365.cn）：网站于 2012 年正式上线运行，是一个纯公益的文学网站，倾力为广大文学爱好者提供一个表现自己、交流文学、互助进步的温馨家园。网站主打抒情散文、爱情散文、伤感散文、诗歌散文等风格的散文作品，还设有诗歌、故事、小说、杂文等其他文学类别来满足不同读者的阅读需求。

（3）网络散文佳作迭现

散文创作讲究形散神聚、意境深邃和语言优美，要求有清晰的意境描述和谋篇布局的能力。网络散文以叙事散文、抒情散文和议论散文较为常见。在网络文学兴起之初，各类散文体裁都以网络论坛作为根据地发布或者分享文学作品。如今，网络散文在网络上的发布特点表现为发布、分享和评赏结合，不同于类型小说有奖励机制的留言模式，网络散文的读者互动更多的是一种文学技艺层面的相互切磋。在百度贴吧“散文吧”里，截止到 2016 年底，共有 20148162 名用户关注了“散文吧”，共发帖 1106718 篇。散文吧是网络散文创作圈内比较受欢迎的发表平台，该网站对网络散文进行细致分类，共设 19 个专题，以便文学爱好者进行投稿和阅读。散文之外，该网站还有杂文、诗歌等体裁形式。

值得注意的是，在新浪微博和豆瓣这类社交平台上，因为其发布的便捷性和低门槛性，散文的发布和分享显得更接地气。以豆瓣网为例，该网设有小组和同城活动版块，目前比较活跃的散文小组分为两类，第一类以原创和发布欣赏为主，如“午后散文”“我爱散文”和“原创小说、散文随笔”等小组；第二类散文小组以分享为主，主要分享一些知名作家的散文随笔和网络上的优美文章，其中以“散文读者”“林清玄的散文”和“春醪～梁遇春的散文世界”比较活跃。正是在这样相对自由的创作环境中，散文得以在网络环境中焕发出新的特质。

为了丰富散文创作和发掘优秀散文，2016 年各文学社团和社会组织联合组织的散文大赛逾 20 种，其中比较有影响力的有：中外诗歌散文邀请赛、“相约北京”全国文学艺术大奖赛、“潇湘杯”网络微文学大赛，以及“大漠旗果杯”网络文学散文·诗歌大赛等，各种比赛涌现的散文佳作众多。例如，2016 年由大众网、《山东文学》《齐鲁晚报》联合主办的中国第三届网络文学大奖赛设置了散文奖，获奖散文作品有《捕蛇人》《邢小俊十章》《醉令迷书》《爹》《坊中一日》5 部。目前，热门的网络散文发表和阅读网站有经典散文网、散文在线、散文阅读网、中国散文网和散文网等；线上比较活跃的网络散文家如杜方清、周蓉蓉、郭映辉、张勇、邢慧广、韩玲、慧君、管丽香等。湖南省作家协会举办的第五届“潇湘杯”网络微文学大赛，获奖散文作品 6 篇，其中，范诚的《乡愁是一滴泪》获一等奖，彭承忠的《皮渡河》、江轲平的《鱼之咏叹》获二等奖，黄标的《人·树·狗》、张玉萍的《一棵树的姿势》、甘正气的《资江小记》获三等奖。

(4) 网络散文的审美特点

第一，由精英意识走向平民审美。

散文在还未与网络结合之前，是纯文学的领域，它代表的是精英群体“真实”的艺术。网络散文创作中现在最常见的是记录生活中爱情、友情、亲情等基本情感状态片段，而不是传统散文中所常见的关于宇宙、人生、社会、历史的感悟和思考。从原本对于大世界的探讨转向作者的“小时代”，可以说，网络散文的视角从俯视慢慢走向平视，这也与散文的文学性质相关。以个人生命体验为根基，不需要崇高伟大，仅仅是平凡老百姓根据自己的爱好记录生活点滴——网络散文从这个维度保持着网络文学在二十年历程中初始的自觉写作意识。知名网络作家邢育森曾说：“在没有上网之前，我生命中很多东西都被压抑在社会角色和日常生活之中。是网络，是在网络上的交流，让我感受到自己本身一些很纯粹的东西解脱释放了出来，成为我生命的主体。”[1] 这种审美情趣与传统精英文学中表现出的审美情趣相比，显然不仅仅是一种视角的转换，而且是一种审美观念的深刻转变。他们不再对时代、社会的变迁感兴趣，不再刻意追求人格的完美和自然的和谐，不再思索悲剧的根源，不愿期盼遥远的幸福，只是对自己的当下状况充满着关注，追寻着一种“自娱自乐”的快感。由此可见，这是一种渗透着平民精神的审美情趣，是审美情趣的平民化。

第二，情感表达从含蓄走向开放。

传统散文的情感传达通常通过构造具有审美倾向的具体可感的形象或情境来实现，具体形态可分为形象、意象、意境，如柳宗元笔下的“小石潭”，归有光笔下的“项脊轩”，鲁迅笔下的“野草”，朱自清笔下的“荷塘”。但不管是哪种类型的形象，由于是以文字作为媒介，其具体可感性相对于绘画和雕塑这类可视可感的媒介而言，具有不确定性和模糊性。在网络还未实名制之前，距离让人们产生安全感，相对隔离的环境使得网络散文创作者对于情感的宣泄变得不那么含蓄，这也与西方文学观念的影响有着深刻联系。网络散文在描绘平实感情或个人生存意念时不会借用多种意象进行迂回的表达，平俗的语言是其最大特点，同时情感的真切流露与大胆宣誓成为网络散文的新标志。

第三，创作形态更趋自由。

散文是“自由的艺术”，但是传统的散文创作又讲究“起、承、转、合”，有一种严谨的结构美。网络的自由性使得网络散文在互联网平台上有了更为灵活的创作，创作的内容也更丰富。因为创作群体平民化，没有较高的专业写作素养，加上创作内容贴近生活，没有多少宏大的主题，对于结构布局也似乎不需要过多用心，毕竟网络散文创作贵在真情流露。如春树在其随笔《向着那鲜花去，因为我最怕孤独》中写了天气、座右铭、朋友、大连等意象，无论是抒情、写景还是叙事，都很难找出其中的关联。可以说，网

[1] 张贵勇：《走向多维的“原创”——从网络获奖小说看网络文学的审美价值取向》，中国人民大学硕士学位论文，2003 年。

络散文很少沿袭以往的散文结构，不再遵从由浅入深、由弱变强、层层推进的抒情方式，而常常让情感反复回旋、自由跳跃，因而其结构便呈现出散漫化的特点。

五、其他类型网络文学作品

1. 网络纪实文学

有影响力的网络纪实文学的出现，最早可以追溯到2000年被癌症胁迫的陆幼青在《死亡日记》中对于自己生命最后阶段的真实记录。陆幼青患了癌症，便在网络上借用文学的方式，在榕树下的“与死神相约”栏目与广大网友“见面”。在数十万字的《死亡日记》中，作者策划并以身相试“死亡直播”，他撰写的真实故事，已超越了事件和文本自身的意义。陆幼青在与死神搏斗了100多天后静静离去，他“走的是躯体，留下的是精神”，他对生命的感悟和对死亡的从容，通过网络更为发达的通道震撼了更多普通人的心灵，当时网民们更是一次次在网上自发地掀起悼念的高潮。这是网络纪实文学在网络文学领域掀起的第一朵浪花。随后，艾滋病患者黎家明《最后的宣战》又引起了社会和公众的广泛关注，这篇不断更新的“艾滋手记”，在短短一个多月的时间里点击率就超过了100万，2002年5月《最后的宣战》正式结集出版。这类小人物面对突如其来的疾病的千面万象，通过网络纪实文学的方式得以表达，将人世悲喜通过畅通的网络渠道呈现给大众，引起了广泛的共鸣。一个人的命运因为网络的存在而获得了前所未有的关注，也因此有更多人能够在这样的网络纪实故事中获得心灵感悟。

2008年开始连载至今共计400多万字的《左手爱》，是“轮椅作家”李子燕对自己与丈夫志东的爱情故事的记录。作品最先在博客发表，点击率遥遥领先。网友们被故事中的真挚爱情所打动，自发成立读者群支持李子燕。她忍受病痛记录生命的感动作品获得了“首届海峡两岸网络文学大赛”长篇奖，同时李子燕也参加了第二届网络作家培训班，在网络纪实文学的道路上发出更为真实的生活声音。网络纪实文学也尝试跳脱文字模式，与表演元素结合起来为读者、观众展现更为贴近生活内核的精神力量。由何田田主编的描绘中国女性“抗艾”艰难历程的网络纪实作品《写生》，在“海燕博客”志愿者的努力下，以话剧《十月十八阴转晴》的形式重新诠释文本。话剧与网络纪实作品的结合，将文字中的公益意识与平等理念放置在更为广阔的舞台上，用慈善的力量呼吁大众用科学的态度关爱艾滋病患者，减少社会歧视。这是纪实文学在新时代的勇敢尝试——将写作者个人的真实情感投射于公众平台，从而产生强大的号召力与感染力。

除了个人生活的呈现，网络纪实文学也担负着重要的时代责任。《中国，少了一味药》是知名网络作家慕容雪村创作的一部有关传销的纪实文学作品，2010 年出版。作品讲述了作者于 2009 年底潜入江西上饶的一个传销团伙，并在其中生活了 23 天，掌握了传销人员的活动规律和大部分窝点的分布情况，协助公安机关捣毁传销团伙，解救出 157 名传销人员的故事。慕容雪村将传销这一严重的社会问题用详细的文字记录铺展在大众面前，这是作家在新传播媒介之下重拾文学“载道”功用的举动。在现代社会中，公众对社会实际情况的认知在很大程度上依赖于大众媒体。网络文学因其特殊的媒介载体，受众群体也更为广泛，其选择的主题及其呈现的形式构建着受众脑海中真实世界的模样。纪实文学在很大程度上是网络文学二十年的路程中始终承担着正能量并且初心未变的“围城”。无论是小家小人物的际遇，还是社会问题的呈现，网络纪实文学对读者的坦诚之心显而易见。

网络纪实文学最初以博客为主要阵地，随着新媒体的逐渐发展，任何媒体工具都可以成为人们展示生活真相的手段。优秀的网络纪实作品也因为自身影响力而有了出版发行的机会。中国纪实文学研究网、纪实文学网、云南纪实文学网等网络传播平台的建立，不仅将纸质书籍以数字化的形式传播，更多的也是为纪实作家提供发表机会，让更多的网络读者看到纪实文学的魅力。无论是个人细碎的情感经历，还是时代潮流之下的种种社会问题，网络纪实文学所担负的都是在信息时代用文学记录真实的责任。

2. 电脑程序创作的作品

主要网络写作软件[1]

稻香居电脑作诗机	作文快手
大作家超级写作软件	猎户星免费诗歌自动制作机
吉吉写作	QQ小秘书
作文克星	作文之星
金山书信通	布鲁斯特小说创作软件
顺时针写作软件	快手师爷
作文大全	我爱写作
知我心智能写作软件	Writer's Café
妙手师爷	魔术情书软件
免费小说阅读器	嘟嘟pdf阅读器
GS文章自动生成系统软件	作诗机
计算机诗人	古典诗词撰写器
诗歌生成器	诗词快车
WAP asp自动写诗PC版	韵脚大全
藏头诗在线生成器	刘慈欣写诗软件
"微软小冰"艺术智能机器人	"薇薇"写诗机器人
"九歌"作诗机（清华大学）	宋词自动创作系统
诗歌超级助手	520作诗机

20世纪80年代始，就有不少个人和研究机构陆续开展了汉语诗歌的自动创作研究。到网络完全贯穿生活的当下，已经诞生了大批写诗软件，有稻香居电脑作诗机、猎户星免费诗歌自动制作机、计算机诗人、古典诗词撰写器、诗歌生成器、诗词快车、WAP asp自动写诗PC版、韵脚大全、藏头诗在线生成器等。

在1984年中国首届青少年计算机程序设计竞赛中，上海育才中学14岁

[1] 本表根据欧阳友权主编《网络文学词典》（世界图书出版公司2012年版）和查阅相关网络文献整理而成。

的学生梁建章就成功编制了“计算机诗词创作”程序。该程序共收入500多个词汇。2006年出现的“猎户星免费诗歌自动制作机”更是在国内的网络和诗坛引起了一场轩然大波，它的出现带着“胡乱搭配是现代诗的法宝”理念，以及对于传统诗歌的不屑与渴望突破的技术力量，呼吁大众在没有大师的时代自主写诗。另外，稻香老农（本名林鸿程）于2001年首创的“稻香居电脑作诗机”一直在不断地升级和完善中，至2015年，已被网友使用超过1亿次；2014年3月，又发布了辅助创作工具“稻香居诗词专用编辑器”。复旦大学中文系教授严锋2013年在微博上强烈推荐了科幻作家刘慈欣设计的一款“写诗软件”，因软件发明者的公众身份以及写诗软件本身带有的争议性，使得这一话题在网络上掀起热潮。2017年初，采用第二代算法的作诗机发布在公众号“作诗机”上。公众号“作诗机”有两个功能版块：一为超级词汇，提供字、词汇的各种属性、关联查询；二为智能创作，自动作诗、填词。[1]

机器诗歌优劣的评价是基于大量同类诗歌的平均水平展开的。机器诗歌发展到现在，最大的困难还是语义问题，以及如何评判机器所作诗歌的优劣程度。如果能够建立一种语词之间的语义搭配一致性，再设计一种合理的诗歌优劣评判函数，可以发现诗词的语句创作过程本质上就是一个不断优化的过程，而这正是遗传算法的计算原理。因此，目前国内外大多数比较成功的机器诗歌系统，往往都是采用遗传算法作为基本策略的。机器的“创造力”在于人，我们之所以被机器创作的“好诗”所倾倒，并不是机器具有如何高明的创作能力，而是人类赋予了机器诗歌的魅力。诗歌在于解读，所谓“三分诗七分读”说的正是解读者的参与才赋予了被解读诗歌意义。一首诗歌的字符串本没有所谓的意义，是人们用心的解读才赋予了诗歌意义，这正是阐释美学与接受美学的观点。用软件作诗，展现科技与文学的融合，是网络文学高技术的一面，具有强烈的时代性。

---

[1] 诗词国学（微信公众号）：《机器是如何写出诗的？作诗机算法解析》，2017年4月18日，http://www.sohu.com/a/134670996_410925，2018年4月20日查询。

写诗软件只是网络智能潮流的冰山一角，隐藏在海平面下的能够完成大篇幅故事描写的网络小说生成器、抒情散文软件、小说软件，甚至论文软件在如今已经被标榜为科技的进步指数。而慢慢进入大众视线的 AI 人工智能技术也应用到了写作领域。智能写作机器人，可以自动地学习海量文章数据，不断优化原创模型，同时系统还会学习各个用户的写作习惯，让机器人写出的文章质量越来越高。最新出现的 AI 爆文原创平台，采用深度神经网络、自然语言等人工智能算法，实时采集各大主流媒体的文章内容，在资料整合的基础上进行创作，把握住网络红文的特质。作为中国“人工智能+资讯”领域领军高科技企业，Giiso 自主研发的写作机器人可以在时政、体育、游戏、科技等 22 个领域进行新闻创作。由今日头条开发的写作机器人张小明，开始时是做奥运比赛的报道，把实时的比分、图片、热门比赛的文字直播结合起来生成对应文章，后来延伸到了包括体育赛事、房产新闻以及国际热点新闻的报道。[1] 这大大减少了新闻创作的人工成本，节省了一些非热点栏目的资源。而人工智能下的创作速度又是人类所不能达到的。当然，现今的智能写作机器人还只是处于一个为媒体从业者提供辅助的角色，更好将写作资源进行整合，让媒体工作者从繁重的基础工作中跳出来进行深入写作。

我们同样需要看到的是，各色写作软件的泛滥，智能写作的日渐发达，恰恰折射出文学同质化的问题。通过程序运算创作的文字必然带有一定的“规律性”与“冰冷性”，这与文学创作的初衷恰恰是背离的。虽然智能写作的出现很大程度上将排除掉许多不必要的写作羁绊，但是网络文学的温度何在，又是我们在科技潮流中必须要思考的问题。

---

［1］ 饕餮川都：《人工智能：写作机器人的质量》，2018 年 1 月 10 日，https://www.sohu.com/a/215719277_104692，2018 年 5 月 10 日查询。

第五章 网络文学产业经营

经过二十年的蓬勃发展，网络文学形成了以付费阅读、广告等盈利形式为主的线上经营，以 IP 改编为核心的衍生产业，以及以线下出版为主要经营内容的产业化模式。当前，网络文学产业链逐渐成熟，利用“IP 热”的契机，网络文学走上了与泛娱乐产业融合的道路，打造出网络文学“粉丝经济”。二十年的产业化探索，对网络文学自身的发展既是动力也是羁绊，因此要更加注重经济效益与社会效益的平衡，坚持社会效益优先原则，带动网络文学产业运营更好地发展。

一、商业模式的探索之旅

1. 付费阅读模式的创立及其意义

1998 年，网络文学大范围兴起，在付费阅读模式产生之前，网络文学作家创作大多是兴趣使然。虽然没有“创收”的主要需求，但作家在免费阅读时代的确面临诸多困扰。同时，文学网站也面临如何盈利以支撑网站运营的问题。正是在这样的背景下，网络文学付费阅读模式应运而生。

所谓付费阅读，是与免费阅读相对应的概念，即文学作品的有偿阅读，在网络文学中是指网民通过支付一定费用来阅读自己喜爱的作品的一种消费行为。

第一个探索付费阅读的是读写网。2002 年 2 月读写网开始试运行，到 9 月正式运行时便决定采用付费阅读的方式来支撑网站运营，并发布了“为推动原创文学的发展，本网计划向作者支付网络刊载的稿酬，欢迎原创作品加入”的声明。在声明中，读写网表示，原创作品在读写网书库发表后，以“每月根据其作品被读写网正式会员访问人数（无重复，简称会员阅数），按照人民币 0.06 元/人的标准计算稿酬”，成为第一个实行网上收费阅读的网站。

读写网于短信联盟发展兴旺时期创立了网上阅读收费模式，并通过短信代收费的方式获得了大量的付费阅读收入。但是，该网站因自身发展策略的失误，在发展付费阅读模式的同时缺乏充分的作品积累，手机收费乱象频生，挫伤了读者的消费热情，并且还存在对作者过度压榨等问题。因此，读写网作为最早发展付费阅读模式的网站，其探索并未取得成功。

2002 年底，因小说《中华再起》受到读者的追捧，苏明璞与中华杨联手成立“明杨·全球中文品书网”，并引入了“VIP”的概念。《中华再起》于第二卷开始实行 VIP 付费阅读模式，采用每千字 2 分钱的收费标准，其盈利用以支持网站运营和中华杨的写作。同时网站宣布欢迎其他网络作者到该网发表作品，对于所有 VIP 付费所获收入，作者有权分成。自此，先后有十几位网络文学作者加入，明杨书网因此走向繁荣。但由于受到盗版的侵蚀且过度依赖《中华再起》所带来的发展优势，明扬网最终未能成长壮大起来。

2003 年 6 月 28 日至 29 日，在由《传奇文学选刊》杂志社、广州大然文化公司和本地相关的出版社及文化部门联合举办的“大然传奇中国首届奇幻文学笔会”上，起点中文网创始人宝剑锋等人提出应该继续发展 VIP 付费模式。但是，其他各大网站并未赞同该观点，认为 VIP 付费模式不但会动摇网站的人气，而且也很难获得丰厚的收入。同时，起点中文网内部也对是否发展 VIP 付费模式产生分歧，导致 VIP 付费阅读计划延迟了三个多月。

2003 年 10 月，由于 VIP 付费阅读计划推迟期间用户数量的高速增长，起点中文网管理层决定开始运行 VIP 付费模式。与此同时，天下也推出了

VIP付费模式，并宣布付给作者5000字1角钱的稿酬。起点中文网为了维护自己的发展优势并保持竞争力，VIP付费模式实行的第一个月对会员开放免费试用，并且确立了每千字2分钱全额优惠的稿费制度。这一制度逐渐发展成为行业标准，新发展的网站和早期采用VIP付费阅读模式的网站都以此为参照制定价格。

2003年11月10日，起点中文网的VIP优惠期结束，开始实行全额支付的制度，并且把付费方式与游戏点卡相结合，很快，便有作者的月稿费超过千元。在此背景下，起点发表了《起点中文网VIP订阅制度试行回顾》，宣布"在VIP会员的踊跃订阅下，VIP优秀作品已经达到10元/千字的稿费水平，订阅成绩最好的作者在本月里已经收到超过千元的稿费"。这一公告不仅吸引了大量的网络文学作者，还刺激了其他正在对VIP付费制度持观望态度的网站。此后，天鹰文学网、翠微居、爬爬书库、幻剑书盟等网站纷纷开始实行VIP付费阅读制度，但由于它们在商业化过程中出现的各种缺陷，这些网站的付费阅读模式纷纷以失败告终。

2003年底，起点中文网宣布"VIP计划中订阅率最高的作品已经达到20元/千字稿费级别"，"访问量位居世界500强行列，国内排名前100"，VIP制度已经走上正轨。2004年6月1日，起点中文网跻身ALEXA（美国互联网公司，专门发布网站世界排名）网站世界排名第100名，成为国内第一家跻身世界百强的原创文学门户网站。这意味着起点中文网的VIP付费阅读制度取得了成功。至2016年，网络文学付费阅读市场规模已达到46亿元，网络文学付费阅读市场规模增长率达到61%。

网络文学付费阅读模式对于网络文学本身的意义不容忽视。付费阅读为作者的创作提供了更多的外部环境保障，鼓励作者投入更多的精力与激情进行高质量的创作。同时，随着付费阅读模式的创立，对网络小说的评价标准也更趋多元，网站评价体系的渐趋完美更推动了网络小说的发展。因此，网络文学付费阅读模式的创立对网络文学的发展具有重要意义。

首先，付费阅读模式带来了对网络文学版权的保护。付费阅读模式实行之前，保护作品版权不仅没有利益收入，还会为本就盈利较少的文学网站带来负担。所以，作者及网站都无心且无力争取版权保护。付费阅读模式的出现使得文学网站成为销售作品版权并以此获得收入的平台，作品版权受到重视，作者与网站都将享受通过版权转让所获得的利益，从而推动网络文学的发展走向新的高峰。

其次，付费阅读模式刺激了网络文学产业链的产生。付费阅读模式带来了对网络文学作品版权的重视和开发，在周边媒体行业发展逐渐成熟的情况下，网络文学成为天然的素材库，出版业以及影视、动漫等相关产业通过购买并开发作品版权的方式进行跨媒体合作，逐渐形成一条完整的产业链。

最后，付费阅读模式为网络文学作者和网站找到了最为可行的发展出路。付费阅读模式诞生以前，网络文学作者没有任何收益，并不能以写作维持生计，文学网站也没有盈利模式维持网站的运营，网络文学生存环境受到冲击，导致许多网站岌岌可危。付费阅读模式诞生以后，网络文学作者和网站的境况大为改观，商业化运作使其获得了可观的收入。2013 第八届中国作家富豪榜品牌子榜单——“中国网络作家富豪榜”中，唐家三少以 2650 万版税蝉联“状元”宝座，血红以 1450 万版税成为该次榜单的“探花”，如果没有付费阅读制度，这将是不可想象的。

2. 网络文学线上经营

经过十几年的发展，网络文学线上经营已经衍生出在线付费阅读、粉丝打赏、网络广告三种模式，有效促进了网络文学线上产业的蓬勃发展。

(1) 付费阅读

付费阅读主要通过会员充值的方式，使读者获得免费试读结束后继续阅读网络文学作品的权利。付费阅读模式是网络文学线上经营最主要的部分，根据各个网站不同的收费标准，每千字的阅读收费约 1—5 分钱。试以 2017 年为例，看看几个主要文学网站收费标准。[1]

[1] 参见欧阳友权主编:《中国网络文学年鉴（2017）》，新华出版社 2018 年版，第 190—194 页。

① 起点中文网、起点女生网

等级	普通用户	普通会员	高级会员	初级 VIP	高级 VIP
升级条件	—	一次性 充值 1 元	12 个自然月内 消费满 199 元	12 个自然月内 消费满 1200 元	12 个自然月内 消费满 3600 元
付费标准	5 分/千字	5 分/千字	5 分/千字	4 分/千字	3 分/千字

② 小说阅读网

小说阅读网采用阅读币充值的办法，阅读币与人民币的兑换比例和充值方式有关，网银、支付宝、财付通充值，1 元人民币兑换 100 阅读币；手机充值卡充值，100 元获得 8500 阅读币；手机短信充值，30 元获得 1200 阅读币；Q 币卡充值，10 元获得 800 阅读币。

网站官方付费定价标准为 3 阅读币/千字；作者自主定价的作品，价格在 3—10 个阅读币/千字不等，不足千字部分不计费。

③ 17K 小说网

根据充值数额不同分为 17 个 VIP 等级，按照等级不同每千字收费 3—5 分钱不等，也可使用包月服务，任意阅读 VIP 章节。

包月时长	1 个月	3 个月	6 个月	1 年
收费	19.9 元	39 元	66 元	108 元
续包	19.9 元/月	15 元/月	12 元/月	9 元/月

④ 纵横中文网

等级	VIP1	VIP2	VIP3	VIP4	VIP5
累计消费	充值	50 元	500 元	5000 元	50000 元
订阅价格	5 分/千字	3 分/千字	3 分/千字	3 分/千字	3 分/千字

⑤ QQ 阅读、创世中文网、云起书院

等级	VIP1	VIP2	VIP3	VIP4	VIP5	VIP6	VIP7	VIP8	VIP9
累计消费	任意	6000	18000	36000	72000	128000	240000	480000	960000
订阅价格	5	5	5	5	4	4	3	3	3

（注：升级累计按照过往 12 个月动态计算，表格中单位均为书币，1 书币＝0.01 元）

⑥ 潇湘书院

根据粉丝值的不同分为10个等级，按照等级不同每千字收费3—5分钱不等；可单本购买电子书，书籍价格为1—5元不等；也可使用包月服务，任意阅读VIP章节。

包月时长	1个月	3个月	6个月	12个月	24个月
收费	15元	40元	70元	120元	200元

⑦ 晋江文学城

部分VIP作品更新完结后，经过筛选会被收录到完结包月库中，即VIP作品阅读权限高于完结包月库作品，包月又分为“3元5本”和“15元通读”两种。每千字阅读收费价格如下：

等级	消费用户	普通用户	初级VIP用户	高级VIP用户
升级条件	在晋江网注册或登录的用户	单笔充值3000晋江币/15天累计消费1500晋江币	单笔充值10000晋江币/30天累计消费3000晋江币	365天内累计消费120000晋江币
普通章节价格	5分/千字	5分/千字	4分/千字	3分/千字
最新章节价格	10分/千字	5分/千字	4分/千字	3分/千字
VIP和霸王票折扣	无	无	有机会获打折卡	有机会获打折卡

（注：根据不同方式充值所收取的手续费不同，1晋江币＝0.01元）

⑧ 榕树下

包月时长	1个月	3个月	6个月	12个月	24个月
收费	1000金叶	2400金叶	4200金叶	7200金叶	12000金叶

（注：1金叶＝0.01元）

⑨ 红袖添香

暂停包月制度，实行千字付费制度，具体如下：

等级		普通 VIP	初级 VIP	高级 VIP	至尊 VIP
升级条件	人民币形式	/	/	缴纳 30 元，不获得红袖币	缴纳 50 元，不获得红袖币
	红袖币形式	充值满 5000 红袖币	单次充值 5000 红袖币以上	扣除 3000 红袖币	扣除 5000 红袖币
收费	普通 VIP 章节	4 分/千字	4 分/千字	2 分/千字	2 分/千字
	一品红文	5 分/千字	4 分/千字	3 分/千字	3 分/千字

（注：1 红袖币＝0.03 元）

⑩ 网易云阅读

根据书籍性质的不同，有三种购买方式：

整本购买：对于整本购买的书，只需购买一次，之后即可阅读该本书的所有章节内容；

按章购买：支持按章购买的作品，在购买时，可选择按卷/章分批次购买；按章购买的作品，以千字计价，根据作者定价，每千字 3—8 分钱不等；

自动订阅：还在连载更新中的作品，支持自动订阅购买。在阅读该作品新章节时，会自动购买并可直接阅读；如果账户余额不足，则依然需要充值购买。

经过二十年的发展，网络文学由榕树下的兴起，到盛大文学的繁荣，如今阅文集团整合了起点中文网、创世中文网、红袖添香、榕树下等网文品牌资源，成为网络文学市场上最庞大的集团。从各网站收费模式标准可以看出，阅文集团旗下网站的付费标准一定程度上成为了行业规范。

（2）打赏与月票

“打赏”是读者通过非强制性付费奖励作者的一种方式，其道具产生于起点中文网，现已应用于各大网络文学网站及非网络文学网站。其目的是为了满足读者表达对作者的喜爱之情的愿望，在打赏制度下读者粉丝每次可以为自己喜爱的偶像作者打赏 1—10000 元不等的金额，网站和作者之间会根据网站规定分配打赏金。

月票制度则是一种排行奖赏制度，在月票排行榜上位置较高的作者可以获得更高的现金奖励及更多的作品曝光机会。读者可以通过保底月票、付费阅读消费以及打赏三种方式获得月票，并投给自己喜爱的作者。保底月票的获得与读者用户等级有关，一般每月最多 3 张，通过付费阅读消费所获月票也十分有限，但通过打赏则可以无限制地获得月票。在起点中文网每打赏 10000 起点币（1 起点币＝0.01 元）则默认赠送 1 张月票；百度文学每打赏 500 纵横币（1 纵横币＝0.01 元）可以获得 1 张捧场月票，消费 5000 纵横币则可获得 10＋1 张月票。

打赏与月票制度建立之初极少有人参与，2016 年，用户愿意用来打赏的金额每月不超过 100 元。发展至 2017 年，单个作品在某一个月所获得的打赏金额已超过 200 元，打赏与月票制度逐渐受到市场的认可。打赏道具和月票制度不仅增加了作者的收入，也是读者与作者之间交流互动的一种方式。在这种自愿消费的模式下，虽然每位读者每月平均花费不足百元，但由于网络文学读者基数庞大，总体收入依然十分可观。

在打赏道具和月票制度的发展下，用户的平均消费快速增长。17K 小说网总编辑刘英表示，2014 年，17K 的打赏收入已经超过站内总收入的 30％，每个月一般维持在 30％—40％，有的月份甚至达到 50％。这一数据虽然可观，但不同作者之间的收入差异悬殊，读者粉丝为了支持自己喜爱的作者，天价打赏事件一再出现。2013 年 8 月，网友“人品贱格”为梦入神机的作品《星河大帝》打赏 1 亿纵横币（人民币 100 万）。六个月后，网友“zxingli”为唐家三少打赏 1 亿起点币，总额折合人民币 100 万。2017 年，起点中文网打赏日榜中也出现了一天多个粉丝的打赏金额达到 10000 元人民币的情况。

打赏和月票不仅带来了作者收入的增加，其数据流量也代表了作品影响力，因此出现了许多提供打赏、月票刷榜等服务的商家。刷榜商家所提供的服务一应俱全，包括虚拟货币的兑换、刷榜业务及各类套餐等。由于技术上很难检测出一部作品是否存在刷榜现象，榜单乱象愈演愈烈。目前打赏道具和月票制度经过一段时间的发展，已经受到市场的认可，但还未形成稳定的市场机制，亟待政策引导和市场规范。

（3）文学网站广告

网络文学发展初期，文学网站主要是纯粹的文学发表、资源共享的平台，几乎没有商业化的运作行为。在这一时期，网络文学主要依靠提高访问量来赚取少量的广告费以维持网站运营。

榕树下是中国首个网络文学网站，于2001年第二季度开始发展广告业务，榕树下在网站上设置了广告链接与按钮，并且通过其创建的广播网播出贴片广告。后因经营不善，榕树下被贝塔斯曼收购，此后被再次转卖给盛大文学，由盛大文学控股后慢慢恢复生机并重新进入了广告投放商的视野。

如今，网络文学网站已经可以通过作品的点击率及消费数据等资料进行分析，精准定位广告投放内容和形式。广告投放内容主要包括平台的自推广告、网络游戏的广告、活动抽奖类的广告等。

网络文学网站的广告主要有三种形式：网站广告、营销合作和WAP平台应用。网站广告包括常规硬广告、书目广告、富媒体[1]广告、音频小说和个性模板五种形式。营销合作包括关键字搜索营销合作、商家定制活动合作、SNS用户病毒营销合作等。WAP平台应用则主要是通过无线网络和手机即时浏览网站上的所有内容，在其中插入广告以获取广告收入，位置主要集中在网站封面、弹窗、客户端APP开屏、页面横幅等。

网络文学网站的广告收入主要有两种模式：一是CPT计价方式，根据广告的展示时长收费，其收入取决于双方约定的广告展示时间；二是CPA计价方式，根据广告的展示效果收费，其收入取决于用户在广告的引导下采取的特定行为（如下载、注册、试玩）等的次数。文学网站投放广告的方式则包括网页本身的广告嵌入和弹窗（插页式广告、弹跳广告）两种形式，与广告嵌入不同，弹窗常常被设计为配色明亮的动画，会随着鼠标推移而始终存在，持续几分钟后才会自动关闭。

网络文学的线上产业形成时间较早，是伴随着付费阅读模式的产生而形成的，通过十几年的发展演变，已经形成了较为成熟的产业链。网络文学线上产业为网络文学市场筛选出优质的文本作品，为产业链的开发提供了数据参考。

---

[1] 富媒体：Rich Media，指具有动画、声音、视频等的交互性的信息传播方法。

3. 网络文学作品线下出版

网络文学作品的线下出版是随着网络文学的兴起而产生的，至今已经走过了二十年的发展历程。网络文学作品开始走向线下出版，既是出版商主动“搭讪”的结果，也是文学网站在自负盈亏的商业模式下，拓展自身网站运营模式的探索。为了挑选合适的作品进行线下出版，如今很多出版社或出版商在参考作品点击率等数据的同时，还在各大网站布置了专门挑选网络文学作品的编辑。

1998 年 9 月，《第一次的亲密接触》在网络迅速走红后就出版了纸质图书，发行量在台湾地区超过 30 万册。《第一次的亲密接触》的出版成为线下出版的里程碑，开启了网络小说走向纸质实体书出版之路的先河。2001 年 4 月，光明日报出版社出版了网络小说《悟空传》，成为内地第一本在线下出版的网络小说。

2003 年下半年，幻剑书盟正式从个人网站转型为商业化网站，并于 2005 年开始与国内外多家出版社进行密切合作，旨在为作者提供创作平台的同时，也能提供完整的出版体系，与鲜网、信昌、上研、说频、飞象、暖流、春风文艺、朝华等多家出版机构建立了良好的合作关系，迈出了由网络出版到实体出版的坚实步伐。2005 年至 2006 年间，幻剑书盟出版了《诛仙》《狂神》《新宋》《末日祭奠》《和空姐同居的日子》《十月成都九月天》《搜神记》《她死在 QQ 上》《飘邈之旅》《手心是爱手背是痛》等网络文学作品。

1999 年至 2013 年间，中国网络文学转化纸质图书共 1518 部作品。其中小说类共出版 1485 部，1999 年出版 4 部，2000 年出版 10 部，2001 年出版 12 部，2002 年出版 10 部，2003 年出版 8 部，2004 年出版 15 部，2005 年出版 20 部，2006 年出版 43 部，2007 年出版 29 部，2008 年出版 70 部，2009 年出版 56 部，2010 年出版 42 部，2011 年出版 41 部，2012 年出版 404 部，2013 年出版 722 部；诗歌类共出版 22 部；散文类共出版 11 部。[1] 根据当当网数据统计，2014 年，网络文学转化作纸质图书共 90 部作品，2015 年，

[1] 参见欧阳友权主编：《网络文学研究成果集成》，中国文联出版社 2015 年版，第 150—201 页。

网络文学转化作纸质图书共 83 部作品。

2016 年，由网络文学作品转化出版的图书有 434 部。数量最多的是言情类，共 195 部，占比为 45%，其中都市言情 105 部、古代言情 84 部、推理言情 2 部、军旅爱情 1 部、网络爱情 1 部、校园言情 1 部、神话言情 1 部。排名第二位的是玄幻类，共 71 部，占比为 16%。排名第三位的是悬疑类，共 40 部，占比为 9%。都市类共 23 部，占比为 5%。仙侠类共 17 部，占比为 4%。其余类别较少，如架空类 9 部，军事类、穿越类各 8 部，游戏类、灵异类各 7 部，魔幻类 6 部，耽美类、奇异类各 4 部，武侠类 3 部，历史类、推理类、科幻类各 1 部。[1]

2017 年，由网络文学作品转化出版的图书有 466 部。数量最多的是言情类，共有 383 部，其中，现代言情类 264 部，古代言情类 119 部，占比为 82.2%。排名第二位的是玄幻/魔幻类，共 57 部，占比为 12.2%。排名第三位的是悬疑/推理类，共 19 部，占比为 4.1%。其余类别较少，如科幻类 2 部，电竞类 2 部，现实类 2 部，穿越类 1 部。[2]

网络文学线下出版经过二十年的发展，越来越多的出版社涉足网络文学线下出版领域，百花洲文艺出版社、江苏凤凰文艺出版社、青岛出版社、作家出版社等已经逐渐成为出版网络文学丛书或作品集的中坚力量。但需要注意的是，网络文学线下出版如此火热，却并未能给作者带来高额的收益，一般情况下，出版图书作家获得的稿酬（版税）占定价的 8%，网络文学线下出版在整个网络文学产业链中并不具有竞争优势。

4. 网络文学“产业链”打造

网络文学产业链经过二十年的打磨，形成了包括产业链上游、产业链中游、产业链下游、衍生产业链、第三服务方、版权管理方、广告商的完整产业链条。

2000 年，痞子蔡的《第一次的亲密接触》被改编为影视作品，开创了国

[1] 参见欧阳友权主编：《中国网络文学年鉴（2016）》，中国文联出版社 2017 年版，第 189—190 页。

[2] 参见欧阳友权主编：《中国网络文学年鉴（2017）》，新华出版社 2018 年版，第 206 页。

内网络文学改编为影视剧的先河。2015 年，《小时代》《致青春》《匆匆那年》《花千骨》《何以笙箫默》等众多热门网络文学 IP 改编为影视剧。2015 年末至 2016 年初，随着《琅琊榜》《欢乐颂》等影视剧的播出，游戏、动漫、舞台剧、有声读物等产业纷纷引进网络文学 IP，网络文学 IP 产业发展进入兴盛时期。因此，2015 年被认为是网络文学的“IP 元年”。目前，网络文学 IP 已经形成了完整的产业链，产业重心由付费阅读向 IP 全版权运营转移。

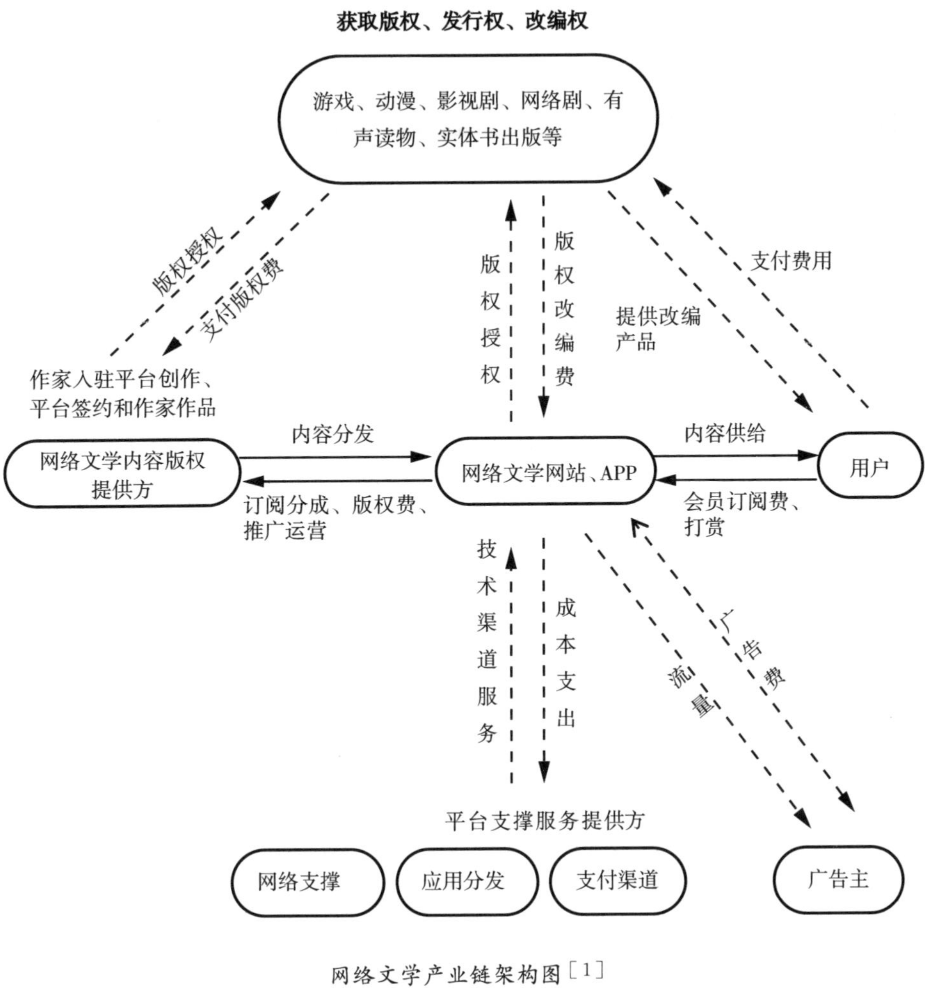

网络文学产业链架构图[1]

[1] 图例来自易观 2016 年 7 月 18 日发布的《中国网络文学市场年度综合报告 2016》。

产业链上游即网络文学内容提供方，包括网络文学作家及获得授权的网络文学平台。内容提供方拥有作品版权，提供原创内容，占据了网络文学产业链的主导地位。目前，较为知名的网络文学作家有唐家三少、天蚕土豆、辰东、我吃西红柿、风凌天下、鱼人二代、月关、忘语、打眼、猫腻、柳下挥等。

产业链中游即网络文学平台及渠道商，包括网络文学网站、移动 APP 以及分发渠道等，直接向下游用户输出内容。其中，分发渠道主要为网络文学平台提供技术和推广支持，可以为其节约成本，提供优质用户。

产业链下游即终端用户读者。读者可以通过支付订阅费、打赏等方式阅读网文，付费获取网文衍生产品和服务，最终实现网络文学的内容变现。读者可以通过阅读论坛（百度贴吧、知乎、豆瓣、新浪微博、网易论坛等）、阅读商店（京东、苏宁易购、亚马逊、天猫、当当等）、移动阅读（起点读书、QQ 阅读、掌阅、百度阅读、塔读文学等）、浏览器（360 浏览器、UC 浏览器等）等方式阅读。

衍生产业链即网络文学 IP 衍生运营方，包括网络文学集团、游戏公司、影视动漫公司、出版社等，在获得 IP 授权后，对网络文学作品进行改编，推出游戏、动漫、影视、网剧、图书等一系列衍生产品，向下游用户持续输出以网文 IP 为核心的内容产品。

第三服务方包括 IT 支撑、支付渠道、网站应用分发等机构，可以为网络文学发布平台提供技术支持，优化网络文学市场服务。

版权管理方则包括国家版权局、中国版权保护中心、中国版权协会、中国保护知识产权网等，为网络文学全产业链提供版权服务和监管。

广告商则向网络文学平台支付广告费用以获得广告效益。

二、“IP 热”与“网络文学+”

1.“IP”与网络文学“IP 热”

网络文学 IP 产业自 2015 年兴起发展至今仍然热度不减，受到资本的追捧。2017年，由于受到文化娱乐消费持续增加、泛娱乐新生态新模式诞生、“互联网+文化娱乐”业态广泛互联并深度融合等多种因素的影响，网络文学IP市场得到进一步发展，迸发出新的活力，进入更加繁荣的崭新阶段。

2017年1月7日，阅文集团经典IP《斗破苍穹》首日总播放量破亿，成为国产3D动画新标杆。2017年2月24日，掌阅重金签约网络名作家。2017年3月21日，中文在线1.1亿“突击”参投热门网文IP《凰权》。2017年4月18日，阿里文学举办首届作者年会，赋能作者打造爆款IP。2017年6月19日，阅文、腾讯、万达成立合资公司，携手打造航母级IP开发模式。《2018中国泛娱乐产业白皮书》显示，2017年泛娱乐核心产业总值约为5484亿元，同比增长32%，占数字经济的比重超过20%。其中，2017年中国数字阅读用户规模已接近4亿，市场规模达到152亿元左右，网络文学逐渐成为泛娱乐产业中不可忽视的力量。

2018年伊始，继续承接良好的势头。4月12日，改编自同名小说的网剧《我才不会被女孩子欺负呢》在优酷独家上线，在不到一个月的时间里，全网播放量已超过5亿。4月27日，蝴蝶蓝原创网游小说《全职高手》由阅文集团旗下IP改编的特别篇动画正式开播，首集上线10小时，腾讯视频及bilibili双平台专辑总播放量便突破1亿，相关话题也在各个社交平台引起热议。阅文集团品牌负责人接受采访时表示，希望通过这个案例的成功，打造更多元的内容开发与更具创意的营销合作，深挖精品IP价值，赋能新文创生态的发展。

网络文学IP的蓬勃发展，与当前时代背景下的国家政策环境、经济发展、社会文化需求以及互联网和媒体技术进步等因素密切相关。

首先，政策鼓励网络文学创作，并加强对作品版权的保护。网络文学发展二十年以来，鼓励和保护网络文学发展且现行可适用的政策和相关文件主要有[1]：

---

[1] 参见欧阳友权主编：《中国网络文学年鉴（2017）》，新华出版社2018年版，第301—303页。

(1)《互联网著作权行政保护办法》，国家版权局、信息产业部，2005 年 5 月 30 日；

(2)《最高人民法院关于审理涉及计算机网络著作权纠纷案件适用法律若干问题的解释》，最高人民法院，2006 年 12 月 8 日；

(3)《互联网文化管理暂行规定》，文化部，2011 年 4 月 1 日；

(4)《最高人民法院关于审理侵害信息网络传播权民事纠纷案件适用法律若干问题的规定》，最高人民法院，2013 年 1 月 1 日；

(5)《信息网络传播权保护条例》，国务院，2013 年 3 月 1 日；

(6)《使用文字作品支付报酬办法》，国家版权局、国家发改委，2014 年 11 月 1 日；

(7)《关于推动网络文学健康发展的指导意见》，国家新闻出版广电总局，2014 年 12 月 18 日；

(8)《关于规范网络转载版权秩序的通知》，国家版权局办公厅，2015 年 4 月 17 日；

(9)《关于加强网络文学作品版权管理的通知》，国家版权局，2016 年 11 月 14 日；

(10)《文化部关于推动数字文化产业创新发展的指导意见》，文化产业司，2017 年 04 月 11 日；

(11)《网络文学出版服务单位社会效益评估试行办法》，国家新闻出版广电总局，2017 年 7 月 1 日；

(12)《网络文学出版服务单位社会效益试行评估指标和计分标准》，国家新闻出版广电总局，2017 年 7 月 1 日；

(13)《关于开展 2017 年优秀网络文学原创作品推介活动的通知》，国家新闻出版广电总局，2017 年 7 月 12 日；

(14)《关于开展打击网络公民侵权盗版“剑网 2017”专项行动的通知》，国家版权局等，2017 年 7 月 25 日。

其次，中国宏观经济增长前景良好，资本注意力转向 IP 产业。中国宏观经济的繁荣带来了文化产业的繁荣，为网络文学产业提供了良好的经济发展环境。2015 年，网络文学 IP 崛起，网络文学 IP 的巨额收益推动网络文学市场横向、纵向深入发展。此外，网络文学集团纷纷开始打造泛娱乐生态，泛娱乐资本的投入助力网络文学迅猛发展。

再次，网络文学迎合了市场和消费者的需求。2014 年 9 月，在夏季达沃斯论坛上中国提出了“大众创业，万众创新”的理念，并强调“让人们在创造财富的过程中，更好地实现精神追求和自身价值”，给予了网络文学相对自由的创作环境。经过二十年的发展，网络文学已经成为人们日常所需的休闲娱乐方式之一，满足了读者的精神需求，培养了大批网络文学读者。同时网络文学题材宽泛，数量庞大，为影视、动漫、游戏等产业提供了原创剧本。

最后，周边媒体行业的发展与成熟为网络文学 IP 与各产业的融合提供了可能，也促使网络文学泛娱乐产业得以形成。同时，大数据和云计算技术的逐步成熟，为网络文学 IP 的改编制作提供了技术支撑；大数据对于市场热点的预测为作者的创作方向和产业的市场走向提供了指导。

2. 网络文学的 IP 经营

虽然网络文学已经经历了二十年的发展，但网络文学 IP 产业还很青涩。在 IP 产业的早期发展阶段，网络文学的版权运作分散，版权流动到产业链相应部门后各自运作，直接影响了 IP 改编对网络文学核心价值的还原。因此，为了改变这种状况，网络文学网站开始打造网络文学泛娱乐平台。

网络文学 IP 经营的发展主要经历了四个阶段：第一阶段，网络文学进行自身内容的积累，储存优质的版权内容，扩充题材类型，开发网络文学上下游产业链，但这一阶段缺少资本运作；第二阶段，网络文学内容产业链开始拓展延伸，进入 IP 改编的时代，表现形式丰富，影视、游戏产业逐渐介入；第三阶段，网络文学泛娱乐产业链形成，产业链各部门高效联动，产业链纵向发展迅速，与影视、动漫、游戏、音乐、有声读物、舞台剧等周边媒体跨界合作，网络文学平台开始探索全版权运营模式；第四阶段，网络文学集团形成，注重产业链纵向开发，网络文学泛娱乐平台开始深度挖掘 IP 价值。

阅文集团是网络文学最为活跃的 IP 源头。依托于腾讯的泛娱乐战略，阅文集团很早就开始打造网络文学 IP 运营战略，将文学、影视、游戏、动漫四大业务串联起来。阅文集团的 IP 运作策略以内容深耕为基石，打造全版权运营模式，并将网络文学 IP 产品向海外输出。截至 2017 年底，阅文集团已拥有 960 万部文学作品，涵盖 200 多种题材，拥有丰富的作品库及庞大的作者队伍。阅文集团对其作品内容进行深度挖掘，通过作品热度、内容转化率和商业扩展潜力等维度进行 IP 筛选，借助腾讯集团的音乐、游戏、动漫、影视平台资源进行全版权运营，推动阅文集团的 IP 产品走向世界。2016 年，阅文集团宣告迎来“内容连接 2.0”时代，以“全体验＋全内容＋全场景＋全正版”为发展策略，以文学为圆心，连接起 IP 知识产权与游戏、动漫、出版、影视、周边等多业态的转化，通过 IP 泛娱乐化充分发掘 IP 价值，推动数字内容产业的壮大。

阿里文学提倡平台资源共享，并对优秀的网络文学作品加以扶持。阿里文学的 IP 运作策略是以大数据作为支撑，精准定位用户喜好，引导内容生产，提高运作效率。此外，阿里文学还会将优秀的内容反向衍生为原创文本，具有双向衍生的特性。阿里文学的 IP 运作与阿里生态充分融合，同时，与塔读文学、新浪阅读、长江传媒、微博有书、天下书盟、咪咕阅读、天翼阅读、中文在线、纵横中文网、中国出版集团、博集天卷等 150 家内容提供商达成版权合作，共获得 120 万余部授权作品，版权图书总量已经超过 40 余万册。2016 年，阿里文学推出光合计划，围绕 IP 的培育和衍生展开，其内容包括：中短作品曝光计划、精品阳光扶持计划、IP 联合培养计划、IP 联合开发计划。

百度作为搜索引擎巨擘，其创立的百度文学具有基础资源优势。百度文学近期进行了业务架构重组，决心打造“内容生态、服务生态、金融生态”的布局。其中内容生态的构建着重于资源整合，打通文学、影视、动漫、游戏等各个环节，对优质IP进行全方位的深度开发，并在爱奇艺建立文学版权库，进一步促进优质网文的创作。

掌阅文学是掌阅科技于2015年成立的原创文学品牌。2016年，掌阅文学决心打造泛文化娱乐生态圈，基于掌阅iReader平台，开发适合移动阅读的高品质原创内容，着重挖掘二次元、玄幻、仙侠、历史、都市职业、言情、游戏竞技等类型小说，在小说创作阶段即与漫画、动画、游戏公司联动，对精品内容进行全版权开发；并且，通过“书友圈”将平台用户与内容高效联结，鼓励和督促作者创造更多高品质内容，打造下一代内容生产的生态圈。

3.“网络文学+”与中国泛娱乐产业

据国家新闻出版广电总局数字出版司对当前市场规模较大、影响力较强的31家重点网站发展情况的统计，2015年由网络文学原创作品转化出版图书5202部，改编电影515部，改编游戏201部，改编动漫130部。2017年改编电影1195部，改编电视剧1232部，改编游戏605部，改编动漫712部。[1]

网络文学全方位渗透了中国的泛娱乐产业，打造出网络文学泛娱乐模式，具有深入娱乐产业、产业链双向互通、周边衍生多、人气积累高等特点。网络文学与影视、游戏、动漫的跨媒体泛娱乐融合，已经度过了磨合期，走向了发展、繁荣、壮大的阶段。

2015年，广电总局发布“一剧两星”的政策后，影视制作公司对剧本的选择更加谨慎，网络文学作品因其题材多样、知名度高、读者基础深厚而受到青睐。网络文学改编的影视作品主要有电视剧、电影、网络剧、网络大电影等类型。影视制作公司对内容的选择主要从三个维度进行考量：首先是作品内容与社会经济、政治、文化的契合度；其次是作品本身的质量；最后是

[1] 新华网：《24部优秀网络文学作品获新闻出版广电总局和中国作协推介》，http://www.xinhuanet.com/book/2018-01/23/c_129797300.htm，2018年4月26日查询。

作品的点击率、人气、排行等数据分析。作品经过筛选后，影视制作公司将向内容提供方购买版权。目前，版权购买有两种主要的形式：一是影视制作公司买断作品版权；二是影视制作公司与网络文学网站充分利用双方资源合作开发。此外，网络文学影视制作开发策略主要包括三个重要部分，一是要进行充分的市场调研，通过数据分析了解受众的偏好；二是通过采用原著作者担任编剧等方式，贴近原著作品精髓；三是跨媒体、跨行业合作，延长产业链。

网络文学改编的影视作品与其他原创剧本拍摄的影视作品相比，具有风险小、回报高、市场反馈表现突出的特点。2017 年 1—9 月，网络播放覆盖人数 TOP10 的电视剧中有 5 部都改编自网络小说，排名占据总榜单前四。网络文学 IP 改编电视剧在社交媒体及视频播放平台的数据较好，电视剧《三生三世十里桃花》微博话题的阅读量达到 105.4 亿。网络文学改编的电影票房也表现突出，改编自天下霸唱《鬼吹灯》的电影作品《寻龙诀》票房达到 12.68 亿，改编自南派三叔《盗墓笔记》的电影作品《盗墓笔记》票房达到 10.04 亿。

网络文学改编动漫因技术水平的要求，通常需要多方参与，合作开发。网络文学改编漫画需要选择世界观架构完整、人物关系详细、小说节奏快、故事冲突激烈的作品，通过付费阅读模式获取收益。与漫画稍有不同的是，网络文学改编动画制作水准要求更高，因而制作成本也随之增长。

与其他改编模式不同，动漫的下游衍生业十分发达，动漫周边、线下活动也是作品改编过程中非常重要的一个环节。以 2017 年网络文学改编动漫案例来看，在 IP 改编方面，《斗破苍穹》3D 动画首季点击量突破 10 亿，《全职高手》动画开播 24 小时全网播放量突破 1 亿。在广告营销方面，麦当劳联合《全职高手》及《斗破苍穹》，成功实现跨界营销。在粉丝活动方面，《全职高手》举办“十年荣耀，巅峰回归”粉丝见面会，受到粉丝的热烈追捧。在主题商店方面，阅文集团集结了《全职高手》《斗破苍穹》及《择天记》等众多热门网络文学作品，在上海设立轻食 & 周边主题店。此外，《全职高手》动画分别向欧美和日本出口，获得了较好的市场反响。

网络文学改编游戏主要是借用网络文学作品的世界观及主角的故事线，为游戏作品提供剧本。网络文学版权受到游戏市场的欢迎，一方面因为网络文学作品长期更新的特性，可以为游戏的后续开发提供保障；另一方面，网络文学的游戏改编常常与影视作品联动开发，可以节约成本，降低风险，充分发挥网络文学作品的经济价值；同时，网络文本与游戏在故事情节、叙事节奏、背景架构等方面的同质性，也成为网络文学版权受到游戏市场欢迎的重要原因。

目前，网络文学作品、影视、游戏合作开发，形成多产业渠道共赢，已经成为常见的产业链运作模式。2016 年 10 月，改编自《盗墓笔记》的页游宣告破亿。2017 年，改编自《花千骨》的手游首月月流水近 2 亿，改编自《琅琊榜》的手游上线十天破千万流水，改编自《龙王传说》的手游首日破收入 300 万。此外，网络文学游戏改编经过多年的发展，演变出了新的模式。例如，《苍穹变》在游戏中连载小说，玩家行为会直接影响小说的发展，《百炼成仙》游戏曾联合百度贴吧推出“参与游戏改写结局”的活动，通过与玩家互动完成小说后续创作。

三、“粉丝经济”与产业链上的“精耕细作”

1. 网络文学“粉丝”与“粉丝经济”

“粉丝”是英文“fans”的音译，这一概念形成于 20 世纪末，最初是指追随、喜爱某一特定明星、偶像的族群。在现行经济环境下，“粉丝”已经逐渐演变为一种文化消费模式，网络文学粉丝即网络文学品牌的追随者，与网络文学品牌之间存在情感纽带。根据阅文所提出的“核心粉丝”概念，可以将网络文学读者分成看客、读者、粉丝、忠粉四种类型：“看客”是指偶尔会在网络文学平台阅读的群体；“读者”是指在网络文学平台有长期阅读行为的群体；“粉丝”特指愿意并且已经采用付费阅读方式进行网文阅读的群体；“忠粉”则特指拥有固定的作品和作者偏好，长期关注其热衷作品的所有信息及其衍生品，并愿为之付费的用户群体。

粉丝行为衍生出了“粉丝文化”，粉丝文化促使“粉丝经济”这一精神文化的消费方式产生。“粉丝经济”泛指架构在粉丝和被关注者关系之上的经营性创收行为，是一种通过提升用户黏性并以口碑营销形式获取经济利益与社会效益的商业运作模式。

“粉丝经济”是用户黏度带来的经济价值。用户黏度包括粉丝对网络文学品牌的依赖度、忠诚度和使用程度等方面，是衡量粉丝对网络文学品牌忠诚度的指标，用户黏度越高，网络文学品牌的价值越大。网络文学“粉丝经济”的培育需要扩大网络文学粉丝群体，同时提高网络文学用户黏度。

“粉丝经济”以口碑营销的方式为主。美国口碑市场营销协会把口碑定义为消费者向其他消费者提供信息的行为，口碑营销是网络文学营销模式的核心。网络文学营销媒介和粉丝通过论坛、贴吧、博客、播客、微博、微信、相册和音视频等渠道，以文字、图片、音视频等表达方式为载体，分享网络文学品牌的相关内容，以吸引更多的受众注意力。

“粉丝经济”的本质是注意力经济带来的精神文化消费。网络文学品牌为粉丝带来精神上的满足，是对粉丝注意力的维系。网络文学粉丝是网络文学品牌最坚实的消费者和最坚定的拥护者，巩固粉丝对作品的注意力，并通过口碑营销的方式获得更多的粉丝，是网络文学“粉丝经济”运作方式的基本内涵。

网络文学“粉丝经济”兼具文学与经济的特点，形成了独特的文化价值、经济价值和文学价值：

网络文学“粉丝经济”代表了当代社会环境下的文化价值态度，粉丝成为当代各种流行文化的奉行者。打赏和月票制度是网络文学“粉丝经济”最直观的体现，粉丝推动了网络文学全产业链的发展，粉丝的认可一定程度上代表了当代社会文化价值的认同。因此，2014 年，百度副总裁张东晨宣布百度文学将把“粉丝经济”和“泛娱乐化”作为战略。同时网络文学平台开始包装“偶像”作者，以盛大文学对唐家三少的明星化包装为例，2012年4月23日，盛大专门为唐家三少申请了吉尼斯世界纪录；2013年12月30日，与唐家三少合作成立国内首个网络作家工作室——唐家三少工作室“唐studio”；2014年2月28日，盛大专门为唐家三少举办国内首个网络作家庆典——执笔十周年“唐门家宴”。

网络文学“粉丝经济”创造了新的网络文学盈利方式。在网络文学发展早期，以榕树下为代表的网络文学网站运营的主要目的是提供大众文学交流平台，并不具有直接的商业目的，因此未能维持网站所需的运营成本，逐渐衰落下来。网络文学网站为了寻找出路，开始了商业模式的探索，从网络文学线下出版的形成，到付费阅读模式、打赏、月票制度等网络文学线上产业链的成熟，再到如今游戏改编、漫画改编、影视改编、在线听书等网络文学衍生产业链的发展壮大，“粉丝经济”所创造的巨大收益，正是网络文学作者及网络文学平台不断进步的动力来源。

网络文学“粉丝经济”成为网络文学读者与作者之间新型关系的联结纽带。与传统文学不同，网络文学诞生于网络，继承了网络的即时性和互动性的特点。网络文学的创作、传播、衍生、消费都依赖于网络，因此，网络文学作品并不是单向传播，粉丝的反馈贯穿始终。正如研究者赖敏所言：“网络写手与读者之间的沟通不再是传统大众媒介时代那种作者单方面‘提供’的单向传递，而是凭借网络文学创作、传播、消费平台三合一的特点，形成双向沟通，写手与读者可平等地在线交流。读者从信息的被动接受者转换为信息的主动选择者、网络文学文本的可能参与者和建构者。”[1]

2. 网文产业链上的“粉丝群”

据CNNIC历年《中国互联网络发展状况统计报告》，网络文学用户规模已经由2010年的1.62亿人，发展到了2017年的3.78亿人，呈持续增长的态势。网络文学用户使用率由2010年的42.30%发展到了2017年的60%。

[1] 赖敏：《网络文学互动影响多维探析》，《社会科学研究》2013年第5期。

网络文学利用与粉丝之间的非理性情感纽带发展“粉丝经济”，通过官方粉丝组织巩固并扩大粉丝群，跨媒体整合明星资源，扩大粉丝效应。

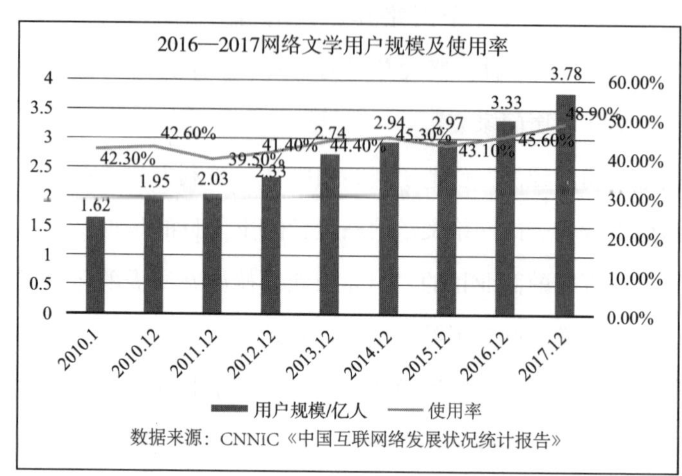

以《择天记》的改编为例。《择天记》从购买版权起就备受关注，作为在22点后的非黄金档播出的周播剧，且并未在暑期档播放，却在播放期间屡屡击败黄金档电视剧夺取当日收视冠军。2017年6月2日大结局当晚，猫眼专业版显示该剧收视排名再度跃居第一，关注度0.5501%，市场占率11.7397%，收视数据再创新高。电视剧剧情的相关话题相继得到网友热议，话题“鹿晗择天记”的阅读量更是打破了微博角色话题纪录，目前阅读量已突破58亿，讨论量也超过了1600万。

“粉丝经济”是在一种非理性的信任机制上产生的，与制度化、理性化的信任不同，非理性的信任具有更大的经济潜力。网络文学产业链粉丝群的建立是基于一种高黏度、强韧性的粉丝情感，主要来源于网络文学作品、改编制作团队、参演或代言网络文学改编作品的明星。

相对于普通的信任机制，粉丝群产生的是无条件、长久的高度信任的情感，有学者将这一关系定义为是一种“特殊的血缘关系”。网络文学产业链上的各种运作行为基本不会影响粉丝群的忠诚度，粉丝群会维护甚至主动促进网络文学品牌更好发展。因此，引导粉丝进行跨媒体迁徙并不困难，粉丝群的情感资本降低了网络文学产业化的成本和风险。

在当代的粉丝文化中，官方粉丝组织起到了巩固和扩大粉丝群的作用。官方粉丝组织包括官方微博、官方贴吧等，是对网络文学产业链粉丝群的身份认同；它虽然由网络文学改编制作团队所创建，却是粉丝交流感受、分享资源的重要渠道。

粉丝群是一个至关重要的概念，它是粉丝进行情感交流、共享资源和构建身份认同的场域，官方粉丝组织还会策划各类主题活动、访谈，发布花絮，引导话题，巩固粉丝群体的认同。例如，《何以笙箫默》的小说百度贴吧是由小说粉丝们自发创办的“原著粉吧”，但电视剧及电影在百度贴吧和新浪微博的粉丝社区均为官方创办，是“商家”策划和建设的，但粉丝们依然以参与其中为荣。电视剧《何以笙箫默》上线期间百度贴吧和新浪微博分别有超过 11 万和 65 万的粉丝；电视剧《琅琊榜》百度贴吧和新浪微博分别有超过 17 万和 65 万的粉丝；电视剧《三生三世十里桃花》百度贴吧和新浪微博分别有超过 35 万和 217 万的粉丝。

此外，明星效应的合理利用对粉丝群的维护和发展也很重要。网络文学原著作者、代言或参演网络文学改编作品的明星在网络平台上与粉丝互动，叠加明星资源效应，已经成为网络文学改编过程中常见的营销方式。

3. 以优化的产业链打造“粉丝经济”

优化的产业链是通过网络作品改编的影视、游戏、动漫等二度创作打造精品形成链条式关联关系的形态，不仅能扩大原作影响力，也让小说粉丝成为产业链上的“忠粉”，创造良好的经济效益和社会效益。网络文学在整个泛娱乐产业链的最上游，凭借其丰富的内容资源储备为整个产业链输送内容。粉丝是网络文学产业链上的消费者，是完成网络文学商业闭环的最终环节，“粉丝经济”贯穿于网络文学产业链各个环节，优化的产业链是促进“粉丝经济”发展的重要因素。

2017 年大热的网络文学作品《三生三世十里桃花》，经改编所打造的产业链就是一个较好的例证。作品自带流量，IP 热度持续高涨，在同名改编的电视剧、电影热播之后，不断释放潜能；其衍生的广告产业以“桃花”和“书法”相结合的方式，设计开发呈现“粉色”“梦幻”的品牌标识，遍布护肤品、饮料等不同领域；相关手游同步上线，形成了一条优化的产业链。

（1）打造“粉丝经济”的坚实基础

发展网络文学的“粉丝经济”，离不开网络文学平台的资本运作，也离不开明星文本的打造。首先，网络文学平台要重视全版权运营和泛娱乐模式。网络文学作品的版权价值与版权改编的规划，是产业化运作成功与否的基础因素。因此，网络文学平台要有长远的眼光，为作者及作品提供完整的产业化运作平台，并在发展过程中不断完善、创新产业链中的相关服务内容。网络文学平台是粉丝与作者互动的重要途径之一，是维系网络文学粉丝与偶像作者情感纽带的重要渠道。除了月票、打赏、留言等常见方式，网络文学平台还应该为粉丝提供更多与作者交流互动或是参与作品创作、改编过程的机会。

其次，优质的明星文本是打造“粉丝经济”的重要因素。明星文本可以吸引粉丝，塑造偶像作者，通过产出更多的作品，有效地拓展粉丝规模。同时，“以粉增粉”也是十分有效的策略，粉丝之间的口口相传是口碑营销最有力的途径，粉丝有参与网络文学品牌打造、创建、传播、演进全过程的强烈意愿。

（2）建设“粉丝经济”的框架结构

发展“粉丝经济”，必须兼顾粉丝和市场的需求，应注重内容、制作、运营三个过程中的精品化运作。

在内容改编过程中，原著粉丝注重对原著作品的再现，对作品内容的改编应当在尊重原著的基础上进行二次创作。在网络文学市场中，不乏对作品进行大幅度改编的作品，但少有成功的案例。改编过程中，如果与原著内容或价值观相偏离，会直接导致原著粉丝的流失。

在制作过程中，还应提高产品制作水准，坚持品质至上。在电视、电影、动画改编的过程中，应保持高标准、严要求的制作态度。影视作品的制作过程中“抠图”、剪辑跳跃等反映制作水准缺陷的问题频频出现在网络文学改编作品中，败坏粉丝好感。相反，制作精良、反复打磨的作品备受好评。

从研发初期到市场推广再到后续开发，在保持高水准的制作外，产业化运营的全过程都应持有精品化的理念。以《琅琊榜》为例，《琅琊榜》的制作团队从最初的作品选择、演员的挑选、剧本的改编，到拍摄中的场景布置、服化道的设计、台词的更改、后期的制作都经过了精心打磨，电视剧播出后，制作团队的“处女座”“强迫症”等相关话题一度占据热搜榜。

(3) 优化“粉丝经济”的顶层设计

精准营销是发展“粉丝经济”的重要环节，粉丝文化就是在营销过程产生了具有影响力的经济价值。

首先，优秀的作品自身便具有对粉丝的吸引力。优秀的作品不用刻意推广就能吸引读者，拥有粉丝读者的基础。一部质量不高的网络文学作品是无法通过宣传营销获得粉丝基础的，发展“粉丝经济”首先需要保证作品本身的质量，吸引基础粉丝群。在此基础上，才能依托网络文学平台及其他制作平台的运作，形成网络文学品牌，发展“粉丝经济”。

其次，需要有目的地寻找具有分享意义的话题。网络文学产业运营过程中都会采用话题投放的方式进行营销，以期获得更多的市场关注，微博热搜就是最直接的表现。粉丝都渴望参与到网络文学产业化的运作中，并通过反馈和分享提高网络文学品牌的知名度，从而获得扩大粉丝群体的可能。

最后，口碑营销是“粉丝经济”中最成熟的模式。美国口碑营销协会的调查结果显示，口碑是“最诚实的营销行为，奠基于人们想与亲友、同事分享经验的自然欲望”。口碑营销是所有营销方式中最有效的途径，是发展“粉丝经济”的内在驱动力。发展“粉丝经济”需要精准定位，让口碑营销有的放矢、事半功倍。

四、商业化的“机”与“危”

1. 商业性对网络文学的贡献

自1998年网络文学诞生以来，网络文学的发展就面临着重重困境，网络文学的商业化运作带来了网络文学的繁荣，为网络文学发展提供了动力源泉，促进了网络文学全产业链上的精耕细作，刺激了网络文学相关技术的突飞猛进。如今，网络文学与泛娱乐产业融合发展，成为中国文化走出去的重要渠道和载体之一。商业化为网络文学提供经济驱动力，创造了一个新的文化产业形态。

没有商业化运作，就没有网络文学繁荣的局面，特别是类型小说的繁荣。据国家新闻出版广电总局数字出版司对当前市场规模极大、影响力较强的45家重点网站发展情况的统计，截至2017年12月，各网站原创总量高达1646.7万种，其中签约作品达132.7万种，年新增签约作品22万，网络文学作品数量十分惊人，其中绝大多数都是类型小说。二十年间，网络文学类型小说发展迅猛，2016年，在3亿多网络文学用户中，超过80%的人通过网络途径阅读类型小说。

商业性促使网络文学与泛娱乐产业融合。网络文学与泛娱乐产业的有机融合，创造了一个新的文化产业形态。《斗破苍穹》《盗墓笔记》《花千骨》《百炼成仙》《琅琊榜》《三生三世十里桃花》《全职高手》《我才不会被女孩子欺负呢》等作品在新的文化业态中，经过二次创作，不仅极大地丰富了文化产业市场，而且取得了较好的经济效益。2017年，泛娱乐核心产业产值约为5484亿元，同比增长32%，预计占数字经济的比重将会超过20%，在我国经济市场中占据了重要地位。而我国的泛娱乐市场也走向集团化、规模化、生态化的发展方向，网络文学与泛娱乐产业融合为网络文学产业发展带来了良好的市场环境和资本动力。以腾讯、阿里巴巴、百度、网易等为代表的泛娱乐产业集团结合自身泛娱乐资源，打造网络文学泛娱乐运营模式。在泛娱乐市场的推动下，网络文学的商业模式向更加多元化的方向发展。

商业性关注网络文学 IP 的精品化，驱动网络文学产业发展。网络文学 IP 带动网络文学衍生产业链的形成，深度挖掘网络文学版权价值。网络文学内容提供方、网络文学平台及渠道商、终端用户读者、网络文学 IP 衍生运营方、第三服务方等各平台跨界联结，网络文学上游产业、下游产业与衍生产业联动发展，助推网络文学全版权运营模式的产生。网络文学泛娱乐平台也随之发展成熟，打造作家品牌和超级 IP，降低交易成本，提高产业链的运作效率。

商业化助力网络文学线上产业发展。截至 2017 年 12 月，网络文学用户规模达到 3.78 亿，较 2016 年 12 月增加 4455 万，占网民总体的 48.9%。其中，手机网络文学用户规模为 3.44 亿，同比增加 3975 万，占手机网民的 45.6%。网络文学因其独特的业态特质，具有受众规模庞大、传播迅速等特点，成为文化产业的主要子产业之一。2016 年，网络文学泛娱乐模式提出后，产业发展再遇新机遇，产业价值得以提升。

商业化的需求成为网络文学产业技术水平突飞猛进的动力。伴随着大数据、云计算、物联网、人工智能等新一代信息通信技术的研发，网络文学与周边媒体行业的融合碰撞出了新的火花，新技术不仅提高了网络文学产业技术水平，还为网络文学产业的发展提供了新的可能。网络文学市场得以发展和创新，为更好满足受众需求创造条件。

网络文学成为中国文化走出去的重要渠道和载体之一。在“推进国际传播能力建设，讲好中国故事”“提高国家文化软实力”等理念的引导下，以海外网络文学翻译站、国内外文数字阅读平台和实体图书“三驾马车”为助力，中国“网文出海”模式初步形成。目前，不同语种翻译传播中国网络文学的海外网站已有上百家。2017 年，各网络文学平台开始推动网络文学出海的相关行动。阅文集团与亚马逊、Gravity Tales 达成合作协议，合作推动了一系列国外网文正版化进程的行动，同时扩大了中国网络文学的传播渠道。掌阅科技推出“网文出海”计划，启动网文“走出去”三步走战略，并与泰国原创出版公司红山出版集团达成战略合作协议。

商业化为网络文学的发展提供了强大的经济动力，使网络文学从初期困难的状况发展到如今一片繁荣的景象。商业化对网络文学的兴盛具有不可磨灭的功劳，促进了网络文学二次创作精品化和产业链的优化，从而创造出较好的经济效益和社会效益。

2. 过度商业化对网络文学的伤害

商业化促进了网络文学产业的不断发展，为网络文学提供了良好的市场环境。但是，网络文学不同于其他的产业，其文学性决定了网络文学必须将文学价值、文化价值放在首位，因此，过度商业化也为网络文学带来了伤害。

过度商业化带来的不仅仅是同质化、质量低下等问题，唯利是图、唯点击率、只顾经济利益不顾社会效益等现象对网络文学造成了严重的伤害。由于网络文学作品在免费试读结束后，采用按千字收费的标准，字数越多作者的收入就越多，于是一味地求快求多就成为部分作者的目标，导致作品越写越长，100 万字成了网络小说的起步标准。为了保证量的输出，网络文学成了流水线作业，大批的写手、代写、“接盘侠”也随之出现。为了吸引订阅用户数量，有些作品甚至掺杂了色情、暴力等重口味情节。据央视《新闻联播》报道，2014 年 4 月中旬至 11 月国家“扫黄打非”工作小组办公室开展打击网上淫秽信息的“扫黄打非·净网 2014”专项行动期间，第一批被牵涉其中的网站包括 20 多家网络文学网站，这 20 家以上的网络文学网站在行动期间已无法访问，包括百度的多酷书城、3G 书城、看书网、幻剑书盟等；此外，该行动期间北京市文化市场行政执法总队对西陆网、言情小说网等网站登载《风流逸飞》《纯属挑逗》《醉红情》等淫秽色情网络小说的行为依法进行了查处，共查禁淫秽色情网络小说 43 部，责令 24 家网站删除违规内容链接 209 条，其中关闭及取消备案网站 8 家，责令整改网站 8 家。

网络文学商业化带来的“全民写作”风潮，导致作品质量参差不齐。与传统主流文学的作者相比，网络文学的作者准入要求较低，只要通过网络文学网站注册，就能发表自己写作的作品。商业化刺激了文学爱好者上网“试水”，他们希望据此获得收入并满足嗜好，导致作者数量庞大，但作品质量却参差不齐。据统计，我国每年网络“生产”的长篇小说就有数百万部，文学网站日更新可达 2 亿字。同时，自付费阅读模式诞生以来，许多网站为了保证自身的运营，对作者每日更新字数有严格的规定和要求，有些网站要求一日更新6000—10000字。在这种制度压力下，作者很难有仔细打磨作品的精力和时间，作品质量难以保证。同时，由于月票、打赏等收入制度的存在，网络作者容易向过度商业化的方向倾斜，为迎合读者的喜好偏离自己的创作方向。受经济利益的驱动，作品抄袭现象频频发生，成为阻碍网络文学发展的障碍之一。

网络作品在文学价值、社会价值层面存在缺失。我国的出版法规规定了出版机构必须执行非常严格的“三审三校”制度，正式渠道出版的图书在内容和思想上都受到出版法规的严格管理，传统文学作品的作者对社会文化、文学内容的传播具有一定的约束性。而网络法规不够完善以及网络监管缺失等问题，使得在正规出版渠道无法接触到的灵异、耽美、盗墓以及玄幻、武侠等大量作品类型都可以在网络上获取，部分小说的价值取向偏离正确的价值观，读者需求的娱乐化导致作品内容肤浅化，文学逐渐沦为单纯的娱乐消遣工具。

由于网络文学创作较为自由且准入门槛低，网络创作导向性把关难，亟待出台管理制度和措施进行规制，减少过度商业化给网络文学带来的伤害。因此，自1998年网络文学大范围步入文化市场以来，相关政策法规和监管随着产业的发展不断完善。正如习近平总书记《在文艺工作座谈会上的讲话》中指出的，网络文学这类新型的文艺形态需要通过深化改革、完善政策和健全体制，形成一套切实有效的体制和管理措施，他指出：“现在，文艺工作的对象、方式、手段、机制出现了许多新情况、新特点，文艺创作生产的格局、人民群众的审美要求发生了很大变化，文艺作品传播方式和群众接受欣赏习惯发生了很大变化；对传统文艺创作生产和传播，我们有一套相对成熟的体制机制和管理措施，而对新的文艺形态，我们还缺乏有效的管理方式方法。这方面，我们必须跟上节拍，下功夫研究解决。要通过深化改革、完善政策、健全体制，形成不断出精品、出人才的生动局面。”[1]

---

[1] 习近平：《在文艺工作座谈会上的讲话（2014年10月15日）》，人民出版社2015年版。

五、两种效益的博弈与规制

1. 网络文学的社会效益与经济效益

经过二十年的磨砺和发展，我国网络文学已经形成了庞大的市场，各类文学网站层出不穷，网络文学所带来的经济效益不容小觑。此时，社会效益与经济效益的关系便凸显出来。社会效益是网络文学价值的核心，主要包含了社会责任、文化价值和文学影响等内容，网络文学的经济价值则应以不断提升社会效益、盈利并扩大再生产为主要原则。

网络文学的社会效益在于其对于社会意识形态的贡献，以及在文化传承、精神文明建设、审美引导等多方面的责任，主要表现在网络作品对社会意识形态的表达，使受众通过阅读文学作品，得到正确的世界观、人生观和价值观的引导；网络文学的文化价值表现在对中国文化的传承和传播过程中，弘扬有利于中华民族发展的文化传统；网络文学的文学影响则体现在网络文学作品的艺术价值中，应创造具有影响力的文学作品。

网络文学的经济效益关注其资本保值增值的盈利状况。网络文学作为一个产业，其经营对象是网络文学版权，通过阅读付费、线下出版及衍生市场来实现盈利并扩大再生产。文学网站没有财政拨款和政府补贴，依托市场经济自负盈亏，因此，要在社会效益优先的前提下，积极投入市场竞争当中，争取利润最大化。

网络文学应该将社会效益放在首位，只有创造了良好的社会效益的作品才能长久地获得经济效益，实现网络文学社会效益与经济效益的协同发展。

首先，从网络文学社会责任的角度来看，网络文学产业具有文化特性，但又兼具其他文化产业所不具备的文学身份与特点。所以，网络文学的社会责任也是文化责任和文学责任。网络文学不仅满足了人民群众精神文化需求，而且对文化、文学的传播具有潜移默化的影响。因此，网络文学产业必须增强自身的社会责任感，繁荣文学市场，服务于社会需求，遵守文学网站的行业自律以及网络文学社会效益评价机制。

其次，从网络文学的文化价值和文学影响的角度来看，在网络传媒时代，网络文学的阅读具有普遍性，网络文学是当代社会文学的重要部分，反映了社会的文化生态。网络文学作品所展现的文学文化价值，关系到人民群众的精神生活质量和社会主义意识形态建设。近年来，一些网络文学作品内容的过度娱乐化、粗制滥造、同质化等问题显现，是偏离社会效益的导向，过度追求经济效益的结果。要改善这一现象，必须坚持社会主义文化导向，不断完善相应的法律法规，加强监管，把社会效益放在首位，获得良性的经济价值循环。

最后，文学网站也要制定相关的社会效益规制策略。网络文学网站的自律规制，对引导网络文学创作方向具有十分重要的意义。网络文学网站旗下有大量的网络作者，网络文学网站除了负责与作者进行加盟、注册、签约等活动，还有责任通过制度的约束和鼓励引导网络作者的创作方向，培养网络文学作者尊重文学文化价值、担当社会责任的意识。

在网络文学二十年的发展历程中，两种效益的博弈始终存在。有的网站片面追求经济效益，为扩大阅读量，推出的作品内容低下，给读者特别是青少年带来负面影响。国家为了规范网站行为，一方面制定了相关的法律法规，另一方面依法处置和整顿违规网站，通过整顿市场，促进网站把经济效益和社会效益有机结合，这是网络文学市场健康发展的必要保障。

2. 网络文学的社会效益优先原则

网络文学产业的经营对象是文学产品，其文学性、文化性等特点决定了网络文学有很强的社会影响力，不能将网络文学单纯视为经济产业，还要注意它所蕴含的精神价值。在两种效益的博弈下，必须建立起社会效益优先、社会效益与经济效益并行发展的理念。

近些年来，国家根据网络文学的发展进程，不断完善相应的法律法规，对网络文学如何处理经济效益与社会效益的关系，做出了一系列明确规定。

2011 年 3 月 18 日，文化部正式发布的新版《互联网文化管理暂行规定》中提道："从事互联网文化活动应当遵守宪法和有关法律、法规，坚持为人民服务、为社会主义服务的方向，弘扬民族优秀文化，传播有益于提高公众文化素质、推动经济发展、促进社会进步的思想道德、科学技术和文化知识，丰富人民的精神生活。”

2014 年 10 月 15 日，习近平总书记在文艺工作座谈会上强调：“一部好的作品，应该是经得起人民评价、专家评价、市场检验的作品，应该是把社会效益放在首位，同时也应该是社会效益和经济效益相统一的作品。”“文艺不能当市场的奴隶，不要沾满了铜臭气。优秀的文艺作品，最好是既能在思想上、艺术上取得成功，又能在市场上受到欢迎。”[1]

2014 年 12 月 18 日，国家新闻出版广电总局印发《关于推动网络文学健康发展的指导意见》，其指导思想就是：“坚持为人民服务、为社会主义服务根本方向，高扬社会主义核心价值观旗帜，追求真善美，传播正能量；紧跟时代发展，把握人民需求，以中国梦为时代主题，以爱国主义为主旋律，以中国精神为灵魂，以中华优秀传统文化为根基，始终把创作生产优秀作品作为中心环节，推出更多人民喜闻乐见的优秀作品，使人民群众精神文化生活更加丰富和积极向上。”

2015 年 9 月，中共中央办公厅、国务院办公厅印发的《关于推动国有文化企业把社会效益放在首位、实现社会效益和经济效益相统一的指导意见》中明确指出：“文化企业提供精神产品，传播思想信息，担负文化传承使命，必须始终坚持把社会效益放在首位、实现社会效益和经济效益相统一。”“正确处理社会效益和经济效益、社会价值和市场价值的关系，当两个效益、两种价值发生矛盾时，经济效益服从社会效益、市场价值服从社会价值，越是深化改革、创新发展，越要把社会效益放在首位。”

2015 年 10 月，《中共中央关于繁荣发展社会主义文艺的意见》中谈道：“坚持以人民为中心，以社会主义核心价值观为引领，以中国精神为灵魂，以中国梦为时代主题，以中华优秀传统文化为根脉，以创新为动力，以创作生产优秀作品为中心环节，深入实践、深入生活、深入群众，推出更多无愧于民族、无愧于时代的文艺精品，不断满足人民精神文化需求，建设社会主义文化强国，为实现‘两个一百年’奋斗目标、实现中华民族伟大复兴的中

---

[1] 习近平：《在文艺工作座谈会上的讲话（2014 年 10 月 15 日）》，人民出版社 2015 年版。

国梦提供强大的价值引导力、文化凝聚力、精神推动力。”

2016 年 11 月 30 日，习近平总书记《在中国文联十大、中国作协九大开幕式上的讲话》中强调：“希望大家坚持服务人民，用积极的文艺歌颂人民。人民是历史的创造者，是时代的雕塑者。一切优秀文艺工作者的艺术生命都源于人民，一切优秀文艺创作都为了人民。广大文艺工作者要坚持以强烈的现实主义精神和浪漫主义情怀，观照人民的生活、命运、情感，表达人民的心愿、心情、心声，立志创作出在人民中传之久远的精品力作。”[1]

除了国家的政策引导外，2016 年 7 月 20 日，由 50 余家文学网站签署的《网络文学行业自律倡议书》是网络文学行业社会效益优先意识的体现。《网络文学行业自律倡议书》明确约定：“广大网络文学创作者、从业者要心怀祖国和人民，牢固树立为人民服务、为社会主义服务的方向，把满足人民精神文化需求作为出发点和落脚点，始终坚持为人民抒写、为人民抒情、为人民抒怀。网络文学企业要坚持把创作生产优秀作品作为中心环节，运用新媒体技术，组织、传播、推介更多人民喜爱的优秀网络文学作品。”

3. 文学网站社会效益评价指标

2015 年 9 月，中共中央办公厅、国务院办公厅印发的《关于推动国有文化企业把社会效益放在首位、实现社会效益和经济效益相统一的指导意见》中对国有文化企业有明确规定：“社会效益指标考核权重应占 50%以上，并将社会效益考核细化量化到政治导向、文化创作生产和服务、受众反应、社会影响、内部制度和队伍建设等具体指标中，形成对社会效益的可量化、可核查要求。”该《意见》是网络文学社会效益评价指标的理论导向。

2017 年 6 月，国家新闻出版广电总局公布了《网络文学出版服务单位社会效益评估试行办法》，并制定了《网络文学出版服务单位社会效益试行评估指标和计分标准》，明确提出，对从事网络文学原创业务、提供网络文学阅读平台的网络文学出版服务单位进行社会效益评估考核。评估考核共设置了 5 个一级指标、22 个二级指标和 77 项评分标准，主要包括出版质量、传

[1] 习近平：《在中国文联十大、中国作协九大开幕式上的讲话（2016 年 11 月 30 日）》，人民出版社 2016 年版。

播能力、内容创新、制度建设、社会和文化影响等指标，从网络文学价值引领和思想格调、文学价值和文化传承、编校质量、排行榜设置、编辑责任制度、党建和思想政治工作及社会评价、文化影响等方面进行具体计分。《办法》明确规定，网络文学出版服务单位发表作品出现严重政治差错、社会影响恶劣，在平台首页或重点栏目推介导向有严重问题的作品，违反政治纪律和政治规矩等重大问题，社会效益评估实行“一票否决”，评估结果为不合格。首次建立了具体、量化的网络文学社会效益评价指标体系。

网络文学出版服务单位社会效益试行评估指标和计分标准[1]

序号	一级指标	二级指标	计分标准
1	出版质量（45分）	价值引领和思想格调（30分）	1. 坚持社会主义先进文化前进方向，弘扬社会主义核心价值观，注重作品价值引导、精神引领、审美启迪等方面的作用，大力出版主旋律、正能量作品，全年未发现有错误导向问题的作品，计30分。
2			2. 无明显违规内容，但缺乏积极措施引导内容创作，主旋律不高昂、正能量不突出，弘扬社会主义核心价值观的作品比例低，视情况扣10—20分。
3			3. 无明显违规内容，但以人民为中心的创作出版导向不明显，存在娱乐至上、低俗猎奇现象，价值引领作用弱，视情况扣10—20分。
4			4. 漠视公序良俗、道德规范，混淆审美，作品存在违背正确人生观、价值观、伦理观、道德观问题的，视情况扣10—20分。
5			5. 出版思想消极、格调不高的作品，被读者投诉或举报、社会影响不好的，扣1分/部。
6			6. 把关意识不强，出版内容低俗、价值取向有问题的作品，被专家或媒体评论批评，扣2分/部。

[1] 国家新闻出版广电总局：《关于印发〈网络文学出版服务单位社会效益评估试行办法〉的通知》，2017年6月14日，http://www.sapprft.gov.cn/sapprft/contents/6588/338296.shtml，2018年5月7日查询。

续 表

序号	一级指标	二级指标	计分标准
7	出版质量（45分）	价值引领和思想格调（30分）	7. 对涉及党史、军史、国史等题材作品缺乏把握能力，歪曲历史，戏说史实，亵渎经典，主观臆造成分多，引起社会不良反响的，扣3—5分/部。
8			8. 因导向偏差，被出版行政主管部门开展的网络文学出版服务单位作品阅评点名批评，扣3分/部。
9			9. 作品违反《出版管理条例》《网络出版服务管理规定》等法律法规相关规定，被行政管理部门处罚，扣5—8分/部。
10			10. 出现严重政治差错，社会影响恶劣，实行一票否决，整体评估为不合格。
11		文学价值和文化传承（10分）	1. 积极出版思想性、艺术性和可读性有机统一的精品佳作，传承和弘扬中华优秀传统文化，作品整体具有较高文学水平和艺术价值，较好地满足人民群众精神文化需求，计10分。
12			2. 无明显违规内容，但缺乏积极措施引导精品创作，忽视作品艺术追求和文学坚守，较多作品文学水平低、艺术价值差，视情况扣5—10分。
13			3. 无明显违规内容，但缺乏措施传承发扬中华优秀传统文化，漠视中华文化立场及中华审美风范，视情况扣5—10分。
14			4. 内容粗制滥造，立意苍白、语言粗俗，被读者投诉举报或被媒体、专家批评，扣1分/部。
15			5. 因艺术品质低下，被出版行政主管部门开展的网络文学出版服务单位作品阅评点名批评或被专家、媒体公开评论批评，扣2分/部。
16		编校质量（3分）	1. 作品封面、插图等设计明显不符合作品思想内容或存在差错，扣1分。
17			2. 文字使用不规范，不符合《出版物汉字使用管理规定》等相关规定，扣2分。
18			3. 编校差错严重，超过《图书质量管理规定》图书差错率标准3倍，扣3分。
19		资源管理（2分）	内容资源管理混乱，作品链接、作者署名、后台管理等存在较多差错或不足，扣2分。

续 表

序号	一级指标	二级指标	计分标准
20	传播能力（15分）	平台首页和栏目建设（5分）	1. 未重视对践行社会主义核心价值观、弘扬真善美、传播正能量作品的重点推介，扣3—5分。
21			2. 刻意迎合市场需求，平台首页或栏目设置存在唯点击率倾向，扣5分。
22			3. 在平台首页或重点栏目推介缺乏文学内涵与艺术审美的作品，扣2分/部。
23			4. 在平台首页或重点栏目推介导向有严重问题的作品，实行一票否决，整体评估为不合格。
24		排行榜设置（5分）	1. 忽视排行榜编辑把关，缺乏有效措施发挥排行榜示范导向作用，扣3分。
25			2. 刻意迎合市场需求，排行榜设置存在唯点击率倾向，扣5分。
26		投送效能（3分）	1. 对主旋律、正能量作品缺乏宣传推广，技术、手段落后，扣1分。
27			2. 虚假宣传，夸大宣传，以不诚信手段等误导读者，诱导消费，扣2分。
28			3. 追求市场轰动效应，策划不当宣传方法，引起社会不良反响，扣3分。
29		评论引导（2分）	对网站评论区管理不善，忽视评论引导作用，不实事求是，不能坚持人民评价、专家评价和市场检验的统一评价标准，误导读者或社会舆论，扣2分。
30	内容创新（10分）	丰富性和多样化（5分）	1. 不注重内容丰富性、主题多样化，整体作品题材单一，主题单调，结构失衡，扣2分。
31			2. 较多作品内容雷同、抄袭模仿、千篇一律，同质化现象较普遍，扣5分。
32		创造性和个性化（5分）	1. 原创能力不够，作品体裁、形式、风格、叙事方式等缺少特色，扣2分。
33			2. 创新精神不足，观念陈旧、手段落后，缺乏积极措施激发和调动作者创作活力，扣3分。
34			3. 片面追求作品点击率，存在机械化生产、快餐式消费倾向，扣5分。

续　表

序号	一级指标	二级指标	计分标准
35	制度建设（30分）	编辑责任制度（5分）	1. 建立较完备制度，但执行不力或编校人员数量不能保障日常工作，扣2分。
36			2. 关键岗位缺失，制度不健全，内容把关不严，扣3—5分。
37			3. 未建立编辑责任制度，扣5分。
38		作者和读者服务制度（4分）	1. 建立较完备作者、读者服务制度，但未严格执行，扣2分。
39			2. 作者服务制度不健全，作者实名注册、个人信息保护等关键措施缺失，导致损害作者权益，扣3—4分。
40			3. 读者服务制度不健全，对读者反馈、合理要求不响应，导致损害读者权益，扣2—3分。
41			4. 未建立作者、读者服务制度，扣5分。
42		作品管理及质量控制制度（5分）	1. 建立较完备制度，但执行不力，扣2分。
43			2. 制度不健全，致使内容质量低下，扣3—5分。
44			3. 未建立作品管理及质量控制制度，扣5分。
45		版权管理制度（4分）	1. 建立较完备制度，但执行不力，扣2分。
46			2. 制度不健全，不能保护作者、消费者合法权益，扣3分。
47			3. 制度存在缺失，因抄袭、侵权盗版等行为在社会上引起负面评价，扣4分。
48			4. 未建立版权管理制度，扣4分。
49		队伍建设和人才培养机制（4分）	1. 不重视队伍建设，人才结构不合理，扣1分。
50			2. 不重视人才培养，编辑等相关岗位人员不具备相关资质或全年未参加相关岗位培训，关键岗位人员不胜任工作未能及时调整，扣3分。
51			3. 人员存在违反职业道德、职业精神问题，社会影响恶劣，扣1分/人次。
52			4. 队伍管理混乱，人员出现违法违纪现象，扣2分/人次。
53			5. 缺乏队伍建设和人才培养的有效措施、相关机制，扣4分。

续 表

序号	一级指标	二级指标	计分标准
54	制度建设（30分）	经营管理制度（4分）	1. 建立较完备制度，但执行不力，扣1分。
55			2. 制度不健全，违反行业规范或市场规则，不能诚信经营，在社会上引起负面效应，扣1分/次。
56			3. 经营管理混乱，被相关管理部门处罚，扣2分/次。
57		党建和思想政治工作（4分）	1. 不重视党建工作，党组织机构不健全，未正常开展党组织活动，扣4分。
58			2. 编辑等关键岗位党员不能发挥先锋作用，扣3分。
59			3. 未采取有效措施加强员工思想教育，企业精神缺失，发展理念不足，扣2分。
60			4. 不重视员工思想动态和利益诉求，不能很好地解决员工思想或实际问题，扣1分。
61			5. 违反政治纪律和政治规矩等重大问题，实行一票否决，整体评估为不合格。
62	社会和文化影响（30分）	荣誉奖项（7分）	1. 作品获得省市级奖项、扶持或地区推介等，加1分/部。
63			2. 作品获得国家级奖项、扶持或全国性推介等，加2分/部。
64			3. 单位或单位员工获得省市级奖项、奖励等，加1分/人（次）。
65			4. 单位或单位员工获得国家级奖项、奖励等，加2分/人（次）。
66			5. 上述加分最高累计7分。
67		社会评价（7分）	1. 作品被中央媒体或专业权威媒体宣传报道，影响积极正面，效果突出，加2分/部。
68			2. 作品被专家研究或评论，在学界产生一定影响，或被第三方专业机构重点研讨和传播，具有积极正面作用，加2分/部。
69			3. 作品读者关注度高，收藏量超过5000，影响积极正面，加1分/部。
70			4. 单位或单位员工被中央媒体或专业权威媒体作为正面典型宣传报道，效果突出，加2分/人（次）。
71			5. 上述加分最高累计7分。

续　表

序号	一级指标	二级指标	计分标准
72	社会和文化影响（30 分）	文化影响（7 分）	1. 作品版权转化出版图书，受到读者喜爱，加 1 分/部。
73			2. 作品版权改编影视剧、游戏等，在社会公众中产生积极影响，加 2 分/部。
74			3. 上述加分最高累计 7 分。
75		国际影响（7 分）	1. 作品签订版权输出合同，或被国外研究者评论、译介，在世界舞台讲述中国故事、传播中国声音、阐发中国精神，产生良好影响，加 1 分/部。
76			2. 上述加分最高累计 7 分。
77		公益服务（2 分）	积极参与社会捐赠，参与全民阅读、农家书屋建设等，视效果及影响加 1—2 分。

评分说明：1. 本表 1—61 项为基本分部分，合计 100 分，根据实际情况按计分标准扣减，但不超过各项指标最高赋值。2. 62—77 项为加分项，合计 30 分，根据实际情况按计分标准加分，但不超过各项指标最高赋值。3. 评估最低分为 0 分。

除了政策法规的规制，文学网站对网络文学的社会效益评价也进行了探索。其中，阅文集团的做法具有一定代表性。阅文集团成立以来，一直高度重视网络文学社会效益的培养，形成了以“尊重市场，但不盲从市场”为中心的社会效益发展原则和以“严格管理，积极引导”为核心的社会效益管理体制，促使阅文集团诞生了一部部具有正能量的作品，扩大了网络文学社会效益的影响。

阅文集团的网络文学社会效益发展原则的中心内容是尊重市场，但不盲从市场。网络文学作品发挥社会效益的基础在于作品的市场认知度，要尊重、了解市场，作品的创作要从读者需求出发；但在市场未能发挥自身的调节作用时，需要通过制度纠正网络文学创作方向。因此，在市场运行机制中，阅文集团坚持内容多元化，并扶持具有良好社会效益的优秀作品；对于优质的、已具备市场潜力的作品，实行重点资源配给制度，加大宣传投入力度，通过资源倾斜和人力物力支持，使这些作品覆盖更多的用户，扩大关注度，同时增加作者收益，进而激发作者的创作热情，引导阅文旗下作者坚持社会效益优先的创作方向。

社会效益管理原则的核心内容是严格管理，积极引导。阅文集团经过多年建设，建立了系统监控、人工审核、举报响应三位一体的内容安全管理机制，覆盖了从作品准入到作品连载再到作品完结的整个周期。集团建立了业界规模最为庞大的内容审核与保障团队，人员覆盖审核、编辑、法务、技术、运营等主要职能部门。并且，在网络文学内容创作监管方面，依照法律法规和相关文件精神所执行的标准成为行业内公认的最严标准。

阅文集团还通过榜样与主题引导、活动推广等多种运营手段来实现对作家创作的有效引导。首先，阅文集团通过主题推广、市场资源运作、优秀作品推介活动等方式，让具有良好社会效益的作品在收入、作家荣誉、社会关注度上优于一般作品，从而吸引更多作家创作这类作品。其次，阅文集团先后举办了十几期坚持社会效益优先的征文活动，包括现实主义、传统文化传承、中国梦等一系列主题，凭借活动宣传和较高的奖励扶持资金，吸引了大量作家参与，并诞生了一批具有较好社会效益的优秀作品。

此外，阅文集团根据《网络文学出版服务单位社会效益评估试行办法》，加强对旗下网络文学作者、作品的导向性引导，推动量化执行标准的建立；确立了平台整体的社会效益指标，并细化社会效益扶持对象的评估机制，完善榜样作品的社会效益认定机制，加大引导力度使作家形成共识；依据《试行办法》，把有针对性地加大资源投入力度作为重点推进方向，推动市场有序发展。这些行之有效的做法对于落实网站社会效益评价起到了积极作用。

第六章 网络文学阅读

伴随着媒介技术的发展，不知不觉间，图书、报纸、杂志离我们越来越远，个人电脑、智能手机、iPad 等逐渐成为日常必备的阅读终端，人类的阅读活动进入了“读屏”时代。技术赋权的网络文学经过二十年的砥砺前行，不断渗透普通大众的生活，适应人们越发零碎的阅读时间。化身为“数字化阅读受众”的网络文学读者也顺势而为，通过数字化媒介改变着自身的阅读方式和习惯，阅读受众不断壮大，阅读市场也随之向纵深发展，呈现出精细化、精品化的趋向。不止于此，中国网络文学已开始走出国门，拓展海外阅读市场，吸引全世界的目光。可以说，网络文学阅读已成为提升文化自信、建设书香社会的重要力量。

一、不断增加的“粉丝群”

1. 网民基数爆发式增长，文学阅读用户攀升

2018 年正值中国网络文学诞生二十周年。1 月 31 日，中国互联网络信息中心（CNNIC）发布的《第 41 次中国互联网络发展状况统计报告》显示，截至 2017 年 12 月，我国网民总体规模为 7.72 亿，其中网络文学用户数量达 3.78 亿，占比高达 48.93%；我国手机网民规模达 7.53 亿，手机网络文学用

户达 3.44 亿，占比高达 45.68％[1]。网络文学用户规模在整体网民中占比将近一半，网络文学阅读已经成为我国民众不可或缺的文化行为。纵观 1997 年至 2018 年 CNNIC 发布的数据，近二十年来中国网民数量实现了 62 万至 77198 万的爆发式增长，互联网普及率也随之逐年升高。

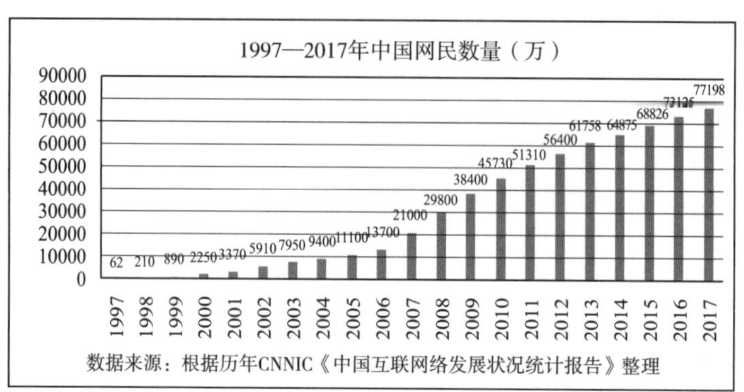

数据来源：根据历年CNNIC《中国互联网络发展状况统计报告》整理

庞大的网民基数为网络文学的快速繁荣发展提供了肥沃的现实土壤，查询 CNNIC 发布的数据可知，从 2009 年（该年开始发布网络文学数据）至 2017 年底，中国网络文学的阅读用户规模从 16261 万攀升至 37774 万。由此不难推测，在体量庞大、逐年递增的网络文学用户中，“粉丝群”也必然不断扩大着。

数据来源：根据历年CNNIC《中国互联网络发展状况统计报告》整理

2. 休闲式免费阅读吸引初生代网民

免费阅读是指读者无偿在线阅读或下载阅读文学网站原创、转载的文学

[1] 中国互联网络信息中心：《第 41 次中国互联网络发展状况统计报告》，2018 年 1 月 31 日，http://www.cnnic.net.cn/hlwfzyj/hlwxzbg/hlwtjbg/201803/P020180305409870339136.pdf，2018 年 4 月 25 日查询。

作品。在网络文学诞生之前，几乎所有人都沉浸于纸媒阅读氛围之中，以借阅、购买纸质书籍和资料的方式在相对稳定的环境中读书学习，网络文学则为读者打开了新阅读方式的大门。在网络文学刚兴起之时，由于人们的版权意识尚不到位，网站的绝大多数作品都可免费提供给读者，免费阅读呈现蓬勃发展态势。这一点也成为网络文学在发展之初被众多网民选择和认可的重要原因。对于最早接触互联网并且有一定阅读爱好的初生代网民而言，网络空间流传的海量文学作品资源无异于一场觥筹交错、鼓乐齐鸣的“免费阅读盛宴”。面对崭新的文本获取渠道以及海量的免费内容，一方面，读者通过网络文学阅读最大化地满足了自身需求；另一方面，读者也在长期的阅读过程中形成了首选免费内容的惯性思维定势。这一惯性思维至今仍在网络文学阅读群体中有着重大影响。

其次，互联网带来了作品传播的高效便捷化，克服了传统文学传播体系中的传播鸿沟。作品传播的便捷与否决定了其与读者见面的难易程度。传统出版机构中，文学作品的出版和传播需要经过严格的筛选，这样的“审查机制”形成了“作品——出版机构——读者”的单向线性传播体系，也造成了作品与出版机构、作者与读者反馈之间的传播鸿沟。网络文学在互联网的自由传播，则克服了传统单向线性传播体系在出版、创作、阅读与互动等方面的束缚，使网络文学阅读门槛大为降低。而且伴随网络技术的迭代更新和阅读终端的大众化，阅读行为不仅超越了出版机构“把关人”的限制，而且不再局限于特定时空范围，超越了文本载体限制，读者获取作品的便捷程度也大大提高。因此，在更为丰富的作品内容和愈加多元的阅读渠道的双重加持下，越来越多的读者选择网络文学阅读。

最后，网络上文学创作的自由性使得作者的创作动机、题材选择、表现手法、语言技巧都愈发追求情感张扬，网络写作的匿名性质也提供了虚拟身份的自由，消解了文学的“责任焦虑”[1]。当人类情感的率性表达以日常生

[1] 欧阳友权：《数字媒介与中国文学的转型》，《中国社会科学》2007 年第 1 期。

活为参照映射于数字化广场时，作品往往带有更多的游戏倾向和调侃意味。相比于传统文学阅读的道义承载初心和心灵净化目的，网络文学阅读需要的是娱乐和松弛，是自由和狂欢，是公共空间的自我放逐，甚至是一种猎奇心理的满足。[1] 在好奇心鼓动和从众心理促推下的读者如同蜗牛一般伸出网络技术赋权的“触角”，在茶余饭后阅读网络写手的随性表达，获得轻松休闲的阅读体验，产生强烈的心理认同感和群体归属感。以情感诉求为创作动机的网络文学作品经过“在线发酵”强化了读者的情感认同，“以情动之”的阅读体验和真切感受也加大了受众对同类型作品的依赖，因而网络文学逐渐成为文学现场最具活力的主体景观。总之，网络文学作品阅读的免费化、传播方式的便捷化和人们选择网络文学阅读的心理倾向为网络文学的昌盛厚植了群众基础。

3. VIP 付费阅读群体渐成规模

2003 年，起点中文网对 VIP 付费阅读模式的成功探索标志着网络文学市场最基本的动力机制的形成，这为网络文学走上繁荣发展的道路提供了物质保障，同时也在普通读者及粉丝之间划出明确有力的界限。网络文学读者是通过文学网站或移动端产生阅读行为的个人，在互联网络技术和阅读终端不断普及的大背景下，中国网络文学阅读用户规模持续攀升。其中，许多人形成了在文学网站或移动端以付费阅读、收听的方式消费正版网络文学作品的习惯，成为网络文学 VIP 付费会员。而且，他们还是有一定的作品类型偏好并且长期关注作者发展的用户群体。在此，我们将该类用户群体称为网络文学“粉丝群”。粉丝具有正版作品阅读习惯、付费意愿以及作品作者偏好三大特征，他们在付费行为优越性和群体认同补偿性的双重心理刺激之下渐成规模。经过长达十五年的积累，“粉丝群”的整体数量已相当庞大。以阅文集团旗下文学网站为例，潇湘书院站内统计了 2012 年至 2018 年本站状元粉丝排行榜、会员粉丝排行榜、作品粉丝人数榜等榜单，2012 年作品粉丝人

---

[1] 欧阳友权、蒋金玲：《媒介发展与文学阅读的演变》，《河北学刊》2009 年第 6 期。

数榜中《鬼王的金牌宠妃》年新增粉丝人数 32918 人，2013 年作品粉丝人数榜中《纨绔世子妃》年新增粉丝人数 34926 人[1]，且随着时间推移，粉丝总数仍在增长。尤其是 2009 年打赏制度兴起之后，粉丝群的影响力进一步扩大。起点中文网站内粉丝总榜中，烟灰黯然跌落、Fning、涳谷~茗松位列前三，其打赏金额按 1 元人民币等于 100 起点币换算，分别为 210 万元、171 万元、129 万元，就连排名第 100 位的 roddik1 也有 6.5 万元的打赏金额。[2]

“粉丝群”在付费阅读模式确立之后成为推动网络文学不断产生经济效益、扩大社会影响力并走向持续繁荣的一支劲旅。首先，VIP 用户千字付费制度意味着作品的字数越多，作者及网站的收益就越高，因而决定了网络文学作品长期连载更新以追求经济效益最大化的特点。读者会在接触到优秀作品之后的很长时间内连续阅读该部作品，随着作品中人物的铺陈、故事情节的推进，网络文学阅读用户的粉丝化特质会愈加明显，付费意愿也随之增强；其次，VIP 付费阅读制将文学创作的焦点从“作者中心”“文本中心”转移至“读者中心”，正式确立了粉丝群体的主导地位。此后，网络写手的创作方向和主题倾向于“吸金”题材，作者的创作理念和思路迎合粉丝趣味，网络文学步入规模化生产的“工业时代”。各类作品以形同流水线的标准方式，被摸清市场需求的“码字工”们源源不断地生产出来。依照作品题材的受欢迎度以及粉丝年龄、性别、阅读偏好等差异，网络文学市场出现类型小说“一枝独秀”的火爆局面以及文学网站用户类型化分流现象。类型作品的“粉丝群”也在相互认同中渐成规模，天涯社区、BBS 论坛、QQ 群、百度贴吧、微博、微信朋友圈等社交媒体都成为粉丝群体的集散地。最后，许多原创文学网站根据作者创作经验值、作品影响力以及所获奖励等标准设

[1] 潇湘书院：“作品粉丝人数榜（年）”，http://www.xxsy.net/phb.html，2018 年 4 月 25 日查询。

[2] 起点中文网：“打赏粉丝榜（总榜）”，https://www.qidian.com/rank/fans?dateType=2，2018 年 4 月 25 日查询。

立网络作家等级制度，为高等级的作者提供明星式包装和推广，进一步强化作者影响力，扩增粉丝数量。值得注意的是，自微博、微信添加打赏功能以来，部分作者带领经过长期双向筛选、忠诚度极高的粉丝迁移至微博、微信等平台，通过圈内“粉丝向”[1]创作、熟人社交等方式更进一步扩大了粉丝群规模。

4. 泛娱乐产业链的粉丝黏性效应

泛娱乐概念最早由腾讯公司副总裁程武提出，即基于互联网与移动互联网的多领域共生，打造“明星 IP”的“粉丝经济”。VIP 付费机制中，作品按字数收费，形成了网络文学“更文＋订阅”的核心机制及超长篇作品一枝独秀的局面。追求内容至上并携带大量资本而来的泛娱乐产业链运营打破了网络文学 VIP 付费制度的单一模式，网络文学步入“内容为王”时代。在泛娱乐产业链之下，作者出售的不仅仅是文字数量，还有作者的文笔、作品的内涵价值以及作品的粉丝群。依靠数量庞大、付费意愿强的粉丝资源，“粉丝经济”成为网络文学发展的一条康庄大道。

网络文学以内容生产者的身份位于泛娱乐产业链的源头，优质网络文学原创作品在网络环境持续发酵，在 O2O（Online To Offline，线上线下）互动以及“粉丝经济”的拥趸下形成良性“粉丝群”变现闭环。随着泛娱乐文化生态逐渐成熟，大批优秀 IP 的高价值和可挖掘性受到重视，改编后的影视剧、动漫、游戏形成点击量与关注度齐飞的局面，音乐、周边衍生产品也扩大了作品的综合影响力，高成长性、高回馈率的网络文学在泛娱乐生态中找到了大范围多渠道扩充粉丝数量的黏性增强路径。泛娱乐产业链下“粉丝群”体量不断膨胀的内在逻辑可从两条路径理解：首先，在网络文学作品改编成影视、动漫或游戏后，“老白”（阅读经验丰富、有较强鉴赏力的资深粉丝）们获得认同感和自豪感，粉丝黏性进一步加强；其次，徘徊在网文阅读

[1] “粉丝向”：指面向粉丝或以粉丝为目标受众的网络文学创作属性。除了“粉丝向”，还有“少年向”“女性向”等创作属性。

圈周边的群体，在泛娱乐产业链多渠道联合的信息轰炸以及从众心理的共同影响下，选择阅读网络文学作品并产生付费意愿。二十年来，网络文学的人群渗透率和综合影响力持续增强，凭借着不断提升的作品产出量和粉丝关注度，网络文学阅读市场的规模和份额也在粉丝群体的快速增加和普遍参与中愈发壮大。

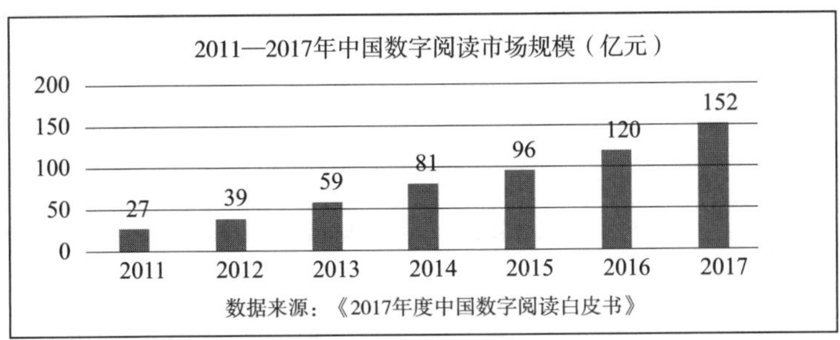

二、PC 端、移动阅读与“听书族”

1. PC 端的在线阅读

PC 端（个人电脑）在线阅读即在网络文学的“PC 时代”，用户以个人电脑作为传播和阅读网络文学作品的主要工具，以在线阅读文学网站提供的原创作品为主要方式的阅读行为。PC 端网站作为网络文学的发源地、网络文学作品的虚拟空间载体，一直是众多读者欣赏作品和交流感受的聚集区，尽管近年来 PC 端的在线阅读受到移动阅读快速崛起的影响，但其整体阅读人数及网站数量仍然很大。根据艾瑞咨询发布的数据，截至 2016 年，中国网络文学行业 PC 端用户规模约 2.17 亿人。[1] 站长之家的数据显示，目前我国境内 PC 端文学网站共 1140 家。[2] 在这些网站中，起点中文网、晋江

[1] 艾瑞咨询：《2016 年中国网络文学版权保护白皮书（简版）》，2017 年 4 月 7 日，http://report.iresearch.cn/report_pdf.aspx?id=2971，2018 年 4 月 26 日查询。

[2] 站长之家：“小说网站排行榜”，http://top.chinaz.com/hangyetop/index_yule_xiaoshuo.html，2018 年 4 月 29 日查询。

文学城等大型文学网站在 PC 端覆盖人数以及读者阅读时长等排名中都占据着绝对的优势。

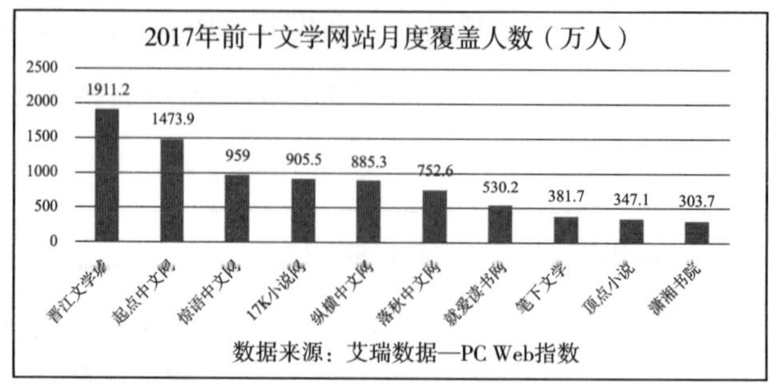

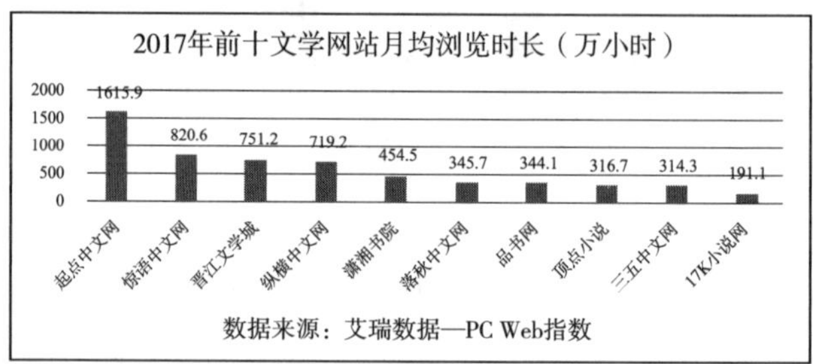

以起点中文网为例，自 2017 年 4 月至 2018 年 3 月，网站月均覆盖人数最高可达 1587 万人，最低也有 1344 万人，网站日均覆盖人数在 49 万人以上，PC 端在线阅读依然保有巨大的用户存量和高黏的用户忠诚度。

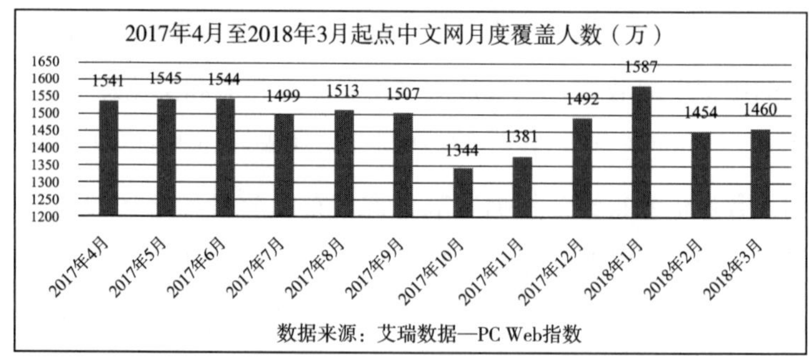

2. 移动端的碎片化阅读

移动端阅读是指读者利用 MP3、MP4、电子阅读器、手机、平板电脑等移动终端进行网络文学作品的下载缓存阅读或在线阅读行为。最早的移动端阅读是以 MP3、MP4 以及电子阅读器等便携式设备为依托的文本下载阅读。

2008年中国移动率先推广3G移动网络，2009年中国电信和中国联通也先后推出3G业务；同年，中国联通将iPhone 3GS引进国内，自此智能手机和平板电脑等移动智能终端在中国逐渐普及。随着3G时代的到来，移动互联网终端设备的使用率持续升高，电信运营商的流量资费逐渐亲民化，移动端网络文学阅读的需求也趋于旺盛。在此进程中最具代表性的当属智能手机端的网络文学阅读。

智能手机终端为偏远农村地区居民、农村进城务工人员、低学历低收入群体提供了使用互联网的可能性，满足了这些人员相对初级的上网需求，移动端网络文学阅读也在此条件下进入人口红利期。根据CNNIC发布的历年《中国互联网络发展状况统计报告》，我国手机网络文学用户规模及其使用率不断扩大，2013年用户规模20228万人，使用率为40.5%；2014年用户规模22626万，使用率为40.6%；2015年用户规模25908万，使用率为41.8%；2016年用户规模30377万，使用率为43.7%；2017年用户规模34352万，使用率为45.6%。同时，中国移动阅读市场收入和用户规模也逐年扩大，易观发布的《中国移动阅读市场年度综合分析2017》显示，截至2016年末，中国移动市场规模已达到118.6亿元[1]。艾瑞咨询发布的数据显示，移动端用户规模约2.65亿人[2]。

在用户规模如此庞大的移动端阅读市场中，厂商们为满足读者需求，不断深入移动端阅读设备和产品的开发。目前，移动端市场上已有的厂商可以划分为四大阵营：一是互联网巨头企业，包括百度的熊猫看书APP、阿里的书旗小说APP、腾讯的QQ阅读APP；二是传统数字阅读品牌，例如阅文集团、中文在线、掌阅科技等都开发了旗下移动端阅读APP；三是电信运营商数字阅读基地，包括咪咕阅读、沃阅读、天翼阅读等；四是电商平台，包括

[1] 易观：《中国移动阅读市场年度综合分析2017》，2017年7月5日，https://www.analysys.cn/article/analysis/detail/1000817，2018年4月26日查询。

[2] 艾瑞咨询：《2016年中国网络文学版权保护白皮书（简版）》，2017年4月7日，http://report.iresearch.cn/report_pdf.aspx?id=2971，2018年4月29日查询。

当当、亚马逊、京东、苏宁等。移动端网站和小说APP也逐渐成为用户阅读网络文学最主要的两大渠道，2015年，66.6%的读者通过手机、平板上的网站阅读作品，51.5%的用户通过移动端APP阅读作品，20.7%的用户通过Kindle等电子设备阅读作品[1]。

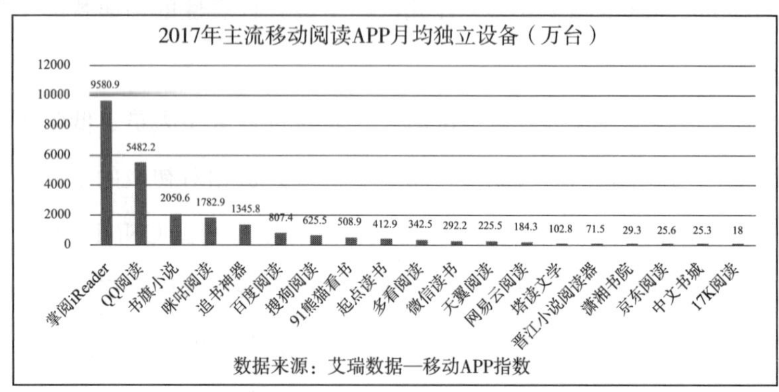

移动端阅读的最大优势是移动便携式设备打破了人们阅读行为的时空限制，逐渐消弭了PC端阅读对读者在场性的严格要求。在更加广阔的时空范围内开展阅读行为，意味着对读者其他日常行为的干预，用户阅读习惯必然呈现碎片化趋势。“碎片化”是描述当前社会传播语境特点的形象化说法，正成为当今时代人们生活最大的标签之一。随着现代人们生活节奏普遍加快，用户越来越偏向利用碎片化时间接收讯息，网络文学的休闲式阅读体验将阅读变为“悦读”，在移动网络技术和移动终端的支持下无限放大各类题材作品给人带来的吸引力，这就使得网络文学移动端用户规模超越PC端用户规模具备了内在合理性。移动端的碎片化阅读表现为文本内容的碎片化和用户阅读时间的碎片化两个方面。首先，电子阅读器、手机、平板电脑等移动端阅读设备在文本呈现时分页多、分节多、每页字数少的特点，阅读文本在设备屏幕的限制下更加细碎；其次，阅读设备的便携性使得阅读时间呈现单次阅读时间短、阅读频率高的特点，阅读地点移动化特征也很突出。碎片

[1] 艾瑞咨询：《2016年中国网络文学版权保护白皮书（简版）》，2017年4月7日，http://report.iresearch.cn/report_pdf.aspx?id=2971，2018年4月26日查询。

化阅读满足了用户利用闲余时间获取知识的需求，但碎片化本身也有一定的局限性，如易致使人们注意力难以长期集中。美国亚特兰大埃默里大学的教授马克·鲍尔莱因在《最愚蠢的一代》里就旗帜鲜明地提出了一个观点：互联网上的知识与信息资源太过丰富，人们不再将这些资源整合成属于自己的知识体系，而是拿来即用。殊不知，碎片化阅读的对立面并不是成体系的阅读，而是“不阅读”，在抢占用户碎片化时间方面，移动端阅读极具优势。移动端碎片化阅读一方面将用户的时间成本降到最低，为案牍劳形的公务员、墨突不黔的出差者以及刺促不休的白领阶层提供了最大化的阅读便利；另一方面，移动阅读也为偏远农村地区居民、农村进城务工人员、低学历低收入群体提供了接触知识的可能性，其附属的基本文娱功能也满足了大部分人的精神需求。从这个意义上讲，移动端的碎片化阅读是人们在知识触达[1]与繁忙日常之间的最好选择。

3. 快节奏生活的“听书族”

移动端让用户的阅读行为不再受时空限制，充分利用了日常的碎片化时间，数字技术赋权的“听书”则成为人们信息接收的个性化选择。“听书”解放了读者的视觉，以耳闻替代目睹，“以听为读，以听增识”的方式打破了阅读行为本体的局限。与中国传统茶楼酒肆中实时实地所听的评书有所不同，网络文学中的“听书”亦名“有声读物”，是在现代快节奏生活催生下的网络文学阅读与网络技术、数字技术相结合的产物。用户可以通过此种方式在海量音频资源中选择收听内容，这既是阅读行为的延伸，又是数字时代人们获取知识的需求与快节奏生活相适应的结果。

时下流行的网络文学听书可分为以下三种形式：一是网站在线听书，例如懒人听书官网免费提供玄幻奇幻、现代言情、都市传说、热血军事等类型的有声小说在线收听服务；二是下载有声读物，例如天方听书网以每章节一

[1] 触达率：广告学名词，指在一个渠道进行广告投放，广告所能触达目标用户群体的比例。此处的“触达”指人们通过移动端的碎片化阅读主动或被动地接触知识，即“一触即达”。

元的价格提供原创小说读物的下载服务；三是移动听书，根据读物录制的实时性与延时性，可将听书划分为FM类听书（喜马拉雅FM、蜻蜓FM、企鹅FM、猫耳FM等）以及APP听书（懒人听书、酷我听书等），但由于数字媒体技术内容储存的进步以及移动网络技术的高度便捷化，二者逐渐显现出融合态势，即直播内容经过技术存储后也成为延时可听的内容。此外，诸如由罗辑思维出品的得到APP、韩寒监制的“ONE·一个”等纯知识付费类APP也适应了“听书族”获取知识的需求；微信公众号内置的“语音+文本”系统将移动阅读与听书相结合，也满足了微信用户的碎片化阅读需要。

典型听书网站及软件频道设置概览

天方听书网	玄幻奇幻、武侠仙侠、历史军事、科幻灵异、古代言情、现代言情等原创小说；童话、儿歌、寓言、教育等儿童读物；综艺娱乐、笑话幽默、曲艺评书等曲艺杂谈
懒人听书	儿童、人文、有声小说、财经、曲艺戏曲、文学、相声评书、外语、健康、生活、成功、历史、电台节目、懒人出品、热门主播、情感治愈、脱口秀
酷我听书	玄幻、武侠、都市、言情、科幻、恐怖、惊悚、历史、军事、推理、女生、儿童、财经、评书、相声、网游、诗歌、戏曲、粤语、笑话、通俗、百家讲坛
喜马拉雅FM	有声书、儿童、相声评书、音乐、历史、情感生活、人文、脱口秀、娱乐、英语、教育培训、小语种、商业财经、健康养生、3D体验馆、头条、广播剧、戏曲、电台、IT科技、旅游、汽车、二次元、名校公开课、党团课、影视、时尚生活、诗歌
蜻蜓FM	小说、脱口秀、相声小品、头条、情感、儿童、出版精品、历史、评书、音乐、财经、教育、搞笑、娱乐、影视、文化、外语、公开课、汽车、科技、体育、健康、戏曲、广播剧、游戏动漫、校园、旅游、品台电台、女性、时尚、自媒体、中国之声、畅销小说
猫耳FM	有声漫画、广播剧、音乐、催眠、娱乐、日抓、听书、配音、铃声
得到	视野、心理学、历史、商学、自我管理、管理、文学、商业、职业发展、社会学、文化、艺术审美、沟通表达、经济学、情感、景点、生物学、新闻传播、艺术、哲学、职场、科技、科学、市场营销、家庭亲子、创业、政治学、博物学、互联网、生活方式、理财投资、健康、社交、教育学、金融学、医学、物理学、道德、法学、军事

早期听书的用户群体范围较窄，总体规模也不大，主要可划分为两类人群：一是视力障碍、文盲以及低龄儿童等缺乏文本阅读能力的人；二是驾驶员、跑步者等缺乏文本阅读环境的人。而今“听书族”正悄然盛行，中国新闻出版研究院发布的《第十五次全国国民阅读调查报告》显示，2017 年我国成年国民的听书率为 22.8%，较 2016 年的平均水平提高了 5.8 个百分点。[1]同时《2017 年度中国数字阅读白皮书》也显示 2017 年有声阅读市场规模达到 40.6 亿元[2]。从国民听书率与有声读物的市场规模来看，“听书族”已成为当下网络文学阅读时尚的标签。

“听书族”缘何盛行？首先，由读书到读屏再到听书，皆属于用户阅读行为与阅读环境相适应的结果。在过去，读书是少数精英们充满仪式感的活动，纸墨笔砚和充裕的时间是其“标配”，而今民众文化水平普遍提升，人们的阅读需求扩增，为听书的流行提供了现实基质。同时随着现代人工作和生活节奏的加快，大众的阅读动机也发生一定异化，在原先获取知识、提升自我的基础上又增加了在紧张工作之余纾解苦闷、放松心情之目的，听书相比以眼观书更加轻松，相比听音乐又能满足用户对知识的渴求，因而成为更佳选择。其次，人类依靠感官从外界获取信息，视觉和听觉在所有感官中的作用更为突出，纸介、PC 端、移动端阅读的视觉接受方式在现代人多处于视觉易疲劳的条件下显得“捉襟见肘”，通过感官交替用听觉达到阅读目的，防止视觉疲劳的同时亦可带来与眼观不同的阅读体验。相比于纸质书、电纸书、手机、电脑屏幕上静止的“冷冰冰”文字，听书体验的是人说话的声音，而且是声优艺术加工处理后的悦耳声音。在抑扬顿挫的语音播放环境中，读者的阅读体验更为愉悦，沉浸性也更强。最后，听书的场景具有很强的便捷性和伴随性，无论是起床前后、用餐期间，还是通勤途中、上厕所

---

[1] 中国新闻出版研究院：《第十五次全国国民阅读调查报告》，2018 年 4 月 18 日，http://www.chuban.cc/yw/201804/t20180418_178740.html，2018 年 4 月 26 日查询。

[2] 中国青年网：《〈2017 年度中国数字阅读白皮书〉发布：2017 年我国人均阅读电子书 10.1 本》，http://news.youth.cn/gn/201804/t20180415_11598764.htm，2018 年 4 月 27 日查询。

时，只需一部手机、一副耳机，就可达到“听书”的目的。

4. 不同阅读方式比较

文学网站在线阅读、移动阅读和听书是目前网络文学读者接触作品的基本方式和途径，共同构成了网络文学的阅读渠道，同一读者对三者的选择也存在着交叉性和重叠性。以 PC 端为中介的在线阅读属于在场式固化行为，读者长期坐在电脑前，面对光线辐射较大的屏幕，视力易受损害；台式电脑不便携带的特点也使读者的活动空间和范围受到限制，此为文学网站在线阅读的终端局限。此外，网页的文本呈现方式也较为单一，页面上大量与作品无关的商业广告也严重干扰了读者的阅读过程，影响了读者的阅读体验。PC 端阅读的优点也比较明显，得益于电脑屏幕较大，鼠标、键盘等延伸式硬件设备方便用户操作，读者在 PC 端的视觉触达面积较大。相较于移动阅读和听书，文学网站在线阅读速度较快，而且文学网站的文本搜索和接收甚为便捷，读者可以在海量文本中快速筛选得到感兴趣的作品，在阅读过程中随时记录笔记、存档内容。

移动端阅读在文本内容承载平面上的优势虽然不及 PC 端，但其小巧、便携的特性打破了阅读环境的时空限制，网络文学阅读的人群渗透率也伴随着智能手机等移动设备的普及大大提升。移动端设备相比电脑价格较低，因此进行网文阅读的门槛更低，读者可以随时随地享受阅读的愉快体验，充分利用碎片化时间。同时，移动端在优化用户阅读体验方面下足了功夫，图书导入、无线传书、图书收藏、自动翻页、书签、全格式支持等基础性功能，以及个性主题、自定义界面、护眼模式、书架分组、图文混版等特色性功能都致力于为读者打造个性舒适的阅读体验环境。而且类纸化、无辐射水墨屏、超低功耗以及超长续航的电子阅读器也在不断优化读者体验。借助智能 APP 的功能优化以及 Kindle 等专业设备的独特体验，移动阅读在用户体验方面具有优于 PC 端和听书的独特优势。金无足赤，移动阅读也存在一定的局限性，首先是移动端的屏幕通常较小，读者在手掌方寸之间的翻页频繁，阅读速度不如 PC 端；其次，移动端阅读空间不受限制，允许读者在走路、坐车等移动空间中读屏，视觉疲劳较快，长时间阅读严重影响视力。

听书则在继承移动端打破时空范围限制的基础上进一步解放了用户的视觉感官，相比以眼观书更加轻松，而且听书允许用户在优美的语音环绕下获得更强的沉浸感，听书本身也成为用户日常工作生活过程中的伴随性行为，让读者在完成琐事时也可进行文学作品阅读。听书的局限性首先在于音频呈现方式致使听书作品的丰富度远不如PC端、移动端的文本呈现，作品内容的选择范围较小；其次，听书的金钱成本和时间成本也相对较高。在用户金钱成本方面，每章节听书成本是阅读的10倍到20倍，例如天方听书网以每章节1元的价格提供原创小说读物下载服务，而传统付费阅读中每章节只需花费几分钱；时间成本上，即便读者以眼观书的速度不尽相同，但听书的单向线性字节的音频接收方式远没有“目光所及”式的平面化阅读方式快。

值得注意的是，无论是PC端的在线阅读、移动端的碎片化阅读，还是走在时尚前沿的“听书族”，三者都难逃网络文学的版权原罪，版权问题一直是悬挂在网络文学阅读头顶的“达摩克利斯之剑”。根据艾瑞咨询的推算，若将盗版网络文学作品全部按照正版计价，2015年全年，PC端付费阅读收入损失将达到36.1亿元，移动端付费阅读收入损失达43.6亿元，合计79.7亿元；2016年全年，PC端付费阅读收入损失将达到29.6亿元，移动端付费阅读收入损失达50.2亿元，合计79.8亿元。尽管用户阅读方式的选择可以不尽相同，但反对盗用版权、支持正版阅读是所有网络文学读者都应遵守的基本道德准则。

三、付费·打赏·评论

1. 付费：网络作品的消费主体行为

回顾网络文学二十年发展历程，文学网站面临的第一场生存危机以VIP付费阅读模式的创建为标志得以化解。其实早在2002年，读写网和明杨·

全球中文品书网就率先在站内试行付费阅读，但由于从免费阅读到付费阅读转变突然，读者心理层面难以接受，以及网站试行收费较高、支付手段烦琐、原创作品版权保护力度过小、作者收入难以保障等诸多原因，两家网站的尝试均告失败。直到 2003 年 10 月，起点中文网首次成功开启 VIP 付费阅读制度并将收费渠道接入盛大集团的游戏点卡系统，廉价的作品阅读、便捷的支付手段、读者对付费阅读的逐渐认同以及作者与网站之间的合理分成等均成为起点中文网的制胜法宝。在该制度下，读者可以阅读作品的免费章节，待被作品内容、故事情节吸引，产生阅读完整作品的兴趣和一定付费意愿后，再在网站引导下充值成为 VIP 会员，继续欣赏作品的付费章节。从消费机制来看，付费阅读即 B2C（Business To Customer）模式在网络文学中的延伸。

VIP 付费阅读一般分为以下三种方式：一是包月服务，一次性包月时间越长，收费越优惠，在包月期限内读者可以任意阅读 VIP 章节，比较典型的有榕树下、潇湘书院和晋江文学城；二是按照 VIP 等级进行千字付费，网站根据用户累计充值数额划分 VIP 等级，等级越高，千字收费价格越低，起点中文网、起点女生网、17K 小说网、QQ 阅读、创世中文网、云起书院、潇湘书院、红袖添香、言情小说吧、磨铁中文网以及晋江文学城等大多数文学网站都施行此种方式，收费价格整体上都在 2—5 分钱之间；三是以网易云阅读为典型的单本购买电子书方式，购买一次即可阅读该本书的所有章节内容。值得注意的是，伴随着时代的发展和技术的进步，用户的付费手段和方式也不断迭代。从最初的游戏点卡、手机充值卡到手机短信充值、网银支付，再到移动互联网时代的财付通、支付宝及微信支付，支付手段和支付流程的高效便捷化也进一步降低了网络文学内容付费的门槛，成为更多的读者进行渠道付费阅读的催化剂。各网站的收费方式和标准有所不同，如起点中文网、起点女生网、言情小说吧采用会员制方式收费，榕树下、17K 小说网、潇湘书院采用包月制方式收费，红袖添香、QQ 阅读、创世中文网、云起书院、磨铁中文网按 VIP 等级方式收费，网易云阅读依照书籍分类方式收费，即网站提供三种购买方式：一是整本购买后可阅读该本书的所有章节；二是按卷/章部分购买，按章购买的作品以千字计价，作者定价为每千字 3—8 分钱不等；三是自动订阅连载更新作品，订阅后会自动购买最新章节并可直接阅读，若账户余额不足，则需要充值后购买，而晋江文学城则在网站内部分 VIP 作品更新完结后将其收录到完结包月库中，VIP 作品阅读权限高于完结包月库作品，包月又分为“3 元 5 本”和“15 元通读”两种。每千字阅读收费价格各有不同。[1]

用户付费是网络文学行业最主要的收入来源，经过将近十六年的快速发展和不断完善，付费阅读已成为网络文学线上产业蓬勃发展的基础。以阅文集团为例，从其披露的财务报表来看，2016 年阅文集团在线付费阅读收入高达 19. 74 亿元，占总收入的 77. 2%；2017 年在线付费阅读收入高达 34. 21 亿元，占总收入的 83. 6%。[2]

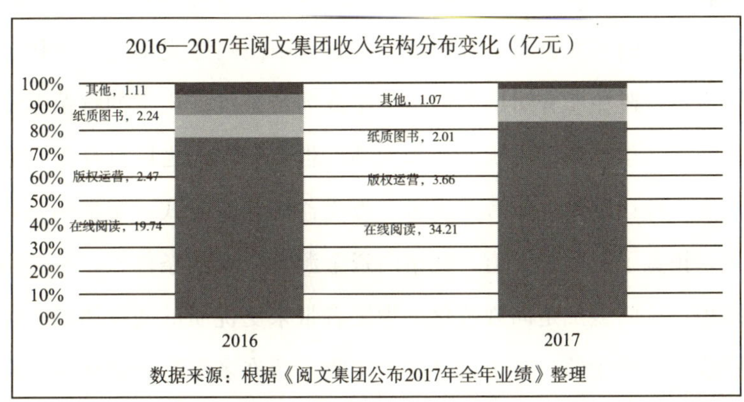

网络文学阅读用户为电子书付费的意愿也在大幅提升，单本电子书支付金额从 2016 年的 8. 9 元提升至 2017 年的 13. 6 元，超过半数的人会因为内容质量高、价格合理而付费。且“80 后”“90 后”会因为阅读体验好、对作者

[1] 参见欧阳友权主编：《中国网络文学年鉴（2017）》，新华出版社 2018 年版，第 192 页。

[2] 阅文集团：《阅文集团公布 2017 年全年业绩》，2018 年 3 月 19 日，http://ir. yuewen. com/cn，2018 年 5 月 5 日查询。

的喜爱而付费，总体付费意愿超过六成，最为强烈。[1] 不同年龄段的人付费原因和付费意愿也存在着一些区别，具体表现如下表：

	70后	80后	90后	00后
阅读类型偏好	历史军事	都市职场	青春校园	青春校园
付费因素偏好	内容质量高	阅读体验好	作者我喜欢	题材和口味
付费意愿	55.1%	66.7%	68.8%	59.1%

（数据来源：《2017年度中国数字阅读白皮书》）

付费阅读之于网络文学具有极其重大的意义。首先，付费阅读让网络文学的绝对自由趋于理性，将作者单方的私人情感宣泄加以规制，允许网络文学融入现代经济体系的规范框架，加强了文学作品创造经济价值的能力。也就是说，通过付费阅读制在文学网站这一新的公共领域引入“看不见的手”，加强了作者、读者之间的纽带关联，满足了读者的合理诉求，强化了网络文学“野蛮生长”的现实意义。其次，付费制为中国网络文学的生产机制自主化开辟了道路，避免萌芽时期的网络文学成为传统纸介文学的育苗基地。付费阅读是网络文学继线下出版产业和网站广告赢利模式之后自身盈利手段的延伸，成为一种让网站、作者及读者三方受益的共赢方式：文学网站新增了盈利模式，拓宽了盈利总渠道，在站内资金源流扩大的条件下，可适当减少广告位招租，从而愈加走向规范化，为读者带来更优质的阅读体验；作者也不必仅靠线下出版赚钱，有了自己的固定收入后许多作者开始从事半职业化或职业化网络文学创作，为网络文学作品产出奠定了深厚的创作基础；读者也通过较为廉价的付出抛却了免费阅读时代内含臣属的被动性，话语权增强，通过资金流向影响到网络文学创作题材，体验并享受到“中心地位”的待遇和服务。

[1] 中国青年网：《〈2017年度中国数字阅读白皮书〉发布：2017年我国人均阅读电子书10.1本》，http://news.youth.cn/gn/201804/t20180415_11598764.htm，2018年4月27日查询。

2. 打赏：网络文学的“钟情族”行为

打赏，是指出于感谢和喜爱自愿赠予财物的行为。2009 年 3 月，以网络文学阅读付费制化解了文学网站生存危机后，起点中文网又引入平台上的虚拟打赏功能，允许读者在付费购买到作品阅读权限之后自愿付出额外金钱激励自己喜欢的作者（虚拟打赏币与人民币有固定兑换比例，网站与作者分成所得）。VIP 付费制为网络文学的生存提供了重要保障，而打赏制则全面激活了网络文学作者的庞大生产力。打赏是除了内容付费用户对作者表达喜爱的另一种方式，打赏用户对作者、作品的忠诚度也普遍高于普通用户。类似于“基本工资＋绩效提成”“付费＋打赏”的联合盈利体系共同拉动了网络文学经济效益的提升。2013 年 8 月，一位名叫“人品贱格”的网友为梦入神机的作品《星河大帝》打榜时狂掷 1 亿纵横币（折合人民币 100 万元）；2014 年 1 月，唐家三少在更新完网文后呼吁粉丝助其冲榜，网名为“zxingli”的粉丝以“为了连续十年的不断更”的理由连续 10 次打赏唐家三少，每次 1000 万起点币（折合人民币 10 万元）；随后，17K 小说网发起“百万元年终奖”活动，宣称读者打赏作者多少，网站就奖励多少，六天内百万元奖金被“瓜分”。根据艾瑞咨询发布的《2016 年中国网络文学行业研究报告》，购买道具、打赏作者的用户比例为 37.5%，且整体上男性的打赏比例更高，为 39.4%[1]。与付费阅读相比，打赏的收益并不是很稳定，但其占据文学网站盈利相当部分的事实不容置辩，17K 小说网总编辑刘英曾在 2014 年表示，17K 的打赏已经超过站内总收入的 30%，按照网站与作者五五分成来算，打赏收入也成为作者的重要收入来源。在起点中文网月票总榜单中，骷髅精灵创作的《斗战狂潮》获得 2197 万月票，辰东的《圣墟》、耳根的《一念永恒》、萧鼎的《天影》、小刀锋利的《无疆》等作品的推荐票都以千万计，按照打赏 10000 起点币（100 元人民币）默认赠送 1 张月票计算，打赏功能带

[1] 艾瑞咨询：《2016 年中国网络文学行业研究报告》，2016 年 3 月 4 日，http://report.iresearch.cn/report/201603/2540.shtml，2018 年 4 月 28 日查询。

来的收益令人咂舌。

起点中文网打赏粉丝榜前十[1]

排名	粉丝昵称	累积打赏（起点币）	约合人民币（元）
1	烟灰黯然跌落	210783876	211 万
2	Fning	171753816	172 万
3	涳谷~茗杺	129585764	130 万
4	诸神承诺的永远	110500175	111 万
5	zxingli	110000000	110 万
6	karlking	92508549	92 万
7	凤舞云梦	80002764	80 万
8	贺兰山的魂	78607944	79 万
9	紫月亮 1970	65025475	65 万
10	龍吟月	53067158	53 万

于作者而言，打赏意味着收入多元化，作品的价值在粉丝打赏行为的赞许中得到更为直接的显现。在粉丝经济的拥趸下，作者责任感被动加强，创作积极性提高，会以更加优秀的作品报答粉丝的称誉；于读者而言，打赏行为不仅是资深粉丝情结的体现，同时也可通过此种方式呼吁对正版优秀网络文学作品的关注；于网站管理者而言，收入提高意味着版面广告投放的减少，能够将更多资金投入网站运营维护，为读者提供更优质的阅读体验。获打赏的优秀作品知名度显著提升，促进作者和网站盈收，市场盈利又反过来增强作者积极性和网站责任感，如此良性循环有助于网络文学作品质量的整体提升。

3. 评论：网络文学阅读的引导方式

一般来讲，读者可分为专业读者（文学评论家）、文学编辑与普通读者，此处所讲之评论是指网络文学普通读者的在线评论。目前所有文学网站的作

[1] 起点中文网："打赏粉丝榜（总榜）"，https://www.qidian.com/rank/fans，2018 年 4 月 25 日查询。

品和文章下端都有在线即时评论系统，读者通过作品评论区进行讨论交流，发帖与跟帖，让个人意见和建议纵横评论区，形成“头脑风暴”式的文学评论现象。在传统文学中，作品创作是作者个体思维的凝聚过程，读者是作品的一般受众，读者的评论大都后置于作品发表出版，创作与评价泾渭分明、先后有别。因而传统纸介文学中读者与作者互动性较差，几乎没有任何即时性互动，读者的评论很难对创作文本产生直接影响。而网络文学续更的生产模式以及作者、读者之间交流渠道畅通无障碍的特性允许每个普通读者都成为独一无二的创作参与者，参与方式就是在作品下方的评论区留言，人人都有话语权。尽管评论区中大部分都是简短留言，停留在直感印象层面，但少数具有典型的“意见领袖”特征的评论被广大读者推上榜首，进入作者创作视野，可以达到与作者互动、参与并影响后续创作的效果。互动性评论让创作主体与阅读主体、阅读主体之间以“读书交流会”的形式在作品的理解和欣赏层面产生充分的双向交流。作者时刻关注评论，调整创作方向和进度以符合读者口味、满足读者需求，读者也在“他者”评论的影响下产生更为深刻的阅读感受，由此产生的反馈也可及时作用于作品的创作过程。该种形式的沟通交流具备即时性、频繁性和普遍性，使得整个网络文学阅读过程生机盎然。如此看来，读者评论的最大意义在于其对言论自由和话语权利平等的尊重。作为全民性的文化消费方式，网络文学面向的对象是大众读者，也必将接受读者们的积极评价，也许他们的观点在客观性、专业性上不及专业评论家，但读者评论与作品的依存关系赋予了文本意义阐释的多种可能性，即“一千个读者便有一千个哈姆雷特”，这使评论凸显了引导网络文学读者在千千万万个“哈姆雷特”的视域交叠中寻找价值契合方向的功能。

网络文学在二十年的发展历程中也形成了独特的读者“评论家”体系。该体系已产生一定阅读价值引领作用，它在平民化的开放平台以“大众推选”的民主精神筛选优秀网络文学作品，给新“入坑”（网络流行语，指投入一件事情之中）的读者提供了重要参考。接受美学认为，读者在阅读之前会对作品有一个定向的期待，此即“期待视域”。尽管网络文学经过二十年的发展已形成百余种类型文学，读者可根据阅读兴趣选择自己偏好的类型，但二十年累积的作品浩如烟海，在选择了特定作品类型之后，读者也会望洋兴叹，不知从哪部开始读起。好在其他读者的期待视域以评论的形式展现在作品评论区，成为读者判断作品内容能否满足自身阅读期待的参照。个体化的网络文学评论以标签化的全新方式还原了作品本色，从简单的“很好”“喜欢”式的只言片语到微言大义的理解感悟式评论，再到切中肯綮的分析性评论，读者经过评论区的浏览，会在他人评论的影响下决定阅读与否。值得注意的是，在文学期待视域与生活期待视域两大形态的判断选择中，普通读者不同于文学评论家与编辑这样的专业读者，他们对文学类型、形式、主题、风格和语言的审美经验较少，更多偏向在既往经验基础上的生活期待视域，以达到纾解现实痛感之目的。这是网络文学读者评论的又一值得关注的特征。

四、市场细分与青少年亚文化消费

1. 阅读主体决定市场细分层级

经过二十年的繁荣发展，网络文学用户规模日益宏大，至 2017 年底已达 3.78 亿。在数量如此庞多的用户群体中，网络文学阅读主体结构差异，即网络文学阅读用户存在着的性别、年龄等人口统计学特征的差异，对网络文学市场的细分作用越来越明显。首先，网络文学领域男女阅读行为的题材偏好存在着显著差异，总体上看，男性读者更偏好玄幻奇幻、军事战争类作品，女性读者则更喜欢青春校园和言情时尚类作品。其次，在我国网络文学阅读用户中，年龄分布也更加分散，向全年龄段拓展，其中老年人占比 1.2%，中年人占比 27.3%，青少年占比最高，达到 71.4%。不同年龄段的读者偏好类型有一定区别，“70 后”读者更加喜欢历史军事题材作品，“80 后”更偏好都市职场类作品，“90 后”“00 后”等网生代读者则更愿意阅读青春校园题材作品。

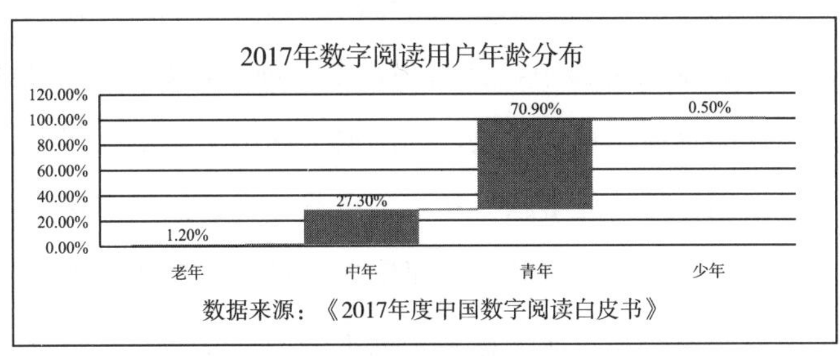

阅读主体对市场细分的决定性作用体现在文学网站的定位和内容划分中。文学网站是网络文学市场运作、创作主体满足阅读主体需求的根据地。依照男女读者的阅读题材偏好，可将文学网站划分为男性网站和女性网站。例如阅文集团旗下的文学网站中，起点中文网是一个较为综合的网站，作品题材涉猎广泛，但总体上玄幻、奇幻、军事、游戏、体育、科幻等题材作品比较迎合男性读者的口味；起点女生网、红袖添香、潇湘书院、云起书院则专注为女性读者提供古代言情、现代言情、青春时尚、都市情感类题材作品，满足绝大多数女性读者的阅读需求，在女性文学写作与出版领域具有巨大影响力。晋江文学城也以建设全球最大女性文学基地为宗旨，吸引了大批女性网络文学爱好者。从作品内容层面讲，文学网站依照最直接的男女性别之分，根据不同题材的吸引力将作品划分为男性频道和女性频道，既是对阅读市场中读者需求的适应，也为市场细分之后类型小说的繁盛提供了最重要的内生逻辑。

2. 类型小说与阅读市场细分相互催生

类型小说是指题材明显相同，受众群体相对固定的小说创作模式[1]。起点中文网以玄幻、奇幻、武侠、仙侠、都市、现实、军事、历史、游戏、体育、科幻、灵异、二次元等标签对网站作品进行类型划分，晋江文学城也将站内作品划分成言情小说、纯爱/无 CP、衍生/轻小说、原创小说等，大多数知名文学网站都将类型小说的划分区域置于站内最醒目的位置，站点主

[1] 禹建湘：《网络文学关键词 100》，中央编译出版社 2014 年版，第 164 页。

页上推荐票榜、收藏榜、VIP金榜等榜单的上榜对象也全部是类型小说。在网络文学二十年的发展历程中，类型小说不断演变翻新，无论是作品存量、更新速度还是作品热度、粉丝人数，都占据了网络文学的大半壁江山。文学网站类型小说根据作品的故事题材和情节思路分类，如同商场里的柜台一般以标签化的形式呈现在读者眼前，方便读者选择自己感兴趣的小说。一目了然的类型小说在网络文学阵地培育了大批本类型作品的忠实粉丝，并且形成了相对独立的阅读消费市场。

首先，读者个性化需求促成类型小说的形成。类型小说是网络文学阅读市场在付费制确立后资本驱动下的产物，是特定小说读者群体趣味之好与个性之需得到满足的结果。付费阅读确立了网络文学“读者中心”的写作动机，粉丝爱读什么就写什么，在点击量、阅读量、收藏量以及关注打赏的不断刺激下，类型小说逐渐兴盛。德国文艺理论家姚斯在《走向接受美学》中也提道：“类型与形式的存在依赖于它们在现实世界中的功能。”[1]满足大众对权力窥探欲望的官场小说、以爱情幻想和体验为动机的言情小说，出于现实无奈而借长生和法宝纾解痛感的玄幻小说、“以今为鉴”改写历史的穿越小说等等，都属于读者多样化情感需求影响小说创作类型化的结果。类型小说对于阅读市场的积极意义也很明了：一方面，现代读者的阅读动机趋于娱乐化，网络文学类型化方便读者在体量庞大的文学海洋中快速检索到自己喜爱的作品；另一方面，类型小说有助于网站进行分众营销和分类管理，它作为阅读市场选择的必然结果，对阅读市场体系化具有重要意义。

其次，一种类型总能适应和满足一个特定的网络文学分众市场[2]，同类型作品的忠实粉丝在共同文化意义空间内交流，该类作品的点击率、网站曝光率以及作者的知名度在粉丝拥趸下持续提升，阅读分众市场借此态势不断朝纵深方向发展，并逐渐走向成熟。当然，读者的文化背景、生活阅历、

[1] [德] H. R. 姚斯：《接受美学与接受理论》，周宁、金元浦译，辽宁人民出版社1987年版，第126页。

[2] 欧阳友权：《网络类型小说：机缘与困局》，《学习与探索》2013年第2期。

情感需求等不尽相同，且同一读者的口味很难保持一成不变，这就决定了在文学选择上“物以类聚，人以群分”的类型化阅读市场在渐趋成熟的进程中也会产生不同程度的交叉融合，分支形成新的类型，进而产生新的细分市场。类型小说与细分市场相互催生之下，网络文学阅读市场的细分程度越来越高，作品类型也更加精细。

归根结底，类型小说与阅读市场细分的共同目的是满足读者的个性化阅读需求和趣味。在一个相对独立的消费环境中，类型小说是阅读市场细分的产物，又为阅读市场纵深发展提供源源不断的动力，二者相互影响，相互借力。可以预见，最终的结果是类型作品数量日益扩增，阅读市场规模不断庞大，并且在市场机制筛选以及政府导向引流的双重影响下，类型小说趋于精品化，阅读市场划分走向精细化，最终诞生网络文学“N 大名著”。

3. 网络二次元文学阅读

二次元是指具有长度和宽度的二维平面，早期的动画、漫画和电玩游戏等作品都是以平面化的二维图像为呈现方式，作品中虚构的世界场景、人物关系等设定只能存在于幻想空间中，因此爱好者们将 ACGN（动画、漫画、游戏、轻小说）中建构的幻想世界划归为“二次元世界”，简称“二次元”。

二次元是青少年自我意识受到现实世界压制的结果。当今青少年的信息接受范围广，思想意识在现代社会背景中有不断增强的趋势，他们希望积极参与公共生活，决定自我发展和个人成长。而现实体系中他们并不拥有相应的话语权，处于弱势地位，必须在现有的制度框架下开展学习和生活。很多时候，他们的意见在成年人看来是幼稚的、幻想的，因而，青少年自我意识与成人社会现实不断发生冲突。冲突过程中，对客观现实的改变超出青少年能力范围，导致他们思想和行为皆受挫折。这使得青少年在主观意识与客观现实冲突之后会产生自我与社会之间始终对立、不可调和的极端认识，进而产生逃避行为。因此部分青少年沉溺于二次元，以期在虚构的世界中实现个人理想，达成过剩的自我意识的宣泄。数据显示，2015 年我国二次元用户已达 2.19 亿，6000 万为核心二次元用户，1.59 亿为泛二次元用户。[1]

网络二次元文学阅读主要是指轻小说阅读，属于核心二次元层面，阅读对象以青少年为主。二次元文学阅读以动漫、游戏共同构建的网络数据资料库为地基，为群体交流提供所谓的“现实基础”，紧接着形成二次元受众幻想加工的交流方式，在该环境下诞生出“轻小说”这一文学样式。二次元读者认为现实世界是大人们的世界，青少年的世界则属于二次元，他们又以二次元为基础将现实世界反向命名为“三次元世界”，并将三次元视为假想敌，回避三次元中“成人向”网络文学作品的打怪升级模式和“丛林法则”世界观，更加喜欢内心纯洁、实力无敌且视现实规则如无物的少年形象。与类型小说“爽”的阅读目的指向有所不同，轻小说以“中二”“萌”“超燃”等情感为创作动机，这些情感都来自二次元世界，摆脱了现实生活环境的束缚，因而其写作手法较为任性、灵活、多变，阅读起来也让人感到轻松愉快。“无敌流”是目前国内轻小说作品中极受欢迎的流派，指小说的主人公一开始就是天下无敌的角色，一方面站在力量的巅峰却隐藏实力，甘于体验平凡生活，享受普通人的生活乐趣，另一方面又在关键时刻展露实力，扭转乾坤之后深藏功与名，“雁过不留痕，好汉不留名”。“无敌流”的起点正是“打怪升级”类小说的终点，“成人向”类型小说中主角历经千难万险才达到的成就在青少年们的阅读作品中只是不值一提的前传，这类文学作品也恰恰映照了二次元的诞生原因——青少年自我意识过剩，以及对成人世界价值观念的不认同与回避。

4. 网络亚文化对青少年读者的双重影响

网络亚文化是指随着网络时代的崛起，借助网络平台传播的青少年新兴文化和流行文化。有学者曾断言：“一切新文化都是青年亚文化……它突如其来，生生地楔入人们日常生活之中，它依托的是年轻人的欲望和活

[1] 艾瑞咨询：《2015 年中国二次元用户报告》，2015 年 11 月 2 日，http://report.iresearch.cn/report/201511/2480.shtml，2018 年 5 月 1 日查询。

力……”[1]《2017 年度中国数字阅读白皮书》显示，我国网络文学阅读用户中青少年占比已经高达 80.3%，以年轻人为主体、网络为传播渠道的网络亚文化与青少年占主体、以网络为载体和渠道的网络文学阅读在受众群体、传播渠道的类同中发生了密不可分的联系和互动。一方面，网络文学阅读在青少年阅读行为中所占比重日益增大，网络文学阅读正逐步成为未来世界的主人们终身学习的重要途径，利用优质的网络文学阅读有力促进青少年逐步完善知识结构、提高人文修养已势在必行。另一方面值得注意的是，网络文学是网络亚文化的承载体与宣传阵地，网络文学阅读是吸收和传播亚文化的重要方式，网络亚文化通过语言狂欢方式对青少年读者产生的影响不容忽视。

网络亚文化对青少年的影响是双重的。首先，诸如“丧”文化、“二次元”文化等都是青少年对现实生存环境和生活压力的反射，属于群体在社会转型背景下的精神诉求方式。现今年轻人的生活水平和质量是前辈人难以比拟的，他们成长于社会转型时期而面临的残酷竞争和无情压力也是前辈人在同样的年纪未曾经历的。经济社会下权力与资本的挤压让少数年轻人变得麻木，他们缺乏目标和动力，龟缩在扁平的“二次元”空间，陷入颓废的泥沼无法自拔，落进对外界无感的精神荒漠，在习得性无助的心理状态下得过且过。“丧”文化在如此背景下诞生，为年轻人的自暴自弃提供文化心理由头。但值得注意的是，作为一种快速崛起的亚文化形态，“丧”文化的正面影响远超其消极表象。“丧”文化借助“葛优躺”剧照、太宰治“生而为人，我很抱歉”的名言，以及动画片《马男波杰克》等流行标签，呈现和强化了年轻人无力挫败感的心理诱因与自我戏谑，喊“丧”成为年轻人负面情绪宣泄的途径，排解生活压力的阀口。大多数青年通过展现自身无力、脆弱的一面以达到“集体取暖”之目的，在热闹与调侃中慢慢积攒正能量，在“生命不息，奋斗不止”的人生格言的鞭策下奋进。年轻人话语狂欢中的自我反思、

[1] 蒋原伦：《一切新文化都是青年亚文化》，《读书》2012 年第 10 期。

负面情绪排空后的触底反弹、对未来发展的积极期待才是“丧”的真正文化内核。

二次元文化的内涵同样如此，尽管部分青少年在二次元世界中隐匿现实角色，对外界冷漠，但该表象下恰恰蕴含着青少年自我意识的觉醒速度，以及与传统观念中年龄成长进程不相匹配的现实。当今青少年的知识涉达程度和信息接受范围远比上一代深广，早熟带来的意识过剩允许青少年在 ACG（动画、漫画、游戏）基础上构建属于自己的二次元世界，以舒缓个体原子化的社会存在所加深的疏离感和孤独感。青少年借助同道中人的赞可和支持，发展多元化、个性化的兴趣爱好，在“共同体”的归属感之中实现自我发展，也不失为一条积极快乐的成长道路。

五、网文出海，世界“圈粉”

1.“网文出海”拓展海外阅读市场

“网文出海”是国内网络文学产业发展不断成熟、开拓海外新市场的必由之路。《2017 年度中国数字阅读白皮书》显示，海外英文网文用户约有 700 多万人，人数占比最高的前五个国家分别是美国、巴西、印度、加拿大和印度尼西亚，出海题材包括玄幻、仙侠、科幻、都市、幻想、言情、游戏等，包含英语、泰语、俄语、日语等十几种语言。

截至目前，网文出海的历程可以划分为萌芽期和发展期。我国的网文出海最早可以追溯到 2004 年，当是时，起点中文网以国内站点的内容生产为依托开始进行海外探索，面向全世界出售网络文学作品版权，网文出海“小荷才露尖尖角”；2005 年之后，以历史类和言情类为主的网文作品面向泰国输出有所突破；2006 年天下霸唱的《鬼吹灯》的越南语版、韩语版在多国发售，萧鼎所著的仙侠类小说《诛仙》也打开了越南市场；2011 年南派三叔的《盗墓笔记》英文版译著上架亚马逊。在网文出海的萌芽期，这种依靠国内人气作品“单枪匹马”开疆拓土的出海案例并不鲜见。

直到 2014 年底，位于北美的中国网络文学翻译网站 WuxiaWorld 及 Gravity Tales 建站，标志着中国网文冲出亚洲，走向世界，正式步入发展期。WuxiaWorld（武侠世界）成立于 2014 年 12 月，作为海外首批成立的中国网文翻译网站，凭借较高的市场敏锐度积攒了大量人气，网站作品以玄幻、武侠、仙侠等内容为主。Gravity Tales（引力）是一个“翻译＋原创”平台，其运营模式是对国内文学网站的模仿。它既通过翻译中国网络文学作品扩大影响力，又在中国网文的影响和启发下进行本土原创小说创作（如推出了《蓝凤凰》等著名作品），孵化了一批属于平台自身的网络作家，提升了网站作品丰富度及版权量。2015 年，俄罗斯的网文翻译网站 Rulate（http://tl.rulate.ru/）也迅速崛起，截至 2018 年 4 月 27 日，该网站已有 1010 部已经译完或正在翻译的网络文学作品，包括蚕茧里的牛的《真武世界》和《武极天下》、净无痕的《绝世武神》、善良的蜜蜂的《修罗武神》等。伴随着国外网络文学翻译网站的快速发展，中国网络文学的辐射力冲出了亚洲文化圈，进一步向欧美扩展，在美国、加拿大、欧盟国家和俄罗斯等国家，都有许多中国网络小说的“粉丝”。在数字传播渠道建立及版权输出协议达成的基础之上，国内外网站合作模式也初步形成。2016 年以来，WuxiaWorld 网站获得起点中文网多部小说授权，主要是玄幻、仙侠类题材，如我吃西红柿的《盘龙》《星辰变》《莽荒纪》，天蚕土豆的《斗破苍穹》《武动乾坤》，唐家三少的《绝世唐门》，耳根的《仙逆》，蚕茧里的牛的《武极天下》，逆苍天的《万域之王》等。Gravity Tales 题材更为丰富，涵盖了玄幻、仙侠、科幻、都市、游戏、历史等，发布了《全职高手》《网游之全球在线》《疯巫妖的实验日志》《重生之最强剑神》《星辰之主》等融合了游戏竞技文化因素的竞技文。2016 年晋江文学城与多家越南、泰国的出版社以及日本版权合作方开展合作，进一步扩大了中国网络文学在亚洲文化圈的影响力。2017 年 5 月 15 日，起点中文网海外版——起点国际（www. webnovel. com）正式上线，并迅速与 Gravity Tales 达成战略合作，大大缩减了外国友人追读网文的“时差”。风凌天下的新作《我是至尊》首次尝试了在起点国际和起点中文网同时发布，实现了同一部网络文学作品的海内外零时差阅读，成为中国网文出海的又一里程碑。此外，横扫天涯的《天道图书馆》、酒煮核弹头的《怪物乐园》、逆苍天的《杀神》、鹅是老五的《不朽凡人》、新丰的《最强的系统》、高楼大厦的《叱咤风云》、滚开的《巫师世界》等作品也颇受海外读者欢迎。

网文出海迎来空前火爆局面，个中原因值得深思。首先是政府的政策扶持。在“推进国际传播能力建设，讲好中国故事”“提高国家文化软实力”“推动中华文化走出去”的思想引领下，网络文学出海受到了前所未有的政策扶持，国家新闻出版广电总局发布的《关于推动网络文学健康发展的指导意见》明确提出支持开展对外交流，推动“走出去”。文化部出台了《关于推动数字文化产业创新发展的指导意见》，提出了发展数字文化产业的指导思想、基本原则和发展目标，印发了《“一带一路”文化发展行动计划（2016—2020 年）》，号召文化骨干企业率先走出去，发展重点项目及产业合作。在各项政策利好之下，网文出海顺势而为，必将更加繁荣。其次，海外读者对中国网络文学的文化认同满足了海外网文市场的巨大需求。一方面，国内网络文学杂糅了中国武侠以及西方魔幻小说创作手法，所具备的奇幻、魔法、邪不压正等文化元素在世界范围内通用，海外读者对酣畅淋漓、曲折离奇的故事情节和主人公百折不挠的奋斗经历产生跨文化、跨种族、跨肤色的认同感，而且在漫威动漫电影“超级英雄梦”审美疲劳的环境中，中国网络文学中富有神秘东方色彩的奇幻、仙侠题材对海外民众更具吸引力，刀光剑影、飞升成仙、超脱于现实又不失历史厚重感的仙侠世界更符合海外读者的胃口，也更能激发他们的想象力；另一方面，目前国外网络文学市场正处于混沌初期，欧美等国家甚至有“网络文学荒漠”现象，中国网文出海无异于“盘古开天辟地”，大大填补了这一市场空白，满足了海外读者的阅读需求。最后是国内企业的助推。中国网络文学经过二十年的蓬勃发展，以阅文集团、掌阅科技为代表的核心企业作家阵容强大，作品储备充足，网站覆盖全面，出海优势极其明显。在中国网络文学海外影响力不断提升的过程中，这些企业理应乘势而为，不断完善自身战略布局，提升国际竞争力。

经过二十年快速发展并逐步走向精品化的网络文学，正成为全世界文化灵感的源泉。与国内网络文学发展至泛娱乐产业链的上游部分有所不同，网文出海的产业链在继承国内网络文学生产消费链条的基础上也形成了一定特色。网文出海产业链总体上可分为作者、内容提供商以及海外读者三大环节，其中内容提供商又可分为内容平台（起点中文网、创世中文网、17K小说网等），翻译渠道（海外网文译者、编辑、翻译组等）以及阅读渠道（Webnovel、WuXiaWorld和Gravity Tales等）。中国的网络文学作者在国内大型文学网站进行原创作品的创作并获得付费、打赏收入和版权分成；国内文学网站既是作者的创作平台，也是原创作品的内容分享平台，通过自建海外网络文学阅读平台（起点国际）以及授权给国外粉丝翻译网站（WuxiaWorld、Gravrty Tales）进行版权营收；而海外读者在国内网站创建的海外网文阅读平台以及粉丝翻译网站上进行网文作品阅读且产生赞助、打赏行为。目前网文出海的商业模式仍处于探索阶段，主要有广告、打赏与众筹三种：网络文学翻译网站大都免费提供译文，依靠在网站页面上招租广告获利；读者通过打赏赞助译者鼓励其翻译积极性；此外还有众筹网站Patreon用互联网思维重现达·芬奇时代的艺术家生存模式，让翻译者通过众筹翻译章节来获得盈利。

2. 讲好中国故事，吸引世界目光

在中国网络文学进入外文世界读者的视线之前，东方亚洲故事的输出主要依靠日韩的漫画和轻小说。与前者有所不同，中国网文出海在初期缺乏资本支持的情况下，仅仅依靠自身魅力就在世界范围内“圈粉”，并迅速提升中国文化的国际影响力。网文出海的速度、进程以及国外粉丝的自觉性不禁让人想起美国好莱坞大片开拓中国市场时的场景。在过去很长一段时间，经济全球化挟裹而来的文化全球化之于中国是弊大于利，西方发达国家拥有发达的文化资源生产转化体系和内容传播技术，面向中国的文化输出远远超过了中国的对外文化输出，甚至出现了《功夫熊猫》《花木兰》这样的中国传

统文化资源被美国翻拍成动画大片在国内捞金的情况。而今中国综合国力不断提升，中国文化正受到更多世界目光的关注，讲好中国故事，提升中国文化的国际影响力势在必行。正如欧美文化涌进中国靠的并不是莎士比亚，而是大众化的好莱坞电影和美剧一样，中国网络文学的跨越国际、跨越种族和肤色的大众接受范围也让网文出海有理有据。在国内砥砺前行二十年的网络文学正以其成熟的发展模式率先突围，并快速扭转文化输出和影响逆差。自从各大网文翻译网站快速崛起以来，欧美世界的文学友人也“get”到网络文学中外通杀的“爽点”，外国的书迷粉丝间互称“道友”（Daoist），论坛内时髦的问候语则是“愿道与你同在”（May the Dao with you），海外文学翻译网站正逐渐成为他们学习中国文化的重要基地，WuXiaWorld 网站内更是专设版块介绍中文学习经验和道家传统文化知识。

中国网文出海的进程也并不完全顺风顺水，面临着政策扶持不具体以及盗用版权等问题的掣肘。首先，网文出海需要具体政策扶持，目前国内针对网络文学海外出版出台的《关于推动网络文学健康发展的指导意见》《关于推动数字文化产业创新发展的指导意见》等文件的确支持网络文学企业开拓海外市场，然而各项指导意见仅仅指明了大方向，具体运作指导远远不够，网文出海主要还是依靠国内大型网文集团的“摸着石头过河”。解决这一问题可借鉴日本政府针对动画产业对外输出的扶持，例如日本举办一年一度的“东京国际动画节”，对企业参展国际性博览会进行资金援助，缔造与好莱坞齐名动漫产业集群等举措都有参考性。网络文学要成长为与美国电影、日本动漫、韩国电视剧并驾齐驱的世界性“文化奇观”，任重而道远。其次，盗版问题成为网文出海的“达摩克利斯之剑”，网络文学海外出版的传播渠道一度较为混乱，盗版猖獗。[1] 面对这些问题，国内大型网络文学集团自觉承担文化传播使命，积极扩展文化传播渠道，以主人翁的文化自信姿态和“面朝海外，春暖花开”的文学关怀之心积极促进网文出海进程，为问题的

[1] 尤达：《“网文出海”的长久之道》，《编辑之友》2017 年第 12 期。

解决进行了积极探索。2017 年 5 月上线的起点国际背靠阅文集团，坐拥海量原创正版作品储备，作为中国网文出海的正规军，是中国第一个走“正版化＋PGC（Professional Generated Content，专业内容生产）”路线的国际网络文学平台，在加快出海速度、保证出海质量方面起到至关重要的作用。起点国际一方面通过在站内培育专业的翻译团队来打破平台内作品的语言壁垒，作者从作品翻译的把控到作品 IP 的改编，参与到了整个网文出海的过程中；另一方面也加快了向海外迈进的步伐，2017 年 4 月，阅文集团与亚马逊达成合作协议，在 Kindle 书店上线第一个中国网络文学专区；并相继与亚马逊、Gravity Tales 达成合作协议，扩大了中国精品网络文学的传播渠道，成为网络文学海外传播站点中作品总量最大、类型最多、覆盖范围最广的站点。此外，起点国际还很尊重文化差异，降低文化理解门槛，面向海外读者重新设计网络文学的作品封面及内容简介，在翻译过程中也入乡随俗，最大化满足海外读者的阅读需求。目前阅文集团的网络文学海外输出已扩展至东南亚、欧美等多个区域，遍布美国、英国、法国、日本、韩国、俄罗斯等 20 多个国家和地区，涉及玄幻、仙侠、历史、言情等多个题材，涵盖 10 余种语言文字，授权数字出版和实体图书出版的作品总量约 200 部。[1] 掌阅科技也乘势而为，从 2015 年 7 月开始进军中国香港、澳门以及台湾地区市场，同时开拓海外市场，向东南亚布局。2016 年全年，掌阅在新德里国际图书展、美国芝加哥国际书展、首尔国际动漫节、中国—东盟博览会、德国法兰克福书展频频亮相，以此方式扩大国际影响力，并于当年 12 月试行版权合作，开辟国际化路径。与此同时，掌阅也不断完善海外战略布局，分别与泰国红山出版集团、网文英译网站 volare novels 签订合作协议，将内容渠道扩展至东南亚市场和欧美市场，截至 2016 年，掌阅海外版可为用户提供 30 万册中文内容，5 万册英文内容以及数万册的韩文和俄文内容。

可以预见，在我国“推进国际传播能力建设，讲好中国故事，展现真

[1] 欧阳友权：《中国网络文学年鉴（2017）》，中国文联出版社 2018 年版，第 7 页。

实、立体、全面的中国”[1] 的基本方针指引下，更多类型的网络文学作品将走出国门，吸引世界人民的目光，向国外友人讲好中国故事。而且，伴随着海外网络文学盈利模式及竞争格局的逐渐成形，网络文学的国际人口红利期的持续延长，作为推动中国文化走出去、凸显中国文化内涵、提升中华民族文化自信以及中华文化国际影响力的重要力量，中国网络文学在“出海”的征途上必将大有作为。

[1] 人民日报：《习近平在全国宣传思想工作会议上强调：举旗帜聚民心育新人兴文化展形象　更好完成新形势下宣传思想工作使命任务》，《人民日报》2018 年 8 月 23 日。

第七章
网络文学理论批评

二十年来，网络文学以让人惊异的成长速度造就了能与好莱坞电影、日本动漫、韩剧相提并论的现象级文化景观，在作家群体、作品存量、读者群落和影响力等多个层面均成为举世瞩目的存在。但在蓬勃发展的背后，需要正视其创新能力不足、知识产权面临的困境以及过度产业化带来的艺术性退化等问题，其健康发展亟须理论批评的积极介入。可喜的是，越来越多的文学研究专家、学者和科研团队纷纷走入网络文学研究场域，并在二十年间取得了丰硕的成果。如今，网络文学已经走过了数量膨胀的规模扩张期，开始进入“品质为王”的新时代，在此重要节点，对以往理论批评成果进行系统梳理，对其中存在的问题进行反思与探讨，无疑是具有重要价值的。

一、网络文学批评的三股力量

在当下的网络文学批评领域，批评者的身份主要由三股力量构成：一是关注网络文学的传统批评家，特别是那些关注文学发展、回应现实问题的批评家，他们以学院派的身份或职业批评家的眼光看待新兴的网络文学，及时调整思维聚焦，敏锐地面对新媒体中的文学发声，构成学理化批评最具实力的一派。另一股力量是面向市场的媒体批评者，他们主要由记者、编辑、作家和关注网络媒体的文化学人构成。这类批评者善于从媒体传播的角度，在网络文学中发现具有新闻价值的文学现象，找到一个切入点进行导向性文化点评，或者用“新闻鼻”将其纳入某个“议程设置”进行热炒，以形成广泛的文化关注。还有一类是文学网民的在线批评，批评主体是关注并阅读网络文学作品的态度型网民、跟风追读型粉丝、论坛灌水型刷屏者、创作与评论的交互型聊友、匿名上网的评论型鉴赏者，以及作为幕后推手的商业型“马甲”“水军”等等。[1] 这三股力量各有优劣、彼此互补，合力构建了网络文学批评多维互动的开放式格局。

1. 学院派批评助推网络文学精品化与主流化

(1) 学院派批评及其社团活动

经过二十年的发展，网络文学研究队伍不断扩大，学术影响力也显著增强。当下学院派网络文学批评主要呈现为几大地方性学术集群，包括以中国作协、中国社科院、中国文联、北京大学中文系为团队的“京派”阵营，以中南大学网络文学研究基地为中心的湘军阵营，以浙江网络文学研究院、杭州师范大学、浙江传媒学院为依托的浙军阵营，以山东师范大学网络文学研究中心为依托的鲁军阵营，以广东网络文学院为中心、以《网络文学评论》为园地的粤军阵营，以贵州网络文学学会为中心的黔军阵营，以西南科技大学网络文学研究阵地为中心的川军阵营，以福建省作协网络文学专业委员会为代表的闽军阵营，以及以各大高校、研究院为依托的众多地方性学术团体，等等。[2]

网络文学作为文学新兴领域，历来备受争议，在学界经历了一个逐步接受与认可的过程，社团活动也呈现逐步升温的趋势。这二十年来具有标志性意义的网络文学研讨活动，以时间为序在此做简要概述。

2003 年 6 月，中南大学文学院等单位主办的“网络文学与数字文化”全

[1] 参见欧阳友权：《网络文学批评史的持论维度》，《网络文学评论》2017 年第 1 期。

[2] 参见欧阳友权：《中国网络文学二十年》，《创作与评论》2018 年第 1 期。

国学术研讨会在长沙召开。作为第一次全国性的网络文学研讨会，来自各大高校和科研院所的近百名专家学者和作家，围绕网络文学的性质、定位、价值导向和审美嬗变等问题进行了广泛的交流和探讨。

2007年10月，中国社科院文学所等主办的“媒介文化与网络文学研讨会”暨国情调研课题“全国文学网站年度调查报告”专家咨询会在京召开。与会者围绕媒介文化冲击下的文学创作与批评、文学网站的私人空间、网络社会的崛起与文学的身份危机等话题展开了讨论。

2008年12月，中国社科院举办了第二届媒介文化与网络文学高层论坛，来自中国作协、中国社科院、中国人民大学、中国传媒大学等单位的40余名专家学者和红袖添香、晋江原创网、17K小说网等著名文学网站的主编参加了会议。与会者就媒介文化语境下文学研究面临的挑战与策略、博客写作与媒介批评、网络时代的文学生产与消费、文学网站在2008年度的发展趋势和影响等话题做了重要阐述。

2009年6月，中南大学文学院等单位主办的“网络・网络文学・公共空间”全国学术研讨会在湘西凤凰召开，100多位知名专家学者对网络文学的发展趋势、当下网络文学的定位及社会功能、网络作为公共空间的现代特性及社会影响力等话题进行了深入争鸣。

2010年5月，由中国作协、广东省作协主办的“网络文学研讨会”在京召开。中国作协党组书记、副主席李冰，副主席张抗抗，广东省作协主席、党组书记廖红球出席并讲话。盛大文学首席执行官侯小强、新浪副总编辑孟波、中文在线总裁童之磊、新华网副刊频道俞胜、湖南作家网主编余艳、红袖添香主编毕建伟、17K小说网刘英、诗生活网莱耳，评论家白烨、谢有顺、王祥，作家代表盛可以、步非烟、唐家三少等在会上发言。

2011年12月，由中国作家协会等单位举办的“广东网络文学十年精品回顾”峰会于广州举行，来自各地的文学评论家、网络作家、编辑等近200人出席会议，热议网络文学在当下的生存和发展。会上，国内第一本专业的网络文学批评和理论刊物《网络文学评论》同时首发。

2012年6月，中国作协于北京举行网络文学作品研讨会，研讨李晓敏的《遍地狼烟》、天下归元的《扶摇皇后》、酒徒的《隋乱》、阿越的《新宋》、杨蓥莹的《凝暮颜》5部网络文学作品，此次会议是中国作协自1949年成立以来第一次举行网络文学作品研讨会。

2013年7月，中国文艺理论学会网络文学研究会成立大会暨“网络与文学变局”学术研讨会在西藏拉萨召开，此次会议由中国文艺理论学会、中南大学文学院和《文艺理论研究》杂志社联合主办。会议确定欧阳友权为全国网络文学研究会会长，中南大学荣膺该研究会会长单位和秘书处单位。成立大会后，与会专家学者就网络与文学变局、少数民族网络文学发展等论题开展了深入的学术研讨。

2014年7月，由中国作家协会等举办的“全国网络文学理论研讨会”在北戴河召开。中国作协、《人民日报》社文艺部、《光明日报》社文艺部、中宣部文艺局理论文学处、国家新闻出版广电总局网络监管处、有关省市作协负责人，网络文学专家学者，全国重点文学网站高层管理人员等70余人参加会议。会议围绕网络文学的创作特点与艺术特征、网络文学的评价体系与批评标准、网络文学的传播与市场机制的关系等六个专题进行研讨。

2015年10月，由中国文艺理论学会网络文学研究会、山东师范大学文学院共同举办的“文化视域中的网络文学研究”学术研讨会于山东师范大学召开，100余名专家学者和行业精英出席了会议。会议围绕如何看待文学变局中的网络文学、网络文学主流化及其前景、网络文学与技术进步等话题展开了广泛探论。

2016年8月，由中国文艺理论学会网络文学研究会等单位主办的“网络文学评价体系构建”学术研讨会在怀化学院召开。欧阳友权主持开幕式，黄鸣奋、周志雄、单小曦、吴家荣、谭伟平、欧阳文风、张千山、罗宗宇、禹建湘、岳凯华、李胜清等学者先后作大会主题发言。

2017年的全国性学术会议众多。7月，由中南大学网络文学研究基地等单位主办的“大数据背景下少数民族网络文学高层论坛”在贵阳市举办。近

40 位评论家、学者与网络作家开展对话互动，共同探讨我国少数民族网络文学创作实践和理论研究现状、存在问题及发展前景。这次会议邀请了网络“大神”血红参加，并对血红的作品举办专题研讨会。

2017 年 8 月，由中国作家协会等单位主办的“中国少数民族网络文学会议——2017·中国少数民族当代文学论坛”在呼伦贝尔举行。面对网络文学的强势崛起，少数民族网络文学如何顺应形势获得更大的发展空间，建立具有民族特色的网络文学传播、交流、评价体系成了与会专家热议的话题。

2017 年 10 月，中国文艺理论学会网络文学研究会，会同《文艺理论研究》编辑部、贺州学院，在广西贺州举办了第四届学术年会暨“网络文学批评与中国文学传统”学术研讨会。会议邀请知名网络作家丛林狼、南无袈裟理科佛参加，议题包括：我国网络文学批评的现状、问题与走向，网络文学批评与中国文学传统的关系，网络文学的评价体系与批评标准，网络文学批评队伍建设问题，网络作家丛林狼军文小说专题研讨，网络作家南无袈裟理科佛网络悬疑探险小说专题研讨，等等。

2018 年 3 月，由中国作协网络文学委员会、上海市新闻出版局、上海市作家协会、阅文集团联合主办的“中国网络文学 20 年发展研讨会”在上海市作家协会举行。在会上，“中国网络文学 20 年 20 部优秀作品”的推选结果得以公布。6 月，“中国网络文学二十年”学术研讨会于四川绵阳顺利召开。此次会议由中国文艺理论学会网络文学研究会、西南科技大学文学与艺术学院、《文艺理论研究》编辑部等单位联合举办，30 余所科研院校和杂志媒体的 90 余名知名专家学者、著名网络作家与会。主题报告环节，黄鸣奋、陈定家、周志雄、汪代明、许苗苗、庄庸、周冰等知名学者分别作了精彩发言。分组讨论中，与会专家学者就网络文学的历史、视野与批评，网络文学的文化、传播与阐释，网络作家爱潜水的乌贼作品专题研讨等议题进行了广泛交流与深入研讨。

(2) 学院派批评的价值和局限

学院派批评的主要载体形式是专业性的学术刊物，受众往往是专门从事研究的精英人士或有专业素养和兴趣的人，这类人构成了学院派批评的小众接受市场。从批评的学术含量上看，学院派当属网络文学批评的主力军。学院派批评的价值主要表现在以下几个方面：首先，此类批评者大多来自学术研究阵营，在圈子内呈现为思想的集束状，形成几种形态的权威话语。其次，批评者良好的学养、系统化的知识、宽阔的视野使其批评在历史中形成十分系统的学理支撑，能够自觉地以“历史—前人”“西方—他人”的价值为参照。此外，他们大多受过良好的专业学术训练，并有着较为丰富的学术经历和研究成果，其批评谨守学术规范，具有专业化特征。

学院派批评者用宏阔的理论视野和精准的语言表达为网络文学提供了合法性论证，但也暴露出广泛存在的沟通失效问题。一是重规矩规范，作为高度专业的批评活动，批评者的阵地比较有限，主要局限于学术会议、学术刊物，很难和媒体批评一样去占据公共领域。二是批评者看重学理建构，理论往往多于评论，术语庞杂的批评话语为沟通大众读者设置了障碍，忽视文本批评，且习惯用较为老套的批评模式来解读新兴的网络文学。三是理论滞后于创作，对具体的作家作品或新兴的网络文学现象关注不够敏感。如果不长期在网络文学领域浸淫研究，不够了解整个网文业态，做出的批评很难被人信服，容易与创作实际相疏离。

2. 传媒批评凸显热点话题，引导舆论走向

(1) 网络文学传媒批评总体描述

自 20 世纪 90 年代以来，电视、大众报刊、网络等强势传媒以巨大的声势席卷社会的各个角落，文学批评空间自然也属其强力介入范畴。媒体人关注的多是新闻性卖点、消费性话题，找到一个合适的切入点后，习惯以事件性报道或是点评式发言的形式掌握话语主导权。虽然在当今的电视屏幕、报纸副刊等大众传媒上，学院派学人的身影、文字越来越多，但还远远不够，学院派批评在这些大众媒体中，无论在数量还是力度上，仍未占据主导性、引导性的位置。

2008 年的“网络文学十年盘点”评选活动是有力彰显媒体批评力量的一

个重要事件，此次活动由中国作家出版集团、《长篇小说选刊》杂志社和北京中文在线文化发展有限公司共同主办，经过 7 个月的推举和评选，最终于 2009 年 6 月在京揭榜。网络读者推荐了 1700 余部网络文学作品，近 50 万读者参与投票，经过海选和淘汰筛选后再由专家进行评审，评审组由 50 余位著名评论家、作家以及《人民文学》《收获》等知名文学期刊编辑组成，以文本价值、纪录价值、边际学术价值和娱乐价值作为综合考评标准，撰写了百余篇作品评论。最终，《尘缘》《家园》《紫川》《韦帅望的江湖》四部作品同获“十佳优秀作品”和“十佳人气作品”，被评为“优秀”之作的还有《此间的少年》《成都，今夜请将我遗忘》《新宋》《窃明》《无家》《脸谱》，“人气”之作还有《亵渎》《都市妖奇谈》《回到明朝当王爷》《巫颂》《悟空传》《高手寂寞》。

类似的年度评选活动还有许多。2011 年，《山东文学》《齐鲁晚报》和网易共同主办了中国首届网络文学大奖赛，此项活动从 3 月持续到了 12 月底，共设小说、诗歌和散文三类 32 个奖项，参赛作品由知名文学批评家和作家担任评委，并由以上三家媒体联合刊发。2015 年起，《南方都市报》主办的华语文学传媒盛典增设“年度网络作家”评选，从媒体的视角关注网络文学生态，推动大众对于网络文学的接受与认可，并以标杆式作品树立作品典范。此外，各平台通过举办征文大赛，充分调动大众的参与度，如光明网举办的网友文学大赛，以“为广大网友构建一个施展文学才华的平台”为宗旨，吸引了国内外众多网友参与。新浪微博也曾举办 140 字以内的“微小说”大赛，鼓励不同阶层的人分享各种类型的故事。

随着网络文学的火热，各家媒体与之相关的报道爆发式增长，其评论的影响力不容小觑。2010 年 5 月至 6 月，《光明日报》和光明网同时推出“光明聚焦·网络文化系列报道”，共发表新闻报道、文章 14 组，对网络文化现状、建设与管理中存在的问题和解决办法展开了专题讨论。2013 年 10 月，央视新闻频道对网络文学产业进行了深入调查报道。其中，腾讯文学因亮相伊始便坚持不断开拓丰富电子阅读作品里的优秀题材，以及坚持提升旗下网络作品社会价值的业界表现，受到了央视重点关注，并被给予高度肯定。2016年6月起，中国文联文艺评论中心与光明网共同主办“网络文艺评谈”网报联动专栏，针对当下网络文艺领域的热点话题积极开展评论，并面向社会征集优秀网络文艺评论稿件。

值得关注的是，除了传统认知的大众媒体，新媒体的力量发展迅猛，微信公众平台不乏众多专业的推送账号，文章的质量与传统学术刊物相比不遑多让。如爆侃网文，作为国内首家也是最大的网络文学、数字阅读行业资讯媒体，成立于2014年，该平台专注最新网络文学行业动态，聚焦第一手网文圈、数字阅读行业资讯，为网文圈从业人员以及文学爱好者乃至行业外的人员提供行业资讯平台。橙瓜网，作为网络文学领域作者、网站、编辑、读者之间的交流服务平台，成立于2015年，该平台拥有一整套媒体矩阵，包括旗下的橙瓜APP、橙瓜首页论坛、橙瓜微信公众号、今日头条等自媒体平台。在橙瓜平台上认证的“大神”作者和资深编辑已超过千位，平台注册用户突破百万，已连续三年成功发布“网文之王”“五大至尊”“十二主神”“百强大神”“年度最受欢迎的作家”“年度十大作品”以及“年度百强作品”“网文编辑伯乐奖”等重要网络评选活动。2017年8月的中国“网络文学＋”大会也正是借助于官方门户网站、手机网站、微博、微信等渠道，通过图文、微视频、直播等方式，全面展现了大会盛况、网络文学作家风采以及网络文学的发展动态。

(2) 传媒批评的特点和意义

对于传媒批评，不同媒体平台的批评有其特定的功能，不能以媒体批评的概念笼而统之地抹杀其区别，有学者将其划分为时尚化批评与实质性批评不无道理：“将大众媒体上的文学批评称之为时尚化批评，而将文学专业报刊这类小众媒体上的文学批评称之为实质性批评。时尚化批评是建立在消费意识形态的基础之上的，它抢人眼球，热闹轰动，但它不触及文学的实质；它会影响到大众的文学兴趣，却不会影响到文学性的消长。实质性批评是建立在精英意识形态的基础之上的，它静悄悄地出现，甚至出来就被人遗忘，但它触及文学的实质，它能揭示文学的走向，弘扬文学的精神价值。”[1]

但总体而言，传媒批评具有以下几个基本特征：一是批评主体的泛化，记者、编辑、作家、一般的读者和专业批评家均可进入媒体批评领域，但需要把专业化、职业化、官方化、精英化意识转换为大众意识。二是即时性强，媒体人往往能够敏锐地捕捉主要问题，用指向明确的具象化评判切中实际，针砭时弊，形成一定的舆论影响力。如盛大文学为网络作家唐家三少申请吉尼斯世界纪录，多家媒体均在第一时间予以报道。三是具有广泛的影响力，传媒批评的载体是大众传播媒介，能够接触到该媒介的人，都可以算作其受众，尤其与学院派批评相比，传播范围可以覆盖普通人群。

传媒批评的积极意义在于能够借助大众传播，以媒体的公信力对趋向性和典范性的热点现象给予主流话语的价值判断，或规制以引导性的文化警示。一旦出现有价值的热点新闻，他们会抓住机会趁机热炒，形成社会化的文化关注，引导社会舆论。但由于传媒批评面向的是大众市场，势必重视时效性与浅易性，有时难以发现文本或文化现象的本质，难以从整体和宏观的思维角度发现重大问题。有学者曾犀利指出传媒批评消极之处：“在消费文化影响下，纯文学刊物或者换装，或者改版，争相加入文化快餐的生产流水线，媒体批评对感官刺激津津乐道，热评、快评、短评、浅评流行。即便有精英文学的不断抗争，媒体批评也难免目不暇接，难免蜻蜓点水、浮光掠影。加上网络、微信、博客等新兴媒体如鱼得水，它对媒体批评的参与，增添了拥挤、热闹、繁盛的意味，但大都是印象堆积、感性围观，不少是隔靴搔痒，而且存在不少误读。”[2] 显而易见，这样的批评文章难以培养思想深刻的大众，而过分急功近利，也可能会出现一些失准失当之举，对大众产生

[1] 贺绍俊：《媒体时代的文学和批评》，《文艺报》2007年8月6日。

[2] 杜国景：《当代中国文学批评语境与机制研究》，《中山大学学报（社会科学版）》2015年第4期。

误导，让网络文学走偏路向。因此，传媒批评必须注意增强自身的责任意识，吸收与借鉴学院派批评理性思维的优势，完善自身，弥补不足。

3. 文学网民在线批评的即时互动

（1）网民在线批评及其互动模式

网络技术为文学互动搭建了物质平台，资本市场受众导向成为互动的助推器，文学网民的在线式互动批评成为最能体现网络批评特色的一种方式，其中既包括网民读者与网文作者的互动，也包括网民读者之间的互动。在线批评互动模式多种多样，但对大多数互动方式加以总结，并按照互动深度来划分，可以简要分为简短评论式互动、触发式互动及延伸式互动三种模式。

第一种简短评论式互动最为常见，所占比例最大。如“顶”“赞”“支持”“唯一”“好看”“不错”“签到”“抢沙发”等行为，还包括读者通过留言等各种方式，提醒作者写新的章节这种催更式互动。

第二种触发式互动主要指互动主体对小说主题、故事情节、人物形象、发展走向等各方面展开对话、相互影响的互动，常见的是对人物、剧情等方面的猜测与讨论，以建议、质疑或是深度长评的形式出现。这种互动是作者最为珍惜的，可以为作者拓展思路，给予创作灵感，读者与作者、作品的互动一定程度上加深了他们对作品的感情，甚至形成了粉丝“共同体”。

第三种延伸式互动是指源于作品又超出作品的互动形态。这种互动模式主要以同人原创、续写的方式出现，在读者群里共享，集中在小范围内流传。

（2）在线批评的价值和局限

在线批评的独特价值在于形式灵活，没有固定的模式套路，既可以是几句话的即兴评说，也可以进行详细的论证分析，既可以在论坛、贴吧、微博、博客上独抒己见，也可以只是在其他人的帖子后面跟帖。在对话和碰撞中，新的思想和理念被激活，为批评领域带来了新的活力。也正因为不受篇幅、文体限制，所以在线批评往往可以随感而发，快捷直接，保持着阅读过程中鲜活的阅读感受与个性理解，对文本的阅读、理解往往有新奇的角度，语言也富有个性魅力，能够给人耳目一新之感。

但是从研究价值的角度考虑，大多数网友们的评论显得不正式、跑题严重，甚至褒贬失当。就形式而言，网络上的自由导致一些批评文章情绪化过重，为了表达畅快，他们可能会使用一些非主流词汇甚至不文明用语，即兴式批评、娱乐式批评、感悟式批评、颠覆式批评乃至冒犯式批评等吐槽形式时有所见。就内容层面上而言，在线批评所谈及的往往是自己的阅读感受，可能会造成与所评论文本的背离；而且，他们的批评大多凭着一时的印象率性而谈，往往缺乏对文本深入细致的分析，没有全面考辨研究对象，显得十分零碎与不成系统，甚至有时为了招人注意而有意哗众取宠、夸大其词，常常有失文学批评的公正性。

二、二十年来的理论批评成果

理论批评成果作为检验文学成效的重要尺度，是研究者们继续深入研究的基础。这二十年来，网络文学理论批评领域成果丰硕，这些成果发表在学术期刊、书报出版物、网络等新媒体和相关学术会议上，以理论批评文章、学术著作、学位论文、会议论文、网络时评等方式呈现出来。其中，学术论文型批评成果居于主流，贡献和影响也最大。

1. 网络文学理论批评著作

（1）理论批评著作一览

就网络文学研究总体趋势而言，相关研究已从基础问题的讨论，逐渐转向“专、深、精”的前沿问题的探索。内容涉及网络文学的热点现象，网络文学理论、评论与鉴赏，网络文学阅读、写作、教学，网络文学的产业论、价值论，新媒体艺术，数码艺术，赛博空间，网络文化等领域的讨论，包括教材、论稿、论文集、网络文学理论批评探讨的演讲集、理论史、词典等各类。以下为网络文学领域二十年来重要的理论批评著作选目，按出版先后予以排序。

二十年出版网络文学理论批评著作选目

序号	作者	书名	出版社	出版年份
1	黄鸣奋	《电脑艺术学》	学林出版社	1998
2	黄鸣奋	《电子艺术学》	科学出版社	1999
3	黄鸣奋	《比特挑战缪斯——网络与艺术》	厦门大学出版社	2000
4	铁马、曦桐	《赛伯的文学空间》	山东文艺出版社	2001
5	黄鸣奋	《超文本诗学》	厦门大学出版社	2001
6	欧阳友权	《网络文学论纲》	人民文学出版社	2003
7	欧阳友权主编	“网络文学教授论丛”（含欧阳友权《网络文学本体论》，谭德晶《网络文学批评论》，杨林《网络文学禅意论》，聂庆璞《网络叙事学》，蓝爱国、何学威《网络文学的民间视野》）	中国文联出版社	2004
8	黄鸣奋	《网络媒体与艺术发展》	厦门大学出版社	2004
9	黄鸣奋	《数码艺术学》	学林出版社	2004
10	于洋、汤爱丽、李俊	《文学网景：网络文学的自由境界》	中央编译出版社	2004
11	许苗苗	《性别视野中的网络文学》	九州出版社	2004
12	欧阳友权主编	“文艺学前沿论丛”（含欧阳友权《数字化语境中的文艺学》、王岳川《艺术本体论》、白寅《心灵化批评——中国古代文学批评的思维特征》、蓝爱国《游牧与栖居：当代文学批评的文化身份》、柏定国《中国当代文艺思想史论》）	中国社会科学出版社	2005
13	欧阳友权主编	《人文前沿——网络文学与数字文化》（《人文前沿》第一辑）	中南大学出版社	2005

续　表

序号	作者	书名	出版社	出版年份
14	张德明	《网络诗歌研究》	中国文史出版社	2005
15	朱凯	《无纸空间的自由书写——网络文学》	华龄出版社	2005
16	黄鸣奋	《互联网艺术》	文化艺术出版社	2006
17	张邦卫	《媒介诗学：传媒视野下的文学与文学理论》	社会科学文献出版社	2006
18	李国正	《网络文学的语言审美》	台湾学生书局有限公司	2007
19	高瑞民	《网络文学研究》	大众文艺出版社	2007
20	欧阳友权主编	“网络文学新视野丛书”（含杨雨《网络诗歌论》，苏晓芳《网络小说论》，欧阳文风、王晓生《博客文学论》，李星辉《网络文学语言论》，柏定国《网络传播与文学》，蓝爱国《网络恶搞文化》）	中国文史出版社	2007
21	黄鸣奋	《互联网艺术产业》	学林出版社	2008
22	马季	《读屏时代的写作：网络文学10年史》	中国工人出版社	2008
23	欧阳友权	《网络文学概论》	北京大学出版社	2008
24	欧阳友权	《网络文学的学理形态》	中央文献出版社	2008
25	单小曦	《现代传媒语境中的文学存在方式》	中国社会科学出版社	2008
26	金振邦	《新媒介视野中的网络文学》	东北师范大学出版社	2008
27	欧阳友权主编	《网络文学发展史——汉语网络文学调查纪实》	中国广播电视出版社	2008
28	何坦野	《新媒体写作论》	浙江大学出版社	2008
29	詹珊	《我写故我在：网络写作现象透析》	福建人民出版社	2009
30	马立新、邓树强	《中国网络文学概论》	吉林文史出版社	2009

续 表

序号	作者	书名	出版社	出版年份
31	欧阳友权	《比特世界的诗学：网络文学论稿》	岳麓书社	2009
32	欧阳友权主编	《网络·网络文学·公共空间》（《人文前沿》第二辑）	中南大学出版社	2009
33	杨剑虹	《新生 新力 新潮：关于汉语网络文学的审视与思考》	河南大学出版社	2009
34	蒋述卓、李凤亮主编	《传媒时代的文学存在方式》	广西师范大学出版社	2010
35	周志雄主编	《网络空间的文学风景》	人民文学出版社	2010
36	马季主编	《21世纪网络文学排行榜》	百花洲文艺出版社	2010
37	马季	《网络文学透视与备忘》	中国社会科学出版社	2010
38	刘克敌主编	《网络文学新论》	凤凰出版社	2011
39	欧阳友权主编	“新媒体文学丛书”（含欧阳友权《数字媒介下的文艺转型》、禹建湘《网络文学产业论》、苏晓芳《网络与新世纪文学》、聂庆璞《网络小说名篇解读》、曾繁亭《网络写手论》、欧阳文风《短信文学论》）	中国社会科学出版社	2011
40	蒙星宇	《网里花落知多少：北美华文网络文学二十年研究（1988—2008）》	中国社会科学出版社	2011
41	陈定家	《比特之境：网络时代的文学生产研究》	中国社会科学出版社	2011
42	刘叔明主编	《网络文学研究论文集》	团结出版社	2011
43	李玉萍	《网络穿越小说概论》	南开大学出版社	2011
44	黄鸣奋	《西方数码艺术理论史》（全六册）	学林出版社	2011
45	广东省作家协会、广东网络文学院	《网络文学评论》（连续出版五辑）	花城出版社	2011—2014

续　表

序号	作者	书名	出版社	出版年份
46	欧阳友权主编	《网络文学词典》	世界图书出版广东有限公司	2012
47	姜英	《网络文学的价值》	巴蜀书社	2013
48	顾宁	《网络文学纵论》	辽宁大学出版社	2013
49	何强主编	《中国网络文学出版研究》	海峡文艺出版社	2013
50	厉震林主编	《网络母题：戏剧影视文学的网络小说改编研究》	上海交通大学出版社	2013
51	陈定家	《文之舞：网络文学与互文性研究》	社会科学文献出版社	2014
52	欧阳友权主编	《网络与文学变局（人文前沿第四辑）》	中国文史出版社	2014
53	欧阳友权主编	“网络文学100丛书”（含欧阳友权《网络文学评论100》、禹建湘《网络文学关键词100》、欧阳文风《网络文学大事件100》、聂庆璞《网络写手名家100》、曾繁亭《网络小说名篇100》、纪海龙《网络文学网站100》、聂茂《名作家博客100》）	中央编译出版社	2014
54	李盛涛	《网络小说的生态性文学图景》	中国社会科学出版社	2014
55	欧阳友权主编	《网络文学五年普查（2009—2013）》	中央编译出版社	2014
56	周志雄编	《网络文学的兴起：中国网络文学发展文献史料辑》	人民出版社	2014
57	中国作家协会创研部选编	《网络文学评价体系虚实谈：全国网络文学理论研讨会论文集》	作家出版社	2014
58	金鑫	《文学与影视、网络传播研究综论》	辽宁人民出版社	2014
59	周志雄等	《新世纪网络文学的侧面》	山东人民出版社	2014
60	黄鸣奋	《数码艺术潜学科群研究》（全四册）	学林出版社	2014

续 表

序号	作者	书名	出版社	出版年份
61	李修元	《网络文学艺术价值的理性审视》	合肥工业大学出版社	2015
62	中国文联理论研究室、中国文艺评论家协会	《网络化背景下的文学艺术》	中国文联出版社	2015
63	王祥	《网络文学创作原理》	中国人民大学出版社	2015
64	欧阳友权主编	《网络文学研究成果集成》	中国文联出版社	2015
65	欧阳友权、袁星浩	《中国网络文学编年史》	中国文联出版社	2015
66	单小曦	《媒介与文学：媒介文艺学引论》	商务印书馆	2015
67	周志雄	《网络文学的发展与评判》	人民出版社	2015
68	周志雄等	《大神的肖像：网络作家访谈录》	山东人民出版社	2015
69	吕周聚等	《网络诗歌散点透视》	中国社会科学出版社	2015
70	邵燕君	《网络时代的文学引渡》	广西师范大学出版社	2015
71	谭伟平	《未来文学形态》	湖南人民出版社	2015
72	邵燕君主编	《网络文学经典解读》	北京大学出版社	2016
73	王小英	《网络文学符号学研究》	中国社会科学出版社	2016
74	胡淑琴、杨萍萍、阮丽	《中国当代网络文学研究》	吉林出版集团有限责任公司	2016
75	梅红主编	《网络文学（第二版）》	西南交通大学出版社	2016
76	张立、介晶、高宁、梁楠楠	《网络文学发展现状及其评价体系研究》	中国书籍出版社	2016
77	唐迎欣主编	《网络文学及其批评研究》	人民日报出版社	2016

续　表

序号	作者	书名	出版社	出版年份
78	张邦卫、杨向荣等	《网络时代的文学书写：“网络文学高峰论坛”论文集》	中国社会科学出版社	2016
79	庄庸、王秀庭	《网络文学评论评价体系构建：从“顶层设计”到“基层创新”》	福建教育出版社	2016
80	周志雄主编	《网络文学研究》（已出版二辑）	山东人民出版社	2015、2016
81	辽宁省文学艺术联合会编著	《管锥天地别样宽：网络文艺微评论实践探索与理论思考》	辽宁大学出版社	2016
82	谢奇任（台湾）	《致我们的青春：台湾（地区）、日本、韩国与中国大陆的网络小说产业发展》	秀威资讯科技股份有限公司（台湾）	2016
83	吴长青	《网络文学创作与研究概论》	河海大学出版社	2017
84	赖敏	《文化产业境域的网络文学研究》	科学出版社	2017
85	邓树强	《网络文学及其影视改编研究》	黑龙江人民出版社	2017
86	陈海燕	《网络文学与动漫产业互动发展研究》	四川大学出版社	2017
87	周志雄、吴长青主编	《中国网络文艺作品评论选：网络文学卷》（全二册）	中国社会科学出版社	2017
88	欧阳友权主编	《中国网络文学年鉴（2016）》	中国文联出版社	2017
89	黄鸣奋	《位置叙事学》（全三册）	中国文联出版社	2017
90	浙江省作家协会及网络作家协会	《华语网络文学研究》（已出版三辑）	浙江文艺出版社 湖北教育出版社	2015、2016 2018
91	庄庸、王秀庭	《亲爱的，我们为爱作战：互联网＋她时代新文艺潮流研究》	福建教育出版社	2017
92	邵燕君主编	《中国年度网络文学》（2015—2017 每年分男频卷、女频卷，共出版六部）	漓江出版社	2016 2017

续 表

序号	作者	书名	出版社	出版年份
93	欧阳友权主编	《中国网络文学年鉴（2017）》	中国文联出版社	2018
94	欧阳友权	《网络文学学探析》	中国社会科学出版社	2018
95	邵燕君主编	《破壁书——网络文化关键词》	生活·读书·新知三联书店	2018
96	欧阳友权主编	《湖南网络作家群》	中国国际广播出版社	2018
97	夏烈	《大神们：我和网络作家这十年》	花城出版社	2018

（2）代表性著作评介

纵观网络文学二十年的发展，相关学术研究著作众多，但因篇幅有限，不能一一详述其内容与学术价值。以在网络文学二十年的发展史意义为考量标准，在此筛选出12部较有代表性的著作加以重点评介，并按照出版时间先后排列。

黄鸣奋《电脑艺术学》一书系统考察了计算机与艺术之间相互渗透的意义，2000年获福建省社会科学优秀成果二等奖，2003年获全国高校人文社会科学优秀成果三等奖。此后，黄鸣奋又将研究范围扩大到电影、广播、电视、计算机网络等多种电子媒体与艺术的关系，出版了教材《电子艺术学》等成果。

欧阳友权《网络文学论纲》是我国第一部网络文学理论专著，2003年由人民文学出版社出版。该著在廓清互联网时代文学生态的基础上，深入考辨了网络文学的文化逻辑、人文内涵、意义模式、存在样态、主体视界、创作嬗变、接受范式和价值取向等问题，北京大学教授董学文在序言中称该著对我国网络文学研究具有“筚路蓝缕，以启山林”的意义。

欧阳友权《网络文学本体论》一书运用本体论哲学思维探究网络文学，由现象本体探询其价值本体，最终解答网络文学的存在形态和意义生成问题。上篇“网络文学的存在方式”对网络文学存在方式的描述，阐明了其本体存在的显性结构；下篇“网络文学的本体价值”对网络文学的本体价值予以描述，揭示其隐性存在的意义生成问题。

欧阳友权《数字化语境中的文艺学》一书，作为我国第一部探讨数字化技术背景下文艺学基础理论变迁的学术专著，从历史逻辑和理论逻辑的双重背景，揭示了数字化技术对我国文艺学的深刻影响及其所涉猎的理论问题，是对数字化媒介时代文艺理论观念转型和学理变迁的一种原创性学术探索和理论构建。全书选题具有前沿性，也具有理论的创新性和系统性，还具有文学现实的针对性与引导性，曾获得第四届鲁迅文学奖。

马季《读屏时代的写作：网络文学 10 年史》一书在网络文学十年的重要节点，梳理了十年来网络文学的发展脉络，并对发展道路和趋势做出了科学评价。作者从“网络文学的产生和发展”入手，逐项分析“网络文学的特征”，客观分析 e 时代网络写手们的创作现状，再现“网络文学现场”，进而以“网络文学与传统文学”和“台湾地区及海外网络文学”为题开展比较研究。书中还辑录了以往文学界关于网络文学的主要观点，对部分网络文学名篇给予了分析与评价。

陈定家《文之舞：网络文学与互文性研究》一书对网络时代的文学、超文本与互文性等相关论题做了详细的梳理，论题具有鲜明的前沿意识，研究方法具有自觉的创新意识。作者从全方位的新视角，不仅展现了当代文学研究的基本面，而且把网络文学时代的特点和传统文学的发展有机地结合起来，详细解读了超文本正在悄然改写我们关于文学与审美的思维方式和价值标准的现状。

王祥《网络文学创作原理》一书旨在探索网络文学创作理论，在学理与写作实践两个层面为相关研究者、写作者提供帮助。作者在鲁迅文学院任教多年，曾开设小说创作、影视剧作、网络文学创作原理等课程，广受作家学员好评。他将自己多年来研究网络文学的成果集中呈现在本书中，其中表达的创作原理与创作方法，曾为许多遭遇创作瓶颈的小说作者提供了启发。

邵燕君主编的《网络文学经典解读》一书首先从经典性作品切入，用文本细读的方式，挖掘提炼该类型文的核心设定、快感机制、审美特性；然后以该作品为中心线索，梳理这一类型文的起承转合脉络，以及与文学史和其他文艺资源之间的脉络关系；在此基础上，以文化研究的视野方法，解读这一类型文出现的社会文化原因，剖析其中聚合、折射出的大众集体无意识与国民心态变迁，阐释其作为“时代精神风向标”的价值。同时，通过这些作品从“流行”到“经典”过程的分析，探讨网络文学“主流化”方向，及其参与“新主流文学”建构的可能性。

由庄庸、王秀庭合著的《网络文学评论评价体系构建：从“顶层设计”到“基层创新”》一书采用系统分析的方法把握网络文学基层创作的潮流动向，对国家战略及未来顶层设计进行研判和预判，从既定事实、现状特点、未来趋势三个维度展开逻辑架构，对目前网络文学的国家政策、生产机制、理论批评、发展历程、作家作品等方面进行专题分析，探索网络文学理论体系的构建之道。

吴长青的《网络文学创作与研究概论》是一本教材式的理论著作，是作者多年来在网络文学这一领域内的研究心得。在书中，作者对网络文学的本质属性、功能、价值、创作技巧和话语方式等逐一加以探讨，梳理其发展历程、媒介传播以及商业化和产业化进程的各种可能，并从文艺学的角度对网络文学的审美意蕴进行深度分析和挖掘，试图在历史的、流动的进程中探寻其脉络和规律，提出了许多独到的见解和观点。

欧阳友权主编的《中国网络文学年鉴（2016）》是我国第一部年鉴体例的网络文学著作，他所率领的中南大学网络文学研究团队从海量的网络文学信息以及前后相续的历史节点中清理出“信息链”，内容涵盖年度综述、文学网站、活跃作家、热门作品、理论与批评、网络文学产业、研讨会与社团活动、网站法规与版权管理、少数民族网络文学以及网络文学年度纪事等十大方面，在全局视野与条分缕析中再现了蔚为壮观的网络文学生态图景。

夏烈《大神们：我和网络作家这十年》是一部风格明显、可读性很强、图文并茂的书，作者以通俗畅达的散文随笔语言，回忆了2007—2018年这十年中与中国网络文学“大神”，尤其是以南派三叔、沧月、流潋紫等为代表的网络作家的交流，梳理了网络文学史料，品评网络小说，讲述动人的细节、幕后故事，是当代网络文学亲历者、组织者、评论家对神秘且热门的网络文学的零距离书写，对网络文学研究者、爱好者、粉丝等具有一定程度的吸引力和文献参考价值。

2. 网络文学理论批评论文

(1) 理论批评论文总貌

据欧阳友权主编《网络文学研究成果集成》统计，从1997年至2013年底，我国共发表网络文学期刊学术论文910篇[1]。另据《网络文学五年普查（1999—2013）》统计，2009—2013年共发表网络文学理论批评期刊论文856篇，其中2009年146篇，2010年129篇，2011年214篇，2012年171篇，2013年196篇；以网络文学作为研究主题的硕博论文共有179篇，其中2009年28篇，2010年34篇，2011年44篇，2012年54篇，2013年19篇。[2]据《中国网络文学年鉴》统计，我国2016年度有125家刊物发表网络文学研究期刊论文245篇[3]，2017年有199家刊物刊发了网络文学理论与批评论文408篇[4]。

在中国知网数据库对近二十年网络文学期刊论文进行统计，以“网络文学”为主题查询相关文献，各年度论文数量增幅明显，尤其是近三年热度甚为高涨，下表为截至2018年5月14日的查询结果。其中，在研究者中期刊论文发表数量前五位的学者分别是：欧阳友权（78篇），邵燕君（26篇），陈定家（19篇），周志雄（16篇），黄鸣奋（15篇），发表数量前十位的研究

[1] 欧阳友权主编：《网络文学研究成果集成》，中国文联出版社2015年版，第298页。

[2] 欧阳友权主编：《网络文学五年普查（2009—2013）》，中央编译出版社2014年版，第98页。

[3] 欧阳友权主编：《中国网络文学年鉴（2016）》，中国文联出版社2017年版，第148页。

[4] 欧阳友权主编：《中国网络文学年鉴（2017）》，新华出版社2018年版，第163页。

机构为：中南大学、北京大学、武汉大学、山东师范大学、中国社会科学院文学研究所、山东大学、四川大学、北京师范大学、南京大学、复旦大学。《文学评论》《文艺研究》《文艺理论研究》《文艺争鸣》《当代作家评论》《小说评论》等文艺评论类期刊和《中国社会科学》《学术月刊》《社会科学战线》等重要社科综合类学术刊物对网络文学研究成果的刊载分量在加大，许多杂志开辟了网络文学研究专栏，定期组稿。可以看出，网络文学研究在逐步升温。

年份	1998	1999	2000	2001	2002	2003	2004	2005	2006	2007	2008
期刊论文	2	30	82	101	134	113	115	117	117	142	170
硕博论文	0	0	0	5	13	9	11	18	23	45	28
会议论文	0	0	2	0	3	4	5	2	2	3	3
年份	2009	2010	2011	2012	2013	2014	2015	2016	2017	2018	
期刊论文	198	219	232	236	239	240	329	404	468	131	
硕博论文	31	43	72	82	74	56	64	62	75	3	
会议论文	3	17	8	7	3	5	8	7	6	2	

此外，网络文学研究内容上变化更新较快。比如 2008 年、2009 年的研究聚焦网络诗歌、玄幻小说、穿越小说、起点中文网等方面，而近几年网站研究、版权研究、文学生产过程研究以及影视改编、热门小说等研究基本替代了上述内容。如今，理论批评的选点已探索到网络类型文学、女性文学、少数民族文学、外国网络文学等领域，研究面拓宽到与之相关的影视、版权、网站、产业运作、IP 经营、教育教学等方面，同时对博客文学、微博文学、微信文学、手机文学等自媒体文学以及数字艺术、数码艺术也多有涉猎。

（2）期刊论文成果代表作

以下为二十年来筛选出的较有代表性的期刊论文 100 篇、硕博论文 50 篇，均按照时间顺序排列。

二十年代表性网络文学研究论文 100 篇选目

序号	作者	文章名	发表期刊	发表时间
1	陈海燕	网络小说的兴起	小说评论	1999 年第 3 期
2	南帆	游荡网络的文学	福建论坛（文史哲版）	2000 年第 4 期
3	赵炎秋	论网络传播对文学的影响	社会科学辑刊	2000 年第 4 期
4	宋晖、赖大仁	文学生产的麦当劳化和网络化	文艺评论	2000 年第 5 期
5	杨新敏	网络文学刍议	文学评论	2000 年第 5 期
6	金振邦	网络文学：新世纪文学的裂变	东北师大学报（哲学社会科学版）	2001 年第 1 期
7	欧阳友权	网络文学：挑战传统与更新观念	湘潭大学社会科学学报	2001 年第 1 期
8	胡燕妮	在阳光与阴影的街上——网络文学现状初探	暨南学报（哲学社会科学）	2001 年第 4 期
9	郭炎武	试论网络文学的特质及其对传统文学的超越	南京师大学报（社会科学版）	2001 年第 4 期
10	杨政	文学的困惑与网络文学	当代文坛	2001 年第 5 期
11	陈定家	网络时代的文学艺术	三峡大学学报（人文社会科学版）	2001 年第 6 期
12	欧阳友权	互联网上的文学风景——我国网络文学现状调查与走势分析	三峡大学学报（人文社会科学版）	2001 年第 6 期
13	王宏图等	网络文学与当代文学发展笔谈[1]	社会科学	2001 年第 8 期
14	欧阳友权	论网络文学的精神取向	文艺研究	2002 年第 5 期
15	欧阳友权	网络文学研究述评	文艺理论与批评	2003 年第 5 期
16	黄鸣奋	比较文学视野中的网络文学研究	社会科学辑刊	2004 年第 5 期

[1] 此专题共包括 5 篇文章，分别是王宏图《网络文学路在何方?》，葛红兵《网络文学：新世纪文学新生的可能性》，梁宁宁、聂道先《网络文学：文学发展的第三历史阶段》，王一侬《网络文学的优势》及滕常伟、桂晓东《“网络文学”的特点及现状》。

续　表

序号	作者	文章名	发表期刊	发表时间
17	姜燕	网络写手创作特质解析	山东师范大学学报（人文社会科学版）	2004 年第 6 期
18	欧阳友权	网络文学本体论纲	文学评论	2004 年第 6 期
19	欧阳友权	网络文学审美导向的思考	江苏社会科学	2005 年第 1 期
20	欧阳友权	网络文学前沿问题的学术清理	湖南师范大学社会科学学报	2005 年第 3 期
21	杨梅	网络文学创新及其意义	东岳论丛	2005 年第 3 期
22	阎真	网络文学价值论省思	文艺争鸣	2005 年第 4 期
23	金振邦	新媒体视野中的网络文学	东北师大学报（哲学社会科学版）	2005 年第 5 期
24	欧阳友权	网络文学研究的视角与热点	求索	2005 年第 6 期
25	詹新慧、许丹丹	2004 年网络文学状况及未来发展分析	出版发行研究	2005 年第 7 期
26	欧阳友权等	新世纪文学研究 · 关于“网络文学写作”专辑[1]	文艺争鸣	2006 年第 4 期
27	高冰锋	中国网络玄幻小说的前世今生——浅论中国网络玄幻小说的发展与现状	重庆社会科学	2006 年第 12 期
28	欧阳友权	数字媒介与中国文学的转型	中国社会科学	2007 年第 1 期
29	欧阳友权	网络文学的本体追问与意义体认	文艺理论研究	2007 年第 1 期
30	欧阳友权	新世纪以来网络文学研究综述	当代文坛	2007 年第 1 期
31	蓝爱国	网络文学的概念观察	文艺争鸣	2007 年第 3 期

[1] 此专题共包括 10 篇文章，分别是欧阳友权《网络媒介与新世纪文学转型》，单小曦《电子传媒时代的文学场裂变——现代传媒语境中的文学存在方式》，陈仲义《新世纪五年来网络诗歌述评》，杨雨《新世纪文学焦虑的纾解与网络媒介的力量》，柏定国、苏晓芳《论新世纪的网络仿像文学》，邓国军《网络文学的定义及意境生成》，蒋玉斌《网络翻新小说试论》，聂庆璞《Web2.0 时代的文学地图》，马季《网络文学写作断想》和李子荣《“网络诗歌”辨析》。

续　表

序号	作者	文章名	发表期刊	发表时间
32	范玉刚	网络文学：生成于文学与技术之间	文学评论	2008 年第 2 期
33	蓝爱国	网络文学的题材类型	社会科学战线	2008 年第 6 期
34	欧阳友权	网络文学行进中的四大动势	贵州社会科学	2008 年第 10 期
35	傅其林	文学网站的产业化与中国网络文学的发展	贵州社会科学	2008 年第 10 期
36	张永清等	媒介文化与文学创作（笔谈）[1]	江西社会科学	2009 年第 2 期
37	李玉萍	论历史元素在网络穿越小说中的运用	小说评论	2009 年第 S2 期
38	欧阳友权等	批评论坛·网络文学[2]	南方文坛	2009 年第 3 期
39	周志雄	对原创文学网站的考察与思考	山东师范大学学报（人文社会科学版）	2009 年第 4 期
40	周志雄	网络文学与中国当代文学的发展	理论学刊	2009 年第 4 期
41	周志雄	论网络文学的创作群体	北方论丛	2009 年第 5 期
42	许苗苗	网络小说：类型化现状及成因	文艺评论	2009 年第 5 期
43	王颖	十年论剑：新世纪网络文学现状与问题	天津师范大学学报（社会科学版）	2009 年第 6 期
44	欧阳友权	网络文学：盛宴背后的审美伦理问题	探索与争鸣	2009 年第 8 期

[1] 此专题共包括 4 篇文章，分别是张永清《新媒介新机遇新挑战——网络文学刍议》，郑永晓《互联网的发展与网络文学在当代文坛的地位》，张晶、谭旭东《电子文化语境与文学类型化趋势》，陈定家《市场与网络语境下的文学祛魅问题——以〈浮士德〉的改编与戏仿为例》。

[2] 此专题共包括 5 篇文章，分别是欧阳友权《网络文学：前行路上三道坎》、王颖《市场时代下网络文学的问题与反思》、马季《十年网络文学：集体经验与民间智慧》、陈仲义《网络诗写：无难度“切诊”——批评“说话的分行和分行的说话”》和酒徒《九年一觉网文梦》。

续 表

序号	作者	文章名	发表期刊	发表时间
45	马季	网络文学：与传统逐渐融合，生产消费机制成型——2009年中国网络文学述略	文艺争鸣	2010年第1期
46	周志雄	网络文学的发展与研究现状	沈阳大学学报	2010年第1期
47	周志雄	论网络小说的影视改编	海南师范大学学报（社会科学版）	2010年第1期
48	王小英、祝东	回望与检视：网络文学研究十年	山西师大学报（社会科学版）	2010年第2期
49	欧阳友权等	网络文学发展的新动向（笔谈）[1]	学习与探索	2010年第2期
50	江冰	论网络写作群体的形成与生存现状	天津师范大学学报（社会科学版）	2010年第2期
51	白烨等	批评论坛[2]	南方文坛	2010年第4期
52	李星辉	网络文学语言的四个特性	求索	2010年第6期
53	欧阳友权、吴英文	网络文学批评的价值和局限	探索与争鸣	2010年第11期
54	田忠辉	对立与融合：略论纸介文学与网络文学的互动——以“80后”“90后”阅读群体为背景	文艺争鸣	2010年第15期
55	马季	话语方式转变中的网络写作——兼评网络小说十年十部佳作	文艺争鸣	2010年第19期
56	马季	网络文学边缘性主体解析	南方文坛	2011年第2期

[1] 此专题共包括5篇文章，分别是欧阳友权《网络文学：从“草根庶出”到主流认可》、曾繁亭《签约写手：暧昧的身形与尴尬的身份》、傅其林《网络文学的付费阅读现象》、白寅《网络文学产业化的新趋势及其后果》、何志钧《网络文学类型化写作管窥》。

[2] 此专题共包括5篇文章，分别是白烨《有限性与可能性——传统批评与网络文学》、欧阳友权《当传统批评家遭遇网络》、马季《网络文学：直逼文学价值认同断裂的现实》、江冰《“80后”与网络：文学批评的双重阻隔》和王颖《从主动“缺席”到被动“失语”？——传统批评如何应对网络时代的文学》。

续　表

序号	作者	文章名	发表期刊	发表时间
57	黄发有	网络文学的可能与限度	文艺争鸣	2011 年第 3 期
58	李玉萍	试论网络穿越小说的“虚拟性”审美特质	小说评论	2011 年第 5 期
59	黄发有	消费寂寞——网络文学的游戏化趋向	南方文坛	2011 年第 6 期
60	邵燕君	面对网络文学：学院派的态度和方法	南方文坛	2011 年第 6 期
61	曾繁亭	网络文学之“自由”属性辨识	文学评论	2012 年第 1 期
62	马季	繁花似锦流云无痕——2011 年网络文学综述	文艺争鸣	2012 年第 2 期
63	崔宰溶	艺术界与异托邦——对中国网络文学研究的一些看法	南方文坛	2012 年第 3 期
64	邵燕君	在“异托邦”里建构“个人另类选择”幻象空间——网络文学的意识形态功能之一种	文艺研究	2012 年第 4 期
65	邵燕君	网络时代，精英何为	探索与争鸣	2012 年第 5 期
66	单小曦	“改编热”的虚妄与数字文学性的开拓——评网络文学的影视剧改编现象及其发展路向	艺术评论	2012 年第 5 期
67	邵燕君	网络时代：新文学传统的断裂与“主流文学”的重建	南方文坛	2012 年第 6 期
68	史建国	网络文学生态调查	中国现代文学研究丛刊	2012 年第 8 期
69	于爱成	网络文学与传统文学：差异性与互补性	南方文坛	2013 年第 1 期
70	周志雄	关于网络文学入史的问题	浙江社会科学	2013 年第 2 期

续 表

序号	作者	文章名	发表期刊	发表时间
71	马季	规模持续增长 期待原创发力——2012 年网络文学综述	文艺争鸣	2013 年第 2 期
72	马季	网络文学：文学的个人化与民间化	文化纵横	2013 年第 2 期
73	欧阳友权等	网络文学的热点问题反思(笔谈)[1]	学习与探索	2013 年第 2 期
74	欧阳友权	当下网络文学的十个关键词	求是学刊	2013 年第 3 期
75	康桥	网络文学中的愿望—情感共同体——读者接受反应研究之一	南方文坛	2013 年第 4 期
76	欧阳友权	重写文学史与网络文学“入史”问题	河北学刊	2013 年第 5 期
77	欧阳婷、欧阳友权	网络文学的体制谱系学反思	文艺理论研究	2014 年第 1 期
78	李文浩、姜太军	产业化背景下网络文学改编剧的契机与挑战——以《失恋 33 天》和《等风来》为例	江西社会科学	2014 年第 5 期
79	欧阳友权	网络写作的困局与成因	当代作家评论	2014 年第 5 期
80	欧阳友权、高式英	网络文学发展中的悖论选择	社会科学战线	2014 年第 12 期
81	欧阳友权	微信文学的存在方式与功能取向	江海学刊	2015 年第 1 期
82	许苗苗	网络文学：驱动力量及其博弈制衡	厦门大学学报（哲学社会科学版）	2015 年第 2 期
83	欧阳友权	中国网络文学研究基点及其语境选择	河北学刊	2015 年第 4 期

[1] 此专题共包括 4 篇文章，分别是欧阳友权《网络类型小说：机缘和困局》、曾繁亭《网络文学之商业机制辨识》、汪代明《网络文学不能承受之轻——中国网络文学质量与数量反差的思考》和聂庆璞《网络超长篇：商业化催生的注水写作》。

续　表

序号	作者	文章名	发表期刊	发表时间
84	邵燕君	“媒介融合”时代的“孵化器”——多重博弈下中国网络文学的新位置和新使命	当代作家评论	2015年第6期
85	邵燕君、周志雄、庄庸、赵斌	新媒体时代的文学形态——关于网络文学的对话	名作欣赏	2015年第34期
86	欧阳友权等	当代文学思潮前沿问题探讨：网络文学批评史研究专题（笔谈）[1]	求是学刊	2016年第3期
87	马季	IP的实质：网络文学知识产权漫议	文艺争鸣	2016年第11期
88	欧阳友权	网络文学批评的困境与选择	中州学刊	2016年第12期
89	周志雄	中国网络文学评价体系的维度及构建路径	中国文艺评论	2017年第1期
90	欧阳友权、贺予飞	网络文学批评的新拓进——2016年网络文学理论批评检视	江海学刊	2017年第2期
91	单小曦	网络文学评价标准问题反思及新探	文学评论	2017年第2期
92	欧阳友权、邓祯	多元竞合下的变局与走向——2016年中国网络文学发展巡礼	河北学刊	2017年第2期
93	欧阳友权、喻蕾	网络文学批评史的问题论域	中南大学学报（社会科学版）	2017年第3期
94	党圣元	网络文学研究的当下困境与理论突围	江西社会科学	2017年第6期
95	庄庸、安晓良	中国网络文学海外传播：“全球圈粉”亦可成文化战略	东岳论丛	2017年第9期

[1] 此专题共包括3篇文章，分别是欧阳友权《网络文学批评史的建构逻辑》、禹建湘《网络文学批评标准的多维性》和欧阳婷《网络文学批评的学术梳理》。

续 表

序号	作者	文章名	发表期刊	发表时间
96	黎杨全	虚拟体验与文学想象——中国网络文学新论	中国社会科学	2018 年第 1 期
97	欧阳友权	中国网络文学二十年	创作与评论	2018 年第 1 期
98	欧阳友权、邓祯	网络文学产业链的竞合与优化	福建论坛·人文社会科学版	2018 年第 2 期
99	欧阳友权	网络文学批评的述史之辨	文学评论	2018 年第 3 期
100	欧阳友权、邓祯	2017 年网络小说回眸	南方文坛	2018 年第 3 期

二十年网络文学研究硕士、博士学位论文 50 篇选目

序号	作者	题目	论文类别	所在单位	年份
1	谢家浩	网络文学研究	博士	苏州大学	2002
2	姜英	网络文学的价值	博士	四川大学	2003
3	欧阳友权	网络文学本体研究	博士	四川大学	2004
4	张晓卉	网络诗歌论纲	博士	苏州大学	2007
5	谭华孚	媒介嬗变中的文学新生态——20 世纪 90 年代以来的数字媒体汉语写作研究	博士	福建师范大学	2007
6	高雁	中国博客文化传播研究	博士	南京师范大学	2007
7	顾宁	网络社会环境下的当下中国文学研究	博士	辽宁大学	2009
8	蒙星宇	北美华文网络文学二十年研究（1998—2008）	博士	暨南大学	2010
9	崔宰溶	中国网络文学研究的困境与突破——网络文学的土著理论与网络性	博士	北京大学	2011
10	吴苑	网络文学：媒介与文化间的行走	硕士	福建师范大学	2004
11	贾玲	论网络文学	硕士	四川大学	2004

续　表

序号	作者	题目	论文类别	所在单位	年份
12	罗立桂	网络文学的创作特征及其对传统文学写作品格的解构	硕士	西北师范大学	2004
13	罗怀	网络媒介时代文学的审美变迁	硕士	中南大学	2005
14	裔丰	网络文学简论——兼与传统文学的比较	硕士	西北大学	2005
15	刘亚平	论网络文学的"狂欢化"特色	硕士	吉林大学	2006
16	张雨	中外网络文学比较分析	硕士	陕西师范大学	2006
17	周秋红	网络文学批评：现状及其走向	硕士	江西师范大学	2007
18	高冰锋	网络玄幻小说初探	硕士	西南大学	2007
19	张晶	论网络文学创作的自由性	硕士	山东大学	2007
20	郝珊珊	大陆网络文学的十年发展和现实反思	硕士	福建师范大学	2008
21	王珊珊	论网络文学的审美特性	硕士	西北大学	2009
22	景志萍	论网络文学的通俗化特征	硕士	山东师范大学	2009
23	张洪权	网络小说精品缺失初探	硕士	中南大学	2009
24	张化夷	新世纪网络小说的消费特质	硕士	山东师范大学	2009
25	李炜	数字化艺术的文本形态与审美价值研究	硕士	中南大学	2009
26	黄凯	网络文学对高中课外阅读的冲击及应对	硕士	华中师范大学	2009
27	肖咏理	数字化时代的网络文学生存方式	硕士	湖南师范大学	2010
28	董胜	论网络文化视野中的穿越小说	硕士	苏州大学	2010
29	蒋金玲	网络文学阅读研究	硕士	中南大学	2010

续 表

序号	作者	题目	论文类别	所在单位	年份
30	刘攀	网络文学产业化发展模式研究——以盛大公司为例	硕士	广西师范大学	2010
31	肖重庆	网络修真小说研究	硕士	中南大学	2011
32	王珂	网络玄幻小说受众分析	硕士	湘潭大学	2011
33	吴英文	微博客创作的审美解读	硕士	中南大学	2011
34	易真	我国文学网站发展对策研究	硕士	中南大学	2011
35	方维	中国文学网站网络小说盈利模式研究	硕士	上海社会科学院	2011
36	宋玉霞	网络女性小说研究	硕士	兰州大学	2012
37	房丽娜	网络小说电视剧改编的叙事策略研究	硕士	山东师范大学	2013
38	李肖	论网络穿越小说	硕士	安徽大学	2013
39	车晴	论网络文学的价值与局限	硕士	山东大学	2013
40	王龑	论中国网络文学批评的特征与发展趋向	硕士	内蒙古大学	2013
41	杜林	网络文学审美特性研究	硕士	陕西师范大学	2013
42	刘湘宁	我国网络文学批评存在的问题与对策研究	硕士	中南大学	2013
43	孟艳	中国网络小说影视剧改编研究	硕士	山东师范大学	2013
44	贾鹏锋	论网络文学的价值	硕士	东北师范大学	2013
45	乐天茵子	当下网络小说线下传播渠道研究	硕士	大连理工大学	2013
46	褚晓萌	网络文学影视剧改编研究	硕士	广西师范大学	2014
47	徐星星	网络文学创作主体研究	硕士	苏州大学	2015
48	李宇潇	网络小说的传播渠道及受众分析	硕士	山东师范大学	2015
49	于梦溪	我国网络文学 IP 运营研究	硕士	南京大学	2016
50	陈洁	网络文学版权价值研究	硕士	山东大学	2017

3. 网络文学报纸文章

(1) 网络文学报纸文章总貌

报纸是刊载时事新闻和评论的重要载体，是传播新闻热点的重要领域。经中国知网数据库统计，截至 2018 年 5 月 14 日，以“网络文学”为主题的相关报纸文章共有 2789 篇，下表为各年度文章数量的分布情况。

年份	1998	1999	2000	2001	2002	2003	2004	2005	2006	2007	2008
报纸文章	0	0	40	43	19	21	28	38	24	81	89
年份	2009	2010	2011	2012	2013	2014	2015	2016	2017	2018	
报纸文章	144	195	199	131	168	298	314	337	461	155	

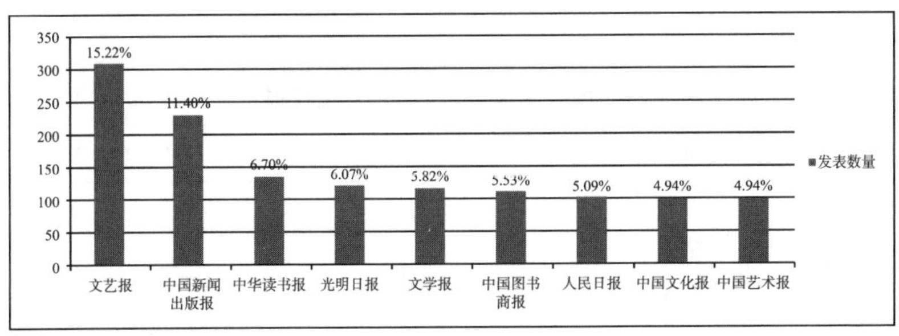

网络文学的文章在报纸媒体中占有一席之地，《人民日报》《光明日报》《文艺报》《文学报》《文汇报》《中华读书报》《中国社会科学报》《中国艺术报》《中国文化报》《中国新闻出版报》《中国知识产权报》《中国图书商报》等报刊发表的网络文学评论文章及时有力地反映出网络文学的动向。由上表可见，发表 100 篇以上的有以《文艺报》领衔的 9 家媒体，而发表 10 篇及以上文章的报纸有 40 家之多，刊物更是涉及了各种领域和类型。以下为二十年来重要纸媒发表的较有影响力的 50 篇文章选目，以刊登时间为序。

二十年网络文学代表性报纸文章 50 篇

序号	作者	文章名	报纸名称	发表时间
1	欧阳友权	网络文学的五大特征	社会科学报	2000 年 4 月 27 日
2	欧阳友权	网络文学：技术乎？艺术乎？	中华读书报	2003 年 2 月 19 日

续 表

序号	作者	文章名	报纸名称	发表时间
3	欧阳友权	网络文学研究的前沿问题	文艺报	2004 年 9 月 30 日
4	欧阳友权	网络文学的伦理学问题	文艺报	2005 年 4 月 12 日
5	欧阳友权	引导网络文学健康发展	文艺报	2007 年 3 月 24 日
6	马季	网络类型小说拓宽新世纪文学之路	中国新闻出版报	2008 年 7 月 4 日
7	马相武	把握类型文学的发生脉络与发展趋势	中国艺术报	2008 年 10 月 7 日
8	陈定家	网络文学的身份危机与发展前景	中国社会科学报	2008 年 11 月 18 日
9	欧阳友权、谭志会	寻找网络文学的发展规律	文艺报	2008 年 11 月 18 日
10	马季	网络文学的现实意义	人民日报	2009 年 4 月 16 日
11	许苗苗	网络文学：现状及问题	文艺报	2009 年 4 月 16 日
12	王颖	江湖夜雨十年灯——2008 年网络文学扫描	文艺报	2009 年 4 月 28 日
13	马季	网络上的文学新景观	文艺报	2009 年 8 月 27 日
14	夏烈	网络文学首先是个文化问题	中华读书报	2009 年 9 月 30 日
15	马季	2009 年网络文学综述	光明日报	2010 年 1 月 21 日
16	李蕾	搅动文学一池春水——网络文学创作现状探看	光明日报	2010 年 5 月 11 日
17	马相武	网络文学，赛博空间的草根呼吸——大众文化视野中网络文学的包容性发展	中国艺术报	2010 年 11 月 30 日
18	王颖	主流化、内部规范与新发展——2010 年网络文学综述	文艺报	2011 年 3 月 14 日
19	马季	网络文学：中国当代文学第二次起航	人民日报	2011 年 4 月 19 日
20	马季	穿越文学热潮背后的思考	人民日报	2011 年 8 月 9 日
21	秦烨	网络文学的价值	文艺报	2011 年 8 月 24 日

续　表

序号	作者	文章名	报纸名称	发表时间
22	欧阳友权	网络文学，离茅盾文学奖有多远？	光明日报	2011年9月26日
23	庄庸	2011：网络文学的“V型年”	文艺报	2012年1月16日
24	金涛	网络文学的挑战和症候	中国艺术报	2012年7月4日
25	马季	跨文化语境中的中国网络文学	文艺报	2012年7月17日
26	邵燕君、王祥、庄庸、陈村	网络文学：如何定位与研究	人民日报	2012年7月17日
27	欧阳友权	近十年网络文学的六大热点	中国艺术报	2012年9月17日
28	马季	期待破网而出，原创仍需发力——2012年网络文学综述	光明日报	2013年1月22日
29	王颖	2012年网络文学：狂欢下的隐忧	文艺报	2013年1月28日
30	白烨	文学批评不应缺位	人民日报海外版	2013年10月8日
31	吴长青	试论网络文学批评的困境	光明日报	2013年10月15日
32	马季	网络文学如何“升级”？	人民日报海外版	2013年11月29日
33	张柠	网络小说的文学性和新标准	文艺报	2013年12月11日
34	马季	文学性与商业性的双重身份	人民日报	2014年5月13日
35	李敬泽	网络文学：文学自觉和文化自觉	人民日报	2014年7月25日
36	夏烈	网络文学发展大趋势	光明日报	2014年8月15日
37	欧阳友权	网络文学，为何写作？	文艺报	2014年11月21日
38	马季	网络文学的三个变量	人民日报	2015年3月13日
39	夏烈	网络文学的综合治理与时代使命	文艺报	2015年3月20日

续 表

序号	作者	文章名	报纸名称	发表时间
40	马季	网络文学迎来变革黄金期	人民日报海外版	2016年12月15日
41	舒晋瑜	2016年网络文学生态状况调查	太原日报	2017年2月22日
42	欧阳友权	建立网络文学批评“共同体”	中国社会科学报	2017年3月20日
43	乔燕冰	中国网文“出海”：越是网络的，越是世界的	中国艺术报	2017年4月10日
44	欧阳友权	网络文学热的“冷”思考	文艺报	2017年4月26日
45	明海英	构建多维互动的网络文学批评	中国社会科学报	2017年6月27日
46	马季	网络文学：沧桑变化争朝夕	文学报	2017年10月12日
47	肖惊鸿	2017年网络文学：更富多样性　离梦想更近	文艺报	2018年2月12日
48	金涛	网络文学：从“装神弄鬼”走向现实开掘——专访全国政协委员、中国作协网络文学委员会主任陈崎嵘	中国艺术报	2018年3月12日
49	杨鸥	网络文学20年：进入“品质为王”新时代	人民日报海外版	2018年4月25日
50	邵燕君、吉云飞	网络文学恢复了大众的阅读梦和写作梦	文学报	2018年5月3日

（2）报纸文章聚焦的热点

报纸文章往往能够更为及时地对近期发生的热点事件予以关注与评论，现筛选出二十年间报纸文章聚焦的六个热点事件。

网络文学研究的第一次论争。此次论争主要围绕技术与艺术的关系而展开，以欧阳友权2003年2月19日在《中华读书报》发表《网络文学：技术乎？艺术乎？》为始，同年4月23日，张晖在《中华读书报》发表《网络文学不是游戏文学》一文对欧阳友权的观点提出系统反驳。此后，何志钧和朱朝晖也发文参加讨论，前者以《网络文学：无法忽略的“物质基因”》来声援欧阳友权的看法，后者表示与张晖持相似的看法。6 月 18 日，欧阳友权发表《哪里才是网络文学的“软肋”》对张晖文章的观点做出了针对性的回应。此次论争被《2003 年中国文情报告》列入 2003 年大事记，成为网络文学研究早期引起广泛关注的一次学术交锋。

韩白论战。指的是 2006 年上半年，文学评论家白烨与“80 后”代表作家韩寒之间发生的以博客为阵地彼此批评且有众多文人学者加入的一场争论。此次争论波及范围甚广，各大报刊纷纷发文发表最新动态，并从媒体批评的角度来审视此次事件。如《白烨身陷博客困局》（熊彦清，《中华读书报》2006 年 3 月 15 日）、《文化论争切忌暴力》（武陵生，《中国艺术报》2006 年 3 月 31 日）、《网络论争期待伦理规范》（林文钦，《福建日报》2006 年 4 月 12 日）、《博客：新园地？新战场?》（李舫，《人民日报》2006 年 4 月 14 日）等文章，白烨也在 12 月 27 日发文表达自己的遭遇与感受。

腾讯进军网络文学。2013 年，腾讯文学成立，与之前的盛大文学呈对峙状态，这对于网络文学格局的变化可谓一件大事，在 2013 年至 2014 年成为不能不提的热点话题，各大报刊积极发文予以关注。

网络作者被吸收为中国作协会员。网络作家的社会地位提升一直是业界关注的核心话题。从 2010 年当年明月、唐家三少等网络作家首次被吸收为中国作协会员开始，中国作协每年都在加大对网络作家的接纳力度，并保持稳定的增长。2013 年，流潋紫、桐华等 16 人加入作协；2016 年，蒋胜男、梦入洪荒、三戒大师、千幻冰云、老草吃嫩牛等 29 位网络作家加入作协；2017 年，愤怒的香蕉、庄毕凡、吱吱、蒋离子、发飙的蜗牛等 50 余位网络作家加入作协，再创新高。而且，在中国作协第九次全国代表大会上，唐家三少当选中国作协主席团委员，唐家三少、天蚕土豆、血红、蒋胜男、耳根、天下尘埃、阿菩、跳舞等 8 位网络作家当选全委会委员，实现了历史性突破。

主流奖项与网络文学。2010 年鲁迅文学奖首次将网络文学作品纳入评选范围，但参评比例只有3%。2011年茅盾文学奖评选，7部网络文学作品参评，结果无一斩获。2017年，第二届“茅盾文学新人奖”增设了网络文学奖，唐家三少、酒徒、孑与2、天下归元、天使奥斯卡、我吃西红柿、愤怒的香蕉、骠骑、爱潜水的乌贼、希行10人获奖。以上三次评奖作为年度热点，均引起了社会各界的广泛关注，从侧面反映了网络文学重要性的日渐凸显及网络作家地位的提升，也体现了网络文学被主流话语认可的漫长过程。

网络小说的影视改编。与影视改编话题相关的报纸文章有164篇之多，从不同视角予以切入，如《网络文学改编也要担起审美责任——访海润影视集团文学部总监孙允亭》（张成，《中国艺术报》2011年10月21日），《影视“恋上”网络文学，这桩“姻缘”靠谱吗？》（王国平，《光明日报》2011年12月28日），《迈向2.0版本的网络文学与影视业——影视业背景下的网络文学境遇与趋势》（夏烈，《文艺报》2016年10月24日），《网络文学的影视改编，缘何频频被指“毁原著”》（韩思琪，《文汇报》2017年6月13日），《网络文学+影视：改编剧方兴未艾》（任晓宁，《中国新闻出版广电报》2017年11月20日）等。

三、网络文学理论批评探讨的主要问题

1. 网络文学现状研究

近年来，北京、湖南、山东、浙江、四川、贵州等研究阵地发展逐渐成熟，并有越来越多的专家学者介入网络文学理论批评学术活动，研究队伍除了资深网络文学研究专家外，还涌现出一批优秀的中青年评论家。当下网络文学的研究团队主要包括20世纪50年代、60年代的学者及年轻的后备军。前者包括黄鸣奋、欧阳友权、白烨、蒋述卓、南帆、马季、陈定家、肖惊鸿、王祥、杨新敏、欧阳文风、葛红兵、曾繁亭、聂庆璞、聂茂、阎真、白寅、谭好哲、黄发有、张邦卫、刘克敌、谭德晶、金振邦、龚举善、谭伟平、汪代明、雷丽平、李盛涛、吕周聚、詹珊，以及台湾的谢奇任等人；后

者包括邵燕君、夏烈、周志雄、吴长青、单小曦、禹建湘、庄庸、桫椤、姜英、蒙星宇、舒晋瑜、许苗苗、王国平、王颖、何志钧、周冰、周兴杰、郭文成、陈海、钟虎妹、王小英、李玉萍、陈海燕、乌兰其木格、黎杨全、艾庄子、吴钊、欧阳婷、韩模永、吉云飞、高寒凝、王玉王、肖映萱、吴英文、贺予飞、邓祯、曾照智、严立刚、林丛晞、石曼婷、蒋金玲、刘湘宁等人。此外，许多研究生、本科生把网络文学作为自己的学位论文选题，从事网络文学研究和评论的队伍在不断壮大。

2. 网络文学基本理论问题

网络文学理论研究重心有所转移，研究领域不断拓展与深入。许多研究者由传统的概念之争、特征之辨、传播探析、价值判断等研究思路，转而向网络文学创作方式、评价标准、经营策略、热门作家作品等方面拓进；从早年关于网络文学本体、传媒、审美、功能、语言等方面的基础研究，延伸至相关的大众文化、消费市场、文化资本、写手创作与生存状态、青少年阅读、媒介融合、创意写作、文化产业等领域，并且出现了专门针对女性网络文学、外国网络文学、少数民族网络文学、网络类型文学、微博文学、手机文学、微信文学等方面的细化研究，以及向网络文学催生的影视游戏改编、网站产业链模式构建、图书与数字出版经营等产业化研究方向延伸。在研究领域不断扩大的同时，也向专业化、精细化方向发展，网络文学理论体系、评价体系、话语体系等建设性研究与网络文学史、网络文学批评史等史学研究，将网络文学引向理论探索与历史沉淀并进的双向研究轨道。

3. 网络文学作家作品研究

二十年间，作家作品的专题研讨会众多。2009 年 6 月 15 日，由《文艺报》和盛大文学共同主办的“起点四作家作品研讨会”在北京举行，10 余位著名评论家对我吃西红柿、跳舞、唐家三少和血红 4 位作家的作品予以专题研讨。2012 年 6 月 28 日，由中国作家协会主办的网络文学作品研讨会在京举行，梁鸿鹰、于爱成、欧阳友权、马季、王祥、刘英、陈福民、邵燕君、白烨、吴长青十位专家学者对李晓敏的《遍地狼烟》、天下归元的《扶摇皇后》、酒徒的《隋乱》、阿越的《新宋》、杨蓥莹的《凝暮颜》5部作品进行了点评。2013年11月29日，由全国网络文学重点园地联席会议组织召开的“起点中文网作品研讨会”于北京召开，邀请了白烨、欧阳友权、张柠、马季、郭艳、于爱成、庄庸、吴长青、桫椤、廖俊华10位专家参与作品评审，对月关的《醉枕江山》、鱼人二代的《很纯很暧昧》、打眼的《黄金瞳》、徐公子胜冶的《地师》及柳暗花溟的《涩女日记》5部作品进行了点评。2014年5月18日，由中国作协全国网络文学联席会议和中文在线联合主办的酒徒作品研讨会在京举行。2016年6月20日，白烨、欧阳友权、李朝全、肖惊鸿、刘晔原、马季、邵燕君等10余位评论家对缪娟的网络小说《翻译官》进行专题研讨。2017年10月21日，于广西贺州举办的“网络文学批评与中国文学传统学术研讨会”就丛林狼、南无袈裟理科佛的作品研究展开了专题研讨。2018年6月2日，于四川绵阳举办的“中国网络文学二十年学术研讨会”对爱潜水的乌贼作品展开了专题研讨。

著作方面，周志雄、吴长青主编的《中国网络文艺作品评论选·网络文学卷》有较为广泛的影响力。作为“首届网络文艺评论大赛”的优秀稿件汇编，作者覆盖了各省份的高等院校文学研究者、专业评论家，以及爱好网络文学的受众人群。总体上看来，本次大赛无论是从参赛踊跃度、稿件的质量，还是评论的作品类型上，与国内繁荣的网络文学发展态势基本一致，反映了网络文学发展的整体格局。参赛稿件从不同角度对我国重要网络文学作品的艺术经验进行了学理性的探讨，展示了我国网络文学评论的实绩。而“北京大学网络文学研究论坛”自2015年起推出的网络文学年度作品榜，分男频、女频各推选10部优秀作品，并出版为《中国年度网络文学》系列著作，立足于专业性和民间性，以文学性为旨归，特别关注引发网文新类型、新潮流的新锐之作，以及代表某种亚文化思潮或激活某种传统文学资源的探索性作品，具有一定的影响力。

4. 网络文学发展对策研究

网络文学批评的发展对策研究是引导网络批评健康发展的保障，因此，研究者在这方面格外重视，并取得了一定的成果。研究者们一致认为，网络批评的构建不仅需要大众的参与，保持批评的活力，同时也需要专业批评家的介入，提高批评质量。2016 年 8 月在湖南怀化学院举办的“网络文学评价体系构建”学术研讨会上，中国文艺理论学会网络文学研究会会长欧阳友权提出了当下中国网络文学研究的十大热点问题：“网络文学现象”与当代中国文化建设，文学网站的商业模式对网络文学的积极影响与消极掣肘，网络文学的评价体系与批评标准建设，网络文学“IP 热”与泛娱乐产品的精品化，文化资本市场对网络文学发展的贡献和局限，网站“寡头现象”与中小型文学网站的困境问题，网络作家职业困顿及其扶持与引导，政府引导、民间发力与网络文学的主流化和新格局，打击盗版、净化网络与网络文学生态优化，“剑网”“净网”行动和版权保护对网络文学的影响。[1] 这些发展中必然要碰到的问题在一段时间内还会继续存在，聚焦并解答这些问题将是网络文学理论批评界的学术使命。

5. 网络文学资源清理与数据库建设

2011 年，欧阳友权主持的国家社科基金重点项目“网络文学文献数据库建设”，力在对网络文学文献资源进行系统搜集与整理，从“源”与“流”的纵向疏瀹到“史”与“论”的横向普查，从传统媒体文本到数字传媒信息，从海外、境外资料到国内相关文献，将网络文学术语概念、站点写手、作品文类、语言表达、文学事件、相关成果等，做出全面查证、辑录、整饬和厘清。这项系统性工程为此后的网络文学研究提供了丰富的第一手资料，具有史源、史实、史料和史识的重要意义。2014 年该项目以《中国网络文学编年史》《网络文学词典》《网络文学研究成果集成》《项目在研期间阶段性成果》4 部书稿以及 1 个“网络文学文献数据库软件”完成结题。

《中国网络文学编年史》，把 1991 年至 2013 年汉语网络文学诞生及其发

[1] 欧阳友权：《中国网络文学发展的现状及问题——在“网络文学评价体系构建”全国学术研讨会闭幕式上的讲话》，《怀化学院学报》2016 年第 9 期。

展的历程，逐日、逐月、逐年地进行搜集和清理，对其中的重要事件、主要人物、代表作品、各项活动、各类事件、重要关键词等做了较为完整的记录，保存了迄今为止网络文学最为完备而原真的第一手资料，大量的网络文学批评成果和作品争鸣事件据此得以保存下来。

《网络文学词典》，共收录截至2013年底的网络文学词条1177条，选目按主题性质分为网络术语、网络文学概念、网络文学站点、网络写手与群体、网络写作软件、网络文学作品与文类、网络文学语言、网络文学产业、网络文学研究、网络文学事件、网络年度流行语等11个大类，后面附有“词条音序索引”，方便读者查询。

《网络文学研究成果集成》，包括从网络文学诞生以来所有研究、评论网络文学的研究成果中遴选出的重要学术期刊论文、网络文学理论批评报纸文章、网络文学研究博士硕士论文、重要学术会议网络文学论文、网络文学研究学术著作和网络文学出版作品，以及名作家博客文章等，其原文全文均存放于网络文学文献数据库软件，可通过进入“中国网络文学研究网”查询使用。

《网络文学五年普查（2009—2013）》全面清理了2009年至2013年五年间汉语网络文学的发展状貌，分别选取文学网站、网络写手、网络文学作品、网络文学阅读等16个专题，描述我国网络文学的发展面貌，真实而全面地记录了我国网络文学阶段性发展历程，保留了这一时期较为完整的珍贵史料。

由邵燕君领衔的北京大学网络文学研究论坛，在网络文学研究领域涉足较早，且成果丰硕。《网络文学经典解读》一书囊括了玄幻、奇幻、修仙、官场、穿越、都市言情、历史等十二个文类，每一类选取一部颇具代表性的作品进行具体解读，借此梳理类型发展历史。《网络时代的文学引渡》是邵燕君的研究论文及其所授网络文学课堂的讨论成果。附录梳理了从20世纪90年代到2015年底的网络文学重要事件，包括各大文学网站的建立与发展、各种类型文的出现与发展、国家政策的变迁等。此外，该团队自2015年起推出网络文学年度作品榜，也被称为“学院榜”，在参照各主要文学网站榜单和粉丝圈口碑的基础上，筛选佳作。其团队主办的微信公众号“媒后台”也积极发挥新媒体的优势，对网络文学研究进行有益的探索与实践。

四、理论批评面临的困境

1. 理论批评队伍不足

就当前的研究状况看，网络文学批评队伍建设问题亟待解决。网络文学的研究者主要集中在高校和作协系统，而有宏阔研究视野，能跨越文学、音乐、美术、电影、网络科技、数码技术等多重领域，有较好的理论修养，能够全面系统地开展网络文艺研究的研究者还不多。相较于中国网络文学的庞大体量，研究者的数量和活跃程度还远远不够。很多专业人士不屑从事该行业批评，行业从业人员又缺乏专业批评训练，造成了批评队伍建设的迟缓。

网络文学研究批评队伍应该包括行业高端从业人员、网络文学专业技术人员、高端网络文学读者以及高校和相关研究机构的专业人员，需要在国家层面上加强这方面的专业队伍建设，才能较好地引导行业向健康的产业方向和专业方向发展。此外，还应该广泛发掘民间力量，与学院派的研究形成互补。相较于专业研究者的研究，业余研究者的探讨视野会更为宽广，有助于改变当前研究知识体系单一的问题，更有利于不同研究方法的引入。

2. 学术思路与研究方法亟须改进

纵观二十年的学术研究，一个亟待解决的问题便是理论批评深受传统文学观和研究方法的束缚，甚至存在将原有的批评话语和观念模式套用于网络文学的情况。传统文学研究体系中，网络文学被看作是消遣物，是浅薄、缺乏艺术价值的代名词，传统文学理论的生搬硬套会造成对网络文学的误读。在传统文学研究方法的审视下，理论指导性不强，对具体的网络文学现象缺乏深入细化的研究，网络文学很难获得合理的认识，内蕴的价值也无法得到充分发掘。因此，仅着眼于既有的研究范式，以之认识考察网络文学，甚至希望借助其解决网络文学发展中遇到的问题显然是不恰当的。

放眼当下，对网络文学的创作特征解读不够，对海量存在的网络作品评价不多、针对性不够强仍是批评的短板，导致批评不能及时回应网络文学发展中的实践问题。关于如何更好实现地批评的积极干预，陈定家认为："为了应对网络文学的当前困境和发展阻力，克服理论滞后、批评缺席、观念创新乏力、研究方法老套的现象，化解产业化与艺术化的矛盾，保护原创作品的知识版权等现实问题，必须用全新的眼光、政策和方法，进行更深入、扎实而有效的研究。"[1] 党圣元提倡从三个层面实现理论突围："思想观念方面，要厘清网络文学与传统文学之间的关系，认清商业化、市场化、产业化、泛娱乐化是我国网络文学的基本状况和主要现实；研究重心方面，要实现从个别热点作家作品向整个网络文学现实的转移；理论资源方面，要积极借鉴'文化研究'和'传播政治经济学'等理论资源，实现网络文学研究的理论与批评创新。"[2] 当下，学术界在逐步调整学术思路，尝试探索出更贴近网文创作实际的研究方法。

3. 研究者的"入场"之困

关于研究者的"入场"困境，有学者曾犀利地指出："现在很多网络研究脱离了当下网络文学现场，大多是从网络文学外来影响、传播学和媒介革命的角度进入。网络文学研究者的理论准备明显不足，深入网络文学复杂多变现场的能力普遍缺乏，对网络文学生态和机制的认识程度远远不够。网络文学批评和研究的影响仍然局限于研究者内部，很难在更大范围的网络空间上取得作家、编辑、读者的普遍认可。"[3] 网络文学作品篇幅一般较长，特别是网络小说，动辄几百万字，确实给批评者的阅读带来很大压力。因此，"阅读难关"便成为网络批评在技术层面的首要难题。但不读就没有发言权，

[1] 陈定家：《网络文学理论与批评现存问题及其应对策略》，《阅江学刊》2016 年第 6 期。

[2] 党圣元：《网络文学研究的当下困境与理论突围》，《江西社会科学》2017 年第 6 期。

[3] 欧阳友权、喻蕾：《网络文学批评史的问题论域》，《中南大学学报（社会科学版）》2017 年第 3 期。

要想对网络作品保持敏感，阅读这一环节十分必要，不能贸然跳过，否则容易言之无物，针对性不强。

此外，网络文学研究热点时效性强，加大了研究者发现问题的难度，不仅要求研究者熟练掌握文学批评知识，而且对网络知识的掌握要求更高，避免在深入挖掘网络文学存在的问题时面临多方面的挑战。以2010年为界，之前的研究热点主要集中于网络文学的内涵和外延方面的论争，之后基本上停止了这种争论，对网络文学这个名词的认识基本达成了共识，进而对网络文学的发展和网络文学文本进行了更为深入的探索。从后期的研究内容来看，网络文学研究以后会更加深入、更加具体化，热点的转换速度会更加迅速。因此，研究网络文学，除了阅读文字作品，还需走进网络文学创作一线，深入调查、感知与评价，关注以网络文学作品为脚本的大量改编作品，诸如电影、电视、网络游戏、动漫等，要求研究者对网络文学业态保持长久的关注，对热点的快速转换具有敏锐的观察力和高超的追逐流行趋势的能力。只关注网络文学本身的研究很难有学术深度，要想对网络作家作品进行鞭辟入里、切中肯綮的学术批评，必须长期浸淫于网络文学领域。

4. 评价体系与批评标准缺失

网络文学作为新兴事物，虽受到广泛关注，但理论批评研究才刚刚起步，理论话语系统远未成型，尚未建立起有别于传统文学评价体系的完备、权威的评价标准，对于网络文学的新情况、新问题难以及时关注与有效回应。批评标准重建的难度在于："既需要保留住文学的人文审美价值和社会文化意义，又必须切中'网络'和'文学'双重背景下的艺术创新，回应网络时代的文学发展和文学问题。"[1]

学者潘桂林也表示："十多年来，批评家对于网络文学的常见态度是婉转回避。时至今日，学界仍然对大量发表于网络，与传统文学在审美方式、表现形式上有所区别、明显存在差异的文学作品等而视之，笼统评

[1] 欧阳友权：《网络文学批评的困境与选择》，《中州学刊》2016年第12期。

价。例如，或采取两分法解释网络文学现象，‘文学只有好与不好之分，没有网络与传统之分’；或强调网络文学只是传播方式的改变，‘网络只是发表作品的媒介，不是区分作品优劣的手段’；或因其具有商业特性而放弃对其做出深刻的价值判断，‘网络上追求的是点击率，点击率却与文学品质无关’，等等。”[1] 在他看来，学院派新媒介文学批评忽略了网络文学线上交流的现实和交流对象的阅读期待，他呼吁高校调整并创新学术评价体制，增强知识分子的使命意识。近几年，如何构建与网文创作相匹配的评价体系，建立较为全面的批评标准，是研究者探索的核心焦点之一。汇集多方合力之下，相信网络文学批评体系将逐步完善，通过有效评价，进一步引导网络文学创作的健康发展。

5. 网络文学理论批评环境有待改善

随着网络文学二十年的快速发展，理论批评的舆论环境有着比较显著的变化。起初，网络文学不被大多数人看好，人们普遍质疑网络文学究竟是不是文学，认为研究这种“草根文学”难登大雅之堂。但随着网络文学的独特价值日益凸显，舆论对网络文学及其研究的肯定多了许多，更多人认识到网络文学在多个层面的重要地位与发展潜力，而对其进行批评研究的必要性也毋庸置疑。网络文学的发展虽较为短促，但它同积淀深厚的传统文学一样，也有着重要的文学史意义。

从学术环境来看，网络文学批评双重边缘化的处境渐趋缓和，但仍待重点关注与改善。一方面，研究者们的理论批评不被网文创作者们看好，认为许多评论与作家的自身创作实际隔了一层，而理论批评对复杂多变的网络文学创作的解读和回应能力非常有限，侧面反映了创作的强势状态与理论批评的弱势处境，为批评者带来更大的言说压力。另一方面，与传统文学研究相比，网络文学的理论批评长期不占主流，批评文章也很难上名刊，官方给予的各方面支持也不够多，评审立项与评奖活动仍属次要地位。此外，当下的

[1] 潘桂林：《学院派新媒介文学批评的现实困境及其破解》，《中州学刊》2017 年第 3 期。

学术评价体系也存在一定的制约：专门刊物比较少，对于发表的刊物需要达到何种级别没有明确规定，在报纸文章、网站等平台发表算不算学术成果，是否需要满足学术期刊要求的字数，等等。

从总体上看，二十年的网络文学研究仍处于小众和边缘状态，与繁荣发展、体量巨大的网络文学创作相比还十分薄弱，且不相适应。如果说网络文学是未来世界的“朝阳文学”，网络文学理论批评也将是一种“朝阳学术”，我们有理由期待它与网络文学创作一样走向发展和繁荣。

第八章
女性及少数民族网络文学

女性网络文学和少数民族网络文学是我国网络文学的重要组成部分，梳理二十年来这两种文学的发展面貌，总结其创作成就，对于把握这两种文学的发展脉络，廓清其在中国网络文学发展史中的地位，引导其健康发展，具有重要意义。

一、二十年女性网络文学景观

女性网络文学，即“由女性作者创作，通过女性文学网站发表，表达女性生活、思想、情感，面向广大女性读者的原创网络文学作品”[1]。20 世纪 90 年代以来，随着文学的“触网”，女性文学以其强大的生命力与影响力，借助互联网这个新的发展空间以燎原之势迅猛发展。网络写作时代畅通的发表渠道，给予了更多女性作家写作自信和写作空间。经过二十年的沉淀，无论从网站、作品还是写手数量看，女性网络文学都有了惊人的发展，成了网络文学极为重要的一个部分，占据了网络文学的半壁江山。毫无疑问，网络文学已迎来了“她”时代。下面将从女性文学网站、女性网络写手及其成

[1] 欧阳友权：《网络文学五年普查（2009—2013）》，中央编译出版社 2014 年版，第 255 页。

就、女性网络文学的意义和局限三个方面，对二十年间我国女性网络文学的景观做一个描述。

1. 女性文学网站概况

（1）二十年女性文学网站的发展

女性文学网站是女性借以抒发情思的平台，是女性文学在网络虚拟空间的集散地，也是女性网络文学作品的载体。女性文学网站的兴起是一场女性的书写盛宴，经过二十年的发展，女性文学网站的数量已经蔚为大观。截至2018年5月31日，通过百度搜索引擎，搜索到“女性文学网站”的相关网页数已达2390万个。

自1996年第一份汉语网络女性文学刊物《花招》诞生至今，二十二年过去了，女性文学网站的数量呈现几何级增长。目前，国内以女性文学为主、写手群和读者群以女性居多的网络文学网站主要有红袖添香、起点女生网、晋江文学城、潇湘书院、17K女生网、纵横女生网、言情小说吧、女生文学、云起书院、扫花网、趣阅小说网、四月天、女生小说网、凤鸣轩、蔷薇书院、若初文学网、长江中文女生网、雨枫轩、馨香小说网、采薇言情女生网、花雨言情网、烟雨红尘、新小说吧等。此外，各大综合性网站也都将女性文学摆在重要位置，纷纷开辟了“女生频道”“女性频道”或“女生版”等，如创世中文网、网易云阅读、幻剑书盟、3G书城、看书网、红薯网、360小说、飞卢小说网等。[1] 根据十大品牌网最新出炉的“中国十大中文网络文学网站，小说网站TOP10”的排名情况，排前十位的网站中，就包括晋江文学城、潇湘书院、红袖添香、云起书院4家女性文学网站。[2] 由此可知，女性文学网站已经在网络文学中占据了举足轻重的地位。

此外，女性网络文学网站的巨大影响还体现在它们拥有数量庞大的写手群以及海量的作品数目。早在2016年底，晋江文学城的写手数量就已达百

[1] 欧阳友权：《网络文学五年普查（2009—2013）》，中央编译出版社2014年版，第255页。

[2] 十大品牌网：《中国十大中文网络文学网站，小说网站TOP10，原创文学网站排名［2018］》，https://www.china-10.com/brand10/list_4748.html，2018年11月10日查询。

万以上，起点女生网、云起书院、晋江文学城等网站 2015 年的新增写手数量都在 10 万以上；红袖添香、晋江文学城、潇湘书院的顶尖级写手达百名以上。[1] 庞大的写手群体成就了女性文学网站海量作品的产生，根据研究者 2016 年对 19 家网站的数据统计，红袖添香网站作品存量达 192 万部，晋江文学城作品超过 100 万部。其中，字数达 200 万以上的小说，红袖添香有 86 部，晋江文学城有 55 部。[2] 在网络文学 IP 改编方面，众多女性文学网站为影视改编提供了大量优质的小说原著，成为影视改编的剧本摇篮，推动了网络文学 IP 热的繁荣。如近几年非常火的《来不及说我爱你》《步步惊心》《致我们终将逝去的青春》《何以笙箫默》《微微一笑很倾城》《后宫·甄嬛传》等，其原著小说版权都来自几家女性文学网站。

下文将选取二十年间部分较具有代表性、人气较高的女性文学网站，以网站建立的时间先后顺序对它们一一做简要介绍。

(2) 主要女性文学网站举隅

红袖添香，创建于 1999 年 8 月 20 日，是国内第一家实现全球范围“移动阅读”的女性文学网站，它拥有中国原创网络文学极具商业价值的“华语言情小说大赛”品牌，拥有多位“中国网络作家风云榜”上榜作家，是一个稿酬发放数额高、作者福利体系较完善的女性文学网站。红袖添香为作者提供了涵盖小说、散文、杂文、诗歌、歌词、剧本、日记等体裁的作品创作和阅读服务，在言情、职场小说等女性文学写作及出版领域独占鳌头。红袖添香被出版业盛赞为“中国互联网上重要的语文力量”，并多次荣获由国家新闻出版总署、北京市新闻出版局颁发的“年度最佳文学网站”“十大最具影响力文学网站” “最具发展潜力文学网站” “原创文学网站优秀奖”等荣誉。[3]

潇湘书院，创建于 2001 年，现隶属于阅文集团，历经十余年的发展，已

[1] 参见欧阳友权，吴钊：《我国文学网站社会效益评价研究》，《人文杂志》2017 年第 2 期。
[2] 参见欧阳友权，吴钊：《我国文学网站社会效益评价研究》，《人文杂志》2017 年第 2 期。
[3] 欧阳友权主编：《网络文学词典》，世界图书出版公司 2013 年版，第 71 页。

成为集原创、言情、科幻、武侠、侦探等门类于一体的公益性综合小说阅读网站，女性用户偏多。潇湘书院作为最早实行女生原创、付费阅读的文学网站，其 VIP 订阅量一直稳居同类女生原创网站之首，在女生原创文学领域培养出了一大批优秀的原创作者，如天下归元、西子情、唐梦若影等。

晋江文学城，创立于 2003 年 8 月，是全球知名的女性文学基地，原名晋江原创网。晋江文学城以打造以文学为核心的女性化泛娱乐生态平台为主旨之一，下设原创言情小说、出版影视、游戏娱乐、晋江论坛等子栏目，拥有言情、都市爱情、穿越等多种类型的作品。晋江文学城造就了一大批知名华语网络作家，如蒋胜男、顾漫、施定柔、金子、丁墨等。

言情小说吧，成立于 2005 年，隶属于阅文集团，秉承着为用户提供最好的言情小说阅读体验平台，打造全球华语言情小说阅读基地的理念，在网络文学界走出了一条专业化的独特发展道路，能给用户提供读书、休闲、娱乐等多方位体验。网站作品以言情小说为主，深受广大女性读者喜爱。

17K 女生网，创建于 2006 年，隶属于中文在线，是 17K 小说网旗下的分网站，最初由 17K 小说网的“女生频道”发展而来。网站作品以言情小说为主，包含古代言情、都市言情、幻想言情、耽美同人等类别。17K 女生网以打造精彩的女性阅读为目标，在女性读者群和写手群里享有很好的口碑。

纵横女生网（又称花语女生网），纵横中文网旗下专为女性读者开辟的分网站，下设古代言情、都市言情、幻想时空、耽美同人等栏目。依托于纵横中文网良好的平台，纵横女生网一创立就获得了大众的关注，收获了原来纵横中文网的一大批女性粉丝。

起点女生网，成立于 2009 年 11 月，前身是起点中文网的“女生频道”，致力于女性网络原创文学及作者的培养和挖掘。起点女生网依托起点中文网的成熟运作机制，成功开辟了女性网络原创文学的商业化发展模式。在版权运作方面，起点女生网的海量女性题材小说成为影视改编的剧本摇篮。如今，起点女生网拥有《步步惊心》《搜索》等多部热门影视剧的原著小说版权。

蔷薇书院，创立于2010年12月24日，专注于女性言情作品的创作与阅读。网站作品主要分为都市、古代、玄幻、穿越四大类。自开始运营以来，蔷薇书院在注重积累的同时不忘探索新的发展模式，获得了各界的关注与好评。

云起书院，属于腾讯文学旗下网站，主打女性市场，是集阅读、创作、版权运营为一体的全新网络开放平台，有完善的运营机制、作家制度、编辑制度和版权运作制度。目前，云起书院已拥有超过11万部作品，每日更新作品5000余部，日更新数字累计超过2000万字。

2. 女性网络作家的崛起

经过二十年的积淀，女性文学借助互联网平台获得了飞速发展，女性网络写手的数量更是与日俱增，占据了网络写手的半边天。早在2010年4月举行的中国网络文学女作家研讨会上，时任盛大文学首席版权官周宏立曾说："盛大文学93万名作者队伍中，大概有一半是女性作者，她们的辛勤创作，缔造了网络文学的繁荣，也推动女性写作进入一个全新的境界。"[1] 而不断扩大的女性网络读者群及其需求又吸引着更多的女性源源不断加入网络写作的大潮中。

(1) 女性网络作家的代际划分

女性网络写手的崛起使之成为一股不可忽视的文学力量，这里以她们活跃的主要时期为依据，对二十年来出现的四代女性写手进行梳理。其中，2000年以前出现且比较活跃的女写手视为第一代；2000年至2003年出现并比较活跃的女写手视为第二代；2004年至2008年出现并比较活跃的女写手视为第三代；2008年后出现的视为第四代。

1998年3月，由台湾作家蔡智恒创作的网络小说《第一次的亲密接触》风靡了整个华文网络，自此掀起了华文原创网络文学的高潮。紧随其后，大陆女作家安妮宝贝和黑可可开始崭露头角，和邢育森、李寻欢、俞白眉等聚

[1] 赖睿：《网络文学迎来"她时代"》，《人民日报海外版》2010年5月20日。

集于榕树下网站，招贤纳士，指点文学，将榕树下经营得风生水起，掀起了大陆网络文学第一次高潮，安妮宝贝和黑可可也成为最先“触网”的第一代女性网络写手的代表。

安妮宝贝是早期网络写手的典型代表。1998年，她创作了人生第一篇小说《告别薇安》，并将它放到了互联网上，受到了读者的喜爱，这成为她网络作家生涯的开始。她的作品主要以流浪、宿命、漂泊为题材，描写现代人的生活和精神状况，其作品对“80后”一代人的生活和思想产生了很大影响。紧随其后，1999年，黑可可以网络小说《晃动的生活》成名于网络，成为与安妮宝贝同时期的知名网络写手。黑可可曾做过翻译、职业经理人、外企首席代表，后辞职到榕树下担任市场总监兼北京分公司总经理。2001年，黑可可离开榕树下，转战天涯，成为天涯知名写手。黑可可的写作可以分为神奇梦幻的童话寓言和深刻的世俗人间悲喜剧两种风格，第一种风格的代表作品有《怪怪婆的故事》，其长篇小说《晃动的生活》则为第二种风格。

继第一代女写手安妮宝贝、黑可可等在网络上声名鹊起后，第二代女性网络写手也快速席卷而来。其中，蒋胜男、可蕊、沧月、木子美、尚爱兰、竹影青瞳是第二代女性网络写手的代表，与第一代相比，她们更加大胆地在网络上抒发自己内心私密的情感，并开始尝试不同题材小说的创作。

1999年，蒋胜男出版了她的处女作长篇小说《磨刀风云》，此后，继续在清韵书院、新浪网、榕树下、花园文学论坛等文学网站连载、发表多篇作品。2003年，晋江原创网成立，蒋胜男受邀成为驻站专栏作家，开始逐渐将创作重心移至晋江原创网，陆续又创作了多部作品，成为最早“触网”的一批女性写手中少数仍保持着较高活跃度的女作家之一。2001年，可蕊开始涉足网文圈撰写长篇小说，2002年受奇幻狂潮影响，创作了奇幻小说《都市妖奇谈》《龙之眼》等。由于她是同时代的玄雨、老猪、萧鼎等一干奇幻作者中唯一知名的女性作家，因此被称为“奇幻女王”。除了奇幻题材，在互联网便捷的写作空间推动下，一些女性作家开始尝试传统文学中少有涉猎的武侠题材，其中，沧月自2001年开始发表武侠小说《听雪楼》系列，走出了女性作家涉足武侠题材的第一步。木子美和竹影青瞳则都以“下半身写作”而在网络上获得了极大的关注，她们对性事以及女性身体露骨的描写在网络上引发了极大的争议，甚至一度形成了“木子美现象”和“后木子美时代”。木子美的《男女内参》《公然好性》，竹影青瞳的《给文章带上安全套》《抚摸我的乳房》等作品主要表现女性对自我身体与内心的关注，文中有许多赤裸裸的性欲描写。

第一、二代女性网络写手与同时期的男性写手比较起来在数量上虽然不占优势，但她们风格各异，有自己鲜明的特点，辨识度较高。早期的女性写手们一个重要的写作主题是对女性内心情感与欲望的关注和表达，安妮宝贝、尚爱兰等人笔下灵动的文字便是其内心真情的自然流露，即便是木子美、竹影青瞳这样饱受争议的女写手，她们的“身体写作”也从侧面表现出女性对于自己身体的关注与自信。她们借助互联网的公共平台，宣泄自身最隐秘的渴望与情感，网络写作于她们而言是一种情感的寄托与精神的驻足。

早期的女性写手涉足网络文学创作多是出于对文学的热爱或兴趣，而不是为了养家糊口。如黑可可在谈到为什么辞职做网络文学时，曾说：“做自己喜欢的就行了。我喜欢文学，所以做了网络编辑；网络的信息量和它作为新事物所展示的未知性让我着迷，所以做了网络经营。从辞职到入网，外界的力量都不能左右我的选择。”[1] 内心的热忱加上一定的文学功底，使早期女性写手的文字有直抵人心的力量，她们多以现实事件为题材，以平实的笔触给予读者真实的阅读感受，这些诚心之作为女性网络文学的发展奠定了一个较高的起点。

自2003年起，文学网站开始推行VIP付费阅读制，写手通过网络写作可以获得报酬，对某些章节读者需要付费才能阅读，网络写作成为一种可以养家糊口的职业。这一性质的转变，吸引了更多的写手开始触网写作，催生了类型化作品的出现，一大批类型化“巨著”开始涌现于网络，带来了网络

[1] 孙琳：《黑可可：要做聪明的蜘蛛》，《北京青年报》2001年3月22日。

文学的繁荣。而女性写手的数量在这一时期也发生了惊人的增长，第三代女性网络写手出现并成为女性文学市场化的前期开拓者。

第一、二代女性写手的写作大多以现实题材为主，或描述主人公的人生际遇、爱情体验，或是关注人与外界和自我的关系，类型较单一，随着网络文学的繁荣，读者数量的增加，第三代女性写手开始尝试创作不同类型的作品，以满足读者日益多样化的需求。在此期间，擅长武侠、奇幻题材的步非烟开始崭露头角。步非烟以变化多端的笔风突破了女性写作的局限，开启了武侠界“中性主张”的风气，得到了“百变天后”的美誉，人称“新武侠宗师”。另一位网络写手晴川紧随其后，推出了《韦帅望的江湖》系列小说，颇有古龙之风，小说自2005年面世起即获读者大力追捧，在2008年中国网络文学十年盘点中获“十佳作品”和“十佳人气”双大奖。2004年，女性网络写手金子开始在晋江原创网连载自己的小说《梦回大清》，因其清新、幽默、含蓄、曲折的文风，逐渐受到广大读者的喜爱，该小说也被认为是开穿越类小说先河的作品之一。2005年，桐华在晋江原创网创作《步步惊心》，进一步令穿越小说热潮加温，桐华也借这部作品踏上了网络写作之路。青春爱情小说是女性网络写手较擅长的题材，女性写手们以其细腻的笔触描写男女之间的青春爱恋，常有直抵读者心灵深处的力量。谈起第三代女性写手中以青春言情小说著称的女写手，就不得不提辛夷坞。辛夷坞2006年开始在网上连载其第一部小说《原来你还在这里》，之后便一发而不可收，陆续推出了《致我们终将逝去的青春》等多部作品。辛夷坞被奉为当下最热门的“80后”女作家、青春文学新领军人物。此外，这一时期有较大影响力的青春言情女写手还有明晓溪、匪我思存、顾漫、郭妮等，她们的文笔大多清新细腻，风格各不相同。流潋紫的宫斗小说《后宫·甄嬛传》和李可的职场小说《杜拉拉升职记》也在这一时期引发了广泛关注，为此后宫斗小说与职场小说的大热打响了第一炮。

这些女性写手们一方面借助网络写作赚得盆满钵满，如桐华、明晓溪、辛夷坞等都多次登上中国作家富豪榜；另一方面，可观的收入促使她们不断地创作更多口碑作品，从而吸引了大量稳定的文学读者，打开了女性网络文学的市场，又借助影视改编进一步扩大了作品的影响力，带动了女性文学市场的繁荣。我国女性网络文学今天的繁荣，离不开第三代女性写手的开拓之功。

2008 年盛大文学成立后，开始大规模投资网络文学领域，类型化作品因此高度繁荣，女性创作也随之进入第四个阶段。在这一时期，女性写手的数量继续呈井喷之势增长。第四代女性写手大多沿袭第三代的创作类型，涌现出许多年轻的新面孔。从 2008 年至今，女性网络写手在作品数量和影响力上都颇有建树，显示出迭代完成的趋势，早期成名的女性写手现已较少有新鲜作品面世，新晋女性写手如柳晨枫、吱吱、叶非夜等则开始展现不凡的实力，为网文行业持续注入新的活力。

天下归元是较早在网络上声名鹊起的第四代女性写手之一，被誉为当代网文圈最具畅销力的金牌作家之一，擅长穿越、架空类小说，其作品文笔优美，文风大气磅礴，并带有丰富的玄幻色彩，为“新穿越”小说的代表。擅长书写都市婚恋题材的唐欣恬 2009 年推出了其代表作《裸婚——80 后的新结婚时代》，该作品紧紧抓住“80 后”婚恋时代的脉搏，是文学介入生活的典型表现，唐欣恬也被誉为“新生代都市女性情感代言人”。2009 年，晋江原创网开山驻站作者之一的蒋胜男开始在晋江文学城连载其第三部历史长篇小说《芈月传》，获得了读者的大力追捧。另一位女性写手缪娟则因小说《翻译官》在网络上大红大紫，小说讲述了贫困但坚强好胜的外语学员乔菲和外交部长的儿子程家阳之间一段差异悬殊的爱情纠葛，自连载伊始便风靡多家文学网站。除了这些耳熟能详的女性网络写手，这一时期还涌现了一大批年轻的新面孔：如 2012 年在榕树下发布职场小说《生死浮沉：急诊科的那些事》的于莺；较早进入红袖添香，但直到 2012 年其代表作《盛夏晚晴天》面世才引起较大关注的柳晨枫；此外，意千重、吱吱、袖唐也通过在起点女生网发布多篇小说而在一定程度上获得了读者的热捧。2017 年 12 月，速途研究院推出了“2017 年中国网络文学作家影响力榜单”，评选出了

“2017年中国网络文学女作家影响力TOP50”榜单，排在前列的有叶非夜、丁墨、苏小暖、顾漫、吱吱、天下归元、希行、夜北、梵缺、玄色等[1]，大部分是近几年出现的新晋女性作家。这些年轻女性网络写手活跃于近几年的各大榜单之上，成为一股新兴的文学力量，她们将网络类型化写作进一步完善和深化，在自己擅长的题材领域中不断创作出优秀的网络文学作品，使女性网络文学呈现出新的面貌，也为网络文学注入了新的活力。

（2）代表性女性网络文学作家的创作成就

经过二十年的发展，中国女性网络文学涌现出一大批出色的女性作家及作品，现选取二十年间具有代表性的30位女性作家，对她们的创作情况及文学成就做简要介绍（按姓名首字母顺序排列）。

安妮宝贝：原名励婕，1974年出生，进行网络创作之前曾先后在银行、广告公司、网站、杂志社等不同公司任职。1998年在网上发表第一篇小说《告别薇安》，一举成名。其作品数量较多，且本本畅销，均持续进入全国各类畅销书排行榜，代表作有《告别薇安》《八月未央》《彼岸花》等。2016年，安妮宝贝以笔名“庆山”出版散文小说集《月度童河》，此后鲜有新作面世，但其早期作品仍然大受读者追捧。安妮宝贝也因多次登上“中国作家富豪榜”而引发广泛关注。

步非烟：本名辛晓娟，当代女性武侠小说作家，被称为“北大才女”。2004年起，在《今古传奇》《武侠故事》等刊物发表作品数十篇，达上百万字。其创作将武侠和魔幻特色相融合，呈现出神奇诡谲的神秘色彩，成为近年来颇具实力和号召力的新锐青春偶像派实力作家，其主要作品有《华音流

[1] 中青在线：《〈2017年中国网络文学作家影响力榜单〉发布　辰东、唐家三少、叶非夜等上榜》，http://news.cyol.com/yuanchuang/2017－12/23/content_16805730.htm，2018年11月9日查询。50位上榜女作家分别是：叶非夜、丁墨、苏小暖、顾漫、吱吱、天下归元、希行、夜北、梵缺、玄色、潇湘冬儿、海宴、MS芙子、墨香铜臭、公子衍、囧囧有妖、唐七、明晓溪、云霓、寐语者、安知晓、明月珰、priest、吉祥夜、安向暖、祈祷君、绛美人、战七少、凤炅、天衣有风、穆丹枫、西子情、随侯珠、萧七爷、夏染雪、猪宝宝萌萌哒、微扬、莞尔wr、柳暗花溟、冷青衫、姒锦、蛇发优雅、江山一顾、关心则乱、寻君、意千重、林家成、冰蓝纱、墨舞碧歌、寒武纪。

韶》系列、《武林客栈》系列、《昆仑传说》系列等。

崔曼莉：毕业于南京大学中文系。2002年开始文学创作，在文学刊物发表小说、诗歌等。2007年9月，以笔名“京城洛神”在网络发表长篇小说《浮沉》第一部，为2008年度畅销书。2009年，她创作的民国历史小说《琉璃时代》荣获中国作家集团第一届长篇小说创作奖。2010年，作品《浮沉2》被评为“最值得阅读的50本小说”之一。2012年，《浮沉》改编成同名电视剧播出，获第29届中国电视剧飞天奖。

沧月：原名王洋，浙江台州人，1979年出生，国内武侠奇幻市场中最受欢迎的写手之一。2001年，开始发表武侠作品《听雪楼》系列，2003年开始为畅销杂志撰文，2004年转入奇幻领域，代表作有《听雪楼》系列、《鼎剑阁》系列、《镜》系列等。十几年来出版作品20余种，累计销量达1000万册，是中国网络文学最畅销及最受欢迎的女作者之一。2015年，沧月的《听雪楼之忘川》获首届网络文学双年奖银奖。

丁墨：原名丁莹，别名老墨、黑土，湖南沅陵人，阅文集团云起书院“白金作家”。作品以独特的甜宠悬爱风格自成一脉，代表作有《如果蜗牛有爱情》《他来了，请闭眼》《你和我的倾城时光》《美人为陷》《莫负寒夏》等，已出版作品10余部，并有多部作品已输出影视版权。其中，《如果蜗牛有爱情》获得2016年度华语原创小说最受欢迎影视原著小说奖，新作《乌云遇皎月》反响热烈，丁墨凭借此作影响力高居速途研究院“2017年中国网络文学女作家影响力TOP50”第二位，获得2017年首届“茅盾文学新人奖·网络文学新人奖”网络作家提名。[1]

匪我思存：湖北武汉人，曾用笔名思存，又名费小存、离陷三十里，中国作家协会会员，湖北省作家协会会员。作为“80后”女性网络写手的代表，匪我思存擅长书写言情小说，因其小说风格以独特的悲情韵味为主而被封为“悲情天后”。匪我思存已创作了27部小说，其中多部已授出电视连续

[1] 欧阳友权：《中国网络文学年鉴（2017）》，新华出版社2018年版，第93—94页。

剧改编权，目前已播出的改编作品《佳期如梦》《来不及说我爱你》《千山暮雪》《寂寞空庭春欲望》等都获得了极高的收视率，引起了极大的反响，因此，匪我思存也获得了“电视剧女王”的美誉。

梵缺：广东阳江人，腾讯原创VIP写手。擅长穿越、架空、现代都市言情小说，笔风独特，幽默与深沉并存。代表作有《爆笑宠妃：爷我等你休妻》《娶个皇后不争宠》《我的世界只差一个你》等，《爆笑宠妃：爷我等你休妻》至今仅收藏量便有300余万，并被改编成网剧《双世宠妃》，自2017年7月10日在腾讯视频上线，赢得了流量霸主地位。梵缺凭此作品位列速途研究院“2017年中国网络文学女作家影响力TOP50”第九位。[1]

顾漫：江苏宜兴人，1981年10月出生，曾为《仙度瑞拉》杂志编辑，现为晋江原创网的驻站作家，又名妮妮妈、乌龟漫、戚采。顾漫擅长青春言情题材，写作风格较为温馨轻快，充满青春气息，2005年以《何以笙箫默》一举成名，后陆续创作了《微微一笑很倾城》《杉杉来吃》《骄阳似我（上）》等，其多部作品已被改编成电视剧和电影。2010年凭借《微微一笑很倾城》获得第三届中国网络文学节最佳作者。顾漫近年作品虽不多，但凭借作品IP改编保持了较高的关注度和人气，高居速途研究院“2017年中国网络文学女作家影响力TOP50”第四位。

会做菜的猫：1989年出生，四川成都人，阅文集团起点中文网“大神”作家，2016年凭借其代表作《美食供应商》成为极具影响力的新晋网络女作家之一。因其作品为男频文，在2016年“福布斯·中国原创文学风云榜”中位列“男生作品TOP10”第九位，2017年位列第八位，其本人也凭借该作品摘得“2016年度新锐作家”称号。

蒋胜男：“70后”，温州人。温州市艺术研究所戏剧编剧，国家二级编剧、作家，晋江原创网开山驻站作家。代表作有《芈月传》《凤霸九天》《铁血胭脂》等。蒋胜男在1999年就开始触网写作，2003年，晋江原创网成立

[1] 欧阳友权：《中国网络文学年鉴（2017）》，新华出版社2018年版，第103页。

后，蒋胜男受邀成为驻站专栏作家，其《凤霸九天》是晋江网第一篇 VIP 文。2009 年，开始于晋江文学城连载历史长篇小说《芈月传》。2016 年 3 月《芈月传》入选广电总局推荐的“2015 年优秀网络文学原创作品”。2018 年 1 月 31 日浙江省十三届人大一次会议召开，蒋胜男当选为新一届全国人大代表。

六六：原名张辛，出生于安徽合肥，新加坡籍华裔作家。1997 年开始以“六六”为笔名在网上撰文。2003 年，因小说《王贵与安娜》蜚声文坛。六六被看作继张爱玲、虹影之后的第三代海外华裔女作家的代表。2005 年出版都市小说《双面胶》，2007 年出版《蜗居》，这两部小说均改编成了同名电视剧，且均由六六本人担任编剧，电视剧播出后，剧中讲述的婆媳关系、房子等话题一度引起了社会关注。

流潋紫：原名吴雪岚，1984 年出生于浙江湖州，2005 年开始从事业余写作，陆续在各个杂志发表短篇小说及散文。2007 年 2 月，其代表作《后宫・甄嬛传》三部由花山文艺出版社正式出版，进一步扩大了在网文界的影响力。同年 9 月，《后宫》第四部出版，流潋紫凭借《后宫・甄嬛传》名动网络，并被誉为浙江“80 后”作家群的领军人物。2012 年，同名电视剧《后宫・甄嬛传》在各大卫视热播，流潋紫也被更多人所熟知。

李可：十余年在外企的工作经验，使李可积累了许多职场小说的写作素材，这为她创作《杜拉拉升职记》系列小说打下了基础。2007 年 9 月，《杜拉拉升职记》出版，大卖 60 万册，李可也开始在文坛崭露头角，随后又陆续出版了后续的三部作品。李可以 30 余万字的篇幅一点点地讲述了杜拉拉的故事：典型的中产阶级代表杜拉拉，姿色中等，出身平凡，受过良好教育，靠个人奋斗在外企获得成功。《杜拉拉升职记》系列已被陆续改编成话剧、电视剧、电影，播出后好评如潮。李可也凭借《杜拉拉升职记》系列小说，在 2009 年至 2011 年连续三年登上中国作家富豪榜，且位居前列。

明晓溪：武汉大学硕士。代表作品有《烈火如歌》《旋风少女》《明若晓溪》《泡沫之夏》《会有天使替我爱你》等。明晓溪擅长以细腻、生动的笔触描写富家公子与自强不息的草根少女之间百转千回的爱情故事，有“现代小琼瑶”之称。多部作品已改编成电视剧，播出后大受欢迎，明晓溪也成为最受年轻女性喜爱的女作家之一。

缪娟：本名纪媛媛，20世纪80年代出生于沈阳，现居住于阿尔卑斯山谷小城，原为专业法文翻译。代表作有《翻译官》《堕落天使》《最后的王公》《我的波塞冬》等。缪娟最早因《翻译官》而蜚声网络文坛，这一小说自连载起便风靡多家文学网站，好评如潮，点击量高达140多万次，热评5000余条。2015年改编为电视剧《亲爱的翻译官》，在湖南卫视首播后，取得了不菲的收视成绩，缪娟这一名字也为更多人熟知。其小说《最后的王公》在2017年第二届网络文学双年奖中获优秀奖。

MS芙子：原名卓芙琼，昵称大芙，“85后”，浙江温州人，现居上海。阅文集团云起书院“白金作家”，浙江省网络作家协会会员。MS芙子2012年开始涉足网文圈，擅长玄幻言情类题材的创作。其文风细腻流畅、情节设计新奇巧妙，获得了众多粉丝的追捧。主要作品有《重生名媛我最大》《神医狂妃：天才召唤师》《神医弃女》等。其代表作《神医弃女》已连载4600多章仍未完结，在“2016福布斯·中国原创文学风云榜‘女生作品TOP10’”中位列第七，在“2017中国原创文学风云榜女生作品TOP10”中位列第四。2017年，MS芙子被速途研究院评为“中国网络文学作家影响力榜·最具潜力女作家TOP5”之一。

priest：1988年6月13日出生，毕业于上海交通大学，晋江文学城“大神”级耽美作者。出版作品时笔名为牧牧，被粉丝称为“皮皮”“PP”“小甜甜”“女神”。其文风大气精炼，语言诙谐风趣，作品中的人物多性格鲜明，善于把对人生哲理的探究和谐地融入情节当中。其代表作《有匪》多项奖项加身，入选北京大学网络文学研究论坛“2016年度推荐榜”女频作品之一，在2017年第二届网络文学双年奖评选中获得铜奖。新作《残次品》入选晋江文学城“2017纯爱年度佳作”。

晴川：原名武丽莉，“70后”，哈尔滨人，毕业于哈工大建筑系，为晋江文学城、清韵书院等多家文学网站专栏写手。晴川 2002 年开始网络创作，作品有《韦帅望的江湖》《风卷尘沙》《大漠鹰飞》《玫瑰的刺》《吸血鬼》系列等，其代表作《韦帅望的江湖》以主角韦帅望的成长史来表达“爱和成长”的主题，小说非常贴近现实，试图透过韦帅望的故事来探究当下中国社会面临的儿童成长问题。

饶雪漫：1972 年 12 月 11 日出生于四川自贡，毕业于四川理工大学。她文笔独特，作品主题多关注青春期少男少女懵懂纯净的情感世界，已出版作品 50 多部，写有“青春爱情系列”“青春疗伤系列”“青春疼痛系列”等作品，代表作有《小妖的金色城堡》《沙漏》《左耳》《秘果》等。其作品多次登上全国各地（含港台地区）畅销排行榜，是当之无愧的青春文学领军人物。饶雪漫多次登上中国作家富豪榜，在年轻读者群中影响巨大。

苏小暖：原名郭荣娟，浙江温州人，阅文集团云起书院白金作家，温州市网络作协会员。苏小暖的文笔简洁流畅，构思精巧，擅长写大框架作品。2013 年 4 月，苏小暖开始在腾讯发表第一部作品《邪王追妻：废材逆天小姐》，此后便很快占据各大排行榜榜首（现已出版，出版名为《一世倾城》），开始在网络文学圈内大红大紫，《邪王追妻》连续登上女性网络小说畅销 TOP10，蝉联两届福布斯原创文学风云榜女榜冠军，名列阅文集团“2017 中国原创文学风云榜 TOP10”女生榜第二名。凭借出色的作品成绩和极高的粉丝凝聚力与商业价值，苏小暖也高居速途研究院“2017 年中国网络文学女作家影响力 TOP50”第三位。

藤萍：原名叶萍萍，是中山大学法律系的才女。在进行文学创作之前，曾在家乡厦门市担任民警。这一段职业经历，使其小说充满正气与侠义之情，她也被封为“侠情天后”。2000 年，藤萍以《锁檀经》荣获第一届花雨“花与梦”全国浪漫小说征文大赛第一名，此后作品便始终保持在浪漫小说销售榜的畅销榜上。至今她已出版作品 50 多部，系列作品有“情锁”系列、“九功舞”系列、“吉祥纹莲花楼”系列、“十五司狐祭”系列等。2017 年，其科幻冒险小说《未亡日》以第一名的成绩入选“2017 网络文学年度作品女频榜”。

桐华：本名任海燕，1980 年 10 月出生于陕西汉中，毕业于北京大学。2005 年，她创作了自己的第一部作品《步步惊心》，这部清穿宫廷小说在网上引起了极大的反响，也使桐华迅速蹿红于网络，奠定了其言情小说天后的地位，被封为“燃情天后”。此后，她又相继创作了《大漠谣》《云中歌》《被时光掩埋的秘密》等。2011—2013 年，桐华连续三年登上“中国作家富豪榜”，引起了广泛关注。她的《长相思》在首届网络文学双年奖评选中获银奖。在 2018 年 3 月 29 日公布的“中国网络文学 20 年 20 部优秀作品”名单中，《步步惊心》以第九名入选。

天下归元：原名卢菁，江苏镇江人，中国作家协会会员，潇湘书院金牌作者。至今已出版《扶摇皇后》《凰权》《帝凰》《凤倾天阑》《女帝本色》等作品。天下归元笔力雄浑，文字诙谐幽默，想象力天马行空，这使其作品一经推出便深受读者追捧，获奖无数。代表作《扶摇皇后》获得了多个奖项，已售出影视改编权，同名电视剧于 2018 年 6 月在浙江卫视和腾讯视频首播。天下归元也因《凰权》荣登速途研究院“2017 年中国网络文学女作家影响力 TOP50”第六位。2017 年 12 月，获得第二届“中华文学基金会茅盾文学新人奖·网络文学新人奖”。

唐欣恬：笔名小鬼儿儿儿，“80 后”新生代作家，金融学硕士。唐欣恬秉持“依靠人生来创作”的写作信条，作品充满浓郁的幽默时尚气息，写尽了当代大都市女性情感生活的真味。其发表在红袖添香的处女作《女金融师的次贷爱情》引起了不小的轰动，也使其开始在网文圈显山露水；随后，相继创作了《但愿爱情明媚如初》《大女三十》《裸婚——80 后新结婚时代》，根据其小说改编的电视剧《裸婚时代》于 2011 年播出，引起了社会上广大“80 后”青年的共鸣，获得了很高的收视率。唐欣恬也因此被誉为“新生代都市女性情感代言人”。2015 年 11 月 2 日，凭借《裸生：生娃这件小事》获第一届网络文学双年奖优秀奖。

天籁纸鸢：著名幻想小说家，也是一直雄踞晋江榜首的耽美作家，有多部脍炙人口的神话、奇幻、古风等架空题材作品，登陆过全国新华书店开卷排行榜和台湾地区图书畅销排行榜。其文风华丽大气，情节跌宕起伏、催人泪下。已出版《奈何》《天王》《奥汀的祝福》《月上重火》等 14 部小说。其中，《奥汀的祝福》销量突破了 15 万册。其代表作《天神右翼》仍在连载中，天籁纸鸢 2006 年至 2014 年连续九年在晋江文学城排名第一。

唐七：原名吉琴琴，曾用笔名唐七公子。1985 年 7 月出生于四川成都，原晋江文学城“大神”级网络作家。其文风温暖清丽，擅长以幽默的语言诉说令人心伤的故事。2009 年出版其首部作品《三生三世十里桃花》，之后陆续创作《岁月是朵两生花》《华胥引》《三生三世枕上书》等作品。其中，《岁月是朵两生花》参评 2015 年第九届茅盾文学奖；根据其处女作《三生三世十里桃花》改编的同名电视剧于 2017 年 1 月播出后，各大网络平台总播放量达 260 多亿，反响火爆。唐七在其 IP 作品大热后曾一度陷入抄袭风波，但已证明不构成著作权法意义上的抄袭。

辛夷坞：原名蒋春玲，1981 年出生，广西南宁人。辛夷坞作为青春文学的新领军人物，独创了“暖伤青春”系列女性情感小说，累计销量突破了 1000 万册。代表作有《致我们终将逝去的青春》《原来你还在这里》等，皆已出版。2012 年，辛夷坞被《中国图书商报》评为“2012 十大网络女作家”；2013 年，根据其小说改编的同名电影《致我们终将逝去的青春》上映，创下了超过 7 亿的票房，在全国掀起了一股回忆青春的热潮。在 2018 年 3 月 29 日公布的“中国网络文学 20 年 20 部优秀作品”名单中，《致我们终将逝去的青春》以第六名入选。

希行：起点中文网古代言情代表作家之一，女性网络文学超人气作者，出生于黑龙江乌苏里江流域。2009 年至今，希行的完结作品已有 9 部，创作达 1000 多万字。代表作有《有女不凡》《名门医女》《药结同心》《诛砂》《君九龄》等。希行及其作品近年频繁活跃于各大榜单之上，引起了极大的关注。其中，《君九龄》荣获 2015 年度及 2016 年度“福布斯·中国原创文学风云榜女生作品 TOP10”第二名，《诛砂》《大帝姬》分别荣获 2015 年度和

2016年度“女生作品TOP10”第六名。希行也凭借《大帝姬》在速途研究院“2017年中国网络文学女作家影响力TOP50”中排名第七。

叶非夜：原名孔子叶，别名叶子，1991年2月17日出生于河北，为腾讯文学专职签约作家，人称“腾讯文学言情天后”。2014年，在腾讯文学金键盘奖中，叶非夜被评为最受欢迎女作者冠军，其作品《高冷男神住隔壁：错吻55次》获得金键盘奖女性小说冠军。2015年，在“福布斯中国原创文学风云榜”中被评为年度人气作者冠军。2016年，在“福布斯中国原创文学风云榜评选”中，叶非夜凭借《隔墙有男神》和《傲娇男神住我家》，成为唯一拥有两部新作同时上榜的作家[1]。2017年，其作品《亿万星辰不及你》在“2017年中国原创文学风云榜女生作品TOP10”中排名第一，叶非夜也凭借此作品在速途研究院“2017中国网络文学女作家影响力TOP50”中名列榜首。

吱吱：起点女生网白金“大神”，起点中文网女频知名作家，湖北仙桃人。2008年开始在起点中文网进行创作，代表作品有《庶女攻略》《花开锦绣》《九重紫》等，曾获白银徽章、高级VIP徽章等。其作品《慕南枝》在“2016福布斯·中国原创文学风云榜女生作品TOP10”中位列第二名，在“2017年度女生作品TOP10”中位列第七，她也凭借该作品在速途研究院“2017年中国网络文学女作家影响力TOP50”中位列第四。

3. 女性网络文学的意义及局限

女性网络文学与传统的女性文学在写作方式、作者和作品的数量等方面都有极大的区别。我们在欣喜于女性网络文学繁荣发展的同时，也需要了解它的意义及局限。

(1) 女性网络文学的意义

第一，推动女性文学的多元化发展。由于传统社会对“女子无才便是德”的推崇以及男尊女卑观念的压制，女性能够借以抒发自己感受、情思的

[1] 欧阳友权：《中国网络文学年鉴（2016）》，中国文联出版社2017年版，第93页。

渠道和方式非常狭隘。直到互联网出现，女性创作者第一次取得了和男性创作者分庭抗礼的地位。互联网作为以开放、平等、自由为特点的创作平台，真正为女性提供了一个可供她们自由创作的广阔书写空间。在这里，现代女性可以自由地抒发对都市生活的感叹、对现实生活的体验和对美好生活的向往，甚至可以将自己内心最隐秘的感受写到网上与大家分享，这种自由使得女性文学越来越个性化，女性特有的细腻情感或生活经历，女性看问题、看世界的独特视角，促进了女性文学的多元化发展。相较于传统的女性文学，网络女性文学的题材得到了新的开拓，如在传统写作中由男性一统天下的武侠题材领域也涌现了大量优秀的女性作者——沧月、步非烟、晴川等。她们以女性独特的视角塑造了极具个性的、强大的女主角形象，使女性角色摆脱了传统武侠小说中附庸于男性的地位，女性细腻的笔触、丰富的情感也给武侠小说带来了很多不一样的韵味，丝毫不逊色于男性作家创作的武侠小说，从而吸引了一大批新的女性读者。不断丰富的女性文学作品，使女性文学真正迎来了它的多元化发展时代。

第二，女性意识觉醒的艺术表达。互联网的兴起，使女性意识真正得到解放，在两性关系对话上，女性不再附庸于男性，也不用依靠精英、专家的理论，而是可以从任何角度出发，以任何轻松、感性的写作方式，表达自己的观点，女性意识也借助多种多样的文学作品表现出来。如女尊文体现了现代女性渴望性别平等，摆脱对男性的依附的强烈愿望；耽美文则体现了女性对同性之间爱恋的尊重，表现出她们新的感情观；都市职场小说体现出现代都市女性希望在职场上凭自己的努力闯出一片天地的志向……“网络上自由的环境给每一种意识都提供了发声的机会，读者也可以不受限制地自由选择，新一代的网络女性写手和女性读者，能够全凭自己的兴趣爱好来选择题材、内容、主题等，不受传统思想、文化的束缚，这正是思想、文化解放的一种表征。”[1] 女性借助网络表达出了她们长期在权威、男权等社会意识形

[1] 欧阳友权：《网络文学五年普查（2009—2013）》，中央编译出版社 2014 年版，第 273 页。

态压抑下的内心独白和呼喊，将美好愿望寄寓在自己的文字当中，等待有心的人去品味和解读。

第三，舒缓女性心理压力。随着女性社会地位的提高，她们所面临的竞争压力也日益增长，复杂的感情纠葛亦成为现代女性面临的新问题。女性职场、穿越、校园、女尊等类型小说迅速走红，为这些问题提供了一个沟通的桥梁，为现代女性所面临的困惑提供了一个虚拟的心理诊所。当女性面对一些无法解决的问题、无法逾越的障碍时，女性网络文学为女性排解压力、疏通心理不平衡提供了一个私密的空间，女性可以通过网络写作或者是阅读相关类型的作品来排解内心的苦闷与压力，找到一丝心理的慰藉，也获得一种心灵的呼吸。

（2）女性网络创作的局限

第一，存在女性网络文学审美的性别消费。在由利益趋导的商业化模式运作下，女性网络文学弘扬真善美、歌颂女性美好品质的价值功能被消解，网站和写作者一味地追求点击量，使女性网络文学成为一种娱乐工具和赚钱工具。有学者认为："在真实的思想表达、情感释放、交流需要的背后，也不免带着一些欲望宣泄和功利化的派遣，因此，在网络文学繁盛的反面，却是大量文字垃圾的泛滥。"[1] 更为甚者，许多文学网站为了制造噱头，追求利益最大化，大肆炒作"美女作家"，利用畸形的性别消费来吸引读者，而一些写手为了赚钱，也将文学的审美功能抛之脑后，创作出许多低劣的、不负责任的文字垃圾。此外，绝大多数女性网络作家创作的作品仍以展现私密情感、男女爱恋的言情小说为主，一味突出对欲望和快感的体验，充斥着对权势和功利的追求，一些作品打色情的擦边球，缺乏社会责任感，对现代女性特别是青少年的人生观、价值观产生不良影响。

第二，"拜金""慕贵"等价值观的偏失。在女性网络文学作品中，有着大量的对追逐金钱、权利以及对奢华、时尚场景极尽渲染的描写。尤其是大

[1] 沈铁鸣：《文化研究视野中的网络文学价值》，《杭州师范学院学报》2001年第6期。

量的言情小说中，男主角通常帅气、多金，动辄就富可敌国、大权在握，周围总是围绕着一大票“白富美”的女性追求者。女主角可能家境贫穷，但一定容貌出众，最终收获男主角的爱情，嫁入豪门，飞上枝头变凤凰。男主角为了博得女主角的欢心，常常一掷千金，送各种名贵礼物，准备各种奢华的惊喜，小说中便充斥着对名表、名包、名车的描写，表现出对金钱的疯狂崇拜。一些小说只注重对金钱和外貌的描写，忽视了对人物其他品德的描述，对主人公铺张浪费、讲排场、任性妄为、轻视他人等背离主流价值观的行为不但没有加以批评，字里行间还透露出对这种行为的赞赏，与社会主流价值观相背离，错误地引导了价值观尚未成型的青少年。

第三，创作视野不够开阔，有时沉溺于个人写作。网络的匿名性和虚拟性等特点使得女性容易以自我为核心，沉迷于自我的经验世界，沉溺于狭隘的自我情感幻想中，缺乏以天下为己任的抱负和忧国忧民的情怀，故女性网络作品中占绝大多数的是讲述个体情感纠葛、悲欢离合的言情小说。另外，女性网络文学的文化视野和读者群界定比较狭隘，创作局限于个人的生活体验，创作心理趋于流俗，很少有作品能够将个人体验上升到艺术审美层面。女性网络文学作品大多拘泥于生活，局限于狭小的个体生活空间和孤芳自赏、自怜自艾的叙述方式，导致作品所涉及的文化视野不甚开阔，缺乏宏观视野和文学深度。而女性作家的个人化写作倾向和商业化炒作结合，极易走向“下半身写作”的恶俗境地。[1]

二、少数民族网络文学的成就和局限

在网络与文学的“联姻”互动中，中国少数民族网络文学应运而生。所谓少数民族网络文学，一般而言，“是指由少数民族创作者在互联网上创作的文学作品，也可指已经存在的、经过电子扫描或人工输入等方式进入互联

[1] 欧阳友权：《网络文学五年普查（2009—2013）》，中央编译出版社 2014 年版，第 275 页。

网络的少数民族作家创作的作品，当然，互联网上用少数民族文字创作，或者反映少数民族生活的作品亦可称之为少数民族网络文学”[1]。从1999年至今，我国少数民族网络文学已走过了近二十年的历程，经过萌芽期、发展期和转型期三个阶段的发展，大量少数民族文学网站纷纷建立，也涌现出一大批优秀的少数民族网络文学写手和少数民族网络文学作品，我国少数民族网络文学已经逐渐成熟，成为我国网络文学中不可或缺的一部分。

1. 二十年少数民族网络文学成就

少数民族网络文学经过二十年的发展已收获颇多，主要的成就体现在大量完备的少数民族文学网站的建立，大批优秀的少数民族网络写手不断涌现，以及大量高质量的少数民族网络文学作品不断面世。下文将从网站、写手和作品三个角度对我国少数民族网络文学二十年来所取得的成就进行概述。

(1) 许多少数民族建立了自己的文学网站

文学网站是网络文学的重要载体，在少数民族网络文学健康发展的过程中，少数民族文学网站起着至关重要的作用。1999年到2002年是少数民族网络文学的萌芽期，这一时期有少量少数民族文化网站开始建立。其中，1999年8月，中国社会科学院少数民族文学研究所正式对外开通了中国民族文学网，这是国内第一个少数民族文学研究专业网站。虽然该网站主要着眼于学术研究，鲜有文学作品，但它是少数民族文学与网络发生关联的一个重要标志。同年，由石茂明所做的一个苗族主题的主页——三苗网开始运营；2002年6月，三苗网正式以独立国际域名运行。此外，侗族风情网、彝族人网、中华民族文化网、文山苗族网等少数民族文化网站也在这几年先后建立。这一时期的少数民族文化网站尚未出现在线原创文学作品。2003—2010年被视为少数民族网络文学的发展期，这一时期各类少数民族文学网站、论

[1] 欧阳文风、石曼婷：《少数民族网络文学的发展及其意义》，《湖南人文科技学院学报》2017年第1期。

坛纷纷创建，原创文学出现并逐渐繁荣，网络作品也开始走向纸质化。“据不完全统计，2003 年至 2010 年间，有西域风文学网、藏人文化网、感动西部文学网、琼迈藏族文学网、昭通文学艺术网、新疆作家网（胡杨树文学）、中国西部文学艺术网、梵净山文艺网、西北网络文学网、叶梅文学网、中国民间文学网、云南文艺网、大西北文学网、甘肃文学网、民族文学网、中国西部散文网、清水江文学网等 50 多个少数民族文学网站、论坛如雨后春笋般建立起来。”[1] 2011 年至今，是少数民族网络文学的转型期，少数民族文学网站在此前的基础上继续发展，随着少数民族网络文学开始向“类型化”转变，各少数民族网站也开始按题材分类来进行网站栏目的设计。云南文艺网是少数民族文学网站中首个以类型分块的网站。目前，我国 55 个少数民族中，已有 20 多个少数民族建立了自己本民族的文学网站（论坛），例如白族、保安族、布依族、朝鲜族、傣族、侗族、哈尼族、哈萨克族、回族、拉祜族、满族、蒙古族、苗族、畲族、羌族、撒拉族、水族、土家族、维吾尔族、瑶族、彝族、裕固族、藏族、壮族等少数民族。与少数民族相关联的网络平台有近 100 个，但仍然还有部分民族没有建立起本民族的文学网站。

为了提高少数民族网络原创文学的创作质量，一些少数民族文学网站还在站内举办各种类型的征文比赛，并把评选出来的优秀作品推荐给纸质期刊和杂志。如 2007 年 1 月 17 日，侗族风情网“侗乡文学”栏目发布侗乡文学第一期同题征文——《我的新农村》，共有 7 篇文章获奖。这样的同期征文活动一至两个月举行一期，到 2009 年 7 月，一共举办了 24 期。“侗乡文学”栏目对这些原创文学作品进行认真筛选，后来还公开出版了侗族风情网的文学作品集。三苗网也于 2007 年 11 月举办了首次“我与三苗网”征文比赛。从 2009 年 9 月起，三苗网文学委员会每两个月进行一次征文比赛。在此期间，优秀的少数民族网络文学作品还被公开出版。各式各样的征文比赛在一

[1] 欧阳文风、石曼婷：《少数民族网络文学的发展及其意义》，《湖南人文科技学院学报》2017 年第 1 期。

定程度上激发了少数民族网络写手的创作热情，使大量优秀的少数民族网络作品得以出版并被读者关注。可以说，少数民族原创网络文学征文大赛兴起，以及少数民族网络文学作品介入纸刊和公开出版，这是少数民族网络文学发展的一个重要转折点，为培养和发现文学新人开辟了新途径，而少数民族文学网站在这一过程中起到了举足轻重的作用。

目前，影响力较大的少数民族文学网站有：蒙古族文化网、草原雄鹰网；三苗网、苗人网、苗族文化网、文山苗族网、中国苗族网；中国彝族网、彝族人网、彝族青年网；藏人文化网、琼迈藏族文学网、中国藏族网；满族在线等。[1] 大量的少数民族文学网站以其独特的民族特色活跃在我国网络文学的平台上，培养了大批少数民族文学新秀，并成了少数民族网络写手的集散地和灵魂港湾。经过近二十年的发展，少数民族文学网站已成为一道亮丽的风景线。

（2）少数民族网络写手崭露头角

少数民族文学网站的出现和完善为少数民族作家队伍的壮大提供了一个契机，随着互联网的快速普及，越来越多的人倾向于在网络上进行文学创作，文学网站也成为少数民族写手们精神寄托的摇篮，一大批民族写手在这里成长与成熟。经过二十年的发展，我国少数民族网络写手已经形成了一支庞大的队伍，这些民族文学新秀是这个时代应运而生的鲜活血液，他们的出现为我国的文学队伍增添了不一样的色彩。

在藏人文化网、三苗网、蒙古青年论坛、彝族人网、中国穆斯林网、壮族在线、侗族风情网等民族文学网站和论坛上活跃着藏族、壮族、蒙古族、布依族、苗族、土家族、侗族、彝族、白族、回族、瑶族等一批少数民族文学爱好者和青年作家。众多少数民族网络写手通过网络写作踏上了作家之路：如瑶族的唐玉文，藏族的刚杰·索木东、嘎代才让、扎西茨仁、巴桑、道吉交巴、王小忠、白玛娜珍、扎西才让、旺秀才丹，回族的石彦伟、兰喜

[1] 欧阳友权：《中国网络文学年鉴（2017）》，新华出版社2018年版，第364页。

喜、老榕，苗族的血红、虹玲、蚩尤浪子，彝族的王国清、沙辉、余继聪，壮族的忽然之间~、施定柔，满族的雁九、携爱再漂流、公里、金子，侗族的潘年英、南无袈裟理科佛，白族的宋炳龙、施怀基等。下面选取二十年间有较大影响的少数民族网络作家进行简要介绍。

宋炳龙：白族，男，1957年出生于云南省洱源县炼铁乡的农民家庭，诗人，小说家，云南省作家协会会员。已出版自由诗集《山魂》、古体诗集《不鸣居诗钞》、长篇艳情小说《迷失边城》和《白洁夫人》等多部作品，被誉为“大山里的诗人”。

潘年英：笔名帕尼，侗族，男，1963年生于贵州天柱县，中国作家协会会员。1980年考入贵州民族学院，大学期间开始发表文学作品，主要创作小说和散文，作品散见于《上海文学》《民族文学》《青年文学》等刊物。目前主要活跃于新浪博客，是少数民族博客文学的领军人物。

南无袈裟理科佛：真名陆显钊，笔名陆恪，侗族，男，贵州人。现为磨铁中文网签约作者，代表作品有《苗疆蛊事》《苗疆道事》《捉蛊记》《夜行者：平妖二十年》等。《苗疆蛊事——我被外婆下了金蚕蛊》于2012年11月9日在天涯“莲蓬鬼话”论坛首次发表，一夜爆红，长期占据百度小说搜索风云榜前列，引发百万读者阅读狂潮。此后，南无袈裟理科佛以长文《苗疆蛊事》突袭磨铁中文网，并获得盛名，曾在网上掀起一股苗疆蛊术系列小说的热潮，同时开创了国内巫蛊类网络小说的先河。

石彦伟：回族，男，1985年生于黑龙江哈尔滨，现居北京。青年作家、编剧，北京作家协会会员，现为中国作家协会《民族文学》杂志编辑。主要从事散文创作与少数民族文学研究，兼影视创作。著有散文集《面朝活水》《雕花的门》，长篇小说《谁的月亮爬上来》等。

金子：满族，女，20世纪70年代生人，中国作家协会会员，北京市作协会员。其代表作有《梦回大清》《夜上海》《我不是精英》等。2004年7月1日在晋江文学城开笔，《梦回大清》被誉为“清穿三座大山”之一。《夜上海》是“大上海”小说的最初作品之一，开一派之先河。青春爱情小说《我不是精英》荣获 2010 年盛大文学都市类文学作品金奖。

雁九：满族，女，真名苗妍，曾用笔名晏九，1980 年出生于内蒙古，现居北京。现为腾讯文学旗下创世历史类小说作者，阅文集团“大神”作家。代表作品有《孔织》《重生于康熙末年》《天官》等。2007 年开始用笔名晏九在网络上连载《孔织》，后改名雁九，沿用至今。其作品以架空历史类小说为主，文字平实，喜欢用细节描写刻画人物性格，推动故事情节。其长篇历史小说《大明望族》和《族长压力大》仍在连载中。

携爱再漂流：原名宋丽暄，满族，女，首届言情大赛最佳文字奖获得者，红袖添香的当红女作者之一，现为掌阅文学旗下掌阅小说网签约作家。2008 年 5 月开始在红袖添香上发表作品，代表作有《寻爱千年》《不认输，fighting》《办公室风声》《谁将流年抛却》《盛世薄欢》等。《不认输，fighting》是第一本在网络上连载并进行 VIP 收费阅读的都市职场类小说，携爱再飘流堪称网络当红职场 VIP 写作第一人，目前活跃于爱奇艺文学和掌阅小说网。

血红：原名刘炜，苗族，男，湖南常德人。现为阅文集团白金作家，2003 年开启创作历程，创作一年后就成为起点中文网第一位也是当时唯一一位年薪超过百万的网络写手。2014 年 7 月，担任上海网络作家协会副会长。2017 年 2 月，在第二届“网文之王”评选中位列“百强大神”。目前上架于阅文集团旗下网站的代表作有《龙战星野》《邪风曲》《邪龙道》《偷天》《光明纪元》《三界血歌》《戮仙之城》等。

蚩尤浪子：原名古文松，苗族，男，20 世纪 70 年代生人，四川泸州人。活跃于三苗网文学论坛，目前是三苗网文学论坛版主之一。在诗歌的海洋中，真实性是其作品备受推崇的一大原因，语言的朴实无华直叩人的心灵。

虹玲：女，苗族，1978 年生，云南省作协会员。2009 年开始网络文学创作，在《文艺报》《民族文学》《云南日报》等报刊上发表作品 10 余万字。代表作品有《情陷俏丽女主播：市长红颜》《情殇：权利漩涡中的女人》《越南总裁：月光下的凤尾竹》等。她的代表作《情殇》曾在新浪读书网创下三天点击率突破百万的纪录，这部小说成就了其网络金牌作家的身份，2011 年出版，字数为 28.8 万字。

沙辉：彝名沙玛木呷，彝族，男，1976 年生，四川省盐源县人。四川省作协会员，青年诗人、文学评论家，“祖先情结写作”的提出和践行者。初中开始发表诗歌、散文诗、散文、小小说、评论文若干，作品入选《中国诗歌选》《中国青年诗人精选集》《中国彝族现代诗全集》等十多个选本。已出版诗集《漫游心灵的蓝天》和爱情抒情长诗《心的方向》。

王国清：彝名曲木伍合，彝族，男，中国少数民族作家协会会员，彝汉双语写作者。2017 年荣获“中国新诗百年”全球华语诗人诗作评选“新诗百年百位最具潜力诗人”称号。目前主要活跃于中国诗歌网和彝族人网等网络平台，并在上面发布新诗作。有诗作散见于《中国诗歌》《民族文学》《凉山文学》等各类报刊，已出版散文集《听呼吸的声音》。王国清被称为“行走在民族与世界边缘的灵魂”。

刚杰·索木东：又名来鑫华，藏族，男，甘肃卓尼人，“70 后”作家，藏人文化网文学频道主编。著有诗集《故乡是甘南》，有诗歌、散文、评论、小说散见于《民族文学》《散文诗》等刊物。目前主要活跃于藏人文化网和个人博客，作品入选《2000 年中国诗歌精选》等多部诗集。

王小忠：藏族，男，“80 后”作家，现居甘肃甘南，中国作家协会会员，甘南藏族自治州文联《格桑花》编辑。作品散见于《民族文学》《莽原》《湖南文学》《广西文学》《飞天》等刊物。多次入围华文青年诗人奖，获得“甘肃少数民族文学奖”“黄河文学奖”“首届《红豆》文学奖”等，常年活跃于本民族文学网站藏人文化网。

旺秀才丹：藏族，男，出生于甘肃省天祝藏族自治县，现居于四川成都，西北民族大学教授，藏文化专家，藏人文化网 CEO。“互联网＋藏族文学”的倡导践行者。2004 年创办“西藏文化的中文平台”藏人文化网，2005 年创办藏族历史上第一个中文博客“藏人文化博客”。出版诗集《梦幻之旅》，主编诗集《藏族当代诗人诗选（汉文卷）》。

忽然之间~：原名韦小丽，壮族，女，广西人，现居武汉，是晋江文学城创造销量奇迹的一位超人气作者。代表作有《若即若离》《暧昧》《一生只要一个你》《住进你心里》《如若，不曾见》等多部原创作品。因擅长用简单细腻的文字表达内心的强烈感动，透过笔尖将生活中随处可见的温暖与幸福呈现于读者面前，而被读者誉为“最温暖的写手”。

这些通过少数民族网络文学创作迅速成长起来的民族文学新人，以积极、活跃的创作态度，创造出了大量高质量的、富有生气的文学作品，给新时期的民族文学发展带来了空前的活力。

（3）少数民族网络文学原创作品代表作

少数民族网络写手群体的壮大，也带动了少数民族网络文学作品的创作，目前，少数民族网络文学的作品体裁比较集中，以诗歌、散文、小说为主。总的来说，在萌芽期和发展期两个阶段，我国少数民族网络文学质量比较粗糙，大都篇幅短小，长篇小说难得一见，直到进入转型期，即2011年至今，少数民族网络文学的创作才真正迎来了它的大繁荣时代，精品频出。在这里，笔者就小说、诗歌、散文三种主要体裁对我国二十年间出现的少数民族网络文学的代表作做简要介绍。

小说类：

《不认输，fighting》，满族女作家携爱再漂流在红袖添香网站上创作的励志小说，是第一本在网络上连载并进行VIP收费阅读的都市职场类小说。故事主要讲述了女主角赫连娜没有放弃自己的坚持，凭借超强的毅力战胜所有困难，最后获得事业与爱情的双丰收的故事。

《蚩尤大帝》，2012年6月30日，苗族网络作家西子在三苗网论坛发布了该小说，这是目前历史题材最古老的长篇小说，作者花了十年的时间收集整理苗族历史资料，用五年的时间断续完成了创作，是一部呕心沥血之作。

《大明望族》，满族青年女作家雁九所著的历史网络小说。2013年7月26日在创世中文网首发，目前处于连载中。截至2017年12月10日，总点击量超过160万，总人气超过270万，总推荐180多万。

《仙侠奇缘之花千骨》，2009年，fresh果果凭借《花千骨》一文成为晋江文学城最受欢迎的作者之一。2015年，根据小说改编的电视剧《花千骨》的热播进一步带动了小说的阅读点击量，使这部作品受到了更多人的关注。

《梦回大清》，满族女作家金子2004年起开始在晋江原创网连载，历时三年，于2007年完结。这部作品的出现在网络上掀起了穿越文的热潮，被各大文学网站竞相转载，并被网民评为"时空穿越文巅峰之作""网络十年最恢宏曲折、越看越好看的爱情故事"。《梦回大清》也被誉为清穿小说的鼻祖，是"清穿三座大山"之一。

《苗疆蛊事》，2012年11月9日，南无袈裟理科佛在天涯"莲蓬鬼话"论坛首次发表了《苗疆蛊事——我被外婆下了金蚕蛊》，从而一夜爆红，之后以长文《苗疆蛊事》入驻磨铁中文网，在网上掀起了一股苗疆蛊术系列小说的热潮，同时开创了国内巫蛊类网络小说的先河。该小说讲述了来自苗疆的青年路左在偶然继承了其外婆所授金蚕蛊蛊术之后，遭遇的一系列跌宕起伏、惊心动魄的离奇事件的故事。全文充满了少数民族神秘、独特的风格。

《权力旋涡中的女人：情殇》，苗族女作家虹玲的代表作，是一部都市言情小说。《情殇》曾在新浪读书网创下连续三天点击突破百万点的纪录，并因此蹿红于各大读书网站，成就了虹玲金牌作家的身份。

《青丝》，苗族女作家红娘子的代表作，属于其创作的"七色恐怖"系列小说之一，其余六部为《红缎》《橙子》《绿门》《黄石》《蓝眼》《紫铃》。"七色恐怖"系列小说已经成为中国恐怖小说读者的必读之物，红娘子也被称为"惊悚女皇"。"七色恐怖"之《青丝》于2008年入选十大悬疑小说。

《巫神纪》，苗族知名作家血红继《光明纪元》《三界血歌》之后的又一力作。2015年9月首发于阅文集团旗下的起点中文网和创世中文网，目前已完结。从2015年12月到2016年7月，连续六个月获得月票榜前十。截至2016年7月29日就已累计获得了50万个收藏。

《万界天尊》，血红的新作，2017年3月20日首发于起点中文网的一部玄幻小说。2017 年 4 月 9 日登上三江频道推荐，4 月 23 日登上起点首页强力推荐榜，5 月 1 日累积获得 50 万个收藏。截至 2018 年 5 月 31 日，已更新 334 万余字，136 万读者在阅读此作品。

《郁刃浪剑》，白族作家宋炳龙 2011 年 7 月 27 日发布于云南文艺网的原创武侠类中篇小说，共 24 章，于 2012 年 7 月更新完毕。全文总长 54000 余字，以扣人心弦的故事情节，讲述了南诏国前期，苍山洱海之间各诏争雄、部落纷争的故事。他以读者颇为喜爱的武侠语言，轻松地完成了对唐朝初年六诏逐鹿苍洱大地的历史记述，深受读者好评。

《夜行者：平妖二十年》，侗族作家南无袈裟理科佛 2017 年的新作。2017 年 9 月 14 日首发于网易文学旗下的网易云阅读平台，为悬疑志怪小说，已于 2018 年 7 月连载完毕。小说以小人物候漠的视角，融合了悬疑、传奇、探险等元素，加上百年间的爱恨情仇、阴谋风云，最终讲述了一个光怪陆离的传奇故事。

散文类：

《蚩尤的女人》，由苗族网络作家沉香如故于 2015 年 5 月 19 日发表于三苗网文学论坛。散文以朴实的苗族女同胞为描写对象，深情赞美了苗族女性的勤劳、淳朴与伟大，她们用一针一线巧妙地将民族的历史绣在自己的衣裙上，将民族所遭受过的痛苦、血泪化作美丽穿在身上，正是由于她们的存在，才使得民族的历史得以传承，字里行间流露出作者对“蚩尤的女人”们的深切赞美与歌颂。截止到 2018 年 11 月 8 日，该文的点击量已达 3506 次。

《渐行渐远的故乡梦》，是侗族作家潘年英于 2017 年 10 月 10 日在其个人博客上发表的长篇散文，全文共 12 节，以平实的笔触描写了故乡盘村的人和事，文章朴实无华、情感真切，透出一股温情。

《请到草原来，一个可以“疯”的地方》，蒙古族作家孙树恒 2017 年 6 月 16 日发表于江山文学网的一篇叙事写景抒情散文。全文包括七个部分，作者以轻快的笔调描写了在“草原上看星星”“大碗地喝酒”“参加舞火晚会”“住住蒙古包”“去骑马”“祭敖包”“学几首牧歌”七件乐事，全文洋溢着对家乡美景的热爱与自豪之情。

《苏洛的春天》，是彝族作家吉连成拉 2017 年创作的一篇散文，获得 2017 年由彝族人网、《怒江民族中专》编辑部以及彝人论坛主办的以“春天”“月亮”为主题的诗歌创作比赛三等奖，也是唯一一篇入选的散文作品。

《我们在一个稻谷上睡了一个冬天》，维吾尔族女作家帕蒂古丽的作品，作者在 2010 年 11 月 8 日将其发表于个人博客。此后，该文刊登在 2012 年《天涯》第 2 期，之后选入《散文海外版》第 3 期，《民族文学》2012 年第 3 期将其翻译成维吾尔族、蒙古族和藏族文字，《新华文摘》2012 年第 13 期转载了此文，后又刊登于《唐山文学》2015 年第 3 期，并入选《中国散文年度佳作 2012》。

《想念儿时的端午节》，苗族作家项文辉创作的散文作品，2016 年 6 月 9 日发表于三苗网，截止到 2018 年 11 月 8 日，点击量已达 3086 次。作者以充满童趣的笔触回忆了儿时过端午节的场景，流露出对童年的向往之情。

《西藏的玫瑰——茶马古道上的爱情传奇》，藏族作家白玛娜珍 2015 年 12 月 27 日发表于其新浪博客，后被藏人文化网收入“名家力作”版块。作者在文章中讲述了外婆与外公的爱情故事，赞美了外婆对待爱情的坚贞与勇敢，是一曲爱情的赞歌。

诗歌类：

《互助：十二盘》，是藏族作家旺秀才丹 2014 年 12 月 31 日发表于其个人博客的一部长诗，之后藏人文化网文学栏目“名家力作”版块对其进行了转载发表。全诗以作者的故乡——一个叫互助的小地方，以及故乡一条蜿蜒的山路——十二盘为描写对象，具有浓郁的民族韵味。

《四象乌罗镇》，是苗族作家石一鸣 2016 年 4 月 26 日发表于三苗网文学论坛的一首组诗，全诗由“象形潜龙洞”“象征乌罗司”“象化天马寺”“象意桃花源”四部分组成。2016 年 4 月 26 日由三苗网文学版版主蚩尤浪子将其纳入精华内容。

《三月或者女人与花》，彝族作家阿加伍呷 2017 年创作的组诗，获得

2017年由彝族人网、《怒江民族中专》编辑部以及彝人论坛主办的以“春天”“月亮”为主题的诗歌创作比赛一等奖。这部组诗非常简洁，但构造的意象非常完整，作品流露出强烈的民族意味。

《诗歌大凉山（组诗）》，彝族诗人王国清的作品，用汉语创作而成，2016年8月29日首先发表于彝族人网文学专栏，随后被《凉山日报》转发。组诗共分为四个部分，分别是“拉布俄卓”“喜德拉达”“依木昌德”“尼木昭觉”，作者选择了彝族的四个代表地点，字里行间都体现出他对民族的深厚眷恋。

《庭院观景有感》，苗族作家雷学业的作品，2016年5月9日发表于三苗网文学论坛。作者用古体诗的形式赞美了苗族的春景，并借花开花落隐喻人生起起落落的哲理。截止到2018年11月8日，作品点击量已达3226次。

《王国清短歌五则》，彝族诗人王国清创作的现代诗合集，2017年2月4日首发于彝族人网，2月6日发表于中国诗歌网。诗歌由“乡愁”“信仰”“希望”“远方”和“梦想”五个部分组成。

《西藏笔记（组诗）》，藏族作家刚杰·索木东在藏人文化网文学栏目陆续发表的系列诗歌，于2017年9月30日更新完毕，被选入该网站“名家力作”版块。全诗由“布达拉”“大昭寺”“哲蚌寺”“色拉寺”“罗布林卡”“纳木错”“扎叶巴寺”等15篇诗歌组成，该诗的题记为“谨以此诗献给西藏和我的先父”，全诗字里行间流露出对西藏的热爱及对父亲的怀念之情。

2. 少数民族网络文学的局限

虽然我国少数民族网络文学已取得了很大的成就，但仍然存在着诸多局限，如民族特色不够鲜明，不同民族网络文学发展不平衡，网站经营水平有待提高，等等。

（1）民族特色不够鲜明

少数民族网络文学相较于汉民族网络文学最大的特点就是其自身独特的民族性，大量少数民族网络文学创作，尤其是散文、诗歌，在创作题材、主题、创作语言等方面都具有鲜明的民族特色，也充分表达了文学爱好者的民族情感。少数民族网络文学依托少数民族传统文化成长起来，吸收了少数民族传统文化中的神秘性、传奇性以及乡土性等独特资源，成为少数民族文化新的传承者。但随着少数民族网络文学的发展以及与汉民族网络文学的融合，少数民族网络创作日益凸显出“去民族化”的特征。这主要体现在作家族裔身份的消解、作品民族主题的遮蔽和母语写作的稀缺上。

首先，从作家族裔身份来看，由于互联网创作的匿名性，创作主体的身份具有很强的遮蔽性，网络写手以虚拟的网名在网上进行创作，在这种大环境下，少数民族网络写手的民族身份便成为界定其创作是否能够被称为少数民族网络文学的标准之一，而且少数民族网络文学的“民族性”与作家族裔身份也有着紧密的联系。但我们看到，一大批少数民族网络写手都是以汉化的网名进行创作的，如苗族作家血红、虹玲，满族作家金子、携爱再漂流，回族作家石彦伟、兰喜喜，藏族作家王小忠等——遮蔽了作家的民族身份，与汉民族网络写手没有明显区别，给读者造成辨识上的难度。

其次，某些作品题材有“去民族化”倾向。从作品主题上来说，少数民族网络文学创作要紧扣“民族性”这一关键特质，否则少数民族网络文学与汉族网络文学就没有本质上的区别。然而，在现实的少数民族网络文学创作中，“去民族化”的非理性创作症候却不同程度地存在。通过搜集、整理具体的少数民族网络文学作品不难发现，都市言情题材的作品如《情殇》《闻香识女人》《沥川往事》等，武侠玄幻题材的作品如《邪龙道》《迷神记》《光明纪元》《迷行记》《迷侠记》等，军事科幻题材的作品如《幽灵狙击》《冷锋》《大狼战旗》《孤胆狙击》等，还有诸如《重生于康熙末年》《梦回大清》等穿越言情题材作品，这些作品的主题从战争到穿越，描写的场景从校园生活到社会百态，可谓硕果累累，主题多样、题材广泛；但是仔细品读这些少数民族网络文学作品，我们很难发现少数民族文学的影子，如果不熟悉作家的民族属性，很容易将其与汉族网络文学视为相同。[1]

---

[1] 张鸿彬：《少数民族网络文学非理性创作症候的分析》，《名作欣赏》（文学研究旬刊）2017年第5期。

最后，母语写作稀缺。语言是民族识别的重要标志，也是一个民族精神的象征。从现有少数民族网络文学创作实际来看，除了藏族等少数民族，坚持用纯母语写作的作家不多，部分作家采取双语写作策略。在藏族作家益西泽仁、旺秀才丹、列美平措、次仁顿珠、毛尔盖·桑木旦、扎西班典、根丘多吉、白玛娜珍、班果央珍、克珠、司徒等年龄不同的作家群中，大都有双语创作体验，但并非都有原创性网络文学作品，有的只是翻译之后的转帖式网络文学，影响较大的少数民族网络文学作家大部分都是以汉语进行创作，且大部分少数民族作家只是在其少数民族网站上进行母语创作，和他们的汉语创作成就相比，他们的母语创作相对而言比较匮乏，需要进一步加强母语创作的力度。

“去民族化”导致少数民族网络文学创作民族特色不够鲜明，无法体现少数民族文化的独特魅力，也影响到用网络文学创作传承少数民族文化的作用。

（2）不同民族网络文学发展不平衡

我国的少数民族网络文学经过近二十年的发展，已经达到了一个较高的水平，但各民族之间的网络文学发展却是不平衡的。各少数民族网络写手的创作水平也呈现参差不齐的状态。首先，表现在民族作家整体实力不强。虽然少数民族网络作家中也不乏优秀的诗人和专业作家，但是整个少数民族网络写手群体还是以农民、打工者和市民阶层为主体，且主要是“80后”“90后”的年轻作家，许多人在创作之初还处于高中或大学阶段，他们的知识储备和社会阅历都比较浅薄，且他们也缺乏组织性，处于散兵游勇的状态，创作者本身没有创作方向，大部分是借助网络抒发自我的心情和感受。总的来说，少数民族网络文学写手群体呈现出“草根性”的特征，虽有着极为深厚的群众基础，但也存在缺乏艺术素养、缺少系统的文学训练等先天不足，这也是导致少数民族网络创作群体整体实力不强的原因。其次还表现在各民族之间文学分布不均衡。虽然互联网的普及，使“少数民族地区成了这次传播革命的最大受益者。一根网线缩短了他们与文化发达地区的时空距离，改变了民族创作的生存空间”[1]，但我国还有一些少数民族没有建设起本民族的文学网站、论坛，一些民族的网络文学创作还处于相对薄弱或空白的状态，如阿昌族、布朗族、德昂族、独龙族、鄂伦春族、基诺族、景颇族、仡佬族、珞巴族、门巴族、怒族、普米族等，导致创作队伍民族分布极不均衡。

(3) 网站管理经营水平有待提高

少数民族网络文学网站经过近二十年的发展已形成了一定的影响，但它在发展的同时还存在着诸多问题，网站经营水平有待提高。

少数民族文学网站大多是非营利性的，以个人或多人联合的形式进行管理，由于缺乏专业的网站管理人员，很多少数民族文学网站存在着诸多问题，如网站页面搜索不便捷、网站栏目设置出错、网站页面背景设计不甚合理，甚至出现网站链接为错链接、死链接和空链接的情况。此外，与汉语文学网站日更新几百万字甚至几千万字的繁荣景象相比，部分少数民族网站还存在作品更新缓慢的状况，如“草原雄鹰网 2017 年全年更新作品 20 篇，苗族文化网 2017 年全年更新作品 16 篇……还有部分网站在 2017 年没有任何文学作品更新，如保安族文化网文学殿堂版块 2016 年、2017 年连续两年未更新作品”[2]。由于没有合理的经营模式，网站难以获得持续的资金供给，相当一部分少数民族文学网站面临着巨大的运营成本压力，导致资金链断裂、网站续费不及时以及网站日常维护和管理难以为继的状况。

少数民族文学网站是少数民族网络文学借以生发的基点，也是少数民族网络作家寄托自己民族情感的港湾，而完善的网站经营模式和规范化的管理是促使少数民族网络文学更好更快发展的有力保障，面对当前少数民族文学网站经营不善的状况，有研究者建议：“运用现代互联网思维，在增强网站运营规范性、专业性、用户互动体验性的同时适当加入盈利模式，能够为少数民族文学网站的发展提供持久动力。”[3]

---

[1] 马季：《少数民族网络文学的价值与意义》，《南方文坛·批评论坛》2011 年第 5 期。

[2] 欧阳友权：《中国网络文学年鉴（2017）》，新华出版社 2018 年版，第 364 页。

[3] 欧阳友权：《中国网络文学年鉴（2017）》，新华出版社 2018 年版，第 364 页。

第九章
网络文学的贡献、局限和发展趋势

经历二十年的蓬勃发展，从鲜为人知到家喻户晓，从草根崛起到举世瞩目，网络文学为中国文学、大众娱乐和中国文化产业都做出了重要贡献。但如同任何新生事物一样，网络文学发展很快、体量巨大，却又泥沙俱下、良莠并存，有其先天的局限性和发展中的不足。充分肯定网络文学的贡献，认识它的局限，把握它的发展趋势，是梳理和总结二十年历史节点时要做的重要工作，它将有助于网络文学的健康前行。

一、网络时代的文学新锐

1. 网络文学的艺术审美贡献

一是改变了中国文学的发展格局。网络文学的历史性贡献首先表现为对艺术审美的贡献，这一贡献的第一个表现便是它在短短二十年中改变了中国文学的发展格局。对于格局改变的原因，可以这样解释：

> 在不到二十年的时间里，当代中国文学即遭遇了两次大的变革，一是始于20世纪80年代末的“边缘化”退缩态势，二是在世纪之交出现的“数字化”媒介的冲击。第一次变动让文学失去了轰动效应，而第二

> 次则使文学开始步入存在方式与表意体制的技术转型。究其原因，如果说前者是源于经济体制转轨的社会掣肘，那么后者则是信息科技的革故鼎新对文学渗透与博弈的必然结果。时至今日，第一次变动形成的文学震荡庶几归于平静，而数字媒介下的文学转型才刚刚拉开序幕。问题的重要性在于，数字媒介对当今中国文学的影响已远远超出媒介和技术层面，而关涉到文学的生存与走向，因而特别引人瞩目。[1]

这一判断是有其历史根据的。改革开放新时期以来，文学曾经作为思想解放的先锋，创造过20世纪80年代的辉煌。市场经济大范围兴起后，整个社会以经济建设为中心，文学开始从社会文化舞台的中央退至边缘，但千百年来的文学积淀和20世纪新文学的骄人成就依然让文学保持了崇高的地位——不仅仍然是高校的一级学科，也让它的作者在社会文化的整体语境中保持了精英的身份。不过，这种现象在20世纪90年代后发生改变，“文学式微”的趋势越来越明显。这有两个方面的表现：一是文学在社会生活中的地位开始下降，文学家开始失去以往的文化主流地位，在媒体上，小说家、诗人出现的频率越来越低；二是纯文学期刊不断萎缩，从1988年到2000年的十几年间，我国的“文学、艺术期刊种数减少了20%，年均下降1.7%，平均期印数减少了70%，年均下降5.8%，总印数减少了55%，年均下降4.6%，总印张减少了49%，年均下降4.1%”[2]。进入21世纪后，这一情况愈演愈烈，甚至出现传统文学创作者后继乏人的现象，全社会对文学的关注度不断走低，高质量的文学作品越来越少。新生代作家中，除了通俗文学作品，很少有人能拿得出脍炙人口的纯文学作品。“不合时宜”的传统文学逐渐成为少部分人的精神奢侈品。有专家将其描述为“文坛在变大，文学在变小。似乎谁都能介入文学、谈论文学，但真正意义上的文学又日益萎

[1] 欧阳友权：《数字媒介与中国文学的转型》，《中国社会科学》2007年第1期。
[2] 中国期刊协会：《中国期刊年鉴》，中国大百科全书出版社2002年版，第11页。

缩”[1]。

网络文学的出现和蓬勃发展给疲惫的当代文坛吹来一股清风，在一定程度上缓解了文学下滑的趋势。1998年，台湾地区痞子蔡《第一次的亲密接触》引爆了大陆网络阅读和写作的第一波高潮。2008年的“网络文学十年盘点”活动，标志着中国大陆主流传媒和传统文学开始关注及接纳网络写作，网络文学成为与传统的纯文学、市场化文学相并列的一种文学形态，中国当代文学由此形成“三分天下”的格局。随后，由于数字媒体的强势覆盖和文学网站商业模式日渐成型，文化资本这只“看不见的手”成为网络文学发展的巨大引擎，刺激网络文学出现了前所未有的市场化繁荣。据《第41次中国互联网络发展统计状况报告》显示，截至2017年年底，网络网民规模达7.72亿人，互联网普及率达55.8%，网络文学用户规模达3.78亿人，较2016年年底增加4455万人，占网民总数的48.9%，其中手机网络文学用户3.44亿人，较上年增加3975万人，占手机网民的45.6%[2]。随着政府规制的加强，网络文学开始走出“野蛮生长”的状态，市场的格局日渐清晰。

在二十年的历史节点上，文学借助网络传播的力量迅速呈现在大众读者面前，其文学生产方式和作品存在方式也发生了诸多变化：在这片虚拟世界里，没有对学历的限制，没有对天赋的苛求，从“菜鸟”们的信笔涂鸦到造诣高深的苦心孤诣都可以在同一平台走近读者。从传播方式看，网络文学既保留了传统的生产、纸媒发行、销售传播，又打破了传统“写——审——编——发行”的文学体制，实现了网上“写作、发行、阅读”的同步。数字媒介突破了纸质媒介的局限，使得作品形态由“硬载体”向“软载体”转变。另外，文学形式不断突破体裁的边际，涌现出许多文字与图像、声音、图画共存的多媒体文学样式。更重要的是，众多门户网站的文学频道、文学

[1] 白烨：《文学批评的新境遇与新挑战》，《文艺研究》2009年第8期。

[2] 中国互联网络信息中心：《第41次中国互联网络发展状况统计报告》，2018年1月31日，http://www.cnnic.net.cn/hlwfzyj/hlwxzbg/hlwtjbg/201803/P020180305409870339136.pdf，2018年5月20日查询。

网站、个人网页、电子文学期刊、私人性博客、MSN 文学交流平台，以及博客、微博、微信等自媒体的出现，推动了原创文学和既有文学同台呈现，令人目不暇接。网络文学从存在方式、传播时间、传播空间和传播载体上打破了传统文学传播的藩篱，改变了中国文学几千年的发展格局。盘点二十年的发展，网络文学的作者数、作品数、读者人数都迅速增长，仅榕树下文学网站就贮藏了 350 多万篇原创作品。随着国家对文化产业的政策扶持和社会资本的持续流入，居民文化需求迅速增长，网民自我表达的欲望日益膨胀，进一步推动了网络文学走向繁荣。网络文学表现出来的通俗性、大众性和娱乐性，表明了当代人对传统文学表达方式乃至传播渠道的不满和对于传统文学现状进行改革的强烈诉求，而网络作为跨时空的新型社区，充当了现实社会人们释放压力、减少矛盾的缓冲区。在网络媒介时代，网络以其独特的信息处理方式和快捷的传播特点扩大了文学的可能性，文学也从网络中获得新的活力，它借助技术与市场的双重推力，巧妙地将人类浪漫主义理想和现实主义追求融于率性直白的网络表达之中，带给人们丰富多样、自由独特的生命感受。当前传统与现代共生的生态环境对文学的发展是非常有利的，同时也给文学作者和读者提供了极大的自由选择的空间，丰富和完善了中国文学的发展格局。

二是推动了文学的历史性转型。这主要表现为：第一，从“精英写作”到“民间本位”。传统的文学创作基本上是一种精英写作，即作者以思想启蒙者的姿态存在，以某种思想的建立以及某种价值情操的褒贬来启迪大众，并以改良社会为创作的终极目标。在“五四”时期，中国的知识分子凭借自己先进的理论知识和丰富的实践经验，发表文章，批判封建文化的劣根性和当时人民的愚昧落后。这些作者站在更高的角度，以俯视的身姿面对普罗大众，他们以“启蒙”“精英”身份自居，试图通过自己的一己书文救国救民，呼吁人民拼搏奋进。鲁迅、郭沫若、老舍等先进知识分子，执掌文坛，出书发文，带领人民大众进入属于他们的文学时代，大众则是被“启蒙”和“教育”的对象，并没有他们发文出声的机会，所以中国现当代文学以“精英写作”为主。在网络文学时代，这种状况已经不复存在，即使有些作家仍然坚守着原有的创作立场，追求“纯文学”的创作，却曲高和寡，精英写作逐渐走向衰落已经是不争的事实。

网络文学有别于传统文学的主要标志在于它是一种文学回归大众的“新民间文学”，“民间本位”是网络写作的基本立场。网络作家李寻欢曾经说：“网络文学之于文学的真正意义，就是使文学重回民间。民间文学主要指反映人民大众的生活和情感、表现他们的审美观念和艺术情趣的由人民大众创作的在广大人民群众中流传的文学，强调的是文学与人民群众的紧密联系。网络因其广阔的开放性，使各种被排斥在主流话语圈外的话语势力在这里得到了充分的展示机会，任何人都可以在这片园地发出自己的声音，这就使得网络成为一个精华和糟粕共存的大杂烩，一个各种意识形态并存的新话语空间，一个与权力文化形态或知识分子精英文化相对立的新空间。”[1] 在网络中，作品可以不受篇幅限制，也不受传统创作技法、创作规范的束缚，任何人都可以到网络小试牛刀，发挥才能。网络文学借助电子信息技术的航船，抵达的却是“返祖”的文化港湾——文学话语权回归民间，与民同乐，为民发声，形成自由而快意的文学亲和力。网络文学的书写实践已经证明，民间性是它区别于其他文学种属、立身文学世界的基本根据，也是它未来发展的文化维度。

这短短二十年之间，网络文学的发展已经逐步改变了长久以来由“文学精英”掌控话语权的局面，广大读者也不再只是被启蒙、被教育的对象，大众可以在网络上畅叙胸怀，自由发表作品，这表现出对传统的颠覆性和对权威的挑战。网络写作的全民性使得文学创作再也不是一种少数人的垄断行为，也不是一种书斋性的知识技艺，而是一种大众文化行为，乃至一种日常的生活方式，这就颠覆了传统文学的写作范式，让文学真正回归民间大众。

第二，自由创作与发表——对文学等级制度的颠覆。网络文学不仅激发

[1] 李寻欢：《我的网络文学观》，http://zwx.cyu.edu.cn/xxzy/wxzl/201101/t20110109_16328.html，2018年6月9日查询。

了创作主体的活力，也打破了传统文学的创作规范和出版、传播的限制。传统文学创作主要基于丰厚的文学积累，须在学习前人的基础上遵从文学规范，甚或拘泥于某种创作方式和写作风格，一般不轻易越雷池半步。而在互联网时代，数字化技术传媒为文学打开了一个自由的洞天，创作剔除了较多的功利色彩和审美规制，使主体的创作心态显得更加自由开放、无拘无束，也使读者感受到创作主体真实的生命体验和对世界的感悟。这时候，文学降低了高度，赢得了一个更为自由而且宽容的生存空间，大凡有文学冲动与潜能的人，均可试笔去随心创作和发表，使文学创作体现言所欲言的本真状态，这便是网络空间文学社会学的真谛——创作自由。

另外，传统文学的发表（出版）需经过遴选和过滤，有时还会是一种行政行为，它规范着作品发布的准入流程环节，创作者要历经写作、投稿、编辑审查、出版、等待专家评阅的漫长历程，才能被送至读者眼前。以网络为载体的新媒体文学所形成的全新网络时代的生产机制，淡化乃至省略了“把关人”环节，消除了作品的“出场”焦虑，拆卸了文学发表资质认证的门槛，文学的话语权开始回到文学大众的手中：愿意写就可以写，想什么时候发表就什么时候发表，读者喜爱才是硬道理，市场占有率决定一切——名气、身价、成就直至话语权。网络化的市场文学摈弃了体制文学的许多规则，所写作品能随意上传到网络上发表而不受出版限制。崇尚民主的网络文化使文化的公共空间最大限度地向私人话语敞开，它使传统文学体制造就的文学权威彻底退席，使得许多受既定文学体制压抑与遮蔽的普通作者的创造力得到出其不意的有效释放。此外，网络文学几乎扫除了文学传播的障碍，以网页代替书页，用“软载体”消弭作品的重量和体积，又以蛛网覆盖和触角延伸方式把文学的海洋拉到每一个读者的眉睫之间，使人们在尺幅之屏阅尽文学春色，充分满足万千读者对文学“在场”的期待，使昔日的“踏破铁鞋无觅处”变成“得来全不费工夫”。[1] 由此看来，网络使作品可以不受限

[1] 参见欧阳友权：《网络文学概论》，北京大学出版社2008年版，第114页。

制的创作和出版，改变了传统文学仲裁者的审美霸权、出版特权和传播限制，切中了文学中的自由属性，这正是网络文学的生命力所在。

第三，从“作家中心”向“读者中心”的转变。传统文学是以创作者为中心的，创作成为联通作家与读者、生产与消费、文本与价值的枢纽，作家在文学活动中拥有至高无上的地位，创作理论也成为整个文学理论的基础与核心。从一定意义上说，传统文学是一种只管生产不管消费、只重内容不重传播和市场的文学，有些所谓的“纯文学”甚而变成创作者自娱自乐的“圈子文学”。二十年前网络文学的出现改变了这一现象，网络文学的创作、传播和经营都是以读者为中心、以市场为存在依据的，从创作源头到消费终端都追求目标明确的“产销对接”，形成文学生产“满足—供给”的反馈机制，读者需要什么就写什么，“粉丝”爱读什么就提供什么，这种把“读者”的维度纳入创作环节，把对读者的尊重视为文学意义选择的基本路径，形成了文学的“后置型评价模式和阅读至上、终端认同的写作立场”[1]。网络文学一开始便和读者有着深厚的情谊，随着网络文学商业化进程的加快、文学网站竞争的加剧、产业链的不断拓宽延伸，网络创作者们为了获得更高的人气和点击率，首先考虑的是读者的需求和口味，以“平视审美”的主体站位拥抱大众，“以读者为中心”的创作立场逐渐深入创作者心中，成为他们所要始终坚守的原则。在创作前期，作者首先要考虑文学市场前景和市场细分的读者群，倾向于效仿畅销的、已经被广大读者所推崇、接受的作品，以类型化写作满足特定读者群；在创作中，作者更是与读者即时互动，每更新一个章节都会得到读者的及时反馈，尽力满足读者的需要，实现与读者市场的对接。这种由“作家中心”向“读者中心”的转变，用读者的满意度与忠诚度形成文学创作的“让渡价值”，使一直以来所倡导的“文学大众化”创作宗旨得到从自发到自觉的贯彻实施，体现了读者身份地位的提高，对不同程度存在的漠视受众、自娱自乐的“贵族书写”和“精英崇拜症”的确是一种有

[1] 欧阳友权：《重写文学史与网络文学“入史”问题》，《河北学刊》2013 年第 5 期。

效矫正，唤起了创作者对读者的重视。与此同时，也产生了一定的副作用，因为此时作者期待的已经不是或者主要不是文学的高度，而是读者的点击率、收藏量和网站对作品的“全版权”经营，作品版权转让、二度加工的产业链盈利能力，追求的是资本最大化而不是作品品质的最优化，可能出现网络写作的急功近利和曲意逢迎，导致文学审美承担、社会承担感的弱化，以及“注水”写作、类型追风等。并且，正如有研究者指出的：“网络写手的点击率崇拜造成原创力不足，一些作者谄媚于趣味写作，选择娱乐至上，主动放弃了对精品力作的文学追求，让商业导向对抗文学高度成为一种常态，甚至成为利益至上的理由，这不仅是对文学体制的挑战，也是文学创作的异化和文学发展的悲哀。”[1]

第四，突破文体惯例，实现文体创新。千百年的文学发展史已经有了约定俗成的文体惯例，如古代的“文笔之分”，西方文学史上的“三分法”等。我国现代文学史上，一般把文学体裁分为诗歌、小说、散文和戏剧文学四类，即文学体裁的“四分法”，每种体裁对作品字数、内容、格式、语言风格都有较为严格的规定，分类统一，界限清晰。但在网络文学创作中，文学体裁的稳定性逐渐被打破，新文体在打破既有传统文类的规范下应时而生，并逐渐形成新的审美范式。譬如，其一，文类界限变得模糊，开始出现交叉文体。例如，在一些网络作品中，小说与散文、散文与诗歌，乃至纪实与虚构的界限都不再清晰，而往往相互交叉、彼此渗透。其二，出现了诸如手机文学、博客文学、微博文学、网游文学、微信文学等新的文学文体。在自媒体创作中，创作者在狭小的文本空间内，通过寥寥字符即可表达一种审美意象和特定的情绪情怀，而阅读者也在追求快感的体验下享受“碎片化”的文学美感。其三，原有文体的变异与延伸，网络“超长篇”是其典型代表。“超长篇”文体打破了长篇小说10万字以上的限度，如傅啸尘的《武神空间》，莫默写的《武炼巅峰》达到1000多万字，紫峰闲人的《宇宙巨校闪级

[1] 欧阳婷等：《网络文学的体制谱系学反思》，《文艺理论研究》2014年第1期。

生》达到 1.7 亿字。多年前就有研究者统计："我们能看到的网络超长篇小说，如第一小说网淡然的《宇宙与生命》，高达 2730 多万字。起点文学网目前超过 1000 万字并且还在继续更新的小说有 4 部，它们是雷云风暴的《从零开始》，现在是 1380 多万字，元宝的《异能古董商》1160 多万字，陈风笑的《官仙》1150 万多字，黄金战士的《重生之妖孽人生》1100 多万字。另外还有 4 部超过 900 万字，接近 1000 万字。800—900 万字之间的也有 8 部。超过 500 万字的有 80 部。超过 200 万字的多达 1049 部，字数在 100—200 万字之间的达 1100 部，意即超过 100 万字以上的小说多达 2149 部。"[1] 这三种文体突破了传统文体惯例，符合网络特点和大众阅读需求，为我国文学体裁的发展探索了新的可能，也做出了重要贡献。

三是创造了新的文学经验和表现技巧。网络媒介与商业联姻在形成了新的文体之后，也带动了与传统文学不同的创作技巧的产生，从而丰富了文学的表现方式。

首先，创生了小说创作的"升级"模式。这在大量的玄幻、仙侠等幻想类创作中表现得最为突出。如《星辰变》《焚天之怒》《择天记》《剑来》等一批标志性作品无不采用这种模式。"升级"往往是由初始的普通人逐渐攀升至金字塔顶端，每升一级，人物经历、所要承担的使命以及所要做的贡献都不一样，所走的地区、经历的每一次波折最后都由主线串在一起。修仙、玄幻等作品中，升级是技能、等级的提升，而官场小说中便是主角地位的抬升，在网络军文中是主角战力的升级，在商战作品中则是主角金钱的不断累加等，这些创作形式都在潜在意义上满足了现代人得到满足后的快感。[2]

其次是为了吸引读者而营造的富有趣味和爆发力的"爽点"和"金手指"设置，它们可以让读者获得体验式阅读的快感和情绪的宣泄。读者可以从主角身上感受"完成各种任务、获得各种宝贝、领取各种奖励"后的占有感；也可以体会主角发泄、报复或战斗后的畅快感；还可以代入体验人物不

[1] 聂庆璞：《网络超长篇：商业化催生的注水写作》，《学习与探索》2013 年第 2 期。
[2] 罗先海：《技术、媒介与网络文学的发生》，《长江丛刊》2018 年第 13 期。

断奋斗与超越后“屌丝逆袭”的成就感。最能为读者带来阅读快感体验的还是能为主人公带来各种利好的“金手指”，诸如天赋异能、穿越重生、强悍导师、得到宝物秘籍，等等。“金手指”满足了读者的求异心理和补偿愿望，作品虽然没有改变传统的故事模式，却让故事的情节更加生动曲折，有了更多的想象空间。这种全新的元素为读者打开了一个新的审美世界，在一定程度上满足了读者的求新心理。[1]

还有“穿越”“玛丽苏”等故事叙事技巧也是网络创作中常见的新技法。“穿越”是网络小说最为重要的类型之一，在历史类作品中使用得最为普遍。特别是付费阅读模式产生后，“穿越”题材小说在一些大型网站上，如起点中文网、小说阅读网、纵横中文网、17K小说网、创世中文网、网易文学等比比皆是。在女性文学网站如晋江文学城、潇湘书院、红袖添香上，“女穿”小说更是常见，许多广受读者欢迎的“女性向”小说，其情爱故事中的女主形象已由单纯无害的“白莲花”，变为拥有百般技能的全能型“玛丽苏”，穿越者大都在现代社会中平庸无为，但“穿越”所形成的时间逆差会帮助穿越者得到现代思维方式、知识技能、预知历史走向的能力，让她们一跃成为“玛丽苏”式的人物。[2] 比如《醉玲珑》中的凤卿尘精通医术，会弹琴、茶艺、排兵布阵和术数变化，她是所有皇子爱慕的对象；《绾青丝》中的叶海花具有超人的记忆力，熟稔诗词歌赋，利用前世的商业知识将生意做得红红火火；另外还有《第一庶女》中的南宫璃月、《楚王妃》中的云千梦德等都拥有百般才艺，无一不体现出“玛丽苏”的特点。这在保证女主角具备十足女性魅力的同时，也使她们获得和男性一般的处事能力，因此即使她们在前世或是今生过得非常凄惨，却依然能通过现代知识扭转命运，走上人生的巅峰。“穿越”塑造了一种无所不能的“玛丽苏”或“杰克苏”“查理苏”（指男主角）形象，他们对“知识”的运用和对权势的掌控显示出了人设改变既

[1] 刘辉、刘润泽：《论网络言情小说中的“金手指”元素》，《大众文艺》2016年第6期。

[2] 姜悦：《“玛丽苏”“中产梦”与“穿越热”——对“女性向”网络小说的一种考察》，《文艺争鸣》2017年第10期。

定命运的强大反抗力量，也为当下文学特别是小说的创作提供了新的思路与技巧。“金手指”“升级”“玛丽苏”等创作技巧的普遍使用，为网络文学的繁荣做出了贡献，同时也是对传统文学经验的丰富和对已有创作技巧的拓展与创新。

2. 网络文学的文化意义

从广义上说，文学是文化的一部分，网络文学是网络文化的一部分，由网络文学创造并丰富的网络文化，对当今网络文学建设做出了突出的贡献。这主要表现为：

第一，为大众提供了丰富的娱乐文化产品。网络文学虽然以文学的身份立足于网络时代的文坛，但它不仅属于文化产品，而且是娱乐性的文化产品，其文化娱乐性价值多于文学本身，因为网络文学创作的主要目的是为大众提供丰富的休闲娱乐文化产品，而非传统文学所坚守的“社会代言”或“精神导师”。从文化消费的角度看，网络文学作品尤其是类型小说，能让读者产生快感沉浸和强烈的代入感，甚至让人阅读“上瘾”。网络小说之所以让人上瘾，得益于其快感成瘾机制，这一机制从触发读者的阅读选择与行为开始，经过读者的阅读行动和想象性满足的回报，最后达成成瘾性的阅读行为投入与循环。[1] 读者大都会根据自己的喜好选择网络文学作品，随着阅读的上瘾产生依赖心理而无法控制自己的阅读行为，进而摄取相类作品的故事、情节等，促进文学阅读量的提升。网络文学作品中刻画的虚拟世界比现实世界更真实，它以敞开方式呈现着现世的不可能性，这种代入感和欲望生成机制满足了读者的精神需求和情感的释放，对于读者来说，网络文学阅读不再是对现实的延伸和补充，而成为有效释放压力的借代品，成为满足他们欲望需求和确证存在的有效方式。于是，网络小说作为文化娱乐的源头，为大众提供了重要的精神消费方式，这正是网络文学对社会的文化贡献。

网络文学的文化意义不仅在于文学本身，还在于它作为内容提供者，为

[1] 周冰：《网络小说阅读成瘾的症候与挑战》，《当代文坛》2017 年第 1 期。

影视、游戏、动漫、舞台演艺、图书出版、有声读物、周边产品等大众娱乐文化提供了故事的海洋。随着网络文学逐渐市场化，网络小说已经成为市场化的 IP，不断被跨界转让，在大众娱乐行业获得传播和衍生。近些年来，由网络小说改编的电视剧如《花千骨》《择天记》《三生三世十里桃花》《欢乐颂》等，由网文 IP 改编的电影《致青春》《三生三世十里桃花》《九层妖塔》，以及动漫《全职高手》《凡人修仙传》等，在满足大众文化娱乐的同时，也创造了效益可观的文化产业。由网络小说《芈月传》《琅琊榜》《不败战神》等改编的同名手游，由《择天记》《完美世界》等改编的同名端游，让无数青少年在游戏世界中体验到了不同的生存世界。另外，由这些影视动漫所衍生出来的文化产品也备受消费者欢迎，如电视剧《花千骨》中糖宝的角色为许多小朋友所喜爱，便有类似糖宝的玩偶生产；《三生三世十里桃花》不仅带火拍摄地云南小镇普者黑的旅游业，剧中的桃花醉、百草味坚果等食品也随后上线，由之衍生的服装饰品、美妆、毛绒玩具等也大获成功，让小说迷、影迷等进一步感受小说的文化色彩。

由此可见，网络文学较之于传统文学有着更多的文化功用，它以其本身的娱乐性品格丰富了广大读者的业余生活；并且，作为泛娱乐产品的上游，又为影视、动漫、游戏等源源不断输送内容产品，使大众在紧张的生活中得到休闲和放松，丰富了大众的精神世界，满足大众的文化需求，深受大众喜爱，并且逐渐融入大众的日常生活。

第二，以文学方式创造丰富多彩的网络文化。网络文化是在以网络为核心的社会实践中，人的创造性活动与信息网络的影响产生互动，生发出影响人的生存和发展的新的文化形态，其最主要的特征是虚拟性、交互性、共享性和实效性。[1] 在以手机、电脑、博客、微博、微信、火山小视频、抖音等作为文化、信息传播的载体的迅速发展下，文学也借助这些新生的载体发展了多种样式。文学的作用并非单纯传递某种观念信息，还能吸引读者，满

---

[1] 李文明、季爱娟：《网络文化教程》，北京大学出版社 2016 年版，第 25 页。

足他们的精神和情感需求，或者表达自我观感，塑造自我形象，甚至成为一个时代文化的表征。在数字化媒体中，文学的文化作用更为明显。例如，微信是网络文学传播的有效方式之一，许多网络文学创作者和众多文学爱好者都以微信公众号为平台进行自由创作和阅读。私人的微信公众号主要是个人生活记录及情感的表达，他们根据自己的认识来表征客观世界，自由的创作无须考虑传统文体的规范，只需根据自己的兴趣或擅长来选择自己所熟悉的文体，进而展示自我，表达情感；还有借助聊天工具、社交媒体如微博、知乎等即兴创作的微型文学，如微博三行情书大奖活动等。微博文学具有草根情怀和大众审美的特点，极富生活气息却又给了现代紧张的生活一丝对诗意的向往，丰富着人们日益贫乏的精神世界。一些优秀微博的浏览量常常达到上百万次，转推点赞十万＋，其内容丰富，能生动及时地反映现实生活，形式多样，机智有趣，富于想象力，或文言或白话，或格言或谚语，甚至喜欢用那些“土”得掉渣、“俗”得可爱或“庸”得无聊的原生态语言，来弃雅随俗、屈尊随众，用大众化、生活化、平庸化的姿态和语言，展示普通人最原始、最本色的生活感受。还有以 QQ 空间、朋友圈为代表的微信文学，这类文学受众较小，为创作者的随意创作、自由发挥提供了空间，有的就是减少消极心态、鼓舞人心的心灵鸡汤。另外还有一些以精简、自由、随性的文学内容，借助多样化的媒介向大众传递，这些短小精悍、创作自由的文学，展现了文学审美已经不再拘囿于传统的纯文学或雅文学的理念，而是文学与大众文化的融合体，或者说是文学化的网络文化。

再如，数字化载体带来的微信公众号文学、知乎文学甚至微博文学等，它们不仅带来了传播方式和阅读习惯的改变，也改变了文学的文体形式，比如篇幅精短、句式急促、排列形态特别，以及节奏快、日常化生活经验的细致描摹、情感表达的真实细腻等，这些网络作品以文学的形式传播文化精神，形成多样的叙事风格，为读者提供了别致的文化快餐，既提高了文学的影响力，也构建了网络时代的文化新形态。借助新媒体，网络文学不仅丰富了大众的娱乐生活，也为大众的精神世界增添了色彩，它以通俗易懂又无处不在的方式融入大众生活，让文学的表达成为网络文化的见证。

第三，引爆了大众文化娱乐市场。网络文学不仅以可读性极强的作品吸引了数以亿计读者的目光，还以IP版权转让的方式带动了当今泛娱乐文化的繁荣。大约从2000年开始，一些优质的网络小说就进入电影、电视剧、游戏、动漫、音乐、畅销书、文艺表演、有声读物等大众文化领域，《第一次的亲密接触》《杜拉拉升职记》《山楂树之恋》《失恋33天》《步步惊心》《后宫·甄嬛传》《何以笙箫默》《花千骨》《琅琊榜》《芈月传》《伪装者》《左耳》《九层妖塔》《如果蜗牛有爱情》《三生三世十里桃花》……这些来自网络小说的泛娱乐产品让文化资本看到了商机。大约在2015年前后，网络小说的版权转让开始升温，文化市场上出现纷纷争抢网络小说版权的热潮，使得网文优质IP身价陡增，形成了网络文学跨界运营模式，网络文学原创变成了文化产业链的上游，被文化资本打通了内容生产、孵化、运营、分发各环节，从而将网络文学业与影视业、游戏业、动漫业、出版业等连接起来，创造了产业链“长尾效应”，极大地带动了大众娱乐业的繁荣，这是网络文学对中国娱乐文化的一大贡献。

3. 创造了新的文化产业形态

(1) 作为文化产业的网络文学

文学作为文化产业而存在是网络文学在发展中逐渐形成的。网络文学作品通过产业化经营创造了一种新的文化产业形态，这是二十年网络文学发展的一大特点和亮点。

我们知道，文化性是文化产业更为本质的一种属性。文化产业相较其他产业形态的一个最大区别就是它的文化性，即文化产业的整个运行过程是关于文化的生产、流通、传播与交流，是满足于人类社会的精神发展需求以实现的文明生存。文化产业的全部生命运动是关于文化的符号与意义的生产与交换，而符号和意义是可以改变人们的生存理念、进而改变人们的整个生存方式的。网络文学以其特有的文化生产方式和网站运营模式，正在发展成一整套属于自己的文化产业运行模式。网络文学首先是为读者提供了丰富多样的阅读体验，作为一种新型的文化产业，它实现了作者、读者、文学网站、市场全面受益的独特产业形态。

如前文所述，网络文学的产业化运营是从 2003 年起点中文网的“VIP 付费阅读”模式开始的，然后是基于网文 IP 价值转让而跨界经营的“长尾效应”——由购买网络作品版权进行二度创作的泛娱乐产品，如影视、游戏、动漫、出版、演艺、音乐、有声读物、周边产品等所形成的产业链，即由上游的网络作品（主要是小说）带来的中下游文化产品对大众文化市场的巨大衍生性与资本增值性，使网络文学从“产业”走向“产业链”和“产业化”，创造了一个崭新的文化产业形态。

商业模式的建立和产业化的经营对网络文学的繁荣发展意义重大：一是网文作者和网站平台有了可供经营和依托的经济收入，找到了发展壮大的出路；二是让从业者增强了网络作品版权的保护意识，让作品成为产品，并有了知识产权的主体身份；三是刺激了网络文学产业链的产生，从此创建了中国网络文学产业的发展模式，让网络文学在市场的作用下得以迅速发展壮大。《人民日报》报道：“二十年间，网络文学取得的成绩不可小觑。相关数据统计，截至 2016 年底，中国网络文学用户规模已达 3.33 亿，中国网络文学市场规模已达 90 亿元，网络文学产品进入红利期。”[1] 例如，从作者方面看，2003 年网络文学步入产业化以后，他们走出“非功利性”创作而开始得到相应写作收入。今天看来，网络文学作家的经济收入主要来自平台福利、粉丝收入和改编收入三个方面。在平台福利方面，一些文学网站为了留住有号召力和影响力的作家，会对作家颁布一些特殊奖励，让网络写作得到一定的基金支持。第二部分是粉丝收入，大部分网站采用的是 VIP 订阅制度，读者付费购买 VIP 作品，所得由网站和作者分成，并且，一些有名气的作家会有粉丝读者的打赏收入。第三部分是由作品改编而获得的收入，一些超级 IP 的版权转让能为作者带来不菲的收入，类似唐家三少、天蚕土豆、辰

[1] 孙任鹏：《中国网络文学“吸粉”又“吸金”，用户超 3 亿市场 90 亿》，《人民日报海外版》2017 年 8 月 21 日。

东、梦入神机等一应“大神”，都相继进入“富豪榜”阶层。如2015年，唐家三少以1.1亿元的版税位列网络作家富豪榜第一，天蚕土豆以4600万元位列第二，辰东以3800万元位列第三。

网络文学作为文化产业，激活了文学市场，为社会创造了文化和经济的双重财富。《2015年网络文学市场年度综合报告》显示，2013年我国网络文学的市场规模为46.3亿元，2014年为56亿元，2015年为70亿元；另外，在北京举行的首届“网络文学+”大会上披露，2016年中国网络文学市场规模已达90亿元，中国网络文学用户已逾3亿，每年新增网络文学作品近200万种，未来十年，网络文学还将处于黄金发展期。[1] 市场化除了网络作家凭借网文获得不菲收入外，也为文学网站和移动运营商创造了直接收益，据《财经报》，盛大文学2012年收入为10.8亿元，2013年收入为12亿元；阅文集团公布上市后的首份年度财务报告显示，截至2017年12月31日，阅文集团年度营收40.95亿元，同比增长60.2%，净利润为5.561亿元。这些数据足以看出网络文学作为文化产业对社会经济的拉动作用，而以网络作品为核心所衍生出的纸质出版、游戏、动漫、影视剧、电影等相关产业的收入更是高达数千亿元。

(2) 泛娱乐文化市场的内容源头

如果说文化产业是21世纪的“朝阳产业”，网络文学产业则是此“朝阳产业”中更具增值潜力的“蓝海产业”和“黄金产业”。在这个过程中，原创作品位居网络文学产业链的最顶端，它除了能够在线上直接产生价值之外，其线下输出的版权也有多样化的版权衍生和二次价值变现方式。因此，抓住网络文学产业链的源头，开发出更多高质量的原创作品，便成为网络文学产业提升核心竞争力的关键。

2011年，腾讯提出“泛娱乐”的概念，积极构建泛娱乐生态，即基于互联网和移动互联网的多领域共生，打造“明星IP”的“粉丝经济”。在“连

[1] 许旸：《首届中国“网络文学+”大会披露　去年网文市场规模达90亿元》，《文汇报》2017年8月12日。

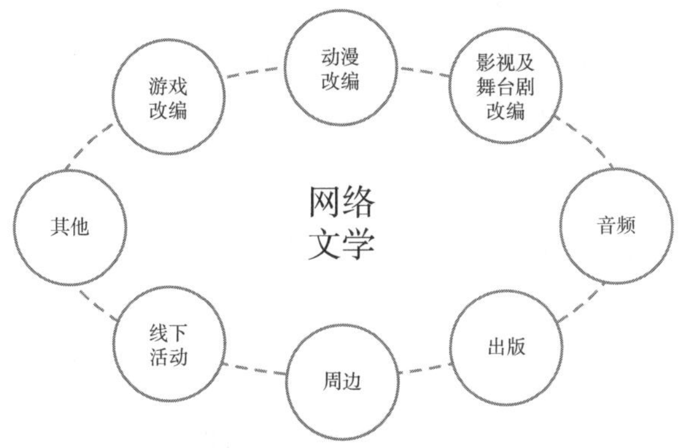

网络文学的文化产业链图示

接”思维和“开放”战略下，文化多业态融合与联动成为数字娱乐产业尤其是内容产业的发展趋势，以文学、动漫、影视、音乐、游戏等多元文化娱乐形态组合的开放、协同、共融共生的泛娱乐生态系统初步形成。泛娱乐生态系统的核心是 IP，关键在于充分挖掘并实现 IP 价值。借助泛娱乐 IP“粉丝经济”效应，通过多元文化形态之间迭代开发，实现泛娱乐内容连接、受众关联和市场共振，推动以 IP 为核心的网络文学、动漫、影视、游戏、音乐等多产业联动的泛娱乐生态体系已经基本成型。中国的泛娱乐根植于互联网土壤，广阔多元的创作空间、丰富活跃的 IP 源头、形式多变的线上衍生和“互联网＋文创”的平台优势是中国泛娱乐的特色。[1]

在 IP 运营价值链的结构里，网络文学处于 IP 源头层。2012 年到 2014 年间，中国电视剧行业遭遇“穿越剧”“谍战剧”限播令等政策变局后，产量明显减少，直到 2015 年，随着网络文学 IP 改编的电视剧《花千骨》《何以笙箫默》《伪装者》《琅琊榜》等批量登上银屏，创下收视奇迹，才让市场重现生机。其中，电视剧《花千骨》单日点击突破 4 亿，平均收视率 2.213%，成为 2015 年度收视亚军。而同名 IP 改编的网络剧《盗墓笔记》更是创下上

[1] 工业和信息化部信息中心：《2018 年中国泛娱乐产业白皮书》，http://xxzx.miit.gov.cn/n586856/c614019/content.html，2018 年 9 月 20 日查询。

线22小时点击率破亿的纪录。

同样由网络小说改编的电影票房也有不俗的表现，电影《九层妖塔》总票房达到6.78亿元，《致青春》票房高达7.19亿。网络文学IP改编作品对影视剧产业的激活作用不可否认，一时间，一直不被主流文学承认的网络文学炙手可热，网络文学IP改编甚至一度被视为国内影视剧产业起死回生的“救命稻草”。[1]

另外，网络文学读者在游戏用户中所占的大比例，使网络文学IP的游戏改编获得很高的推广价值。网文IP改编手游的火爆，推动了网络文学改编游戏的热潮，如《花千骨》《芈月传》《琅琊榜》《不败战神》等改编为同名手游，《择天记》《我欲封天》《完美世界》等改编为同名端游，均受到玩家欢迎。根据《2017年中国二次元行业发展现状分析及市场发展前景预测》显示，2014年我国二次元手机游戏市场规模为5.46亿元，2015年为13.84亿元，2016年为29.31亿元，2017年达到41.22亿元。另外2015年我国网络游戏市场销售收入为1407亿元，2016年为1655.7亿元，并且将继续呈现快速增长趋势。在游戏市场上，由网络小说改编的游戏占有相当高的比重。

在动漫领域，网络文学IP也有很好业绩，《2017年中国二次元行业发展现状分析及市场发展前景预测》显示，我国动漫产业从2005年的不足100亿元，增长到2014年的1000亿元左右，2020年中国动漫产业有望在现有规模上翻一番，产值规模突破2000亿元，未来国产动画市场前景将更加广阔，由网络文学作品改编的动漫是其中最具活力的部分，如阅文集团斥资5000万打造的《择天记》成功后，国漫越来越受到玩家的重视和喜爱。

在音乐方面，已有许多为粉丝喜爱的网络小说被填词作曲，如《步步惊心》的相思十诫，《盗墓笔记》的机关，《风姿物语》的青莲雪等，改编成电

[1] 陈蓉：《网络文化产业研究》，武汉大学硕士学位论文，2005年。

视剧和游戏后就有与之相匹配的歌曲流行。网络文学作品催生了许多民间歌手和作曲填词家，丰富了音乐平台，比如歌手双笙，从最开始的业余歌手转向专业歌手后，发布了多首歌曲，也获得了许多粉丝。

网络文学 IP 内容的创富神话，刺痛了逐利资本的敏感神经，风险投资人、内容生产者时时都在寻找可以价值最大化的超级 IP，如天蚕土豆的《大主宰》、耳根的《我欲封天》、猫腻的《将夜》、沧月的《听雪楼之忘川》、烽火戏诸侯的《雪中悍刀行》、酒徒的《烽烟尽处》、骁骑校《匹夫的逆袭》、周浩辉《死亡通知单》、冶文彪《清明上河图密码》等，都是资本吸金大户，吸引阿里影视、腾讯影视、百度华策影视等巨头纷纷聚集到 IP 收购和开发中来。互联网的产业链可以整合内容资源（IP）、生产过程、跨媒体播放平台等，将它们无缝对接，而互联网大数据又可以帮助投资人有效分析 IP 粉丝团基础，预估 IP 的商业回报，降低投资的市场风险。

二十年间的风雨之路，网络小说的成果就像一粒粒种子，从源头源源不断地流向产业链条中的其他部分，为它们提供创意支持，创造并壮大了新的文化产业，也让网络文学作品得到更广泛的传播。

二、二十年网络文学的“短板”

1. 大而不强，多而不优

第一，数量与质量不匹配。在二十年的发展进程中，网络文学数量得以迅猛增长。据统计，截至 2016 年上半年，阅文集团网络作品总储量已达到 1000 万部，原创小说覆盖行业 90%以上。旗下的起点中文网作品累计超 300 万部，红袖添香作品 192 万部，榕树下作品 236 万部。老牌网站晋江文学城作品超 100 万部，17K 小说网作品 97 万余部，纵横中文网有作品 49.5 万部。字数达 200 万以上的小说，起点中文网有 2891 部，纵横中文网有 2178 部，17K 小说网有 653 部，红袖添香有 86 部，晋江文学城有 55 部。篇幅上 1000

万字的小说，起点中文网有 19 部，纵横中文网有 12 部，17K 小说网有 3 部。[1] 由此可见，网络文学的数量是非常庞大的，可以用“恒河沙数”来衡量。但与数量形成强烈反差的是网络文学作品质量参差不齐、良莠并存，总体质量不高已是客观事实。阅读网络作品时不难发现，文字粗糙、内容“灌水”、故事套路化、作品相互模仿等现象可谓比比皆是。“很多网络作家来不及思考就要完成更新数量而一味追求产量，从而出现题材的狭窄、主题的泛化、审美的弱化、意义的缺失等一系列问题。”[2] 由于有些作者文化底蕴欠缺，又缺少对社会的责任和对生活的感悟与思考，视网络写作为笔墨游戏或挣钱手段，使他们的作品缺少对生活的提炼和概括。同时，为了吸引读者眼球，文学网站倡导“更新为王”，使得网络作家的精品意识十分薄弱，即便那些产生重要影响的作品，也是草珠混杂，沙金交织，很难看到真正是人文关怀、社会理想和追求审美的佳作，所以网络文学数量与质量的不匹配是当下网络文学发展不容忽视的一个“短板”。“网络上好作品不少，但不太好抑或不好的作品更多，时下的网络文学最需要的是品相的移形换步。”[3]

第二，效益追求与人文审美不匹配。网络文学是以“另类”的姿态登上互联网快车的，它在一开始便向本质主义文学范式亮起了叛逆的锋刀，遵循商业模式投入网文的写作、传播、阅读和经营，是当下网络文学行业的常见做法。从文化产业角度看，许多人的网络创作追求的主要是作品阅读带来的点击率、收藏量、打赏数，以人气的提升而获取物质收益，以及由小说带动其他相关产业的间接化的金钱效益。这种方式并没有错，问题在于，过度的商业化，单纯追求经济效益而忽视社会效益，忽视人文审美，将不可避免地

---

［1］ 数据来源：欧阳友权主持完成的国家新闻出版广电总局重点课题“网络文学网站社会效益评价体系研究”结题成果，其中发表的论文参见欧阳友权、刘谭明：《文学网站须把社会效益挺在前面》，《红旗文稿》2016 年第 22 期；欧阳友权、吴钊：《我国文学网站社会效益评价研究》，《人文杂志》2017 年第 2 期等。

［2］ 王颖：《市场时代下网络文学的问题与反思》，《南方文坛》2009 年第 3 期。

［3］ 欧阳友权：《网络文学热的“冷”思考》，《文艺报》2017 年 4 月 26 日。

导致网络文学作品人文价值的缺失和文学审美内涵的匮乏，创作者所需要承担的社会责任和作品的意义赋予也就变得无足轻重，文学的价值和审美承担被漠视，必将导致网络文学单纯追求经济效益而忽视社会效益，致使作品人文审美力量的薄弱。

第三，技术强势与艺术优势不匹配。数字传媒技术的艺术功能和审美特性改变了我们对传统艺术的认识，形成了现代艺术观念的“祛魅”方式，即对于文艺生产和审美作品神秘性、神圣感和魅惑力的技术消解。新媒体技术的艺术审美性与传统艺术的不同主要体现在创作手段、作品载体和传播方式等方面。网络文学、数字艺术、动漫游戏等，用“信息 DNA”比特取代了“原子”构成的广延性物质载体，并且长于采用图文语像汇流的多媒体样式创造出“通感”化的艺术形式。于是，“网页顶替书页，‘看’代替‘读’，纸与笔让位于光与电，新媒体审美呈现出全然不同的范式。昔日的‘物理艺术’变成了融图像、文字、视频、音频于一体的多媒体作品，它们音画两全、界面旋转、声情并茂、图文并显，完全相异于传统的艺术却能相容于现代技术。”[1] 新媒介拥有强大的技术含量，但这些文学创作依托高技术工具，如果没有在理解世界的基础上进行文学表达和审美创作，就将与艺术无涉。许多网络文学创作缺少蕴藉深厚的语言意象，虽然使用了数字化的技术工具，却并无超出言表、寄于言外的艺术蕴含，有“程序至上”却缺少“艺术创新”。于是，网上的创作和阅读所追求的或许有畅神和逸趣，却没有诗性体验、审美品格和艺术感悟，只能任由文字和影像从眼前飘过，单纯享受感官刺激的体验，而能让人艺术玩味的东西很少。技术的工具延展了文学传播，增强了感官享受，但无法承载文学智慧和文学重量，无法让读者得到隽永的审美满足，没有达到文学应有的审美效果。数字化技术的强势并没有带来文学审美的优势，导致技术与艺术不匹配，这不能不说是一种遗憾。

2. 过度商业化对艺术审美的遮蔽

自 2003 年网络文学商业模式创立以来，在市场高利润回报的诱惑下，

[1] 欧阳友权：《新媒体的技术审美与视觉消费》，《中州学刊》2013 年第 2 期。

大批网络作家投向了商业化写作的怀抱，网络文学的商业化、市场化、产业化有愈演愈烈之势。有些网络写手和网络文学经营者单纯追求作品的商业价值，唯利是图地攫取市场利润，使某些网络创作不再是寄托人类精神家园的文化符号生产，而成为依据读者的阅读爱好、受市场控制的商品生产。在这一过程中，读者因代表市场而备受重视，作者便放弃了传统文学的教化观念，以商品意识取代了文学启蒙意识，不可避免地导致网络作品情节拖沓重复、人物形象浅薄和审美内涵薄弱，作品质量也会随之下降。此时的网络文学作品基本沦为市场的奴隶，在线写作的修辞美学让位于意义剥蚀的感觉狂欢，创作者也失去了对文学的崇高感和精雕细琢、精益求精的工匠精神，致使网络文学创作目的不再纯粹，沾染上浓重的金钱气息，导致文学性不断弱化。同时，一些网站为了追求利润最大化，会要求创作者不断更新小说的章节，增加小说的字数，从而提升点击率和回访率，增加人气。另外，为了在网站竞争中占领一席之地，一些网站也会用物质利益来吸引优秀作者，留住“大神”级别的吸金写手，再利用粉丝打赏和外来资金的投入等获利方式，提升其网站地位。创作者为赢得更多的读者，获得更大的市场效益，会将读者的喜好、市场需求等作为创作原则，所以当前网络上的很多文学作品，有媚俗取宠的通病。有的网络作品以描写由色情、金钱、权力等欲望交织的都市生活为卖点，迎合了读者的感官刺激和虚荣心理，由此来吸引读者眼球；有些玄幻、穿越、武侠等题材的作品，背离真实性的原则胡编乱造，迎合低级、庸俗阅读趣味，猎奇猎艳、凌空蹈虚等现象在一些作品中时有所现，对社会产生不良影响。正如有研究者指出的：

“商业导向催生了网络写作的高产，也产生了明显的负面影响，这有两点突出表现：一是商业利益驱动追求的是资本最大化而不是作品品质的最优化，可能出现网络写作的急功近利和曲意逢迎，导致文学审美承担、社会承担感的弱化，自我矮化，‘注水’写作、类型追风、反诗意化、粗口秀叙事等不良文风盛行，以致网络文学整体水平不高的状况长期得不到根本改观；二是网络写手的点击率崇拜造成原创力不足，一些作者谄媚于趣味写作，选择娱乐至上，主动放弃了对精品力作的文学追求，让商业导向对抗文学高度成为一种常态，甚至成为利益至上的理由，这不仅是对文学体制的挑战，也是文学创作的异化和文学发展的悲哀。”[1]

网络文学可以有商业属性，但不宜商业化，更不可过度商业化。尽管媒体变了，但文学创作者仍然需要建立正确的价值观和审美观。“网络写作需要对网络志存高远，对文学心怀敬畏，真正建立起文学承传、创造、担当和超越意识，使作品能够更多地与我们的人民、我们的时代、我们的这块土地接近起来，打深井，接地气，提升自己艺术创造的高度，挖掘作品思想内涵的深度，描绘时代的精神影像和图谱，赋予文学更强健的精神品质，提供给读者更多具有人性温暖和心灵滋养的东西”[2]，而不要在商业化写作的道路上迷失了文学方向。

3. 作品同质化导致艺术创新力不足

作品同质化在近二十年的网络文学创作中十分常见，特别是在类型化小说出现后更是成为一大通病。在许多玄幻、奇幻、武侠、仙侠、宫斗类作品中，彼此雷同、自我重复的现象为许多读者所诟病，同一类型作品的故事情节、人物塑造、叙事节奏、语言风格，乃至遣词造句习惯等都大同小异。如武侠小说总是离不开寻宝、复仇；玄幻小说“打怪升级”一般都少不了异火、丹药、功法；修真类小说往往都是察灵感气，聚灵成丹，逆天成仙；而宫斗类小说无非是后宫妃子钩心斗角，或绵里藏针害人于无形，或锋芒毕露手段毒辣，或与世无争清淡如水，却不知天子心在何处……类型小说人物脸谱化倾向也很严重，主要人物往往都像是一个模子里刻出来的，如男主角总是能力出众、英俊潇洒、妻妾成群，女主角无不美丽性感、红颜薄命，不是“花瓶”便是“花痴”，性格缺少刻画，心理没有变化，很少涉及人物丰富的内心世界。更有“拳头加枕头、上房加上床”一类的噱头式写作，很容易造

[1] 欧阳婷等：《网络文学的体制谱系学反思》，《文艺理论研究》2014 年第 1 期。
[2] 欧阳友权：《新媒体文学：现状、问题与动向》，《湘潭大学学报》（哲学社会科学版）2012 年第 6 期。

成作品内容的苍白和形式的老套。情节千篇一律，故事雷同撞车，人物跟风模仿，文笔互相抄袭，表现手法单调重复，有的甚至语句不通、错别字连篇，这已经成为一些类型化小说不得不克服的创作短板。例如，由《宫》引发的穿越题材就曾掀起由现代穿越回古代、由死转生的网络小说创作热潮。穿越类小说分男主穿越和女主穿越，男主穿越小说通常描写现代社会不得志的男性青年，穿越到古代，用现代人的智慧大展拳脚，无所不能，最终建功立业。女主穿越小说人多是王公贵族或大家闺秀，穿越后风生水起，无所不能，身边配一痴情男子，与她共度一生。由南派三叔的“盗墓系列”同样引发了跟风潮流，如《密道追踪》《天眼》等小说，都是充满惊险刺激的盗墓题材作品。这种类型化写作虽然适于分众、小众的点击期待，满足了读者选己所爱的需求，使网络写手充分发挥个性特长，但这类作品的情节、故事、人物、想象、节奏和叙事方式等大都是模式化的，如主人公多是“打怪升级”“玛丽苏”“金手指”类型，故事情节则是天马行空、惊险刺激、快意恩仇，由此可见，网络创作已形成许多套路，这样的模式刚出现时是创新，因袭多了就令人生厌。

当下网络小说IP同质化现象严重，主要原因是网络作者在作品创作过程中，都会受到时下网络流行作品的创作框架和思维的束缚，他们紧跟读者喜好，套用一种固定的情感线索和人物塑造模式，在创作题材上大同小异，内容上复制拼接，导致了网络文学艺术创新的停滞。在类型化、同质化现象的背后，支撑的依然是商业因素，并且随着网络文学不断融入文化产业的大潮，这种现象愈加严重。随着新兴科技如人工智能和相关“黑科技”的发展，甚至出现“自动写作软件”，文学创作可以按照设定的写作技巧和表达方式来进行，在既有的套路里不断编织、衍生出新的作品，艺术创新被智能机器所替代，网络创作成为没有激情、没有个性、没有艺术突破的程式化过程，网络上开放性的自由创作变为固定的模板写作，大大折损了文学自身的艺术生命与创新活力，久而久之也会使读者产生审美疲劳，造成读者、作者双方创造力和想象力枯竭，最终将无法摆脱自我重复的窠臼或难以为继的尴尬。这样的类型化写作，必将让枯竭的想象变成艺术想象力的桎梏。

4. 理论批评滞后，难以回应创作的变化

二十年来，网络文学创作十分繁荣，而网络文学理论批评却相对滞后，网络批评适应不了网络创作，理论研究不能及时回应网络文学发展中的实践问题，成为中国网络文学关注的一个焦点。例如，学术视野和思维窄化，许多研究停留在现象描述而没有深入价值本体，仍然局限在“工具论”“技术论”“载体论”层面，忽视了网络文学本身的文学特质以及载体更换所带来的文学本体新变。再如，部分研究者缺乏“入场”研究，作品阅读量不够，没有获得“网感”，也把握不了业态，仅凭臆断便将传统理论生搬硬套，导致理论话语的“隔靴搔痒”，以及批评靶的偏失。

概括来说，网络文学“理论滞后”和“批评缺席”状态主要表现在这样几个方面：（1）网络文学理论批评队伍不足，与数以千万计的创作人才和浩瀚的网络作品相比有着巨大反差。（2）网络文学的名实矛盾与身份焦虑依然存在。尽管网络文学已经发展了二十年，但对它的概念界定仍然存在争议，相关研究至今没有得到权威学术机构、知名学者和重要学术期刊应有的重视，有的学者在一些重要场合仍把网络文学的“野蛮发展”视为文学衰败的表征。（3）理论批评成果相对较少，网络作品每天都有“巨量”增长，其中涉及的新情况、新问题难以受到及时关注和理论回应。（4）由于阅读视野的限制，网络文学理论批评对象过于单一，话语系统远未形成。譬如，网络文学创作日新月异，但许多研究者仍然局限在痞子蔡、慕容雪村、安妮宝贝等早期的少数作家身上，作品通常也只是《第一次的亲密接触》《成都，今夜请将我遗忘》《悟空传》《告别薇安》等有限的几部小说，应景空话居多，真知灼见偏少。（5）学术话语老套，研究方法陈旧。不少学者生硬照搬传统文学的研究模式，以致对象与方法之间的方枘圆凿现象比比皆是。有的研究者对网络文学阅读不多，了解不够，习惯于在研究过程中借用一些既定理论模式作为理论工具，其成果常有隔膜之感，导致传统文论在网络文学面前如“前朝古剑”，作为礼器固然不失威严，作为兵器则不堪一击。即便是一些时髦的外来理论武器，如后现代主义、消费理论和狂欢化理论等，在当下中国网络文学的批评实践中也多如隔靴搔痒，其学术阐发的有效性往往大打折扣。还有，网络文学的评价标准难以确定。使用传统的评价标准来衡量网络文学难免会有削足适履之嫌，而针对网络文学实际又符合网络传媒特点的批评标准和评价体系一时难以建立起来，极易造成网络文学批评的无所适从。

众所周知，理论创新在于及时地回应现实，网络文学研究必须面对和解答文学艺术数字化生存的新现实。当下的网络文学研究亟待探索诸多新的问题，例如：网络文化语境下文学研究的守正与创新，跨文化视界中网络文学与媒介批评，新媒介文化冲击下的文艺创新与理论创新，网络文学的审美观念与伦理意识，网络文学与文化产业发展的理论问题，网络文学的文化研究，网络文学的类型化问题，中国网络文学的全球化传播问题，等等。要解决这些难题，首先要鼓励更多的文学批评理论家以“局内人”姿态进入网络文学批评，“从上网开始，从阅读出发”，让网络批评回归网络问题和文学现实，这样才能发挥理论批评应有的建设性作用。

三、网络文学发展的新趋势

芬兰数字文学专家考斯基马曾说：“数字化或直接或间接地几乎强烈触及了文学的全部领域。不过，这仅仅是个开始，就目前具有过渡性质的情况而言，已经可以形成关于文学未来的足以使人惊讶的预言和推测。”[1] 应该说，这位北欧专家的预言和推测特别切合中国的网络文学。从规模与气象上看，中国的网络文学前所未有、世所未见，其所创生的网络文化业态是对世界文化产业的原创性贡献，特别值得珍惜。在建设中国特色社会主义文化的新时代，网络文学往前走、朝上走的趋势不会变，也不能变，但究竟会怎么变、朝哪个方向变，不仅需要引导，更要有观念的自觉。在中国网络文学发

[1] [芬兰] 莱恩·考斯基马：《数字文学：从文本到超文本及其超越》，单小曦等译，广西师范大学出版社 2011 年版，第 3 页。

展二十周年的历史节点上，有几个适于优选的方向是需要很好把握的。

1. 从规模扩张转向质量提升

网络文学已经是一种规模庞大的“巨存在”，但它能否真正成为一个具有创新价值的文学史节点，还要取决于它的品质能否得到尽快提升。近十几年持续性的爆发式增长中，中国的网络文学已经从文学边缘走进网络文化舞台的中央，改写了中国当代文学的总体格局，充分彰显出新文学不可限量的文化声威。不过应该清醒地看到，在今后一段时期内，尽管网络原创作品还会继续增长，但增速可能放缓，无论作品存量还是新作的增量，都不会是网络文学关注的重点，而提高作品质量、突破自我阈限，才是未来网络文学整个业态所要追求的目标，即从“规模扩张”走向“品质为王”将是网络文学不可逆转的趋势。牛津大学互联网治理和管理教授齐纳森·齐特林在谈及网络的“可繁殖性”时曾说，“市场的力量可能保证创新的合法化”，但“人们如果不能理清作品素材的许可情况，他们的作品就会被排挤出去”[1]。是的，一种文学，当“数量”成为“海量”，“质量”成为稀缺资源，就需要走出“野蛮生长”的发展路向，以人文审美的价值立场来创作和评价网络文学，否则就不会被文学史认可。比如，作为网络作品主打的类型小说已近百种，“跑马圈地”式的类型化写作潮头即将成为过去，不断变化的读者口味面对陈陈相因的“玛丽苏”式作品难免产生审美疲劳，而模式化、套路化也开始把网络创作引向自我重复、因袭他人的“窄胡同”，许多类型小说“大神”的新作创新乏力，已现疲惫之态，写得一部不如一部，甚至后半部不如前半部的现象也绝非个案。种种迹象表明，网络文学必须尽快迈过“粗放式”写作单纯追求数量（包括篇幅字数）的门槛，而走进“集约型”创作提升作品内容、丰富价值内涵的新时代，这不仅是文学界，更是网络文学界的共识，也是全社会对网络文学的期待。在这个拐点上，倡导精品力作应该成

[1] [美]乔纳森·齐特林：《互联网的未来》，康国平、刘乃清等译，东方出版社2011年版，第165页。

为网络作家的自觉追求。人类文学的历史河床能够沉淀下来、流传开来的只能是精品、经典之作，仅凭数量和规模是支撑不了网络文学的天空的，从“渠道为王”进阶到“内容为王”和“精品为王”，势必成为网络文学未来的发展方向。

尽管网络文学出现“主流化”的趋势，不过要真正融入主流或成为主流还任重道远，还需要用精品化来确证其主流化。追求体量的增加不是网络文学的目标，精品化才是它繁荣发展的必由之路，因为只有精品化的作品才能经得起大众的考量、时间的检验，才能适应优胜劣汰的文学发展规律。能否在精品化的创作道路上坚持下去，也许就决定了他未来创作的高度，只有真正潜心创作精品力作，网络文学才有未来。文学是一个“品质为王”的事业，新时代的网络文学从业者应该坚定文化自信，坚持以人民为中心的创作导向，加强现实题材创作，不断推出精品力作，致力于网络文学质量的提升，这样才能实现网络文学的可持续发展。

2. 呼唤有担当的时代精神成为业界共识

时代精神是每一个时代特有的普遍精神实质，是一种超脱个人的共同的集体意识，是每一个时代的人们在文明创建活动中所展现出来的精神风貌和优良品格，是激励一个民族奋发图强、振兴祖国的强大精神动力，也是衡量一个国家文明进步的重要标准。时代精神具有时代的、历史的特点，它会随着时代的推移而不断变化发展、推陈出新。今天，我国的时代精神就蕴含在改革开放的社会变革和民族复兴的伟大实践中，又恰逢网络文学进入了繁荣发展的黄金期，所以网络文学创作者要有责任和能力创作出聚焦新时代、反映新生活，书写大时代人民火热的生活、全民奋斗的篇章以及人民对美好生活的向往，展现凝聚起实现民族复兴的磅礴精神力量的精品力作。

文学要表达有担当的时代精神，就必须存在有历史担当感、有人文审美价值的精品力作。网络文学精品应该是指那些体现社会价值和人文审美内涵，既符合网络文学创作的内在属性，又体现市场价值、满足读者需求的优秀作品。创作网络文学的时代精品要遵循两条基本原则，一是坚持正确的价值导向，二是与传统文学融合共生。前者要求网络作家始终坚持以人民为中心的创作导向，网络作者始终能够站在人民的立场，坚持我们这个时代的核心价值观，对历史与现实、社会与人生有真善美与假恶丑的分野，对人民群众为之奋斗的伟大历史实践有正确判断和理解，提高自己对生活的体认度和干预力；同时，善于用人民群众喜闻乐见的文学表达来实现思想性、艺术性与可读性的统一。后者则要求网络创作者继承千百年积淀下来的优秀文学传统，注意从传统文学中汲取滋养，学习前人的创作经验，不断提高学养、涵养、修养，秉承中华文化精神，增强思想积累、知识储备和艺术技巧，做一个能“为历史存正气，为世人弘美德，为自身留清名”的网络作家。有研究者分析道：“网络文学和传统文学同样都是源于生活，要高于生活。不过，从现实状况而言，网络文学与传统文学发展相比还存在一定的问题。因为网络文学成长于商业环境，具有商业属性。不少网络作家与现实生活相对疏离，单靠想象力和感受力进行写作，缺乏对生活的干预和概括能力，作品中见不到复杂的生活和时代精神。这也是当下网络文学创作中的明显问题。有些作家创作只停留在生活表层，与精品的距离还相距甚远。”[1]

经过二十年自由生长的“拓荒期”后，网络文学开始迈入“内容为王”时代，精品化创作已经是全社会的期待，也成为业界共识。网络文学市场化寻租的“重口味”难免出现创作上的“向下拉齐”，出现点击率崇拜、唯利是图等功利心态，导致“沙子多珍珠少”“量大质不优”“星多月不明”的网文过载现象，甚至催生出“劣币驱逐良币”的现象。这是一个大浪淘沙的过程，好的作品终究会留下来，但改变这一现象迫切需要社会规制、理论引导和批评的积极干预，因为只见网络不见文学的“文学”不会是文学，也不应该是网络文学，只有具备文学性的网络文学才能成为文学史的一个节点，也只有富于担当精神的时代精品才能作为文学长久留存下来。从“产品为王”“渠道为王”进阶到如今的“内容为王”，是市场规律“优胜劣汰”使然，也

[1] 王瑜：《网络文学：呼唤有担当的时代精品》，《工人日报》2017年10月23日。

是网络文学发展的历史必然，而“内容为王”的更高境界便是“精品为王”。让更多优秀的网络作家回归文学本身，追求艺术创新，这是产生精品力作的基础，而出精品就是网络文学的中国梦。

虽然近些年网络文学创作者的自觉意识和责任担当有所提升，但商业化的消费文化、纷繁多变的价值观念和流行时尚，依旧在影响网络文学的生存环境和文化情境，致使某些创作者还缺乏“高峰意识”，仍然存在重市场需求、轻价值引领，重个人诉求、轻思想内涵，重故事情节、轻文化底蕴的现象，“点击率”“流水作业”“炒作”与网络文学如影随形，以致出现一些立意不良、内容低俗的作品。文学属于精神产品，应该具有作为精神产品所必须有的基本特点、内在品质、人文态度、审美指向。因此，网络文学要想由“高原”向“高峰”迈进，必须建构时代精神坐标，体现深刻的社会关切、现实关怀和思想追寻，摆脱功利至上观念，打造文学精品。从社会文化的层面看，蔚为壮观的网络文学，已经不仅仅是一个“网络”的问题，也不仅仅是“文学”的问题，而关涉我们国家的意识形态和当代文化建设，关涉网络阵地掌控、大众文化消费和青少年成长，甚至关涉当今社会的主流价值观建构、文化软实力打造和国家形象传播，它与我们时代的文学品相、时代风尚、文化引领、人文精神和价值导向直接相关，而这些也正是党和政府前所未有地重视网络文学的根本原因。

文运与国运相牵，文脉与国脉相连。改革开放四十年，网络文学二十载，网络文学的成长壮大是对改革开放的积极回应。今天，网络文学正以充满活力的时代特质走在了中国当代文学与文化的前沿，已成为中国文化软实力的排头兵。我们有理由期待网络文学从业者不忘初心，创作出更多反映时代精神和人民心声、承载时代责任与担当的文学精品。

3. 网络文学环境逐步改善和优化

相对于网络文学初期的成长环境，成长了二十年的网络文学，其发展环境已经有了明显的变化。首先，网络文学得到政府前所未有的重视，其“野蛮生长”的状况开始改变，逐步进入主流意识形态规制下的有序发展阶段。

习近平总书记在文艺座谈会上的讲话中强调“抓好网络文艺创作生产，加强正面引导力度”，“我们要扩大工作覆盖面，延伸联系手臂，用全新的眼光看待他们，用全新的政策和方法团结、吸引他们，引导他们成为繁荣社会主义文艺的有生力量。”在中国文联十大、中国作协九大开幕式上的讲话中，习近平总书记号召“广大文艺工作者要牢记使命、牢记职责，不忘初心、继续前进，同党和人民一道，努力筑就中华民族伟大复兴时代的文艺高峰”。党的十九大报告提出，“坚定文化自信，推动社会主义文化繁荣兴盛”，要求文艺工作者“不断推出讴歌党、讴歌祖国、讴歌人民、讴歌英雄的精品力作”。《中共中央关于繁荣发展社会主义文艺的意见》对如何发展网络文艺做出了具体规定。这些都对网络文学创作及其健康发展起到了引领、赋能和规制作用，“大力发展网络文艺”已经成为全社会的共识。近年来，从中央到地方、从圈内到圈外、从网上到网下，都给予网络文学前所未有的关注和重视。在这样的社会语境下，我们已然感觉到，从“山野草根”和“技术丛林”中成长起来的网络文学，已经不再是“赤脚奔跑的孩子”，而是体制内的大众创作，是我国社会主义文艺的一部分[1]。2017 年，国家新闻出版广电总局出台了《网络文学出版服务单位社会效益评估试行办法》，制定了网络文学社会效益试行评估指标和计分标准，政府的“剑网行动”加大了对网络盗版侵权案件的查处打击力度，许多省市相继成立网络作协，各级政府陆续组织网络作家及网站编辑进行相关培训，主流媒体有关网络文学活动、新闻事件的消息报道明显增多，等等。这就是网络文学得到政府和全社会高度重视的具体表现，也是我国网络文学未来发展最重要的社会历史环境。

其次，网络文学的市场环境也处在变化和改善之中。例如，在政府和市场的双重规制下，许多网站正确把握社会效益和经济效益的关系，担负起文化企业的社会责任。阅文集团发起成立“正版联盟”，开启反盗版的全新征程。原“小说下载阅读器”中的全部盗版内容下架。UC 浏览器、书旗小说

[1] 参见欧阳友权：《辨识新时代网络文学的三个维度》，《中国高校社会科学》2018 年第 3 期。

停止书架盗版。面对百余起民事诉讼，以及大规模网络作家维权行动的声讨，百度关闭了贴吧，开始清查和下架盗版。2017 年召开的网络文学版权保护研讨会上，由掌阅文化、阅文集团、咪咕数字传媒、阿里巴巴文学、红袖添香、起点中文网等 33 家联盟成员单位共同发起的中国网络文学版权联盟宣布成立，并发布《自律公约》，进一步壮大了网络文学反侵权盗版的力量和声势，为网络文学市场的生态环境清洁化做出了努力。在网络文学创作方面，国家新闻出版广电总局、中国作协以及各地作协近年来加大了对网络文学的扶持力度，大量吸收网络作家加入作协，成立网络作家协会，开展网络作家培训，召开网络文学研讨会，开展网络文学评奖，实施网络小说排行榜推优活动，组织各种网络文学交流活动，为网络作家提供更好的交流学习平台。对网络文学读者来说，他们是促进网络文学修正与提升的内在动力，因为读者的鉴赏力和批判力在网络文学环境优化中占有重要地位。正如阅文集团吴文辉所说，大部分读者是知道理想世界中什么是好，什么是坏的，因此在故事里、在幻想世界里，对于理想世界应该是什么样子，大家反而会有一种更明确的标准。中国处于关键的社会转型期，也处于道德价值被重新质疑的时期，读者会有非常明确的基本道德观和是非观，所以我们要对中国读者的审美能力保持自信和乐观的态度，用他们的声音坚守创作者的道德底线，并和网络文学网站一起促进文化环境的净化。

再者，网络文学的政策法规环境更加规范化。网络文学是时代的骄子，从本质上契合社会主义文艺的根本属性。近年来，网络文学顶层设计不断完善，相关政策频频出台，网络文学政策法规环境不断改善。其中，在《国家“十三五”时期文化发展改革规划纲要》中，明确了“十三五”期间国家文化产业发展的总体方向和主要任务，再次明确强调，要“发展网络文艺”，加强网络文化产品的创作生产，加大对网络文艺引导力度。同时，提出推进原创文化作品的版权保护，规范网络使用，加强互联网文化管理法规制度建设。2017 年的“剑网”行动，对重点作品 IP 版权、APP 领域等侵权盗版问题进行了专项整治。这一系列政策的推出发力狠、落地准、效力大、助力强，对网络文学及其产业的高度关注和包容形成了良好的正向力量，给了网络文学写作者更好的发展空间，使他们有了方向感、荣誉感和责任感、使命感。国家政策的扶持为网络文学繁荣发展提供了重要保障，文学网站的合理规范也使网络文学生态的优化得到保证。

另外，网络作家群体的社会关注度明显提高，他们的文学地位和社会地位均有所提升。在2016年底举行的第九次全国作代会上，唐家三少当选中国作协主席团委员，他和天蚕土豆、血红、蒋胜男、耳根、天下尘埃、阿菩、跳舞等8位网络作家当选全委会委员，这是对网络写手“作家”身份和文学成就的高度认可。2017年2月，月关、风凌天下、冯振、血红、阿菩、阿彩、蒋胜男、跳舞等网络作家当选中国作协网络文学委员会委员。网络作家纷纷加入作协组织，在近五年中国作协发展的2553名会员中，网络作家和自由撰稿人等新兴文学创作群体占到了13%，目前已有215人成为中国作家协会会员。2017年8月公布的中国作家协会507名新会员名单中，有网络作家51名；2018年公布的525名新会员中，有网络作家50名。从过去的“网络写手”，到现在的“网络作家”，不仅仅是称谓的变化，也蕴含了这一群体身份的变化和地位的提升。近年来，在社会阶层的划分中，作为自由职业者的网络作家，已经被纳入“新社会阶层人士”，受到前所未有的关注和重视。2018年春，蒋胜男、血红、管平潮、跳舞、阿菩等一批网络作家当选全国或所在省市的人大代表、政协委员，表明网络文学和它的作者已经介入主流社会的政治生活，网络文学作为受人关注的“事业”日渐成为社会意识形态的重要组成部分。

最后是网络文学中的舆论环境也在不断优化。从舆论环境的社会功能看，好的舆论环境是政治、经济、文化和谐互动的反映，能有力推动法律的完善、制度的生成、道德的回归，有利于统一思想、振奋精神、凝聚民心、弘扬社会正气，促进社会和谐的平稳发展。根据《2017年中国互联网舆情研究报告》显示，中国互联网舆情大盘走势稳定，既没有发生影响国计民生的极重大舆情，也没有出现舆情波峰骤升骤降的突变状况，“稳”是其总体态势。在十九大以后，加强和维护党中央的集中统一领导，引领全国人民进入中国特色社会主义新时代，成为新闻宣传和意识形态建设的主题。唱响主旋律、传播正能量，成为我国网络舆论生态的基本特征，也展现出我国舆论环境不断改善的现状。在此基础上，我国网民也正在逐步养成遵守网络规则的好习惯，谨言慎行，合理评论，理性看待网络文学的发展而不盲目跟风。同时，网民对网络文学的辨别力也在提高，他们能自觉传播优秀文学作品的正能量，对不符合审美标准和人类道德底线的作品进行抵制，这样便会在网络文学的平台上形成默认的规则而使全民共同遵守，由众多网民个体组成的合力，共同推动了网络文学舆论环境的优化。

尽管随着网络文学二十年的快速发展，新科技成果在不断应用，新问题也不断出现，但网络文学主流化却是众望所归。从市场环境、国家政策，到舆论环境的一步步规范化，这一切都预示着网络文学管理科学化、创作多元化、生态优质化已日渐成为常态，网络文学事业必将得到又好又快的繁荣发展。

4. 理论批评升温，助推网络文学发展

网络文学创作的繁荣必将引发未来网络文学理论批评的升温，尽管较之于创作来说，批评总会具有一定的滞后性，但创作热带来研究热却是一个必然出现的规律，而网络文学理论批评的升温也将助推网络文学的健康发展。

第一，网络文学研究队伍扩大，呈集团化、年轻化趋势。北京、湖南、浙江、山东、广东、贵州、四川等省市已陆续涌现地方性学术集群，如北京有以中国作协、中国文联、北京大学中文系为团队的“京派”阵营；湖南有以中南大学网络文学研究基地为中心的“湘军”阵营；浙江有以中国作协网络文学研究院、杭州师范大学、浙江传媒学院为依托的“浙军”阵营；山东有以山东师范大学网络文学研究中心为依托的“鲁军”阵营；还有以广东网络文学院为中心、以《网络文学评论》为园地的“粤军”阵营，以贵州网络文学学会为中心的“黔军”阵营，以西南科技大学网络文学研究中心为阵地的“川军”阵营，以福建省作协网络文学专业委员会为代表的“闽军”阵营，以及以各大高校、研究院为依托的众多地方性学术团体。从研究队伍看，有黄鸣奋、白烨、南帆、欧阳友权、谭好哲、王祥、张颐武、陈定家、周志雄、禹建湘、邵燕君、夏烈、何平、许苗苗、欧阳文风、葛红兵、谭伟平、单小曦、周兴杰、张邦卫、刘克敌、杨新敏、曾繁亭、阎真、聂茂、聂庆璞、何志钧、刘新少、周冰、晏杰雄、乔焕江、李盛涛、陈海、陈海燕、王小英、赖敏、乌兰其木格、黎杨全、苏晓芳、龚举善、纪海龙、陈国雄、吴俊、葛娟、鲍娴、唐小娟、杨向荣、潘桂林、吴家荣、唐迎欣等代表性学者活跃于研究场域，出版或发表了大量学理性、前沿性的著作或论文；陈崎嵘、何弘、安亚斌、程晓龙、马季、康桥、肖惊鸿、庄庸、吴长青、桫椤、向娟、杨晨、安晓良、舒晋瑜、饶翔、刘晓闻、闫伟等一批评论家由于其工作环境在作协、文联、广电部门等政府机构或专业网站、期刊、报刊、出版社等媒体单位，对网络文学的热点潮流把控精准，批评深耕细磨，鲜活有力；练暑生、韩模永、吉云飞、肖映萱、王玉王、高寒凝、薛静、李强、欧阳婷、罗先海、吴英文、吴钊、喻蕾、贺予飞、邓祯、游兴莹、曾照智、程海威、张鸿彬、谢冰、覃皓珺、陈帅、石曼婷、林丛晞、孙敏、张俊、张迪、许玫娜、李治宏、高羽鑫、罗诗咏、张伟颀、丁玮俊等“80后”“90后”青年学者与网络有着天然的亲近感，他们迅速补充网络文学批评后备队伍，以丰富多元的入场研究显示了批评的在场感与新锐性。[1]

从研究内容来看，理论批评紧跟网络文学发展，不断调适自身的研究视角，不断向理论高度、历史根性和覆盖广度延伸。网络文学的根基是文学，所以文学性是网络文学理论研究的重要支撑，文学涉及文学语言、文学历史和文学理论与批评等多个方面，并有横向与纵向研究，涉及面广泛。同样，对网络文学理论的研究也在不断扩大研究范围，使网络文学史、网络文学批评史、网络文学体系、话语体系与史学研究一起，将网络文学引向理论探索与历史沉淀并进的双向研究轨道。许多学者的研究早期着重研究网络文学创

---

[1] 此处仅列举当下较为活跃的代表性研究者，并非全部，且排名不分先后。

作内容、读者市场、文化产业、传播媒介等表层基础方面，而当下的网络文学理论研究已经朝向与网络文学相关的大众文化、文化资本、写手创作与生存状态、青少年阅读、媒介融合与更新、创意写作、文化产业链、海外传播等领域，并且出现了专门针对女性网络文学、外国网络文学、少数民族网络文学、网络类型文学、微博客文学、手机文学、短信文学的细化研究，以及由网络文学催生的影视游戏改编网站产业链模式构建、图书与数字出版经营等产业化研究方向。由此可见，网络文学的研究领域在不断扩大的同时也在向专业化、精细化、全面化的方向发展。

最后网络文学研究生态逐渐呈现“对话—互动—共融”趋势，网络批评、媒体批评、学院派批评共同组成了当下网络文学研究的立体图景。从趋势上看，网络、传统媒体与高校、科研机构的交叉与互渗现象明显，越来越多的网络作家受邀参加官方机构主办的作品研讨会与高研班；一些传统作家、批评家和学者开辟网络评论阵地，微信公众号、网络论坛等反响热烈；学院派也不再局限于精英批评，一批“吸睛”好文陆续刊发于报纸媒体，一些媒体编辑、记者也在学术权威刊物和核心期刊上发表理论批评成果。同时，政府推进优秀网络原创作品推介，通过推选网络文学精品，让优秀作品引导网络文学追求真善美，传播正能量，坚持为人民服务、为社会主义服务的创作导向；通过该活动，还组建了权威的专家评审队伍，确立了评审标准，明确了评选和复检机制，为网络文学作品评价机制的建立提供了参考。

网络文学理论研究随着研究人员的专业化和精品化、研究内容的深入化和全面化、研究生态系统的联合化和互动化，必将逐渐改善网络文学理论研究的滞后和空缺状态，在推动网络文学理论研究不断深化的同时，也将促进网络文学创作的健康发展。

5.“网文出海”将开辟更广阔的渠道

长久以来，在无数外国人眼中，中国文化的“神秘”可谓吸引力十足。但遥遥相隔难以跨越的文化鸿沟，使这份魅力始终难辨分明。近年来的“网文出海”肩负着“跨越者”使命，中国网络文学的文化内核以及渠道优势日益凸显，被视为实现中国“文化输出”的关键突破口之一。

国家新闻出版广电总局 2015 年 1 月曾印发《关于推动网络文学健康发展的指导意见》，明确提出开展对外交流，推动“走出去”，鼓励网络文学作品积极进入国际市场，在世界舞台讲好中国故事、传播好中国声音、阐发中国精神、展示中国风貌；支持有条件的网络文学企业通过海外并购、联合经营、设立分支机构等方式开拓海外市场，加大对优秀网络文学作品对外贸易、版权输出、合作出版等传播渠道拓展的扶持力度；鼓励以技术、标准、产品、品牌、知识产权、差异化服务等自身优势和特点参与国际竞争。这样的指导意见对未来网络文学的海外传播必将产生深远的影响。作为一种蓬勃兴起且大有破竹之势的文学现象，中国应加快“走出去”的步伐，成为影响世界的中国文化标签。

借助海外网络文学翻译站、国内外文数字阅读平台和实体图书这“三驾马车”，中国“网文出海”模式初步形成，不同语种翻译、传播中国网络文学的海外网站已有上百家。阅文集团旗下的起点国际 2017 年正式上线后，已推出以英文为主，兼有泰语、韩语、日语等多语种的阅读服务，作品涵盖玄幻、仙侠、科幻、游戏等多种类型，旨在利用互联网渠道优势，为海外读者提供全面的内容、精准的翻译、高效的更新及便捷的用户体验。成立仅一年时间，起点国际的成长速度惊人，已上线 150 余部英文翻译作品，620 余部原创英文作品，累计访问用户超 1000 万。[1] 目前已有 200 余个译者和译者组，分布在以北美、东南亚为代表的世界各地。如玄幻类的《天道图书馆》，游戏类的《全职高手》，奇幻类的《放开那个女巫》，言情类的《国民老公带回家》等，都长期高居各项榜单前列。在更新频率方面，起点国际率先实现网文作品以中英文双语版海内外同时发布、同步连载，以《我是至尊》《飞剑问道》等作品为代表，持续缩短中外读者的“阅读时差”。阅文集

[1] 河北日报：《起点国际上线一周年 阅文开启海外网文原创元年》，2018 年 5 月 15 日，http://finance.youth.cn/finance_cyxfgsxw/201805/t20180515_11620877.htm，2018 年 6 月 20 日查询。

团CEO吴文辉说，“中国网络原创文学的魅力，从文学流向了广阔的IP宇宙，从中国走向了世界”。网络文学呈现出的产业化、主流化、国际化趋势，必将逐步担负起传播中国声音、塑造国家形象、提升国家文化软实力的历史使命，成为传播中华文化的和平使者。

第一，优质的内容是网络文学对外传播的“压舱石”，未来的“网文出海”首先需要坚持“内容为王”，以优质的内容作为“出海”的风标。中国网络文学题材多样，在对外传播中，已经形成了以玄幻、修仙、武侠为主打类型，以女生言情、穿越宫廷、都市职场、历史军事等为多元类型的基本格局，获得众多国外读者的青睐。网络文学对外传播的目的，不仅在于作品的输出，更在于作品中蕴含的中国文化价值的传播。未来的网络文学需要创造优质的内容，以更多精品力作让国外读者通过阅读，激发对中国历史文化和社会生活的兴趣，增强他们对中国的认知和了解，以便在更大程度、更深层次上彰显“中国气派”，传播“中国精神”[1]，在全球范围内发扬中国文化和网络文学的魅力。

第二，在具体措施上，未来的“网文出海”需要进一步拓宽渠道，通过完善的商业模式，营造可持续发展的产业环境，为读者提供更为高效、更加个性化的阅读服务，深度激活网络文学的海外传播。比如，（1）尝试开启中国网络文学“出海”后的付费阅读、IP转让、跨界经营的产业链模式；（2）网络文学的对外站点和外译平台，可以由阅读门户升级为创作平台，为全球文创市场培养一支“洋生力军”，助力“洋作者”的网文梦，深度扶持海外创作者；（3）可以从原创作品中挖掘有潜力的作品，与作者进行签约合作，签约作者可以按意愿选择收益模式，包括长线共享创作红利的收益分成，或是稳定的版权买断形式；（4）还可以为海外创作者提供丰富的成长资源，包括一系列创作支持，如邀请业内著名的编辑和优秀作者进行交流，分享经典的网文创作指南，助力海外作家快速成长；（5）针对不同国家和地区的潜在

[1] 乔燕冰：《中国网文“出海”：越是网络的，越是世界的》，《中国艺术报》2017年4月11日。

作家需求，还可以设置更有激励性的创作奖金体系，为海外作家提供安心创作的保障。

总之，当我们回顾中国网络文学二十年走过的道路，反思网络文学的历史贡献和客观局限时，一方面要看到网络文学在当代中国人精神生活中扮演的重要角色，也要正视它存在的不足和问题。着眼未来，我们需要释放网络文学新的可能性，搭起荡涤空气的净网“空调”，夯实这一文学的文化基因，提升创作者艺术创造的高度，挖掘作品思想内涵的深度，描绘时代的精神影谱，赋予网络文学以更强健的精神品质，为读者提供更多具有人性温暖和心灵滋养的内容，以世界为半径开辟更广阔的传播渠道，使网络文学之火生生不息，俊彦济济，助其走向更加美好的明天。

第十章 网络文学大事件

一、文学网站类

1.“天涯社区”创立

1999 年 3 月 1 日，海南文昌人邢明，投资创办了“天涯社区”。在创办初期，“天涯社区”并未将自己定位为“文学”社区，但由于社区开放、包容的特性，吸引了大批人气旺盛的网络写手，渐渐发展成为中文网络文学创作平台。其旗下的“天涯杂谈”“舞文弄墨”“莲蓬鬼话”“关天茶舍”以及“煮酒论史”等论坛一度成为中国原创网文的“高产区”。天下霸唱的《鬼吹灯》、孔二狗的《黑道风云 20 年》、当年明月的《明朝那些事儿》等大量超级 IP 最早都是出自天涯社区，《藏地密码》作者何马、《诛仙》作者萧鼎、北大才女步非烟等知名网文写手都曾在此创作。目前，“天涯社区”注册用户超过 1.3 亿，月覆盖用户超过 2.5 亿，成为“国内第一人文社区”和重要的原创与知识分享平台。

2. 中国作协官网开设“网上发表”栏目

1999 年，中国作协官方网站“今日作家”上线“网上发表”栏目，刊载自由投稿的原创作品。“网上发表”栏目的上线预示着网络也是中国作家的

“家”。在“网上发表”栏目上线不久，传播传统作家作品的文学网站也纷纷崭露头角，不少传统文学开始了“网络试水”，如展示中国新生代作家创作的文学网站“新生代文学网”上线，推出了包括程青、古清生、李冯等在内的一批锋芒正露的初生代作家的作品。

3.“红袖添香”创立

1999年8月20日，孙鹏等几位网络文学爱好者创立了“红袖添香”网。2008年，“红袖添香”被盛大收购。2015年，盛大文学被腾讯收购，并入阅文集团，“红袖添香”成为阅文集团旗下的重要网站。目前，“红袖添香”已发展成为国内最具影响力的“女性向”文学网站之一，注册作者超过100万，原创作品超过300万部（篇），单日投稿量超过1万部（篇），涵盖了小说、散文、杂文、诗歌、歌词、剧本、日记等多种体裁。

4.“中国文学期刊网络联盟”网站开通

2000年7月，“中国文学期刊网络联盟”网站（www. nethong. com或www. nethong. cn）开通，国内数十家知名文学期刊《人民文学》《作家》《花城》《大家》《钟山》《北京文学》《上海文学》《江南》《民族文学》等纷纷加盟。“中国文学期刊网络联盟”是中国传统文学“网络试水”的又一次尝试。加盟期刊作为“中国文学期刊网络联盟”的内容供应者，将每期内容数字化后发布于该网站。此外，加盟期刊每期均辟出版面，发表“中国文学期刊网络联盟网站”提供的网络文学作品。

5.“龙的天空”上线

2000年8月1日，随缘、红尘、水之灵（流水）、五月天空（五月）、Weid五位志气相投的青年决心做一个大型原创文学网站，于是他们将各自名下的“自娱自乐”“一意孤行”“红尘阁”“五月天空乱弹”四个西陆文学BBS整合，成立了“龙的天空原创联盟”。2001年，“龙的天空”发展成为中国大陆地区规模最大、访问量最多的原创文学网站。2002年，“龙的天空”放弃网络文学经营领域，购下大量优质网络原创作品的版权，开始了实体出版。从此，“龙的天空”从网络书站的领导者逐渐成了旁观者。

6. 辽宁出版集团推出中文电子图书阅读器

2000年9月1日，在北京国际图书博览会上，辽宁出版集团宣布与美国泰通公司合作推出中文电子阅读器“掌上书房”。该图书阅读器容量达到10万页，能离线阅读40小时。为了支持“掌上书房”，辽宁出版集团为每个用户免费提供1000种“电子概念书”。中文电子图书阅读器的推出在全国出版界掀起了一轮数字化阅读革命，加速了传统图书出版向现代出版的转变。

7.“幻剑书盟”创立

2000年10月，书情小筑、石头书城、小书亭、凝风天下四个网络书站为了谋求更好的发展，组成了一个松散的网站联盟，取名为“幻剑书盟”。2001年5月，“幻剑书盟”各成员站在“小书亭站”的程序基础上正式合并成一个站点。2002年，因网速问题，大量作者和读者离开了“龙的天空”，这给“幻剑书盟”提供了发展机遇。2003年下半年，“幻剑书盟”从个人网站向商业化网站转型，走上了高速成长之路。到2004年3月，“幻剑书盟”进入alexa全球排名300名，步入中国明星原创小说文学的门户网站的行列。

8.“榕树下”先后被贝塔斯曼和欢乐传媒收购

2000年前后，国内成立最早的原创文学网站“榕树下”面临危机，由于爆炸式扩张，公司的资金紧张，运营难以为继。2002年，网站创始人朱威廉将“榕树下”以1000万美元的价格卖给全球传媒巨头贝塔斯曼。贝斯塔曼在入主“榕树下”后，对其进行改版，全面引入文学社团机制，后又推出发文先付“审稿费”的措施。由于缺乏好的商业模式的支撑，“榕树下”每况愈下。2006年，贝斯塔曼折价500万美元将“榕树下”卖给欢乐传媒。然而，“榕树下”并未获得新生，由于欢乐传媒战略定位的失误，“榕树下”重点合作签约的作者流失殆尽。

9.“起点中文网”创立

2001年11月，“起点中文网”的前身——玄幻文学协会，由一批爱好玄幻写作的作者发起成立。2002年5月，玄幻文学协会成立“起点中文网”，6

月，第一版网站推出，开始试运行。经过十余年的风雨兼程，“起点中文网”如今已成为国内最大文学阅读与写作平台之一。《中国网络文学市场季度监测报告 2015 年第 1 季度》数据显示，“起点中文网”凭借强大的作家体系和海量的原创内容，以 38.4%的用户覆盖率排名行业第一。

10.“晋江原创网”成立

2002 年 6 月，“晋江原创网”的前身“原创试剑阁”由一批爱好小说创作的女性作者发起成立。2003 年 8 月 1 日，“原创试剑阁”作为晋江电信的 BBS 已初具规模，为了取代之前的个人主页发布系统，供作者自主发布作品的“晋江原创网”正式创建。2010 年 2 月，“晋江原创网”正式更名“晋江文学城”。目前，“晋江文学城”站内作品超过 260 万部，是全球最大女性文学基地，题材涵盖言情、纯爱、都市、玄幻等。

11.“博客中国”开通

2002 年 8 月 19 日，由方兴东创建的“博客中国”（www.blogchina.com）正式开通，开启了中国网民在网络上出版、发表和张贴个人文章的自媒体时代。“博客中国”作为中国博客文化的启蒙者，推动了博客文化在中国的普及和发展。“博客中国”成立不久，便有汪丁丁、李希光和姜奇平等著名学者和其他博主约 60 人加盟，使“博客中国”成为国内最有吸引力的博客网站。2005 年，“博客中国”一度排名全球第 60 多位。

12. 第一个付费阅读网站“读写网”创立

2002 年 9 月 1 日凌晨“读写网”正式运行，成为第一个对网络小说实行收费的网络书站。“读写网”的收费形式包括：一是对手机用户以短信代收费的形式每月收取 3 元服务费；二是对普通用户按半年 30 元、全年 60 元的标准收取服务费。由于当时网络支付环境不够健全及“读写网”有限的用户数量，其付费模式严重限制了网站自身的用户规模。此外，“读写网”给作者的分成太低，导致作者的创作积极性不高。最终，“读写网”的付费运营以失败告终。

13. 起点中文网建立“VIP付费阅读”制度

2003年10月，起点中文网在网站流量飞速增长的基础上，推出第一批VIP电子出版作品，开始实行VIP付费阅读制度，确立了每人阅读每千字作者获得2分钱的稿酬标准，并于11月正式开始在线收费阅读。由此开启商业模式，创造了中国网络文学的新时代，各大文学网站纷纷效仿，掀起“VIP付费阅读”的大潮。由于有了前期庞大作者、读者群的积累，起点中文网实行VIP制度获得了成功。依靠VIP付费阅读制度，起点中文网解决了原创文学网站选评作者、盈利和激发写手创作热情等问题，使网站、作者以及读者三方共同受益。

14. 盛大公司收购起点中文网

在“VIP付费阅读”制度推出后，“起点中文网”开始陷入发展的瓶颈。要破解销售渠道狭窄及辅助性服务缺乏的问题，“起点中文网”需要寻找更多的资金。盛大公司希望起点能在盛大的游戏研发中提供丰富的内容支持，于是2004年10月，盛大斥资2000万元收购“起点中文网”。在收购起点后，盛大三次向起点增加投资。2007年3月7日，盛大向旗下运营起点中文网的全资子公司——上海玄霆娱乐信息科技有限公司增加1亿元注册资本。盛大为起点的进一步发展提供了坚实的支持，为成就起点中文网日后在网络文学行业的领导地位奠定了基础。

15. 盛大文学集团成立

2004年10月，盛大收购起点中文网，进入网络文学领域。此后，盛大文学又陆续将红袖添香、小说阅读网、榕树下、言情小说吧、潇湘书院纳入怀中。为更好地运营网络文学业务，2008年7月，盛大文学集团正式成立。自此，一个占整个原创文学市场72%市场份额的网络文学行业巨无霸正式诞生。盛大文学整合了文学网站、文学经纪、作品版权、出版策划业务，对网络文学实行全产业链运营，因此，推动了网络文学行业的纵深发展。

16.“作家在线”网站启动

2011年7月15日，“作家在线”网站正式启动。作为一家权威的文学网站，“作家在线”由中国作家出版集团主办、作家出版社承办，拥有作家出版社和《人民文学》《诗刊》《中国作家》《小说选刊》《文艺报》《作家文摘》等在内的十几家国家级报刊社的作家、作品资源。依托中国作家协会和中国作家出版集团的内容资源，“作家在线”为读者提供一个了解文学动态、欣赏文学佳作和参与文学讨论的优质网络互动平台。

17.“创世中文网”上线

2013年5月30日，“创世中文网”正式上线，这个由盛大文学出走的起点中文网原核心团队与骨干团队精心打造的全开放网络文学平台，集阅读、创作、互动社区、版权运营于一身。“创世中文网”一上线便宣布聚集了100多位作家，同时公布了与腾讯达成战略合作的消息。借助腾讯的支持，“创世中文网”作为网络文学界的“新兵”有了足够的底气。由此，网络文学市场盛大文学一家独大的局面开始发生改变。

18.百度、腾讯、阿里巴巴进军网络文学领域

2013年9月10日，腾讯文学作为腾讯互娱旗下重要的“泛娱乐”业务之一正式亮相，涵盖创世中文网、云起书院、QQ阅读、QQ书城等多个品牌。2014年11月27日，百度整合纵横中文网、91熊猫看书、百度书城等子品牌，推出“百度文学”作为全新文学品牌。2015年4月23日，阿里巴巴移动事业群宣布推出阿里文学，正式吹响大力进军网络文学市场的号角。至此，百度、腾讯、阿里三大巨头在网络文学领域呈现出“三足鼎立”竞争态势。

19.腾讯文学与盛大文学联合成立阅文集团

2015年3月，在整合腾讯文学与盛大文学的基础上，阅文集团横空出世。作为中国网络文学市场迄今最强的一家运营商，阅文集团涵盖创世中文网、起点中文网、云起书院、起点女生网、红袖添香、潇湘书院、小说阅读网、言情小说吧等网络原创与阅读品牌，中智博文、华文天下、聚石文华、榕树下等图书出版及数字发行品牌，天方听书网、懒人听书等音频

听书品牌。阅文集团的成立标志着中国网络文学“一超多强”的格局已经形成。

20. 阿里文学与新浪阅读达成深度合作协议

2015年5月26日，阿里文学在战略发布会上与新浪阅读正式签约，并公布了合作方案。阿里文学将与新浪阅读在微博自媒体平台的作品互动传播、新锐作者的联合签约培养、依托大数据的作品定制出版以及影视和游戏IP衍生等多方面展开实质性合作。这成为继2013年阿里、新浪“联姻”后的又一影响网络文学行业格局的重要事件。阿里文学与新浪阅读深度合作协议的达成，预示着网络文学将迎来基于社交关系的个性化时代，即网络文学的3.0时代。

21. 中文在线、掌阅、阅文集团相继上市

2015年1月21日，中文在线在深交所创业板上市，成了网络文学领域首家上市的企业。2017年9月，掌阅科技在上海证券交易所主板挂牌上市，上市后掌阅科技连续多个交易日涨停。伴随着不断上涨的网络文学用户规模和市场份额，2017年11月8日，阅文集团在港交所挂牌上市，开盘即上涨约63%。中文在线、掌阅、阅文集团相继上市，标志着中国数字阅读市场迎来资本的盛宴，而网络文学也走向了风口。

22.“起点国际”等海外阅读站点成立

2017年5月15日，“起点国际”作为起点中文网的海外版正式上线。“起点国际”以英文版为主打，逐步覆盖泰语、韩语、日语、越南语等多个语种，除了PC端，Android版本和iOS版本的移动APP也已同步上线。在“起点国际”之前已有许多海外阅读站点上线，俄翻网站Rulate、英翻网站WuxiaWorld、Gravity Tales、volare novels早已在欧美地区声名远扬，而在东南亚地区，书声Bar、Hui3r等也具有一定影响力。海外阅读站点相继成立，让中国网络文学成功吸引了海外网友的注意力，成为传播中国文化的重要渠道。

二、网络作家类

1.“四大写手”上网写作

“四大写手”指早期进入网络写作的邢育森、宁财神、安妮宝贝和李寻欢四人。其中，邢育森、李寻欢和宁财神又被称作网络文学的“三驾马车”。1997 年 11 月“榕树下”正式注册后，“四大写手”汇聚一堂，在网络上发表了一系列作品，如邢育森的《活得像个人样》、宁财神的《武林外传》、安妮宝贝的《告别薇安》以及李寻欢的《迷失在网络中的爱情》等。他们被认为是第一代网络写手的代表人物，其上网写作掀起了中国大陆网络文学第一次高潮。

2. 血红成为国内首个年薪超百万的写手

血红，本名刘炜，湖南常德人。从 2003 年 6 月起，血红这个名字就成为网络文学的一个符号。他的作品众多，《流氓》三部曲可称黑道 YY 文的教父、流氓文风的宗师；《升龙道》开创了现代黑暗修真流，成为东西方神话体系混同的鼻祖；《邪风曲》集众家之长，把历史仙侠文带进了崭新的“血红时代”；而《巫颂》则破天荒地对神秘的夏朝与巫教进行了系统化整理。血红的码字速度奇快，创作总字数达到 1400 万字，2004 年在起点中文网的稿酬即超过百万元，是网文界第一位年薪超过百万的写手。

3.“木子美”现象与博客热

木子美，女，原名李丽。2003 年 6 月 19 日起，木子美在“博客中国”开辟了一个网上空间，发表名为《遗情书》的私人日记，记述与不同男性之间的性爱经历，从此在互联网一路走红。当年 8 月，木子美又在日记中详述她和广州一位著名摇滚乐手“一夜情”的大量细节，披露乐手真实姓名，并评价其性技巧和性能力。这篇日记被迅速转贴到“西祠胡同”论坛，并在各个论坛广泛流传，掀起了轩然大波，使木子美“一炮而红”。10 月中旬以后，其网上日记《遗情书》的访问量每日增长 6000 次以上，成为当时国内点击率最高的私人网页之一。网民们认为木子美是继卫慧、九丹之后又一用“身体写作”的作家。“木子美现象”引发了关于性道德底线、网络媒体责任的争议和讨论。此后，随着新浪、搜狐、网易等门户网站纷纷开辟博客空间，利用博客发布文章的个人行为开始逐渐兴起，形成了一股“博客热”。

4. 赵丽华“梨花体”事件

“梨花体”是“丽华体”的谐音，来源于女诗人赵丽华名字的谐音。赵丽华，中国作家协会会员，国家一级作家，曾任《诗选刊》编辑部主任。她的有些作品形式相对另类，引发争议，又被网友戏称为“口水诗”。自2006年8月以后，网络上出现了“恶搞”赵丽华的“赵丽华诗歌事件”，网友以嘲笑的心态仿写了“梨花体”诗歌，网上出现了大量的口语诗歌。更有好事者取“赵丽华”名字谐音成立“梨花教”，封其为“教主”；文坛也出现了“反赵派”和“挺赵派”，引起诗坛纷争。从此，赵丽华的诗歌风格和模仿这一风格的诗歌，均被称为“梨花体”。

5.“新红颜”写作现象

2010年，李少君和张德明提出了“新红颜写作”的概念，用以涵盖个人博客时代出现的大量年轻知识职业女性写诗的现象。“新红颜写作”大致可分为两个类型：一种是追求现代社会女性自由独立地位，强调对自我命运的思考，以金铃子、横行胭脂、衣米一等为代表，在她们的诗中，有一种对自身坎坷命运的勇于承担以及对自由生命的享受；另一种是对传统文化和古典诗意的守护和回归，展现出女性细腻独特的感受，以施施然、林莉、冷盈袖、灯灯、冯娜等为代表。这些诗歌博客受到众多网友的追捧，点击率达到数十万，许多诗歌还在《诗刊》《诗选刊》等刊物上发表或结集出版。“新红颜写作”打破了中国诗歌领域长期以来的寂静，给中国诗歌界注入了新的活力。

6. 唐家三少等当选中国作协全委

2010年6月，经盛大文学推荐、中国作协副主席张抗抗提名，唐家三少成为中国作家协会的正式成员，成为第一个加入中国作协的网络作家。2011年11月，在北京召开的中国作协第八次全国代表大会上，唐家三少和当年明月当选为中国作协全国委员会委员，其当选显示了网络文学作家的实力和日益增强的影响力，同时也表明网络作家正逐渐被传统文学界包容和接纳。

7. 网络作家和传统作家“结对交友”

2011 年 8 月 4 日，中国作协在北京举行了一场别具一格的“结对交友”见面会，来自全国各地的 18 位知名作家、评论家与来自 7 家网站的 18 位网络作家共聚一堂并结成“对子”，旨在构建网络文学与传统文学融合互补的平台，架起网络作家与传统作家交流沟通的桥梁，引导网络作家学习传统文学、了解传统作家，倡导传统作家走近网络文学、理解网络作家。此次共结成了 18 个对子：麦家与天蚕土豆（李虎），柳建伟与骷髅精灵（王小磊），周大新与高楼大厦（曹毅），叶梅与格子里的夜晚（刘嘉俊），东西与七十二编（陈涛），欧阳友权与胜己（赵星龙），孟繁华与涅槃灰（陈淼），王必胜与庹政，陈福民与紫月君（史皓滢），何弘与浅绿（原园），温远辉与纯银耳坠（王立军），艾克拜尔·米吉提与孙丽萍，白烨与娶猫的老鼠（高艳东），张胜友与木易（杨新波），贺绍俊与宋杰，徐坤与今天（蒋瑾），晓航与喜欢睡觉的猫（刘迎迎），马季与殇情娃娃（刘化滨）等。2012 年 2 月 16 日，中国作协又举办了第二届“结对交友”见面会，来自新浪读书、幻剑书盟、盛大文学、搜狐原创、腾讯原创、铁血军事网、纵横中文网等网站的 15 位网络作家与 15 位国内知名作家、评论家分别结成“对子”。

8. 网络作家首次跻身中国作家富豪榜

2012 年，由《华西都市报》发布的“2012 第七届中国作家富豪榜”推出全新子榜单“网络作家富豪榜”，唐家三少、我吃西红柿、天蚕土豆、骷髅精灵、血红、梦入神机、辰东、耳根、柳下挥、风凌天下、跳舞、鱼人二代、苍天白鹤、高楼大夏、无罪、月关、天使奥斯卡、忘语、猫腻、打眼入围“网络作家富豪榜”前二十名。其中，唐家三少、我吃西红柿、天蚕土豆分别以 3300 万元、2100 万元、1800 万元的伴随收入荣登前三甲。迄今为止，该富豪榜已连续发布五年。

9. 唐家三少蝉联多届网络作家富豪榜榜首

唐家三少，本名张威，北京人。从 2012 年到 2017 年，唐家三少分别以 3300 万、2650 万、5000 万、11000 万、12200 万元的版税收入五度蝉联“中国网络作家富豪榜”榜首。

10. 网络作家陆续加入作家协会

吸纳优秀网络作家加入作协组织，是网络文学与传统文学交流融合的重要标志。据统计，迄今为止，加入中国作协的网络作家已达 266 人。较早加入作协的有安妮宝贝、唐家三少、天蚕土豆、血红、百世经纶、梦入洪荒、蒋胜男、风凌天下、耳根、天下尘埃、阿菩、跳舞、祝敏绮、骆刚、夏玲、晴川、月关、当年明月、千里烟、笑看云起、辰东、携爱再漂流、小鬼儿儿儿、天下归元、骁骑校、流潋紫、骷髅精灵、高楼大厦、菜刀姓李、小刀锋利、妖夜、纯情犀利哥、三戒大师、柳晨枫、兰帝魅晨、最后的卫道者、烟雨江南、冷得像风、玖伍贰柒、李衔夏、紫月君、幸福猪猪、随轻风去、明日复明日、东北劲风、善良的蜜蜂、发飙的蜗牛、梅子黄时雨、心在流浪、流浪的军刀、罗霸道、愤怒的香蕉、我本纯洁、奥尔良烤鳕鱼堡、夜神翼、庄毕凡、天使奥斯卡、顾七兮、夏言冰、丛林狼、柳下挥、孑与 2 等。2018 年中国作协公布的 524 名新会员中，就有网络作家 50 人[1]。

历年加入各省市作家协会的网络作家则更多，仅以六省为例，河北省：

[1] 中国作家协会 2018 年发展新会员 524 人，有 50 人为网络作家。北京（4 人）：宋艳红（红九，女）、卜令楠（洛城东）、王晓頔（九夜茴，女）、张威（Sky 威天下）。天津（1 人）：王玉慧（西子情，女，满族）。河北（1 人）：刘艳（纳兰若夕，女）。山西（1 人）：孟超（陈风笑）。辽宁（4 人）：张胜朋（雾外江山）、林宏（肖锚）、陈睿（辰机唐红豆）、董俊杰（骠骑）。吉林（1 人）：王超（流浪的蛤蟆）。黑龙江（2 人）：杨艾琳（杨知寒，女，回族）、梁志成（梁不凡）。上海（1 人）：邓鄂闽（ZENK）。江苏（1 人）：张铠（雨魔）。浙江（3 人）：沈荣（夜摩）、陆晓宁（苍天白鹤）、傅晨舟。安徽（2 人）：秦明（法医秦明）、葛雷（七品）。福建（2 人）：李翔（翔尘）、张戬（萧鼎）。江西（2 人）：邓健（上山打老虎额）、李涛（净无痕）。山东（2 人）：张堑（青狐妖）、周玉生（步征）。河南（1 人）：杨艳（舞清影 521，女）。湖南（2 人）：李莹（吉祥夜，女，苗族）、陈睿（二目）。广东（7 人）：王敏（冰可人，女）、李宁宁（李写意，女）、吴玉凤（凌眉，女）、欧阳富（了了一生）、袁林（魏岳）、袁选（甲鱼不是龟）、赖长义（天堂羽）。重庆（2 人）：杨南（8 难）、韩路荣（寒露，女）。四川（5 人）：张琳韬（林海听涛）、郑伟（天子）、袁野（爱潜水的乌贼）、夏昌文（雨阳，苗族）、徐靖杰（陨落星辰）。贵州（1 人）：朱双艺（墨绿青苔，苗族）。陕西（2 人）：申大鹏（风圣大鹏）、李国瑞（乱世狂刀）。甘肃（2 人）：许万杰（猪三不）、高晨茗（志鸟村）。青海（1 人）：杨汉亮（横扫天涯）。参见中国作家网：《中国作家协会 2018 年新会员名单》，2018 年 6 月 27 日，http://www.chinawriter.com.cn/n1/2018/0627/c403937-30089368.html；玄派：《喜大普奔：这 50 位网络作家成功加入中国作协》，https://www.sohu.com/a/235800263_680597，2018 年 6 月 30 日查询。

梦入洪荒、录事参军、何常在、九戈龙、随轻风去、聂昱冰等；浙江省：烽火戏诸侯、唐家三少、天蚕土豆、陆琪、燕垒生、管平潮、裘荣康、发飙的蜗牛、饕餮居士、妖邪有泪、苍天白鹤、流潋紫、蒋胜男等；江苏省：跳舞、我吃西红柿、骁骑校、忘语、天使奥斯卡、无罪、天下归元、寂月皎皎、墨守不成规、夜南听风、秦十二、琅琊世君、水安然等；四川省：庹政、夜神翼、雨阳、周冰、醉里偷香、君天醉、知更、且看今朝等；湖南省：妖夜、玉面魔头、十年砍柴、冯振、蔡晋、天下尘埃、罗霸道、流浪的军刀、愤怒的香蕉、疯狂小强、公子夜、蔷薇晓晓等；广东省：丛林狼、夜独醉、兰帝魅晨、桃子夏、莫小麦、孟婆、猗兰霓裳、流牙、禾丰浪、冷秋语、玄雨、意千重、厌笔萧生、杨晨等。

11.“网文之王”大赛推出“十二主神”“百强大神”

“网文之王”是由中国移动和阅读主办，浙江省网络作家协会、《青年时报》、龙的天空及其他多家媒体网站协办，自 2015 年起举办的授予每年度最优秀的网络文学作家的奖项，也是国内网络文学界评选范围最广、影响力最大的奖项评选之一。2015 年 2 月 15 日，首届“网文之王”评选大赛落下帷幕，唐家三少当选“网文之王”，辰东、猫腻、梦入神机、唐家三少、我吃西红柿当选“五大至尊”，辰东、烽火戏诸侯、风凌天下、方想、酒徒、柳下挥、猫腻、梦入神机、天蚕土豆、唐家三少、我吃西红柿、月关名列“十二主神”，另外还发布了“百强大神”榜单。

第二届“网文之王”由橙瓜社团主办，天翼阅读、重庆市网络作家协会及其他多家媒体网站协办，2017 年 2 月 20 日公布获奖名单，天蚕土豆夺得“网文之王”宝座，“五大至尊”由唐家三少、辰东、善良的蜜蜂、耳根、梦入神机获得，“十二主神”为我吃西红柿、忘语、烽火戏诸侯、风青阳、鱼人二代、风凌天下、月关、了了一生、厌笔萧生、猫腻、妖夜、爱潜水的乌贼等，同时发布了“百强大神”。

第三届“网文之王”由橙瓜网主办，2018 年 5 月 19 日在杭州发布，我吃西红柿当选“网文之王”，耳根、蝴蝶蓝、梦入神机、忘语、烽火戏诸侯当选“五大至尊”，月关、烟雨江南、骷髅精灵、妖夜、血红、跳舞、柳下挥、风凌天下、酒徒、骠骑、善良的蜜蜂、孑与2当选“十二主神”。入围“百强大神”的是：猫腻、火星引力、净无痕、何常在、愤怒的香蕉、了了一生、爱潜水的乌贼、烈焰滔滔、流浪的军刀、傲天无痕、失落叶、天使奥斯卡、阿彩、三羊猪猪、纯情犀利哥、8难、方想、天下归元、飞天鱼、苍天白鹤、风圣大鹏、会说话的肘子、丛林狼、庚新、藤萍、刘阿八、乱世狂刀、白纸一箱、极品妖孽、雾外江山、我本纯洁、常书欣、管平潮、禹枫、尝谕、横扫天涯、最后的卫道者、知白、残殇、朽木可雕、发飙的蜗牛、林海听涛、善水、却却、逆苍天、果味喵、90后村长、鹅是老五、解语、玄雨、张君宝、牛凳、庄毕凡、覆手、梦里战天、纯银耳坠、浪漫烟灰、道门老九、大肚鱼、梁七少、梁不凡、无罪、我本疯狂、陈风笑、番茄、卷土、莫默、太一生水、宅猪、潘海根、仙人掌的花、夜神翼、雨魔、sky威天下、罗霸道、罗晓、蒙白、荆泽晓、心在流浪、陨落星辰、断刃天涯、洛城东、任怨、第一神、沧海明珠、厌笔萧生、鱼人二代、跃千愁、蚕茧里的牛、萧鼎、青子、郭怒、皇甫奇、步千帆、静夜寄思、苍穹双鹰、抚琴的人、MS芙子、十里剑神、青衫烟雨、更俗等。本届还同时发布了16位年度“最受欢迎的作家”和年度“十大获奖作品”名单。

12. 多省市成立网络作家协会等组织

2014年，由盛大文学牵头，中文在线、新浪网、大佳网等共同发起筹建了“中国网络作家协会”。此后相继成立网络作家协会的省（市）有：浙江省、广东省、上海市、四川省、重庆市、江苏省、安徽省、河北省、湖南省、山东省、北京市等。成立地方性网络作家协会的有：杭州市、宁波市、绍兴市、淄博市、台州市、黄岛区、牡丹江市、自贡市、温州市、嘉兴市、中山市、衢州市、镇江市、鞍山市、常州市、金华市、湘潭市、佛山市、盐城市、广元市、阜新市、衡阳市等。

13.“茅盾文学新人奖·网络文学新人奖”发布

2017年12月，第二届“茅盾文学新人奖”首次设立“网络文学新人奖”，唐家三少、酒徒、孑与2、天下归元、天使奥斯卡、我吃西红柿、愤怒的香蕉、骠骑、爱潜水的乌贼、希行荣获这一奖项，管平潮、陈词懒调、观棋、风御九秋、丁墨、红九、忘语、疯丢子、静夜寄思、鱼人二代等获提名奖。“网络文学新人奖”的设立，给青年作家以莫大鼓舞。“能与茅盾先生沾上边，这对我是莫大的鼓励。”知名网络作家唐家三少说。

14.“网络作家影响力排行榜”发布

2017年12月，速途研究院发布《2017年中国网络文学作家影响力榜》。榜单分中国网络文学男、女作家影响力各50人。基于作家作品影响，综合作家的新媒体影响力、粉丝影响力、社会影响力等因素，辰东、唐家三少、我吃西红柿、猫腻、耳根位列网络文学男作家影响力榜前五位，叶非夜、丁墨、苏小暖、顾漫、吱吱为网络文学女作家影响力榜前五位。

15. 网络作家被纳入“新社会阶层”

“新社会阶层”意指新经济组织、新社会组织等新兴业态以及新的社会群体，主要包括私营企业和外资企业的管理人员和技术人员、社会组织从业人员、自由职业人员、新媒体从业人员四大群体。2016年9月，重庆市委统战部将网络作家纳入新社会阶层专业人士联合会，为重庆市网络作家协会提供场地和资金的支持；2017年5月，杭州市启动新的社会阶层人士实践创新基地建设，提出作协（网络作家协会）要以网络作家等新媒体人员群体为工作重点，为其提供教育培训、实践锻炼和社会服务平台。现在，作为自由职业者的网络作家，均被各级政府纳入“新社会阶层人士”，受到前所未有的关注和重视。

三、网络作品类

1.《第一次的亲密接触》发表

1998年3月22日，台湾地区小说家蔡智恒，以“JHT”为笔名（后更名为“痞子蔡”）在BBS上发表了个人处女作《第一次的亲密接触》，该小说讲述了一个网名叫“痞子蔡”的男孩与网名叫“轻舞飞扬”的女孩之间凄美的网络爱情故事。小说一经发表，便引爆阅读热潮，在国际网络和BBS站上受到热烈追捧，并一直稳居中文网络原创小说流行榜的前三名。该小说引发了华文地区的“网络文学热”，也令网络文学第一次走入大陆读者的视线，推动了网络文学在中国及华文地区的快速发展，《第一次的亲密接触》也被后人视为中国网络文学的开山之作。

2. 网络小说《悟空传》连载并大火

1998年8月，今何在（本名曾雨）在新浪网“金庸客栈”连载长篇小说《悟空传》。小说以中国传统名著《西游记》为基础，用现代人的视角和语法讲述了孙悟空对命运的抗争，用无厘头的方式批判了以仙佛为代表的伪善强权，用曲折动人的生死情节歌赞了爱情。2000年，《悟空传》由光明日报出版社出版，并引起读者的广泛追捧。2000年12月，该书在网络文学门户网站“榕树下”举办的第二届网络原创文学奖评选中获得最佳小说奖和最佳人气小说奖。2001年4月，光明日报出版社正式出版修订后的《悟空传》，这是第一本在现实中出版的网络小说，也开启了网络文学的出版之路。

3.《蒙面之城》获得“第二届老舍文学奖”

2001年10月22日，“第二届老舍文学奖”把“优秀长篇小说”奖授予网络作家宁肯的《蒙面之城》。《蒙面之城》是宁肯于2001年在新浪网上连载的长篇小说，讲述了一个年仅17岁高中生的流浪故事，该小说历经了期刊投稿的重重失败，在网络连载一月之后，小说的点击量超过了50万人次，并迅速收获了大批粉丝。该小说的意义在于它改变了文学作品的推出模式，弱化了编辑在作品推出过程的作用，使文学作品能够通过网络直接到达受众，强化了作者与读者之间的交流。《蒙面之城》获得“第二届老舍文学奖优秀长篇小说”的荣誉，也表现出文学界和评论界已日益重视网络文学的发展。

4.《成都，今夜请将我遗忘》爆红

2002年，慕容雪村的网络小说《成都，今夜请将我遗忘》席卷网络。小说讲述了20世纪70年代的一群成都青年在情感、婚姻、事业、友情之间的迷茫和挣扎，赤裸裸地揭示了当代社会的沉沦。小说在天涯网的点击率一路飙升，点击量达到16万次，而在NET-Bugs上，这篇小说曾导致社区在线人数超过了最高容纳量，引起多方媒体争相转载。2003年，该小说由内蒙古人民出版社出版后，又陆续被改编为话剧、电影和电视剧。2008年11月到2009年6月，该小说在中国作家出版集团、《长篇小说选刊》杂志社和中文在线共同举办的“网络文学十年盘点”活动中脱颖而出，入选“十佳人气作品”。

5.《诛仙》《飘邈之旅》《小兵传奇》等引发玄幻小说热

《诛仙》《飘邈之旅》《小兵传奇》成名于网络文学方兴未艾之时，因其出现早、口碑高，成为“网络三大奇书”。《飘邈之旅》是网络写手萧潜（本名刘晓强）于2002年创作的穿越修真小说，它开创了玄幻修真类型小说先河，引领网络文学创作进入了新的内容模式，被誉为“网络三大奇书之首”。《诛仙》是萧鼎于2003年开始创作的长篇武侠（古典仙侠）巨著，最早连载于幻剑书盟，讲述了普通少年张小凡的成长经历，情节跌宕起伏。小说一经推出便引发了玄幻热潮，曾以每天200万人次的点击率稳居冠军宝座，连续出版八本小说而不止，被誉为“后金庸时代的武侠圣经”。《小兵传奇》则是网络写手玄雨（原名黄欲）创作的一部长篇科幻小说，首发于起点中文网，因其军事与玄幻的创新结合，使小说总点击量超过2000万，成为男性读者的钟爱作品。《诛仙》《飘邈之旅》《小兵传奇》的爆红引发了新一轮网络小说创作热潮，后来者以这三部小说为模型创作了大量玄幻、修真、科幻长篇网络小说，令玄幻小说成为最受网文读者喜爱的小说类型，也使长篇玄幻小说成为网络文学中最具有代表性的作品类型。

6.《鬼吹灯》开盗墓小说先河

2006年1月，天下霸唱在天涯网连载悬疑盗墓小说《鬼吹灯》，这部杂糅了盗墓、探险、悬疑的网络小说讲述了以胡八一等人作为“摸金校尉”（盗墓者）所经历的一系列诡谲离奇的故事，精湛的笔法和令人肾上腺素飙升的情节使其在网络上大受追捧。此后，《鬼吹灯》连续出版成册，并被改编成漫画、游戏、电影、网络剧等，建立起了一个庞大的产业链。跟随其成功的步伐，网络上的盗墓小说大量涌现，悬疑盗墓小说成为网络文学中最具有阅读面的小说类型之一。《鬼吹灯》是盗墓文学正式诞生的标志和重要代表作之一，因而被称为“盗墓小说鼻祖”。

7.《赵赶驴电梯奇遇记》爆红

2006年，赵赶驴（原名聂海洋）因为一部轻松愉快的都市言情小说《赵赶驴电梯奇遇记》（网络原名《和美女同事的电梯一夜》）红透网络半边天。该小说以幽默的语言为都市白领提供了一个真实、放松、令人捧腹的爱情故事，给读者带来了诸多欢乐。据统计，该小说的网络点击量曾达到创互联网历史记录的4亿。尽管小说中的情色元素受到一些批评，但它所带来的精神愉悦使读者在网络上掀起了一股阅读狂欢，被誉为2006年“网络第一奇书”。

8.《城外》引发短信文学热潮

《城外》是广东作家千夫长创作的中国首部手机短信连载小说，于2004年6月开始连载。该小说仅有4200字，围绕着“婚外情”故事对现代人的婚恋观进行了形象深刻的解读和思考。同年8月，中国电信运营商——华友世纪通信公司以18万元的高价与千夫长签署了《城外》版权协议，并以有偿短信连载的方式推出。次年1月，《城外》由百花文艺出版社出版。《城外》开创了中国手机短信文学先河，并引出了“手机文学”的概念，这一文学形式是继网络文学之后的又一新兴文学形式，引发了海内外的广泛关注和讨论，该小说的出现也被认为是当时的一场重要文学事件。

9.《新宋》在两岸同时推出获热评

2004年，网络写手阿越创作的架空历史小说《新宋》在幻剑书盟首发。《新宋》描述了一个当代的历史系大学生石越回到北宋，利用千年的知识积累，欲对北宋王朝的各个方面进行改革的故事。2005年11月1日，《新宋》被四川科学技术出版社推出，其繁体字版稍后则由台湾鲜鲜文化出版社推出，这是海峡两岸出版机构首次同时推出同一华文小说，而该小说也受到了海峡两岸的一致好评。2008年11月到2009年6月，在中国作家协会的指导下，中国作家出版集团、《长篇小说选刊》杂志社和中文在线共同举办了“网络文学十年盘点”活动，《新宋》入选“十佳优秀作品”。

10.《梦回大清》开辟“清穿流”

《梦回大清》被称为“清穿小说鼻祖”“清穿三座大山之一”，是网络写手金子（原名金嗛）创作的穿越小说，从2004年至2007年在晋江原创网连载。小说讲述了一个生活在21世纪的女孩子蔷薇，因为在故宫里的一次迷路，竟穿越时空回到了清朝，经历了一系列爱恨情仇的故事。这部作品因其少女心十足的穿越情节深受广大女性读者的喜爱，被誉为“时空穿越文巅峰之作”，开辟了网络言情小说“清穿流”（指主角穿越到清朝展开故事的小说流派），引发了网络“清穿热”。2006年初，该小说出版上市不到两月就跻身各大图书畅销榜，另有由晋江文学自主研发的清穿恋爱网页游戏《梦回大清》也被许多女性玩家青睐。

11.《亮剑》开启网络小说影视改编热

2005年，由网络作家都梁所著的网络小说《亮剑》被改编成同名电视剧，在电视荧屏掀起收视热潮。《亮剑》以主人公李云龙的个人经历为主线，反映了从抗日战争、解放战争直至中华人民共和国成立后的历史。自1999年底问世以来，《亮剑》多次再版重印，其改编的同名电视连续剧由李幼斌主演，曾在中央电视台和九家地方台同时播放，并持续反复热播。在前后近十年的播出时间里，《亮剑》电视剧对社会各层面和中国人民的精神文化生活产生了深刻影响，开启了网络小说影视改编时代，可称为网络文学史上的一个传奇。2017年7月12日，《2017猫片胡润原创文学IP价值榜》发布，《亮剑》位列28位。

12.《明朝那些事儿》引争议

《明朝那些事儿》是网络写手当年明月（本名石悦）创作的网络历史小说，小说以史料为基础，加入小说的笔法，用诙谐幽默的语言讲述了明朝三百年间的事。自首发以来，该小说每月网络点击量超过百万次，除了国内出版社将其出版成书外，该系列作品还被译为日、韩、英等多国文字出版发行。但作品高热之下，当年明月“白话历史”的手法也引起广泛争议，支持者认为小说能激发读者对中华历史文化的兴趣，令人回味无穷，反对者则认为《明朝那些事儿》不是严谨史学著作，带有作者的个人观点和偏好。2006年出版后，该书迅速荣登当当网“终身五星级最佳图书”，被评为“全国十大畅销书”之一、“全国中小学生必读十本好书”之一，并连续多年被读者推荐为“印象最深的书”，成为历史经典读物之一。

13.《鬼吹灯》《盗墓笔记》改编受追捧

《鬼吹灯》是2006年在网络上迅速流行起来的一部标志性悬疑盗墓探险网络小说，《盗墓笔记》则是2007年网络写手南派三叔（原名徐磊）创作的盗墓小说，被盗墓小说爱好者评为盗墓小说的“巅峰之作”。两部小说在网络上拥有百万读者的狂热追捧，市场价值极高，因而被多家影视公司改变成网络剧、电影等。由井柏然、鹿晗主演的《盗墓笔记》电影拿下10.04亿元的高票房，由李易峰、杨洋主演的《盗墓笔记》网络季播剧则拥有超过28.81亿的总播放量，创下网剧播放量记录。此外，《鬼吹灯》系列电影《九层妖塔》《鬼吹灯之寻龙诀》，网络剧《鬼吹灯之精绝古城》《鬼吹灯之黄皮子坟》都取得了不俗的成绩。两部小说影视改编的成功将网络文学改编推至白热化，开启了网络自制剧新浪潮。

14.《杜拉拉升职记》跨界改编形成文化产业链

《杜拉拉升职记》由网络写手李可创作，以女性职场成长经历为主要内容，被誉为白领女性的职场宝典。该小说于2007年9月出版后连续荣登小说销售排行榜冠军，并被改编为影视剧和电影。2010年4月16日，徐静蕾版电影《杜拉拉升职记》公映，在两周内票房过亿，而姚晨版话剧《杜拉拉升职记》、王珞丹版电视连续剧《杜拉拉升职记》也在全国掀起了“杜拉拉”风潮。《杜拉拉升职记》形成的文化产业链，为市场提供了一种由图书作为起点，建立跨越多种媒体的文化产业链的本土范例，具有极高的商业价值和研究意义。

15. 网络小说《大江东去》获全国“五个一工程”奖

2009 年 9 月 21 日，阿耐的长篇网络小说《大江东去》获中宣部“五个一工程”奖，这是网络小说首次跻身国家级文艺奖项。《大江东去》是一部全景表现改革开放三十年来中国社会、经济、生活变迁的历史长篇小说，作品以经济改革为主线，细致描写了从 1978 年到中国成功抵御亚洲金融危机冲击的 1998 年整整二十年间，改革开放的实践者们的挣扎、觉醒与奋进，全面、细致、深入地展现了中国改革开放的伟大历史进程。该书被称为“中国改革开放三十年记忆之书”，其实体书前三部已于 2009 年由长江文艺出版社出版，成为中国第一部获得“五个一工程”奖的网络小说。

16.《花千骨》《琅琊榜》等掀起网文改编剧流量高峰

2008 年网络写手 Fresh 果果在晋江文学城连载仙侠言情小说《花千骨》，引发无数女性读者的热烈追捧，2015 年由小说改编的《花千骨》电视剧在湖南卫视播出后，收视率一路飙红，平均收视份额高达 9.85。该剧更荣获 2015 年国剧盛典“年度十大影响力电视剧”、第十一届电视制片业“电视剧优秀作品”奖。同年，由海宴写作并改编为电视剧的《琅琊榜》也登陆卫视，《琅琊榜》是首发在起点女生网上的一本架空权谋类小说，讲述了麒麟才子梅长苏（林殊）的复仇权谋之路。《琅琊榜》播出后广受各界好评，甚至在台湾以区以及日本、韩国等地也备受喜爱，被粉丝誉为 2015 年度良心剧，先后获得“第 30 届中国电视剧飞天奖优秀电视剧”“第 19 届华鼎奖——中国百强电视剧第一名”等几十项奖项，网络总播放量破百亿，豆瓣评分高达 9.1 分。两部电视改编剧在社会上引发的强烈反响直接推动网文改编剧迈向新阶段，大批根据网络小说改编的 IP 流量剧集体井喷，掀起了一股前所未有的流量高峰，据悉 2016 年流量在 20 亿以上的电视剧、网络剧全部来源于网络小说改编，创造了网络小说改编剧的黄金时代。

17. 猫腻的《将夜》《择天记》连续上榜

《将夜》和《择天记》是猫腻所著的两部长篇玄幻小说，均在网络上拥有极高热度。《将夜》讲述了一段可歌可泣、可笑可爱的草根崛起史，小说基于修真世界，却又胜于修真，引人深思。《择天记》则以少年陈长生为主角，创造了一个逆天改命的强者崛起的征程。2015 年 11 月，《将夜》获得第一届网络文学双年奖金奖。2017 年 7 月 12 日，《2017 猫片胡润原创文学 IP 价值榜》发布，《将夜》排名第四。同年《择天记》荣登国家新闻出版广电总局和中国作家协会联合发布的 2017 年优秀网络文学原创作品推介名单第十七名。两部小说的连续上榜肯定了猫腻强大的创作能力，也表现了玄幻题材网络小说的精品化走向。

18. 万达投资过亿打造《斗破苍穹》电影

2014 年 4 月万达影业公布投资打造同名网络奇幻小说改编的电影《斗破苍穹》。《斗破苍穹》是起点中文网专栏作家天蚕土豆（本名李虎）的玄幻小说，2009 年 4 月 24 日于起点中文网首发。这部累计获得 20 亿次点击阅读的奇幻小说，以宏大的奇幻世界架构和神奇的斗气修炼之旅，长期高居热门小说排行榜前列。2014 年 9 月，万达影业正式宣布《斗破苍穹》电影项目确定携手有“韩国斯皮尔伯格”之称的韩国著名导演姜帝圭执导。万达影业还表示，对于《斗破苍穹》这样高知名度、高概念的网络小说改编电影，在制作方面会配比最优质的资源和技术，力求还原书迷脑海中的“斗气大陆”，整个投资超过亿元。

四、网络文学活动类

1. 新浪网举办接力小说活动

1999 年 1 月，新浪网与《中华工商时报》联合举办为期一年的接力小说活动。小说题目为《网上跑过斑点狗》，第一章由青年作家邱华栋、李冯、李大卫写作，其余由网民和读者共同续写，计划最终完成一篇 6 万字左右的中篇小说。小说试图反映互联网给人类的生活、工作、爱情带来的冲突与影响，揭示虚拟社会与现实社会之间的矛盾与冲突。这篇小说后来因网民和读者反响不积极等原因而夭折。

2.“榕树下”举办首届网络原创文学大赛

1999年11月11日，“榕树下”发起“首届网络原创文学作品奖”活动。王安忆、余华等传统文学作家担任评委，《蚊子的遗书》获得散文类一等奖，尚爱兰的《性感时代的小饭馆》夺下小说大奖，散文家宁肯以一篇散文《我的二十世纪》进入获奖者名单，把正在兴起的网络文学推向了一个高潮。正如作家陈村所言：“榕树下的颁奖，最大的意义不在于究竟有哪些作品最后得奖，而是它象征着中国文学在网络上的初次走台。这样的走台是热热闹闹的，认真严肃的，平等开放的，是人们所期盼的。网络虽然年轻，能有这一天，是许多网站和更多的网友不计功利地劳作堆积的基础，也是许多虽然没有上网但关心网上原创文学的人们的努力所推动的。”

3.首届全球通短信文学大赛

2004年6月，海南移动通信公司和《天涯》杂志、海南在线天涯社区联合发起首届全球通短信文学大赛，向全国短信写手征集小说、散文、诗歌三类短信，旨在摒弃不健康、低格调的短信，发掘具有广泛流传价值的短信文学经典作品。截至8月1日，主办方共收到小说、散文、诗歌三类作品1.5万余条，经过著名作家铁凝、韩少功、苏童、格非、蒋子丹等评委的认真评选，共选出各类获奖作品37篇。首届短信文学大赛引起国内社会各界广泛关注。全国20多家媒体进行了报道和讨论，认为此举“开辟短信文学新时代”。

4.《中国网络文学阳光宣言》发布

2005年11月19日下午，《中国网络文学阳光宣言》在北京大学正大国际会议中心发布。该活动由腾讯网读书频道发起，汇聚起点中文网、幻剑书盟、红袖添香、龙的天空、西祠胡同、白鹿书院等全国众多原创文学网站共10余家，还有国内知名作家、学者、网络写手以及出版社代表。宣言提出“包容、创新、合作、成长”的发展理念，倡导“坚决抵制色情、暴力、反动等不良文学和低俗文学在网络泛滥，坚决清除不良网络文学对青少年的污染，全力营造一个健康、向上、充满阳光的网络文学成长新环境”。

5.“首届中国数字出版博览会”

2005 年 7 月 8 日至 10 日，原新闻出版总署在北京举办了“首届中国数字出版博览会”。这次博览会由“数字出版趋势与技术高峰论坛”和“中国数字出版与网络传播展览”两大板块构成。会议围绕网络文学、学术著作和网络游戏等热点话题进行探讨交流。会议主旨是希望通过数字出版博览会这个平台，进一步加强数字出版领域的生产、教学和研究单位的联系与合作，建立健全数字出版产学研一体化体系，提高我国数字出版的技术水平和国际竞争力。

6. 首届“中国网络文学节”

2007 年 1 月 16 日，“2006—2007 中国网络文学节”在北京拉开帷幕。本届网络文学节的主题是“网络文学与青春校园”。其间，通过《中国校园文学》杂志、搜狐网、各联办文学网站和相关新闻媒体，对 2006 年度网络作家、原创作品、文学网站和出版策划人进行了宣传展示、评选表彰；约请知名作家、评论家和青春写手、文学社刊辅导老师，召开了文学论坛和专题研讨会，探讨了当前校园文学和网络写作的现实问题及发展方向；发布了《2006 中国网络文学年度报告》，公布网络文学年度新闻事件和新闻人物；邀请重点文艺出版社、图书发行商，对当选作家、获奖作品进行宣传和市场推广，并就网络文学作品的版权合作和深度开发，进行了深入的交流和合作。

7. 全国 30 省市作协主席小说网络巡展

由起点中文网主办的“全国 30 省作协主席小说联展”于 2008 年 9 月 10 日启动。刘庆邦、蒋子龙、杨争光、谈歌等来自全国 30 个省、市、自治区作协的主席（副主席），参加了本次活动。这 30 位在中国文坛颇有创作实力和影响力的中坚作家，将从 9 月份开始在起点中文网上连载自己的长篇小说作品，提供给网民付费阅读，同时主办方将根据网民点击率和网络评委的评审进行评奖，于 2009 年 6 月底举行颁奖礼。

8.“网络文学十年盘点”活动

2008 年 10 月 29 日至 2009 年 6 月 25 日，在中国作家协会的指导下，中文在线旗下的17K小说网与《长篇小说选刊》联手承办了“网络文学十年盘点”活动。经过七个月的海选和推举、网络投票，在网络读者推荐的约1700部作品的基础上，由文学界推举出10部最佳作品，由网络读者推举出10部人气最高作品。这次盘点参与作品审读和点评的专家、文学期刊资深编辑多达50余人，撰写了110篇作品评论，参与投票海选的读者约50万人。这次活动是传统文学界与网络文学界迄今为止最大规模的一次交流。选出的十佳优秀作品是：《此间的少年》《成都，今夜请将我遗忘》《新宋》《窃明》《韦帅望的江湖》《尘缘》《家园》《紫川》《无家》《脸谱》。十佳人气作品是：《尘缘》《 紫川》《韦帅望的江湖》《亵渎》《都市妖奇谈》《回到明朝当王爷》《家园》《巫颂》《悟空传》《高手寂寞》。

9. 鲁迅文学院举办网络作家培训班

自2009年7月15日起，素有“作家摇篮”之称的鲁迅文学院开始定期举办“网络文学作家培训班”。经中国作协党组审批，以及鲁迅文学院与盛大文学重重遴选、审核，首届培训班有唐家三少、任怨、秋远航、张小花等29名知名网络作家参加，由知名作家、评论家教授文学创作潮流和掌握文学创作基本理论知识。截至2017年9月，鲁迅文学院“网络文学作家培训班”已举办十一届。

10. 中国作协建立全国网络文学重点园地工作联席会议制度

中国作协“全国网络文学重点园地联席会议”工作机构自2009年7月成立以来，定期召开由中国作家网、盛大文学、中文在线、新浪读书频道、搜狐读书频道等重点文学网站参加的联席会议，关注和引导网络文学创作。截至2017年10月27日，全国网络文学重点园地工作联席会议已举办82次。

11. 茅盾文学奖向网络文学开放

从2011年第八届茅盾文学奖开始，允许公开出版的网络小说参评。茅盾文学奖公布新修订的《茅盾文学奖评奖条例》注明：将向持有互联网出版许可证的重点文学网站等征集参评作品。茅盾文学奖对网络文学开放，被看成是主流文学对网络文学的破冰之举。网络文学推出 7 部作品参选，分别是新浪网推荐的《成长》《遍地狼烟》《青果》，起点中文网推荐的《从呼吸到呻吟》《国家脊梁》《办公室风声》，中文在线网推荐的《刀子嘴与金凤凰》。但最终参评的网络作品全部出局。这一结果引起许多争议，有无必要建立专门的网络文学评奖体系，一时间成为热议的话题。

12. 中国网络游戏与文学 IP 合作大会

2014 年 12 月 18 日，首届“中国网络游戏与文学 IP 合作大会”在海南省海口市召开。作为 2014 年“中国游戏产业年会”的系列活动，来自百度、盛大、腾讯、360 等平台的近 20 名网络文学高层、行业专家和网络文学名家，以及数十名企业代表共聚一堂，结合自身实践经验与特点，发表对 IP 运作的心得与经验。这次大会试图达成网络文学行业与游戏出版行业的对接，以推动两个行业的融合、共赢和发展。

13. 全国网络文学理论研讨会

2014 年 7 月 11 日到 12 日，由中国作家协会创作研究部、全国网络文学重点园地工作联席会议、《人民日报》社文艺部、《光明日报》社文艺部共同举办的“全国网络文学理论研讨会”在北戴河召开。中国作协、《人民日报》社文艺部、《光明日报》社文艺部、中宣部文艺局理论文学处、国家新闻出版广电总局网络监管处、有关省市作协负责人、网络文学专家学者、全国重点文学网站高层管理人员等 70 余人参加会议。会议分设六个专题进行研讨，与会者发言热烈、思辨活跃，虚实结合、新意迭出。大家反映，这是一次多维度、高质量的理论研讨会，在我国网络文学发展史上具有开创性、标杆性意义。

14. 四省市轮流举办中国网络文学论坛

从 2015 年开始，在中国作协的指导下，由上海、广东、江苏、浙江四省市作协轮流举办的中国网络文学论坛，迄今已举办三届。第一届论坛于 2015 年 10 月 24 日在上海举行，近百位网络文学写手和评论家、专家学者共论中国网络文学发展大计，探讨如何让网络文艺为时代价值观建设做出贡献。第二届论坛于2016年9月24日在广东佛山举行，主题为“网络文学的文化自觉”。第三届论坛于2017年4月11日在江苏南京举行，主题为“学习习近平总书记重要讲话，坚定文化自信，推动网络文学健康发展”。该论坛邀请知名网络作家、网络文学理论批评家和政府相关部门领导参加，规模大，并设置不同研讨专场，在网络文学界颇具影响。

15. 国家广电总局举办优秀网络文学原创作品推介活动

2015年10月开始，国家新闻出版广电总局每年组织开展一次“优秀网络文学原创作品推介活动”，第一届共收到13个省（区、市）报送的323部作品。经初审、复评、终审等程序，最终遴选出《烽烟尽处》《芈月传》《星星亮晶晶》等21部作品。2016年在41家网站选送的285部作品中，最终遴选出《南方有乔木》《大荒洼》等18部原创佳作向社会推介。2017年，该项推介活动由国家新闻出版广电总局与中国作协共同举办，收到380部作品，最终遴选出《复兴之路》《岐黄》等24部作品向社会推介。

16.“网络文学双年奖”作品发布

网络文学双年奖由浙江省网络作家协会、宁波市文联、中共慈溪市委宣传部共同设立，由浙江省网络作家协会、宁波市网络作家协会、慈溪市网络作家协会联合承办，是面向全球华语网络文学界的评奖活动。该奖每两年颁发一次，颁奖地为慈溪市。每次评出金奖作品1部、银奖3部、铜奖6部、优秀奖15部。2015年11月2日举办了第一届网络文学双年奖颁奖典礼，猫腻的《将夜》获得金奖，海宴的《琅琊榜》、沧月的《听雪楼之忘川》、烽火戏诸侯的《雪中悍刀行》获得银奖，酒徒的《烽烟尽处》、骁骑校的《匹夫的逆袭》、宝树的《时间之墟》等6部作品获得铜奖。2017年11月5日举办第二届网络文学双年奖颁奖典礼，酒徒的《男儿行》夺得金奖，愤怒的香蕉的《赘婿》、疯丢子的《百年家书》、郭羽和刘波的《网络英雄传：艾尔斯巨岩之约》获银奖，齐橙的《材料帝国》、Priest的《有匪》、祈祷君的《木兰无长兄》、孑与2的《大宋的智慧》、月关的《夜天子》、紫金陈的《长夜难明》获铜奖。

17. 中国作协发布网络小说排行榜

从2015年开始，中国作家协会每年都举办网络小说排行榜的评选和发布。最开始是发布季榜、半年榜和年榜，从2016年开始每年发布半年榜和年榜。每次的榜单都发布20部网络小说，即精品榜10部、新书榜10部（从2016年起改为完结榜10部、未完结榜10部）。2016年1月23日在北京发布2015年的年榜，《奥术神座》《回到过去变成猫》《木兰无长兄》等10部作品入选精品榜，《原始战记》《诛砂》《修真四万年》等10部作品入选新书榜。2016年度中国网络小说排行榜的年榜于2017年3月16日在京揭晓，《男儿行》《云胡不喜》《雪中悍刀行》等10部作品入选已完结作品榜，《乱世宏图》《血歌行》《一寸山河》等10部作品入选未完结作品榜。2017年的榜单于2017年5月17日在杭州“首届中国网络文学周”上揭晓，《孺子帝》《朱颜·镜》《不二法门》等10部作品入选已完结作品榜，《未亡日》《牧神记》《平天策》等10部作品入选未完结作品榜。

18.“中国网络文学20年20部作品”发布

2018年3月29日，“中国网络文学20年20部作品”名单在上海市作家协会大厅发布。此次推选活动是“中国网络文学20年研讨会”的重要内容。“中国网络文学20年20部作品”推荐活动从2月份正式启动，本着专业评审和网络读者推荐相结合的原则，历经专家提名、网络推荐和专家终审三个环节，经过层层筛选，选出“中国网络文学20年20部作品”。名单如下（按票数排序）：

1.《间客》（猫腻，2009）

2.《第一次的亲密接触》（痞子蔡，1998）

3.《悟空传》（今何在，2000）

4.《大江东去》（阿耐，2009）

5.《诛仙》（萧鼎，2003）

6.《致我们终将逝去的青春》（辛夷坞，2007）

7.《斗罗大陆》（唐家三少，2008）

8.《飘邈之旅》（萧潜，2003）

9.《步步惊心》（桐华，2005）

10.《家园》（酒徒，2007）

11.《繁花》（金宇澄，2012）

12.《回到明朝当王爷》（月关，2006）

13.《鬼吹灯》（天下霸唱，2006）

14.《复兴之路》（wanglong，2015）

15.《斗破苍穹》（天蚕土豆，2009）

16.《巫神纪》（血红，2015）

17.《明朝那些事儿》（当年明月，2006）

18.《盘龙》（我吃西红柿，2008）

19.《全职高手》（蝴蝶蓝，2011）

20.《神墓》（辰东，2006）

19.“中国少数民族网络文学会议”在呼伦贝尔举行

2017 年 8 月 24 日至 27 日，由中国作家协会、内蒙古自治区党委宣传部主办的“中国少数民族网络文学会议——2017·中国少数民族当代文学论坛”在呼伦贝尔举行。论坛探讨了中国少数民族文学如何适应网络文学异军突起的迅猛发展形势，面对这场文学浪潮的冲击并进行突围；如何在坚持传统创作的前提下建设自己的网络文学园地，在网络时代获得更大发展空间；创新文学观念及样式，壮大中国少数民族网络文学队伍，提高少数民族网络文学的审美水平，建立独具特色的中国少数民族网络文学传播、交流、评价体系等话题。

20. 中国作协网络文学中心成立

2017 年 12 月中国作家协会网络文学中心在北京成立。新成立的网络文学中心为中国作协所属事业单位，在中国作协党组书记处领导下，主要负责网络作家联络服务、网络文学研究评论和管理引导、有关文学网站和社团组织及各级作协网络文学工作的沟通联络等工作。网络文学中心将组织网络文学界深入学习贯彻党的十九大精神，努力做好网络作家入会、培训、深入生活、网络文学优秀作品推介等工作，实施重大题材规划和重点作品扶持工程、网络文学评论支持工程等项目，并举办中国网络文学周、中国网络文学论坛等一系列重要活动。

21. 首届“中国网络文学周”

2018 年 5 月 16 日至 5 月 21 日，首届中国网络文学周在杭州滨江白马湖举行。文学周举办了网络文学创作论坛、网络文学海外传播论坛、网络文学行业论坛、网络文学工作会议等；100 多名网络作家，一批知名文学评论家、高校学者以及来自美国、德国、法国、新加坡等 7 个国家的相关行业专家，就网络文学精品化创作、国际海外传播、网络文学生态构建、网络文学产业发展等相关主题，开展研讨交流，提出建议意见。在这次文学周上，中国作协网络文学研究院首次发布了《中国网络文学蓝皮书（2017）》，同时还发布了“2017 中国网络小说排行榜”。

五、理论批评类

1. 少君撰文开启北美华文网络文学研究序幕

1991 年，世界上第一家中文电子周刊《华夏文摘》在北美创刊，少君在其上发表小说《奋斗与平等》，成为北美华文网络文学第一人。与此同时，他也开始收集相关资料，推动北美华文网络文学研究。1998 年 10 月，在中国作协召开的“北美华文作家作品研讨会”上，少君发表了《华文网络文学》论文，并向学界详细介绍了北美华文网络文学的发展历史、特征和存在问题，开启了北美华文网络文学研究的序幕。

2. 国家社科规划办首次招标网络文学课题

2002 年，国家哲学社会科学规划课题指南首次将网络文学研究纳入科研项目之中，中南大学教授欧阳友权获得该课题，课题名称为“网络对文学发展的影响与对策研究”。早在此前，在教育部首次设立的网络文学研究“十五”规划项目中，欧阳友权的“网络文学对文学理论基础理论的影响研究”课题已获得立项。而国家社科规划办首次招标网络文学课题，这从更高层面上标志着主流学术界开始关注和重视网络文学，网络文学研究已经能够作为反映中国社会科学各学科研究的最新进展和整体水平之一的科研领域，获得了国内学术界的认可。

3. 第一部网络文学理论专著《网络文学论纲》出版

2003 年 4 月，中南大学欧阳友权所著的《网络文学论纲》由人民文学出版社发行面世。这是我国第一部网络文学理论研究专著，它站在文学理论的学理基点上对网络文学的“元问题”进行了详尽的分析和阐释，在问题设定和原理构建方面具备极高的学术原创性与开拓性，是我国网络文学学理研究的首本范例，为网络文学的理论建构与发展奠定了基础。

4. 首套网络文学研究丛书“网络文学教授论丛”出版

2004 年 5 月，以欧阳友权为代表的中南大学网络文学研究团队出版了我国首套网络文学研究丛书“网络文学教授论丛”。该套丛书共分五本，包括欧阳友权的《网络文学本体论》、聂庆璞的《网络叙事学》、蓝爱国与何学威的《网络文学的民间视野》、谭德晶的《网络文学批评论》以及杨林的《网络文学禅意论》。该丛书从网络文化语境来观照网络文学，一经面世便引起强烈反响，获得了许多学术界同行的称赞。

5. 第一个省级网络文学研究基地“湖南省网络文学研究基地”在中南大学挂牌

2005 年 1 月 12 日，“湖南省网络文学研究基地”在中南大学文学院正式挂牌。该基地是全国第一个省级网络文学研究基地，由网络文学研究首席专家欧阳友权率领，集结了国内第一批研究网络文学的学术队伍。此前，该研究团队就已在网络文学领域创下八个“第一”纪录：全国高校中第一个“网络文学研究所”；第一个湖南省网络文学研究社科规划资助项目；第一个教育部人文社会科学研究“十五”规划项目网络文学研究课题；第一个国家社科基金资助的网络文学研究项目；第一部网络文学理论专著《网络文学论纲》；第一套网络文学学术论丛“网络文学与文化研究丛书”；第一家专门研究网络文化的“网络文化研究”网站。该基地的挂牌，标志着湖南作为全国省级单位网络文学研究重镇的确立。

6.《数字化语境中的文艺学》获得第四届鲁迅文学奖

2007 年 10 月 25 日，在中国作协主办的第四届鲁迅文学奖颁奖典礼上，中南大学欧阳友权所著的《数字化语境中的文艺学》从 1113 件入围作品中胜出，摘得“鲁迅文学奖·优秀文学理论批评奖”桂冠。该书是国家社科基金项目的阶段性研究成果，由中国社会科学出版社 2005 年出版，从数字化时代的文艺语境、数字技术下的文艺转型、网络文学的学理解读来探讨数字化时代对当下文学艺术的重大影响，获得了专家评委们的一致好评。

7. 第一部网络文学原创教材《网络文学概论》出版

2008 年 1 月，欧阳友权主编的《网络文学概论》由北京大学出版社发行面世。这是我国第一部普通高校网络文学课程的原创性教材，就什么是网络文学，网络文学的产生与发展，网络文学的媒介与载体，网络文学的形态与特征，网络文学的创作、传播、欣赏和批评，以及网络文学的功能、价值、局限等方面进行了系统而深入的阐释，以丰富的知识理论和生动的网文案例为高校学习者与网络文学爱好者开启了一片新的天地。

8.《网络文学评论》创刊发行

2011 年 10 月，由广州省作协主办的我国首家网络文学批评刊物《网络文学评论》创刊。这是我国第一家关于网络文学的学术刊物，集结了国内前沿的网络文学专家，针对当下网络文学现场、网络作家作品、理论与批评、文化动态等开展多方研究，引导网络文学健康发展。由于刊号限制的缘故，《网络文学评论》最初是以书代刊形式出版，直到 2017 年该刊获得期刊号，得以正式采用期刊形式发行。2017 年 4 月 27 日，新版《网络文学评论》在广州举行首发式，这是目前全国唯一一家与网络文学评论相关的、具有统一刊号的学术期刊。

9. 中国作协首次举办网络文学作品研讨会

2012 年 6 月 28 日，中国作协举办网络文学作品专题研讨会。会议主要讨论了李晓敏的《遍地狼烟》、天下归元的《扶摇皇后》、酒徒的《隋乱》、阿越的《新宋》、杨蓥莹的《凝暮颜》作品，以网络作家与批评家面对面的交流点评形式进行网络文学作品探讨。欧阳友权、马季、梁鸿鹰、于爱成、王祥、刘英、陈福民、邵燕君、白烨、吴长青等每两位专家负责点评一部作品，对其优点和不足进行了切中肯綮的点评并对网络作家提出了希冀。这是中国作协自成立以来首次举办网络文学作品的研讨会，对于推动网络文学作品的精品化发展具有重要作用。

10.“中国文艺理论学会网络文学研究会”成立

2013 年 7 月 26 日，由中南大学文学院牵头筹备两年之久的“中国文艺理论学会网络文学研究会”在拉萨成立。该研究会是挂靠于国家一级学会中国文艺理论学会之下的二级分会，是国内首家关于网络文学研究的全国性学术组织，会议选举全国著名网络文学研究专家、中南大学教授欧阳友权为会长，禹建湘等为副会长，欧阳文风为秘书长。

11. 首个网络文学本科学位点获批

2013 年 12 月 25 日，我国第一个网络文学本科专业“文学策划与创作专业”在上海建立。该专业由盛大文学和上海视觉艺术学院联合创办，属于本科全日制艺术教育网络文学专业。该专业除了学习高校必修课程外，还开设了“小说与故事创作”“网络文学史”“网络文学策划”“微电影剧作”等课程，由王安忆、叶辛、唐家三少、我吃西红柿、天蚕土豆等担任授课老师，为网络文学的“产、学、研”一体化发展提供了人才储备。

12.“北京大学网络文学研究论坛”正式成立

2015 年，北京大学中文系副教授邵燕君创立“北京大学网络文学研究论坛”。该论坛致力于“引渡文学传统，守望文学精灵”，以北京大学中文系网络文学研究课程为依托，开展了网络文学作品评论、网络文学年度男频女频作品榜发布、网络文学词典编写等一系列工作，在微信、微博、博客、知乎、澎湃等平台定期发表文章，已出版《网络时代的文学引渡》《新世纪第一个十年小说研究》《网络文学经典解读》《2015 中国年度网络文学》等学术成果。

13. 中国作协网络文学委员会成立

2015 年 12 月 17 日，中国作协网络文学委员会在北京成立。原中国作协副主席陈崎嵘担任网络文学委员会主任，胡殷红、陈村、欧阳友权、童之磊、吴文辉担任副主任。该委员会是中国作家协会的第九个专业委员会，将为我国的网络文学作家、文学网站、批评家、学者打造平台，开展网络文学理论研究和评论工作，联络并服务好网络作家，推介网络文学优秀作品，组织评选网络文学作品排行榜，整合各方资源大力推动网络文学的全面发展。

14.“中国作协网络文学委员会中南大学研究基地”挂牌

2016 年 4 月 24 日，中国首家国家级网络文学研究基地落户中南大学。中国作家协会网络文学委员会、湖南省作家协会、中南大学三方联合设立的“中国作家协会网络文学委员会中南大学研究基地”于中南大学举办了签约暨揭牌仪式。欧阳友权担任基地主任和首席专家，他带领的中南大学网络文学研究团队是中国最早进入网络文学研究领域的学术群体。此前，中国文艺理论学会网络文学研究会、湖南省网络文学研究会、湖南省网络文学研究基地等均已在中南大学落户。

15. 中国文艺评论家网络文艺委员会成立

2016 年 7 月 25 日，中国文联所属的中国文艺评论家网络文艺委员会于北京成立。该委员会由尹鸿担任主任，龚宇、关玲、欧阳友权担任副主任，庄庸担任秘书长，聂伟、夏烈、郑晓林、周志雄担任副秘书长。在中央大力发展网络文艺的号召之下，中国文艺评论家网络文艺委员会的成立，使一大批活跃在网络文艺评论战线上的文艺评论工作者找到了组织，推动了网络文艺评论事业更上新台阶，同时也促进了网络文艺工作者创作出更多无愧于人民和时代的作品。

16. 国家社科基金网络文学重大招标项目落户中南大学

2016年，由中南大学欧阳友权主持的“我国网络文学评价体系的理论与实践研究”课题获得国家社科基金重大项目立项。国家社科基金重大项目是现阶段国家社科基金中层次最高、资助力度最大、权威性最强的项目类别。该项目从“网络文学评价体系的谱系学考辨”“网络文学评价体系的要素构成”“网络文学评价体系的规制建构”等层面着手，对“中国网络文学评价体系”之建构展开深入的理论探讨，对推进网络文学的理论体系建构与网络文学行业的健康发展具有重大的学理价值和现实意义。

17.“中国作协网络文学委员会上海研究培训基地”成立

2016年12月23日，由中国作协网络文学委员会、上海市作协、上海大学中国创意写作中心、阅文集团共同创办的“中国作协网络文学委员会上海研究培训基地”在上海大学挂牌。与此同时，培训基地首届网络文学高级研修班开班，旨在培养与探索网络作家的创新思维和写作路径，由阅文集团、翼书网、17K小说网、铁血网、云起书院、掌阅等各大网络文学网站和机构选派的24名网络作家参与了培训。

18. 中国作协网络文学研究院落户杭州

2017年4月14日，由中国作协、浙江省作协和杭州市文联三方合作建立的“中国作协网络文学研究院”落户杭州江南文学会馆，这是我国第一家网络文学研究院。研究院将以“网络文学周”为平台，定期举办“网络文学国际论坛”“网络文学年度奖”和“网络文学传播集会”活动，使之成为我国网络文学业态和产业智库。

19. 我国第一部《网络文学年鉴》出版

2017年8月，中南大学欧阳友权主编的《中国网络文学年鉴（2016）》由中国文联出版社出版发行。这是我国第一部年鉴体例的网络文学著作，欧阳所率领的中南大学网络文学研究团队从海量的网络文学信息以及前后相续的历史节点中清理出“信息链”，内容涵盖年度综述、文学网站、活跃作家、热门作品、理论与批评、网络文学产业、研讨会与社团活动、网站法规与版权管理、少数民族网络文学以及网络文学年度纪事等十大方面，在全局视野与条分缕析中再现了蔚为壮观的网络文学生态图景。

20. 艾瑞咨询发布《2017 年中国网络文学出海白皮书》

2017 年 9 月 14 日，艾瑞咨询发布《2017 年中国网络文学出海白皮书》，对网络文学出海发展历程、海外网络文学发展现状、国内外文学对比、海外网络文学用户画像、网络文学出海发展趋势五个问题进行了分析，以翔实的数据分析与调查展现了目前中国“网文出海”的情况。《白皮书》指出，中国网络文学在海外的市场空间仍可挖掘，未来中国网络文学海外输出的种类将进一步丰富，海外用户规模还将扩大。

21. 首个“中国网络作家村”在杭州落成

2017 年 12 月 9 日，首个“中国网络作家村”落户杭州滨江，为网络作家提供舒适的创作环境与知识产权保护平台，推进网络文学创造力的集聚、碰撞和迸发。该作家村由两部分组成：一部分为海山公园 3 号楼“天马苑”，是作家们展示、交流和集中创作的公共平台；另一部分为孔家里农居 SOHO“神仙居”，是作家创作与居住的民居。中国作协网络文学委员会主任陈崎嵘担任作家村名誉村长，著名网络作家唐家三少担任村长。目前，“中国网络作家村”已有唐家三少、猫腻、蝴蝶蓝、月关、沧月等 10 余位网络作家入驻。

22. 北大网络文学研究论坛发布“网络文学年度十佳作品榜”

“网络文学年度十佳作品榜”是由北京大学副教授邵燕君主持的北大网络文学研究论坛发布。该榜单立足于专业性和民间性，以文学性为旨归，在参照各主要文学网站榜单和粉丝口碑的基础上筛选作品。榜单分男频、女频两部分，各包含 10 部优秀作品，目前已发布两届。在 2016 年度榜单中，贼道三痴的《清客》、Cuslaa 的《执宰天下》、国王陛下的《从前有座灵剑山》位列男频榜前三，祈祷君的《木兰无长兄》、御井烹茶的《制霸好莱坞》、风流书呆的《快穿之打脸狂魔》位列女频榜前三；在2017年度榜单中，赵子曰的《三国之最风流》、耳根的《一念永恒》、圣骑士的传说《休闲很聊天群》位列男频榜前三，藤萍的《未亡日》、尾鱼的《西出玉门》、闲听落花的《锦桐》位列女频榜前三。

23. 中国作家协会网络文学中心成立

2017年12月，中国作家协会网络文学中心在北京成立。该中心主要负责联络、引导、协调和服务网络作家、文学网站和社团组织及各级作协网络文学工作，促进网络文学的创作与研究的繁荣。中国作家协会网络文学中心是广大网络作家、网络文学从业者的精神家园。它的建立不仅加强和完善了中国作协与新的文学群体之间的联系，而且进一步推动网络文学在新时代的繁荣发展。

24. 全国性网络文学学术研讨会举隅

随着网络文学研究的发展逐渐成熟，全国性的网络文学学术研讨会越来越多。中南大学网络文学研究基地是全国网络文学研究的重镇，自2004年起便举办了多次全国性大型网络文学学术研讨会，如首届“网络文学与数字文化”学术研讨会、“网络与文学变局”学术研讨会、“网络文学评价体系构建”学术研讨会、“网络文学批评与中国文学传统”学术研讨会等。此外，全国性的大型网络文学学术研讨会还有中国社科院文学所主办的“媒介文化与网络文学”研讨会，中国作协主办的“中国网络文学发展研讨峰会”“中国网络文学论坛”以及各类网络文学作品研讨会，中国版权协会主办的“网络文学版权保护研讨会”，杭州师范大学主办的“新媒介文化文艺批评与理论建设”学术研讨会等。

六、学术论争类

1. 网络文学研究的第一次论争

2003年2月19日，欧阳友权在《中华读书报》发表《网络文学：技术乎？艺术乎?》一文，引发了一场以《中华读书报》为阵地的争论。4 月 22 日张晖发表《网络文学不是游戏文学》一文，对欧阳友权的观点提出质疑。5 月 21 日何志钧发表《网络文学：无法忽略的“物质基因”》的文章，批评了张晖的观点。5 月 27 日朱朝晖发表《游戏冲动与文学的技术依赖》一文，表示了与何志钧不同而与张晖意见相似的看法。随后，6 月 18 日欧阳友权发表了回应文章《哪里才是网络文学的“软肋”?》，进一步阐发自己对网络文学局限性的看法。这次讨论被称为网络文学兴起后在理论研究方面的第一次论争。

2.“韩白之争”

所谓“韩白之争”是指韩寒与白烨在博客上的一次论战。2006 年 2 月 24 日，白烨在博客上发表《80 后的现状与未来》的评论，引起了以韩寒为代表的“80 后”的强烈反应。3 月 2 日，韩寒回应《文坛是个屁，谁都别装逼》的千字短文，拉开了其与白烨的论战。两天后，白烨在其博客上发表了《我的声明——回应韩寒》一文，表达自己的不满。而韩寒也立即发表了《有些人，话糙理不糙；有些人，话不糙人糙》和《辞旧迎新》迎战白烨。两人的论战引起了广大学者与粉丝的关注和讨论，包括解玺璋、王晓玉、陆天明、古清生、陆川和高晓松等人都被卷入，论战愈演愈烈。历时一个月之后，以多位当事人关闭博客渐趋平息。

3. 陶东风发表《中国文学已经进入装神弄鬼时代?》引发论争

2006 年 6 月 18 日，陶东风在博客上发表了《中国文学已经进入装神弄鬼时代?》，内容直指当下走红的玄幻类文学。张柠在其博客中撰文回应，当代文学批评的矛头应该指向商品生产背后的资本运作的秘密。萧鼎则在自己的博客上发表《究竟是谁在装神弄鬼？——回陶东风教授》一文作出回应，认为陶东风仅从三部玄幻小说和几部影视作品就得出结论，逻辑上成问题。随后，陶东风在博客上贴出《中国文学已进入装神弄鬼时代》的修订版，依然坚持自己的观点。

4.“猎户星作诗软件”引发争议

2006年9月25日，长沙软件编程员猎户（网名）推出网站“猎户星免费在线写诗软件”，引发“程序写诗热”。9月30日，网易与猎户星合作推出“中秋赛诗会”，短短几天就产生诗歌15万首。经由国内众多媒体的报道，“写诗软件”备受争议，成为2006年中国网事的十大关键词之一。著名作家王跃文对于这些诗歌的生命力持否定态度，同时认为：“‘诗机’应该更多地倾向于游戏和娱乐，文学界也没有必要反应如此强烈，‘别跟游戏较真’。”诗人梁晓明认为，写诗软件是对艺术的伤害，会毁灭诗歌，同时也认为诗歌生成软件拥有如此高的点击率，足以说明人们对诗歌的热情。

5.“网络文学”是“前文学”的讨论

2010年1月27日，清华大学哲学系教授肖鹰在与北京大学中文系教授陈晓明的一次讨论中，指出“所谓‘网络文学’是‘前文学’”，其“本身就不存在”。他坚持，文学应该是“严肃的”，要“表达人类具有普遍深刻意义的人文情怀，它的标杆是一个时代一个民族的人文理想和艺术水准”。他认为，现在很多签约网络写手为了“生计”被逼日产数千字，甚至上万字，的确做的只是“码字的文字农民工”，并认为他们只能算是写手，他们写出的是文字，但不是文学。

6.顾彬质疑网络文学引争论

2011年8月10日，德国汉学家顾彬在《什么是好的中国文学》的学术报告中，对中国数百万的网络作家一年内写400多万部小说，很多人一天内可写6000多字的现象表示惊讶，并对这么多人是否都能够写好长篇小说、他们在网络发表的东西是否真的能够叫文学提出质疑，认为一个真正的作家不会一天写6000个字。9月14日，王路在《中华读书报》上撰文回应顾彬的观点，“完成一个文学作品需要多长时间，这似乎是一个实践问题，也是一个经验问题。但是竟然能够用它作为评判作家好坏的依据，感到不可思议”，并指出中国早就有七步赋诗的故事。

7. 方舟子、韩寒“代笔之争”

2012年1月15日，知名博客作者麦田发表《人造韩寒：一场关于“公民”的闹剧》一文，质疑韩寒作品为有人代笔。1月18日，麦田道歉，方舟子加入论战。19日，方舟子发博文质疑韩寒删博行为，韩寒回应并指出方舟子的“五宗罪”。20日，方舟子回应韩寒的《人造方舟子》一文。随后，韩寒发表博文《孤方请自赏》，宣布退出争论。21日，方舟子发博客质疑韩寒文史水平及《三重门》书名读法。至1月底，方舟子每天至少写一篇博文，连发14篇文章质疑韩寒《三重门》《求医》等作品。韩寒不得不发表多篇博文回应并公布创作手稿。2月3日，韩寒起诉方舟子，后又以要改写诉状为由拿回诉状。

8.“微软小冰”等人工智能创作质疑

2017年5月19日，人工智能“微软小冰”的现代诗集《阳光失了玻璃窗》出版发行，引发了文学圈内圈外的热议。6月30日，谢君兰在《中国文化报》发表《小冰写诗：诗歌创作的反面教材》一文，认为小冰的诗“充其量只能算是一种似是而非的诗语模拟，还谈不上创造”。10月18日，宋俊宏在《长江文艺评论》发表了《人工智能与文学创作》一文，认为“人工智能的创作是基于大数据和互联网的逻辑推算和机械性的词语拼装组合”。另外，诗人姜涛、于坚、欧阳江河、沈浩波等发表言论称，小冰的诗只是各种修辞的排列，缺乏创造性和灵气。

七、政策法规维权类

1. 国务院颁布《互联网信息服务管理办法》

2000年9月25日，国务院颁布《互联网信息服务管理办法》，这是我国首次为规范中国互联网信息服务活动，促进互联网信息服务健康有序发展而制定的重要法规。该《办法》共27条，于2000年9月20日在中华人民共和国国务院第31次常务会议通过，并于2000年9月25日开始施行。该办法在

第 18 条明确了国务院出版行政部门负有对全国互联网信息服务活动进行监管的职责，并成为《互联网出版暂行规定》的依据之一，为“互联网出版”概念的界定提供了依据。

2.“榕树下”起诉中国社会出版社侵权

2000 年 6 月 26 日，“榕树下”向北京市第一中级人民法院提起诉讼，起诉中国社会出版社侵权，称其在 2000 年 4 月出版的《网络人生系列丛书》中，未经许可收录了 9 篇原告享有出版权的文章，构成侵权。2000 年 10 月 10 日，北京市一中院初步认定中国社会出版社发表的作品构成侵权。12 月 1 日，北京市一中院宣判原告胜诉，被告不服，并提出上诉。2001 年 4 月 17 日，北京市高级人民法院公开二审，原被告双方达成调解协议，被告停止出版，书面道歉并赔偿 10001 元人民币，同时承担诉讼费用。

3.《中华人民共和国著作权法》修订

2001 年 10 月 27 日，中华人民共和国第九届全国人民代表大会常务委员会第二十四次会议通过了《全国人民代表大会常务委员会关于修改〈中华人民共和国著作权法〉的决定》，对《中华人民共和国著作权法》进行了修改，在原《著作法》第十条的基础上添加了“信息网络传播权”，并在第五十八条提出“关于‘信息网络传播权’的保护办法由国务院另行规定”。修订之后的《著作法》除了体现出更严密地保护著作权人的各种经济权利，更为突出的是在法律上为网络著作权保护体系正名。

4.《互联网出版管理暂行规定》首次界定网络出版

经过 2001 年 12 月 24 日原新闻出版总署第 20 次署务会和 2002 年 6 月 27 日信息产业部第 10 次部务会审议通过，《互联网出版管理暂行规定》由原新闻出版总署和信息产业部第 17 号令公布，从 2002 年 8 月 1 日起正式施行。《规定》首次对“互联网出版”进行了界定。2016 年 3 月 10 日，《网络出版服务管理规定》开始施行。原国家新闻出版总署、信息产业部 2002 年 6 月 27 日颁布的《互联网出版管理暂行规定》同时废止。

5. 网络文学“抄袭门”事件举隅

2004年，郭敬明出版的《梦里花落知多少》受到作家庄羽的起诉，称郭敬明抄袭其作品《圈里圈外》，在12个主要情节上雷同，在57个一般情节和语句上雷同。2006年5月22日，持续了两年多的“郭敬明抄袭事件”画上了句号。北京市高级人民法院作出终审判决，维持北京市第一中级人民法院的一审判决，认定郭敬明所著《梦里花落知多少》对庄羽的《圈里圈外》整体上构成抄袭，判决郭敬明与春风文艺出版社赔偿庄羽经济损失20万元，停止出版、销售该作品。

6.“红袖添香”起诉“联想经典时空”

2005年5月11日，“红袖添香”文学网站起诉“联想经典时空”，称北京联想调频科技有限公司开办的“联想经典时空读书空间”网站未经原告的许可，从“红袖添香”网站擅自转载了其享有专有使用权的10位作者的12篇作品，共计177.6万字，并采用收费的方式供其会员在线或下载阅读。此案为《互联网著作权行政保护办法》出台并实施后的第一起维护网络著作权的大案，就其规模来看，堪称中国网络著作侵权第一案。

7.“幻剑书盟”状告“起点中文网”侵权

2006年，“幻剑书盟”和“起点中文网”因《诛仙》等作品的版权问题产生争议。同年5月17日，“幻剑书盟”发表声明，称“起点中文网”刊载了“幻剑书盟”独家拥有网络收费刊载权的《诛仙》和《飞翔篮球梦》两本书的部分章节，要求“起点中文网”道歉并赔偿100万人民币，否则将诉诸法庭。“起点中文网”不仅未停止侵权，反而将作品更名后继续非法连载。交涉无果后，“幻剑书盟”将“起点中文网”诉至法庭，要求“起点中文网”立即停止侵权，在网站首页醒目位置公开道歉，并就《诛仙》索赔50万元。

8.“中国原创网络文学版权保护”研讨会举办

2009年2月26日，“中国原创网络文学版权保护”研讨会在北京举行。近百名与会人士包括北京版权保护组织、业内知名专家学者、律师以及媒体人士等参加了此次会议。会议认为，“网络文学盗版已经成产业化趋势，这一现状严重阻碍了网络文学的产业发展”，并就此达成共识。会上盛大文学有限公司 CEO 侯小强称，起点中文网是遭受盗版危害程度最深的新媒体之一，每年因为盗版行为带来的潜在损失无法计算。

9.“盛大文学”对百度提起侵权诉讼

2009 年 12 月 17 日，由中国文字著作权协会、盛大文学主办的“网络文学版权研讨会”在京召开。会上，盛大文学合作律师事务所律师代表宣布将对百度提起诉讼，并陈列七条起诉理由，涉案理由一针见血，使该案成为中国创意产业维权第一案。会议上发起的“反盗版宣言”得到了张抗抗、莫言、韩寒、石康、虹影、陆天明、王宛平、石钟山等百名著名作家和网络作家的签名支持。中国文字著作权协会在会议上发表了支持盛大文学“反盗版”的声援信。

10. 多家网站联合调研网络文学维权问题

2010 年 6 月下旬，中国作家网等多家文学网站组成联合调研组，就网络文学版权现状、网络文学盗版形式和手段、网络文学维权的措施方法展开调研，最终形成了《网络文学维权问题的专题调研报告》。《报告》指出，根据各网站情况汇总，所有原创文学网站均遭到不同程度盗版。《报告》还列举了五种常用的文学盗版手段：网络爬虫、图片下载、拍照或截屏、手打和网友自主上传。另外，随着传播介质的变化，手机、手持阅读器也成为网络文学盗版的新方式。

11. 张抗抗提案修改《著作权法》

2011 年 3 月 2 日，全国政协委员、中国作家协会副主席张抗抗提案修改《著作权法》，建议加强“延伸集体管理”的权利，细化信息网络传播权，明确规定付酬标准。此提案受到国家有关部门高度重视。2011 年，原新闻出版总署、国家版权局启动了《著作权法》的修改工作，成立第三次修法工作领导小组，委托全国权威的知识产权专家起草了三个专家建议稿，此后，按照立法程序，将其列入国务院 2012 年立法计划的二档。2013 年 1 月 30 日，国务院公布了新修改的《中华人民共和国著作权法实施条例》，自2013年3月1日起施行。

12. 50位作家联名发表《讨百度书》

2011年3月15日，包括贾平凹、刘心武、韩寒、郭敬明、李承鹏等在内的近50位中国作家联合发表《三一五中国作家讨百度书》，指控百度公司把百度文库变成了一个“贼赃”市场，抗议百度公司的侵权行为。这是中国泛文学界第一次携手面对大规模侵权盗版。

13.“净网”“剑网”专项行动启动

“净网行动”是全国“扫黄打非”工作小组办公室、国家互联网信息办公室、工业和信息化部、公安部为依法严厉打击利用互联网制作传播淫秽色情信息行为的一次特别行动，2011年8月24日开始实施，对包括文学网站在内的各类网站进行全面排查，关闭了近200个栏目和频道。旨在打击网络侵权盗版专项治理的“剑网行动”则于2010年7月21日在全国正式启动。2016年7月12日，国家版权局、国家网信办、工信部和公安部四部联合开展“剑网2016”专项行动启动，重点打击网络侵权盗版，并将网络文学纳入2016年网络版权重点监管工作。“净网”“剑网”专项行动通过打击非法网站，既保护了作者和读者的权益，又还了网民一片清朗的网络空间。

14. 盛大文学旗下作者联合呼吁搜索引擎保护著作权

2012年9月6日，盛大文学旗下百位作者联合发表声明，呼吁包括百度、360、搜索、搜搜等在内的搜索引擎应积极保护著作人合法权益。声明中列出了操作层面的三条诉求：降低搜索引擎中盗版网站权重，进而屏蔽盗版侵权网站，在文学分享类频道设立前置审核机制，杜绝盗版内容被堂而皇之地上传。这份声明得到了包括天蚕土豆、我吃西红柿、唐家三少、忘语、猫腻等在内的112名盛大文学网络原创文学作者的联合签名。

15. 网络文学盗版侵权案件举隅

2014年，“起点中文网”起诉“纵横中文网”，称其旗下白金作家“梦入神机”作品《永生》被纵横中文网发布，构成对起点中文网的侵权。10月24日，上海市高级人民法院对此案作出终审判决，由被告北京幻想纵横赔偿原告玄霆娱乐经济损失300万元及合理费用3万元。此案例为目前国内法院对单部文字作品信息网络传播权侵权作出的最高额判决。

2016年国家版权局等四部门查处21起典型的网络侵权盗版案件。[1]

百度贴吧盗版网络文学作品事件。

《锦绣未央》《花千骨》原著抄袭风波。

电影《九层妖塔》著作权纠纷案。

2017年国家版权局等四部门查处16起网络侵权盗版案件。[2]

2018年1月国家版权局通报20起“剑网2017”专项行动典型案件。[3]

16. 广电总局出台《关于推动网络文学健康发展的指导意见》

2014年12月18日，国家新闻出版广电总局印发《关于推动网络文学健康发展的指导意见》，提出了网络文学健康发展的指导思想、基本原则和发展目标，对现阶段发展网络文学重点任务作出了部署，提出多项推动网络文学健康发展的保障措施。该《意见》对网络文学在国家软实力建设中的重要地位做了详细阐述，也对网络文学的发展提出了要求和国家层面上的保障，营造了有利于网络文学持续、健康发展的良好环境和条件。

17. 中共中央下发《关于繁荣发展社会主义文艺的意见》，明确“大力发展网络文艺”

2015年9月11日，中共中央政治局审议通过《关于繁荣发展社会主义文艺的意见》，在第16条中明确指出：“大力发展网络文艺，让正能量引领网络文艺发展。”从此，网络文学被正式纳入党的领导之下，成为社会主流

---

[1] 资料来源：新华网，《“剑网2016”专项行动通报21起典型网络侵权盗版案件》，http://news.xinhuanet.com/politics/2016-12/22/c_129416401.htm，2018年5月15日查询。

[2] 资料来源：国家版权局网，http://www.ncac.gov.cn/chinacopyright/contents/518/352931.html，2018年5月15日查询。

[3] 资料来源：国家版权局网，http://www.ncac.gov.cn/chinacopyright/contents/518/357499.html，2018年5月15日查询。

意识形态的组成部分。这对于在新的历史条件下，文艺真正成为时代前进的号角、体现时代风貌、引领时代风气，具有极其重要的意义。

18.“中国网络版权保护大会”举办

2016年4月26日，国家版权局主办的“中国网络版权保护大会”在北京举行，工信部、公安部、国家网信办等相关部门负责人与会讨论版权保护等议题。大会邀请有关部委领导、知名互联网企业代表发表主题演讲，权威发布年度版权保护重要事件。大会还针对网络版权保护热点问题举办专题分会，请有关政府部门、权利人、产业界、学术界、法律实务界代表与与会者进行深入交流。

19.艾瑞咨询发布《中国网络文学版权保护白皮书》

2016年初，艾瑞咨询发布了《2015年中国网络文学版权保护白皮书》，2017年4月7日，艾瑞咨询发布了《2016年中国网络文学版权保护白皮书》。该《白皮书》针对中国网络文学版权保护这一行业的热点话题，深入分析和研究中国网络文学版权保护的历史及现状，通过用户调研分析网络文学用户的选择偏好、使用行为、付费行为，并整合各类研究结果提出了版权保护的建议和解决措施。

20.“网络文学版权保护”论坛

2016年4月26日，由国家版权局版权管理司主办的中国网络版权保护大会“网络文学版权保护”专题分会在北京工大建国饭店茉莉厅举行，会议邀请了社会各界人士一同讨论网络文学版权保护相关问题。

21.50余家重点文学网站签署《网络文学行业自律倡议书》

2016年7月20日，中国作协网络文学委员会联合中国音像与数字出版协会数字阅读工作委员会向网络文学界发起针对“网络文学行业自律”的七点倡议，提出要坚持以人民为中心的创作导向，坚持把创新精神贯穿于创作生产过程。起点中文网、创世中文网、红袖添香、晋江文学城、掌阅文化、大佳网等全国50余家重点文学网站的代表共同签署了倡议书。

22.“中国网络文学版权联盟”成立

2016 年 9 月 19 日，网络文学版权保护研讨会在北京举行，国家版权局在会上发布《关于加强网络文学作品版权管理的通知（征求意见稿）》。由掌阅科技、阅文集团等 30 多家单位共同发起的“中国网络文学版权联盟”正式成立，同时发布《中国网络文学版权联盟自律公约》。《公约》指出，联盟成员应坚持“先授权、后使用”的原则，尊重网络文学著作权人的合法权利，抵制侵权盗版行为。会上还明确指出国家版权局要建立网络文学作品版权“黑白名单制度”，针对恶意侵权的网络文学网站和论坛、贴吧、搜索引擎、浏览器等，将公布一批黑名单。

23. 国家广电总局发布《网络文学出版服务单位社会效益评估试行办法》

2017 年 6 月 26 日，国家新闻出版广电总局发布《网络文学出版服务单位社会效益评估试行办法》，明确提出对从事网络文学原创业务、提供网络文学阅读平台的网络文学出版服务单位进行社会效益评估考核，为推动网络文学健康有序发展做出了政策性保障。

24. 首家互联网法院成立

2017 年 8 月 18 日上午，杭州互联网法院正式成立，这也意味着中国涉互联网案件的集中管辖、专业审判在杭州揭开了新的篇章。

后　记

从山野草根和技术丛林成长起来的网络文学走过了二十年发展历程。二十年江湖风云，二十年争议滔滔，就在人们的质疑和争议中，网络文学悄然成长壮大。不管你承认不承认、喜欢不喜欢，它就在那里，一个“大个儿”呢，大得出人意料，大得难以想象。不过这个“大个子”究竟是“大”还是“强”，是“多”还是“优”，有着怎样的“性情品质”，对中国文学、网络文化产生了哪些影响，有着怎样的功能作用，是需要“体检”一下才会更清楚的。我们做的这个事儿，就类似给二十年的网络文学做一次“体检”——查看它的规模体量，也摸摸它的脉搏、品相和成色；发现它的亮点，当然也不回避它的缺点。目的在于促成它由“大”变“强”，从“多”变“优”，不光走得快，还能走得稳，走得健康，终而由“网络文学”而“文学”，这便是研究本论题的初衷。就像网络作家酒徒所言，现在我们进入网络文学的第一个二十年，还会有第二个，第三个……只有努力向前，待到许多年后，当那时候的人们问起我们，今年干过什么，我们可以自豪地告诉他们：我们见证了网络文学的历史。是的，本书就是想为网络文学的第一个二十年做一次清理，对这一阶段性的史实做一个见证。

本书是中国作协网络文学委员会中南大学研究基地团队合作的成果。作为基地负责人，一年前我就曾把自己的初步设想请教过一些同行专家，得到的都是支持和鼓励。在研究生“网络文学研究”讨论课上，青年学子的积极参与和创新思维让全书的轮廓越来越清晰。经过大半年的调研和写作，终于拿出了初稿。此后反复讨论修改，每章都曾几易其稿，并邀请几位业内资深专家把关，协助审读。全书的分工情况是：由我拟出全书详细提纲，并重点改写了第一章和第九章。各章执笔者是：第一章李涵，第二章罗诗咏，第三章刘小菲，第四章吴安妮，第五章高羽鑫，第六章丁玮俊，第七章张伟颀，第八章李婷，第九章郗琪，第十章"二十年网络文学大事件"由多位博士生和硕士生参与完成，他们是邓祯（网站类）、李治宏（作家类）、孙敏（作品类）、许玫娜（活动类）、贺予飞（理论批评类）、张迪（学术论争类）、朱柏安（政策法规类）等。参与修改的除我们团队禹建湘教授、博士生程海威外，还邀请了中国社科院文学所的陈定家研究员、中国作协的马季先生、安徽大学的周志雄教授、贵州财大的周兴杰教授，以及黔南民族师范学院的吴英文博士等把关，最后由我完成全书统稿。这本断代史式的小书是集体智慧的结晶，书中错讹疏漏当由我负责，期待睿智的读者指罅。

在书稿即将付梓之际，首先当感谢中国作协网络文学中心主任何弘先生拨冗为本书作序，并给予我许多鼓励；江苏凤凰文艺出版社总编辑汪修荣先生从确定选题、大纲敲定到定稿出版，都给予全程关注，提出了很多有价值的意见和建议；中国作协将本选题列入网络文学理论评论支持计划年度项目，给了我们很大的信心与支持；还有团队成员的辛勤工作和各位专家的倾情付出，在此一并致以诚挚的谢忱！

我和我的研究团队是伴随网络文学二十年发展一起走过来的，是这段历史的见证者，也是它的参与者。能在中国网络文学二十年的历史节点完成本书，不仅是对这段意义深远的历史的记录，也表达了我们对新兴网络文学的一份尊重和期待。

谨此为记。

欧阳友权

2018 年 7 月 20 日于长沙湘江之畔